PERSOONLIJKE OMSTANDIGHEDEN, VLEKKELOOS EN GERONNEN BLOED

René Appel

PERSOONLIJKE OMSTANDIGHEDEN, VLEKKELOOS EN GERONNEN BLOED

2002 Uitgeverij Bert Bakker Amsterdam

© 1992, 1993, 1994, 2002 René Appel
Omslagontwerp Erik Prinsen, Venlo
Foto auteur: Bob Bronshoff
www.pbo.nl
ISBN 90 351 2517 7

Uitgeverij Bert Bakker is onderdeel van Uitgeverij Prometheus

PERSOONLIJKE OMSTANDIGHEDEN

1

Ze stal de show. Dat was de enige juiste beschrijving. Alle aandacht trok ze naar zich toe. Niet door een grote mond of door zich dominant te gedragen. Nee, het was simpelweg haar uitstraling, haar persoonlijkheid. Ze had zich extra mooi gemaakt. 'Hoe vaak ga ik eigenlijk met veertien mannen uit eten?' had ze gezegd. 'Eén keer per jaar hoogstens, nou, daar mag ik wel wat bijzonders voor doen.'

Hij keek graag toe als ze voor de spiegel zat. Het deed er niet toe hoe lang het duurde. Hij had een keer een fotoserie gemaakt. Het waren prachtige foto's. 'Metamorfoto's' had hij ze genoemd. Maar ze illustreerden ook een wezenlijk tekort van de fotografie: het was onmogelijk om haar bewegingen vast te leggen, terwijl die juist zo typerend waren. Hoe ze naar de spiegel boog, haar haren kamde, haar huid strak trok, even opstond en een kleine pirouette draaide, ging zitten en daarbij haar rok gladstreek. Intieme gebaren en handelingen, die ze alleen voor hem uitvoerde.

'Jou nog even bijschenken?' Roel hield de fles rode wijn boven zijn glas.

'Ja, graag.'

Ze proostten nog een keer. 'Op die fantastische zevende plaats...'

Hij probeerde Leontiens blik te vangen, maar ze had alleen aandacht voor Dick en Tom. 'Volgens mij ben jij gek op mannendijen,' zei Dick. 'Ik zie je altijd zo kijken als je langs de kant staat. Wie heeft de mooiste dijen? Roel? Lucas?'

'Wil je mijn dijen buiten deze onbeschaafde conversatie houden?'

'Geen dijen,' zei Leontien.

'Hoezo geen dijen?'

'Billen, kontjes, de mooiste mannenkontjes.'

Leontien was de enige die zoiets kon zeggen zonder dat het ordinair klonk. Je zou je zelfs kunnen voorstellen dat ze na de wedstrijd de kleedkamer binnenliep, gewoon heel natuurlijk, tussen de spelers die nat onder de douche vandaan kwamen of leeggespeeld met het traditionele pilsje direct na de wedstrijd zaten bij te komen. Zij was de enige 'spelersvrouw' die meeging naar het voetballen. Ze sloeg bijna geen wedstrijd over. 'Hup WDI' riep ze dan met een te hoge, weinig verdragende stem, of 'hup, Frits', nooit iets anders.

Het leek wel of Dick zijn gedachten geraden had. 'Dan moet je 's in de kleedkamer komen, dan kun je een vergelijkend warenonderzoek doen.' Hij ging staan en deed net of hij zijn broek zou gaan uittrekken.

'We houden het wel beschaafd, hè?' Karel keek werkelijk een beetje verstoord. Als aanvoerder leek hij zich ook verantwoordelijk te voelen voor het zedelijk peil.

Leontien lachte. 'Je durft niet.'

'Omdat Roel erbij is,' zei Dick. 'Ik ben bang dat-ie me hier onder de tafel nog verkracht. Zonet probeerde hij al voetje te vrijen.'

'Alleen maar angst voor je eigen latente homoseksuele neigingen. Proost.'

'Moet 't nou altijd over seks gaan?' vroeg Karel.

'Niet altijd,' zei Dick.

'Maar wel vaak,' vulde Leontien aan.

'Volgens mij kom jij niks te kort, Frits.'

Hij glimlachte. Leontien fluisterde Dick iets in z'n oor. Die begon bulderend te lachen. Typisch Leontien. Nu plaagde ze hem een beetje, maar dat deed ze alleen om zichzelf en anderen te amuseren. Zo ging het altijd. In het begin had hij moeite gehad met dat open gedrag van haar. Soms voelde hij zich plotseling voor schut gezet. Van iemand anders zou hij zoiets nooit gepikt hebben, maar bij Leontien lag dat anders. Leontien wás nu eenmaal anders.

'Hé, jongens, een toetje, wie wil er nog een toetje. Mevrouw, juffrouw, mevrouw de ober, mogen we de toetjeskaart?'

Frits zag hoe een paar tafels verder een man zich duidelijk zat te ergeren aan hun luidruchtige gezelschap. Toch waren ze nog rustig vergeleken met de meeste voetbalteams.

De keur aan nagerechten was weinig opzienbarend. De helft van het gezelschap bestelde een Dame Blanche.

'Dame Blanche,' tetterde Dick weer, met overdreven Franse uitspraak. 'Naast mij zit de enige echte Dame Blanche. Of is het Miss Blanche?' Hij liet zijn hand door Leontiens blonde haar gaan. 'Mag ik u voorstellen,' zei hij tegen het meisje dat twee citroenmousses op tafel zette, 'miss Blanche, de mas-

cotte van het onvolprezen zesde elftal van WDI.'
'WDI?' vroeg het meisje.
'Ja, WDI, Winnen Door Inzet, ook wel Weke Doetjes Instituut.'
'Ja, of wil Dick inrukken?' zei Roel.
'Gewoon rukken gaat 'm beter af.'
'Alles kan straks op één gezamenlijke rekening,' zei Karel.
 Leontien zat met haar armen om Dick en Tom heen geslagen. Ze voerden haar om beurten van haar Dame Blanche. Er droop wat chocoladesaus op haar kin. Ze wilde haar arm losmaken, maar Dick verhinderde dat. 'Wacht maar, ik doe het wel.' Hij pakte haar servet, bracht het naar haar mond, maar likte toen razendsnel zelf de chocolade weg. 'Mmmm, heerlijk, dat is nog 's een smakelijke Dame Blanche.'

2

'Hé, waar moet je naartoe?'

Hij versnelde zijn pas. Dit waren jongens die je beter kon ontlopen. Ze waren met z'n vieren; allevier een leren jack aan, een spijkerbroek en witte sportschoenen.

Frits voelde een hand op zijn arm, een drukkende, bevelende hand. 'Wat is dat nou? We vragen alleen waar je naartoe moet. Dan ken je toch wel netjes antwoord geven.'

'Naar huis,' zei Frits.

'Shit, nou al naar huis? Moet je soms vroeg thuiskomen van je moeder?'

Frits probeerde voorzichtig de hand af te schudden, maar de jongen greep hem steviger vast. 'Ken je niet meer praten?'

Nu, op dit moment, op zulk geteisem stuiten, ongelooflijk. 'Ik heb zin om naar huis te gaan. Daar is toch niks op tegen?'

'Maar zo helemaal alleen, vindt je moeder dat wel goed? Ik denk dat-ie dat eigenlijk helemaal niet mag van z'n mama, wat denk jij, Johnnie?'

Een andere jongen deed een stap naar voren. Hij was iets groter dan de anderen. En breder. De schaduw van een baard van twee dagen lag over zijn wangen. Zijn oogwit was opvallend helder; het glansde in het licht van de straatlantaarns.

'Vo… vo… volgens mij ook niet.' Johnnie bekeek Frits van top tot teen. 'Dat ja… ja.. jassie komt zeker van 't Wa… Wa… Waterlooplein,' stotterde Johnnie, terwijl hij stevig aan het rugpand trok.

'Maar waarom gaat-ie niet met ons mee, gezellig een pilsje drinken?'

'Ik denk niet dat… eh, dat ik daar zo veel zin in heb.'

'Oh… zijn w… w… wij soms niet goed genoeg voor jou?'

Johnnie kwam recht voor hem staan. Frits rook zijn adem. Bier, zware shag en niet vaak genoeg zijn tanden gepoetst.

'Dat is 't niet,' zei Frits. 'Ik heb er gewoon geen zin in. M'n hoofd staat er niet naar.'

Daar moest Johnnie om lachen. 'Ha, z'n kop s... s... s... staat er niet naar, nou, dan... dan... dan zetten we die kop toch effe goed.' Hij pakte Frits' hoofd met twee handen beet en rukte en duwde eraan alsof het een levenloos object was dat maar moeizaam in een bepaalde vorm te brengen was.

'Au, godverdomme.'

Er liepen een paar andere mensen over de gracht, maar ze wendden discreet hun hoofd af.

'Laat me godverdomme los. Ik heb je niks gedaan.' Johnnie trok nog een keer flink aan zijn oren. 'Au!'

'Z'n kop staat goed,' zei een van de andere jongens, 'laat hem maar los, John.'

'Wat wee... wee... weet jij nou van een goeie Hollandse kop, Mohammed. Hou je d'r buiten en rot anders op naar Marokko. Nou gaan we een pilsje drinken. Meneer hier tra... tra... trakteert. Hoe heet je?'

'Frits.'

'Frits trakteert.'

'Maar ik ga...' Voordat hij zijn zin af kon maken, voelde hij de hand van Johnnie nog steviger om zijn arm knellen.

Ze belandden in een café in een zijstraatje van de gracht. Lucky You. Toepasselijker kon het niet. Zodra hij zich hier aan de greep van Johnnie en zijn vrienden had ontworsteld, zou hij naar huis gaan. Daar zat Leontien natuurlijk op hem te wachten. Het paste bij haar om hem af en toe een beetje uit te dagen. Toch was ze hem nu al langer dan acht jaar honderd procent trouw geweest, dat wist hij zeker. En deze kleine, korte flirt zou hier niets aan veranderen. Ze had alleen behoefte aan de aandacht van anderen. Bovendien was het ongevaarlijk. Hij kende Dick en Tom, en zij kenden hem. Nee, het zou pas bedreigend kunnen zijn als ze zich mocht verheugen in de attenties van een wildvreemde man.

'Wat zi... zi... zi... zit je chagrijnig te kijken,' schreeuwde Johnnie in zijn oor. De muziek was oorverwoestend hard. Frits verbaasde zich erover dat niemand zich hier iets van leek aan te trekken. 'Neem nog een pi... pi... pilsie. Tonnie... m'n Fri... eh... m'n vriend Frits tra... tra... trakteert.' John hield zijn ene klauw om Frits' schouder. Met de wijsvinger van zijn andere hand wees hij ruim tien man aan die naar zijn idee wel een consumptie van Frits verdiend hadden. Tonnie schonk in zonder verder op Frits te letten.

'Nou moet ik echt weg,' schreeuwde Frits. 'Het was gezellig, maar ik moet weg... morgen weer werken.'

'Werken is voor do... do... domme mensen,' schreeuwde Johnnie en hij gaf Frits een waarschijnlijk joviaal bedoelde klap op zijn schouder.

Dit was al het tweede rondje dat Johnnie op zijn naam had besteld. Samen al zeker vijfentwintig pils, en hij had op z'n hoogst veertig gulden bij zich. De barkeeper zag er niet uit of hij met een regeling voor gespreide betaling genoegen zou nemen. De man bracht waarschijnlijk de ene helft van de dag door in het café en de andere helft in een sportschool. Vlak naast Frits begonnen enkele jongens op het ritme van de hardrockmuziek wild met hun hoofden te zwaaien.

'Headbangen,' schreeuwde John, 'daar raak je van in tra... tra... tra... trance.'

Er sneuvelde wat glaswerk. De headbangers stootten tegen iedereen aan. Glazen werden van een tafeltje geveegd. Frits kreeg een enorme stoot tegen zijn zij.

'Effe pissen.'

Johnnie knikte.

De wc was verbazingwekkend keurig en schoon. Hij telde zijn geld na. Achtendertig gulden en vijftien cent. Dat was net genoeg voor één rondje. Hij bleef met zijn broek aan op de wc zitten. Het leek uren geleden dat hij Leontien voor het laatst had gezien. Met de harde kern, 'de harde alcoholische kern' zoals Roel had gezegd, waren ze nog naar een café gegaan: Dick, Tom, Rob, Julius en hijzelf met Leontien. Alles en iedereen draaide om haar heen. Ze dronk meer dan goed voor haar was, maar hij zou de laatste zijn om er iets van te zeggen. Er werd gedanst in het café. Eerst een paar snelle nummers. Leontien danste alleen. Ze daagde de anderen uit. Haar blikken. De bewegingen van haar lichaam. Ze trok Tom en Dick de dansvloer op. Die stampten wat ongelukkig naast het ritme van de muziek, maar dat kon Leontien blijkbaar niet schelen.

Roel en Julius hadden steeds opnieuw bier gehaald. Leontien zwierde door het café. Plotseling verscheen nu het beeld van een loopse teef met een paar andere honden erachteraan. Nee, zo was ze niet. Ze trok mensen naar zich toe, ze was een mannenmagneet, maar verder ging ze niet. Of toch? Stel je voor dat ze de kleedkamer echt een keer binnen zou komen, Roel stopte een briefje van vijfentwintig in haar handen voor het eerste rondje na de wedstrijd. Breng maar even naar de kleedkamer. En dan stond ze daar met een dienblad vol glazen bier. Onzeker lachend, maar misschien ook wel nieuwsgierig en een beetje opgewonden. Proost. Ze hadden gewonnen. Er was echt iets te vieren. Rob had het winnende doelpunt gemaakt. Hij stond altijd als eerste onder de douche, trok zijn shirt bij wijze van spreken onderweg naar de kleedkamer al uit. Hij kwam net onder de douche vandaan en liep alsof het de gewoonste zaak van de wereld was naar Leontien en nam een glas van het dienblad. En zo verder. Jongens onder elkaar. In z'n eentje zou niemand durven, maar zo met z'n allen lag dat anders. Rob proostte met Leontien, zette toen zijn glas neer en begon zich langzaam af te drogen, oog in oog met Leontien. Of ze hem niet even kon helpen. Hij kon altijd zo moeilijk bij zijn rug.

Nee, dat zou Leontien nooit doen, nooit ofte nimmer. De spanning, daar zou ze gek op zijn, dat leverde weer voor dagen energie. En zijn teamgenoten zouden zoiets ook nooit doen. Een grapje is aardig, maar daar moest het wel bij blijven. Ze waren tenslotte geen halfcrimineel groepje pubers die voor de gein met z'n allen een meisje pakken.

Uit het café klonk nog steeds de denderend luide muziek. Toen het halftwee was, had hij Leontien voorgesteld om naar huis te gaan. Nee, ze had nog geen zin, het was juist zo gezellig. Er draaide een langzaam nummer, en ze danste heel close met Tom. Dan ga ik alleen, had hij gezegd. Ze had haar schouders opgehaald. Dat was het dan. Hij had even gewacht, maar ze bleef met Tom over het dansvloertje schuifelen. Op straat voor het café bedacht hij pas dat ze op Leontiens fiets waren gegaan. Hij kon een taxi nemen, maar lopen was misschien net zo lekker. Leontien kreeg dan meteen de tijd om voor hem thuis te komen. Hij telde nog een keer zijn geld, vond in zijn broekzak een verloren kwartje, maar dat leverde bij elkaar dus niet meer op dan achtendertig gulden veertig.

'Hé, komt er nog 's wat van?'

Hij reageerde niet. Was dat de stem van Johnnie? Er werd nu op de deur gebonsd. Boven de wc was een raampje. Frits ging op de pot staan en maakte het open. Hij keek uit over onduidelijk struikgewas. Schuin aan de overkant zag hij een laag pand met een plat dak, waarschijnlijk een schuurtje of een garage. Het moest meteen aan de straat grenzen. Dit was een scène uit een film, vermoedelijk uit veel films: een man die ontsnapt door een wc-raampje. Er was geen andere keus. Johnnie zou doorgaan met rondjes bestellen op zijn rekening. Hij kon er nu niet meer mee aankomen dat hij te weinig geld bij zich had. 'Dat had je dan eerder moeten zeggen. Dacht je dat je ons kon belazeren? Hier een beetje de dure meneer uithangen zeker, en dan wij betalen. Mooi niet.' Johnnie zou het al haperend en stotterend zeggen, maar dat veranderde niets aan wat er zou gaan gebeuren. Frits sprong omhoog en wrong zich door het vierkant van het kozijn. Hij hoorde een scheurend geluid. Zijn broek? Zijn jas?

Aan de andere kant kwam hij op een stapeltje bierkratten terecht die kletterend omvielen. Hij zat tussen de scherven. Ergens werd een raam opengeschoven. 'Hé, wat is dat daar!' Frits sloop naar de achterkant van het plaatsje. Er druppelde warm, kleverig vocht van zijn linkerhand. Moeizaam, zijn linkerhand zoveel mogelijk ontziend, werkte hij zich over een schutting, die gevaarlijk stond te wankelen. Hij kwam terecht in de achtertuin van een ander huis en keek in een ordeloze keuken. Vuile borden en pannen op het aanrecht, overal doeken en kleren. Zelfs een stapeltje boeken naast de smerige pannen. Kleren lagen over stoelen gedrapeerd. Hij voelde aan de klink van de deur die op de tuin uitkwam. Open. Hij stapte de keuken binnen en deed de deur achter zich dicht. Het was doodstil. Hij rook etensgeuren. De keuken kwam uit op een lange, donkere gang, aan het eind waarvan een grote deur te zien was, waarschijnlijk de deur naar de straat.

Hij schuifelde door de gang. En als straks op straat Johnnie en zijn vrienden hem op stonden te wachten? Geintje. Had ik een keer in een film gezien. Toch leuk om 's na te spelen? Hij schopte ergens tegenaan. Een paar flessen vielen om. Hij hield zijn adem in tot hij het benauwd kreeg. Voorzichtig schuifelde hij verder. Zijn ogen wenden aan de duisternis. Vanuit het niets dook er een poes op die kopjes begon te geven tegen zijn been.

Eindelijk was hij bij de deur. Hij haalde een grendel weg, maar de deur was niet open te krijgen. Vermoedelijk ook nog op het nachtslot. De poes bleef zich maar tegen hem aan schurken. Hij aaide het beest, dat onmiddellijk het bloed van zijn hand begon te likken. Hij schuifelde weer terug door de gang. Net toen hij ter hoogte van een deur was, hoorde hij hoe een vrouw in de kamer daarachter begon te hijgen. Steeds heviger. 'Ja, ja, ja...' Hij bleef even stilstaan. 'Ja... ja...'

Opnieuw stond hij in de tuin. Waar was die garage ook alweer? Daar links, drie tuinen verder. Hij kroop door scharrig struikgewas dat kennelijk als afscheiding was bedoeld. Ergens sloeg een hond aan. Achter het schuurtje stonden een paar vaten. Daarvanaf lukte het hem om op het dak te komen. Hij liep naar de voorkant. Niemand te zien. Misschien hadden Johnnie en zijn maten zich in een portiek verstopt. Ze zouden te voorschijn springen zodra hij naar beneden kwam. In de betonnen dakrand van de garage waren scherpgepunte stukken glas gestoken. Er was dus maar één mogelijkheid: springen. Stel dat Leontien hier beneden klaarstond om hem op te vangen.

Hij deed zijn ogen dicht. Het was als een sprong in een zwembad waarvan je weet dat het water veel te koud is, nee, waarvan je niet eens zeker weet of het wel water bevat. Zou hij zijn enkels breken? Of zijn enkelbanden scheuren? In ieder geval niet naar voren vallen, want dat kon een gebroken pols opleveren. Door de knieën zakken. Hij kon nog terug. Niet naar het café natuurlijk, waar men inmiddels de wc-deur wel zou hebben geforceerd, maar naar dat huis waar hij net binnen geweest was, bijvoorbeeld. Hij kon gewoon aankloppen. Die vrouw was ondertussen wel klaargekomen. Hij moest even lachen, maar verstrakte toen hij Leontiens klauwende nagels in zijn rug voelde. Hij moest snel naar haar toe. Ze zou ongerust zijn. Hij had in ieder geval wel een verhaal te vertellen. Daar kon zij met haar zinnelijke danspartij en Tom die ze een beetje gek had gemaakt, niet tegenop. Op het binnenterrein hoorde hij plotseling enkele mannen praten. Behalve een paar forse godverdommes en klerelijers kon hij hen niet verstaan. Springen, hij moest springen.

Even schoot er een scherpe pijnscheut door zijn rechterknie toen hij de straat raakte. Het trok snel weg. Hij raapte de zakdoek op die hij om zijn linkerhand had gebonden. Het bloedde nog behoorlijk. Ze kon niet zeggen dat hij er niets voor over had gehad om zo snel mogelijk bij haar te zijn. Er was nog steeds niemand te zien. De angst sloeg hem om zijn hart. Krantenberichten over jongens, jongens zoals Johnnie en zijn vrienden, die zo maar, voor de lol, een passant in elkaar hadden geslagen en getrapt, zo erg dat het slachtoffer was overleden. En nu hadden ze ook nog een reden. Hij begon te rennen. Nee, dit was de verkeerde richting, zo kwam hij op de gracht waar ook het straatje op uitkwam waar Lucky You aan lag. Terug. Hij rende door tot hij volledig buiten adem was.

3

Ze keek om zich heen. Vreemd, onwerkelijk, zo'n kamer waarin alleen een bed en een stoel stonden. Alles wat verder kon duiden op menselijke bewoning was afwezig. Nergens lagen kleren. Waar waren die gebleven? Ze zocht haar horloge. Nog maar halfacht, en ze was klaarwakker. Een nieuwe dag, een nieuw leven. Zo was het en niet anders. Veel mensen zouden bang zijn voor dit soort woorden, zij niet.

Het kostte moeite om te blijven liggen, maar ze kon het niet maken om nu al op te staan. Hoe laat waren ze hier binnengekomen? Een uur of drie. En wanneer waren ze gaan slapen? Dat moest zeker vijf uur zijn geweest. Ze voelde opnieuw een zachte prikkeling door haar lichaam gaan dat aangenaam warm gloeide, alsof ze bijna te lang in de zon had gelegen. Wanneer ze er alleen al aan dacht, aan die uren laat in de nacht of vroeg in de ochtend, was het of hij haar weer streelde. Zijn vingers raakten nauwelijks haar armen, haar buik, de binnenkant van haar dijen. Af en toe was het of ze er een millimeter of nog minder overheen gleden, waardoor er een spoor van kleine elektrische schokjes over haar huid werd getrokken. Zou dat kunnen? Net zoals wanneer je op een koude dag bijna niet voelbaar over een trui streek en de textieldraadjes overeind kwamen? Ze liet haar hand over het laken gaan, maakte er patronen in. Ieder met een eigen betekenis.

Ze moest plassen. Nog even blijven liggen, en aan een openstaande kraan denken, een flesje bier dat leeggeschonken werd, een stromende bergbeek, een mooie waterval, de koude branding van de Noordzee. O, wat moest ze nodig. Met de tuinslang bij haar ouders de planten water geven, een Amerikaanse film die in New York speelt waarin jongens zo'n grote brandkraan op straat laten spuiten, onder een koude douche, je handen onder het stromende water van de kraan. Ze kon het nauwelijks ophouden. Verkrampt liet ze zich zo stilletjes mogelijk uit bed rollen. Tom maakte een paar lieve knorrende geluidjes en draaide zich om.

Met haar handen tegen haar kruis, en haar dijen zoveel mogelijk tegen elkaar gedrukt, wankelde ze naar de enige deur in het kamertje. Vannacht was ze hier ook een keer naar de wc geweest, maar ze wist absoluut niet meer waar. Ze stond in een grote hal, maar kon zich niet herinneren hier eerder te zijn geweest. Ze deed een deur open en bevond zich in een flinke woonkamer waar alleen een oud, afgetrapt bankstel in stond. Waar was die rotwc nou? Ze strompelde, nog steeds haar handen tegen haar kruis gedrukt, weer de hal in en opende op goed geluk een andere deur. Een kast waarin ze ook haar eigen kleren zag hangen. Achter de volgende deur was godzijdank de badkamer. Ze kwam in een grote betegelde ruimte, en liet zich meteen op de wc zakken.

Ze zuchtte een paar keer diep terwijl het water tegen de potrand kletterde in een stroom waar geen einde aan leek te komen. Dat had haar vroegere hospita wel eens gezegd: lang ophouden en dan plassen, dat is nog lekkerder dan klaarkomen. Zo ver ging het niet, maar toch. Ze bleef even zitten. Die hospita was toch gek geweest op allerlei vreemde uitspraken die met seks te maken hadden. Wat zei ze ook alweer nog meer? O ja, wie leverworst eet en een weduwe trouwt, weet nooit van tevoren wat erin is gedouwd. Moest Tom zich dat nu ook aantrekken?

Ze kreeg het koud, maar kwam niet overeind. Misschien was hij nu ook wakker en lag hij op haar te wachten. Loom zou hij zich naar haar over buigen. Loom maar teder. Er hing nog een lekkere muffe warme slaaplucht om hem heen. De geur was vermengd met die van hun seks, een weeë, zoete geur. Ze scheurde een wc-papiertje af en veegde zich droog. Weer zo één van haar voormalige hospita: wanneer is een vrouw op haar rijkst? Als ze net geplast heeft, want dan heeft ze pareltjes op haar poesje. En dat zei ze gewoon 's ochtends bij de koffie, waarvoor ze Leontien vaak even binnenriep.

Ze rilde. *O my god*, kippenvel. Op haar benen, haar armen, overal kippenvel. Straks lag hij inderdaad op haar te wachten, en dan kwam ze terug onder het kippenvel. Verschrikkelijk onesthetisch. Ze wreef over haar benen. Zichzelf hevig omarmend liep ze naar de spiegel boven de wastafel. Ze zag er niet uit. Een ramp. Hij zou haar onmiddellijk op straat zetten, en dan kon ze hem alleen maar gelijk geven. Ze had slechts lipstick, eyeliner en mascara in haar jaszak.

Er hing gelukkig een spiegel. Ze probeerde er van te maken wat er van te maken was. Nee, zo werden haar ogen te zwart. Dat stond zo goedkoop.

Hoerig zelfs. Het stonk hier. Niet als in een huis dat nauwelijks bewoond werd, maar anders. Ze snoof nog eens. Net of er onder het huis een viswinkel was of zoiets.

Ze sloop terug naar de slaapkamer. Tom lag nog te slapen, zijn mond een stukje open. Wat zag hij er lief en onschuldig uit zo. Een klein jongetje dat ze in haar armen zou kunnen nemen. Voorzichtig schoof ze onder het dekbed tot ze hem voelde. Hij kreunde zachtjes toen ze zijn heup streelde, maar leek gewoon door te slapen.

Hij werd wakker door het gebonk in zijn hoofd. Dat dacht hij tenminste, maar al snel kreeg de werkelijkheid vat op hem: de bovenbuurman was aan het timmeren. Altijd op zondagochtend. Waarom werd die man niet religieus? Dan kon hij naar de kerk. Er huisde een lome zondagochtendgeilheid in zijn lijf en Frits tastte naast zich. Niemand. Alleen lakens, een onbeslapen kussen. Hij rook er even aan. Haar geur zat nog vaag in de stof. Natuurlijk, ze was er niet. Hij sloot zijn ogen.

Ze was dus nog niet thuisgekomen. Hoe laat was het nu? Halfelf. Waar was ze? Er was toch niets met haar gebeurd? Zoals hij zelf gisteravond die jongens letterlijk tegen het lijf was gelopen, zo kon haar ook van alles zijn overkomen. Soms haalde ze het in haar hoofd om 's nachts in haar eentje door het Vondelpark te fietsen. Maar die jongens? Was dát eigenlijk wel echt gebeurd? Ja, zeker. Zijn knie was nog steeds een beetje pijnlijk. Er zat een grote pleister op zijn linkerhand, hoewel hij zich niet kon herinneren die erop te hebben geplakt. Hij zag het gezicht van Johnnie de stotteraar weer voor zich. Die ontsnapping door het wc-raampje! Krankzinnig dat hij dat zelf gedurfd had, terwijl hij bekendstond als de wekeling, het doetje van het elftal. 'Frits is een doetje, maar ons doetje' als variatie op 'hij is een klootzak, maar onze klootzak'. En dan zijn sluippartij door die tuinen. Het huis met die poes, en die kreunende, klaarkomende vrouw!

Godverdomme, waar was Leontien?

De bovenbuurman timmerde maar door. Dit deed hij nou al zondagen achter elkaar. Wat maakte die man in godsnaam? Frits kende hem nauwelijks. Hij woonde alleen en kreeg zelden bezoek. Door de week ging hij naar zijn werk. De man droeg nog zo'n ouderwets bruin aktetasje van gerimpeld leer. Waarschijnlijk zat er nog een boterhammentrommeltje in, met aan alle kanten afbeeldingen van belangrijke monumenten. De Waag van Gouda en de St.-Jan van 's-Hertogenbosch. Of molens. 's Zomers had hij een grijze regenjas aan, hoe fraai het weer ook was, en 's winters een grijze winterjas. Er kwam nooit meer dan 'goeiemorgen', 'goeiemiddag' en 'goeienavond' over zijn lippen. Leontien had eens geprobeerd om hem uit te dagen tot een gesprek. Ze kon immers met iedereen praten. Daar was ze fantastisch in. Het was haar niet gelukt. 'Tsjeses,' had ze gezegd, 'wat doet die man schichtig zeg, alsof-ie wat op z'n geweten heeft... of dat-ie bang was dat ik hem zou verkrachten.'

Misschien was ze wel thuisgekomen, en had ze hem niet willen wakker maken, uit schuldgevoel of zo. Typisch iets voor Leontien. Ze hadden zoiets ook nog nooit bij de hand gehad. Dan lag ze in de woonkamer op de bank te slapen. Daar installeerden ze ook wel eens een onverwachte logé. Natuurlijk, daar was ze, onder een slaapzak uit de gangkast. Hij stapte uit bed en deed zijn ochtendjas aan.

Nee, dus niet. Nergens een spoor van Leontien. Over de stoel hing wel een jurkje dat ze gisteravond eerst aan had willen trekken, maar dat op het laatste moment verworpen was. Op tafel lag een boek dat ze aan het lezen was, Matt Cohen, *De Spaanse dokter*. Ze had het opengeslagen boek omgekeerd op het lage tafeltje gelegd. Een bladwijzer was niets voor Leontien, daar had hij zich allang mee verzoend. Overal lagen make-upspullen. Hij ging zitten, pakte een lipstick en draaide hem open. Altijd een wat pornografisch gezicht, die omhoogkomende rode staaf. Dit was kersenrood. Wat had ze gisteravond op gehad? Een fellere kleur die beter paste bij haar rokje. Die stick had ze in haar jaszak om bij te kunnen verven. Gek genoeg nam ze nooit een tasje mee. Dat vond ze te damesachtig.

Hij maakte koffie. Aan eten kon hij voorlopig even niet denken. Moest hij gewoon blijven wachten? Hier zitten en zijn ziel in lijdzaamheid bezitten? Zou ze met Tom mee zijn gegaan? Of misschien met Dick? Het was nu elf uur. Kon hij opbellen? Kon hij als hoorntjesdrager gewoon de hoorn van de telefoon pakken? Of was ze niet met iemand meegegaan? Was ze alleen naar huis gefietst en was er iets gebeurd? Ja, dat kon, en hij had dus alle reden om ongerust te zijn en op te bellen. Maar niet naar Dick of Tom. Hij zou Roel proberen. Die was er ook nog bij geweest toen hij zelf weg was gegaan uit het café.

Hij had bijna de hoorn al weer neergelegd toen Roel opnam. 'Met Frits... ik bel je toch niet uit bed?'

'Dus wel.'

'Sorry, maar... maar ik maak me een beetje ongerust.'
Roel steunde en kreunde.
'Ik bedoel, Leontien is er nog niet,' ging Frits door, 'en ik vraag me af waar ze is. Er kan van alles gebeurd zijn. Dit is niks voor haar... dit heeft ze nog nooit gedaan.'
'Je bedoelt dat ze nog nooit vreemd is gegaan?'
'Eh... ja.'
'Wel of niet vreemdgegaan?' vroeg Roel nog eens.
'Niet.'
'Eén keer moet de eerste keer wezen, dat is de harde realiteit, daar hoef je mij verder niks over te vertellen. Had je eigenlijk niet wat later kunnen bellen?'
'Sorry, maar ik wist niet waar ze was, enne...'
'En je maakte je ongerust,' vulde Roel aan. 'Nou, voorzover ik weet, is ze met Tom meegegaan. Misschien niet zo leuk voor jou, maar ze waren verschrikkelijk close. Zo heb ik het in jaren...'
'Tom zei je?' onderbrak Frits.
'Ja, Tom. Ik kan 't me niet voorstellen. Tom met z'n dikke kop, terwijl ze jou heeft. Maar zo zijn vrouwen nou eenmaal.'
'Dus ze is samen met hem weggegaan?' vroeg Frits. 'Waarheen?'
'Ja, luister 's, dat je me uit m'n nest belt is nog tot daar aan toe, maar dat je dat soort dingen vraagt... Hoe kan ik nou weten waar ze naartoe zijn gegaan? Dacht je soms dat ik achter ze aangelopen ben? Uit nieuwsgierigheid of zo.'
'Weet jij waar hij woont?'
'Tom? Nee, ergens in Oost, dacht ik, maar hij schijnt nogal mobiel te zijn. Je gaat er toch niet heen om Leontien uit huis te sleuren? Als je dat gaat doen, moet je me waarschuwen. Dat wil ik wel 's zien.'

'Sssttt, niks vragen, gewoon alleen maar genieten.'
Ze legde haar hoofd weer op zijn schouder en kroop tegen hem aan. Drie uur lang had ze naar het plafond gekeken en zijn ademhaling beluisterd voordat hij wakker werd. Plotseling, in één klap was hij helemaal wakker, zijn ogen wijdopen. Hij hoefde niet te gapen of zijn ogen uit te wrijven. Hij had haar een zoen gegeven. 'Goeiemorgen, lekker geslapen?' Ze zei dat ze al drie uur wakker lag. 'Wachtte je op mij?' Hij had haar hevig en wild gezoend

nadat ze 'ja, natuurlijk' had gezegd. En zijn handen hadden weer overal over haar lichaam gekropen in een wilde en tedere zoektocht.

Haar maag begon geluiden te maken die ze probeerde te overstemmen met gehoest.

'Honger? Wil je ontbijten?'

Ja, dat wilde ze wel.

'Waar zullen we naartoe gaan?'

'Ik wil hier blijven, ik wil nergens naartoe, ik wil alleen maar met jou hier in bed blijven.'

'Ben je nog niet uitgevreeën?'

'Misschien niet.'

'Als we eerst ergens wat gaan eten, hebben we nog een hele dag over. Ik heb niks in huis. Alleen koffie, bier en whisky, en dat lijkt me niet zo geweldig als ontbijt. Nu niet, tenminste.'

Ze dacht aan haar make-up. 'Maar als we uitgaan, wil ik me eerst even opmaken. Zo kan ik me niet vertonen.'

Tom keek haar geamuseerd aan. 'Maar zo vertoon je je voor mij toch ook?' Hij sloeg het dekbed een stukje open. 'In je volle glorie.'

'Maar dat is anders,' zei ze. 'Dat is privé, voor onszelf, en...'

'En wat?'

'Niks, gewoon, dat begrijp je niet, dat begrijpen de meest mannen niet, die denken...'

Hij onderbrak haar. 'Frits ook niet?'

'We hebben het niet over Frits. Begin alsjeblieft niet over Frits.'

Ze voelde de tranen achter haar ogen samendringen, maar wist niet waarom ze zou moeten huilen. Was het vanwege Frits of vanwege Tom met wie ze hier in bed lag? Dit was tijdelijk, dit was maar één nacht en één dag. Het leven was even stilgezet om dit mogelijk te maken. Straks zou alles weer gewoon doordraaien. Maar kon dat nog? Was het een lopende band waar ze zo weer op kon gaan staan? Nee, dat was onmogelijk. Hoe moest het dan verder? Ze verborg haar gezicht in haar handen en stapt uit bed.

'Ik zie er niet uit,' zei ze.

'Ik kan je niet verstaan als je je handen zo voor je gezicht houdt.'

Ze bleef met haar rug naar hem toe staan, haalde haar handen weg, en schreeuwde nu bijna. 'Ik zie er niet uit.'

'Oké, oké, rustig maar.'

Ze gaf hem gelegenheid om uit bed te komen en zijn handen om haar heen te slaan, haar verdriet en boosheid weg te strelen, maar hij kwam niet. Ze keek om. Hij hield zijn blik op haar gericht en zei niets. Ze wendde haar gezicht weer af. Het bloed trok naar haar wangen. Hij zou haar op straat zetten. Aan dit soort onzin had hij geen behoefte, hier was het niet om begonnen. Waar moest ze naartoe?

'Ik ga me douchen,' zei ze.

Ze waren met Toms auto naar Monnickendam gereden. In een café dronken ze een gepasteuriseerd smakend glaasje jus d'orange, Leontien at een broodje kaas en Tom een uitsmijter ham. Haar kaken stonden stil terwijl ze met genoegen toekeek hoe hij in gulzige happen zijn brood met ham en ei naar binnen werkte. Er bleef wat eistruif in zijn mondhoek zitten dat zij er met haar servet afveegde. Ze dronken koffie.

'Waarom Monnickendam?' vroeg ze, haar eerste sigaret van de dag opstekend.

'Anders kom ik alleen in Monnickendam als je kunt schaatsen op de Gouwzee. Daar heb ik mooie herinneringen aan. Kun jij schaatsen?'

Ze knikte. 'Maar niet zo goed.'

'Van hier eerst naar Marken en dan via Volendam weer terug. Prachtig. Ik was eigenlijk vergeten dat Monnickendam ook bestaat als er geen ijs ligt. Daar dacht ik vanochtend plotseling aan. Nou ja, vanochtend, het was eigenlijk al middag.'

Ze keken elkaar aan, een paar minuten lang. Dit kon niet, dit bestond niet. Ze was hier helemaal niet, mocht er ook niet zijn. Dit was een late uitgave van de *Alles-is-anders show*. Vreemd dat de mensen in het café het niet in de gaten hadden. De mevrouw die hun consumpties had gebracht, een dikke moeke in echt zondagse kleren, had net gedaan of ze van niets wist. Leontien probeerde zich in te tomen. Ze wilde schreeuwen, juichen, huilen, kermen, zingen. Altijd zouden ze elkaar blijven aankijken. Er was niets anders dan Toms ogen. Deze middag zou eindeloos voortduren. Moest ze Frits niet bellen? Nee, dat zou alles op losse schroeven zetten. De ban zou worden verbroken en ze was Tom in één keer kwijt. Ze legde haar handen op het Perzische kleedje. Hij streelde haar vingers en ze bleven beiden kijken.

Plotseling hield ze het niet meer vol. Ze keek naar buiten. Er liep een gezin in de 'ideale' samenstelling: man, vrouw, zoontje van een jaar of acht en dochtertje twee jaar jonger. Het meisje had een pop in haar ene hand en de duim van haar andere hand had ze in haar mond gestoken. Onverwachts pakte de jongen de pop af, en liep ermee weg.

Leontien probeerde een kreet te onderdrukken. 'Nee.'

Het meisje holde achter hem aan. Als ze hem ingehaald dacht te hebben, versnelde de jongen. Hij deed of hij de pop in het water van de haven zou gooien. Toen ze hem bijna te pakken had, viel het meisje. Zelfs vanuit het café was te zien dat haar knie bloedde. De vader liep met grote stappen op het jongetje af, en gaf hem een forse draai om zijn oren. Nu huilden beide kinderen.

'Wat was er te zien?' vroeg Tom.

'Kinderleed.' Ze vertelde wat er gebeurd was.

'Ach ja, kinderen,' zei Tom. 'Laatst logeerde ik bij mijn zus in Uitgeest, en toen bracht ik mijn neefje 's ochtends naar school. Hij is vijf, een kleuter. Ik moest van hem ook nog voor het raam kijken, dan kon hij naar me zwaaien. Nou, ik sta daar dus, die kinderen zitten al klaar voor het beroemde kringgesprek en d'r staat een moeder naast me en die zegt: "Zo achter glas zijn ze wel lief, hè?" Dat soort mensen neemt dus kinderen.'

'Ik begrijp eigenlijk niet wat dat met dat meisje te maken heeft.'

Hij keek haar lachend aan. 'Ik ook niet, maar ik vond het wel een mooi verhaal. Of... eh, je wou toch niks vertellen over de eeuwige strijd der seksen, over jongetjes die nu al oefenen in het terroriseren van meisjes, zodat ze later hun vrouw beter de baas kunnen blijven? Ik zit hier toch niet met een verstokte, strijdbare feministe aan tafel?'

Ze schudde haar hoofd.

'Zullen we een pilsje bestellen? Ik heb dorst.'

'Hoe laat is 't?'

'Doet dat er wat toe? Staat soms op je horloge of je dorst hebt?'

'Ik moet even naar de wc. Bestel jij maar vast.'

Nadat ze geproost hadden ('Op wie?' 'Op ons natuurlijk'), zaten ze weer een tijd zwijgend tegenover elkaar. Maar het was geen ongemakkelijk zwijgen, niet die krampachtige pogingen om een gespreksonderwerp te vinden, om de conversatie op alle mogelijke manieren voort te laten duren. Nee, ze praatten niet, omdat ze niet hoefden te praten. Nu niet, tenminste. Er viel niets te zeggen.

Eigenlijk wist ze niets van Tom. Ja, hij scheen iets te doen in tweedehands kleding. Maar waarom woonde hij in zo'n onherbergzaam huis? Ooit zou het allemaal duidelijk worden. Het werd iets drukker in het café. Hoe laat was het nu? Bijna vier uur. Dit was juist plezierig: ergens binnenkomen waar het nog stil is, en langzaam opgenomen worden in de toenemende drukte. Geroezemoes, muziek, gelach. Ze keek uit het raam. Het was gaan regenen. Zonder iets te zeggen stond ze op. Bij de deur bleef ze even wachten. Hij keek naar haar, maar zei niets, maakte geen enkel gebaar. Zou hij achter haar aan komen? Frits zou het gedaan hebben. Daar was ze van overtuigd. Ze wachtte nog even, maar voelde geen hand op haar schouder, hoorde niet zijn stem. Hij zou haar zo laten vertrekken. Het is leuk geweest. Ruim twaalf uur in elkaars gezelschap. Dat is voor mij de *limit*. Ze stapte naar buiten. Het regende harder dan ze had gedacht. Haar jas lag nog in de auto, maar dat was niet erg.

4

Twaalf uur en hij had nog steeds niets gehoord. Ze was altijd attent geweest. Een paar weken geleden nog, toen ze bij haar ouders was en de laatste trein had gemist. Ze had onmiddellijk gebeld. Dit was niets voor haar.

Hij belde Karel op. Als er iemand Toms adres had, was hij het wel. Inderdaad, ergens in Oost, de Celebesstraat, maar dat had Tom ruim een halfjaar geleden opgegeven. Nee, geen telefoonnummer.

Frits wachtte nog een uur en fietste toen naar de Celebesstraat. Op het opgegeven nummer was in ieder geval geen naambordje van Tom te vinden. Hij belde aan. Er werd opengedaan. Frits riep 'hallo' maar kreeg geen reactie. Hij riep nog eens. Geen mens te bekennen. Volgens Karel moest het twee hoog zijn. Frits begon naar boven te lopen. Er brandde geen licht. Het enige geluid was het kraken van de trap. Op de overloop van de tweede verdieping stond een man.

'Ben jij dat, Tom?' vroeg Frits.

'Tom niet hier,' zei een man met een buitenlands accent.

Ze begon te rennen. Daar moest ze naartoe... daar... daar. Steeds verder. Er kwam nooit een eind aan. Je moest steeds verder. Waar was die lopende band? Moest ze die opzoeken? Of was die ook al verdwenen en bleef er niets meer over. Geen Tom, en Frits was ook onmogelijk geworden. Ze liep een zijstraat in, en zag zichzelf in een winkelraam. Een verzopen kat, dat was de uitdrukking.

'Miauw,' zei ze, 'miauw.'

Een langsschuifelend echtpaar onder een immens grote paraplu keek haar bevreemd aan.

'Miauw... nooit een verzopen kat gezien?'

Zelfs deze oudjes konden hun pas versnellen. Water... water... steeds meer regen. Alles zou ze van zich af laten wassen. Dit was een nieuw begin.

Hier lag haar start. Allerlei nieuwe dingen waren nu mogelijk, maar welke? Daar moest ze over nadenken. Misschien moest ze haar werk wel opgeven. Weg met al die wijven die mooier wilden lijken dan ze waren. Weg met de massages, de crèmes, de maskers en de elektrische epileernaald. Ze ging op een bankje zitten, rilde van de kou. Haar kleren waren doorweekt. De blouse plakte tegen haar lijf, liet de contouren van haar borsten zien. Waarom was Tom niet achter haar aan gekomen? Hij wilde haar natuurlijk niet meer. Een mooie goedkope manier om van haar af te komen. Zelf weggelopen, makkelijker kon het niet voor hem.

Ze stond op om terug te gaan naar de haven, maar merkte dat ze in een nieuwbouwwijk terecht was gekomen. Verloren dwaalde ze rond tussen de huizen. Hoe oud was ze ook alweer? Zes of zeven, toen ze haar ouders kwijt was geweest op een braderie in Almelo. *Of all places.* Plotseling was ze alleen geweest. Minutenlang had ze gegild; het ging zelfs nog door toen haar moeder haar in haar armen sloot. 'Stil maar, stil maar, ik ben er nu toch.' Maar dat maakte niet uit. Het ging om het idee dat je altijd alleen gelaten kon worden, dat elk moment anderen van je afgesneden konden worden. Je was nooit zeker, nooit veilig.

De huizen waren hier allemaal hetzelfde, en de straten ook. Hoe kwam ze terug in het café aan de haven? Kon ze daar eigenlijk wel terugkomen? Tom was natuurlijk al met zijn auto naar Amsterdam vertrokken. Ze had niet eens geld bij zich voor de bus. *Stuck* in Monnickendam. Een fantastische film met een indrukwekkende hoofdrol voor haarzelf. Kijk, daar stonden mensen voor het raam. Ze zwaaide even, maar er kwam geen reactie uit het huis.

Plotseling begonnen de tranen te stromen. Frits. Ze zou hem nooit meer zien. Het was in één keer afgelopen. Basta. Finito. Maar daarom huilde ze niet. Het was eerder om Frits zelf. Waar kon hij naartoe? Wat kon hij doen? Ze had hem moeten bellen. Vanochtend meteen al. Maar er rustte een verbod op. Contact zoeken met Frits betekende automatisch het verbreken van het contact met Tom. Het was een soort wip of een schakelaar. Uit of aan. De één of de ander. Zelfs de gedachte aan Frits zou een negatieve invloed hebben. Je moest je geest vrijmaken van alles wat in de weg zat, en je moest je helemaal concentreren op wat je wilde. Alle ballast overboord. Frits als ballast. Ze zag hoe hij over de rand van een schip werd gekieperd. Het geluid van meeuwen die op zoek waren naar voedsel.

Er kwam nu een vrouw onder een vrolijk roodwit gekleurde paraplu naar buiten. 'Is er iets?'

'Er is alles,' zei ze lachend. 'Nee, ik bedoel... ik,' en ze barstte weer in snikken uit.

Hij pakte nog eens zijn vergrootglas en inspecteerde de eerste rij wafels. De derde van links leek een gaaf exemplaar. Vervolgens de andere rijen. Tot hij de tien beste uit de honderd uitgestalde wafels bij elkaar had. Mensen die een pakje wafels kochten met daaromheen een verpakking waarop een foto van een wafel stond, hadden er geen benul van wat er allemaal voor nodig was om de Ideale Wafel perfect gefotografeerd op de verpakking te krijgen.

Hij legde de tien wafels op een andere tafel, pakte zijn vergrootglas weer en liet zijn oog over de koeken gaan. Ten slotte selecteerde hij er drie die mee mochten doen aan de barrage. De laatste proef. De Grande Finale van het wafelfestival.

Nog steeds was ze er niet. Van de Celebesstraat was hij weer naar huis gefietst. De kamers waren akelig leeg geweest. Hij had Karel nog eens gebeld, maar die wist verder niets over een vaste woon- of verblijfplaats van Tom. Zo had hij dat genoemd, alsof het om een oproep van de politie ging. De vierendertigjarige T. van der V., zonder vaste woon- of verblijfplaats. Je zou bijna denken dat hij onder bruggen sliep of bij Hulp voor Onbehuisden. Maar dat was niets voor Tom. Hij zat in de handel, zoveel wist Frits wel, en blijkbaar een lucratieve handel, want hij reed in een nieuw busje. Via Julius was hij vorig jaar voor 't eerst bij het team komen spelen. Een telefoontje naar Julius had ook niets opgeleverd: geen gehoor.

Hij overwoog even de ziekenhuizen te bellen om te vragen of er een vrouw was binnengebracht die beantwoordde aan het signalement van Leontien. Nee, het was beter om eerst contact te zoeken met de politie. Als ze een ongeluk had gehad, zou die het zeker weten. Hij zat al met de telefoon in de hand, toen de dialoog door zijn hoofd weerklonk. 'En waar hebt u haar voor 't laatst gezien?' Hij nam een hap uit een wafel. 'Gisternacht in café De Aanslag.' 'Maar bent u dan niet samen met haar naar huis gegaan?' Weer een hap. 'Nee, ze wilde nog niet weg, maar ik was op, ik had er geen zin meer in.' 'En bleef ze daar alleen?' Hij stopte de rest van de wafel in zijn mond en pakte de volgende. 'Nee, ze was met een stel vrienden van ons, jongens uit mijn voetbalelftal.' 'O, ze is het liefje van het team?' 'Nee, ze heeft nog nooit...'

'Geintje… maar ze kan met een van die andere mannen, die vrienden dus, mee naar huis zijn gegaan.' Vrienden, ja, de ironie was niet aan hem voorbijgegaan. 'Dat kan, ja.' Hij nam een hap van de tweede wafel. 'Dus dan is ze gewoon… eh, vreemdgegaan, om het maar direct te zeggen.' 'Maar dat is niks voor haar… we hadden helemaal geen…' 'Ja, luister eens meneer Huiberts, met dat soort verhalen moet u maar naar een maatschappelijk werker of een psycholoog, sorry hoor, maar als we geestelijke bijstand moeten gaan verlenen aan alle Amsterdamse mannen van wie de vrouw in een vreemd bed duikt, dan hebben we een dagtaak.' Frits at de tweede wafel op en pakte de derde. Hij had hem al bijna in zijn mond gestoken. Dit moest hem dus worden. Dit was de winnaar van de barrage door vroegtijdige uitschakeling van de twee mededingers.

Nu de foto. Hij zette het licht op de wafel, stelde zijn lichtmeter in en nam een polaroid. Hij wachtte een minuut. Dit leek nergens naar. Wie zou wafels kopen met zo'n foto erop. Het froufrou en de pasteibakjes moesten ook nog. Hij pakte vijf pasteibakjes en zette ze naast elkaar neer op de tafel. Dit was de grote uitdaging. Als hij ze allemaal wist te raken, dan was Leontien terug. Hij keek naar de pasteibakjes, zette het beeld vast in zijn hoofd, deed zijn ogen dicht, draaide een keer om zijn as, en balde zijn vuist. Vijf snelle, harde klappen met zijn vuist. Hij voelde de deegkorsten tegen zijn hand plakken, maar durfde zijn ogen nog niet te openen.

Vier waren er echt verpletterd, het vijfde zwaar aangeslagen. Het zou geen dienst meer kunnen doen, maar echt vernietigd, nee… Uitslag onbeslist.

Hij liep naar de telefoon en draaide het nummer van zijn huis. Pas toen het tuut-tuut-tuut klonk, legde hij de hoorn neer. Werken, niet verder aan Leontien denken. Hij had deze dag uitgekozen om te werken, en het moest ook wel. De deadline kwam angstig dichtbij. Het was een mooie opdracht. Als hij scoorde, zou dat nog meer werk opleveren. Wat is je specialiteit? Koekjes fotograferen. Hij zocht een andere positie voor de wafel.

Het was aangenaam warm in de kamer. De kleren waren haar te groot. Ook weer zoals vroeger: op de groei gekocht.

Ze had niet in de spiegel durven kijken. 'Zie ik er belachelijk uit?'

'Wilt u nog koffie?' vroeg de vrouw.

'Of misschien een borreltje?' vroeg de man. 'Tegen de kou?'

'Wat moet ik nou doen?' vroeg ze.
De man en de vrouw keken haar aan. De man stak zijn handen een stukje omhoog en trok een vragend gezicht.
'Waar woont u?' vroeg de vrouw.
'In Amsterdam.'
'Is er iemand die we kunnen bellen?'
'Nee nee, absoluut niemand bellen.'
'Er is toch niks?' vroeg de man.
'Wat zou er zijn?' Ze lachte. 'Ik was gewoon een... eh, een beetje verdwaald, en ik was mijn paraplu vergeten. Een mens kan niet zonder paraplu in dit zeiknatte landje. Straks ga ik gewoon weer naar huis. Niks aan de hand. Ik zie er alleen niet uit.' Ze lachte weer een harde hoge lach.
'Was u hier alleen?' vroeg de vrouw.
'Nee, ik was met... ja, ik was hier alleen... ik bedoel, eigenlijk was ik alleen. Tom zou sowieso weggaan. Die zou sowieso niet bij me blijven. Als 't erop aankomt toch een *one night stand*.'
'Hè?'
'Nee, doet er niet toe.'
'Maar waar waren jullie dan?'
'Een café aan de haven.'
Ze hadden opgebeld, en na tien minuten stond Tom in het ordelijk gemeubileerde en glimmend gepoetste huiskamertje. Hij lachte toen hij haar zag.
'Je mag me niet uitlachen.'
'Dat doe ik niet. Ik lach nooit mensen uit.'
De man en de vrouw keken een andere kant op toen ze elkaar wild zoenden.
'Wat doen we nu met die kleren van u?' vroeg Tom.
'Het zijn toch oude spullen van m'n dochter. Ze draagt ze niet meer. Neem maar mee, anders gaan ze toch vandaag of morgen bij de vodden.'
In de auto zette Tom de verwarming op de maximale stand. Ze had het nog steeds koud.
'Waar gaan we naartoe?' vroeg ze.
'Naar mijn huis, natuurlijk.'
'Je bedoelt waar we vannacht geslapen hebben.'
'Ja, wat anders?'

'Ik had niet de indruk dat je er woonde.'

'Steek even een sigaret voor me op.' Hij gaf haar het pakje. 'Waar ik slaap daar woon ik.'

Ze waren nu vlak voor Amsterdam. Straks de IJ-tunnel, en dan zou ze een besluit moeten nemen. Met Tom mee of haar eigen huis. Het huis waar Frits stijf van de zenuwen op haar zat te wachten. Of niet? Had ze zich misschien in hem vergist en kon het hem allemaal niets schelen? Nog een paar kilometer. Er zaten knopen aan het bloesje dat ze aan had, een flinke rij knopen. Ze begon af te tellen.

Om acht uur was hij thuis. Het was stil en vreemd genoeg een beetje koud, terwijl er buiten een aangename temperatuur heerste. Hij liep door zijn huis. Het duurde even voor hij het briefje zag. 'Ik ben bij Tom ingetrokken. Liefs, Leontien.' Zijn ogen gingen nog eens over de korte tekst. Hij liet aan duidelijkheid niets te wensen over, ze was bij Tom gaan wonen, maar verder waren er alleen vragen en nog eens vragen. Waarom? Waarom juist Tom? Wat was er niet goed tussen ons? Denk je dat je terugkomt? En verder natuurlijk allerlei praktische zaken, zoals bijvoorbeeld de vakantie. Ze zouden over twee weken met vakantie gaan naar een huisje in Toscane. De huur was al vooruitbetaald. Moest hij alleen gaan? Of was ze voor die tijd alweer terug? Was dit een korte bevlieging?

Zijn vingers verkrampten om de rand van de tafel. De muren begonnen gevaarlijk te bewegen. De kamer vouwde zich samen en werd toen weer uitgerekt. Ik ben bij Tom ingetrokken. Een simpele mededeling.

5

'Het lijkt wel of die stank steeds erger wordt.'
'Je moet proberen er niet op te letten. Gewoon negeren, dat is het beste.'
Ze ging naast hem op de grond zitten, en legde haar hoofd op zijn knie. 'Zou het nooit overgaan?'
'Tussen ons? Dat soort vragen daar hou ik...'
'Nee,' onderbrak ze, 'van die stank natuurlijk.'
''t Zal wel een mooie tijd duren. Je moet nagaan dat 't er tientallen jaren ingetrokken is. Tientallen jaren stokvis, dat is helemaal in het hout gaan zitten. Het duurt waarschijnlijk weer net zo lang voor 't eruit is.'
'Maar hoe heeft-ie dan zo stom kunnen zijn om zo'n etage te kopen, die vriend van je? 't Is prachtig, een oud pakhuis aan de gracht, echt een yuppie-*castle*, maar verder typisch iets voor mensen die niet goed meer kunnen ruiken.'
Tom stak een sigaret op en inhaleerde diep. 'Jij ook één?'
Ze schudde haar hoofd.
''t Heeft te maken met het weer. Als het droog is, ruik je het nauwelijks, maar zoals vandaag, als 't flink vochtig is, dan komt 't los. Ze hadden een kijkdag georganiseerd in een mooie, droge periode. Bovendien was alles net geverfd en zo, dus daar rook het vooral naar. Je kent 't wel, die geur van een pas opgeknapt huis.'
'Daar is-ie dus flink ingestonken.'
'Ja, zo kun je het wel zeggen.'
Ze ging op zijn schoot zitten en sloeg een arm om hem heen. 'En jij wilt hier blijven wonen?' vroeg ze.
'Voorlopig... het is een noodoplossing, tot ik wat anders heb of tot het verkocht wordt.'
Ze streelde zijn hals, zoende hem achter zijn linkeroor. Nu durfde ze vragen te stellen die ze de voorgaande dagen had onderdrukt. Toen waren ba-

nale onderwerpen als woonruimte, werk, geld en toekomst uit den boze. 'Maar waar woonde je dan voordat je hier kwam? Had je toen geen huis?'

Hij schudde zijn hoofd. 'Niet van mezelf, nee, alleen iets tijdelijks. Ik ben niet zo... eh, honkvast.'

Ze begon zijn overhemd los te knopen. 'Mis je dat dan niet, een eigen huis? Waar heb je al je spullen?'

'Die heb ik niet... nauwelijks tenminste. Wat ik wil bewaren, staat bij mijn zuster in Uitgeest, of in de loods.'

'De loods?'

'Ja, waar mijn handel ligt.'

'Slaap je daar wel eens?'

'Dat kietelt een beetje... ja zo, dat is lekker. Nee, bijna nooit. Alleen als 't echt moet. Er is geen warm water, geen douche. Bovendien ruikt het daar ook niet echt fris.'

Ze opende de rits van zijn broek en liet haar hand naar binnengaan. Hij ging achterover op de bank liggen.

'Laten we naar bed gaan,' zei ze. 'Ik vind die bank zo vervelend, en de grond is kaal en hard.'

Hij stond op. Zijn broek zakte op zijn enkels. Hij zag er aandoenlijk uit, kwetsbaar en lief. Ze probeerde het moment te bevriezen. Dat zeiden agenten in Amerikaanse films toch tegen verdachten die ze met getrokken pistool aanhielden? *Freeze*. Hij haalde zijn broek op en liep naar de slaapkamer. Ze keek hem na. Kom terug, wilde ze roepen, en doe het nog eens over. Nee, dat kon niet. Ze moest alles mentaal opslaan. Bewegingen, houdingen, gelaatsuitdrukkingen. Over een tijdje had ze een hele Tom-encyclopedie in haar hoofd.

Bij de deur draaide hij zich om. Ze lachte naar hem.

'Kom je niet?' vroeg hij.

'Wil je met mij wel in een eigen huis wonen?'

'Niet doen, Leontien, niet doen. Niet zulke vragen stellen. Straks wil je nog weten of ik in een pensioenfonds zit, of ik wel verzekerd ben voor m'n begrafenis.' Hij liep door naar de slaapkamer.

Ze ging op de rand van het bed zitten, en kleedde hem verder uit. Haar handen zwierven over zijn lichaam, schijnbaar willekeurig, maar steeds kwamen ze terug naar één punt, vanwaar ze hun vlinderende zoektocht opnieuw begonnen. Ze draaide hem voorzichtig op zijn buik en ging op zijn bovenbenen zitten. Ze boog haar hoofd naar voren en liet haar haar over zijn rug strelen, tot over zijn billen, tot in de donker-schemerig behaarde holte van zijn kruis. Met haar nagels trok ze zachte, trage krassen over zijn wervelkolom. Hij kreunde. Haar ene hand liep zijn bilnaad af tot naar beneden.

Haar tong trok een grillig spoor tussen zijn schouderbladen. Ze masseerde zijn rug. Ze beet even in zijn linkeroorlelletje en liet haar tong naar beneden zakken, lager en lager. Hij rook naar Tom; een eigen, sterke geur. Gelukkig had hij geen haar op zijn rug. Ze trok een nieuw slakkenspoor, proefde zijn lichaam, een licht zoute smaak. Vlak boven zijn stuitje draaide ze cirkeltjes.

Ze werd zacht en warm vanbinnen, een kloppende, vragende opening. Even drukte ze haar hand tussen haar dijen. Tom wipt een beetje omhoog en legde blijkbaar zijn geslacht goed. Ze ging op haar knieën naast hem zitten en boog zich over hem heen, haar haar een gordijn rond zijn billen.

De telefoon.

Ze had altijd een hekel gehad aan de telefoon naast bed. 'Niet opnemen,' zei ze, terwijl haar wijsvinger zijn scrotum streelde.

'Ik zou nog gebeld worden over een partijtje overhemden.'

Hij kwam overeind en pakte de telefoon. 'Ja, die is hier. Ik zal 'r even geven.'

'Frits,' fluisterde hij.

'Nee, die wil ik niet spreken, niet nu.'

Hij hield zijn hand op de hoorn. 'Dat kan je niet maken. 't Is misschien alleen maar iets praktisch.'

'Ja, de verdeling van de erfenis, zeker.'

'Kom op, neem 'm nou maar.'

Ze pakte de hoorn aan of hij met modder was ingesmeerd. Frits, dat was nu wel de laatste op wie ze zat te wachten. Alleen al wanneer ze zijn stem hoorde, sneed het schuldgevoel door haar heen met een scherp, gekarteld mesje, zo'n mesje waarmee je een tomaat uit kon hollen. Het was niet om wat hij zei, nee, misschien juist om wat hij allemaal niet zei, om alle verzwegen verwijten die nog veel verstikkender waren dan de belegen stank van stokvis, dezelfde stank die nu plotseling met vernieuwde hevigheid haar neusgaten binnendrong.

'Ik dacht van... eh, ik bel even op om te vragen hoe 't gaat.'

'O, uitstekend.'

'Met Tom ook?'

'Ja, met Tom ook.' Uit haar ooghoeken zag ze dat hij zijn kleren weer aantrok. Bedankt, Frits.

'We hebben 't helemaal niet meer over de vakantie gehad. Ik bedoel, we zouden volgende week met vakantie gaan.'

Hij liet een stilte vallen. Shit, hij zou toch niet denken dat ze alsnog met hem mee zou gaan naar Toscane. Wie weet wat voor krankzinnige ideeën hij allemaal in zijn hoofd zou halen. Samen op vakantie, weer naar elkaar toegroeien, de tijd voor elkaar nemen. In alle rust onze problemen oplossen. Ze had helemaal geen problemen met Frits. Er was helemaal niets, geen enkel gevoel, ook niet iets negatiefs.

'Kijk, dat huis hebben we al betaald, dus ik dacht dat misschien…'

'Dat wat? Je denkt toch niet dat ik met jou meega naar Toscane?' Plotseling kwam het idee dat ze jarenlang met elkaar in één bed hadden geslapen haar vreemd voor, dat ze elkaar intiem hadden gekend, dat in hun eerste, huis de wc zo klein was en dat de pot zo gek was neergezet dat de deur niet dicht kon, maar dat het geen probleem was. Ongelooflijk.

'Natuurlijk niet. Ik ben misschien wel stom, maar zo stom ben ik nou ook weer niet.'

Ze had trek in een sigaret, maar Tom was met de sigaretten naar de woonkamer gegaan. 'Ik zei niet dat je stom was.'

'Maar je impliceerde het wel.'

'Dit soort telefoongesprekken, daar heb ik geen zin in.'

'Ik ook niet. Laten we ons als volwassen mensen gedragen…'

'Dat doe ik al,' zei ze. 'Al jaren trouwens.'

'Natuurlijk. Kijk… eh, 't gaat om dat huisje, daar is al voor betaald, het is zonde om het leeg te laten staan. Misschien wil je er wel met Tom naartoe?'

Wat was dit voor een krankzinnige *move*? Wat moest ze hier nu weer mee?

'Wat is er?' vroeg Frits. 'Waarom zeg je niets?'

'Het overvalt me een beetje… ik weet niet goed wat ik ervan denken moet.'

'Dat hoeft ook niet. Weet je, ik kom even langs. Ik zal de folder en alles meenemen, dan kan Tom het ook zien.'

'Ja, maar…' Ze kon niets bedenken dat echt in de weg zou staan. Hoe erg zou het zijn als Frits hier even kwam om over dat stomme huisje te praten. Als hij dat nou graag wou. Tom zou er niets op tegen hebben. Die probeerde de relatie met Frits zo goed mogelijk te houden. 'Die jongen heeft 't al moeilijk genoeg, dan hoef jij geen zout in de wonde te strooien, wat zeg ik, peper en zout. En trouwens, hij zit bij mij in het elftal, dus…'

'Dan ben ik over een kwartiertje bij jullie… oké?'

'Goed, tot zo.'

Tom stond in de keuken koffie te maken. 'Wil je straks ook koffie?'

'Nee,' zei ze stuurs.

Hij keek haar vragend aan.

'Frits… hij komt zo.'

'O, misschien wil hij wel koffie. Wat komt-ie doen?'

'Dat weet ik niet.' Ze liep naar de kamer, en sloeg de deur nog iets harder achter zich dicht dan ze van plan was.

Ze zat op de bank met haar knieën opgetrokken een sigaret te roken toen Tom binnenkwam. Hij ging naast haar zitten, keek haar aan, maar zei niets. Ze kon zich nu al niet meer voorstellen dat ze zonet een verschrikkelijke zin in hem had gehad. Zo'n simpel telefoontje kon alles verzieken. Daar was het Frits ook om te doen. Wie weet nam hij straks een bosje bloemen voor haar mee. Echt iets voor Frits. Je trapte hem op zijn hart en hij vroeg of je je voet pijn had gedaan. Fuck, fuck, fuck. Ze drukte haar sigaret uit, liep naar de keuken en schonk een glas rode wijn in. De fles had zeker al een paar dagen opengestaan, want de wrange vloeistof trok haar wangen samen.

Ze ging weer op de bank naast Tom zitten en stak nog een sigaret op. Die eerste keer was hij ook een en al redelijkheid geweest. Nee, hij zou zeker niet bidden en smeken of ze terug zou komen. Dat moest ze allemaal zelf weten. Hij wilde helemaal geen druk uitoefenen. Op alle mogelijke manieren gaf hij mee; zo elastisch als het maar kon. Gek dat het haar nu pas opviel. Misschien had hij zich altijd zo tegen haar gedragen, maar had ze het niet gemerkt. Ze wist niet beter.

Hoe lang nog? Een paar minuten op z'n hoogst. Ze zou niet opendoen als hij aanbelde. Hij moest maar met Tom praten. Mannen onder elkaar. Laten ze het samen maar uitknokken. Maar ze hadden niets uit te knokken. Mijn God, wat waren ze vriendelijk tegen elkaar. Tom behandelde Frits als een patiënt die ontzien moest worden, en Frits reageerde op Tom… ja, hoe eigenlijk? Met respect, misschien was dat de beste uitdrukking. Ze zou naar de slaapkamer gaan. Dan konden Frits en Tom de kwestie-Toscane gezellig samen afhandelen.

'Wat ga je doen?'

'Naar de slaapkamer. Praat jij maar met Frits. Het gaat over een huisje in Toscane, en…'

'Welk huisje in Toscane?'

'Dat hadden we gehuurd. Over een paar dagen zouden we vertrekken, met de trein naar Florence en daar fietsen huren. De treinkaartjes hebben we ook al. Ik bedoel, die heeft Frits al.'

'Maar daar heb je me nooit wat van verteld!'

'Nee, dat hoeft toch ook niet. Dat was iets tussen Frits en mij. Er is niets meer tussen Frits en mij, dus dit is ook over. Ik wil er eigenlijk niet over praten.'

Tom stak een sigaret op. 'Ja, natuurlijk gaan jullie niet samen op vakantie… kom 's hier bij me zitten, laat je nou niet opnaaien, dat is nergens voor nodig. We kunnen toch gewoon even met Frits over dat huisje praten.'

Ze ging met een onwillig lichaam naast hem zitten. Hij legde zijn hand op de hare, maar het voelde vreemd aan, alsof hij een kunsthand had. Ze had zin om te schreeuwen. Laat hem opsodemieteren, ik wil hem niet meer zien, het is uit en over. Maar wat was er tegen om redelijk te zijn? Waar was ze bang voor? Als ze zich zo tegen haar eigen verleden verzette, raakte ze Tom ook nog kwijt. Dat was in Monnickendam bijna gebeurd, en het dreigde weer. Hij was meters bij haar vandaan, terwijl ze hem twintig minuten geleden bijna in zich had gevoeld. Als ze het telefoontje had opgenomen, en gezegd had 'Hallo Frits, ja, uitstekend, kom maar hier, tot zo', dan was er geen enkel probleem. Dan was Toms hand warm, troostend en liefderijk geweest in plaats van een levenloos ding.

'Praat jij maar met hem. Ik vind het zo verdomde moeilijk.' Ze zweeg even. 'Weet je, toen ik een jaar of tien was, heb ik een tijdje geld uit mijn moeders portemonnee gejat. Kleine bedragen maar, kwartjes… hooguit guldens, en een keer werd ik betrapt door mijn vader. Ik denk dat ze iets vermoedden, en gewoon op de loer stonden, terwijl mijn moeders portemonnee in de kamer op tafel lag. Ik werd echt betrapt met mijn hand in de geldla. Weet je, hij pakte de twee kwartjes tussen mijn vingers vandaan, legde ze weer terug, maar hij zei niets, helemaal niets. Later ook niet. Af en toe dacht ik dat ik het gedroomd had, maar het was echt. En elke keer als het over geld ging, voelde ik me weer schuldig. Ik heb nooit durven vragen om verhoging van mijn zakgeld.'

'En Frits is nu je vader?' vroeg Tom.

'Ja, min of meer. Hij hoeft niks te zeggen en ik voel me al schuldig.'

'En welke rol speel ik dan in dit geheel, ben ik die twee kwartjes die je wilde pakken?'

'Nee, maar…'

Ze werd onderbroken door de bel.

6

'Hoeveel geld heb je nodig?'
'Dat is nou lullig van je, Frits. Kom ik gezellig op bezoek en begin jij meteen weer over geld te zeiken.'
'Of kwam je geld terugbrengen? Wat krijg ik ook alweer van je? Was het ondertussen niet zo'n tweeduizend gulden? Ik ben gewoon de tel kwijt.'
Hilco liep naar de keuken. 'Kan ik nog een pilsje pakken?'
'Je gaat je gang maar. Neem er voor mij ook een mee als 't niet te veel moeite is.'
'O, gaan we vandaag op die toer. Is het soms omdat Leontien bij je weggelopen is? Ben je in je eer als man aangetast, en krijg ik dat nu op m'n brood?'
'Laat Leontien erbuiten... die heeft er niets mee te maken.'
'Oké, oké... beetje dimmen, graag, ja?' Hilco draaide een joint. 'Ook een trekje?'
'Nee, dank je, ik wil nog wat werken vanavond.'
'Dat gaat alleen maar beter met een beetje stuff.'
'Waarom werk jij dan niet?' vroeg Frits. 'Als die stuff zo'n goede invloed had, dan was jij toch zeker niet te stuiten?'
'Ik? Weet je wat ik kan doen met mijn opleiding? Weet je wat voor grandioze banen er zijn als je alleen maar havo hebt? Je verdient geen ene moer, je hebt allemaal mensen boven je die je voortdurend lopen af te zeiken, en je moet ook nog het meest kloterige kutwerk doen wat er is. Pure uitbuiting. Nou, voor mij bekijken ze het maar. Ik ben niet zo stom dat ik daarin trap.' Hij inhaleerde diep en keek naar het plafond terwijl hij de rook uitblies.
Frits wist dat hij er niet over door moest gaan, maar kon het toch niet laten. 'En je uitkering dan? Waar komt die dan vandaan? Die wordt wel mooi betaald door al die stomkoppen die dat soort werk wel doen of die risico nemen en een eigen bedrijfje beginnen zoals ik.'

'Daar heeft pa je geld voor gegeven.'
'Geleend.'
'Goed, geleend dan,' gaf Hilco toe.
'Hij zou jou ook geld lenen, als jij iets serieus begon.'
'Ach, lazer toch op. Weet je nog van dat koffieshoppie laatst? Daar kon ik me inkopen met een paar maten. Twintig ruggen had ik nodig, maar mooi niks. Die ouwe bleef boven op zijn geld zitten. Of hij geeft het liever aan Fritsie die zulke mooie foto's kan maken.'

Frits haalde zijn schouders op. 'Koffieshop? Hasjtent zal je bedoelen.'

'Maar 't schoof goed. Elke maand duizend gulden, zo maar boven op mijn uitkering. Ik hoefde er verder niets voor te doen.'

'Ik geloof niet dat pa dat zo'n leuk idee vond, een uitkering en daar dan zwart bijverdienen met zo'n louche tent waar elk ogenblik de politie voor de deur kan staan.'

'Ach, ga toch fietsen stelen op het Damrak.' Hilco dronk met een paar flinke slokken zijn flesje leeg. Frits zag zijn adamsappel op en neer gaan. Gek, hoe Hilco altijd zijn kleine broertje bleef. Jarenlang verwend en in de watten gelegd, maar van onhandig puber was hij in één klap onhandige volwassene geworden. Misschien kende hij Johnnie uit Lucky You wel. Of was de *scene* waar hij in verkeerde net weer anders?

'Ik neem er nog eentje, als je 't niet erg vindt,' zei Hilco. 'Ik heb een ontiegelijke dorst.'

'Wat heb ik erg te vinden?' vroeg Frits, maar zijn broer hoorde hem al niet meer.

Toen Hilco niet terugkwam uit de keuken, ging Frits kijken. Hilco was Leontiens behandelkamer binnengegaan en zat op de stoel, met een geopend flesje bier in zijn hand. Het leverde een merkwaardig beeld op, een beeld dat nog vreemder werd toen hij een joint begon te draaien. Waar haalde Hilco de brutaliteit vandaan? Wat had hij hier te zoeken? Dat eeuwige gezeur om geld, die goedkope rechtvaardiging voor zijn parasitair gedrag en daar nog eens bovenop dit soort vrijmoedigheden. Het was allemaal te veel.

'Weg,' zei Frits, 'ga hier alsjeblieft weg.'

Hilco keek hem lachend aan. 'Ben je soms bang dat ik het hier bevuil? Dat ik het heiligdom van Leontien bezoedel? Wees maar niet bang, ik zit hier alleen maar, een lekker rustige plek.'

Frits pakte Hilco bij zijn arm. 'Kom op, ik heb dit liever niet. Leontien zou dit trouwens ook niet willen. Dat weet je best.'

Maar interesseerde het Leontien nog wel iets? Toen hij gisteren bij Tom en Leontien was, had hij een toespeling gemaakt op haar werk. Ze had net gedaan of ze niets hoorde. Hij had nog het laatste nummer van *Esthéticienne* meegenomen dat met de post was gekomen, maar ze had het terzijde gelegd zonder het uit de bandcrol te halen. Op de vraag of ze haar klanten niet moest bellen, had ze alleen haar schouders opgehaald. Ze mocht hier gerust blijven werken. Hij zou zorgen dat hij het huis uit was als ze klanten kreeg, maar ze reageerde niet. Het was zonde. Ze had een opleiding gevolgd, veel geld in de inrichting van deze behandelkamer gestoken, een klantenkring opgebouwd, en zomaar, pats, leek ze alles op te geven. Een paar keer had hij een klant aan de telefoon gehad, en hij had gezegd dat Leontien ziek was. Ze zou wel terugbellen als ze beter was.

'Ga je nog met vakantie?' vroeg Hilco na een paar keer diep te hebben geïnhaleerd. 'Je weet, ik wil altijd op je huis passen.'

'Bedankt voor het genereuze aanbod. Het is niet nodig.'

'O, je bent zeker weer bang dat ik er een puinhoop van maak? De vorige keer is het per ongeluk een beetje uit de hand gelopen... zal niet meer gebeuren.'

''t Hoeft niet,' zei Frits, 'ik ga niet weg.'

Wat zou hij daar ook alleen in Toscane moeten. En anders? Een advertentie in de krant zetten voor een reispartner? Mannelijk of vrouwelijk? Dat was nog eens zielig. Wegens omstandigheden iemand (m/v) gezocht die mee wil... enzovoorts. Dan was je definitief in de categorie van hopeloze gevallen beland. Leontien had alleen 'nee, nee' gezegd toen hij het huisje in Toscane ter sprake bracht. Hij was erover doorgegaan. 'Het is echt een fantastisch huisje. Jij kunt toch met Tom gaan! Het is al betaald.' Ze was gaan schreeuwen. Hij was even bang geweest dat ze hem zou aanvliegen. Dat was nergens voor nodig. Het ging erom dat zij een leuke vakantie had. Die onberedeneerde woede van haar was onbegrijpelijk. Hij wilde niets van haar, helemaal niets. Tom had haar gelukkig gekalmeerd.

'Heb je nog een pilsje voor me?' vroeg Hilco.

'Meneer wenst bediend te worden?'

'Dit is toch de behandelkamer?'

'Ja, en jij wilt zeker een alcoholische behandeling? Je zou eens een antialcoholkuur moeten nemen.'

'O god, wat zijn we weer scherp. Het vingertje, het waarschuwende vingertje. Als 't niet van pa komt, dan komt 't wel van jou. Werkt Leontien hier eigenlijk nog?'

Frits schudde zijn hoofd.

'Je hebt dus een extra kamer over.'

'Maar niet voor jou...'

'Doe toch niet zo gestresst.

'En trouwens, ze komt misschien wel weer terug.' Het was eruit voordat hij het wist.

'Hier, bij jou?' Hilco moest er een beetje om lachen.

Ze had alles afgesneden. Er was geen enkele aanwijzing dat dit maar een bevlieging was. Een korte amoureuze verstandsverbijstering, dus eigenlijk een gevoelsverbijstering. Hoe zou hij kunnen denken dat Leontien bij hem terug zou komen. Dat was onmogelijk. Hij had het zo vaak in zijn omgeving gezien. Meestal was het de man die plotseling een ander had. Hij verliet zijn vrouw of vriendin die in een staat van regelrechte wanhoop belandde. Hoe was het mogelijk? Hij hield toch zoveel van me? Hoe kan dat zomaar afgelopen zijn. Alsof 'houden van' per definitie iets permanents zou moeten zijn. Blijkbaar kon er gewoon een einde aan komen, zoals er aan een periode van mooi weer een einde komt. Er is geen echte reden, geen echte verklaring. Maar hij hield zoveel van me, we waren zo gelukkig samen, we hadden zo veel plannen voor de toekomst, we hadden net een huis gekocht, dat we pas hadden ingericht. Het bleek allemaal niet te tellen, argumenten zonder waarde. Je kocht er niets voor, net zoals bankbiljetten in een hopeloos inflatoire economie.

Kijk, die Hilco zat nog maar een beetje te lachen in de behandelstoel. Die begreep hier nog helemaal niets van. Vrouwen waren wegwerpartikelen voor hem. Je neukte hen een keer, misschien twee of drie keer, en daarna was er weer een ander. Frits voelde de nauwelijks te onderdrukken behoefte om Hilco op de stoel vast te binden. Er zouden polsklemmen om de leuningen moeten zitten. Dan zou hij de elektrische epileernaald pakken en Hilco's gezicht bewerken. Bijvoorbeeld de haartjes boven de brug van zijn neus. Nu waren het er nog maar een paar. Als hij ouder werd, groeiden er zeker meer, dan kreeg hij van die doorgetrokken wenkbrauwen, zo'n licht crimineel ogende streep. Zou Hilco schreeuwen? Frits wist hoeveel pijn het deed. Leontien had op hem geoefend voor haar examen. Zeker de eerste keren, toen ze nog bepaald niet vast van hand was, had hij maar met moeite kreten van pijn kunnen onderdrukken. Ze had zijn rechterbovenbeen genomen. Hij had in zijn onderbroekje op de stoel gezeten, waardoor het tegelijkertijd een intieme, erotisch geladen gebeurtenis was geworden. Haar handen op zijn dijen. De naald in zijn bovenbeen. De pijnscheuten trokken door zijn hele lichaam.

Nooit had hij de behoefte gehad aan masochistische spelletjes. Een paar jaar voor Leontien had hij korte tijd een verhouding gehad met een Deens meisje dat in Amsterdam woonde. Haar vader kwam van Groenland, en ze zag er dus verre van Deens uit. Vrijen met een eskimo, dat was een vreemde kick geweest. Maar nog vreemder en vooral ook vervelender was dat zij er genoegen in schepte om hem een beetje pijn te doen als ze in bed lagen. Ze zat graag boven op hem, begon zijn tepels te strelen, maar dat strelen ging langzamerhand over in knijpen. Pijn blokkeerde de lust. Na een paar weken had hij haar gezegd dat hij haar niet meer wilde zien.

Maar toen met Leontien op die stoel was het anders. Ze had zijn erectie natuurlijk opgemerkt. 'Wat is dat nou?' Hij had zich min of meer verontschuldigd. De volgende keer dat ze op hem moest oefenen, had ze zijn arm genomen. Toen was het al minder. De pijn ook trouwens.

'Het is nou mooi genoeg geweest,' zei hij tegen Hilco. 'Ik moet weer eens aan het werk.'

'Ik word dus de deur uitgestuurd. Doe je dat met al je bezoek?'

'Alleen als het onaangekondigd komt.'

'Nou Leontien er niet meer is, heb je toch alle tijd van de wereld?'

'Ik heb liever dat je Leontien erbuiten laat, dat zei ik al.'

'Oké, oké... even pissen.' Hilco kwam overeind uit de stoel. Hij morste wat bier op de grond. 'O ja, als ik vandaag de rekening niet betaal, dan wordt mijn telefoon afgesloten. Tweehonderd gulden heb ik nodig, dat is voorlopig genoeg. Volgende week krijg ik m'n uitkering weer.'

Nee, hier hadden ze niet het juiste type, of niet het goede merk. Deze zagen er duidelijk anders uit. Hij ging een winkel verder. Op de rekken zag hij niet wat hij zocht. Net toen hij de winkel uit wilde gaan, werd hij aangesproken door een verkoopster. 'Kan ik je misschien helpen?'

Plotseling voelde hij de behoefte om hier gevat ordinair op te antwoorden, een seksuele toespeling te maken. Ja, zullen we even naar achteren gaan? Daar is het wat intiemer. Hoe oud was ze? Net achttien misschien. Lang haar. Krullen bij de kapper vandaan? Veel make-up. Een strak aansluitende broek om haar iets te dikke bovenbenen.

'Sorry, but ken ai help joe?'
'Ik zoek van die halfhoge laarsjes.'
Ze giechelde een beetje. 'Ik dacht dat je misschien Engels was of zo, dat je me niet verstond, dus ik dacht van…' Haar wangen bloosden door de make-up heen.
'Maakt niet uit. Halfhoge laarsjes, hebben jullie die?'
'Kijk, hier, wat is je maat?'
'Nee, zulke bedoel ik niet, geen leren, maar bruin suède… hebben jullie die ook?'
'Wat is je maat?'
'Drieënveertig.'
Nee, die hadden ze niet meer, alleen nog in de heel kleine of heel grote herenmaten.

Pas bij de zevende schoenwinkel had hij ze te pakken. Maar waren dit wel de goede? Waren ze echt hetzelfde? Frits stond voor de spiegel. De laarzen waren nieuw, dat zag je meteen. Maar verder… als je alleen naar zijn benen keek, dan stond Tom voor de spiegel.

7

Zolang Tom er was, kon ze het hier uitstekend uithouden. Dan was het een perfecte verblijfplaats. Een soort schuilhut. Jammer dat Frits het adres had. Die kon elk ogenblik langskomen of opbellen. Gisteren nog was hij ongevraagd een koffer kleren komen brengen. Ze had gezegd dat ze die niet nodig had, dat hij ze gerust weer mee terug kon nemen, maar hij had alleen maar vriendelijk geglimlacht. Frits wist verdomme wel wat goed voor haar was. Het was allemaal voor haar bestwil. Waarom zou ze tegenwerken als hij alleen haar belang diende. Had ze geen behoefte aan kleren? Kutsmoesjes natuurlijk. Waarom had ze niet geantwoord dat ze dat inderdaad niet had, omdat Tom en zij bijna de hele dag met elkaar in bed lagen. Het beste antwoord bedacht je altijd te laat.

Toch had die koffer met kleren haar nauwelijks iets gedaan, nee, die kon ze in een kast wegzetten, ze hoefde er niet naar te kijken. Er was iets anders geweest, waardoor ze veel meer van de kaart was geraakt. In eerste instantie had ze het niet eens opgemerkt. Frits was er zeker al een halfuur. Tom had hem koffie aangeboden. Zij was het gaan zetten om niet alleen met Frits in de kamer achter te hoeven blijven. Zo lang mogelijk hield ze zich in de keuken op; het zachte gekabbel van het gesprek tussen Tom en Frits bleef op de achtergrond. Bijna zette ze een schreeuw in. Waarom vloog Frits Tom niet aan? Waarom begon hij niet te schelden en te slaan? Dan wist ze tenminste wat ze aan hem had. Nu werd zijn gedrag onbegrijpbaar, terwijl het juist zo gewoon leek. Ze deed het keukenraam open. Beneden in een van de tuintjes was een man bezig een oude tafel glad te schuren. Ze riep 'hé!', en trok meteen haar hoofd terug. Na zo'n tien seconden keek ze weer. De man blikte nog om zich heen. Ze schreeuwde nog eens 'jij daar!'. Had ze haar hoofd te laat naar binnen getrokken? Ze durfde niet opnieuw te kijken.

Eindelijk was ze teruggekomen in de kamer. Frits vertelde juist over het vakantiehuisje in Toscane. Hij had een advertentie in de krant gezet, en was erin geslaagd om het voor een aardig bedrag door te verhuren. Hij vertelde verder over die nieuwe huurders die bij hem langs waren geweest. Ze had niet meer verstaan wat hij had gezegd. Hetzelfde waren ze, precies hetzelfde, de laarzen van Frits. Nooit had hij dit soort gedragen, en nu plotseling precies dezelfde lage bruin suède laarsjes als Tom had. Ze zaten naast elkaar op de bank, als om de gelijkenis in hun schoeisel te demonstreren. Twee broers, twee vrienden. Ze had de koffie neergezet op het geïmproviseerde tafeltje en was naar de slaapkamer gelopen.

Tien minuten later was Tom binnengekomen. 'Frits gaat weg. Moet je hem nog goeiedag zeggen of zo?'

'Nee.'

Ze hadden een korte woordenwisseling gehad. Dat was het, een wisseling van woorden, niet meer dan dat. Ze had de opgekropte woede gevoeld, maar had zich ingehouden. Ze mocht niet kwaad worden op Tom terwijl de schuld bij Frits lag. Tom wilde trouwens niet horen van enige schuld van Frits. 'Niet om het een of ander, en ik weet dat ik er zelf ook niet buiten sta, maar jíj bent bij Frits weggegaan.'

'Heb je zijn laarzen gezien?'

Dat had Tom niet.

'Dezelfde als die van jou.'

Wat zou dat?'

Dat zou alles.' Ze was toch bijna weer beginnen te schreeuwen. Hij had een hand op haar arm gelegd.

'Zie je dan niet wat-ie doet?' vroeg ze. Bij het laatste woord schoot haar stem bijna een octaaf de hoogte in.

Tom schudde zijn hoofd.

Zuchtend was ze vooroverop bed gaan liggen, haar hoofd in het kussen begravend. Nee, nu kon ze hem niet aankijken, want dan begon ze weer te praten, dan zou ze haar angst en woede naar buiten gooien, en dat mocht niet. Ze had gewacht en gewacht. Het duurde minuten, en die minuten gleden traag voorbij, alsof elke seconde ook echt weggewerkt moest worden. Ze hoorde geen geluid, en wist dat hij naar haar keek. Hij volgde de curves van haar lichaam. Ze droeg een strakke broek en alleen een wijd T-shirt van hem, geen beha eronder. Ze voelde zijn blik over haar dijen gaan. Hij wist het, hij moest het weten. Plotseling had ze zijn hand bij haar enkel gevoeld.

Ze liep nu naar de keuken en keek in kasten of er iets te snoepen was.

Geen chocola of koek, helemaal niets. Tom was naar een winkel in Utrecht. Ze had gevraagd of ze mee kon, maar hij had het afgehouden. Hij moest nog naar een partij kijken en met wat mensen praten. Saaie mensen en saaie gesprekken. Het ging alleen maar over handel en geld. Waarom bleef ze niet gewoon lekker thuis?

Thuis, dit stinkhol? Soms merkte ze het een tijdje niet, maar daarna zat het weer onontkoombaar in haar neus. Waarom bleven ze hier eigenlijk? Waarom zochten ze geen ander huis? Vanavond zou ze er met Tom over beginnen. Dit was niets. Geen inrichting, geen sfeer. Ze bleef het liefst de hele dag in bed.

De telefoon ging. Ene Maurits. Of Tom ook thuis was. Nee, dat was hij niet. O, vreemd, want Maurits had een afspraak met Tom, een half uur geleden had hij er al moeten zijn. Ze vroeg waar de afspraak was. In Utrecht. Ze zei dat Tom naar Utrecht zou gaan. 'Dan is-ie misschien nog onderweg.' Ja, daar hield zij het ook maar op.

Ze wilde weg, het huis uit. Misschien had Tom gewoon pech met de auto, stond hij nu uit te kijken naar de Wegenwacht. Godverdomme, die stank, verschrikkelijk gewoon. Het was ook al dagenlang regenachtig. Ze hield het hier niet langer uit.

Net toen ze de trap afliep, hoorde ze de telefoon gaan. Ze rende half struikelend naar boven. Toen ze opnam, was er aan de ander kant nog niet neergelegd. Ze noemde haar naam, maar er kwam geen reactie. Alleen het ruisen van de lijn was hoorbaar. Plotseling hoorde ze de ingesprektoon. Wat had dit nu weer te betekenen? Had Tom naar huis gebeld om te controleren of ze er wel was? Maar waarom zou hij dat doen? Was het die Maurits weer? Of iemand anders? Frits? Speelde Frits spelletjes met haar? Had hij ook eerder gebeld en zich uitgegeven voor ene Maurits, een zakdoek voor de hoorn? Nee, dat was onmogelijk. Frits kon nooit weten dat Tom vanmiddag een afspraak had in Utrecht.

Ze schrok op toen de telefoon weer ging. Nu was het wel Frits. Hij wilde toch eens praten over de boedelscheiding.

'Ik niet,' zei ze, en ze gooide de hoorn op de haak.

Meteen daarna ging de telefoon weer. Ze ging het huis uit. Eerst deed ze wat boodschappen bij de supermarkt in de buurt voor het avondeten. Ze had vanochtend het idee gehad om Tom te verrassen met een copieuze maaltijd, maar nu in de winkel, wist ze niets meer. Wat had ze ook alweer bedacht? Iets met avocado's vooraf. 'Advocado's' zei haar vader altijd. Die was zo bang om plat te praten. Goed, avocado's. Die waren te hard. Wat dan? Ze kon werkelijk niets verzinnen. Er liep een man met een kind in zijn winkelwagentje. Het leek wel of hij zonder er bij na te denken van alles pakte en in zijn wagentje deponeerde. Dat zou ze ook graag willen. Gewoon het toeval laten regeren, en dan kijken of je een behoorlijke maaltijd op tafel kon zetten. Misschien was het bij die man ook systematischer dan het eruitzag.

Waarom maakte ze zich zo druk om het eten? Zou Tom vanavond wel thuiskomen? Daar wist ze nog helemaal niets van. Misschien had hij een ongeluk gehad. Of was hij een ander vrouw tegengekomen, een vrouw die minder claims legde dan zij? Ze pakte twee pizza's. Als Tom er geen zin in had, konden ze altijd nog uit eten gaan. Ja, dat zou ze doen, als hij wilde, zou ze Tom mee uit eten nemen.

Ze liep verder de stad in. Stom om eerst boodschappen te doen. Nu droeg ze steeds twee pizza's met zich mee. Een teken van culinair onvermogen? Een zwerver zat op een stoepje voor een huis uit een fles bessenwijn te drinken. De man schreeuwde een paar schorre kreten, en moest er zelf erg om lachen.

Ze gaf hem de tas met de bevroren pizza's. 'Als ze ontdooid zijn, kun je ze zo opeten,' zei ze.

Hij grijnsde haar toe met zijn tandeloze mond.

Ze had zeven jurken gepast en de verkoopster tot zichtbare wanhoop gedreven. Net goed, het was een kreng van een mens. Typisch zo'n vrouw die dacht dat ze elke man kon versieren door alleen even met haar kont te draaien. Ja, wel vriendelijk doen, maar ondertussen. Bovendien was het onbehoorlijk duur. Geen jurk onder de driehonderd gulden. Waar zou ze dat van moeten betalen? Ze had bijna geen geld meer. Geen inkomsten, niets.

'De heupen zijn misschien iets te vol voor deze maat,' zei het kreng. Zelf net zo aspergedun als die Amerikaanse filmsterretjes die zo te zien in kassen werden gekweekt.

'Kan ik dan een maat groter nog even passen?'
'We hebben deze niet meer in een grotere maat.'
'Dan... eh, even kijken, laat ik deze 's proberen.'

Misschien zou ze weer moeten gaan werken. Maar waar? Bij iemand anders, bij een salon, als hulpje? Dat was niets voor haar. Ze trok de rits dicht en stapte het pashokje uit. Deze jurk zat fantastisch, alsof hij voor haar gemaakt was. Ze stond voor de spiegel. Zo moest Tom haar zien. Ze zou hem alleen maar thuis aantrekken, voor hem. En weer uittrekken, en weer aantrekken...

Die *bitch* van een verkoopster kwam ook weer kijken. 'Deze past, geloof ik, wel goed, hè?' Aan haar stem zat een vervelende, aanstellerige draai. Aan het eind van elke zin schoot ze iets omhoog.

Leontien zag het prijskaartje. Driehonderdnegenenveertig gulden en vijftig cent. Ze had nog geen vijftig gulden bij zich. 'Wel mooi, maar voor dat geld niet mooi genoeg.'

De verkoopster keek haar een beetje kwaadaardig aan.

In het pashokje probeerde ze rustig na te denken. Deze jurk kon ze onder haar T-shirt en spijkerbroek aanhouden; dan haar jack eroverheen en er was niets van te zien. Maar die verkoopster, hoe moest ze haar passeren? Daar was misschien wel iets op te verzinnen. Ze stapte weer uit het pashokje, slechts gekleed in slipje en T-shirt en pakte twee andere jurken. Ze paste, ging weer terug, pakte opnieuw twee jurken, probeerde een rok, nog een rok, nee, die andere jurk, die was toch leuker, die met die strepen, nee, die. Uit het hokje riep ze de verkoopster die de jurk bij haar naar binnen smeet. Ze ging weer voor de spiegel staan en vroeg aan de verkoopster, die inmiddels bezig was een andere klant te helpen, of deze goed stond. Of er in de rug niet te veel ruimte zat. Zou hij misschien een stukje moeten worden ingenomen? Nee, wist ze dat zeker? Ze twijfelde zelf nog. Eerst die andere nog maar eens proberen. Het was moeilijk om te kiezen, de een was nog leuker dan de ander. Of die rok met dat bloesje?

Zo bleef ze twintig minuten doorgaan. Toen was de jurk wel vier keer haar hokje in- en weer uitgegaan. Ze had meer dan tien andere jurken gepast, en de verkoopster had intiem contact met een zenuwinzinking en een woedeaanval.

'Ik wou toch nog even verder kijken,' zei Leontien, terwijl ze de verkoopster vriendelijk toeknikte en met de jurk onder haar T-shirt en spijkerbroek de winkel uitliep.

Ze had een glas rode wijn besteld om deze overwinning te vieren. De eerste keer dat ze iets gestolen had sinds dat geld uit haar ouders' portemonnee. En het was of ze nooit anders had gedaan. Een prettig soort nervositeit was door haar lichaam getrokken, niet helemaal ongelijk aan de spanning die ze gevoeld had toen ze met Tom mee was gegaan, en die ze nog steeds voelde vlak voor hij haar aanraakte, als hij naar haar keek met die speciale, veelbelovende blik. Buiten de winkel was er even de neiging om hard te gaan lopen. Vlug, naar huis, daar was het veilig. Het had niet veel moeite gekost om die aanvechting te weerstaan.

Ze sloeg de krant open die op het tafeltje lag. 'Man steelt uit eenzaamheid fotoalbums,' las ze. 'De eenzaamheid werd de 27-jarige P.S. uit Bovenkerk te veel. S. leefde al veertien jaar gescheiden van zijn ouders…' Gescheiden van zijn ouders? Dat klonk vreemd. Het betekende wel dat hij sinds zijn dertiende alleen leefde. Toen zat zij in de tweede klas van de havo. Waar had ze anders kunnen wonen dan bij haar ouders? En scheiden, dat deden de ouders van sommige kinderen in haar klas. '…gescheiden van zijn ouders en was niet in staat om contacten met hen of met anderen te leggen. In de afgelopen drie jaar had S. daarom bij minstens 116 inbraken in Amsterdam en omgeving voornamelijk fotoalbums uit woningen meegenomen.' Ze begon hard te lachen. Fotoalbums stelen omdat je zo alleen bent! Krankzinnig, zo zou je je immers nog eenzamer voelen. Al die mensen op die foto's die hadden iemand, een vrouw, kinderen, vrienden, familieleden, een huis, gezelligheid, en daar stond je zelf absoluut buiten. 'Tijdens een zitting voor de rechtbank in Amsterdam werd tegen hem twee jaar geëist waarvan zes maanden voorwaardelijk. S. verklaarde dat hij uit "eenzaamheid" de drang kreeg om in te breken. Als S. de gestolen familiealbums inkeek, kreeg hij het gevoel bij een gezin te horen. S. werd vorig jaar op heterdaad betrapt in Landsmeer toen hij 's nachts op straat liep met een tas gestolen fotoboeken.'

Ze voelde de jurk onder haar T-shirt en spijkerbroek. Er schrijnde een naad tegen haar heup. 'Volgens de officier van justitie mr. B. Ganzestein raakte S. ook seksueel opgewonden als hij de foto's bekeek, of een gezin begluurde door het raam van een woning.' Daar zat hij dan dus achter de bosjes met een stijve pik te kijken naar een alledaags gezin rond de bloemkool met aardappeltjes, draadjesvlees en jus. Waar was Tom? Ze had het telefoonnummer van die Maurits moeten vragen. Straks zou ze naar huis opbellen. Tom was er al, en vroeg zich af waar zij uithing. 'Raadsman mr. P. Versturen meende dat zijn cliënt "een verknipte persoon" is en zeker geen crimineel.' Het zal je maar gezegd worden door je raadsman. 'De advocaat verbaasde zich erover dat de psychiater en de psycholoog geen advies hebben gegeven om S. zo snel mogelijk op te nemen. Volgens de rapporten zou S. slechts verminderd toerekeningsvatbaar zijn geweest. Ook de officier van justitie had gerekend op een advies tot opname. Volgens de reclassering moet S. een training in sociale vaardigheden volgen, anders blijft hij buiten de maatschappij staan.' Einde bericht. En er bleven nog zo veel vragen over. Wat vond S. er zelf van 'een verknipte persoon' te worden genoemd? Wat moest hij doen in de gevangenis? Sociale vaardigheden ontwikkelen samen met cocaïnedealers, verkrachters en messentrekkers? Waarom was S. niet gaan werken bij een fotohandel? Daar zouden al die familiefoto's door zijn handen gaan. Hij kon de mooie dubbel afdrukken. Misschien ook wel die van huwelijksreportages!

Ze ging naar de wc en trok haar spijkerbroek en T-shirt uit. Toen ze terugkwam aan haar tafeltje, zat er een man van een jaar of veertig. Hij keek haar belangstellend aan. 'Je hebt er toch geen bezwaar tegen dat ik hier ben gaan zitten?'

Ze haalde haar schouders op, en bestelde nog een glas rode wijn.

'Mag ik je dat misschien aanbieden?'

'Nee, ik betaal liever zelf.'

Ze trok de krant weer naar zich toe, en zag nu pas het berichtje dat vlak onder het fotoalbumverhaal stond. 'Rupsvoertuig verplettert auto. Arnhem – Een rupsvoertuig heeft dinsdagmiddag in Arnhem een auto overreden. De bestuurder van de auto, een 34-jarige man uit Oosterbeek, is overleden. De tank, komend uit de richting Apeldoorn, kwam door nog onbekende oorzaak op de verkeerde weghelft terecht en reed de hem tegemoetkomende auto finaal plat.'

'Mijn God,' riep ze uit. 'Finaal plat.'

De man en vele anderen in het café keken haar verwachtingsvol aan. Gek genoeg zag ze een volledig gepletter rups voor zich. Dat had ze als kind wel gedaan: een rups plat drukken onder haar voetzool, en daarna walgend kijken wat er uitgekomen was: een soort vanillevla met bruinige stukjes. Wat was er uit die man gekomen? Hij was nog maar 34 jaar. Net zo oud als Tom! Er was iets met Tom gebeurd, ze wist het zeker. De tranen stonden meteen in haar ogen. Ze stond op, gooide een briefje van tien op het tafeltje en rende naar buiten. Ze hoorde snelle voetstappen achter zich. Die man natuurlijk. Hij was niet zomaar aan haar tafeltje gaan zitten. Ze hadden haar betrapt. Weliswaar niet op heterdaad, maar toch.

Ze schoot de weg over. Remmen gilden zoals ze horen te gillen. 'Klerewijf, ken je niet uitkijken!' Ze draaide zich om en zag aan de overkant van de straat de man zwaaien met haar spijkerbroek en t-shirt. Op deze manier probeerde hij haar zeker te lokken, maar zo makkelijk kreeg hij haar niet. Ze rende een steeg in.

Met de tram was ze naar huis gegaan. Ze had het koud in dit jurkje, maar tegelijk voelde ze een vreemde broeierige warmte van binnen. Bijna was ze op de tram naar haar oude huis, de woning van Frits, gestapt. Stel dat ze daar, als in hypnose, naartoe was gegaan. Sleutel vergeten, aanbellen, Frits boven aan de trap. Alles vergeven en vergeten, en zo waren er nog wel een paar clichés voorhanden.

Ze stond voor de buitendeur van hun mooie, stinkende pakhuisetage. Toms auto was nergens te zien, maar dat zei niets. Parkeerruimte was hier een schaars goed. Ze weifelde; zou ze wel naar binnen gaan? Dit was beslissend. Als hij er niet was, dan zou alles voor niets zijn geweest. Een nutteloos intermezzo. Maar een intermezzo kwam altijd ergens tussenin. En wat zou het vervolg zijn? Ze voelde hoe ze het nog kouder kreeg, en werd kwaad op Tom. Waarom was hij verdomme niet op tijd in Utrecht geweest? Waarom had hij haar niet verteld wat zijn bezigheden zouden zijn? Mocht ze het niet weten? Als hij een andere vriendin had, dan kon hij het haar beter direct vertellen. Ze zag de verkoopster in de winkel weer voor zich. Vermoorden, ze zou haar kunnen vermoorden, dat rotwijf. Wat moest ze met Tom? Hoe durfde ze?

Eindelijk stak ze haar sleutel in het slot. Op de eerste verdieping was blijkbaar niemand thuis. Anders hoorde je altijd klassieke muziek, elk uur van de dag, alsof dat de stokvis kon verdrijven. De tweede etage. Ze deed de deur langzaam open. Ze hoorde twee stemmen, bekende stemmen, mannenstemmen.

8

Het was makkelijk dat ze aan een gracht woonden. Hij kon aan de overkant blijven en reduceerde zo de kans dat ze hem zouden zien. Maar het duurde wel lang. Een man die zijn hond uitliet, keek hem al nieuwsgierig aan. Zijn toestel was een aardig alibi: op zoek naar een mooie scène, een interessant beeld. Hij bracht de Nikon naar zijn rechteroog, kreeg de etage van Tom en Leontien in de zoeker, en drukte af. Iets dichterbij halen. Hij drukte nog een paar keer af. De man met de hond bleef hem hinderlijk volgen. Frits liep een zijstraat in. De overgang was opvallend: op de gracht dure panden en hier halve en hele ruïnes. Veel voormalige winkeltjes waarvan de etalages voornamelijk werden ingenomen door een enorme hoeveelheid troep, alsof er allemaal handelaren in tweedehands spullen woonden.

Hij liep weer terug, en merkte dat hij precies op tijd was. Ze kwamen naar buiten. Leontien had de flitsende jurk nog aan, waarmee ze aan het eind van de middag thuis was gekomen. Hij was trots op haar geweest, zo mooi als ze eruitzag. Natuurlijk was ze kwaad, woedend zelfs. Ze begon onmiddellijk te schelden. Wat hij hier moest, wat hij hier te zoeken had, ze hadden elkaar immers niets meer te zeggen. En in één moeite door was ze tegen Tom uitgevallen: wat had hij vanmiddag gedaan, waarom was hij niet naar Utrecht geweest, wat was er met dat telefoontje? Tom had gezegd dat dat haar geen moer aanging. 'En, trouwens, waar was jij zelf vanmiddag? Ik kom thuis, en er is helemaal niemand, geen briefje, niks, niemand, geen teken van leven. En dan moet jij mij zo nodig verwijten gaan maken. Kom nou.'

Hij had er zelf wat ongelukkig bijgezeten. Tom wist misschien nog niet helemaal hoe hij dit soort driftbuien op moest vangen. Ze kon ook zo verschrikkelijk uitschieten. Het beste was om haar dan even haar gang te laten gaan. Ze moest zich gewoon ontladen.

'Wat heb je een leuke jurk aan,' had hij gezegd.

'Waar bemoei jij je mee? Ik heb jouw gezicht nou al langer dan acht jaar elke dag gezien, en ik heb er genoeg van, finaal genoeg! Het hangt me mijn strot uit. Ik wil wat drinken, ik moet wat drinken.'

'Er is alleen nog maar jenever,' zei Tom. 'Wil jij een borrel, Frits?'

'O god, gaan we weer gezellig doen,' zei Leontien. Ze had een sigaret opgestoken, en zat driftig te roken.

'Niet gezellig, maar gewoon beleefd, gastvrij.'

'Frits is geen gast van mij, dus ik hoef helemaal geen gastvrouwtje te spelen.' Ze ging voor het raam staan. 'Het stinkt hier weer verschrikkelijk. Ruik jij het niet?'

Frits zei dat het inderdaad wel een beetje stonk.

'Ik vroeg het niet aan jou,' zei Leontien, terwijl ze hem haar rug bleef tonen. Het was een mooie, blote rug in deze jurk.

Tom ging er niet verder op in. 'Wat eten we eigenlijk vanavond?'

'Ik zou het niet weten,' zei Leontien.

Tom en Leontien zouden in een restaurant gaan eten. Hij had nog een paar adviezen gegeven. Dat Filippijnse restaurant in de Utrechtsestraat, dat was heel goed. En er was een nieuw restaurant op de Leliegracht, dat scheen een uitstekende keuken te hebben. De bediening en de ambiance waren verder ook heel aardig. Hij had er zelf nog nooit gegeten, maar vrienden waren enthousiast geweest.

Daarna was hij weggegaan. Tom was met hem meegelopen naar de deur. Hij had Tom nog even op het hart gedrukt om een beetje tolerant met haar te zijn, ze was nu eenmaal verschrikkelijk opvliegerig en wild. Van het ene op het andere moment kon ze van die buien hebben. Het werd alleen maar erger als je daar verkeerd op reageerde. 'Maak je niet bezorgd,' had Tom gezegd.

Hij was razendsnel naar huis gegaan, had zijn camera gepakt, en was teruggekomen. Hij zoomde in tot hij ze goed in beeld had, en drukte af. Hoe gingen ze? Lopen gelukkig, tenminste voorlopig. Het was zaak dat ze hem niet zouden zien. Nu had hij ze mooi in beeld. Hij drukte af. En nog eens, en nog eens. Keek Leontien nog steeds kwaad? Nee, de bui was alweer overgedreven. Ze lachte. Ze sprong en danste door de straat. Hij wilde naar haar toe rennen om haar vast te houden, met haar weg te dansen, te zingen, te juichen. Kijk, Tom lachte ook. Hij zoomde in op Tom en drukte af. Ze stonden plotseling stil. Leontien sloeg haar armen om Tom heen, en ze omhelsden elkaar wild. Een zoen waar geen einde aan leek te komen. Een voorbijganger keek een beetje misprijzend. Tom legde zijn handen om Leontiens billen en tilde haar een stukje op, zodat ze met haar voeten van de grond kwam. Frits moest even zijn ogen sluiten. Daar stond hijzelf met Leontien. Hij voelde haar warme, natte lippen, haar tong die door zijn mond woelde, de zachte sensuele warmte van haar lichaam drong door zijn kleren. Ze droeg alleen die jurk, maar had het blijkbaar niet koud. Hij kreeg een erectie tegen de soepele welving van haar buik, een enorme erectie. Zijn handen gleden over haar lichaam. Hij pakte haar nog steviger vast, drukte haar lichaam tegen het zijne zodat het bijna pijn deed. Hij moest zich even vasthouden aan een lantaarnpaal. Toen hij zijn ogen weer opendeed, stonden ze er nog. Hoe lang ging dit nog door? Het moest ophouden, nu onmiddellijk. Het was Tom die daar Leontien stond op te vrijen, en niet hijzelf. Zijn erectie deed hem pijn. Eindelijk hielden ze op. Maar ze liepen niet verder. Kennelijk gingen ze terug naar hun huis. Wat keek Leontien gelukkig! Ze sprong en huppelde. Plotseling was ze weer een kind, een vrolijk, jong kind, dat nog nergens problemen in ziet, voor wie het leven alleen maar spel is.

Hij wist precies hoe het verder ging. Alle bewegingen en alle gebaren. De manier waarop ze haar jurk uit zou trekken, de trage, slepende passen waarmee ze om het bed zou lopen. Ze zou de jurk zorgzaam op een stoel draperen. Daar ging haar aandacht volledig naar uit. Ze had ogenschijnlijk geen belangstelling voor iets anders. En hij lag op haar te wachten. Het was weer net als vroeger. Leontien was gelukkig en ze waren samen. Voor altijd samen. Nooit kon iemand dit verbreken, nooit kon iemand hier tussenkomen. Ze noemde hem Tom, een kleine vergissing. Dat kon iedereen overkomen. Maar was het wel een vergissing? Ze waren in dat huis waar het naar vis stonk, maar dat rook hij nauwelijks. Leontien kwam bij hem. Haar geur overheerste alles, de geur van haar lichaam, de geur van een lichaam dat nauwelijks kon wachten om met hem te gaan vrijen, maar dat toch plotseling plagend afstand van hem nam. Wat wilde hij? Dacht hij dat het zomaar ging? Ze keek hem aan met een verstolen, geile blik.

'Hé, lul de behanger, ken je niet een beetje uitkijken?'

Hij had zelf nauwelijks gevoeld dat hij tegen de man was opgebotst. 'Sorry, ik was een beetje in gedachten verzonken.'

'Verzonken?' vroeg de man, terwijl hij een van de twee plastic boodschappentassen die hij bij zich droeg, neerzette. 'Je keek gewoon niet uit je doppen.'

De man droeg twee jassen over elkaar. Er sloeg een zure stank van hem af. Hij zette nu ook de andere tas neer. Frits zag dat in elke tas weer een serie andere tassen zaten. De eigenlijke inhoud bestond zo te zien uit oude kleren.

'Heb je misschien twee piek voor me, voor een bakkie koffie? Ken ik een beetje bijkomen van de schrik.'

Frits pakte zijn portemonnee. Een vijfje was het kleinste dat hij bij zich had. 'Hier, neem maar een cognacje bij de koffie.'

Toen hij het geld eenmaal in zijn groezelige hand had, maakte de man zich razendsnel, zonder een bedankje, uit de voeten.

Hij had het rolletje ontwikkeld en een contactafdruk gemaakt. Twee zocht hij er uit om ze op verschillende groottes en elk ook weer op verschillende papiersoorten af te drukken. Hij stuurde de foto's door de papierdroger. In zijn archief zocht hij naar een geschikte foto van zichzelf. Hij had er maar weinig. Wel honderden foto's van Leontien, maar die waar hij zelf op stond leken niet bruikbaar. Hij pakte die ene foto van Tom en Leontien nog eens waarop Tom bijna recht in de camera had gekeken, Leontien haar armen om hem heen. Het was jammer dat je haar ogen niet kon zien, maar ze was het, ze was het zonder meer. Die jurk stond haar fantastisch.

Hij legde een nieuw rolletje in de camera en installeerde zich in zijn studio. Het zou niet makkelijk zijn om hier binnen zijn gezicht te fotograferen zo dat het leek alsof het een buitenopname was. Met zijn vingers ging hij even door zijn haar. Hij schoof met de lampen om het licht optimaal te krijgen, zette de camera op de zelfontspanner en probeerde in dezelfde richting te kijken als Tom dat eerder ten opzichte van zijn camera had gedaan. Toen hij tien foto's had gemaakt, ontwikkelde hij het rolletje, en maakte een contactafdruk. Hij vergeleek de foto van Tom en Leontien met zijn portretten, en koos er één uit.

Op de geselecteerde foto nam hij de maat op van Toms hoofd, en vergrootte zijn foto precies tot de juiste omvang. Hij haalde de foto uit het stopbad en deed hem in de fixeer. De minuut duurde onwaarschijnlijk lang. Hij spoelde de foto af, en liet hem door de papierdroger lopen. Zo moest het goed zijn. Hij sneed zijn hoofd uit en legde het op dat van Tom. De nek paste goed. De kin ook, maar godverdomme, daar, vlak boven het rechteroor, stak nog een minimaal plukje haar van Tom naar buiten. Dan nog maar een klein beetje extra vergroten. Zo zouden de proporties niet helemaal perfect zijn, maar het was noodzakelijk om dat plukje haar kwijt te raken.

Na een paar minuten had hij de nieuwe foto. Ja, zo was Tom helemaal weggewerkt. Hij pakte een scalpel om het papier te kunnen splitsen. Van het dunne laagje dat hij overhield, schuurde hij aan de achterkant uiterst voorzichtig de randjes weg. Daarna plakte hij het met een beetje rubbercement over het hoofd van Tom. Door zijn oogharen keek hij naar de nieuwe foto. Kijk, dat was hij met Leontien. Ze omhelsden elkaar. Hij had iets minder ernstig moeten kijken. De uitdrukking op haar gezicht, dat je alleen en profil kon zien, was vrolijker, feestelijker. Waarom vermeed hij nu het woord? Dat hoefde toch niet meer? Hij stond toch met haar op de foto? Verliefder, dat was het, terwijl hijzelf een wat serieus gespannen trek op zijn gezicht had. Toch hoorden ze bij elkaar, dat kon je meteen zien. Ze was ook vrolijk vanwege de nieuwe jurk.

Hij legde de foto neer, deed een nieuw rolletje in zijn camera en drukte een paar keer af onder verschillende belichting en van verschillende afstanden. Plotseling durfde hij niet meer. Hij zat daar zelf met Leontien in de camera. De foto was vandaag genomen. Eigenlijk had de kop van een krant in een hoekje moeten staan. De datum zou het bewijs zijn. Maar nu was ze ergens anders. Hij probeerde de beelden te censureren, maar ze drongen onweerstaanbaar zijn hoofd binnen. De keuring werkte niet meer. Hij ging naar het keukentje en pakte een pilsje uit de ijskast. De opener was nergens te vinden. Dan maar in het schootgat van de deurpost. Het bier spoot schuimend naar alle kanten. Hij dronk de rest staande op, en pakte een nieuw flesje. Dat kreeg hij open zonder te morsen. Een goed teken.

Nee, hij mocht het niet ontlopen. Leontien wilde dit. Als hij van haar hield, als hij echt van haar hield, dan moest hij dit accepteren. Hij was nooit zelfzuchtig geweest, ook niet in zijn liefde voor Leontien. Vaak was liefde een dekmantel voor egoïsme. Bij zijn ouders had hij dat altijd treffend gevonden. We doen het allemaal voor jou, dat was de standaardfrase. Ja ja, voor hem, maar wel om er zelf beter van te worden, om later te kunnen genieten van de dankbaarheid waarvan hij vervuld zou zijn. Zo mocht hij zich niet tegenover Leontien gedragen. En Tom? Wat kon hij Tom kwalijk nemen? Toen hij Leontien ontmoette, had hij zich toch ook niet afgevraagd of ze misschien iemand anders had? Of ja, hij had het zich wel afgevraagd, maar zou hij zich erdoor hebben laten weerhouden? Nee, natuurlijk niet.

Daarvoor had Leontien meteen te hevig en te wild bezit van hem genomen. Tom zou haar nu bezitten. Ook wild en hevig. Zou hij weten wat ze wilde, hoe ze het het lekkerste vond?

Het rolletje. De ontwikkelaar. Wachten. Alles moest nu in een straf tempo gebeuren. Concentratie was belangrijk. Hij werd Tom en Tom was met Leontien. Prima, de negatieven. Contactafdruk. Stopbad. Fixeer. Spoelen. Drogen. Deze kleine afdrukken waren bijna allemaal perfect. Pas als hij ze opblies, zou je de trucage kunnen zien. Daar was hij met Leontien. Er hoefde verder niets meer te worden bewezen. Dit was voldoende. Toch moest hij ze vergroten. Hij zocht de beste uit, en volgde de bekende routine.

Met de foto's in zijn handen zat hij op de bank. Drie waren er door de controle gekomen. Dit waren de drie beste. Hij dronk van het bier waarmee hij het knagende hongergevoel had bestreden. Er was niets veranderd. Leontien sloeg haar armen liefhebbend om hem heen. Het jasje dat hij aan had, zou hij morgen moeten kopen. Het stond hem uitstekend. De vingers van Leontiens rechterhand verdwenen onder de kraag. Dat was een intiem gevoel. Hij kon de foto's hier ophangen. Hij schrok van de bel. Wie kon er nog zo laat op bezoek komen? Was het Leontien misschien? Of Tom, die kwam vertellen dat ze weggelopen was, dat hij haar zocht? Het zou niet de eerste keer zijn dat ze compleet over haar toeren het huis uit liep.

Het was Hilco. 'Wat kijk je gek! Ik zal je heus niet opvreten, als je daar soms bang voor mocht wezen. Hé, wat ligt daar nou? Nee, stil maar, ik zeg niks.'

Hilco stond met de foto's in zijn handen en bestudeerde ze een voor een. Vervelend dat hij ze niet had opgeborgen voor hij had opengedaan, maar dit was wel een mooie test. Hilco lachte een beetje. Het was zo'n irritant lachje. Typisch bedoeld voor de buitenwereld. Heb je het in de gaten dat ik ergens om lach? Maar je kon er niets van zeggen. Het was tegelijk een binnenpretje dat ontsnapte. Hilco bleef lang naar de foto's kijken. Zou hij er iets vreemd aan opmerken?

'Ik heb wel 's betere foto's gezien,' zei hij ten slotte. 'Wie heeft ze gemaakt?'

'Ik.'

'Jij? Terwijl je d'r zelf op staat? Midden op de stoep? Dan werk je toch niet met... eh, hoe heet dat ook alweer, met de zelfontsnapper...'

'Zelfontspanner. Ik bedoel ook dat ik... eh, dat ik ze zelf heb afgedrukt.'
Hilco keek hem bevreemd aan. 'Mooi jasje heb je aan... Zou je trouwens je liefhebbende broertje niet eens wat te drinken aanbieden? Je bent zelf ook aan de pils, zo te zien.'
Hilco zat al een minuut of vijf voor zich uit te staren. Dit was niets voor hem. 'Jouw mondje staat nooit stil,' had hun moeder altijd tegen hem gezegd.
'Voetbal je nog?' vroeg Hilco onverwachts.
'Natuurlijk niet, in de zomer ligt de competitie toch stil.'
'Weet je nog, die keer dat ik meeging, samen met Leontien?'
Ja, zeker wist Frits dat nog. Na afloop in de kantine had Hilco zich vol laten lopen. Hij had tactische verhalen gehouden over hoe ze volgens hem moesten voetballen. En daarna met Roel terug in zijn auto. Wat was die Hilco verschrikkelijk vervelend geweest. Niet te harden, gewoon. Door de drank praatte hij nog schreeuweriger dan anders. Pas toen hij een blowtje had genomen, werd het wat minder.
'Een ouwe-lullenelftal,' zei Hilco. 'Jullie spelen gewoon te slap, jullie gaan er niet hard genoeg in.'
'O, de specialist is aan het woord, de grote voetbalkenner. Waarom speel je zelf niet?'
Hilco haalde zijn schouders op, en pakte de foto's weer van het tafeltje. 'Waarom liggen die foto's hier eigenlijk? Ben je een beetje masochistisch ingesteld of zo?'
'Zo kan-ie wel weer. Ik ben dus een masochistische ouwelullenvoetballer. Heb je nog meer van dat soort beledigingen in huis? Zeg het dan maar meteen, dan hebben we dat tenminste gehad.'
'Wat ben jij gauw op je pik getrapt... kolere hé.' Hij keek naar de foto's. 'Jullie waren toch wel een leuk stel...'
'Dankjewel.'
'Zie je Leontien nog wel eens?'
'Nee... nou ja, we moesten nog wat regelen, voor de vakantie en zo.'
'Ja, hoe is dat eigenlijk? Jullie zouden toch naar Frankrijk of zo.'
'Italië.'
'Daar hadden jullie toch een huisje.'
'Ja, maar dat heb ik weer doorverhuurd.'
'Jammer,' zei Hilco.

'Hoezo jammer?'

'Nou, we hadden misschien... eh, samen of zo, ik bedoel... ik ben al in geen drie jaar met vakantie geweest. De mensen denken zeker dat de bijstand al vakantie is, nou, mooi niet.'

'Ik had toch niet zo veel zin meer,' zei Frits, 'en dacht je dat dat zou klikken, wij tweeën met vakantie?'

'Waarom niet?'

'Waarom wel?'

'Tering, wat ben jij chagrijnig.'

'Ik ben moe,' zei Frits.

'Dus of ik maar wil oprotten.'

'Dat zei ik niet.'

'Nee, maar dan heb ik nog liever dat je het maar meteen zei, dan weet ik tenminste waar ik aan toe ben.'

Hilco kreeg geen genoeg van de foto's.

'Zeg het maar,' zei Frits en hij probeerde een wat vriendelijke toon in zijn stem te leggen, 'hoeveel heb je deze keer nodig?'

'Godverdomme,' zei Hilco, en hij sloeg zo hard met zijn vuist op het tafeltje dat zijn flesje omviel. Frits griste de foto's net op tijd weg. 'Ik ben het zat, ik ben het helemaal zat om zo te worden afgezeken. Jij neemt me niet serieus, pa en ma nemen me niet serieus. Nee, zeg maar niks, ik weet het wel. Ik blijf altijd je kleine broertje, die te stom is om een behoorlijke baan te vinden, die een beetje parasiteert op de maatschappij. Ja, dat ben ik, een parasiet.' Hilco ging staan en begon nu bijna te schreeuwen. 'Nee, ik heb geen baan, ik heb geen goed huis, ik heb geen vrouw en geen vriendin, ik ben niks, ik ben een mislukkeling, een nitwit, de schande van de familie. Met mij hoef je helemaal geen rekening te houden. Als je niet meer met me wilt praten, dan vraag je gewoon hoeveel geld ik nodig heb. Koop je daarmee soms je eigen schuldgevoel af? Krijg je zo weer een zuiver geweten?'

Hilco ging zitten en verborg zijn gezicht in zijn handen. Frits vroeg zich af of hij nu toch met een beetje geroerd was. Hij probeerde zich Hilco voor te stellen als klein jongetje. Ja, toen was hij wel lief geweest. Het lieve broertje, vier jaar jonger, die alle aandacht, liefde en zorg van zijn ouders kreeg. Jij redt je wel, Frits. Nee, rancuneus was hij niet en hij had wel leuke herinneringen, bijvoorbeeld aan Hilco toen hij vier jaar was en naar de kleuterschool ging. Hilco was zo trots op zijn broer in de tweede klas van de lagere school, zijn grote, sterke broer. Soms speelden ze samen. Had de Hilco die hier zat nog iets met dat jongetje van vier te maken? Hij was iemand die kwam en ging, meestal op ongelegen momenten. En als je op hem rekende, dan verscheen hij niet. Een paar maanden geleden hadden ze hem nog een keer uitgenodigd om te komen eten. Leontien had verschrikkelijk haar best gedaan. Hilco zou om een uur of zeven komen. Ze hadden extra veel bier ingeslagen. Om negen uur was hij er nog niet. Uiteindelijk hadden ze zelf alles opgegeten.

Tegen elf uur had Hilco opgebeld. Hij was duidelijk zeer dronken. 'Sorry, hoor, maar ik was 't een beetje vergeten,' zei zijn dikke stem. Een meisje giechelde op de achtergrond. 'Ikke... nou ja, een volgende keer beter.' En hij had de verbinding verbroken.

Hilco stond op. 'Ik ga maar 's. Ik weet wanneer ik niet welkom ben.'

'Zo bedoel ik 't niet,' zei Frits. 'Hoe is 't trouwens afgelopen met je telefoon? Is-ie nog afgesloten?'

Hilco knikte gelaten.

'En hoeveel kost 't om hem weer opnieuw te laten aansluiten?'

'Veel geld,' zei Hilco. 'Daar zou ik maar niet aan beginnen.'

'Dat was ook niet mijn bedoeling.'

Hilco pakte nog een foto van het tafeltje. 'Toch jammer van Leontien. Was wel een toffe meid. Een beetje gek misschien, maar dat zijn vaak de leukste... niet dan?'

'Tsja.'

'Als je d'r nog 's ziet, doe haar dan de groeten.'

Het was niet druk in het café. Hier was het dus gebeurd, hier was Leontien hem ontglipt, en waren acht jaar samen in één keer weggevaagd. Alsof de geschiedenis moest worden herschreven. Er danste nu niemand. Dat gebeurde waarschijnlijk alleen op drukke zaterdagavonden, en dan alleen als er zulke gangmakers als Leontien bij waren, die zich er niets van aantrokken of er werkelijk mocht worden gedanst. Er kwam een meisje naast hem aan de bar zitten. Na een tijdje raakten ze in gesprek. Ze was een gretige vertelster. Binnen een halfuur was hij volledig ingewijd in haar jeugd en haar toekomstplannen. Ze studeerde hier, Europese Studies. Hij vroeg wat dat was, maar ze leek het niet goed uit te kunnen leggen. Ze volgde in ieder geval colleges in een heleboel vakken, en later zou ze een leuke baan kunnen krijgen, ergens in de Europese Gemeenschap.

Hij probeerde haar terug te voeren naar haar jeugd, maar daar reageerde ze niet op. Ze vroeg wat hij deed.

Het was eruit voor hij het wist. 'Ik handel in tweedehands kleding.'

'Echt waar, te gek!'

'Ja, dat jasje dat jij aan hebt, heb ik misschien wel geïmporteerd... zou kunnen.' Hij voelde even aan de mouw, alsof hij zo uitsluitsel zou kunnen krijgen over de herkomst van het overduidelijk tweedehands colbertje.

Ze wilde alles weten over de handel in tweedehands kleren, vooral over de Europese connecties, maar hij probeerde op een ander onderwerp over te schakelen. 'Laten we het in godsnaam niet over werk hebben. Werken, dat doe ik de hele dag al. Wil je nog wat drinken?'

Ze praatten door over popmuziek, vakanties, parkeerproblemen in Amsterdam, huizen en kamers, roken, drankgebruik, lekker eten en toen stortte Frits een beetje in elkaar.

'Ik merk plotseling dat ik nog niets gegeten heb, vanavond. Zouden ze hier nog iets hebben?'

De keuken bood alleen nog leverworst, een traktatie die Frits aan zich voorbij liet gaan.

Ze aten een broodje in een Shoarma-Grillroom-Snackbar vlak bij het café. Het was halftwee toen ze weer buiten stonden. Frits wist niet meer wat je deed in zo'n geval. Waren er nieuwe regels? Weken de codes af van die van een jaar of tien geleden? Zou hij een belachelijke indruk maken als hij haar voorstelde met haar mee te gaan?

'Daar staat m'n fiets,' zei ze.

'O, vlak bij de mijne.'

Dat leek voldoende te zijn. Hij vroeg waar ze woonde. Het was ergens in de Kinkerbuurt, op een halve etage, in een woningblok dat voor de helft was afgebroken. 'Het is een puinzooi, ook in m'n kamer.'

'Dan ga je toch met mij mee.'

Toen hij zijn fiets aan de ketting had gelegd, bleef hij naar zijn vensterramen kijken. Stel dat Leontien vanavond net teruggekomen was. Ze hield het niet meer uit bij Tom.

'Hé, blijven we hier op straat staan?'

'O nee, sorry.'

'Toch geen plotselinge bedenkingen of zo?' vroeg het meisje. 'Anders heb ik liever dat je het meteen zegt.'

Hij pakte haar arm. 'Nee, natuurlijk niet.'

Boven nam hij onwennig galant haar jas aan. Overal hingen foto's van Leontien. Gek, maar het ging allemaal precies zoals vroeger. Als je verschrikkelijk je best deed, versierde je nooit een meisje, en als je helemaal niet gemotiveerd of geïnteresseerd was, kwam het je zomaar aanwaaien. Hij vroeg of ze nog iets wilde drinken.

'Ja,' zei ze, 'maar ik ga niet meer zitten. Anders heb ik net het gevoel of ik op visite ben. Dan lukt 't niet meer, dan kom ik niet meer uit die stoel.' Ze sloeg haar armen om hem heen.

Ze zoende hem voorzichtig. Hij proefde haar mond. De smaak was anders. Ze drukte zich tegen hem aan. Hij voelde haar borsten in zijn maagstreek. Ze was iets kleiner dan Leontien.

'Ik weet nog niet eens hoe je heet,' zei ze.

'Tom, en jij?'

9

Ze hadden twee dagen in bed doorgebracht. Drank en voedsel hadden ze laten bezorgen door een cateringbedrijf. Een merkwaardige koortsige gloed was door haar heen gestroomd toen ze, met alleen een kamerjas aan, het eten aannam. Een kwartier daarvoor was ze nog in een andere wereld geweest, ergens ver weg. 'Ga je mee naar Orgastië?' had Tom in haar oor gefluisterd. De reis alleen al. Tom had zelfs een fles champagne besteld. Verder vooral veel salades en lekkere broodjes. Er stond een jongen voor de deur met de bestelde waren.

Tom lag nu naar het plafond te staren. Wat afschuwelijk om niet te weten wat hij dacht. Ze trok met haar vingers een spoor door zijn schaarse borstharen. Wat ging er om in zijn hoofd, probeerde hij al een plan te bedenken hoe hij haar zou kunnen lozen, of was daar geen plan voor nodig? Nee, Tom leek niet iemand die dat strategisch aanpakte. Hij zou gewoon zeggen dat het nu mooi was geweest, geen valse sentimenten, geen strategieën – als we nu eens een tijdje… misschien dat daarna… Nee, ze zou op straat staan voor ze het wist. Hij bleef maar naar boven kijken. Ze streelde zijn schouders, zijn hals, liet haar vingers langs zijn armen glijden tot aan zijn vingertoppen. Tom had opvallend mooie handen, zachte enigszins smalle vrouwelijke handen, die ze nooit zou associëren met tweedehands kleding. Dat woord, daar had Tom trouwens een hekel aan. Het klonk te goedkoop, te morsig, het zette hem in een hoek die te beperkt leek.

Hoe lang zouden ze nog in bed blijven? Daar zou Tom niets over zeggen. Misschien had hij het allang in zijn hoofd, misschien had hij over een uur een afspraak, en werd dat pas op het laatste moment duidelijk. Als ze het vroeg, zou hij zeggen: waarom wil je dat weten, begint het je te vervelen? Hij had gelijk. Ze moest ervan genieten zolang het nog kon. Met haar hoofd ging ze op zijn schouder liggen, haar hand op zijn buik. Na een paar minuten viel ze in slaap.

Even dacht ze dat er een bezoeker was. Van ver weg hoorde ze een andere stem. Niet die van Tom. Ze lag alleen in bed. Het geluid kwam uit de woonkamer. Ze liep er op haar tenen naartoe. Tom zat naar het antwoordapparaat te luisteren dat hij ruim een maand geleden had gekocht. 'Had ik natuurlijk al veel eerder moeten hebben,' had hij gezegd. 'Worden we ook niet meer gestoord als we liggen te vrijen.'

Hij zat op de bank, zonder kleren aan. Vertederd zag ze hoe zijn geslacht willoos en kwetsbaar over het randje van de zitting hing. De tranen stonden haar in de ogen. Zonder in de gaten te hebben dat zij daar stond, spoelde hij het bandje een stukje terug en zette het weer aan. Er klonk gekraak en geruis. Plotseling brak daar een stem doorheen. 'Dit is Maurits. Je weet wel waarom ik bel. Het is nou drie dagen geleden, en ik vind dat ik lang genoeg heb gewacht. Als je denkt dat dit een leuk spelletje is, dan heb je het mooi mis. Het is nou geen geintje meer. Die handel raak ik in Kameroen nog niet kwijt. Ik...' Er klonk een enorm gehoest. Tom streek met zijn hand even achteloos over zijn ballen. Ze wilde roepen of op z'n minst naar hem toegaan, maar iets weerhield haar daarvan. Hij was nu zo verschrikkelijk kwetsbaar lief. Maurits hoestte zijn longen uit zijn lijf. Er klonk een tik; de spreektijd was om. Direct daarna belde Maurits klaarblijkelijk weer. Tom nam een slok uit een flesje bier. Ze had zelf ook wel dorst.

'Normale mensen hebben een adres, en als jij dat ook had, dan was ik daar allang. En dan was je blij dat je de káns kreeg om terug te betalen. Ik hoop dat ik duidelijk ben.' Er klonk een onderdrukt hoestje. 'Bel me nou effe... je weet, met Maurits is altijd te praten, met mij kan je altijd een deal maken.' Maurits noemde ten slotte zijn telefoon- en faxnummer.

Tom schakelde de band uit, en nam nog een slokje bier. Zijn rechterhand krauwde even door zijn schaamhaar. Ze liep naar hem toe en ging naast hem zitten. Ze pakte zijn flesje en zette het aan haar mond.

'Moeilijkheden?' vroeg ze.

'Hoezo?'

'Nou, dat telefoontje net, die Maurits... dat is toch die man uit Utrecht waar je laatst een keer niet op een afspraak bent geweest of zo.' Ze lachte een beetje bij de laatste woorden.

Hij keek haar peinzend aan. 'Wat is daar voor leuks aan?'

Ze haalde haar schouders op. Plotseling kreeg ze het koud. Zijn ogen waren anders dan normaal.

'Wat is dat dan, met die Maurits?' vroeg ze. 'Waarom zeg je verder niets?'

'O, een misverstand... ik bedoel tussen Maurits en mij. Daar komt-ie nog wel achter. Die lul denkt dat-ie mij een beetje kan commanderen. Mister secondhand clothes uit Utrecht, uit Joetregt... alleen maar een misverstand. Die man windt zich op om niks, helemaal niks.'

Ze had bijna gesuggereerd even terug te bellen, om dat misverstand uit de wereld te helpen, maar dat zou Tom zeker niet op prijs stellen. Eigenlijk was ze al te ver gegaan. Ze zei dat ze het een beetje koud had, maar hij reageerde niet. Met een bijna afwezig gebaar pakte hij het flesje weer uit haar hand.

'Er zit niks meer in,' fluisterde ze.

Hij liep naar de keuken, maar kwam terug zonder bier. 'Op.' Hij ging weer naast haar zitten. 'We moeten verhuizen.'

Ze lachte. 'Toch niet omdat het bier op is?'

'Ja, natuurlijk, ik ruil mijn auto toch ook in als de tank leeg is. Nee... weet je nog, twee weken geleden, toen we die middag eruit moesten, omdat er kijkers waren? Nou, die schijnen het gekocht te hebben. Voor heel wat minder dan Simon er zelf voor heeft betaald, maar dat is zijn zorg. Simon heeft ook gebeld. Als 't even kan, moeten we er over twee weken uit, dat scheelt hem algauw een paar duizend gulden. Wij moeten wat anders zien te vinden. Of ga je terug naar Frits?'

'En het was een ontzettend warme, zomerse dag toen ik met m'n vriendinnetje Selma naar het zwembad ging. We droegen alletwee een heel kort rokje, daaronder een dun, doorzichtig slipje en verder een T-shirtje. Alletwee voelden we ons een beetje opgewonden. Als we naar elkaar keken, begonnen we al zenuwachtig te lachen. Ik zat bij haar achter op de fiets. Ik liet mijn ene hand onder haar T-shirtje verdwijnen. Ze keek me aan toen we bij een stoplicht stil moesten staan. Toen we weer reden, liet ik mijn hand over haar vochtige, zweterige huid naar voren glijden tot ik haar tietjes kon voelen. Er trok een rilling over haar rug. Haar tepels werden harde knopjes. Ik raakte... eh, ik werd er verschrikkelijk opgewonden van. Natuurlijk hadden we elkaar wel eens bloot gezien bij gymles, en laatst had Selma een keer bij me gelogeerd. We stonden toen allebei naakt in de badkamer. Selma zou onder de douche gaan en ik kwam er net onder vandaan. "Die van jou beginnen ook al lekker te groeien," zei ze. "Mag ik 's voelen?" Zonder mijn antwoord af te wachten, legde ze haar twee handen op mijn borsten en kneep er zachtjes in.

Het was net een soort onderzoek geweest, maar toen ik weer op m'n slaapkamertje kwam, moest ik even op bed gaan liggen. Ik klemde mijn dijen tegen elkaar, maar wist verder niet wat ik moest doen. Nu fietsten we tussen allerlei andere mensen in de richting van het zwembad, en ik was zomaar, zonder er echt bij na te denken, haar borsten beginnen te strelen. Toen we bij het zwembad aankwamen, durfde ik haar niet aan te kijken. Ik voelde me verschrikkelijk opgewonden. Het werd nog erger toen we het zwembad ingingen. Al die halfblote mensen. Die jongens in hun tangaslipjes en die meisjes en vrouwen die bijna allemaal topless waren. De billen en tieten schemerden me voor m'n ogen. Ik werd er een beetje duizelig van. We liepen langs de rand van het zwembad. Er stond een jongen met een superklein zwembroekje aan. Ik zag de grote bobbel van voren. Het kostte me moeite om me te bedwingen. "Je loopt bijna als iemand die dronken is," zei Selma, en ze sloeg haar arm om me heen. Ik voelde haar hete, vochtige lichaam tegen het mijne. Ik rook haar haar. Bijna alle kleedhokjes waren bezet. We moesten dus wel samen in een hokje. Ik ging op het bankje zitten om een beetje bij te komen. Wat ik nu voelde, had ik nog nooit gevoeld... Selma kleedde zich uit. Ze stond poedelnaakt in het hokje. Omdat het er zo klein was, werd ik bijna tegen haar aangedrukt, of ik wilde of niet. Haar borsten... Mag ik nog een glaasje wijn?'

't Begint net spannend te worden,' zei hij, terwijl hij beide glazen volschonk. 'Waar is 't voor? De Lesbische-meisjeslijn?'

'Nee, de Lolitalijn... eigenlijk hetero dus, maar mannen schijnen er geil van te worden als twee meisjes eerst met elkaar aan het rotzooien zijn.' Leunend op haar rechterelleboog keek ze hem aan. 'Windt 't jou ook op?'

'Hoe bedoel je?'

'Hèhè,' zei ze met een nadrukkelijk zeurderig stemgeluid, 'of je d'r een beetje geil van wordt, natuurlijk, als je zoiets hoort.'

'Wel een beetje.'

Ze liet haar hand onder de dekens verdwijnen. 'Ja, dat klopt. En vind je het ook spannend? Zodat je wilt weten wat er verder gebeurt, wat ze verder gaan doen?'

'Ik denk 't wel.'

'Je moet 't niet denken, je moet 't zeker weten.'

Yoka keek hem heel serieus aan, terwijl hij het zelf alleen maar kon beschouwen als een grap, op z'n hoogst een opwindende grap.

'Vertel maar verder.'

Ze nam een slokje wijn. 'Zou je dat ook zeggen als 't je twee kwartjes per minuut zou kosten?'

'Ik weet 't niet. Ik heb nog nooit zo'n 06-lijn gebeld.'

''t Moet echt goed zijn, weet je. Als ik die teksten van hun lees, dan verdien ik bijna niks. Anders moet ik op de box.'

'Op de box?'

'Ja, je weet wel, live, dat mannen je bellen, en dat je dan over de telefoon net doet of je een nummertje met ze maakt. Gewoon droogneuken dus eigenlijk. Heel vaak "lekker, lekker" zeggen en flink kreunen en "oh... oh" roepen. Als je dat een tijdje doet, begin je je steeds kleffer te voelen, ik weet niet, je bent toch een soort telefoonhoer die de boel belazert. Soms zeggen ze trouwens de goorste dingen. Seksistisch... gigantisch gewoon.'

'En hoeveel krijg je voor zo'n eigen tekst?' onderbrak hij haar.

'O, dat gaat met een bonus. Des te langer die kerels luisteren...'

'Zijn 't altijd mannen?'

'Dat weet ik niet, waarschijnlijk wel. Hoe langer ze luisteren naar die ene tekst, hoe meer ik verdien. Het gaat erom dat het wel geil is, maar 't moet vooral ook spannend zijn. Niet meteen pats boem wippen, dan leggen ze de hoorn zo op de haak en bellen ze een ander nummer.'

'Voor een ander nummertje,' zei Frits.

'Precies.'

'Waarom doe je zoiets eigenlijk, je krijgt toch ook een beurs?'

'Morele bezwaren?' Er klonk ironie in haar stem.

'Eh... tsja.' Iedereen mocht doen wat-ie wilde. Als mannen behoefte hadden aan telefoonseks, dan moest er telefoonseks komen, en als vrouwen er uit eigen vrije wil aan meededen om wat geld te verdienen, dan was dat ook uitstekend. Maar ondertussen knaagde er iets. Hoe zielig of treurig was het voor beide partijen? Mannen die aan hun gerief kwamen via de telefoon, vrouwen die voor geld smerige praatjes aanhoorden die ze in het dagelijks leven nooit zouden accepteren.

'Morele bezwaren?' vroeg Yoka nog een keer.

'Niet echt, alles moet kunnen, maar ik blijf het raar vinden dit soort commerciële seks.' En ik zou nooit tegen Leontien durven zeggen dat jij dit soort werk doet, voegde hij er voor zichzelf aan toe. Misschien moest Yoka helemaal verborgen blijven voor Leontien.

'Natuurlijk is 't raar, maar ik wil wel 's wat extra's. Op wintersport of zo, een mooie jas. En ik heb een stinkend dure kamer.'

Ze stond op om naar de wc te gaan.

Hij hoorde een vreemd geluid in huis. Even dacht hij weer dat Leontien binnen kon komen. Stel je voor dat ze meegeluisterd had naar het verhaal van Yoka. Ze was er altijd. Hij had haar foto's nog niet weggehaald. Via die foto's hield ze hem in de gaten. Yoka had er nooit iets van gezegd. Wat vond hij ervan dat andere mannen naar Yoka luisterden? Dat ze zelfs verhalen voor ze verzon? Verzon? Of was het allemaal echt gebeurd? Zou ze misschien morgen een verhaaltje schrijven over wat ze met hem had gedaan en dat met een sensueel hijgerig stemmetje voorlezen voor de sekstelefoon? En daar luisterden andere mannen naar die er weer geil van werden.

Ze stond naast het bed en nam de laatste slok uit haar glas. 'Ik moet zo weg, naar de studio.'

'Heb je het verhaal dan al af?'

Ze begon haar kleren aan te trekken. 'Ik verzin er onderweg wel wat bij, over een badmeester of zo die ons samen pakt.'

'Het is dus allemaal verzonnen?' vroeg hij terwijl hij haar bewegingen volgde.

'Niet alles,' zei ze, en ze keek hem met grote ogen aan.

'Heeft Selma echt bestaan?'

'Dat zeg ik lekker niet.'

Ze boog zich over hem heen, en zoende hem op zijn mond en zijn buik. 'Keer je even om,' zei ze. Ze trok een spoor van zoenen van zijn nekwervels tot zijn stuitje.

Hij kreunde. 'Welk nummer moet ik bellen om jou te horen? Ik wil weten hoe het afloopt.'

'Dat nummer geef ik niet. Jij mag niet over de telefoon naar me luisteren, dat doen al die andere kerels al. Dan word je één van hun, en dat vind ik niet leuk.'

'Mag ik nog één ding vragen?'

Ze knikte.

'Waarom ben je vanmiddag bij me gekomen, terwijl je het verschrikkelijk druk hebt. Straks dat bandje inspreken, en morgen toch tentamen Europees recht?'

'Zomaar, omdat ik zin in je had, dat kan toch? Maar nou moet je niks meer vragen, Tom.' Hij keek even naast zich. Het was de fractie van een seconde waarin het niet direct tot hem doordrong dat hij zich aan Yoka als Tom had voorgesteld. Blijkbaar had zijn naambordje bij de bel haar nog niet op andere gedachten gebracht. Hij kon het maar beter nu meteen zeggen. Het zou steeds moeilijker worden.

'Er is een... eh, misverstand,' zei hij.

Ze stond al bij de deur. 'Ik moet nu weg. Kan 't niet een volgende keer?'

'Ook wel, maar...'

'Goed, we bellen nog wel.'

Hij had de vraag gesteld alsof het volkomen serieus was. Een paar uur geleden waren ze samen nog op reis geweest. En nu dit. Soms was hij haar net zo vreemd als een willekeurige voorbijganger, misschien zelfs wel vreemder omdat er een schijn van bekendheid en intimiteit was. Ze voelde de woede opborrelen. Godverdomme, godverdomme. Ze zou als een zak vodden langs de kant worden gezet. Daar was hij immers in gespecialiseerd. Plotseling stompte ze hem hard tegen zijn bovenarm, die stomme voddenboer. Hij deed niets terug, zei ook niets. Ze sloeg nog een keer, harder nu. Hij keek haar alleen aan. Met verbaasde ogen, alsof hij haar voor het eerst zag: hé, hoe komt die blote vrouw hier in mijn huis? Wat moet dat mens hier?

Ze begon te huilen met gierende uithalen, roffelde met haar vuisten op zijn borst. 'Natuurlijk wil ik niet naar Frits,' snikte ze. 'Ik wil nooit meer terug naar Frits. Dat is afgelopen, finaal afgelopen, dat begrijp je toch wel.' Hij bleef maar naar haar kijken alsof ze een ongenode gast was. Ze veegde met de rug van haar hand langs haar neus. 'Waarom kijk je zo?'

Hij haalde zijn schouders op. Waarom nam hij haar niet in zijn armen? Frits deed dat altijd. Niet meteen, maar na een tijdje als ze wat was uitgeraasd.

'Zeg dan godverdomme wat!'

'Tsja... ik vraag of je naar Frits teruggaat als we hier uit dit huis moeten, en dan mag je wat mij betreft gewoon met "ja" of "nee" antwoorden, maar dat doe je niet. Je maakt er meteen een scène van. Ik bedoel, waar is dat eigenlijk voor nodig? Waarom zeg je niet "nee", als het "nee" is? Waarom schiet je dan meteen in de stress? Moet ik terugslaan, wil je dat soms?'

'Nee, nee en nog 's nee. Dat wil ik niet en ik wil ook niet terug naar Frits, dat weet je verdomd goed. Dus waarom vraag je het dan?' Ze haalde haar neus op.

'Waarom pak je geen zakdoek?'

Ze negeerde hem. 'Nou draai je er weer om heen. Het was niet zomaar een vraag. Mensen vragen nooit "zomaar" iets. Ze willen er iets mee. Alleen al dat het idee in je opkomt dat ik misschien naar Frits terug zou willen.' Ze haalde haar neus weer op.

'Hou daar alsjeblieft mee op,' zei Tom. 'Snuit anders je neus.'

'*Dammit!* Waarom heb je het aldoor over wat anders? Waarom ontwijk je me steeds? Zonet in bed ontweek je me ook niet. Toen kon je niet genoeg van me krijgen, en nou kijk je naar me alsof ik een vreemde figuur ben, een gevaarlijke indringster die 't op je leven heeft voorzien of zo.'

'Weet je waarom ik je net in bed niet ontweek, weet je dat?'

Ze trok haar knieën op en sloeg haar armen om haar benen.

'Omdat je toen niet zo zat te zeiken en te zieken, omdat je me daar niet ter verantwoording riep of ik wel de goeie dingen zei, of dat ik wel de goeie dingen bedoelde en meer van die shit.'

'Omdat je me toen gewoon kon neuken, bedoel je, omdat ik toen niet lastig was, maar een lief, geil, meegaand vrouwtje, zoals mannen dat graag hebben. Zo zijn mannen toch? En als ze dan op een vrouw zijn uitgekeken, dan wordt ze bij de vuilnisbak gezet, dan mag ze terug naar d'r ouwe vriendje. Voor jou tien anderen, makkelijk zat.'

'Maar ik heb toch helemaal niet gezegd dat je terug moest naar Frits? Wat is dat nou voor een onzin!' Ze had hem nog nooit zo kwaad gezien. Fantastisch.

Tom stond op en liep in de richting van de slaapkamer.

Leontien ging ook staan. 'Zie je, zo gaat het nou altijd. 't Wordt moeilijk, en je gaat weg, je ontloopt me. Discussie gesloten omdat jij geen argumenten meer hebt.'

'Ik heb het gewoon koud, en ik wil wat aantrekken, dat is alles. Kan ik eigenlijk nog wat doen of zeggen zonder dat jij dat op een of andere kwaadwillende manier uitlegt, zonder dat ik allerlei geheime en slechte bedoelingen in mijn schoenen geschoven krijg?' Hij liep de slaapkamer in en begon zijn kleren aan te trekken die verspreid over de vloer lagen.

Leontien ging op het bed staan. 'Had je maar gewoon gezegd dat ik beter naar Frits terug kon gaan, of dat je genoeg van me had, dan wist ik tenminste waar ik aan toe was. Maar dit is zo... zo... huichelachtig, zo laag, zo vernederend. Ik kan niet eens een antwoord geven. Jij zegt niet letterlijk dat je me kwijt wil, dat je er genoeg van hebt. Waarom kijk je me niet aan, waarom kijk je van me weg?'

'Ik ben me aan het aankleden. Mag dat ook al niet meer?'

'Bijna drie dagen hoefde je je helemaal niet aan te kleden, en nu ik het serieus met je over ons wil hebben, over... over...' Ze liet zich op het bed vallen en begon te huilen. Haar vuisten sloegen wild in de kussens.

Tom deed of hij het niet merkte. 'Ik kleed me aan omdat ik de deur uit moet. Ik heb nog wat zaken te regelen en ik moet een ander huis voor ons zoeken. Ik bedoel... eh, dat komt niet zomaar de hoek omzetten, de deur uitnodigend open. Willen jullie alsjeblieft hier komen wonen? Ik heb een vreselijke behoefte aan bewoners.'

Ze wist niet of ze het wel goed had gehoord. 'Ons?' vroeg ze. 'Je bedoelt een huis voor ons tweeën?'

'Ja, je wil niet terug naar Frits, dus ik neem aan dat je bij mij wilt blijven. Dat is toch zo?'

Ze droogde haar tranen aan het laken, stapte van het bed en sloeg haar armen om Tom heen. Haar onderlichaam drukte ze zo hard mogelijk tegen het zijne, tot het pijn deed.

10

Tom was een halfuur geleden de deur uitgegaan. Ze was eerst op bed gaan liggen maar voelde zich te onrustig. Ze ruimde een beetje op in de slaapkamer, en pakte de stofzuiger. De slang bleek verstopt. Het lukte haar niet om hem los te krijgen.

Ze hadden het weer 'goed' gemaakt, of eigenlijk had Tom dat gedaan. Als het aan de andere Leontien had gelegen, was ze misschien nog verder gegaan, en had ze haar razernij en woede tot een toppunt gebracht. Dan had ze alles eruit gehaald wat erin zat. En was het eigenlijk wel 'goed'? Hij had haar gezoend toen hij wegging. Een doodgewone routinezoen. Ze voelde het nog. Even ging ze met haar tong langs haar lippen. Zijn smaak, zijn speeksel. Zoals gewoonlijk had hij niet gezegd hoe laat hij terug zou zijn. Kwam hij wel terug? Hoe laat was het nu? Ze belde de tijd: bij de volgende toon zestien uur elf minuten en twintig seconden. Ze zat nog met de telefoon in haar hand. Haar oog viel op het antwoordapparaat. Ze spoelde het bandje terug naar het begin, en zette het aan. Mannenstemmen die een naam en een telefoonnummer noemden en Tom vroegen terug te bellen. Ze hoorde Maurits ook nog een keer. En toen een vrouw. Ze had een wat zeurderige stem. Zaans dialect; Leontien had familie in Wormerveer. 'Ha, die Tommetje, ik hoor nooit meer 's wat van je. Je bent me toch niet vergeten? Zo slecht was ik toch niet? Voor het geval je mijn telefoonnummer niet meer weet: 6525388. Je kan me altijd bellen. Ook 's nachts. Dag Tom, kusjes van Monique.' Leontien draaide het bandje nog eens terug, en luisterde opnieuw naar Monique. Klonk er iets smachtends door in haar stem? De vuile slet, de hoer, hoe durfde ze, waar haalde ze de gore moed vandaan? Ze draaide het bandje opnieuw en opnieuw. Tom was nu natuurlijk naar haar toegegaan. Wat ongelooflijk goedkoop en gemeen. Van het ene bed in het andere. Daar was alleen maar zo'n telefoontje voor nodig.

Ze draaide het nummer.

'Hallo.'
'Met Multi Clothing International,' zei Leontien.
'Met Monique.'
'Ik zou Tom van der Vorst graag even spreken. Als het goed is, zit-ie op dit nummer.'
'Tom? Was dat maar waar. Ik heb hem in geen weken gezien, geen maanden. Ik dacht al dat-ie van de aardbodem verdwenen was. Echt iets voor Tom.'

Ze loog keihard. Tom had haar geïnstrueerd. Niemand mocht weten dat hij bij haar was. Flauwe smoesjes: ik dacht dat-ie van de aardbodem was verdwenen. Ondertussen lag hij bij haar tussen de lakens.

'Ik heb doorgekregen dat hij de hele middag op dit nummer te bereiken is, dus maakt u alstublieft geen grapjes. Het is dringend.' Plotseling wist ze hoe ze Tom aan de lijn kon krijgen. 'Het gaat om een huis. Via onze firma kan hij tijdelijk een appartement krijgen, maar vandaag moet de knoop worden doorgehakt, want er zijn ook andere gegadigden. Zegt u tegen hem dat het om een woning gaat.'

'Ja, sorry hoor, maar hoe kan ik iets tegen iemand zeggen die hier helemaal niet is? Is dit soms een telefoongrap of zo, van een of ander radioprogramma?'

'Als ik u was, dan zou ik hem maar meteen roepen.'

Er klonk een diepe zucht van de andere kant van de lijn, waarna er werd opgehangen. Leontien nam een douche, trok een slipje aan en schonk een glas wijn in. Vervolgens probeerde ze het nog een keer.

'Nogmaals met Multi Clothing International. Kan ik Tom van der Vorst aan de lijn krijgen? Het is dringend.'

De hoorn werd nu meteen op de haak gegooid. Ze was dus geïrriteerd, die Monique. Was ze zenuwachtig geworden omdat ze wel degelijk iets met Tom had? Was Tom nog steeds bij haar? Leontien schonk nog een glas wijn in. Ze nam een slok, maar voelde zich plotseling benauwd en ingesloten in dit huis. De visstank drong haar neusgaten binnen. Tom was weg, zij moest ook weg. Wat had ze hier nu nog te zoeken? Het was mooi weer. Misschien dat het al een paar dagen zo mooi was. In bed had ze er niets van gemerkt. Eerst wilde ze haar mooiste jurk aantrekken, maar ze bedacht zich. Dit was een uitgelezen moment om haar garderobe uit te breiden. Ze kleedde zich in spijkerbroek en ruimvallend T-shirt.

Toen ze buiten op de stoep stond, besefte ze plotseling wat ze niet gehoord had op het bandje van het antwoordapparaat. Zou hij dat verzonnen hebben? En waarom?

'Dat voel je wel, zo'n eerste keer,' zei Tom.
'En dan morgen,' zei Frits. 'Ik vraag me af hoe ik dan uit m'n bed moet komen. Jij hebt tenminste nog iemand om je te helpen... grapje.'
Ze zaten naast elkaar op het bankje, allebei nog nahijgend. De anderen hadden af en toe steels gekeken, alsof ze verwachtten dat Tom en hij ieder moment met elkaar op de vuist konden gaan, of nog voor de hand liggender, dat hij in het veld Tom een rotschop zou geven. Maar wat zou hij daarmee winnen? Als hij er al toe in staat was natuurlijk.
Er waren zes spelers van hun elftal op de eerste training voor het nieuwe seizoen. Het had hem verbaasd dat Tom ook was verschenen. Die kwam zelden of nooit op de training. Wilde hij laten zien dat hij er geen enkel probleem mee had samen met Frits te sporten? Een keer had Frits zich duidelijk ingehouden toen Tom de bal had en hij hem wilde tackelen. Tom had niet van die scrupules. Die ging er even hard tegenaan als altijd, ook tegen Frits. Toch merkwaardig dat Tom nooit geblesseerd raakte. Waarschijnlijk boezemde hij zijn tegenstanders schrik in door de onverschrokken manier waarop hij zich in de duels stortte. Bij voorbaat trokken de anderen hun benen terug. Het was misschien ook de arrogantie die Tom op het veld uitstraalde.
'Dit jaar worden we kampioen, hè?' zei Roel.
'Op z'n best subtopper,' zei Dick,
'Je zal jezelf bedoelen.' Tom ging staan. 'Ik heb er zin in dit jaar. Ik zie het helemaal gebeuren. Een keer in m'n leven wil ik wel 's kampioen worden. Tot nu toe ben ik alleen maar twee keer gedegradeerd.'
'Geen wonder met een elftal waar jij in zit.'
'O god, kijk uit, Julius wordt komisch.'
Frits had het idee dat Julius hem vragend aankeek. Wat heeft Tom? Vanwaar dit enthousiasme en zijn ambitie om kampioen te worden. Frits was met Julius meegereden naar het veld. Bescheiden als hij was, had Julius het onderwerp 'Leontien' niet aangeroerd. Zoiets deed Julius niet. Hij voetbalde net zo bescheiden. Af en toe had je het idee dat hij je persoonlijk zou komen bedanken als je hem een mooie bal had toegespeeld. Hij probeerde ook altijd een 'goed contact' met de tegenstander te hebben. Julius wilde zich

graag verbroederen met zijn opponenten; voetbal was voor hem een sociale gebeurtenis. Met nog tien van zulke spelers in je elftal zou je altijd verliezen.

Frits was zelf over Leontien begonnen door zich luidop af te vragen of Tom misschien ook zou komen. 'Misschien mag-ie wel niet,' had Frits gezegd. 'Van wie?' 'Van Leontien. Je weet hoe dat gaat met zo'n nieuwe liefde, die neemt je volledig in beslag.' Julius had hem even schichtig aangekeken. Na een paar minuten stilte had hij gevraagd of Frits haar nog wel eens zag. Ja, nog wel eens. Eigenlijk was het heel gek gegaan. Ach ja, *the facts of life*, het hoorde er allemaal bij. Julius had een blik in zijn ogen alsof hij vond dat het er niet bij hoorde.

Hij stond toevallig naast Tom onder de douche. Eigenlijk leken ze wel een beetje op elkaar. Tom was wat zwaarder. Misschien moest hij zelf ook iets meer eten. Het zou hem wel staan. Plotseling had hij het beeld voor zich van een nevelige doucheruimte. Er stonden twee mannen onder de waterstralen. Twee gelijke mannen. Straks zou er één de kleedkamer instappen. De ander was verdwenen, opgelost. Of ze smolten samen tot één persoon. Het hele idee dat er twee waren, berustte op gezichtsbedrog. Tom waste zijn haar, dat iets donkerder was dan het zijne. Verder leek het veel op elkaar. Hij zou zijn haar anders moeten kammen, in net zo'n coupe als Tom, naar achteren. Hij liet zijn blik zakken naar Toms geslacht. Zo zou Leontien ook kijken, en daarna zou ze haar handen gebruiken, zich tegen Tom aandrukken... Tom zeepte zijn schaamhaar in, waste zich grondig. Zou Leontien hier al opgewonden van worden? Gingen ze samen onder de douche, zoals Leontien en hij vroeger ook wel hadden gedaan?

'Wat sta je me aan te staren,' zei Tom. 'Ik kan toch niks van je aan hebben.'

'O, ik... eh, ik ben m'n shampoo vergeten.'

Tom wees. 'En dat dan?'

Frits glimlachte verontschuldigend. 'Ik ben er niet helemaal bij, geloof ik.'

Tom zeepte zijn hoofd nog een keer in tot hij een enorme witte hoed van haar had. 'Is er wat?'

'Nee, niks, wat zou er zijn?'

'Je hoeft de held niet uit te hangen,' zei Tom. 'Voor mij hoef je geen martelaar te zijn. Doe nou maar gewoon. Geef me desnoods een knal voor m'n kop als dat je oplucht, maar kies ook niet het andere uiterste... verdomme,

allemaal zeep in m'n ogen... je hoeft ook niet zo poeslief te doen. Ik bedoel... als ik er niet was geweest, dan zat Leontien nu nog bij jou. Ja toch?'
'Misschien, misschien was er iemand anders.'
Roel stak zijn hoofd om de hoek. 'Dat is toch niet te filmen. Staan die twee daar een beetje therapeutisch te ouwehoeren terwijl er nog meer mensen onder de douche moeten. Waarom droog je je niet af, en kleed je je aan, dan kun je alvast een pilsje bestellen.'
Tom spatte wat druppels in de richting van Roel. 'Haal jij maar een blaadje bier. Doe je tenminste nog 's wat nuttigs.'

Met gierende banden kwam de auto tot stilstand. Frits vloog bijna tegen de voorruit. Er zat nog een schreeuw in zijn keel. Een passerende automobilist toeterde en maakte het gebaar met de middelvinger. Slechts het geluid van de stationair draaiende motor klonk. Geen van tweeën zei iets. Alsof het de bedoeling was zo bij elkaar te zitten zwijgen, om de tijd te laten verlopen. Frits keek op z'n horloge. Halfnegen. Yoka zou om negen uur langskomen. Dit oponthoud mocht dus niet te lang duren, maar hij durfde zijn ongeduld niet te laten blijken. Er moest een reden zijn voor deze noodstop.
Frits schrok op toen Tom iets zei. 'Weet je, ik word er een beetje zenuwachtig van, zoals jij doet. Ik kan er niet goed tegen. Ik ga me zo verdomd schuldig voelen. Is dat soms je bedoeling? Een verstikkende omhelzing of zoiets?'
'Ik heb helemaal geen bedoeling,' zei Frits.
'Mensen hebben altijd een bedoeling, neem dat maar van mij aan.'
'Nou ja, ik wil gewoon dat Leontien gelukkig is, dat ze... dat ze zich niet in de ellende stort of in de stress schiet. Voordat je 't weet, is het zover, en dat zou ik niet willen, ook al is ze op een lullige manier bij me weggegaan, en...'
'Zoiets gaat altijd lullig.'
'Natuurlijk, daarom neem ik jullie ook niks kwalijk. Ik kan hier met jou in de auto zitten zonder het gevoel te hebben jouw concurrent te zijn. Dat is zo goedkoop, dat soort dingen.'
Tom stak een sigaret op. 'Maar ik ben je concurrent, zo simpel ligt dat. Wat jij doet, is bovenmenselijk. Je kijkt er alleen maar rationeel tegenaan, keurig, met al je emoties onder controle en daarmee maak je...'
Frits onderbrak hem. 'Ik ben helemaal niet puur rationeel, dat denk je maar. Ik... eh...' Hij wist niet of hij nu wel door kon gaan. 'Ik geef nog erg

veel om Leontien, dat is 't 'm juist. Ik droom nog bijna elke nacht van haar.'
Hij lachte even. Vannacht was ze verkoopster in een winkel geweest waar hij een das ging uitzoeken. In werkelijkheid had hij jarenlang geen das gekocht, ook niet gedragen trouwens. Ze had een das met een krankzinnig patroon voor hem uit de rekken gehaald. Willoos had hij haar keuze geaccepteerd. Toen hij vroeg hoe duur hij was, had ze gezegd dat zij zou betalen. Daarna werd de winkel zijn fotostudio en Leontien was verdwenen.

'Dus jij houdt nog van haar,' zei Tom.

'En jij?' vroeg Frits. 'Wat voel jij voor haar?'

Tom reageerde niet. Met een driftig gebaar drukte hij zijn sigaret uit. Hij stak meteen een volgende op. Frits draaide het raampje aan zijn kant open.

'Sorry,' zei Tom. 'Natuurlijk ben ik gek op 'r, maar 't is niet makkelijk, ik bedoel…'

'Wat is niet makkelijk?'

'Leontien natuurlijk. Dat hoef ik jou verdomme toch niet meer uit te leggen.' Tom klonk nu echt kwaad. 'Jij kent die trut toch beter dan ik? Hoe vaak heb jij dat niet meegemaakt? Die krankzinnige buien van d'r, dat onvoorspelbare gedrag? Moet ik jou daar nog wat over vertellen?'

Tom liet zich dus kwaad maken. Of was dit alleen een uitbarsting tegenover hem? Moest Tom zich even afreageren, om het straks weer goed te hebben met Leontien?

'Ze werkt niet meer?' vroeg Frits.

'Nee,' zei Tom. 'Ze heeft er geen zin in. Al die stomme wijven die zich mooi willen laten maken, die allemaal illusies zoeken. Dat soort dingen zegt ze.'

'En ze doet verder niets?'

'Niet dat ik weet.'

Leontien zat zich dus de hele tijd op die stinketage te vervelen. Frits wist wat dat betekende. Onrust, opvliegendheid, verwarring, huilbuien, noem maar op. Dat moest je kunnen hanteren, daar moest je tegen kunnen. Tom was zo ver nog niet. Die had gedacht met Leontien een leuke, gezellige meid in huis te halen, en dat was ze ook. Zo gedroeg ze zich bijvoorbeeld als ze meeging naar het voetballen. Niemand kon zich dan voorstellen dat ze hem wel eens had aangevallen als een wilde kat. Een paar dagen had hij zich niet voor anderen durven vertonen. Die andere Leontien leerde Tom nu kennen.

'Jullie zijn de hele zomer niet weggeweest?' vroeg Frits.

Tom stak een nieuwe sigaret aan. 'Ik begin weer meer te roken. Nou ja, iemand moet het toch een beetje compenseren voor al die mensen die zijn opgehouden. Nee, we zijn niet weggeweest. Ik had veel werk enne... ja, we hadden genoeg aan elkaar. Zoiets zei Leontien ook. Ik wil geen zout in de wond strooien, begrijp me goed...'

''t Is niet erg,' zei Frits. 'Ik kan er tegen... jullie zouden misschien toch eens weg moeten gaan, een andere omgeving, wie weet. Een paar jaar geleden zijn we voor een weekje in de Ardennen geweest. Je kon er racefietsen huren... echt fantastisch, dat vond Leontien ook. Ze knapte er ontzettend van op. Dat was toen na haar examen. Ze was geslaagd en kreeg zo'n soort postexamendepressie. Je weet wel, iedereen denkt dat je blij moet zijn, maar daarom stort je juist in de ellende. Dat had Leontien ook.'

Tom keek hem onderzoekend. aan. 'Waar ben jij eigenlijk op uit?'

'Nergens... ik doe alleen maar een suggestie. Het gaat slecht met Leontien en dat... ja, dat trek ik me aan, mag 't alsjeblieft?'

'Natuurlijk mag 't,' zei Tom. 'Alles mag. We zijn tenslotte in de grotemensenwereld waarin we elkaar allemaal zo goed begrijpen en waarin we elkaar allemaal willen helpen. Zo is 't toch?'

Frits bleef recht voor zich uit kijken.

Tom stompte Frits zachtjes tegen zijn bovenarm. 'Zo is 't toch?'

'Het is niet zo duur,' zei Frits, 'en het zijn een paar heel mooie huisjes tegen een heuvelrug. Je kijkt zo het dal van de Ourthe in, echt prachtig.'

Tom stompte nu iets harder.

'De fietsen zijn bij de huur van het huisje inbegrepen. Voor Leontien hadden ze een damesfiets, ook een echte sportfiets, met twaalf versnellingen. Aan het eind van de dag waren we uitgeput van al dat fietsen. Beneden in het dal was een heel leuk restaurantje. Je weet wel, Belgische keuken, niet echt opzienbarend, maar heel degelijk en lekker, vooral na een dag fietsen. Als we dan gegeten hadden, en wat gedronken, dan was dat laatste stukje naar boven verschrikkelijk moeilijk. Ik heb Leontien wel eens moeten duwen, zo uitgeput was ze. Ze knapt er volgens mij verschrikkelijk van op als ze er eens een tijdje uit gaat.'

'Ik zou je eigenlijk uit de auto moeten flikkeren,' zei Tom. 'Dan kun je verder naar huis lopen.'

'Waarom? Ik geef toch alleen maar een goede suggestie.'

Tom zuchtte diep. 'Je bent nog erger dan ik dacht. Weet je trouwens dat we uit dat huis moeten? Het is verkocht. Over een paar dagen moeten we wat anders hebben. Ook behoorlijk lastig. Vind maar 's wat.'

'Jullie mogen wel tijdelijk op mijn verdieping.'

'Doe niet zo belachelijk, anders gooi ik je nog echt op straat, hier midden in de jungle van Amsterdam-Noord.'

'Nee, ik meen 't. Dan ga ik een tijdje in mijn studio wonen. Daar staat ook een bed, daar slaap ik wel meer. Lekker makkelijk. Je staat op, je kleedt je aan, eet wat, en je kan meteen aan het werk.'

'Je had verpleegkundige moeten worden,' zei Tom, 'of begeleider in een zwakzinnigeninrichting of zo... echt wat voor jou, de zorgsector, zoals ze dat tegenwoordig noemen.'

'Jullie moeten wel de gewone huur betalen, en gas en licht en zo.'

'Of heb je misschien een vriendinnetje?' informeerde Tom.

Frits voelde hoe het bloed naar zijn wangen steeg.

'En je voelt je schuldig. Nou begrijp ik het.' Tom stak weer een sigaret op. Hij inhaleerde diep en knikte een paar keer terwijl hij recht voor zich bleef kijken. 'Frits heeft een vriendinnetje, en nou heeft-ie Leontien verraden en wil-ie het weer goedmaken. Leontien moet op vakantie, Leontien moet in zijn huis komen wonen, Leontien moet weer gelukkig worden.' Hij richtte zijn blik nu op Frits. 'Zie je wel, je krijgt er een rooie kop van. Dat hoeft toch helemaal niet? Niemand verwacht toch dat jij in celibaat gaat als Leontien een ander heeft, als Leontien met mij gaat... en jij kunt er toch niets aan doen dat ze is zoals ze is...'

'Allemaal goedkope psychologie,' onderbrak Frits, 'goedkope psychologie van de vrouwenpagina in het regionale dagblad.'

'Lees jij dat dan altijd?'

'Vroeger, mijn moeder, ik bladerde er ook wel eens in. Je weet wel, zo'n rubriek met raadgevingen. Mijn dochter van zestien is verliefd geworden op een man van vijfenveertig, wat moet ik nu doen? Ik weet het nog precies, het was ondertekend door drs. Nelleke van Berkel, psychologe, en die plakte er altijd wat verklaringen aan vast, over waarom die dochter verliefd werd op die man van vijfenveertig, dat ze misschien een vaderfiguur zocht, dat ze te weinig liefde van haar vader had gekregen, en meer van die onzin. Dat doe jij nou ook. Je weet hoe ik over Leontien denk. Dat heeft niets te maken met de vraag of ik wel of niet een vriendinnetje heb.'

'Wel of niet?' vroeg Tom.

'Wat wel of niet?'

'Van dat vriendinnetje.'

Frits keek Tom glimlachend aan. Plotseling voelde hij zich sterker dan hij zich in weken had gevoeld. 'Dat gaat je geen moer aan.'

Gisteravond had hij de folder van het huisje in de Ardennen opgezocht, in een envelop gedaan, die hij aan Tom had geadresseerd. Hij had er nog een briefje bijgedaan. 'Sans rancune, maar van mijn huis, dat is serieus. Denk er maar eens over na. Ik weet niet wat Leontien ervan vindt, maar je kan altijd zeggen dat ik sowieso een tijdje in mijn studio ga wonen, dat het me hier te veel aan haar doet denken, of zo. Bedenk maar iets. Ik kom maar niet bij jullie langs. Dat lijkt Leontien niet zo op prijs te stellen. Of zie ik dat verkeerd? Groeten, Frits.'

11

Het was of ze na een lange vakantie weer terug was. Alle ruimtes waren bekend, niets was veranderd, maar het leek groter, lichter, een beetje onwerkelijk, zoals een huis in een droom. Achter elke deur zou een gapende afgrond kunnen liggen, het plafond kon plotseling de vorm van een druipgrot aannemen, en de vloer werd een cakewalk. Sinds haar kinderjaren had ze nooit meer zo sterk het gevoel gehad dat een huis leefde. Nu sliep het geruisloos, maar op een onvoorspelbaar moment zou het kunnen ontwaken.

Natuurlijk had ze eerst geprotesteerd toen Tom voorstelde dat ze hier voorlopig hun intrek zouden nemen. Zijn ergernis om haar reactie kwam al snel bovendrijven. 'Goed, dan ga ik wel alleen,' had hij gezegd. En ze hoefde niet naar zijn ogen te kijken om te weten dat hij dat zou doen. Eigenlijk had ze geen keus. Ze had al voor Tom gekozen. Hun 'verhuizing' stelde weinig voor. Alles ging in één keer in de Suzuki. Toen ze bij Frits introk, paste alles op een bakfiets. Was dit nu vooruitgang? 'Moeten we niet ons nieuwe adres achterlaten of zo?' had ze gevraagd. Tom zei dat hij dat al had geregeld. 'Een verhuiskaartje?' 'Daar doe ik niet aan. Het is trouwens toch maar tijdelijk.' Frits was er gelukkig zelf niet geweest, maar er stond een bos bloemen, en een fles witte wijn in een koeler met twee wijnglazen. Van de wijn had ze niets gedronken, en toen Tom 's avonds even weg was ('naar een klant'... een klant?) had ze de bloemen in de vuilnisbak gegooid. Naderhand schaamde ze zich om haar machteloze gebaar van protest en zette ze de enigszins verfomfaaide bloemen terug in de vaas.

Hij zou vanmiddag vroeg thuiskomen. Er was al weer een paar keer voor hem gebeld. Hij ging een aantal klanten langs. Vorige week was ze een keer mee geweest naar Den Haag en Rotterdam. In een winkel had ze een jurk gepikt en in een andere een truitje en een rok. Ze had alles over elkaar aangetrokken. In de auto terug naar huis kreeg ze het bloedheet. Toen de zon ook nog begon te schijnen, dreef ze bijna uit haar stoel. Ze wilde beide raampjes helemaal open, maar Tom weigerde. Ze stak haar hoofd aan haar kant uit het raampje. Tom werd kwaad en zette de auto langs de kant. Zonder iets te zeggen ging ze gebukt achter in het busje staan en begon zich uit te kleden. 'Ik weet dat je heet bent,' had Tom gezegd, 'maar ik vind dit geen plek om een nummertje te maken... shit, wat heb je allemaal aan?' Ze had haar schouders opgehaald en als laatste de jurk uitgetrokken, zodat ze alleen in haar slipje stond. 'Toch niet... eh, gejat?' Ze knikte.

Tom had zich verschrikkelijk opgewonden. Hij had de gestolen kleren gepakt en met een verbeten gezicht verscheurd. 'Godverdomme, zoiets flik je niet meer bij klanten van me. Als ze wat hadden gemerkt, dan was ik de lul geweest, weet je dat wel? Die mensen, dat is mijn brood... godsklere, wat ben jij een doorgedraaide trut.' Hij greep haar beet. Ze had de opwinding in haar lijf gevoeld. Hij had het slipje van haar lichaam moeten scheuren, en haar achter in het busje wild en hard moeten nemen, terwijl de auto's langs raasden. Het was of hij haar gedachten kon lezen. 'Nee, ik word hier niet geil van,' had hij gezegd. 'En als ik je zou willen straffen, zou ik het anders doen. Je hier bijvoorbeeld uit de auto zetten.' 'Zo?' 'Nee, zo.' En hij had inderdaad haar broekje in één krachtige beweging losgescheurd. Hij opende het achterportier en duwde haar bijna naar buiten. 'Nee, alsjeblieft!' Ze klemde zich aan hem vast. Zo hadden ze daar een paar minuten gestaan, elkaar in de ogen kijkend. Ten slotte had hij haar losgelaten. Een enorme vrachtwagen kwam langs gedaverd, en het leek of het busje de berm in werd gedrukt. Ze had haar spijkerbroek en T-shirt aangetrokken, en was voorin naast hem gaan zitten. Hij rookte zwijgend een sigaret. 'Zoiets kan ik er ook niet nog 's een keertje bij hebben,' had hij gezegd. 'Waarbij? Wat is er dan?' 'Nee, niks, laat maar.' Hij had de Suzuki gestart.

Ze waren meteen naar huis gereden. Tom had niets gezegd. Hij had haar opgetild en naar de slaapkamer gebracht. Daar had hij afwisselend heftig en teder met haar de liefde bedreven. Alsof het voor het laatst was, alsof hij nog een keer maximaal van haar wilde genieten. En zonder woorden. Toen ze zelf iets wilde zeggen, legde hij een hand over haar mond.

Ze ging naar de behandelkamer.

'Mijn museum van een verloren droom,' fluisterde ze, en ze begon meteen schaterend te lachen om haar eigen poging tot poëzie. Ze ging in de stoel zitten. Het was niet haar droom geweest, maar die van tientallen vrouwen die hier hadden gezeten, en die de aanslag van de tijd letterlijk te lijf wilden gaan met maskers, crèmes, lotions, gezichtsmassages. Weerloos zaten ze in de stoel, hun bovenlichaam ontbloot vanwege de behandeling van nek en schouders, een grote handdoek over hun borsten. Het creëerde een intimiteit waarin vrouwen haar de merkwaardigste ontboezemingen deden. Natuurlijk, ontboezemingen. Ze moest nu even lachen bij dat woord, terwijl ze er eerder nooit aan had gedacht. Hoe heette ze ook alweer, o ja, Sacha, ze was achter in de veertig en viel op jongetjes van een jaar of zestien. Onvoorstelbaar, die slordig uitgegroeide, schreeuwerige pubers, maar volgens Sacha konden ze in bed heel lief en heel bedeesd zijn. Dat pubergedrag vertoonden ze alleen in een groep met leeftijdgenoten.

Een volgende keer begon ze in de stoel plotseling met hevige uithalen te huilen. Het leek of iemand tevergeefs probeerde een auto te starten. Haar vriendje was ondanks een afspraak twee dagen geleden niet op komen dagen, en de dag erna ook niet. Ze was vandaag tussen de middag naar zijn school gegaan, tegen alle codes in, maar ze moest hem zien. Ze kon niet zonder hem. Dan had het leven geen zin meer. Nu kon Leontien pas lachen om dat verschrikkelijke cliché, die stuitende banaliteit. 'Ik weet niet wat dat ouwe wijf van me wil,' had hij tegen zijn vrienden gezegd.

En dan de verhalen van vrouwen over hun eigen kinderen. De één had het nog slechter getroffen dan de ander. Leontien zou nooit kinderen nemen. Ze kon zich eigenlijk net zo goed laten steriliseren. Of moest Tom dat doen? Of alletwee? Wat was zuiverder, eerlijker? Of zou Tom misschien kinderen willen? Het leek ondenkbaar.

In de kast lagen nog wat notities van Frits. Hij had zorgvuldig opgeschreven wie er allemaal hadden gebeld voor een afspraak. Hij had op haar wens tegen iedereen gezegd dat haar praktijk was opgeheven, maar sommige klanten hadden toch gevraagd of ze hen terug wilde bellen. Het maakte haar nieuwsgierig. Wilden ze haar overhalen om de behandeling te continueren? Moest ze net doen of er niets was veranderd? Praktijk hervat. Of wilden ze nog eens met haar praten? Waren ze benieuwd naar wat er met Leontien was gebeurd?

Hier, Melanie bijvoorbeeld. 'Dringend verzoek om terug te bellen,' stond er bij de naam en het telefoonnummer, met vier uitroeptekens. Melanie maakte een rotzooitje van haar leven. Gescheiden, soms woonde haar zoon van tien een tijdje bij haar en dan weer een tijdje bij zijn vader. Dat laatste vooral als ze weer een vriend had. Dan was het maar lastig, zo'n kind over de vloer, dat bovendien ook nog jaloers was. Een keer had hij 's ochtends geprobeerd een nieuwe vriend van haar uit bed te trekken, maar de man had niet meegewerkt. Haar zoontje was teruggekomen met een emmer water, en had de minnaar van zijn moeder nat geplenst. Toen ze het vertelde kon Melanie erom lachen. Later had ze een vriend gehad waar ze verschrikkelijk verliefd op was, helemaal te gek verliefd. Je kon bijna zien hoe ze bloosde onder het masker. Maar hij ging ook naar de hoeren. Melanie vertelde het fluisterend, alsof ze bang was dat er iemand zou meeluisteren. Dat was nog niet het ergste. Ze moest zelf mee, de hoerenbuurt in om een vrouw uit te zoeken. De vernedering... verschrikkelijk. Melanie begon zachtjes te huilen, maar dat ging langzaam over in een schaterend gelach. 'En daarna kwam-ie bij mij. Ik had hem weg moeten sturen, die schoft, maar 't was zo'n lekkertje, je houdt 't niet voor mogelijk. Hij had dan allemaal cadeautjes bij zich en zo, en als we dan naar bed geweest waren, zei hij dat ik beter was.'

Waarom zou ze eigenlijk Melanie niet bellen? Of Marijke? Die kwam al twee jaar. Ze was haar oudste vaste klant. Maar waarom zou ze wel bellen? Moest ze dan vertellen over Tom of over Frits? Ze wilde niemand iets vertellen.

Doelloos liep ze door het huis. Soms ging ze even zitten, en pakte een krant of een tijdschrift, maar al snel merkte ze dat er alleen maar letters stonden. Ze stak een sigaret op en drukte hem weer uit. Hoe lang al had ze geen nieuwe kleren gehaald? Zo omschreef ze het voor zichzelf, nieuwe kleren halen. Hetty, een van haar vaste klanten, had het ook gedaan. Die kwam op elke afspraak weer in een fantastische jurk, een prachtige broek of een dure blouse. Leontien had er een keer een opmerking over gemaakt, en toen had Hetty 'een bekentenis afgelegd'. Dat waren haar eigen woorden geweest. 'Vind je me nu slecht?' had ze gevraagd. 'Slecht? Waarom zouden al die rotwinkels allemaal geld aan je moeten verdienen?' 'Het gaat niet eens alleen om het geld, maar vooral om de kick. Als ik daar zo in een kleedhokje sta, met zo'n jurk over m'n blote lijf. Het is net of ik... nou moet je niet lachen hoor... het is net of ik vreemdga. Vind je dat gek?' Hetty had steeds om bevestiging gevraagd.

Ze stak een sigaret op. Nee, ze moest de deur uit, naar een winkel. Het was niet meer tegen te houden. De vloed die opkwam, golven die een zandkasteel wegspoelden. Je kon het nog zo hoog bouwen, maar het verdween onherroepelijk. Ze wilde zich zo graag aanpassen aan Tom. Zijn wens was haar gebod. Nou ja… Maar wat moest ze hier in godsnaam? Wat bond haar aan dit huis? 'Wil je je praktijk weer beginnen?' had Tom gevraagd. 'Nee,' had ze gezegd. En Tom was er niet op doorgegaan. Hij was gelukkig geen waarom-vrager. Je hoefde tegenover hem geen rekenschap af te leggen van je motieven, je argumenten en ook niet van je daden, behalve als je kleren jatte, zeker bij zijn klanten. Hij had het ook een leuke grap kunnen vinden, maar zo was hij niet.

Zelf legde hij trouwens ook geen rekenschap af. Daar moest ze aan wennen. Als Frits vroeger thuiskwam, begon hij uitgebreid te vertellen. Wat hij had gedaan, waar hij was geweest, wie hij had ontmoet, hoe het werk was gegaan, waarom hij wat later thuis was. Het ging maar door. 'Je hoeft me niet te vertellen hoe vaak het stoplicht op rood stond,' had ze wel eens gezegd. Hij had haar niet-begrijpend aangekeken. Bij Tom niets van dit alles. Zijn leven was zijn leven. Daarnaast had hij nog een leven met haar. Inderdaad, daarnaast, en niet erdoorheen.

Ze ging zitten en pakte de laatste *Esthéticienne*. Dat abonnement had ze allang op moeten zeggen. Ze bladerde wat door het glanzende tijdschrift. Ha, weer de bekende rubriek 'Erotiek in de behandelkamer': 'Lize Thijssen is duidelijk verliefd op haar schoonheidsspecialiste en koestert dus lesbische gevoelens voor haar. Janna, de schoonheidsspecialiste, die getrouwd is en twee voetballende jongetjes heeft, vindt dit eigenlijk heel eng…' Twee voetballende jongetjes, waarom moest dat er eigenlijk bij? Maakte dat nog onwaarschijnlijker dat ze op de avances van de klant in zou gaan? '…Zij verbergt dit, omdat je in deze tijd nu eenmaal veel gewoon behoort te vinden. Daardoor en omdat Lize echt heel erg verliefd is, legt de cliënte steeds meer beslag op de tijd van Janna. Dit gebeurt niet alleen binnen de behandelkamer, maar ook daarbuiten. Ze belt bijvoorbeeld op met onbenullige vraagjes, en een uitnodiging voor de bioscoop. Lize gaat ook cadeautjes geven aan Janna…' Mijn God, wat een drama vol kleinzieligheden. De cliënte legt steeds meer beslag op de tijd van Janna. Verder nog wat brieven in de Lieve-Litasfeer.

Zij had Ruth gehad, die haar plotseling had overvallen met een romantische liefdesverklaring. Het was vooral komisch geweest. In de rubriek stond ook ergens dat het erom ging hoe de schoonheidsspecialiste zich 'naar de klant toe' gedroeg. Naar Ruth toe had ze zich waarschijnlijk wel goed gedragen. Die was gewoon teruggekomen nadat Leontien in een niet te stuiten schaterbui was losgebarsten. Ze hadden er helemaal niet meer over gepraat.

Leontien stak nog een sigaret op. Ze las enkele frasen uit een groot stuk over 'noviteiten' die op de komende Indrobeurs zouden worden gepresenteerd. Sanofi kwam 'met een geheel nieuwe herengeurlijn op de beurs'. Ze las even 'herengeurlijm'. 'Doortastend, zelfverzekerd, inspirerend en behoorlijk eigenzinnig is de karakterisering voor Peter van Holland Eau de Toilette, aftershave, deodorant en savon.' De wartaal, de onzin, je hield het niet voor mogelijk dat mensen zoiets serieus namen. Een doortastende eau de toilette, jaja. En inspirerend? Waartoe inspirerend? Tot het gebruik van de zeep, pardon, de savon? Ze las verder. 'De decoratieve cosmetica van Wills hebben een geheel nieuwe uitstraling gekregen. Nieuwe oogschaduws, attractieve inkliners en een couperosepencil zijn een welkome aanvulling op het Wills-assortiment.' Ze wierp het blad op de tafel. Een welkome aanvulling? Ze moest zelf maar eens voor een welkome aanvulling van haar garderobe gaan zorgen.

Hier had ze nog nooit haar slag geslagen. De P.C. Hooft, duur, elitair, luxueus, en daardoor ook meteen een beetje belachelijk. Als chic te graag chic wilde zijn, was het nauwelijks meer serieus te nemen. Kijk, die vrouw zoals ze uit een Peugeot 205 stapte. 'Een geweldig nummer' stond er achterop. Leontien liep achter haar aan een winkel binnen.

'Kijk eens wat vaker in de spiegel van de kapper,' las Frits. Hij keek, en zag zichzelf en de kapper, die laatst zijn zaak volledig had uitgebroken en zeer spaarzaam van grijs getint meubilair had voorzien, zodat je dacht dat de inrichting alleen maar voorlopig was. Hij had wel met grote krulletters 'Barbier' op het raam laten zetten. De kapper zelf was vrijwel kaal. Het beetje haar dat hij nog had was gemillimeterd op een lange pluk vlak achter zijn rechteroor na. Frits kon niet nalaten steeds naar die pluk te kijken. Als hij zelf een schaar in handen had, zou hij hem eraf knippen.

Hij had gezegd hoe zijn kapsel eruit moest gaan zien, en de kapper – Ernest herinnerde Frits zich nu weer – had een beetje meewarig gekeken. Even had Frits gedacht om de foto van Leontien en Tom mee te brengen, maar dat ging te ver. Zo werd het ook goed. Alleen anders kammen was niet voldoende geweest. De handen van de kapper gingen door zijn haren. Hij sloot zijn ogen. Jarenlang was het een familieverhaal geweest dat bij diverse verjaardagen en andere gelegenheden opnieuw werd verteld. Zijn ouders konden er maar niet genoeg van krijgen, waarschijnlijk omdat hij toen nog maar een onschuldig jongetje was wiens leven ze nog volledig naar hun hand konden zetten. Hij was met zijn vader naar de kapper geweest. Eerst zat hij zelf in de kinderstoel. Het haar viel op het laken dat hem omhulde. 'Zo goed?' vroeg de kapper, niet aan hem, maar aan zijn vader, die even opkeek van een blad uit de leesportefeuille, en zei: 'Er kan nog wel wat af.' De kapper knipte, en vroeg het nog eens. Volgens zijn vader kon het best nog wat korter. Uiteindelijk kwam hij vrijwel kaal thuis. Zijn zus Tilly stond om hem heen te dansen en riep: 'Net Stet, net Stet'. Zo heette de man in de straat met een hoofd als een biljartbal.

Teruglopend naar huis bekeek hij zijn gezicht in elke etalageruit. Als Leontien hem van een afstand zag, zou ze zich dan kunnen vergissen? Kwam ze dan hard aanlopen om zich in zijn armen te werpen? De belachelijke beelden van een met soft focus gefilmde televisiereclame dreven voor zijn ogen. Wat werd er aangeprezen? Margarine? Had de vrouw het juiste merk bier in huis gehaald? Had hij voor haar een magnetron gekocht?

Hij deed de straatdeur open en liep naar boven. Pas toen hij de sleutel in zijn huisdeur stak, merkte hij dat hij verkeerd was. Zonder nadenken was hij naar zijn eigen woning gelopen in plaats van naar de studio. Hij hield zijn adem in. Van de andere kant was geen geluid te horen. Misschien zat Leontien te lezen of lag ze nog in bed. Of lagen Tom en Leontien samen in bed? Daar, op drie meter afstand, tussen zijn lakens. Twee kronkelende lijven. Bezweet. Heftig bewegend, zoekend naar de extase. Hij voelde de opwinding groeien. Leontien richtte haar lichaam op. Ze torende boven Tom uit terwijl hij op bed lag. Groter leek ze, voluptueuzer. Ze kon met hem doen wat ze wilde. Hij kon zijn ogen niet van haar afhouden. Ze stond bewegingloos. Hij strekte haar handen naar haar uit, maar ze reageerde niet. 'Leontien,' fluisterde hij, 'Leontien, kom bij me. Doe met me wat je wilt. Of ik zal alles doen wat jij wilt. Het zal allemaal beter worden. Anders dan vroeger, heel anders dan vroeger. Ik heb geleerd, ik heb veel geleerd van Tom, dat zie je meteen. Dat voel je toch ook. Kijk, alles is anders.' Hij streelde haar kuiten, de holte van haar knie. Langzaam kwam hij overeind, zijn gezicht dicht bij haar kruis.

'Tom,' zei ze. Ze lachte even, verontschuldigend, maar de ban werd niet gebroken. 'Frits, bedoel ik natuurlijk, ik wil dat je…'

'Maar ik ben Tom.'

'O ja, jij bent Tom… ik heb altijd al geweten dat je Tom was. Leg je handen om mijn billen, en nu moet je…'

Boven ging de deur naar de trap open. Frits was plotseling bang dat iemand hem zou zien. Hij mocht hier helemaal niet zijn. Dit was tijdelijk zijn huis niet meer. Hij ontsloot zijn eigen woning en stapte naar binnen. Vlak achter de deur, in het gangetje bleef hij staan, scherp luisterend of hij Leontien of Tom kon horen.

12

De verkoopster hield haar scherp in de gaten. Was het omdat ze er zo anders uitzag dan de twee andere klanten in de winkel? Dat waren vrouwen die hier zonder meer thuishoorden. Wat deden hun mannen? Zaken, natuurlijk zaken, en dan geen tweedehands kleding, maar iets waar veel geld mee werd verdiend.

Ze sprak een van de twee vrouwen aan toen ze samen voor een rek met bloesjes stonden. 'Is er iets bij voor u?'

De vrouw schrok zichtbaar. 'Eh?' Ze keek achter zich alsof van daaruit een antwoord zou kunnen opdoemen.

'Of u iets van uw gading kunt vinden?' vroeg Leontien, en ze probeerde het Apollo-laanaccent er niet te dik bovenop te leggen.

De vrouw giechelde even. 'Ach, ik weet niet, ik kijk zo maar een beetje rond. Ik weet eigenlijk niet eens wat ik zoek, niet iets speciaals in ieder geval.'

''t Is allemaal wel duur, hè... ik bedoel, driehonderdnegenenveertig gulden voor zo'n bloes, dat is niet niks.'

'Maar 't is ook een Pierre Hénard,' zei de vrouw en er klonk bijna iets verontschuldigends in haar stem, 'en voor een Pierre Hénard is het bepaald niet duur. Kijk, zie je wat ik hier aan heb? Nina Ritelli... bijna zevenhonderd gulden, maar dan heb je ook wel iets bijzonders.'

'Dat is voor mij allemaal veel te duur.'

'Waarom kom je hier dan?'

'Dat is geheim,' zei Leontien. Ze keek om. De verkoopster was bezig met een andere klant af te rekenen.

'Geheim?' De vrouw lachte weer even met een vreemd gedempt gekakel. Ze was nog niet oud; misschien begin dertig. Toch leek ze bijna tot een andere generatie te behoren.

'Zal ik het vertellen?'

De vrouw keek haar alleen maar aan. Leontien zag het meteen; ze was onschuldig. Ze kon er niets aan doen dat ze zo was.

'Onder voorwaarde dat u... dat je me op een kopje koffie trakteert.'

De vrouw knikte. Leontien keek nog eens naar de verkoopster. Die vouwde een aantal truien op en legde ze terug in de vakken.

'Ik kom hier om kleren te stelen.'

'Wat?' vroeg de vrouw terwijl ze een stapje achteruit deed.

Leontien deed een stapje naar voren. 'Moet ik het soms door de winkel schreeuwen?'

De vrouw schudde haar hoofd. Leontien boog zich naar haar toe. 'Ik neem kleren mee naar de paskamer. Die breng ik terug, en ik pak nieuwe. Steeds weer en steeds weer. Alsof ik geen keus kan maken. En als er een verkoopster bij komt, vraag ik steeds hoe dit me staat en hoe dat me staat, en of de kleur wel goed is, en of dat vorige truitje misschien toch beter bij deze broek staat of andersom tot ze er stapelgek van wordt, en niks meer met me te maken wil hebben. Zo ga ik door tot ze er geen benul meer van hebben wat er in dat pashokje ligt. Dan trek ik gewoon dat wat ik wil hebben aan onder mijn spijkerbroek en mijn sweatshirt. Niemand die ooit iets vraagt. Zal ik 's demonstreren hoe het gaat?'

De vrouw schudde driftig haar hoofd. Leontien zag dat de verkoopster schijnbaar achteloos hun kant uitkeek. Het werd steeds mooier. Tom zou haar zo moeten zien. Hij zou kwaad zijn, maar alleen uit bezorgdheid omdat ze de kans liep te worden gepakt. Eigenlijk zou hij vooral trots zijn. En dat vergrootte zijn bezorgdheid. Niet doen, Leontien, niet doen, ze hoorde het haar moeder zeggen, zo vraag je om moeilijkheden.

'Met dit Pierre Hébard-bloesje?'

'Pierre Hénard... nee, alsjeblieft niet. Anders denken ze nog dat ik je help, dat ik een medeplichtige ben of zo... Kom, laten we koffie gaan drinken. Ik heb toch geen zin om iets te kopen.'

Dat is het dus, dacht Leontien. Anderen hebben geen geld, en zij heeft geen zin.

Frits bleef een paar minuten in het gangetje staan. Hij hoorde alleen van buiten het verzwakt verkeersgedruis.

Alles was hier bekend, en tegelijk was het niet meer van hem. Hij deed de deur naar de woonkamer voorzichtig open. Zoals in een misdaadfilm bleef hij zelf achter de deurpost staan en met zijn voet duwde hij de deur verder open. Geen reactie. Hij liep de kamer in. Op tafel stond nog een half leeggedronken kopje koffie. Hij had het kopje al in zijn hand om het leeg te gooien in de gootsteen, maar bedacht zich op tijd. Een sigaret was voor een kwart opgerookt en de rest was in een staafje as veranderd. Hij tikte ertegen, en de as verkruimelde. Gisteren nog had hij een serie foto's van een brandende sigaret in een asbak gemaakt. Hij had steeds een sigaret aangestoken, een paar trekjes genomen, en hem vervolgens in de asbak gelegd. De kleur as moest mooi lichtgrijs zijn, maar niet te licht want dat contrasteerde te weinig met de kleur van de sigaret zelf. Eigenlijk ging het om het omhoog kringelen van de rook. Aan die rook zelf kon hij weinig doen, maar het licht was belangrijk. Ruim twee pakjes sigaretten had hij erdoor gejaagd voor hij tevreden was. Zoals wel vaker bleek een van de eerste foto's de beste te zijn.

 Op zijn tenen lopend ging hij naar de slaapkamer. Nee, niemand. De behandelkamer... verlaten. Stel dat ze nu binnenkwam. Wat moest hij doen? Zich verbergen in een kast? Onder het bed? Hij lachte even. Zo werd het nog een boulevardkomedie. Natuurlijk kon hij gewoon zeggen dat hij iets vergeten was. Een boek, kleren, of wat dan ook. Misschien moest hij al iets pakken dat hij in geval van nood direct bij de hand had. Hier, dit nieuwe boek van Kundera, dat wou ik nog lezen. Ik dacht, ik val jullie niet lastig, en neem het mee terwijl jullie weg zijn.

 Hij keek in de kast in de slaapkamer. Vooral kleren van Leontien. Het bed was niet opgemaakt. Hij ging erop liggen en sloot zijn ogen. Pas nu voelde hij dat zijn vermoeidheid tot in zijn botten was doorgedrongen. Gisternacht had hij tot twee uur gewerkt aan die foto van die verdomde brandende sigaret. De studio had blauw van de rook gestaan. Toen hij op bed was gaan liggen, bedacht hij dat hij die avond Yoka had willen bellen. Hij had haar nu al bijna een week niet meer gezien. Zou ze het vervelend vinden? Meer dan een uur had hij wakker gelegen vannacht. Hij was de foto weer aan het maken, maar Leontien was ook in de studio. Terwijl hij aan het werk was, stelde ze hem voortdurend vragen, of ze liep in de weg. Zo ging het vroeger ook. Op een gegeven moment had hij haar uit zijn studio geweerd. 'Ik zit er ook niet naast als jij iemand behandelt,' had hij gezegd. Leontien nam steeds een paar trekjes van de sigaretten die hij nodig had. Nee, het was Leontien niet, maar Yoka. Morgen zou hij haar moeten bellen. Ze was lief en verlangde niets wat hij niet kon geven. Tenminste, daar leek het nu nog op. Hij zuchtte diep, deed even zijn ogen dicht, maar schrok meteen weer op. Hij liep naar de telefoon en draaide Yoka's nummer. Geen gehoor. In het telefoonboek zocht hij de 06-lijnen. 'Limbit bv Automatisering en Opleiding' stond tussen de 'Likbox' en het 'Limburg gay café', en 'Ongelooflijk ondeugend' kwam voor 'Ontbijtservice ontbijtje'. Als hij haar belde, zou hij alleen haar stem kunnen horen die met het badmeesterverhaal een onbekend aantal mannen opgeilde. Of wilde hij dit eigenlijk ook? Wilde hij een van al die anonieme hunkerende mannen zijn die allemaal even onbekend en vruchteloos hun zaad verspilden voor een meisje dat zo laconiek als het maar kon een verhaaltje bedacht en voorlas, een verhaaltje dat mijlenver afstand van het leven dat die mannen leidden. Hij liep nog eens de nummers af. Ze kon overal zijn. Lolitaseks, Meisjes van zeventien, Stout en geil, Natte dromen...

Hij stond op en pakte een jasje van Tom uit de kast. Alsof het voor hem gemaakt was. Hij draaide zich om voor de spiegel. Hallo. Hallo Tom... leuk om je weer eens te zien. Hoe gaat 't? Goed, en met jou. Uitstekend, ik mag niet klagen. Nog steeds geen eigen huis? Nee, dan zou ik iets moeten kopen of verschrikkelijk duur huren, en dat wil ik niet. We zitten hier goed in het huis van Frits. Het huis van Frits? Ja, waarom niet. Ik bedoel, we zijn goede vrienden. Ik weet 't, hij geeft nog veel om Leontien, maar dat gevoel zet-ie niet om in rancune, zo is-ie niet. Hoe bedoel je? Nou gewoon, hij blijft hopen dat 't goed met 'r gaat en hij weet dat ik belangrijk voor d'r ben.

Frits voelde dat hij dicht tegen een helder inzicht aan zat. Hij hoefde zijn hand maar uit te strekken of alles over Leontien en hem, over Leontien en Tom werd duidelijk. De driehoek werd bijna eendimensionaal. Pas als dat was bereikt, kwam alles op zijn plaats. Dan zou Leontien ook weer rust vinden.

Aan welke kant van het bed zou Tom slapen? Waarschijnlijk zou Leontien nog steeds de kant van de muur prefereren. Soms kroop ze daar helemaal tegenaan; dan was het of ze zich door de muur heen uit het bed had willen werken. Hij ging liggen aan de kant van het raam, de open kant. Alles zou hij kunnen zien als hij hier in huis bleef. Niet om zich te verstoppen wanneer er plotseling iemand thuiskwam, maar om er te zijn als zij er waren, om te zien en te voelen wat er tussen hen gebeurde, om daar deel van uit te maken, het spel mee te spelen, een onzichtbare medespeler te worden.

Onbegrijpelijk dat hij nu aan beelden uit de film *Oblomov* dacht. Hij liep door het hoge gras naar zijn geliefde. Lachend week ze terug. Steeds als hij dicht bij haar was, rende ze een stukje weg. Ze liep het bos in, maar omdat ze naar hem omkeek, zag ze de omhoogstekende boomwortel niet. Ze struikelde en viel met een kreetje op de bebladerde grond. Toen hij bij haar kwam, was ze al weer opgestaan. Ze had Leontiens gezicht, of nee, was het Yoka? Hij probeerde haar arm te pakken, maar ze rende weg. Waarom? Ze wist toch dat hij kortademig was. Hij voelde aan zijn gloeiendhete wangen. Nee, hij kon niet verder. Ze zou zo wel terugkomen als ze merkte dat hij haar niet meer volgde. Hij ging zitten op de zachte bosgrond, het tapijt van dennennaalden en oude bladeren. Zijn hoofd legde hij op een kussen. Dat had zijn geliefde net op tijd onder zijn hoofd geschoven. Hier was alles goed. De zon werd gefilterd door de bladeren. Hij hoorde een paar vogels. Zijn lichaam werd zwaarder. Slechts even zou hij rusten, dan kon hij het spelletje voortzetten. Ze zou er begrip voor hebben. Natuurlijk begreep ze hem. Hij tastte naast zich of hij haar voelde. Nee, alleen een kussen. Hij trok het naar zich toe en begroef zijn neus erin. Een bekende geur. Natuurlijk, het rook naar zijn geliefde. Ze was bij hem, ze lag naast hem. Ze fluisterde zijn naam. Tom, Tom, m'n liefste Tom.

Met trillende knieën liep ze de trap op. Onderweg had ze in een café drie glazen witte wijn gedronken in de hoop zo haar spieren onder controle te krijgen. Haar ledematen konden elk moment weer een eigen leven gaan leiden. Was ze nog de baas over haar lichaam? Of over haar geest? Die bedacht ook plannetjes en plotseling was zij gedwongen om ze uit te voeren. Zoals met de vrouw die ze in de winkel had ontmoet. Ze had nooit kunnen vermoeden dat ze zelf zo ver zou durven gaan.

Op straat had een blinde jongen gestaan. Voor op zijn buik hing een linnen tas waaruit orgelmuziek klonk. Een orgeltje was te lastig voor hem, en daarom maar een cassetterecorder. Hij had wel net zo'n mansbakje als een orgeldraaier. En in zijn andere hand de lange dunne blindenstok. Leontien pakte haar laatste tientje en stopte het in het bakje. De jongen reageerde alsof hij dacht dat ze er geld uit zou halen. In zijn zwarte wereld had hij er geen benul van dat ze hem tien gulden toestopte. 'Waarom geef jij niets?' had ze de vrouw gevraagd die met licht open mond stond toe te kijken. 'O ja, natuurlijk.'

Ze hadden koffiegedronken. De vrouw had zich voorgesteld: Annefiet.

Leontien had zichzelf Annebel genoemd, en daar hadden ze om gelachen. Bijna een fietsbel. Leontien had de prikkeling van de overmoed gevoeld. Annefiet was een vriendin van vroeger op school. Twee gekke meiden waren ze samen, twee stapelgekke giechelmeiden. Annefiet vertelde over haar man, Frank, *account manager* bij een groot bedrijf; ze kon nauwelijks uitleggen wat dat inhield. Elke morgen om kwart voor acht stapte hij in zijn BMW, en 's avonds om halfzeven was hij weer thuis. Nee, geen kinderen. 'We hebben het laten onderzoeken,' zei Annefiet, 'en Frank z'n zaad is niet krachtig genoeg.' Ze zaten alletwee weer te lachen op de achterste bank bij de aardrijkskundeles. 'Maar dan ga je toch met een andere man naar bed,' zei Leontien. 'Er lopen genoeg leuke mannen rond. Dat hoeft Frank toch helemaal niet te weten.' Annefiet had zich bijna verslikt in een stukje Sachertaart. 'Zullen we samen iemand zoeken?' had Leontien weer gevraagd. 'Dan gaan we gewoon vanavond naar een café en…' Annefiet had haar hand op Leontiens mond gelegd. Ze schudde haar hoofd. 'Ik kan 't niet,' zei ze, 'ik kan 't niet. Eén keer heb ik 't geprobeerd, met een andere man. Een jongen van de zaak, die moest iets halen. Ik zat koffie te drinken om een uur of tien 's ochtends, in m'n ochtendjas, en verder niets daaronder. Ik kwam net onder de douche vandaan. Ik bood hem ook een kopje koffie aan. Het was heel klassiek.' Ze kakelde weer even haar gedempte lach. 'Ik stond voor hem en zette zijn kopje op tafel. M'n ochtendjas viel een stukje open. Ik was eigenlijk niets van plan, maar hij moest wel denken dat ik hem wilde versieren. Het lag er zo dik bovenop. Wil jij nog een cappuccino? Ja?' Haar stem klonk plotseling vreemd bevelerig. 'Nog twee cappuccino graag. Dus hij begon me te strelen, en voor ik het wist lagen we op het kleed. Toen hij z'n kleren begon uit te trekken, werd ik bang.' 'Waarom?'

Leontien bleef nu op de trap voor de deur van de etage staan. Ze zag het beeld voor zich: Annefiet in haar opengevallen ochtendjas op het waarschijnlijk dure tapijt en de jongen die zijn kleren probeerde uit te trekken. Dat vreemde moment: de vrouw warm, verlangend en de man nog prutsend met zijn knoopjes en rits.

'Ik weet niet, ik had nog nooit met een andere man geslapen,' ging Annefiet door. 'Tot dan toe was Frank de eerste en de enige. We kenden elkaar al vanaf het gym.' 'Heb je die jongen toen weggestuurd?' Annefiet had haar hoofd geschud. 'Nee, hij had zich helemaal uitgekleed, zelfs z'n horloge had-ie afgedaan, en hij…' Ze keek even om zich heen alsof ze bang was te worden afgeluisterd. 'Hij begon me te zoenen, en...' 'Was het een mooie jongen, zag-ie er goed uit?' 'Ja, een heel mooie jongen, mooier dan Frank, als ik eerlijk ben. Die begint al een beetje een buikje te krijgen, en hij is nog maar zesendertig.' Ze lachte weer even. 'Hij begon me dus te zoenen, en m'n borsten te strelen...' Ze bloosde tot diep in haar hals. Donkerrode vlekken, die slecht kleurden bij haar zevenhonderd-guldenbloes. 'Maar ik sloeg plotseling dicht. Letterlijk en figuurlijk...' Ze fluisterde met een licht hese stem. 'Ik weet niet waarom ik je dit vertel. Nog nooit heb ik 't aan iemand verteld. Ik loop er maar mee rond. Soms als Frank thuis is, en hij praat alleen over de zaak, en 's avonds gaat-ie weer aan 't werk of hij moet naar een bespreking of wat dan ook, dan heb ik een verschrikkelijke zin om het te zeggen. Om hem te laten weten dat ik best een ander kan krijgen, dat andere mannen me soms ook aantrekkelijk vinden en met me willen vrijen.'

Leontien had nu haar sleutel gevonden. Ze deed de deur open en stapte naar binnen. Tom was er niet. Waarom was Tom er nooit? Ze ging naar de keuken en schonk een glas witte wijn in. Het huis was tegelijk wel en niet van haar. Het was niet de herinnering aan Frits, maar iets anders, iets wat onbenoembaar was. Ze nam een slok. Nu een sigaret. Ze wist zeker dat ze een pakje op tafel had laten liggen, maar het bleek spoorloos. Was Tom misschien ondertussen binnengeweest en weer vertrokken? Hij zou nooit een briefje achterlaten, zoals Frits altijd had gedaan. Betrouwbare Frits. Ze zette het tasje voor zich op tafel. Hoeveel zou het gekost hebben? Driehonderd gulden? Achthonderd? Annefiet had haar laatste bekentenis gedaan, wegkijkend van Leontien. 'Ik heb 't wel geprobeerd, maar 't ging echt niet. Ik... eh, ik was te....' 'Te zenuwachtig?' 'Nee... ja, dat ook, maar 't was meer fysiek... ik was...' 'Je was te nauw, te droog?' vroeg Leontien. 'Sssstt... ja, en hij kon niet bij me binnen komen... Het was een hele worsteling.' Ze had even schichtig om zich heen gekeken. 'Het lukte gewoon niet. We zijn wel tien minuten bezig geweest, en ten slotte had-ie geen... geen stijve meer, en hij moest ook terug naar de zaak, dus... eh...' 'Weg mooie jongen, weg avontuur.' Annefiet had dromerig voor zich uitgestaard. Daar stond die jongen in de verte. 'En daarna heb ik 't nooit meer geprobeerd. Durf 't gewoon niet meer... Kijk, hier heb ik z'n horloge. Dat had-ie in de haast laten liggen. Ik zag 't pas vlak voor Frank thuiskwam. De hele dag had ik in bed gelegen. Gejankt heb ik, gejankt... verschrikkelijk. Het was ook zo'n afgang. Maar ik wou niet dat Frank iets kon merken. Dus om een uur of vijf ben ik uit bed gegaan. Toen ik de tafel dekte, zag ik het horloge. Die jongen moest het zelf ook intussen gemist hebben, maar ik denk dat-ie er niet over durfde op te bellen.' 'Hij dacht zeker dat 't zijn schuld was dat 't niet gelukt was tussen jullie.' 'Denk je?' 'Natuurlijk,' zei Leontien, 'zoiets heb ik ook wel 's meegemaakt met een jongen en die durfde me ook niet meer onder ogen te komen... ik hcm trouwens ook niet.' Annefiet keek haar dankbaar aan. 'Ik moet even m'n neus poederen.' Pas toen ze haar tasje op het tafeltje bleek achter te laten, werd Leontien zich bewust van het eufemisme. Achteraf begreep ze ook beter waarom ze een verzonnen naam had genoemd. Ze pakte het tasje, liep naar de counter en betaalde vier cappuccino's en twee punten Sachertorte. Binnen een minuut stond ze op straat. Het kostte haar weer de grootste moeite om niet te gaan rennen. Met grote stappen had ze zich een weg door het winkelende publiek gebaand. Een doortastende jonge vrouw van de ene interessante zakenafspraak onderweg naar de volgende belangrijke businessdeal. Aan haar tasje kon je zien dat ze niet van de straat was. De blinde jongen stond er nog.

In de portemonnee zat niet zoveel, ruim zestig gulden. Vrouwen als Annefiet hadden ook niet zo veel cash geld nodig. Ze had twee creditcards: Visa en American Express. Leontien pakte de papieren van de Peugeot 205, kenteken TL-44-PX. Ze keek naar de vrouw op het rijbewijs. Wat zag Annefiet er onschuldig uit, bijna nog een verlegen meisje. Ze had de fotograaf schuchter toegelachen. Leontien maakte het zijvakje van de portemonnee open. Een foto van een jonge man met een iets te bol hoofd. De scheiding was onberispelijk. Zwak zaad, dat kon niet missen.

Ze leunde achterover met haar glas in de ene, en de autosleutels in de andere hand. De sleutels draaiden rond haar pink. Het was of haar hart zich extra moest inspannen om het bloed rond te pompen. Het bonkte in haar hoofd en haar keel. Ze voelde de warme bloedstroom. Ze zou naar de P.C. Hooftstraat kunnen lopen en daar die Peugeot ophalen. Ze had zomaar een auto! Een eigen auto... wat zou Tom opkijken.

Maar als de politie was gewaarschuwd, en die stond onopvallend te surveilleren? Misschien had Annefiet de auto allang laten weghalen. Ze had vast reservesleuteltjes. Hoe lang was het nu geleden? Nog geen uur. Ze kon gaan kijken, van een afstandje. Een paar keer door de straat heen en weer lopen. Nee, veel te gevaarlijk. De sleutels van het huis waren ook waardeloos. Waar woonde Annefiet ook alweer? Op het rijbewijs stond het adres. Zouden ze meteen nieuwe sloten op de deur laten zetten? Annefiet kon nu zelf niet haar huis in. Maar het was al bijna halfzeven. Stond ze buiten te wachten tot die enge man van haar thuis kwam? Sorry, Frank, een klein ongelukje gebeurd. Verdomd nog aan toe, jij ook altijd met je ongelukjes. Leontien pakte het horloge weer. Op de achterkant stonden initialen gegraveerd, waarschijnlijk van die mooie jongen: L.K. Leo Koekenbier, Leendert Kofstra, nee, het moest mogelijk zijn om voor die jongen een ideale naam te bedenken, die jongen voor wie... De bel ging. Harder dan ze zich kon herinneren. Sinds ze hier weer woonde, had er nog niemand aangebeld. Ze veegde alle spullen de tas weer in; een poederdoosje viel open op de grond.

Aan de voetstappen te horen kwam er een vrouw de trap op.

13

Hij was wakker geworden omdat de bovenbuurman weer aan het timmeren was. Halfzes, een vreemd tijdstip. 's Morgens? Nee, natuurlijk niet. In eerste instantie was hij het zich niet bewust geweest dat dit tijdelijk niet meer zijn eigen territorium was. Maar toen rook hij weer het kussen dat hij nog steeds tegen zich aangedrukt hield. Hij moest hier zo snel mogelijk verdwijnen. De afspraak bij die garage was trouwens ook om halfzes. Misschien waren ze ondertussen al dicht. Hij had het adres van Tom. Van wie anders?

De man zag bijna helemaal zwart en glimmend van de olie, en leek daarom het tegenovergestelde van de spreekwoordelijke tweedehands autoverkoper. Misschien was dat ook wel zijn kracht. Zo'n man zou je nooit belazeren. Nooit? Hij had niet zoveel in voorraad. Hier, een Citroën BX, mooi wagentje, maar al wel bijna twee keer het klokje rond. Nog een Lada. Nee, dat kon de man hem niet aanraden. Eén ding konden ze in Rusland zeker niet, en dat was auto's maken. Die Fiat was wel aardig, maar die moest dan ook acht rooien kosten, en geen cent minder. Anders zou de man er zelf op toeleggen, en hij had er nog heel wat aan gesleuteld. Een prachtige auto. Nee, hij kwam niet aan met dat gelul over altijd binnen gestaan en alleen door een oude dame in gereden. Als je de advertenties mocht geloven, dan hadden voorzichtige bejaarden in de helft van de te koop aangeboden tweedehands auto's gereden.

'Maar achtduizend gulden is gewoon te veel,' zei Frits. 'Dat heb ik niet.'

'Een lening,' zei de man. 'Dat is zo geregeld. Ik heb hier de formulieren. Gewoon een soort afbetalingsregeling. Doen ze in Amsterdam-Zuid ook. Hoeft u zich helemaal met voor te schamen.'

Frits twijfelde plotseling aan de oprechtheid van de garagehouder. Misschien stond die Lada hier wel altijd, en kon hij er heerlijk op afgeven zonder dat hij de bedoeling had om die rammelkast te verkopen. Het was gewoon een sloopexemplaar waarop elke keer weer de lakmoesproef van de eerlijkheid werd uitgevoerd. Als een verkoper zo oprecht is over de gebreken van een van zijn eigen artikelen, moet hij ook wel eerlijk zijn als hij de positieve kanten van een ander product onder de aandacht brengt.

'Nee, niks voor mij.'

Hij liep weer in de richting van zijn fiets. Toen zag hij pas het busje. Even dacht hij dat Tom de zijne misschien liet repareren, maar uit het stuk karton dat achter de voorruit was geplakt, bleek iets anders. 'Te Koop, Fl 4500 gulden' stond erop.

'En dit busje?' vroeg Frits.

De man kwam terug uit de garage. 'Die Subaru?'

Had Tom er eigenlijk zo een, of was dat een andere Japanner? Ze leken in ieder geval sprekend op elkaar.

'Ik dacht dat u een personenwagen wilde.'

''t Maakt me niet uit. Als 't maar goed rijdt en niet te duur is.'

'Deze is uit de kunst,' zei de man. 'Alleen hier aan de zijkant is het een en al deuken en krassen. Aanrijdinkje gehad, alleen blikschade. Als je dat mooi wil laten maken, kost 't je drie ruggen. Dat is-ie niet meer waard. Maar verder is-ie nog helemaal goed. Een fantastisch motortje. Wilt u hem proberen?'

Het licht op de trap was weer eens stuk. Pas toen ze op de overloop stond, zag Leontien haar.

'Ik... eh, ik kom voor Tom.'

'Die is er niet.'

Het meisje keek Leontien onderzoekend aan. 'Oh, dan moet ik... dan kan ik misschien beter een andere keer terugkomen.'

Ze wilde de trap al aflopen, maar Leontien pakte haar bij haar bovenarm, en trok haar mee de woning in. 'Wat wil je van Tom? Misschien kan ik een boodschap overbrengen?'

'Nee, niet direct een boodschap. Ik heb hem gewoon al een hele tijd niet gezien, enne...'

'En wat?'

'Nee, niks. Ik kom geloof ik een beetje ongelegen.'

'O nee, ga maar rustig zitten. Je komt juist heel goed gelegen. Het kon niet beter. Hoe heet je, als ik vragen mag? Monique?'

Het meisje schudde haar hoofd. 'Yoka, ik heet Yoka.'

'Weet je dat zeker? Is 't echt niet Monique?'

Het meisje keek haar peinzend aan, alsof ze het allemaal niet zo goed begreep. Wie weet wat Tom haar wijs had gemaakt. Leontien schonk haar wijnglas vol.

'Hoe... eh, hoe intiem ben je met Tom? Wat heb je precies met hem?'

'Daar praat ik liever niet over. Dat is volgens mij niet zo'n goed idee.'

'Dat is juist een uitstekend idee,' zei Leontien met een schrille bijklank in haar stem. Ze liep naar Yoka en trok haar omhoog uit de stoel. De inhoud van haar wijnglas verspreidde zich over Yoka's broek.

'Verdomme, mijn broek,' zei Yoka. 'Ik heb je toch niks gedaan.'

'Niks gedaan... niks gedaan? Ben je werkelijk zo naïef. Tom en ik wonen samen, weet je, en ik begrijp niet waar jij de brutaliteit vandaan haalt om...'

'Ik wist niet eens dat-ie een vriendin had. Daar heb ik nooit iets van gemerkt.'

'En je bent met hem naar bed geweest?'

Yoka keek haar nu recht in haar ogen. 'Ja, natuurlijk.'

Het resoneerde door Leontiens hoofd. Ja, natuurlijk was ze met Tom naar bed geweest. Het sprak dus blijkbaar vanzelf. Vier jaar geleden voor een café op het terras. Het was warm, zwoel weer. De opwinding hing in de lucht. De scène kwam weer in beeld, steeds scherper, steeds vollediger. Ze zaten met een groepje om een grote tafel, Frits naast Lot die de hele avond opmerkelijk veel belangstelling voor hem had. Lot mocht haar niet; misschien wel daarom. Iedereen was een beetje dronken. Josien had een nieuwe jongen met wie ze schaamteloos zat te zoenen. Het leek of ze iedereen aanstak. Frits was naar de wc. Toen hij een tijdje weg was, ging Lot hem achterna. Haar hondje, waarvoor ze een oud groentekistje achter op haar fiets had gemonteerd, bleef onder haar stoel liggen.

Leontien had haar meteen willen volgen, maar ze had even gewacht. Hoe lang had ze zich ingehouden? Twee minuten? Drie minuten? In het donkere gangetje naar de toiletten stonden ze. Lot had haar armen om Frits heengeslagen, en ze zoende hem. Schreeuwend had Leontien een leeg bierglas gepakt. Ze had het kapotgeslagen op de rugleuning van een stoel. Frits had net op tijd ingegrepen, anders had ze Lots gezicht van levenslange littekens voorzien.

'Laat me los,' zei Yoka. 'Als er misverstanden zijn, kunnen we die toch uitpraten.'

'Ha, misverstanden… ze gaat met m'n vriend naar bed en heeft het over misverstanden. Zo makkelijk kom je er niet vanaf. Dat dacht je zeker, gore slet.'

'Zeg, let wel een beetje op je woorden, hè. Laat me nou maar 's los.'

Yoka probeerde zich te onttrekken aan de greep van Leontien. Die sloeg nu naar haar concurrente.

Leontien zag drie rode strepen opkomen op Yoka's rechterwang.

Met een schreeuw klauwde Yoka zich vast aan Leontien. Ze vielen achterover op de bank. Yoka probeerde haar gezicht te bereiken, maar Leontien hield haar bij zich vandaan.

'Hoer, vuile hoer,' schreeuwde Leontien. Ze voelde hoe Yoka haar haar te pakken had. Een verschrikkelijke pijn sneed door haar schedel. Ze moest een enorme pluk uit haar hoofd gerukt hebben. Leontien greep naar haar hoofd en voelde een harde stoot tegen haar rechterwang. Als vechtende katten rolden ze van de bank op de grond. Leontien wist zich boven op Yoka te werken. Ze voelde hoe Yoka's vuisten op haar rug beukten. Vreemd, zo'n vrouwenlichaam onder haar. Yoka's borsten tegen de hare. Zo had Tom ook op haar gelegen.

Leontien zette haar tanden in Yoka's oor.

Voor dit soort dingen had Hilco een zesde zintuig. Nog geen dag had Frits de Subaru of zijn broer stond bij hem voor de deur.

'Ik was vanochtend bij je huis, maar je bleek er plotseling niet meer te wonen. Een woning voor Leontien en haar vriendje. Je lijkt wel een charita… eh, dingesinstelling of zo. Dat zou je voor mij nou nooit doen.'

'Eén keer heb ik 't gedaan, weet je nog?' zei Frits. 'Toen in m'n vakantie, drie jaar geleden. Wat een rotzooi.'

'Je kwam ook twee dagen eerder terug, dus ik had geen kans om 't op te ruimen.'

'We kwamen een dag later terug, druiloor. En zoiets hoor je een beetje bij te houden, weet je wel, een beetje stofzuigen en zo.'

Hilco ging zitten. 'Ik dacht eerst nog dat Leontien weer bij je terug was, maar ze zei dat je hier was. Wat zag ze d'r trouwens uit. Verschrikkelijk gewoon. Je zit hier…'

'Wat was er met Leontien?' onderbrak Frits.

'Weet ik veel.'

'Heb je dat dan niet gevraagd?'

'Ja... als zij niks zegt, dan vraag ik ook niks. Ik bedoel, leven en laten leven.'

'Maar hoe zag ze er dan uit?'

'Nou ja, alsof ze gevochten had of zo... shit, ik weet 't ook niet. Een blauw oog, een opgezette wang en schrammen in haar gezicht. Misschien was ze wel van de trap geflikkerd. *Who knows?*'

Ze had ruziegemaakt met Tom, en ze was hem aangevlogen. Tom had zich moeten verdedigen. Als Leontien echt kwaad werd, was ze verschrikkelijk sterk. Toen in het café, met hoe heette ze ook alweer...? O ja, Lot, toen hadden ze haar met drie man vast moeten houden.

'Had ze misschien gevochten met Tom?' stelde Frits voorzichtig voor.

Hilco haalde zijn schouders op. 'Z'n handtekening stond er niet bij. Heb je nog wat te drinken? Ik heb een teringdorst.'

'Water, koel helder water, goed voor de dorst.'

'Ja, dat zeggen de koeien ook.' Hilco begon een sigaret te draaien. 'Toch wel een lekkere studio heb je hier. Alleen een beetje ver van de stad af en zo.'

'Maar ik heb nu een auto.' Frits had meteen spijt dat hij het gezegd had. Of was het hem niet ontschoten? Wilde hij toch met zijn nieuwe bezit pronken tegenover zijn armlastige broertje? Zo kon hij laten zien dat hij nog altijd de sterkste was van de twee. Vroeger hield hij Hilco met zijn rug op de grond gedrukt. Hij zat boven op hem, en drukte met zijn knieën over Hilco's bovenarmen: spierballen rollen. Was hij met de Subaru ook aan het spierballen rollen?

Er lichtte iets op in de ogen van Hilco. 'Echt waar? Wat voor een?'

'Wacht, ik heb toch nog pils. Ik zal even een flesje halen.'

'Een beetje een leuk wagentje? Toch niet een oude R-4 of zo, dat lijkt me echt wat voor jou, zo'n alternatief autootje.'

'Een minibusje, een Subaru.'

'Shit, die heb ik hier voor de deur zien staan. Die zijkant, die heeft een behoorlijke klap gehad. Was 't jouw schuld?'

'Nee, zo heb ik hem gekocht. Daardoor was-ie eigenlijk hartstikke goedkoop.'

'Handig,' zei Hilco, 'verdomd handig. Had ik niet van jou verwacht.'

Frits liep naar het keukentje. Hij trok de deur open. Leontien had dus met Tom gevochten. Waarom? Wat was er gebeurd? Was Tom misschien begonnen? Dat was niks voor hem, maar je kon nooit weten tot hoe ver iemand als Leontien hem kon drijven.

Hij zette een flesje en een glas voor Hilco neer. Die dronk het flesje leeg alsof hij urenlang in de brandende zon had gelopen.

'Trouwens verdomd toevallig,' zei Hilco, nadat hij het schuim van zijn lippen had geveegd.

'Hoezo, wat is er toevallig?'

'Miranda komt bij me wonen, en ik heb eigenlijk zo'n busje nodig. Als ik wat moet huren, kost 't me weer minstens drie geeltjes.'

'En je dacht dat ik hem zomaar aan jou zou uitlenen? Wanneer krijg ik hem dan terug? Volgende week? Volgende maand?'

'Jezuschristus, dat wantrouwen van jou! Ongelooflijk gewoon. Voor jou ben ik geloof ik een regelrechte crimineel. Of niet soms?'

'Natuurlijk niet.'

'Nou dan.'

'Alleen ben je niet altijd zo precies op de spullen van iemand anders om het maar zachtjes uit te drukken.'

Hilco ging naar het keukentje en kwam met een nieuw flesje terug. 'Wat kan jij het toch altijd subtiel zeggen, kolere. Ik heb geen geld, en we hebben een busje nodig. M'n eigenste broer heb zo'n ding, het staat hier gewoon voor de deur, en ik kan het niet eens eventjes lenen. Je houdt 't toch niet voor mogelijk.' Hij zette het flesje bier aan zijn mond en klokte de helft naar binnen.

'Goed,' zei Frits, 'dan probeer ik 't nog een keer, maar dat is echt, absoluut de laatste keer. Als je 't nou verpest, dan hoef je hier niet meer binnen te komen, nooit meer, dan heb ik geen broer meer.'

'Ik zweer 't,' zei Hilco, en hij maakte het bijbehorende gebaar.

'Hoe zag Leontien er verder uit?' vroeg Frits.

'Hoe bedoel je? Wat ze aan had of zo?'

'Nee, natuurlijk niet. Was ze nog een beetje vrolijk, opgewekt of zo?'

Hilco haalde zijn schouders op. 'Eerder chagrijnig. Ik heb 'r wel 's gezelliger gezien. Wanneer kan ik 't busje komen halen? Morgen? Morgenochtend?'

Het ging dus niet goed. Tom wist niet hoe hij haar moest hanteren. Dat was het cliché: ze was iemand met een gebruiksaanwijzing. Maar hij voelde geen triomf, verre van dat. Eerder pijn, alsof Tom hemzelf had geraakt. Als hij niet met haar om kon gaan, waarom bleef hij dan bij haar wonen? Leuk, maar lastig, zo was Leontien, en dat moest je aan kunnen. Je moest weten hoe je het lastige deel moest neutraliseren. Maar Tom wilde niet naar hem luisteren; hij had geen advies nodig, nee, hij wist het zelf allemaal zo goed, de solist. Leontien had hem zeker op zijn zenuwen gewerkt, en hij had haar alleen maar fysiek kunnen afstraffen. Of was ze zelf begonnen? Maar dan moest je niet terugslaan, wat Tom dus wel had gedaan. En dat allemaal in zijn eigen huis! Zouden de foto's er nog hangen?

Hilco zwaaide een hand voor zijn ogen. 'Is morgenochtend goed?' herhaalde hij.

Frits knikte. Het was een beetje alsof hij zelf was geraakt. Hij voelde met zijn hand over haar gezicht. Tom wist gewoon niet hoe kwetsbaar ze was. Ze hadden toen naar de Ardennen moeten gaan. Het kon nu nog. Buiten het seizoen was het juist veel lekkerder. Elk moment kon je een huisje huren. Bijna alles stond leeg. Geen drukte, weinig mensen. Ze zouden mooie fietstochten kunnen maken. Hij wist hoe ontspannend dat was. Tom zou het ook lekker vinden. Een hele dag samen zonder de klemmende spanning van Amsterdam. Ze konden lang uitslapen. Hij zou 's morgens naar het dorp gaan en verse croissants halen. Leontien bleef nog in bed. Hij maakte het ontbijt klaar: sinaasappelsap, croissants, een eitje en thee. Leontien lag nog in een doezelslaap, een bedwarme geur om haar heen. Hij trok zijn kleren weer uit en kroop bij haar in bed. 'Wat lekker, Tom,' zou ze tegen hem zeggen.

'Oké, morgenochtend dus, een uur of elf.'

Even dacht hij dat het om het tijdstip ging waarop het ontbijt moest worden geserveerd.

Ze zat minutenlang voor de spiegel. Hier was geen eer meer aan te behalen. Die schrammen kreeg ze nooit weg. Ze haalde het plastic zakje met ijsblokjes dat ze tegen de zwelling bij haar jukbeen gedrukt hield even weg. Wat een tronie! Wie ernaar keek, zou onmiddellijk zijn gezicht afwenden. Ze voelde zich mismaakt. Nu nog een bochel en een horrelvoet, en het was compleet. In een spastische reactie kneep ze het tubetje crème dat ze in haar hand hield helemaal leeg. Die meid had hij ernaast gehad, voor wanneer hij genoeg had van haar. Hij was met haar naar bed geweest, ze had hem gevoeld.

Ze schreeuwde het uit: 'Ik kan hem wel vermoorden!' Meteen sloeg ze een hand voor haar mond. Nee, nee, het was haar Tom. Ze had die meid moeten vermoorden. Hier, vandaag, en dan aan Tom laten zien. Kijk eens wat ik voor je over heb. Zie je hoeveel ik van je houd. Zo ver wil ik gaan. Ik doe alles voor je. Noem het, en ik doe het. Het is voor jou, weet je, helemaal voor jou. Als jij niks met haar had gehad, dan had ik het ook niet hoeven doen. Jij hebt haar gedood, door mijn hand. Ik ben alleen jouw instrument geweest, niets meer dan dat. Dan kon hij niet meer terug, dan zat hij voor altijd aan haar vast. Hij zou moeten helpen om haar te dumpen. Zo heette dat toch? Je dumpte een lijk. Of zouden ze naar de politie gaan? Nee, dat was niets voor Tom. Die opereerde liever zelf in een wat schemerige zakenwereld, zoveel had ze wel begrepen van zijn telefoontjes.

Ze zouden haar ergens inrollen. Of Tom had in zijn auto een grote kledingzak. 's Nachts droeg Tom haar naar beneden. Zij stond buiten op de uitkijk. Als er niemand aankwam, schoof Tom haar achter in het busje. Waar reden ze naartoe? Tom wist vast wel iets. Misschien het Westelijk Havengebied, daar waren ze laatst samen geweest. Er waren voldoende half onbegaanbare, verwilderde stukken grond waar je een lijk kwijt kon. Een lijk. Ze proefde even het woord. Moesten ze nog graven? Misschien was dat verstandiger. Dan hadden ze scheppen nodig. Hoe kwamen ze daar aan? De avondwinkel verkocht ze niet. Ze lachte even, omdat ze het rek voor zich zag; flessen champagne, salades, gesorteerde noten, Franse kaas, stokbrood en een rij scheppen. Nieuwe, met van dat kil glanzende metaal en stelen van blank hout. Tom zou er wel iets op verzinnen.

Ze waren haar kwijt. Het was midden in de nacht. Niemand te zien, niets te horen, alleen vaag de geluiden van de snelweg naar Haarlem. Hij omhelsde haar. Ze deed haar ogen dicht en zag voor zich hoe 'die meid' viel. Ze sloeg haar armen om hem heen, liet haar handen onder zijn t-shirt verdwijnen en voelde zijn bezwete huid. Waarom was ze gevallen? Natuurlijk, ze had haar ergens mee geslagen. Waarmee? Dit mocht ze niet onderbreken, het was belangrijk. De fles wijn, die stond nog op tafel. Toen die Yoka of Monique haar opnieuw aanviel, had ze de fles gepakt. Eigenlijk was het dus zelfverdediging geweest. Die meid had haar aangevallen, had haar uit de weg willen ruimen om Tom voor zichzelf te hebben. Ha! Het exclusieve recht op Tom, hoe durfde ze?

Het huis was zoals ze had verwacht. Een redelijk diepe voortuin, keurig onderhouden, een groot raam. De gordijnen waren open, zoals het hoort in een Hollandse nieuwbouwwijk. De televisie stond aan, maar ze zag niemand in de kamer. De inrichting was modern: koud, onpersoonlijk nieuw, net zoals bij de buren. Ze liep de straat uit, zwaaiend met het tasje van Annefiet. Zou ze het in de voortuin gooien? Ze begreep niet dat mensen hier wilden wonen. Het was duur, dat was overduidelijk, maar de huizen waren doods aan elkaar geplakt. Annefiet woonde simpelweg in een rijtjeshuis. Geen wonder dat ze zo gefrustreerd was.

Ze stond weer voor het huis van Annefiet. Er kwam een man de kamer binnen, waarschijnlijk Frank. Hij droeg een slip-over. Dat moest toch al voldoende reden zijn voor een echtscheiding. Zou Annefiet nog opgewonden van hem raken? Ging ze nog wel eens met hem naar bed? Misschien alleen maar uit pure gewoonte, ter vervulling van de huwelijksplicht. Nu kwam Annefiet de kamer binnen. Leontien besefte dat ze niet zo kon blijven staan, zeker niet met dat tasje in haar hand, maar het lukte niet om van haar plaats te komen. Dit was een voorstelling die ze moest zien. Nou ja, een voorstelling… Eerst leek er niets te gebeuren. Annefiet ging ook zitten, en pakte een tijdschrift van een tafel. Ze zeiden niets tegen elkaar. Annefiet bladerde door het tijdschrift, van voor naar achteren en van achteren naar voor. Frank zei iets tegen haar, maar ze reageerde niet. Verwijten, hoe ze zo stom had kunnen zijn. Leontien voelde de behoefte om Annefiet te hulp te komen. Wat kon ze doen? Aanbellen, en zeggen dat ze het tasje had gevonden? Probleem opgelost.

Frank begon door de kamer te lopen. Hij stond stil bij de stoel van Annefiet en stak overduidelijk een betoog af. Het was een stomme film, maar Leontien kon de essentie van het verhaal makkelijk volgen. Het leek of Annefiet een beetje in elkaar dook. Zou hij haar durven slaan? Was het zo iemand? Zo'n keurige kantoorpik die toch een beetje macho is gebleven? Leontien liet haar hand over haar gezicht gaan. Misschien zouden er wel mensen denken dat ze zelf door haar vriendje in elkaar was geslagen. Annefiet bleef driftig door het tijdschrift bladeren, en Frank ging door met zijn monoloog. Leontien kon het makkelijk invullen. Ik werk keihard om jou een lekker, makkelijk leventje te bezorgen, en wat doe jij? Je verliest zomaar achteloos je tasje. Alles erin. Creditcards, rijbewijs, huissleutels, alles. Nog een geluk dat ik vanavond nieuwe sloten op de deur heb kunnen laten zetten. Nog een geluk dat je auto er nog stond. Daarvan moeten de sloten en het contact ook nog worden veranderd. Nieuw rijbewijs. En je creditcards?

Dit kan ons duizenden guldens gaan kosten. Ja, natuurlijk heb ik ze meteen geblokkeerd nadat je me gebeld had. Daar had je trouwens zelf ook aan kunnen denken. Waarom moet ik altijd alles voor je doen? Waarom neem je nooit zelf initiatief? En dan later klagen dat ik de baas speel, dat je ondergeschikt bent, dat je altijd zo volgzaam moet zijn. Daar maak je het toch zelf naar! Het enige waartoe jij initiatief neemt is, is geld uitgeven en dingen kwijtraken.

Annefiet zou moeten zeggen dat ze laatst een heel ander initiatief had genomen, met een jongen van de zaak. Een spannend initiatief. Hoe zou Frank dan reageren? Hij liep nu naar de hoek van de kamer en schonk voor zichzelf een borrel in. Annefiet kreeg zeker niets. Waarschijnlijk straf. Ze gooide het tijdschrift neer, en verborg haar gezicht in haar handen. Straks zou de make-up over haar gezicht zijn uitgesmeerd.

Zonder er verder bij na te denken, liep Leontien het pad naar de voordeur op. Vreemd, waarom legden mensen zo'n paadje aan met een kleine kronkeling erin. Alsof men hier, in zo'n versteende voorstad ver van de natuur toch nog een bospaadje wilde imiteren. Ze belde aan. Het duurde even voordat er iemand kwam. Kort overwoog ze om op haar schreden terug te keren, het paadje weer af te rennen, vlug, weg. Maar nee, ze moest hier blijven staan. Dit was een taak die ze moest volbrengen. Ze was eraan begonnen en ze moest het afmaken. Als ze dit eenmaal had gedaan, zou ze Tom weer onder ogen durven komen.

Frank deed de deur open. Hij was helemaal een Frank, van top tot teen. Waarom precies kon ze niet zeggen, maar het waren de pantoffels, zijn haardracht, en die slip-over. Hij zag er daarom ook onschuldig uit. Van hem had ze niets te vrezen. Het was een wonder dat Annefiet zo bang voor hem was. Zij zou hem zelf op alle fronten de baas zijn.

Hij keek haar doordringend aan. 'Is er iets gebeurd? Heeft u misschien hulp nodig?'

Leontien begreep hem eerst niet. 'O ja, m'n gezicht... nee, een klein ongelukje gehad. Het is al bijna weer over.' Ze lachte even, en voelde meteen een stekende pijn in haar wang.

'Waar kan ik u dan mee van dienst zijn?' Frank klonk afgemeten en stuurs.

'Ik heb iets gevonden, en dit adres zat erin.' Leontien stak het tasje omhoog.

'Gevonden?'

'Ja, een uurtje geleden ongeveer, in de Van Baerlestraat. Er reed net een auto weg toen ik erlangs kwam, en ik zag het liggen.'

Frank pakte het tasje aan, maar zij hield het vast. Het leek alsof ze erom twistten. Leontien trok er even aan, en hij liet het weer los.

'Maar, ik dacht dat...'zei Frank.

'Wat?'

'Dat u het terug kwam brengen.'

'Natuurlijk kom ik het terugbrengen. Wat moet ik er zelf mee?'

Hij haalde zijn schouders op.

'Ik had de creditcards en het rijbewijs kunnen verkopen. In de buurt van het CS is er altijd wel iemand die er wat voor geeft, maar dat leek me niet zo netjes.'

Frank schraapte zijn keel. 'Nee, zeker niet, zeker niet zo netjes... eh, u krijgt natuurlijk een beloning. De eerlijke vinder, u weet wel... Ik heb er alleen nog niet over nagedacht.'

Ze keek Frank aan. Zijn blikken vermeden haar. Verlegen, hij was dus verlegen.

Ze pakte zijn hand. 'Het gaat me niet om een beloning, tenminste geen materiële. Zo ben ik niet.' Ze keek hem weer aan en hield zijn ogen even gevangen.

'Waarom... eh, waarom komt u niet binnen. Kennis maken met mijn vrouw, die is er nog helemaal van ondersteboven dat ze haar tasje is kwijtgeraakt. Ze zal u graag willen bedanken.'

14

Hij had dagenlang niets van Yoka gehoord. Was het alweer voorbij? Een vluchtige affaire, die snel werd weggeblazen? Zelf had hij ook geen enkel initiatief genomen. Vreemd, nu hij niet meer in zijn eigen huis zat, niet in die met herinneringen aan haar overladen kamers, leek hij nog wel sterker aan haar te denken. Vooral na het bezoek van Hilco en wat die hem verteld had over de manier waarop Leontien was toegetakeld.

Maar hij moest realistisch zijn, met beide benen op de grond blijven staan. Dus waarom zou hij Yoka zomaar laten lopen? Ze was aardig, gezellig, en het was lekker om met haar te vrijen. Ze stelde geen gekke eisen, haalde geen onverwachte toeren uit. De ideale vriendin. Behalve... Nee, niks behalve. Hij moest nu niet aan Leontien denken. Leontien was van een andere wereld, een wereld waar hij niet meer toe behoorde, en waar alleen Tom in paste. Maar wie was Tom? Frits liet zijn hand door zijn haar gaan, en bekeek zichzelf nog eens in de spiegel. Wil de echte Tom van der Vorst opstaan? Yoka noemde hem tenslotte ook Tom. Ze wist niet beter. Voor haar was hij Tom. Een naam was een kwestie van toeval. Uiterlijk trouwens ook. In feite had Leontien haar brood verdiend op basis van dat idee.

Waarom hadden Tom en Leontien ruzie gemaakt? Natuurlijk, Leontien kon het bloed onder je nagels vandaan halen. Maar daar had hij Tom juist voor gewaarschuwd. Je moest haar weten aan te pakken. Weer zo'n cliché: geen katje om zonder handschoenen aan te pakken. Ze hadden naar de Ardennen moeten gaan. Hij had er alles aan gedaan om hen zo ver te krijgen. Een folder gestuurd, met Tom erover gesproken, maar die wilde gewoon niet. Die kon niet weg uit Amsterdam vanwege zijn werk, had hij gezegd. Alsof werk altijd op de eerste plaats moest komen! Dat had hij zelf ook nooit gedaan als er iets met Leontien was. Nog liever zegde hij een opdracht af dan dat hij een conflict met haar niet bijlegde. Want zo was het: hij moest het bijleggen, zij wist van geen wijken. Als je dat van Leontien niet accepteerde, was het een hel om met haar te leven. Hij had het geen probleem gevonden. Hij hield genoeg van haar.

Frits probeerde uit een ooghoek zijn profiel te bekijken. Hallo Tom, hoe gaat 't? Prima. En met Leontien? Ook uitstekend. Ik dacht dat jullie laatst een beetje ruzie hadden gehad. Ach, je weet hoe dat gaat; dingen lopen wel eens wat uit de hand, zeker met iemand als Leontien. Maar dan moet je juist extra voorzichtig zijn. Extra voorzichtig? Hoezo? Ze is toch een volwassen persoon die ook verantwoordelijk is voor hoe het tussen ons gaat. Maar dan begrijp je Leontien nog niet. Hoezo 'niet begrijpen'? Wat bedoel je daarmee? Ik begrijp haar perfect; alles moet gebeuren zoals zij het wil, en niet anders. Ze is nou eenmaal iemand met toppen en dalen, Tom, daar moet je rekening mee houden. Ach, lul toch niet, ze is gewoon af en toe een beetje hysterisch; je weet toch wel wat Humphrey Bogart lispelde, dat vrouwen af en toe een flinke *slap in the face* nodig hebben. Precies, ze moet gewoon eens een beetje volwassen worden; als je steeds op dat grillige gedrag van haar ingaat, wordt het alleen maar erger. Nee, dat is niet waar, Tom, je hebt het mis, helemaal mis. Als jij het niet een beetje dempt en haar tegemoetkomt, dan wordt het juist erger; je weet toch dat ze een zusje heeft die al een paar keer opgenomen is geweest? Wat heb ik daar mee te maken? Alles, alles. Het is jouw verantwoordelijkheid dat ze niet ook zo wordt. Als je van haar houdt, dan heb je dat ervoor over. Houd je van haar? Houd je eigenlijk wel van haar?

'Natuurlijk,' zei Frits tegen zijn spiegelbeeld, 'natuurlijk houd ik van haar, dat weet je toch. Ik zou alles voor haar doen.'

Hij liep naar het keukentje, zette water op, schepte twee lepels koffie in zijn kopje, en toen het water kookte, schonk hij het bij de koffie. Vier jaar geleden had hij samen met Leontien in Tsjecho-Slowakije gekampeerd. De koffie was daar onbehoorlijk duur. Tsjechen zetten zelf ook zo koffie. Je maakte nooit meer dan je nodig had. Het was alleen raadzaam om eerst goed te roeren, even te wachten en zeker niet het laatste slokje te nemen. Gasten zaten vaak koffiegruis uit te spuwen. Als je het eenmaal gewend was, wilde je niet anders meer. Zo proefde je nog de echte koffie. Zouden Tom en Leontien het ook zo drinken? Hij ging naar zijn studio. Het kantoorstilleven stond nog op de hoek van de tafel: een perforator, een pennenbakje, een telefoontoestel, een opengeslagen agenda, een fraaie vulpen en een foto van een vrouw en twee schatten van kinderen in een rundlederen lijstje. Een exemplaar van de *Financial Times* lag naast de agenda, zodat er net een rand van in beeld zou komen. De speciale roze kleur van het krantenpapier deed het altijd goed. Hij verplaatste de perforator iets naar voren, en legde de vulpen schuin op de agenda. Dit was millimeterwerk. Hij controleerde de scherptediepte met de Sinar en belichtte de film. Het was niet goed, dat was zeker. Hij zou het diafragma een halve stop verder dicht moeten draaien. En dat familiekiekje moest misschien toch weg. Hij keek naar de stralende glimlach van de vrouw en zag het gezicht van Leontien erdoorheen. Bebloed, gewond. Ze had hem nodig. Hij moest haar helpen. Nee, dat kon niet. Misschien dat ze woedend werd als hij zijn diensten aan zou komen bieden. Er was maar een manier om het beeld van Leontien te verjagen. Hij zou Yoka opbellen. Als hij geluk had, was ze thuis.

Hij wilde alweer bijna de hoorn neerleggen toen er werd opgenomen. Ze was nauwelijks te verstaan.

'Praat eens wat duidelijker. 't Lijkt wel of je aan de andere kant van de wereld zit.'

'Dat zit ik ook,' zei ze. 'Ik ben er niet meer. Niet voor jou, tenminste.'
'Wat bedoel je?'
'Vraag dat maar aan je vriendin.'
'M'n vriendin?'
'Doe nou maar niet zo lullig.' Ze klonk nu weer of ze een hap eten in haar mond had. 'Je weet wel wat ik bedoel. Ik begrijp nu ook waarom ik al zo'n tijd niks van je heb gehoord.'
'Maar wat is er dan?'
'Alles en niks. In ieder geval niks meer tussen ons. Is dat duidelijk?'
'Ja, maar...'
Ze had opgehangen.
Hij belde haar opnieuw. Gelukkig, ze nam op.
'Het is een misverstand, Yoka, ik denk dat...'
'Dat zeggen ze altijd, een misverstand... dag Tom.'
Gedachteloos pakte hij zijn beker koffie, en nam een forse slok koffiegruis.

Frank stond erop haar in zijn auto naar huis te brengen. Nee, absoluut. Hij liet haar niet met het openbaar vervoer gaan. En wilde ze geen geld aannemen? Dan moest ze haar adres geven, dan kon hij bloemen laten bezorgen of zoiets. Gewoon een aardigheidje, dat mocht toch wel? Annefiet zat er zwijgend bij. Die was bleek weggetrokken toen Leontien de kamer binnenkwam. Ze had wat gestameld. 'Maar... maar... ik dacht dat... je gezicht! Wat is er gebeurd? En in die espressobar... je was...'

'Ze is nog een beetje overstuur, dat kan je zo wel zien,' had Frank gezegd, en hij had zijn vrouw even een paar bemoedigende tikjes op de schouder gegeven, alsof ze een beetje ziekelijk of niet helemaal toerekeningsvatbaar was. Je gezicht... wat is er gebeurd?'

Leontien streek met haar hand over haar wang. 'Een ongelukje, verder niks aan de hand. Gaat vanzelf weer over voor ik een jongetje word.'

Frank lachte zo uitbundig als ze had verwacht. Annefiet bleef haar alleen maar met grote ogen aankijken. Dit ging fantastisch. Ze was een geest uit een andere wereld. Annefiet zag het.

'Je tasje is weer terug,' zei Frank. 'Ik bedoel, kun je niet een beetje enthousiaster reageren? Dat ding heeft tenslotte zelf al bijna vijfhonderd gulden gekost, en het geld groeit me niet op m'n rug.'

Dat had hij gezegd. Dat zijn vrouw overstuur was, deed nauwelijks terzake. Het ging om zijn financieel verlies. Ze hadden een verhouding waarvan de plus- en minpunten in debet en credit werden uitgedrukt, en dan ook letterlijk, in termen van geld. Ik besteed zoveel aan je, dus ik mag zo veel affectie en toewijding van je verwachten.

Leontien duwde het tasje in de handen van Annefiet, die haar met weifelende blik aankeek. Leontien gaf een knipoog die een pijnscheut door haar rechterwang liet trekken. Zou Annefiet iets zeggen? Het leek er nog niet op. Dit was nog spannender dan het stelen van kleren uit een winkel. Hoe ver zou ze kunnen gaan? Wat waren de grenzen als je op het onbekende terrein van list en bedrog was beland? Waar was het einde?

'Ga even zitten,' zei Frank. 'Wil je wat drinken?'

Ze had twee glaasjes witte wijn gedronken. Met haar ogen had ze zoveel mogelijk Annefiet gefixeerd. Toen Frank even weg was om de glazen bij te schenken, had Annefiet fluisterend gevraagd: 'Hoe durf je? Waar haal je de brutaliteit vandaan? Ik zou het zo tegen Frank kunnen vertellen. Of ik zou de politie kunnen bellen.'

'Maar dat doe je niet, dat weet ik. Ergens vind je het te gek dat ik dit durf. Je zou het zelf willen doen.'

Annefiet ging er niet op in. 'Het was een ontzettende toestand, weet je dat wel?'

'Maar wel spannend, weer eens wat anders dan een gewoon dagje winkelen in de P.C. Hooft of sherry drinken met vriendinnen.'
'Ik vind sherry niet lekker.'
'Dat pleit voor je. Was Frank een beetje lief voor je?'
Annefiet schudde haar hoofd. 'Hij vond me alleen maar stom. Vreemdelingen moest ik nooit vertrouwen, zeker niet in Amsterdam.'
'Waar dan wel?'
'Nergens, denk ik.'
Frank kwam de kamer weer binnen, met twee glazen witte wijn, en voor zichzelf een glaasje bronwater. 'Ik rijd je straks echt even naar je huis, daarom drink ik maar wat minder.'
Annefiet had haar uitbundig bedankt. Toen Frank de auto uit de garage haalde, zei ze nog: 'Eigenlijk ben je een kreng. Wat heb ik het benauwd gehad. Toen ik eindelijk thuis was, dacht ik dat het huis misschien helemaal leeggeroofd was. Ik zag het al voor me. Ik weet niet waarom ik niks tegen Frank heb gezegd over jou… ik weet het niet.'
'Ik wel.'
'Wat dan?'
'Daar kom je zelf nog wel achter. Misschien weet je het al. Enne… als er weer 's zo'n jongen van de zaak komt, probeer het dan nog 's. Niet meer zo gespannen zijn, dan lukt 't niet. Gewoon alleen maar aan leuke en lekkere dingen denken. Niet aan Frank dus.'
'Dag Annebel… ik zal maar zeggen: bedankt, ondanks alles.'
'Leontien… ik heet Leontien.'
Annefiet keek haar met verbaasde ogen aan toen ze in de auto stapte.
'Pop of klassiek?' had Frank gevraagd.
'Pop, als het kan.'
Een ernstig geval van *easy-listening* en *middle of the road* klonk beschaafd zachtjes door de luidsprekers.
'*Middle of the road* is gevaarlijk in de auto,' zei ze. 'Voordat je het weet, zit je op de verkeerde weghelft.'
Hij keek haar niet-begrijpend aan.
'Laat maar.' Ze gleed iets meer onderuit op de riante autostoel. Haar rok schoof omhoog waardoor haar dijbenen glorieus en uitdagend zichtbaar werden.
Ze stonden voor een rood stoplicht. Hij keek haar aan, en ze bleef terug-

kijken tot hij zijn ogen afwendde. Blijkbaar zaten ze in een rode golf. Bij het volgende stoplicht sloeg hij zijn arm quasi-achteloos om de rugleuning van haar stoel. Zij keerde zich nog iets meer naar hem toe, haar linkerbeen opgetrokken en haar rechterbeen zo ver mogelijk uitgestrekt. Haar rok schortte nog verder op. Ze legde haar hand per ongeluk op de versnellingspook.

'Sorry,' zei hij toen hij de auto weer in zijn één wilde zetten.

'Waarom sorry?' Zelfs bij dit licht kon ze zien dat hij een kleur kreeg. 'Omdat je me aanraakte?'

Hij haalde zijn schouders op.

'Verontschuldig jij je altijd als je een vrouw aanraakt?'

'Nee… eh, ik geloof 't niet.'

Ze schoof nog iets verder onderuit. Hij keek in haar richting. 'Wel op de weg blijven letten,' zei ze.

'O ja, sorry.'

'Je hoeft je niet te blijven verontschuldigen.'

'Nee, natuurlijk niet.'

Ze stonden opnieuw stil voor een stoplicht.

'Wat is er met je gezicht gebeurd?' vroeg hij.

'Daar praat ik liever niet over.'

'Toch geen ruzie met je vriendje?'

'Ik heb geen vriendje. Het is alweer groen.'

'O ja, sorry.'

Met zijn hand raakte hij even haar schouder. Ze had nog nooit een man met een slip-over gezoend. En eigenlijk was ze daar ook helemaal niet nieuwsgierig naar. Toch moest het. Als ze alles naar haar hand wilde zetten, dan moest dit ook. Hij had Annefiet getreiterd, gepest, onderdrukt, en dat deed hij nog steeds. Hij had het verdiend. Ze was het aan haar verplicht. Ze dirigeerde hem naar haar vorige huis, het stinkhuis aan de gracht. Hij hoefde tenslotte niet te weten waar ze woonde. Wonderbaarlijk genoeg was er een parkeerplaats vrij, zo'n tien meter verderop.

Hij zette de auto uit en slaakte een diepe zucht.

'Is er iets?' vroeg ze.

Zijn enige antwoord was dat hij zijn hand iets nadrukkelijker op haar schouder liet rusten.

'Kom je veel te kort?' vroeg ze.

Het bloed schoot weer naar zijn wangen en zijn hals. Hij was bijna aandoenlijk. 'Hoe bedoel je?'

'Ben je echt niet zo snel van begrip of doe je maar net alsof? Die hand ligt daar toch niet zomaar. Je kunt je ogen niet van m'n benen afhouden, en je parkeert hier en zet de motor af, terwijl ik gewoon voor de deur had kunnen uitstappen.'

Hij zei niets, maar probeerde met zijn gezicht naar haar toe te buigen. De autogordel verhinderde die manoeuvre. 'Sorry.'

Ze deed zijn gordel los. 'Zat-ie in de weg?' In het valse, oranje licht van de straatlantaarn zagen de blote armen die uit de korte mouwen van zijn overhemd staken er eng uit.

Hij probeerde het opnieuw. Ze voelde hoe zijn gezicht tegen het hare drukte. Zelf zat ze nog steeds onder de autogordel.

'Ik vind je zo mooi,' fluisterde hij hees, 'zo aantrekkelijk, zo opwindend.' Hij zoende haar in haar nek. Ze voelde zijn speeksel tegen haar huid. Hij had nauwelijks haar op zijn arm. Ze reageerde niet, bleef doodstil zitten, alsof de autogordel elke beweging verhinderde. Zelf moest ze er ook verschrikkelijk uitzien met haar gehavende gezicht in deze oranje gloed. En hij zei dat hij haar mooi vond. Waarschijnlijk zo'n man die elke vrouw die hij tegenkomt probeert te pakken, maar ondertussen wel eist dat zijn vrouw keurig monogaam thuis blijft zitten.

'Ik heb je nodig, ik wil met je vrijen.'

'Maar je vrouw dan?' vroeg ze, 'Annefiet?'

'Die hoeft niks te weten. Die vraagt nooit ergens naar.'

Hij zoende haar opnieuw in haar nek. Zijn linkerhand kroop als een blind dier over haar truitje tot hij haar borsten voelde. Ze kreunde even.

'Ik doe je toch geen pijn, hè?' vroeg hij met een vreemde trilling in zijn stem.

'Nee, geen pijn,' fluisterde ze.

Hij zocht met zijn mond haar lippen die ze voorlopig nog op elkaar gedrukt hield. Zij voelde zijn hand naar beneden afdalen, haar dijen beroeren. Wat zou het fantastisch zijn als vrouwen over een soort genitale guillotine beschikten. Hij drukte zijn lippen tegen de hare. Ze rook plotseling heel sterk bodylotion of deodorant. Te zoet en te zwaar. Zijn hand werd steeds brutaler. Zijn vingers gleden al langs de rand van haar broekje. Zijn tong probeerde haar mond te penetreren. Hoe lang moest ze dit nog toestaan?

'Leontien, Leontien...,' fluisterde hij. 'Ik wil je zo graag.'

Zijn hand verdween nu in haar broekje. Het was een gevaarlijk object dat haar intiem beroerde. Ze opende haar mond, en voelde zijn tong gretig naar binnen glijden. Het vreemde, glibberige stuk vlees bewoog heen en weer. Met zijn hand ging hij nog verder. Ze zat als versteend in de autogordel tegen de stoel gekleind. En toen wist ze dat ze niet langer kon wachten. Toen deed ze wat ze eigenlijk al van plan was op het moment dat ze in de auto was gestapt.

Met alle kracht die in haar kaken was, beet ze door. Ze proefde de lauwe, zoete, misselijkmakende smaak van zijn bloed. Hij wilde zich terugtrekken, maar ze beet nog eens goed door, en ze wist dat ze ook zijn bovenlip te pakken had. In een flits zag ze hem morgen op zijn kantoor binnenkomen. Wat heb jij nou gedaan, Frank?

Hij schreeuwde het uit. 'Au, au, godverdomme, vuil kreng...' Hij verborg zijn gezicht in zijn handen, en kreunde van de pijn. Het bloed liep door zijn handen heen op zijn broek. Hij steunde op zijn stuur.

Zwak zaad, wilde ze hem nog toevoegen, maar ze hield zich in. Ze deed haar gordel los. Toen ze uit de auto wilde stappen, probeerde hij haar nog tegen te houden.

'Je moet me helpen,' zei hij moeizaam, terwijl het bloed uit zijn mond droop.

'Dat is wat er gebeurt met mannen die hun vrouw willen bedriegen. Weet je dat? Je ziet maar hoe je thuiskomt.'

'Maar wat moet ik tegen Annefiet zeggen?'

'Gewoon een smoes, zoals je altijd doet.'

'Maar ik heb...'

Ze sloeg het portier dicht en liep weg.

Het licht was aan, dus hij was thuis. Ze rende de laatste meters naar de huisdeur. Nog steeds zat de bloedsmaak in haar mond. Straks kon ze Tom geen zoen geven. Ze moest eerst haar mond spoelen. Maar zou ze die smaak wel kwijtraken? Ze had haar sleutel al in het slot toen ze zich bedacht. Tom... wat moest ze zeggen?

Ze ging op de stoep tegen de deur zitten. Mijn god, wat een dag. Eerst de diefstal van dat tasje, toen die vriendin van Tom thuis, toen naar het huis van Annefiet, ten slotte met Frank in de auto naar huis. Ze kon zijn handen nog tussen haar dijen voelen. Alsof hij voor eeuwig een afdruk had achtergelaten. Zodra Tom haar daar zou strelen, zou hij verbaasd zijn: hé, wat zit daar, wat is dat, wie heeft dat gedaan?

Maar hij was zelf met een ander naar bed geweest. Schaamteloos had hij haar bedrogen. Ze zou naar boven moeten rennen om hem te vertellen dat ze alles wist. Zou hij zo brutaal zijn om te ontkennen? Ze spuugde nog eens naast zich op het trottoir. Zo te zien was haar speeksel nog steeds roze gekleurd. Of gewoon naar boven gaan en net doen of er niets aan de hand was? Nee, dat was onmogelijk. Hij zag het onmiddellijk aan haar gezicht.

Ze kwam overeind, deed de deur open en ging naar boven. Tom zat met de telefoon in zijn hand toen ze de kamer binnenkwam.

'Goed, ik bel je nog wel.' Hij legde de hoorn neer. 'Hé, wat is er met jou aan de hand? Toch geen ongeluk gehad?' Hij omhelsde haar, zocht naar haar mond, maar ze keerde zich af.

'Wacht even.' Ze liep naar de keuken en spoelde haar mond.

'Wat is er gebeurd? Je bent toch niet tegen een auto opgelopen of zo?'

'Nee, dat niet. Ik wil graag wat drinken. Jij ook?'

'Een pilsje. Wacht maar, ik haal wel. Jij witte wijn?'

Ze zaten naast elkaar op de bank. Het leek langer dan een week geleden dat ze zo dicht bij elkaar waren geweest.

Tom sloeg een arm om haar schouder. Ze zette haar glas neer en verborg haar gezicht in haar handen. 'Ik zie er afschuwelijk uit. Je wilt me zo niet meer... zeg 't maar.'

'Natuurlijk wil ik je zo wel. Het is toch...'

'Dus het doet er niet toe hoe ik eruitzie?' onderbrak ze hem.

'Natuurlijk doet dat er wel toe. Haal je toch niet van die belachelijke dingen in je hoofd.'

'Dus ik haal me weer wat in m'n hoofd... ik kan nooit...'

Tom legde een hand op haar mond. 'Sssttt... proost.'

Ze klonken met hun glazen. Leontien dacht weer even aan de scène in het café met Lot. Nu zou ze ook haar glas stuk kunnen stoten tegen dat van Tom, en het vervolgens in zijn gezicht draaien. Als straf. Maar zo mocht ze niet denken. Dan raakte ze Tom voorgoed kwijt. Dan was ze verloren.

Zwijgend dronken ze. Tom ging naar de pick-up, en zette Tom Waitts op.

'Well, there's diamonds on my windshields, tears from heaven, I'm pullin' into town on the interstate, I got a steal train in the rain, and the wind bites my cheek through the wing and it's late night and it's free-time, it always make me sing.'

Tom bromde mee met Tom Waitts. Whisky en sigaretten, te veel whisky en te veel sigaretten. En vrouwen natuurlijk. 's Ochtends wakker worden in een vreemd bed, met een vreemd lichaam naast je. Natuurlijk, de muziek was prachtig. De melancholie omarmde je, nam je in zich op, maar Leontien was er tegelijkertijd bang voor. Zonder naar de hoes te kijken, wist ze wat er op stond. Een naturalistisch, half kitscherig schilderij van een wat verlopen jonge man, een sigaret tussen zijn lippen op de voorgrond. Op de achtergrond een straat met cafés en een vrouw in een chique lange jurk, nogal bloot van boven, die uitdagend, glimlachend in de richting van de man kijkt. Hij ziet haar niet of wil haar niet zien. Een paar platen van Tom Waitts behoorden tot de weinige dingen die Tom van adres tot adres meenam.

Was zij zelf die vrouw in die lange jurk, en Tom die man? Had hij haar echt niet in de gaten, of was het een pose? Zou ze hem aanspreken of liep ze gewoon langs, om te kijken of hij haar zou opmerken? Maar die vriendin, die ander, met wie ze vanmiddag gevochten had? Waar was die? Zag hij haar misschien niet vanwege die vriendin? Ze keek nu opzij naar Tom, die nog helemaal opging in de muziek, zijn ogen dicht. Nu, met dat glas, ze zou hem kunnen raken voordat hij goed en wel wist wat er aan de hand was. Bloed en pijn. Ze zou het bloed van zijn gezicht likken. Dat zou heel anders smaken. Maar ze kon hem nu ook omhelzen. Alles zou daarin oplossen, alles zou verdwijnen, die vriendin was er niet meer, was er ook nooit meer geweest.

Ze nam nog een slok. De plaat was afgelopen. Tom bleef met zijn ogen dicht zitten, als in trance. Waar dacht hij aan? Aan welke vrouw? Op een vage melodielijn mompelde hij: 'It always makes me sing, it always make me sing.' Hij kon niet zingen. Zou hij daarom deze tekst steeds maar herhalen?

Ze schrok toen hij plotseling vroeg: 'Hoe is dat zo gekomen, met je gezicht? Je heb toch niet met Frits gevochten?' Hij lachte kort, alsof het idee hem werkelijk amuseerde.

Even overwoog ze om te zeggen dat ze inderdaad met Frits had gevochten. Dan moest Tom laten zien dat hij werkelijk van haar hield. Hij kon het natuurlijk niet over zijn kant laten gaan. Op z'n minst zou hij Frits een paar flinke klappen moeten verkopen. Weg, de vriendschap tussen Tom en Frits, weg de goed verstandhouding, het onderling begrip, en ook weg die verschrikkelijke bezoekjes van Frits die als een maatschappelijk werker of relatietherapeut hun welbevinden in de gaten hield. Zij lachte nu ook.

'Was het echt Frits? Ik kan het me niet voorstellen. Die is de vredelievendheid zelve. Die keert je echt zijn rechterwang toe nadat je hem op zijn linker een klap hebt gegeven.'

Leontien liep naar de keuken, schonk voor zichzelf een glaasje wijn in en pakte voor Tom nog een flesje bier. Laat hem maar in het duister tasten, laat hem maar nieuwsgierig worden, laat hem maar bewijzen dat hij echt van me houdt. Ze stond nog bij het aanrecht. In het kleine spiegeltje boven de gootsteen zag ze het masker dat ze voorhad. Die blauwe plek zou over een paar dagen groenig worden, daarna geel. Langzaam zou het wegtrekken. En die wond, zou ze daar iets van overhouden?

Ze ging weer naast hem zitten. 'Sinds wanneer heb je die ander?'

'Hè?'

'Die vriendin, die hier vanmiddag was en die voor jou kwam.'

Tom dronk een slok bier, direct uit het flesje. Dit moest hij blijkbaar even verwerken.

'Dat je over een ongebreidelde fantasie beschikt, dat wist ik,' zei hij ten slotte, 'maar dat je…'

'Spaar me je clichés,' onderbrak Leontien hem. 'Ze zei rechttoe, rechtaan dat ze met je naar bed was geweest. Ze heeft me nog net niet verteld welke standjes jullie in praktijk brachten, maar het scheelde niet veel.'

'Wat is dit voor shit? Ik bedoel, ik kom thuis, er is niemand, ik heb er geen benul van waar je bent, hoe laat je thuiskomt…'

'Dat weet ik bij jou ook nooit.'

'Dat is m'n werk, dat kan niet anders… en dan kom je eindelijk, met je gezicht helemaal… eh, kapot of in elkaar geslagen, en dan krijg ík nota bene te horen dat ik m'n kwast in een vreemd verfpotje steek. Dat is toch niet te geloven.'

'Dat dacht ik ook toen ze 't me vertelde.'

'Wie vertelde wat?'

Ze stak een sigaret op, en inhaleerde diep. 'Er kwam hier vanmiddag een vrouw, een meisje.'

'Wie? Wat kwam ze doen?'

'Dat weet je zelf wel.'

'Nee, dat weet ik niet,' zei Tom.

'O, heb je dan zo veel vriendinnen, dat je niet eens weet wie jou op komt zoeken?' Ze keek hem triomfantelijk aan. 'Was het misschien Monique?'

'Hè, Monique? Ik weet nergens van.'

'Hoe komt het toch dat je normaal altijd zo clever bent, en van dit soort dingen niets afweet? Moet ik jou nou nog vertellen dat ze je laatst, toen we nog in dat vissenhuis zaten, opbelde? Ze stond op het bandje van de telefoonbeantwoorder. Mevrouw wou je zo graag weer eens zien. Ik heb haar nog teruggebeld, maar ze deed net of haar neus bloedde.'

'Heb je haar gebeld?' vroeg Tom.

'Ja, natuurlijk. Als een vrouw achter mijn vriend aanzit, dan heb ik toch wel het recht om haar op te bellen en te vertellen dat ik dat niet pik.'

Tom greep haar bij haar bovenarmen. Wijn schoot uit haar glas op haar rok. Ze voelde de klemmen van zijn handen. 'Wat is dit voor onzin? Ga je een beetje stiekem bandjes zitten afluisteren, en daarna opbellen naar kennissen van me om ze lastig te vallen met allemaal belachelijke verzinsels. Dat kan toch helemaal niet, dat begrijp je toch wel?'

'Wat is er stiekem aan? Heb je soms wat te verbergen, mag ik daarom misschien niet naar die bandjes luisteren? Nog meer vriendinnen misschien? Heeft Maurits uit Utrecht er ook iets mee te maken? Heb je wat met zijn vrouw?'

'Dat zijn zaken waar je je niet mee moet bemoeien.'

'Nee, en daarom mag ik zeker niet naar dat bandje luisteren, Want dan zou ik ook nooit te weten komen dat er iets geks was met dat bandje.'

'Iets geks?'

'Ja, diezelfde keer dat die vriendin van je, die Monique...'

'Ze is geen vriendin van me.'

'...dat die vriendin je belde met haar slijmerige verhaaltje...' Leontien zette een temerige stem op '...dat ze je zo graag weer eens wilde zien. Die keer was er een telefoontje, dat zei je zelf tenminste, dat we uit het huis moesten, omdat het werd verkocht, maar er was helemaal geen telefoontje daarover, dat stond helemaal niet op de band.'

'Misschien per ongeluk gewist.'

'Je liegt,' zei Leontien en ze probeerde zich aan de greep van Tom te ontworstelen. 'Laat me los.'

'Als je niet meer van die stompzinnige dingen zegt.'

'Daar hou ik mee op als jij me niet meer bedriegt.'

Hij wierp haar tegen de bank aan.

'Sla me dan,' zei ze. 'Dat kan er nog wel bij. Eerst die vriendin van je en nou jij.'

'Je bent geschift,' zei Tom. 'Je moet je laten nakijken, je moet onder behandeling. Ik begrijp niet hoe Frits het met je uithield.'

'Laat Frits erbuiten.' Ze stak weer een sigaret op. 'Wat was dat eigenlijk met het telefoontje over dat huis? Waarom vertel je me niet wat er echt aan de hand is? Waarom altijd dat geheimzinnige gedoe? Jij zegt dat ik me belachelijk aanstel, maar dat komt omdat jij me nooit iets vertelt.'

Tom stond op en draaide de plaat om.

'Nee, nu even geen Tom Waitts,' zei Leontien, 'dat kan ik nu niet hebben.'

Tom ging weer zitten. 'Er zijn gewoon dingen die over mijn werk gaan waar je echt niks mee te maken hebt. Het spijt me, maar het is zo. Zo denk ik erover. Dat is mijn leven, dat is mijn wereld. Dat je af en toe 's meerijdt naar een winkel of zo, gaat eigenlijk al te ver.'

'Ik ben dus ballast.'

'Nee, zo bedoel ik 't niet. Je staat er gewoon buiten, zo simpel is dat.'

'Nee, zo ingewikkeld is het. En dat met die Maurits, en dat huis, dat stinkhuis, daar heb ik toch wel mee te maken.'

'Nee, dat is mijn werk. Ik praat er liever niet over.'

'Heb je gelogen over dat telefoontje?'

Hij knikte. 'Ja, ik heb gelogen.'

'Waarom?'

'Er zijn dingen waar ik je buiten wil houden. Problemen die jou niet aangaan.'

'Maar ik moest wel mee verhuizen.'

'Als je niet bij me wilt wonen, moet je dat niet doen.'

'Je probeert je d'r een beetje makkelijk van af te maken.'

'Dat is niet makkelijk, geloof me nou maar. Het kan niet anders.'

'Wat zijn 't dan voor problemen?'

Tom haalde zijn schouders op.

'Problemen met vrouwen?' hield Leontien aan. 'Met de vrouw van Maurits misschien?'

'Nee, nee en nog 's nee.'

'En die trut dan die hier vanmiddag kwam? Ze heette trouwens Yoka. Dat zei ze tenminste.'

'Ken ik niet,' zei Tom. 'Ik weet niet over wie je 't hebt. Het moet een vergissing zijn.'

'Vergissing? Denk je dat ik wat aan m'n oren mankeer? Ze kwam voor Tom en ze was zo vriendelijk of eigenlijk zo brutaal om me recht in m'n gezicht te vertellen dat ze met Tom naar bed was geweest. Noem je dat een vergissing?'

'Misschien was het een vriendin van Frits.'

'Dat is helemaal belachelijk, alles een beetje op Frits afschuiven. Die heeft helemaal geen vriendin, dat weet je wel, die zit alleen maar als een debiel te wachten tot ik bij hem terugkom, en trouwens, ze had het niet over Frits, maar over Tom. Over jou dus. Ze was blond, half lang haar en niet zo groot enne... o ja, lange nagels, kijk maar naar m'n gezicht. Begint het al een beetje te dagen?'

Tom reageerde niet, maar liep weer naar de pick-up.

'Nee, geen muziek.'

Hij deed of hij haar niet hoorde.

Ze rende naar hem toe, trok de plaat uit zijn handen en slingerde hem in een hoek van de kamer.

'Godverdomme, Tom Waitts,' zei Tom. Hij greep haar bij haar schouders en schudde haar door elkaar.

'Sla me dan,' zei ze. 'Sla me dan, net als die trut deed. Dan kan ik je tenminste terugslaan.'

15

Hij treuzelde met het aantrekken van zijn voetbalkleren. Traag, alsof het een rituele handeling ter bezwering van naderend onheil betrof, deed hij zijn kicksen aan. Alleen Roel en Tom zaten nog in de kleedkamer. Tom was pas laat binnengekomen. Hij had twee tassen bij zich, in één daarvan zaten zijn voetbalspullen.

'Je houdt 't niet voor mogelijk,' had hij gezegd. 'Alle vier m'n banden doorgesneden, en net dat-ie ook nog naar de garage moet voor een grote beurt.'

'Zei m'n vrouw vannacht ook nog.'

'...gewoon doorgesneden. Krankzinnig. Het duurde uren voordat er een taxi kwam. Nou ja, we beginnen toch met rondjes lopen.'

'Dat heb jij juist nodig,' had Roel gezegd.

'Ik? Ik speel met overzicht. De bal het werk laten doen, daar gaat 't om.'

'Hardlopers zijn doodlopers.'

'Mijn idee.'

Tom nam alle tijd om zich om te kleden.

'Kan ik jullie wel even alleen laten?' vroeg Roel. 'Of beginnen jullie elkaar onmiddellijk te tackelen? Prachtig, een crime passionel in de kleedkamer. Ik denk dat de KNVB-reglementen daar niet in voorzien.'

Ze reageerden geen van tweeën.

'Nee,' ging Roel door. 'Daar zijn jullie veel te lief voor. Het is trouwens ook hopeloos ouderwets. Ik zie jullie straks wel. Hier staat de tas met geld en horloges; vergeet 'm niet mee te nemen.'

Frits keek opzij naar Tom die met ontbloot bovenlijf een meter van hem af op het bankje zat. Hij zag een schram op Toms bovenarm. Natuurlijk had Tom geprobeerd haar van zich af te houden, en met haar klauwende nagels was ze niet verder gekomen dan zijn bovenarm. Zou hij het nu meteen aan Tom vragen? Of de indirecte weg, was dat beter? Zo van: hoe is het met Leontien? Of iets vertellen over woede-uitbarstingen die hij vroeger wel eens had meegemaakt, en hoe agressief ze dan kon worden? Voor hij had kunnen beslissen, stond Tom buiten de deur van de kleedkamer.

'Neem jij het tasje mee?' vroeg Tom.

'Natuurlijk.'

'O ja, kan ik straks met je meerijden naar de stad? Anders moet ik weer een taxi bestellen.'

Ze waren nog bezig met rondjes lopen. Zonder bal, de stomste oefening die er bestond. Hij herinnerde zich een oud boekje met voetballessen van Abe Lenstra. Die raadde aan om altijd hard te lopen met de bal aan de voet. Dat kwam je techniek ten goede. Frits sloot zich achter aan bij het groepje. Hij liep achter Tom, die al snel het contact met de voor hem lopende Julius verloor. Met z'n tweeën sukkelden ze nu achter de rest aan.

Roel keek om en riep: 'Kutzwagers doen het samen.'

Tom stond plotseling stil, en Frits kon hem maar nauwelijks ontwijken.

'Hé, lopen,' riep de trainer. 'Haal alles eruit wat erin zit.'

'Dan zijn we gauw klaar,' riep Roel weer.

'Niet lullen, maar lopen. Als ik op m'n fluitje blaas, dan trekken jullie een kort sprintje.'

'Als ik op m'n fluitje blaas, dan trek ik ergens anders aan,' zei Dick.

'Zo kan-ie wel weer, jongens.'

Pas bij de kop- en stopoefeningen deed Tom weer mee. Ze moesten duo's vormen. Frits ontweek Tom. Hij oefende met Julius. Daarna moesten ze met een bal aan de voet om een serie paaltjes heen lopen. Vervolgens werd ingooien geoefend, het nemen van corners en met een bal aan de voet alleen op de keeper afgaan. Alleen Tom wist Lucas te passeren.

'Geen kunst,' zei Roel. 'Jij maakt je niet moe bij het inlopen.'

'Dan moet jij dat ook niet doen. Wat zei Frits ook alweer?'

'Hardlopers zijn doodlopers, nou, dat zie je maar weer.'

Aan het eind van de training deden ze nog een partijtje. Zes tegen zes op een half veld. Tom was ingedeeld bij het andere zestal. Hij speelde ogenschijnlijk met een soort arrogantie die soms irritatie opriep. Misschien was hij het zich niet bewust, maar dat gedraai met de bal, die lichaamshouding, het wijzende vingertje, dan was het net of hij aan anderen wilde laten zien hoe goed hij was. Tegenstanders hapten ook wel eens en gingen agressief op hem in. Meestal blesseerden ze zichzelf.

Het zestal van Tom kwam met 2-0 voor te staan. Tom scoorde de eerste goal en bereidde de tweede voor. Frits kreeg een mooie kans op de aansluitingstreffer maar maaide voor een leeg doel hopeloos over de bal heen. Het hoongelach van de andere spelers werd weggedrukt door de stem van Tom.
'Te veel in de donkere kamer gezeten?'

De keeper trapte uit, en de bal ging naar Tom, die twee tegenstanders passerend, oprukte naar het vijandelijke doel. Frits kwam tegenover hem te staan. Tom wees met zijn rechterhand: kijk, aan die kant ga ik je passeren. Of: ik doe net of ik je aan die kant ga passeren, maar ik ga je langs de andere kant voorbij. En dan weer dat superieure lachje. Zou hij ook zo gelachen hebben nadat hij Leontien in elkaar had geslagen, toen ze eenmaal huilend op de grond lag, haar beschadigde gezicht in haar armen verbergend? Frits gokte op rechts, want dat was het meest vernederend. En inderdaad, Tom probeerde aan die kant langs hem te glippen. Frits wekte de indruk de bal te willen spelen, maar hij raakte Tom vol op zijn linkerenkel. Schreeuwend van pijn stortte Tom op het gras.

Tot laat in de middag had ze in bed gelegen. Het was niet meer goed gekomen gisteravond. Ze was kwaad geworden, had gehuild, lief gedaan, maar Tom was onbereikbaar geworden. Hij had nog eens glashard ontkend dat hij een andere vriendin had, laat staan meer vriendinnen. 'Het idee alleen al, belachelijk gewoon. Dat je dat kan bedenken!' 'Ik heb het niet zomaar bedacht,' had ze gezegd, 'maar ze was hier, vanmiddag, en uit pure jaloezie heeft ze me aangevallen. Zie je wel?' Ze had haar gezicht dicht tegen het zijne aan geduwd, zodat hij wel naar haar wonden moest kijken.

'Ik begrijp het gewoon niet,' zei Tom, 'ik begrijp niet hoe die vrouw hier kwam. Misschien dat ze...' Hij had een tijdje voor zich uit gekeken.

'Dat ze wat?'

'Nee, ik weet 't niet.'

'Heeft 't te maken met Maurits?' Als ze de naam Maurits noemde, leek Tom wel te verstijven.

'Hoe vaak moet ik je nog zeggen dat je je daar buiten moet houden?'

'Als hij een vrouw op je afstuurt, die zegt dat ze je vriendin is, dan houd ik me daar niet buiten.'

'Wie zegt dat-ie dat gedaan heeft?'

Hoewel ze vannacht tot een uur of drie waren doorgegaan, was Tom vanmorgen al tegen zeven uur opgestaan. Ze had een ontbijt voor hem klaargemaakt met vers uitgeperste sinaasappels, geroosterd brood, een gekookt ei en thee, maar hij had gezegd dat hij geen zin had om te eten. De neiging om thee, sap en ei tegen de wand te gooien was moeilijk te onderdrukken. Zelf kon ze ook niets eten. Zou hij vanavond thuiskomen? Normaal zei hij daar al niets over, dus nu zeker niet. Zou hij bij die vriendin intrekken? Of bestond ze misschien toch niet, en had ze zelf alles verzonnen. Nee, de wonden in haar gezicht waren echt. Ze liet haar hand over de schrammen gaan. Ze had de band van de telefoonbeantwoorder, die gisteren de hele dag aan had gestaan, nog eens afgeluisterd, maar er stond niets interessants op. Daarna was ze weer naar bed gegaan.

Pas na lange tijd was ze ingeslapen. Ze werd wakker door de telefoon. Degene die haar opbelde, maakte zich niet bekend. Zij of hij zei eerst zelf helemaal niets. Eindelijk vroeg een enigszins schorre mannenstem die ze al eens eerder gehoord meende te hebben of Tom van der Vorst thuis was.

'Met wie heb ik de eer?' had ze gevraagd.

'Dat doet er niet toe. Ik wil alleen weten of Tom thuis is.'

'Anonieme telefoontjes, daar zijn we niet op gesteld.' Ze kreeg een ingeving. 'Spreek ik soms met Maurits?'

'Dat gaat je geen moer aan. Is Tom er of is Tom er niet? Dat is het enigste wat ik wil weten.'

'Ik spreek dus met Maurits. Als ik jou was, zou ik maar geen vrouwen meer naar dit adres sturen die zich voordoen als Tom z'n vriendinnetje.'

'Wat?'

'Je hebt wel gehoord wat of ik zei. Dat soort geintjes, daar hebben we geen behoefte aan.'

'Luister 's mevrouwtje, ik weet niet wie of wat je bent, maar je slaat wel een ongelooflijke hoop wartaal uit. Zeg maar tegen Tom dat-ie zo snel mogelijk contact met me opneemt, met Maurits dus, want dat de tijd voor een deal eigenlijk al voorbij is. We hebben nou zijn nieuwe telefoonnummer. Dus het adres is ook algauw geen probleem meer. Ik hoop dat hij de waarschuwing begrepen heeft.'

'Welke waarschuwing?'

De man begon te hoesten, en hij hoestte maar door. Hij probeerde nog een paar woorden uit te brengen, maar voor Leontien waren ze onverstaanbaar. Ze legde de hoorn op de haak.

Daarna had ze een paar glazen witte wijn gedronken die haar vol raakten. Ze was naar bed gegaan. De wekker gaf aan dat het bijna halfzes was toen ze wakker werd. De beelden van een verwarrende droom spookten nog door haar hoofd. Ze zat op school en Tom was de onderwijzer. Hij liet haar voor het bord komen en vroeg haar aan de klas uit te leggen hoe de menselijke voortplanting in zijn werk ging. Ze had een vuurrood hoofd gekregen. Alle kinderen moesten lachen. Frits, die ook bij haar in de klas zat, het hardst. Er zat een meisje naast Frits in de bank. Ze had allemaal schrammen en builen op haar gezicht, en een pleister over haar rechteroog. Toch kon Leontien zien dat het de vrouw was die gistermiddag geclaimd had de vriendin van Tom te zijn. 'Zullen we het eens voordoen?' had Frits gevraagd, en het meisje begon direct haar kleren uit trekken. 'Dat mag toch niet, meester?' wilde ze aan Tom vragen, maar die was plotseling verdwenen. Ze liep de klas uit en zag nog net dat hij de deur van de school achter zich dichtsloeg. Ze wilde hem achternagaan, maar werd tegengehouden door de hoofdonderwijzer die haar opsloot in een klein kamertje. 'Dit is een luchtdichte kamer,' zei hij, 'dus ik zou maar voorzichtig ademen, als ik jou was, heel voorzichtig, want je weet wat er gebeurt als er geen zuurstof meer in de lucht zit? Dat hebben jullie toch wel geleerd bij meester Tom?' Ze knikte. Hij stak nog een keer zijn hoofd om de hoek van de deur, en lachte haar bemoedigend toe. Plotseling leek hij sprekend op haar vader.

Zwaar ademend was ze wakker geworden. Ze had een kwartier onder de douche gestaan. Daarna durfde ze pas haar eigen gezicht te bekijken. De zwelling was bijna verdwenen, maar verder leek het een non-figuratief schilderij met gewaagde kleurschakeringen. Ze zou zich niet in het openbaar durven vertonen. Ze belegde een boterham met kaas, en at dwars tegen haar eigen weerzin in. Ze moest iets eten. Als ze dat niet deed, schonk ze zo weer een glas wijn in, en nog een glas, en nog een glas, tot ze weer knock-out in bed tuimelde. Wat was het vandaag voor dag? O ja, dinsdag, dan ging Tom wel eens naar de voetbaltraining, net als Frits, vandaar dat ze de dag kon onthouden. Het was al een paar jaar routine. De vorige keer was Tom keurig tegen negen uur thuisgekomen, direct na de training. Misschien dat hij dat deze keer ook zou doen. Zou ze iets klaar moeten maken om te eten? Het was nu al te laat om nog boodschappen te doen. Ze kon naar de avondwinkel, dezelfde als waar ze die schep had gekocht. Ze lachte even, en het deed nog steeds pijn in haar gezicht. Misschien wilde hij alles goedmaken, en nam hij haar mee uit eten. Een nieuw restaurant, een van de tips van Frits. Nee, niet daar.

Toen ze eenmaal een paar boterhammen had gegeten, voelde ze zich al iets beter. Eigenlijk zou een glaasje wijn wel smaken, maar ze hield zich voorlopig nog even in, want het eerste glas leidde zonder twijfel tot het volgende. En ze wilde nuchter zijn als Tom thuiskwam. Ze zou ook niet beginnen over gister. Geen vragen meer stellen over een vriendin. Zou ze Maurits nog ter sprake brengen? Misschien, maar dan alleen door het overbrengen van de boodschap, niet anders dan dat. Als Tom dan meer wilde vertellen, was dat zijn zaak. Ze zou hem niet onder druk zetten. In een rustige, ontspannen sfeer zou hij haar vanzelf in vertrouwen nemen. Natuurlijk kwam hij moe thuis van de training. Hij zou zich graag laten verwennen. Ze had nu nog tijd genoeg om naar de avondwinkel te gaan.

Frits wilde weggaan.

'Hé, ik zou toch met je meerijden,' zei Tom.

Frits haalde zijn schouders op. 'Niet van gedachten veranderd?'

'Waarom?'

Frits wees naar de enkel van Tom waar een groot verband omheen zat.

'We zijn toch geen kleine jongens meer,' zei Tom.

'Nou, Roel verdenk ik er nog wel 's van,' zei Julius.

'Wie had 't daar over mij?' riep Roel vanonder de douche.

Niemand reageerde.

'Oké, je wilt dus nog meerijden? Uitstekend. Kun je nog lopen?'

'Natuurlijk.'

Tom strompelde voort naast Frits, die drie tassen droeg.

'Wat heb je allemaal bij je?' vroeg Frits.

'Gewoon, wat spullen die ik nodig heb.'

Tom keek een beetje ontdaan toen ze bij de Subaru stonden. 'Shit, ik dacht even dat 't m'n eigen auto was. Waarom heb je d'r zo één gekocht?'

''k Weet niet... 't was een koopje, en het leek me wel makkelijk zo'n autootje.'

'Om al die stapels foto's te vervoeren... Au!' Tom probeerde in te stappen.

'Wacht, ik zal je even helpen.' Frits hielp Tom de auto in. Hij voelde een vreemde intimiteit bij de aanraking. Het was nog sterker dan toen ze samen onder de douche stonden.

'Verdomd, je hebt net zo'n soort jasje aan als ik,' zei Tom. 'Wat is hier aan de hand?'

Frits startte de auto. 'Niks. Wat zou er aan de hand moeten zijn? Waar wil je naartoe?'

'Wacht 's,' zei Tom, en hij draaide het contactsleuteltje weer terug. 'Ik wil weten wat je van plan bent.'

'Je mag er nog uit,' zei Frits. 'Je hoeft niet mee.' Een paar meter verder stapte Roel in zijn auto. Verder was het parkeerterrein leeg. 'Je kunt nog met Roel mee.'

'Daar gaat het niet om. Ik wil weten wat je aan 't doen bent. Hoe je d'r uitziet, hoe je je gedraagt... dat bevalt me helemaal niet.'

''t Hoeft jou ook helemaal niet te bevallen. Ik ben jou toch geen verantwoording schuldig?'

'En die schoenen, godverdomme ook al dezelfde schoenen. Waar wil je naartoe?'

'Jij moet maar zeggen waar ik je af moet zetten.'

'Dat bedoel ik niet.' Tom stak een sigaret op. 'Wat denk je te bereiken, wat heb je op het oog?'

'Niets, helemaal niets.'

'Je bent verschrikkelijk naïef, stom of je belazert de boel.'

'Als jij het zegt. Ik wist niet dat je naast handelaar in tweedehands kleren ook nog psycholoog was.' Frits draaide het contactsleuteltje weer om. Hij zag een beeld uit een Franse misdaadfilm voor zich. Een volstrekt verlaten parkeerplaats. Winderig, af en toe een paar striemende regenvlagen, en twee mannen die met elkaar vochten, langdurig, en net zo desolaat als het landschap. Dan leek de een aan de winnende hand en dan de ander. Het was net of ze door zouden gaan tot er één dood was. Er zat geen sensatie of afwisseling in het gevecht. Doffe klappen en wanhopige schoppen. Frits kon zich niet meer herinneren waar het om ging. Geld? Een vrouw? Een vete uit het verleden? Hij zou er geen bezwaar tegen hebben als Tom hem nu hier uit de auto trok. Hij keek opzij naar Tom. Die staarde voor zich uit, en vloekte af en toe binnensmonds. 'Wat een rotwijf,' meende Frits te horen.

'Heb je het over Leontien?'

Tom wendde zijn hoofd langzaam in de richting van Frits alsof het hem veel moeite kostte. 'Wat gaat jou dat aan?'

'Ik heb acht jaar met haar samengewoond, dus dat gaat me wel degelijk iets aan.'

Tom gooide zijn peukje uit het raam en stak meteen een nieuwe sigaret op. 'Historische rechten dus?' vroeg hij, rook in de richting van Frits blazend. 'Gaan we nog 's?'

'Nee, geen rechten, maar... eh, verantwoordelijkheid, een soort verantwoordelijkheidsgevoel.'

'Wat ontroerend. Meneer heeft verantwoordelijkheidsgevoel. Heb je me daarom die rotschop gegeven?'

'Waar moet ik je naartoe brengen?' vroeg Frits.

''k Weet niet.' Tom staarde weer voor zich uit.

'Naar m'n huis? Ik bedoel niet m'n studio, maar waar je nu met Leontien woont.'

Tom schudde zijn hoofd. 'Dat kan niet meer.'

'Hè?'

'Breng me maar naar m'n loods. Ja, de loods, dat is prima. Dat is voor jou toch niet te ver om?'

Ze reden zwijgend door de stad. Zelfs als ze voor een stoplicht moesten wachten, sprak geen van beiden. Frits vroeg zich af wat er niet meer kon. Zou het afgelopen zijn tussen Tom en Leontien? Had Tom er nu al genoeg van? Was zijn weerstand en incasseringsvermogen gebroken? Hij durfde het niet te vragen. Elk antwoord zou verkeerd zijn.

Ze stonden bij de loods. Hier was ook al geen levende ziel te bekennen. Tom stapte vloekend uit.

'Doet 't nog pijn?' vroeg Frits.

'Nee, 't is een lekker gevoel, maar ik vloek omdat ik een masochist ben.'

'Ik begrijp je niet.'

'We draaien alles om,' zei Tom. 'De omgekeerde wereld. Dat speelde ik vroeger thuis ook wel 's. Mijn vader deed mee. Hij moest om acht uur naar bed, en ik moest hem voorlezen.'

Met een tas in de hand strompelde Tom naar de loods.

Frits klom uit de auto. 'Wacht, ik zal je helpen.'

Onverwachts ging de deur van een andere loods open. Er kwam een man naar buiten die op een immense motor reed. Buiten de loods stapte hij van het voertuig en sloot de deur van de loods. Daarna reed hij weg, zonder acht op Tom en Frits te slaan.

'Je buurman?' vroeg Frits.

'Ik dacht 't wel. Alleen, ik zie hem bijna nooit. Het is iemand die nooit is waar hij zou moeten zijn.'

Frits voelde zich verward door alle cryptische uitspraken van Tom. Het was of hij in de maling genomen werd. 'Hoe bedoel je?'

'Laat maar... niet belangrijk.'

Frits pakte Tom bij zijn arm. 'Waarom zeg je het als het niet belangrijk is.'

'Laat me alsjeblieft los. Het ontschoot me, dat is alles. Ik bedoel er niks mee. Echt waar niet.'

Frits dacht weer aan de twee Franse mannen op de parkeerplaats. Misschien was de vechtpartij alleen maar een gevolg van een misverstand. Een verkeerd woord dat een ander verkeerd woord uitlokte. Hij zou met Tom de loods binnen willen gaan. Daar was in ieder geval niemand, daar zou niemand hen kunnen zien. Wat zou Tom nog kunnen met die manke poot?

'Zal ik je tas even binnen zetten?' vroeg Frits.

'Nee, ik red mezelf wel. Bedankt voor het wegbrengen.'

'Kun je daarbinnen nou nog een beetje wonen?'

'Nee,' zei Tom, 'eigenlijk niet.'

'Maar je gaat niet terug naar Leontien?'

'Daar heb jij niks mee te maken.'

'Of mag je niet terugkomen omdat je haar in elkaar hebt geslagen? Wil ze je...'

'Wat?' onderbrak Tom. 'In elkaar geslagen? Wat voor wartaal is dit nu weer.' Tom duwde Frits' hand van zijn arm. 'Bemoei je toch alsjeblieft niet met Leontien en mij.'

'Daar bemoei ik me wel mee,' zei Frits, en hij greep Tom bij de revers van zijn jasje. 'Ik heb het volste recht om me met haar te bemoeien, zeker als jij haar verwaarloost en nog meer als jij haar mishandelt.'

Tom begon te lachen.

'Hou daar mee op,' zei Frits. 'Hou daar onmiddellijk mee op.'

Tom lachte nog harder.

'Het is helemaal niet grappig.' Frits schudde Tom heen en weer. 'Het is absoluut niet om te lachen.'

Pas toen Frits zijn eigen tas uit de auto wilde pakken, zag hij dat Tom een van zijn twee tassen in de auto had laten staan. Frits ritste hem open. Er zaten voetbalkleren in. Zaterdag moesten ze nog niet spelen, en volgende week dinsdag kon hij ze zelf meenemen naar de training. Hij zou wassen wat er gewassen moest worden.

's Nachts om een uur of halfdrie schrok hij op uit zijn slaap. Iemand probeerde onmiskenbaar zijn deur open te maken. Met ingehouden adem lag hij te luisteren. Ja, daar was het weer, geluid van een sleutel in het slot. Dit was de ellende van zo'n bedrijvencentrum. Het zag er allemaal prachtig sociaal en coöperatief uit: beginnende ondernemers die een kantoortje of een studio krijgen in een oude vertimmerde school. Maar het betekende wel dat minstens twintig mensen een sleutel hadden van de voordeur, en dat niet iedereen even zorgvuldig was met afsluiten. Er hadden wel eens meer 's avonds laat vage, onbekende figuren door de gangen gezworven. Nu was het zeker weer raak. Of kwam Tom hem een bezoekje brengen? Frits hoorde weer de sleutel in het slot. Hij lag verkrampt in zijn bed. Als hij eruit kwam en op de deur bonsde, verdween de indringer misschien. En als het Tom was, waarom had hij dan niet gewoon aangebeld? Plotseling bedacht Frits dat Leontien nog een sleutel van zijn studio had. Die had ze misschien aan Tom gegeven. Of was ze het zelf? Maar waarom duurde het dan zo lang? Hij hoorde weer het geluid van metaal op metaal, en een half onderdrukte vloek. Nee, het kon Tom niet zijn, en Leontien zeker niet. Frits wilde roepen, maar er kwam alleen een hees gepiep uit zijn keel.

De man die hier binnen probeerde te komen, dacht waarschijnlijk dat er niemand was. Hoe zou hij reageren als hij wel iemand aan zou treffen? Zou hij in paniek raken? En wat dan? Frits kon hier niet werkeloos blijven liggen tot de indringer voor hem stond. Plotseling schoot hij overeind. De adrenaline joeg door zijn lijf. Godverdomme, hoe durfden ze, waar haalden ze de gore moed vandaan? Het voelde alsof hij zelf werd bezoedeld. Hij liep op zijn tenen naar de keuken. Onder in het gootsteenkastje lag wat gereedschap. Zo geruisloos mogelijk haalde hij een Engelse sleutel te voorschijn. Weer klonk het geluid van metaal op metaal. Ging het slot open? Hij sloeg met kracht de Engelse sleutel tegen de binnenkant van de deur.

'Kolere hé, d… d… d'r is iemand. W… w… wegwezen!'

Frits meende het stemgeluid te herkennen, maar kon geen bijbehorende naam of gezicht opdiepen uit zijn geheugen. Twee paar voeten roffelden weg over de granieten gangvloer. Hij trok de deur open, en zag nog net twee leren jasjes de hoek omgaan, de trap af. Met de sleutel zwaaiend liep hij, slechts gekleed in een onderbroekje, achter ze aan.

'Vuile hufters!'

Hij rende met vier treden tegelijk de trap af. De achtervolging was snel afgelopen. Hij gleed van een tree, en bonkte verder naar beneden tot het overloopje. Zijn rechterenkel leek verlamd van pijn.

16

Er lag een rijtje chique vulpennen, fineliners, vulpotloden en ballpoints op tafel. Een calligraaf had in een notitieboekje een paar aantekeningen gemaakt. Je kon er dus echt mee schrijven! Frits had de set perfect uitgelicht. Hij keek nog eens naar de loze tekst in het boekje, liep achteruit en botste hard tegen een lampstatief dat zeker tien centimeter verschoof. Hij vloekte hard. Nu zou hij opnieuw moeten beginnen met uitlichten.

Hij belde Yoka nog eens op, maar ze legde meteen de hoorn neer toen ze zijn stem hoorde. Hardnekkig bleef hij bij het toestel zitten, alsof het elk moment kon gaan rinkelen. Vanmiddag had Hilco zijn auto weer geleend. Hij moest wat spullen van zijn vriendin ophalen in Amstelveen. Hilco had zowaar vriendelijk en attent gedaan. Misschien leerde hij het ooit nog eens een keertje.

De krant van vanochtend lag naast de telefoon. Hij keek naar de advertenties. Onder 'Oproepen (personen)' stond: 'Wie heeft er tussen 1967 en 1981 voor de televisie met Dreft gewassen? In verband met een te maken historisch overzicht zoeken we actrices die ooit te zien geweest zijn in STER-commercials van Dreft waspoeder.' Verder natuurlijk de bekende sukkels die te verlegen waren geweest om een man of vrouw aan te spreken: '3/9 Meisje met paars rugtasje, las volkskr. in Vondelp. Ik ook, naast je. Zou je graag nog eens zien.' 'Strand, T. Akersloot, zo. jl. in de golven. Ik zw. badp., later op terras knipoogte jij. Uit eten?' Wel een zwart badpak, maar 't Kofschip kende ze niet. Ook heel andere verlangens: 'Gezocht: literaire teksten waarin defecatie rol speelt.' Of: 'Stud. z.k.m. vrouwen die aan telefoonseks doen en erover willen praten.' Misschien iets voor Yoka.

Sinds dinsdag had hij niets meer van Tom gehoord. Waarom ook? Wat hadden ze elkaar nog te zeggen? Dat was allemaal afgelopen. Van nu af aan was alles anders. Tom en Leontien moesten maar een ander huis zoeken, dan kon hij zelf weer terug. Permanent in zijn studio wonen bleek toch ook niet ideaal. Werk en de rest van zijn leven liepen zo te veel door elkaar. Bovendien had de poging tot inbraak hem niet vrolijk gestemd. Aan de ene kant bleek dat het goed was om hier je eigen spullen te bewaken, maar aan de andere kant was het niet zonder gevaar. Hij had nog flink last van zijn enkel. Nadat het gebeurd was, had hij de halve nacht wakker gelegen. De volgende dag was hij naar de dokter geweest, die hem naar het ziekenhuis had gestuurd voor een röntgenfoto. Er was gelukkig niets gebroken of gescheurd, maar lopen ging hem nog slecht af.

Hij wilde een pilsje halen, maar merkte dat Hilco het laatste flesje had genomen. Daar had je een broer voor: die kon mooi je laatste bier opdrinken. Waarschijnlijk zou hij de auto terugbrengen met een vrijwel lege benzinetank. Frits trok een fles rode wijn open en schonk een glas in.

'Proost,' zei hij tegen een serie foto's.

Net toen hij een slok nam, ging de telefoon. Hoestend nam hij op. Zijn naam kon hij nauwelijks uitbrengen. Eerst verstond hij niet wie er aan de andere kant van de lijn was. Pas nadat ze voor de tweede keer haar naam had genoemd, drong het tot hem door. Waarom belde ze hem? Dat had ze de afgelopen maanden geen enkele keer gedaan.

'Ik... eh, ik wou je wat vragen,' zei Leontien.

'Ja, natuurlijk, ga je gang.'

'Weet jij waar Tom is?'

'Hè?'

'Of je weet waar Tom is.'

Frits reageerde niet meteen. Hij nam nog een slokje wijn.

'Ik vroeg of je wist waar Tom was,' hield Leontien aan.

'Ja, ik verstond je wel. Alleen, ik begreep je niet helemaal. Ik bedoel...'

'Heb je soms te veel gedronken?' klonk het venijnig. 'Of hou je je alleen maar een beetje van de domme?'

'Geen van tweeën. Ik begrijp niet helemaal waarom je juist mij belde. Hoe zou ik kunnen weten waar Tom is?'

'Dat lijkt me nogal logisch.'

'Mij niet, maar misschien hou ik me weer van de domme, zoals je zonet zei.'

'Jij hebt hem volgens mij 't laatst gezien. Hij is toch met jou meegereden na die training van dinsdag?'

'Hoe weet je dat?'

'Mag ik dat dan misschien niet weten?' vroeg Leontien, en Frits meende een ironische bijklank in haar stem te horen.

'Natuurlijk wel. Ik vroeg me alleen af hoe je dat wist, van dat meerijden.'

'Dat lijkt me nogal simpel. Van iemand anders in jullie elftal.'

'Van Roel soms?'

'Ja, van Roel. Die zei dat jullie samen waren weggegaan. Hij vond het nog zo gek, want jij had Tom bij de training een rotschop gegeven.' In haar stem hoorde Frits dat ze het liefst onmiddellijk wraak zou nemen, en zijn beide enkels kapot zou trappen, bij voorkeur met de puntigste schoenen die ze had.

'Gewoon een ongelukje,' zei Frits. 'Zoiets gebeurt wel meer bij voetbal. Het is tenslotte geen dammen of biljarten.'

Het bleef even stil aan de andere kant. Frits meende Leontien onderdrukt te horen snikken. 'Wat is er?' vroeg hij. 'Is er iets?'

'Natuurlijk is er wat,' schetterde ze plotseling door de telefoon. Frits hield de hoorn een stukje van zijn oor. 'Het is nu vrijdag, en ik heb dus al vier dagen niets meer van Tom gehoord. Ik weet niet wat er gebeurd is. Hij kan wel een ongeluk hebben gehad of zo.' Frits hoorde haar nu duidelijk huilen.

'Zal ik even bij je langs komen?'

'Nee, dat zeker niet... ik wil je niet zien. Heb je dat dan nog niet in de gaten?'

'Maar misschien kan ik je een beetje helpen. Ben je al naar z'n loods geweest?'

'Ja... woensdag.'

'En daar was-ie niet?'

'Nee, natuurlijk niet. Anders zou ik je nu toch niet bellen. Wat zijn dat voor stomme vragen, tsjeses...'

'Sorry... zo bedoelde ik het niet. Ik vroeg het zomaar. Ik wil je helpen, Leontien, dat weet je wel.'

'Nou, daar ben ik dan mooi klaar mee. Dat ik voor hulp van jou afhankelijk ben. Wat... eh, wat zei Tom toen je hem afzette bij zijn loods? Zei hij nog iets over mij?'

'Nee, niet direct.'

'Wel indirect dan?'

'Nee, dat weet ik eigenlijk niet. Hij deed een beetje vreemd, vond ik.'

'Hoezo vreemd?' vroeg Leontien.

'Hij zei iets over zijn buurman, in die andere loods, een rare kerel met een motor, die nooit was waar-ie zou moeten zijn of zo, dat zei Tom tenminste. En o ja, hij noemde je "rotwijf" of zoiets, en...'

'Hè? Zei Tom dat?'

'Ja, ik kan er ook niks aan doen.' Hij hoorde haar een sigaret aansteken. Ze was bijna een minuut stil. Toen zei ze plotseling: 'Je bent alleen maar verschrikkelijk jaloers. Daarom zeg je dit soort dingen. Je verzint het om Tom zwart te maken. Je hoopt dat ik dan genoeg krijg van hem en weer bij jou terugkom. Ik weet wel welk spelletje jij speelt.'

'Zeg niet van die belachelijke dingen, Leontien. Ik herhaal alleen Tom z'n woorden, dat weet je best. Ik wil je helpen. Ik wil...' Ze had de hoorn neergelegd.

Tien minuten later ging de telefoon weer.

'Heeft Tom nog gezegd waarom hij naar z'n loods wilde?' vroeg Leontien.

'Nee, niet dat ik me kan herinneren.'

'Kun je je het niet herinneren of heeft-ie niets gezegd?'

'Het laatste.'

'Wat is er verder gebeurd, daar bij die loods?'

'Niets, helemaal niets.'

'Jullie zijn gewoon als goede vrienden uit elkaar gegaan?'

'Ja, zoiets,' zei Frits.

'Dat geloof ik niet, daar geloof ik niks van. Er moet iets gebeurd zijn.'

'Heb je nog iets gezien bij z'n loods?'

'Nee, niks,' zei Leontien. 'De deur was op slot. Ik heb erop staan bonzen, maar lou loene.'

'Misschien was-ie even weg?' suggereerde Frits.

'Ik ben nog vier keer teruggeweest. Ik heb een hele middag en avond voor die kutloods zitten wachten, gisteren nota bene, toen het zo regende. Ik heb alleen die kerel met die motor gezien, die heeft me teruggebracht naar huis, want er reed ook geen bus meer.'

'En had die nog iemand gezien?'

'Nee, niemand, *nobody, personne.*'

'*Nessuno,*' voegde Frits toe.

'Wat is dat?'

'Niemand in het Italiaans.'

'Het is nu geen tijd voor grapjes,' zei Leontien. 'Ik moet weten waar Tom is.'

'Hij komt vanzelf wel weer boven water,' zei Frits. 'Misschien is-ie voor zijn werk een paar dagen naar het buitenland, en is-ie vergeten om dat tegen jou te zeggen. Heb je zijn paspoort nog daar?'

'Dat weet ik niet. Ik zou niet weten waar ik het zou moeten zoeken.'

'En een betaalpasje of een chequeboekje of zo. Geld, dat soort dingen.'

'Nee,' zei Leontien. 'Ik heb 't nergens gezien. Volgens mij heeft-ie dat soort spullen altijd bij zich. Omdat-ie altijd *on the road* is.'

'Zal ik anders even langskomen om te helpen zoeken,' stelde Frits voor.

'Nee, dat alsjeblieft niet. Dat is wel het laatste waar ik behoefte aan heb.'

Frits nam een slokje wijn. Als hij Tom was, dan was er geen probleem. Dan kon hij nu naar haar toe gaan. De verloren geliefde die na vier dagen plotseling weer op de stoep stond. Ik moest even tot mezelf komen, liefste. Ik had een paar dagen nodig om alles op een rijtje te zetten. Je moet niet boos op me zijn.

'Dus jij weet verder ook niets meer?' vroeg Leontien. 'Niemand die ik kan bellen of zo, geen namen of adressen.'

'Heb je z'n familie al geprobeerd?'

'Ja, een zus van hem, die woont in Uitgeest. Maar die zei alleen maar dat 't echt iets voor Tom was. Dit had ze vaker meegemaakt.'

Frits pakte de krant. 'Je zou misschien een advertentie kunnen zetten in de rubriek Oproepen. Zoiets staat er wel vaker in. Tom waar ben je? Ik mis je zo. Iets dergelijks, dan kun je…'

'Ja, dat kan ik zelf ook verzinnen. Ik ben verbaal niet hulpbehoevend als je dat soms dacht.'

'Nee, dat dacht ik zeker niet. Zo klink je in ieder geval niet.'

'Bedankt voor het compliment en voor de tip.'

'Nou… eh, ja… eh, tot ziens,' stamelde Frits. 'Ikke… eh, bel me als je iets hoort. Ik bedoel…'

'Oké, dag Frits.'

Ze had opgehangen. Maar haar stem had zachter geklonken, milder. Onverwachts, alsof er een oud gevoel boven was gekomen. 'Ik hou nog altijd van je, Leontien,' zei hij met de hoorn in zijn hand tegen de ingesprektoon. 'Als je me nodig hebt, kun je me altijd bellen. Ik zal je helpen.' Maar had hij haar geholpen toen hij Tom tegen de grond schopte? En vervolgens, die woordenwisseling bij hem in de auto? En alles wat daaraan was voorafgegaan?

Hij schonk nog eens in. Elf uur, en Hilco was er nog steeds niet. Ze hadden ook geen exacte tijd afgesproken. Plotseling dacht hij aan Toms auto. Waar stond die? Die had lekke banden, had Tom gezegd, dus als het goed was stond hij nog voor de deur. Kon hij Leontien opbellen? Of was het handiger om zelf te gaan kijken? Misschien het laatste. Dan hoefde hij haar niet lastig te vallen; dat zou alleen maar onnodige ergernis oproepen. Gelukkig had hij nog een fiets.

Het was moeilijk om de kurk een tijdje op de fles te houden. Dit wachten was alleen maar draaglijk als ze wat gedronken had. Maar elk glas maakte de barrière voor het volgende glas lager, tot er ten slotte helemaal geen barrière meer was, en er ook niet meer duidelijk sprake was van een volgend glas. Ze dronk dan gewoon. Er was een glas dat vol was, en weer leeg raakte en vol was, en dat ging zo maar door, vrijwel volledig buiten haar om. Ze had het licht in de kamer uitgedaan om beter naar buiten te kunnen kijken, naar de verlaten straat waar af en toe een eenzame fietser of een automobilist doorheen kwam. Een vrouw liep met haar hondje aan de overkant. Hoe lang zat ze hier nu al weer? Uren, dagen. Als Tom het wist, zou hij meteen terugkomen. Als hij het inderdaad wist, als hij het überhaupt te weten kon komen. Ze voelde haar hart in haar keel kloppen. Waar was Tom? Wat had hij gedaan nadat Frits was weggereden bij die loods?

Ze voelde dat er een donkere vlek was. Het was iets wat ze niet wist. Er was iets gebeurd wat alles kon verklaren. Tom was er met Frits naartoe gereden. Ze hadden ruzie gehad. Tom had wraak willen nemen voor de schop die Frits hem had gegeven. Maar Frits had teruggeslagen. Daar op dat vreemde, lege terreintje voor zijn loods, waar een partijtje oude autobanden lag, een paar lege olievaten, en waar verder veel brandnetels groeiden.

Leontien schrok op toen ze iemand aan de overkant zag lopen. Was dat Tom? Ja, daar kwam hij aanlopen. Hé, hij hinkte een beetje. Toen hij dichterbij kwam, zag ze dat ze zich had vergist. 'Shit,' zei ze. 'Fuck, fuck, fuck, hoe durft-ie?' Hij stond nu aan de overkant bijna recht onder een straatlantaarn. Zij had zich een stukje van het raam teruggetrokken, zodat hij haar niet zou kunnen zien. Hij dacht zeker dat de kust veilig was. Ja, hij zou haar willen helpen. Kom maar bij mij, Leontien, ik troost je wel. Nee, ik bedoel er niets mee. Leg je hoofd maar op m'n schouder. De lul. Dacht hij nu echt dat ze helemaal geschift was, dat ze daar zo makkelijk in zou trappen.

Hij liep even heen en weer over het trottoir en keerde toen terug naar de lantaarnpaal. Wat gek dat hij zo ongemakkelijk liep. Was hij misschien geblesseerd bij het voetballen? Dat zou niet voor het eerst zijn. Verdomme, hij had natuurlijk nog een sleutel. Elk moment kon hij boven komen en ze was machteloos. Ze zat hier opgesloten, kon geen kant uit. Eerst had hij Tom uit de weg geruimd, en nu kwam hij naar haar toe. Het was onvermijdelijk. Hoe had ze zo stom kunnen zijn om dat niet meteen te bedenken. Ze moest de politie bellen. Maar de telefoon was achter in de kamer, en dat betekende dat ze Frits niet meer in de gaten kon houden. Misschien stond hij dan al boven voor ze de politie aan de lijn had.

Frits liep heen en weer over het trottoir. Waarom had ze het slot niet verwisseld, of op z'n minst een extra slot hier op de deur van de woning laten zetten? Het antwoord kende ze: Tom wilde het niet. Ze had het voorgesteld, maar hij zei dat het niet kon, in het huis van een ander waar je tijdelijk in woonde. Waar je tijdelijk in mócht wonen. Frits moest meer weten, anders kwam hij hier niet terug. Hij moest weten wat er met Tom was gebeurd. Het was veelbetekenend dat Tom met Frits was teruggereden na de training. Dat had Tom niet zomaar gedaan. Hij had net zo goed bij iemand anders in de auto kunnen stappen. En waarom had Frits hem als passagier meegenomen? Frits had eindelijk eens laten zien dat hij echt een mens van vlees en bloed was, dat hij jaloers en rancuneus kon zijn, en niet alleen maar vriendelijke, meelevende, opbouwende praatjes op kon hangen. Mijn God, wat werd ze daar moe van, van dat begrip van Frits. Het kneep haar de keel dicht. Een wonder dat Tom zich daar niet aan had geërgerd. Die had Frits op zijn beurt weer zo goed begrepen. Ze had zich buitengesloten gevoeld. Zo veel wederzijds begrip, zo veel stroperige vriendelijkheid, dat was te veel geweest. Ze hadden elkaar meteen de huid vol moeten schelden. Waarom was Tom eigenlijk blijven voetballen bij dat stomme elftal?

Uiteindelijk was de zaak toch geklapt. De bom was gebarsten, zoals dat heette. En Tom was het hardst geraakt. Waarschijnlijk omdat hij het niet verwachtte van Frits. Ze zag het voor zich, een vechtpartij op het terrein voor de loods. Of was het in de loods geweest? Ze kon het op een bepaalde manier niet serieus nemen. Het bleef een belachelijk gezicht, twee volwassen mannen die met elkaar aan het vechten waren. Het was ongeveer een jaar geleden. Ze was met Frits in een café waar twee mannen ruzie met elkaar kregen. Terwijl de ene man naar de wc was, had de andere zich te opdringerig gedragen tegenover zijn vriendin. De eerste vroeg om excuses, maar de andere weigerde zich te verontschuldigen. Er vielen klappen. De vriendin gilde. 'Niet doen, niet doen!' Maar de mannen bestookten elkaar als primitieve woestelingen. Kon ze Tom en Frits op die plaatsen projecteren? Maar dan? Er moest meer zijn gebeurd. Frits was ook gewond. Een ongelukkige val? Tom was zeker sterker dan Frits. Misschien had die zich proberen te verweren met een hard voorwerp. Uiteindelijk was het een ongeluk geweest. Frits zou zoiets nooit met opzet doen, dat wist ze wel zeker. Maar hoe zou ze erachter kunnen komen wat Frits wist?

Plotseling had ze een idee.

17

'Nog één keertje, Frits, echt voor 't laatst, dan heb je voorlopig geen last meer van me.' Hilco keek hem bijna smekend aan. Zo was het weer helemaal zijn kleine, afhankelijke broertje.

'Je wist me wel weer gauw te vinden, hè. Ik zit hier verdomme nog geen twee dagen, en jij staat alweer voor de deur. Dacht je soms dat ik een autoverhuurbedrijf had?'

'Ik zweer 't je. Nog één keer. D'r staan ook nog spullen van Miranda in Purmerend, bij d'r zus, en nou…'

'Ja, en straks zeker ook nog bij d'r broer in Oude Pekela. Heet ze trouwens Miranda? Naar dat zwembad?'

Hilco ging er serieus op in. 'Nee, natuurlijk niet. Het is trouwens het "De Mirandabad". Dat is een achternaam.'

'Je vriendin heeft dus eigenlijk een achternaam als voornaam. Leuk is dat.'

'Tering, wat zit je te zeiken. Komt dat soms omdat je weer in je eigen huis woont?'

Frits ging recht overeind zitten. Hij priemde een wijsvinger in de richting van Hilco. 'Luister 's, broertje, jij hebt de gewoonte om te pas en te onpas bij me binnen te vallen, om m'n bier op te drinken…'

'Maar ik heb nog niks gehad.'

'…om m'n bier op te drinken, m'n auto te lenen, de benzinetank niet bij te vullen…'

'Ik had geen geld meer voor benzine.'

'…om niet te tanken, en dan maak ik 's een keer een geintje, en dan kan meneer er weer niet tegen, dan zit ik zogenaamd weer te zeiken. Het is weer net zoals vroeger. Jij pakt autootjes af, maakt boeken stuk, gooit glazen limonade om, en als ik er dan wat van zeg of je op je sodemieter geef, loop je jankend naar je moeder. Jammer dat die er nu niet is, hè?'

Hilco reageerde niet.

'Maar goed,' ging Frits door. 'Omdat ik hier weer woon, en omdat ik nu eenmaal in een uitstekende bui ben, mag je m'n fantastische bolide nog een keer lenen. Maar niet verder dan Purmerend, hè? Ik bedoel, 't moet 's een keertje afgelopen zijn.'

Hilco keek hem dankbaar aan. 'Als je toch in een goede bui bent, heb je misschien nog wel een pilsje voor me.'

Ze had een aantal vriendinnen gebeld. Ja, voor een nachtje konden ze haar wel onderdak geven, twee nachtjes lukte misschien ook nog, maar dan hield het op. Even had ze overwogen om een tijdje naar haar ouders te gaan, maar toen ze dacht aan de verstikkende deken van gezinsgezelligheid die meteen over haar zou worden uitgeworpen, liet ze dat idee varen.

Toen Tom eenmaal langer dan een week weg was zonder dat ze iets van hem had gehoord, groeide de angst dat er iets met hem was gebeurd. Het werd een knobbel binnen haar, een kankergezwel dat haar af en toe deed krimpen van de pijn.

Ze kon ook niet weggaan, omdat ze dan zelf machteloos werd. Als ze eenmaal in Doesburg bij haar ouders zat, zou ze nooit meer een spoor kunnen vinden. Dan had ze geen enkele mogelijkheid meer om informatie los te krijgen van Frits. En hij was haar enige aanknopingspunt.

Af en toe werd ze beslopen door de gedachte dat Tom misschien bij een andere vriendin was ingetrokken. Ze probeerde zich het telefoonnummer van die Monique te herinneren die destijds zo'n slijmerige tekst had ingesproken op de band. Na een paar verkeerde combinaties had ze eindelijk de goede te pakken. Ze herkende onmiddellijk de stem. Nee, ze had nergens van geweten. Plotseling wist Leontien dat het waar was, al was het alleen maar vanwege die stem. Met zo iemand zou Tom het nooit uit kunnen houden. Maar die andere, die vriendin met wie ze gevochten had? Het ene moment wist ze zeker dat Tom bij haar zat, en het volgende dat het niet zo was. Dat het niet zo kon zijn. Tom zou het haar anders op z'n minst hebben laten weten. Gewoon een koele, zakelijke mededeling. Typisch Tom. Geen hartzeer, niet omkijken, geen gedoe.

Dus had ze besloten in Amsterdam te blijven. Ze wilde absoluut weg uit het huis van Frits, zeker nadat hij haar een paar dagen geleden had opgebeld met de vraag of ze van plan was de onderhuur nog een tijd te verlengen. Ze had zich maar met moeite kunnen inhouden. Hij wist dus blijkbaar zeker dat Tom niet terug zou komen. Anders zou hij zoiets niet hebben gezegd. Dat wilde ze hem nu niet voor de voeten gooien. Ze had hem nodig. Hij was de enige die haar verder kon helpen, die aan alle onzekerheid een eind kon maken. Of zat Tom toch bij die vriendin? Nee, dan had ze het ondertussen wel gehoord. Dan was Tom hier ook wel wat spullen komen ophalen. Hoewel, er hing bijna niets meer van hem in de kast. Een paar t-shirts en een spijkerbroek. Had Tom eigenlijk wel zoveel meer? Ze wist het niet eens. Ze had zijn scheerapparaat gevonden. Als hij weg had willen gaan, waarom had hij dat dan hier achtergelaten? En de Tom Waitts-platen waren er ook nog.

Ze had ze allemaal aan de lijn gehad. Jacqueline zei dat Huib en zij net in een crisissituatie zaten. Ze waren heel erg met hun relatie bezig, en dat proces zou misschien worden verstoord als er een derde in hun huis zat. Shit, Jacqueline moest eens weten wat een echte crisissituatie was. Sietske was juist bezig de logeerkamer helemaal op te knappen; daar zou ze een studeerkamer van máken, en, nou ja, het kwam nu dus niet zo goed uit. Telma had een nieuwe vriendin, en dat was nog maar heel pril, dus Leontien had er vast wel begrip voor dat ze nu liever geen pottenkijkers wilde. Telma had zelf het hardst gelachen om haar grapje. Voor lesbo's zou het wel een mop met een baard zijn, of was die beeldspraak weer te masculien? Een nachtje kon wel.

Uiteindelijk had ze Annefiet gebeld. Die had eerst nogal afhoudend gedaan. Ja, ze zou het heel gezellig vinden, en ze hadden natuurlijk ruimte genoeg (de lege kinderkamer), maar of Frank het zo op prijs zou stellen, wist ze niet. 'Waarom laat je je leven toch door Frank leven?' had ze gevraagd. 'Doe toch zelf eens iets, zonder dat je bij hem in drievoud een formulier hebt ingediend waarin je om goedkeuring vraagt.' 'Maar hij brengt al het geld in.' 'En daarom ben jij honderd procent afhankelijk van hem? Dat is toch te gek voor woorden. We zitten al bijna in de éénentwintigste eeuw, en jij zegt nog dat soort dingen. Niet te geloven gewoon.' 'Misschien gooit-ie je er wel uit,' had Annefiet gezegd. 'Nou, dat moet-ie dan maar 's proberen.'

Ze waren een proefperiode van een week overeengekomen. Aan Annefiet had ze uitgelegd wat er aan de hand was. Frank hadden ze onwetend gelaten. Hij had nog steeds een wond op zijn lip. 'Kun je zo nog wel zoenen?' had ze hem gevraagd. Hij had haar niet-begrijpend aangekeken. 'Je weet wel, zo…' Ze had haar lippen getuit in zijn richting en een smakkend geluid gemaakt. Ze was nog verder gegaan en had gevraagd hoe het gekomen was. Frank zei dat het gebeurd was toen die keer dat hij haar naar huis had gebracht. 'Op straat, ik stond nog buiten de auto, en d'r kwam een man op me af die eerst een vuurtje vroeg.' Hij keek een beetje schichtig naar Annefiet. 'Ik zei dat ik dat niet had, en toen zei-die: als je dan geen vuurtje heb, geef me dan maar je geld, dan kan ik ergens een aansteker kopen, hè?' Hij keek Annefiet aan alsof zij zijn verhaal zou kunnen bevestigen. 'Ik pakte m'n portemonnee, en ik wou hem een paar gulden geven. Hij zag er nogal… ja, wat zal ik zeggen… onguur uit. Niet iemand die ik graag 's avonds laat op straat tegenkom. Enne… ja, toen zei-die dat-ie alles moest hebben, al m'n geld, ook uit m'n portefeuille. En ik zei "nee". Ik weet niet waarom, want ik was bang, en er kwam helemaal niemand langs. Op zo'n moment komt er nooit iemand langs, of ze kijken de andere kant op. Dus toen werd-ie kwaad, en hij begon te slaan, en… nou ja, toen kreeg ik dit dus.' Hij wees naar zijn lip. 'Ik moest er helemaal mee naar de dokter om het te laten hechten, hier bij de VU.' Hij maakte met zijn arm een gebaar achter zich. 'Ik bloedde als een rund, hè Fietje? Dit is er dus nog van over. En ik heb dagen nauwelijks kunnen eten.'

Hij had haar grimmig aangekeken, maar ze had zijn blik met naïeve, blije ogen beantwoord. Zij wist nergens van, zij had er niets mee te maken. Natuurlijk had hij eerder dit fakeverhaal verteld aan Annefiet, en nu kon hij het niet meer plotseling een andere draai geven. Hij zat nu vast aan zijn eigen verzinsels. En zij had een leuk verhaal in portefeuille waarmee ze hem kon bedreigen. Ze had de nauwelijks onderdrukte haat en woede in zijn ogen gezien, maar kon er alleen maar om lachen. 'Ik wist niet dat je in zo'n gevaarlijke buurt woonde,' had Annefiet nog gezegd. 'Die buurt is ook niet gevaarlijk. Met mij is nog nooit iets gebeurd. Alleen keurige mannen uit Amstelveen die zich de stad in wagen met een goed gevulde portemonnee, die hebben ze onmiddellijk in de peiling.'

Annefiet had haar nu naar het huis van Frits gereden, tot twee keer toe ook haar eigen huis. Ze zwaaide naar de wegrijdende Annefiet, en bedacht dat er nog een grote onwaarschijnlijkheid zat in het verhaal van Frank. Waarom zou hij uitgestapt zijn toen hij haar weg wilde brengen? Toch niet omdat hij aan haar kant het portier open had willen doen voor ze uitstapte. Zo galant was hij nu ook weer niet, en zij was zelf niet zo tuttig om te blijven zitten tot een 'heer' dat voor haar zou doen. En wat zou hij hebben gezegd over zijn tong, waar het bloed uitstroomde? Ze had hem helemaal klem. Dat zou hij nog wel merken.

Zou Frits voor het raam staan? Ze zag niets. Via de telefoon had hij duidelijk geprobeerd zijn enthousiasme te beteugelen toen ze hem vroeg of ze bij hem langs kon komen. 'Ja, natuurlijk, je bent altijd welkom.' Aan zijn stem kon ze horen dat hij bij wijze van spreken het dekbed al terugsloeg. Ze zou zo weer naast hem liggen. Of onder. Ze lachte even. Wat haar betreft leefde hij de rest van zijn leven in celibaat.

Slechts enkele seconden nadat ze aanbelde, werd er opengedaan. Frits gaf haar een kuise zoen op beide wangen. Haar lippen maakten een zoengeluid in het niets. Hij nam elegant haar spijkerjasje aan. Hij had Tom z'n laarzen aan. Gelukkig was hij niet zo brutaal geweest om het jasje te dragen.

'Ga zitten, ga zitten... koffie?' Hij liep zenuwachtig heen en weer.

Ze vertelde over haar huidige adres.

'Ik wist niet dat je een vriendin in Amstelveen had.'

'Je hoeft ook niet alles te weten.' Met moeite produceerde ze er een neutraliserend, vriendelijk lachje achteraan.

'Kon je niet bij Jacqueline logeren? Die heeft toch ruimte genoeg.'

Jij hoeft voor mij niet te bedenken waar ik kan logeren, klootzak. Ze probeerde het vriendelijker te zeggen. 'Huib en zij hadden het weer eens moeilijk. Ze waren erg met hun relatie bezig en dat soort lulkoek. Je kent 't wel. Jacqueline had zeker net weer iets gelezen over een nieuwe therapie.'

'Of Huib was net weer vreemdgegaan met een leuke secretaresse van de zaak,' zei Frits.

'Zou ook kunnen.'

Frits ging koffie maken. Ze keek om zich heen. Hij zou het nooit afleren. Opnieuw had hij foto's van haar opgehangen. Daar, boven dat kastje met de drankglazen, dat leek wel een altaar voor haar. Hij was schaamteloos in dit soort dingen. Of was het pure naïviteit? Ze zou het hem eens moeten vragen. Misschien juist niet, want het liep zeker uit op een regelrechte, ouderwets stevige ruzie, waarna ze schreeuwend de straat op zou rennen.

'Een borreltje bij de koffie? Cognac, calvados?'

Ze nam een glaasje calvados. Dat had ze nu wel nodig.

'Zo, daar zitten we weer,' zei Frits.

Tsjeses. Hij kwam dus niet verder dan: zo daar zitten we weer. 'Tja, zeg dat wel.' Frank was niet scheutig geweest met de wijn bij het eten, dus ze namen een paar flinke slokken calvados.

Ze vroeg iets over zijn werk, en hij vertelde de bekende verhalen over opdrachten, de uitdaging, de problemen, het resultaat. Hij liet een serie foto's zien van de klus waar hij mee bezig was geweest. De kantooraccessoires stonden er fraai op. Het gesprek stommelde een beetje voort. Zo zouden ze nog uren kunnen praten. Of eigenlijk was het geen praten. Ze brachten geluiden voort, en deden net of die iets te betekenen hadden. Ze liet zich nog een calvados inschenken. Met die sterke drank moest ze oppassen, want plotseling zou ze te overmoedig worden. Nu wist ze dat nog, maar straks zou ze de controle kwijt zijn.

Ze wilde hem overrompelen, toeslaan wanneer hij het niet verwachtte. Plotseling vanuit de hinderlaag van een mededeling over haar ouders, dat ze daar al in een paar maanden niet meer was geweest, vroeg ze het. 'Heb je nog wel 's iets van Tom gehoord?'

'Als je weer 's in Doesburg komt, doe ze dan de groeten van me. Je moeder mocht ik wel. Ze deed soms een beetje gek, maar dat was juist wel leuk.'

'Hoorde je niet wat ik vroeg?'

Hij keek haar aan met opgetrokken wenkbrauwen.

'Of je nog wel 's iets van Tom hebt gehoord.'

'Nee, niets,' zei Frits. 'Nog koffie? Nee? Een glaasje wijn misschien?'

'Dus geen teken van leven?'

'Nee, ik dacht nog van misschien komt-ie wel bij de training of afgelopen zaterdag bij de eerste wedstrijd, maar hij was er niet. Nou ja, niet zo gek eigenlijk. Tom bleef wel 's meer zomaar weg, zonder af te bellen. Kreeg-ie een extra reservebeurt. Had-ie altijd de smoor over in. Tom is iemand die er een hekel aan heeft om langs de kant te staan.'

'Geef maar een glaasje wijn.'

'Wit of rood?'

'Wit graag.'

Na een paar minuten was hij terug. Ze proefde. Hij had niet alleen uitstekende calvados in huis gehaald, maar ook een dure wijn. Ze stak een sigaret op.

'Je rookt nog steeds?' vroeg Frits.

'Ja, dat zie je.' Als het moest zou ze er vanavond een heel pakje doorjagen. 'Heb je nog wel 's nagedacht over die laatste keer toen je Tom hebt gezien. Of hij toen niet iets gezegd of gedaan heeft, waardoor je op een of andere manier, Ja, wat zal ik zeggen... een aanwijzing of zo.'

Frits reageerde meteen. 'Nee, ik zou het niet weten.' Het was of hij zijn antwoord al klaar had, voor zij de vraag had gesteld.

'Er moet iets geweest zijn.' Ze keek hem vragend aan over de rand van haar wijnglas, en probeerde zijn ogen in de hare gevangen te houden. Misschien zou hij dit oogcontact anders interpreteren. Hij deed maar.

'Ik kan me niets herinneren. Ik ben gewoon weggereden.'

'Stond hij toen nog buiten de loods of was hij naar binnen gegaan?'

'Buiten voorzover ik me kan herinneren... ja, buiten, ik weet 't zeker.'

'Zei Tom nog waarom hij juist naar de loods wilde, en niet naar huis?'

'Nee, hij vroeg gewoon of ik hem naar z'n loods wilde brengen. Dat was alles.'

'En jij hebt niet gevraagd waarom?'

'Nee, waarom zou ik. Het was zijn zaak. Ik had er niets mee te maken.'

'Maar had je ook geen idee waarom het was?'

'Nou ja,' zei Frits, 'ik dacht dat... eh, dat jullie ruzie gehad hadden of zo, en dat-ie liever alleen wilde zijn. Leek me ook echt iets voor Tom.'

'Omdat-ie "rotwijf" had gezegd?'

Ze had de indruk dat Frits een kleur kreeg. 'Zoiets ja. Zal ik je nog even bijschenken?'

'Nee, ik wacht liever even. En jij wilde niet weten wat er aan de hand was? Je hebt niets aan hem gevraagd?'

'Waarom zou ik?'

Ze stak een nieuwe sigaret op, en blies een paar flinke rookwolken in de richting van Frits. 'Ik dacht dat je nogal nieuwsgierig was naar hoe het ging tussen Tom en mij. Je gedroeg je tenslotte een beetje als een stand-in voor als-ie zou verdwijnen of zo.' Frits reageerde niet. 'Het lag toch voor de hand dat je Tom zou vragen of-ie ruzie met me had gehad, of-ie misschien bij me wegging? Dan was de weg vrij voor jou.'

Frits protesteerde. 'Maar dat was helemaal mijn bedoeling niet. Ik wilde gewoon dat jullie het goed zouden hebben, dat jij gelukkig zou zijn. Dat weet je toch.'

Ze knikte. 'Dat weet ik maar al te goed. Daarom bleef je ons steeds lastigvallen met je gezeur over huisjes in de Ardennen en allerlei andere shit. Leontien moest gelukkig zijn.' Ze lachte schamper.

'Dat ik dat wilde is toch geen misdaad?'

'Nee, dát niet.' Ze probeerde terug te schakelen naar een vriendelijker versnelling. 'Oké,' zei ze, 'sorry, ik ben een beetje opgefokt, geloof ik. Ik maak me ook gewoon ongerust over Tom, weet je. Dat er wat met hem gebeurd is of zo. Daarom ben ik een beetje *edgy*.'

'Hè?'

'Gewoon, een beetje prikkelbaar, zenuwachtig en zo. Snel van de kaart, je kent 't wel.'

'Ja, natuurlijk. Nog wat wijn?'

'Ja, graag.' Ze leunde achterover, en probeerde zich te ontspannen. 'Hoe is het verder met je werk, afgezien van de pennen en de perforators? Gaat 't een beetje?'

'Nee, niet zo geweldig. Ik heb laatst nog een opdracht helemaal verknald. 't Was voor Helmich & Partners, een belangrijke *account*, maar 't lukte gewoon niet. Ik weet niet waarom. Ik had er ook helemaal geen zin in. 't Was stompzinnig gewoon. Ik had iets van: er gebeurt van alles om me heen, allemaal toestanden, met Tom en met jou en ik zit hier in die stomme studio en ik sta hier sieraden te fotograferen. Het was gewoon vervreemdend. Net of ik niet meer helemaal van deze wereld was.'

'Proost.' Ze drukte haar sigaret uit. Frits was dus ook veranderd. Natuurlijk door wat er met Tom was gebeurd. Nu was het tijd om een andere strategische kaart uit te spelen. Ze was benieuwd hoe hij daarop zou reageren. 'Wat vind je? Moet ik de politie waarschuwen? Ik bedoel, Tom is nu zo'n twee weken weg. Dat is toch te gek.'

'Ik weet niet,' zei Frits. 'Voor ieder ander misschien wel, maar voor Tom niet.'

Hij wilde dus niet dat ze naar de politie ging. Vreemd. Hij had ook iets kunnen zeggen als: baat 't niet, het schaadt ook niet, of een vergelijkbare banaliteit. Ze hoefde Frits met te vertellen dat ze al naar de politie gebeld had. Ze had een rechercheur aan de lijn gekregen. Hij had haar gevraagd nog een paar dagen te wachten. Als Tom dan nog niets van zich had laten horen, moest ze maar weer bellen. Frits zou het nog wel merken.

'Volgens mij doen ze niets in zo'n geval. Lachen ze je alleen maar uit. Oh, mevrouwtje, is-ie zeker met een andere vrouw mee.'

'Denk je dat?' beet ze hem toe. 'Dat Tom een andere vriendin heeft?'

'Nee, nee, helemaal niet, maar dat zal de politie denken. Die zitten heus niet om werk verlegen.'

Ze stak weer een sigaret op.

'Ben je meer gaan roken?' vroeg hij.

''k Weet niet.'

Ze zwegen beiden een tijdje.

Toen Frits de stilte doorbrak, schrok ze even. 'Sorry dat ik het vraag hoor, maar... eh, jij vraagt ook van alles over wat er tussen Tom en mij zou zijn gebeurd, en ik dacht... eh, wat was er eigenlijk tussen jullie gebeurd?'

Bijna had ze hem uitgescholden om zijn brutale nieuwsgierigheid, maar ze bedacht net op tijd dat ze hem misschien iets moest geven om iets terug te kunnen krijgen. Voor wat hoort wat. Als zij haar geheimen openbaarde, zou hij haar misschien ook in vertrouwen nemen. 'Eigenlijk heb je er niets mee te maken, maar...' Ze nam nog een slok. 'Tom en ik hadden ruzie gehad, ja, ook in de beste relaties komt dat wel eens voor.' Ze lachte een beetje cynisch. 'Er kwam een meisje, hier nog wel, die zei dat ze een verhouding met Tom had, dat ze met hem naar bed was geweest.'

Frits keek haar eerst alleen maar met grote ogen aan alsof ze iets ongelooflijks had verteld. Daarna stond hij op, en liep ongericht door de kamer heen en weer. Waarom was hij hier zo van ondersteboven? Het moest hem juist goed doen dat Tom vreemd was gegaan. Dat maakte zijn kansen alleen maar groter.

'Hoe zag ze eruit?' vroeg hij.

'Doet dat er wat toe?'

'Ja, dat doet er wat toe.'

''k Weet niet... ze was blond, half lang haar, tot hier ongeveer, tamelijk steil. Een knap gezicht, een beetje te regelmatig misschien en daarom een beetje tuttig. Ze was iets kleiner dan ik. Een spijkerbroek aan en een T-shirt met een print. Ik weet niet meer wat erop stond, iets van een buitenlandse universiteit geloof ik. Zo goed?'

Frits knikte. Hij zat nu voorover, met zijn hoofd in zijn handen. Ze begreep niet wat er aan de hand was.

'Wat zei ze?' vroeg Frits.

'Dat ze voor Tom kwam. En toen ik doorvroeg, zei ze dat ze met hem naar bed was geweest, die slet.'

'En wat is er toen gebeurd?'

'Ik vloog haar aan. Zoiets kan ik toch niet over m'n kant laten gaan? Ik heb haar flink geraakt. Zij mij ook trouwens. Ik zag er niet uit, verschrikkelijk gewoon.'

'En ik dacht dat je met Tom had gevochten.'

'Met Tom? Die zou zoiets nooit doen.'

Frits schonk nog eens in. Hij nam een slok en zei toen: 'Ik denk dat ik weet wie het was. In ieder geval niet een vriendin van Tom.'

18

'U bent de broer van Hilco Huiberts?'

Even moest Frits de neiging onderdrukken om te zeggen 'helaas wel'. De rotzak was de auto niet terug komen brengen. Natuurlijk weer dronken geworden of zo. Ach, zo'n auto, wat deed het ertoe. Al die precieze afspraken waren allemaal uitwassen van de burgerlijke maatschappij. Kapitalistische drukdoenerij. Eén keer had Hilco het in dat verband zelfs gehad over de imperialistische onderdrukking door succes-agendamannetjes.

'Dan heb ik een vervelende mededeling voor u,' vervolgde de zakelijke stem aan de andere kant van de lijn nadat Frits de vraag bevestigend had beantwoord. 'Hij heeft gisteravond een ongeluk gehad. Vanochtend is hij pas bijgekomen. Daarom bellen we zo laat. Toen wisten we pas wie we moesten contacten.'

Woede mengde zich moeiteloos met angst. De onverantwoordelijke hufter. Waarschijnlijk dronken in de auto gezeten. En tegelijk: hoe erg is hij eraan toe? M'n broertje dood. Of voor altijd invalide. In een rolstoel. Daarna kwamen meteen de consequenties voor hemzelf: ik moet het vertellen aan onze ouders, ik moet hem bezoeken in het ziekenhuis, ik moet hem voortduwen in die rolstoel en naar zijn rancuneuze praatjes luisteren. Frits hoorde nauwelijks wat er verder werd gezegd.

'Hallo, bent u daar nog?'

'Ja, natuurlijk.'

'Die getuige is er dus absoluut zeker van,' zei de man.

'Sorry... eh, zou u nog 's kunnen vertellen waarvan? Het is een beetje langs me heen gegaan, geloof ik. De schok, begrijpt u wel.'

'Goed, daar gaat-ie dan nog een keer. Er reed dus een auto achter die van uw broer, vlak onder Ilpendam. Het was een grote Amerikaan, een Chevrolet of zo, met zo'n brede kont. Dat weten we van een man die daar weer achter zat. Goed, die Amerikaan dus, die gaat op een gegeven moment naast uw broer rijden. Die probeert te versnellen, maar die Amerikaan blijft gewoon naast hem... ja, dank je, zet daar maar neer... sorry, het werk gaat hier gewoon door, enne... waar was ik ook alweer gebleven... ja, neerzetten daar, dat zei ik toch. Ben je soms doof?'

'Die Amerikaan reed naast mijn broer,' zei Frits.

'Ja, en op een gegeven moment drukt-ie hem zo van de weg af. D'r was eigenlijk niet zoveel aan de hand, want hij had bij wijze van spreken zo over het fietspad verder kunnen rijden, maar hij is waarschijnlijk zo geschrokken dat-ie een slinger aan zijn stuur heeft gegeven, en tegen een lantaarnpaal is geknald. Die auto daar is dus niet zoveel meer van over.'

'En m'n broer, wat heeft hij?'

'Misschien dat u het beste even naar het ziekenhuis kan gaan, dat ze daar het een en ander kunnen vertellen.'

'Maar wat is uw functie dan?' vroeg Frits.

'Politie... kijk, er is natuurlijk wat aan de hand, het was geen normaal ongeluk. Die Amerikaan is ook gewoon doorgereden.'

'En de man die erachter zat?'

'Die is eerst gaan kijken. Toen heeft-ie een andere auto aangehouden om bij uw broer te blijven en daarna is-ie als een gek naar Ilpendam gereden, en daar heeft-ie ergens bij mensen vandaan een ambulance gebeld.'

'Heeft-ie nog iets meer over die auto gezegd, over die Amerikaan?'

'Kenteken of zo, bedoelt u? Nee, dat niet, anders was het een fluitje van een cent. Of het moest een vals kenteken zijn, dat komt in de beste families voor... ja, ik ben nog even aan het bellen, ja, van dat ongeluk van gisteravond, mag het even?'

Dit moest Hilco dus weer gebeuren. Een belachelijk, stompzinnig ongeluk. Wie zou Hilco nu van de weg af willen rijden? Wie had daar belang bij? Was hij misschien verzeild geraakt in een of andere drugsdeal? Koffieshops en cocaïne, was dat de connectie?

'Maar binnenkort wil ik u nog wel even spreken,' zei de politieman, 'want ik heb nog wel een paar vragen te stellen.'

Ze was op het tweepersoonsbed gaan liggen. Dit was dus het seksuele slagveld van Annefiet en Frank. Ze sloot haar ogen en probeerde zich voor te stellen hoe ze de slaapkamer binnenkwamen. Eerst Annefiet. Ze ging naar de badkamer en waste zich. Bleef Frank zo lang beneden? Lag Annefiet naakt tussen de lakens? En hoe kwam hij in bed? Onder een van de kussens vond ze een pyjama. Tom in een pyjama. Ze begon bijna te lachen.

'Tom... Tom.' Ze fluisterde de naam zacht voor zich uit. Als ze haar ogen dichtdeed, verscheen hij bijna tastbaar voor haar. De oude truc werkte nog, maar was tegelijk bedrieglijk en pijnlijk. Hij kwam geen centimeter dichterbij en ze voelde zijn afwezigheid scherper. Natuurlijk was hij niet zomaar weggelopen. Dat was niets voor Tom. Er moest iets anders gebeurd zijn. Waarom had Frits zo negatief gereageerd toen ze over de politie was begonnen? Hij had toch niets te verbergen? Voorzover ze wist was hij degene die Tom het laatst had gezien, die Tom het laatst levend had gezien.

Levend. Ze propte een stuk van het dekbed in haar mond en sloeg met beide vuisten op de kussens. Ze beet door. Haar hoofd trilde. Ze kreeg spierpijn in haar kaken. Als Frits iets had gedaan, was Tom nu dood, al langer dan een week. Hij was Tom al niet meer, maar een rottend, levenloos lichaam dat van iedereen kon zijn. Alles wat hem tot Tom maakte, zou zijn verdwenen.

'Nee,' schreeuwde ze, 'nee, nee,' en ze sloeg weer met haar vuisten op het bed.

Ze stond op en sleurde het dekbed van de matras. Ze gooide de kussens eraf; het onderlaken trok ze zo wild weg dat het scheurde. Als Tom er toch niet meer was, maakte het ook allemaal niets meer uit. Ze zou hier alles kapotmaken. Waarom mocht haar wereld wel naar de verdommenis, en konden Annefiet en Frank keurig en beschermd doorleven? Waar hadden ze dat aan verdiend? Ze scheurde het onderlaken verder aan stukken, en probeerde ook het dekbed te vernielen. Ze trok tot ze pijn in haar handen kreeg. Had Frits het met zijn handen gedaan? Nee, dat was niet voorstelbaar. Tom was veel sterker. Maar wat dan? Een mes? Ze voelde hoe het scherpe staal door Toms vlees sneed, afketste op een bot en dan weer verder gleed, zijn warme, zachte lichaam in.

Ja, een mes. Ze rende naar de keuken, pakte een mes uit de la, en viel het dekbed aan. Met ziedende uithalen stak ze het mes in de stof, scheurde het verder open, tot alle dons naar buiten kwam. Sneeuw... ze had nooit met Tom door de sneeuw gelopen. Wild en woest dreef ze het mes weer in het dekbed tot het nog meer sneeuwde. Ze wierp alles in de lucht en ging er huilend onder zitten.

Ze zat nog steeds zo, het mes in haar rechterhand, toen Annefiet thuiskwam.

'Overdelinden, politie,' zei de man alleen maar.

Frits vroeg hem boven te komen, en hij wees de man een stoel. Overdelinden zag eruit als een willekeurige loketbeambte bij een bank. Hij ging zitten en keek schattend om zich heen. Frits wachtte op een opmerking over de vele foto's aan de muur. De meeste onbekende bezoekers konden niet nalaten daar iets over te zeggen. Maar Overdelinden zei niets. Hij hield zijn ogen nu gericht op een foto van Leontien, een van zijn best gelukte portretten. Ze wilde zelden poseren, zei dat ze er het geduld niet voor had, maar die keer had hij haar weten over te halen. Je kon de ongedurigheid nog een beetje in haar ogen lezen, maar die contrasteerde mooi met de lui sensuele manier waarop ze op de chaise longue lag, haar bloesje zover naar beneden hangend dat je de rechterborst tot de tepel kon zien.

'Mag ik roken?' vroeg Overdelinden.

'Natuurlijk.'

'Ja, je weet het tegenwoordig niet meer. Mensen zijn daar vaak behoorlijk vervelend over. Bij ons op het bureau ook. Ik bedoel… eh, ze zijn in staat om je je laatste pleziertjes af te pakken. Zo is het toch? Of niet soms?'

'O ja, zeker.' Frits zette een asbak op de tafel. 'Is er nog nieuws?'

Overdelinden stak een klein sigaartje aan, inhaleerde verzaligd en blies een paar rookwolken uit. Die rookwaar moesten ze inderdaad verbieden. De stank zou nog uren in de kamer blijven hangen.

'Zelfs in de kantine is het roken verboden. Nou, daar zit je toch ook een beetje voor de gezelligheid en de ontspanning als het goed is. Maar nee hoor, ook al verboden te roken. Je gaat je ondertussen gewoon een junk voelen die iets doet wat illegaal is.'

'Is er nog nieuws?' herhaalde Frits.

'Nee, geen nieuws. We hebben hem nog steeds niet gevonden. Spoorloos, zo gezegd.'

Frits vroeg zich af waarom Overdelinden hem dat kwam vertellen. Hij zou zijn tijd beter kunnen gebruiken door te zoeken naar die Amerikaanse auto. Hier schoot niemand iets mee op, en Hilco zeker niet. Frits was gisteravond bij hem geweest. Hij had het maar een kwartier volgehouden. Hilco had gezwegen over de auto, die total loss was. 'Je bent er nog goed afgekomen,' had Frits gezegd. Naast Hilco lag een man aan een heel staketsel van buizen en slangetjes, die vocht in zijn lichaam leken te pompen en er weer uit te zuigen. Er klonk een ziekmakend concert van vochtgedruis met luchtbelletjes gevarieerd door de rochelende hoest van de patiënt. Frits keek naar de man en de vrouw die zonder een woord te zeggen naast hem zat.

'En wat gaat er nu verder gebeuren?' vroeg Frits.

'We blijven zoeken, maar tegelijk zijn er andere zaken waar we aan moeten werken, dus toch minder intensief dan we eerst deden. Ja, lekker, een kopje koffie zou er wel ingaan.'

'O, sorry, ik ben niet zo gastvrij, geloof ik. Ja, ik zal even koffie maken.'

'Alleen als het niet te veel moeite is…'

'Nee, natuurlijk niet, ik ben zo terug. Wat wilt u erin?'

'Niks, alleen koffie.'

Toen Frits met twee koppen op de normale manier gezette, zwarte koffie terugkwam in de kamer, stond Overdelinden voor de foto van Leontien. Hij blies een rookwolk in haar richting, en kneep zijn ogen dicht. 'Uw vriendin… of vrouw of partner of wat dan ook.'

'Ja,' zei Frits, 'm'n vriendin. Ik bedoel…' Hij had het gezegd voor hij het wist, en nu hingen de woorden in de lucht, en waren ze niet meer terug te halen. Het was ook routine geworden de afgelopen jaren, een routine die door het intermezzo met Tom niet was veranderd. Bovendien, binnenkort zou het weer de realiteit zijn, dat kon niet anders. Het was dus nergens voor nodig om zich te corrigeren. Ze was zijn vriendin. Wat had Overdelinden daar nu aan, wat had die er trouwens mee te maken? Die kon zich beter nuttig maken met het zoeken naar de auto die Hilco van de weg had gereden.

Overdelinden ging weer zitten, dronk van zijn koffie en blies een flinke rookwolk in de richting van Frits, die kuchend zoveel mogelijk achteruitweek.

'Heeft u misschien nog informatie?' vroeg Overdelinden plotseling.

'Ik? Wat zou ik moeten weten?'

'Het was toch uw auto waar hij het laatst in heeft gezeten?'

'Ja, maar wat zou dat… ik bedoel, wat doet dat ertoe?'

'Dat doet er heel veel toe,' zei Overdelinden terwijl hij zijn sigaartje uitdrukte in de asbak.

Zijn auto was het aanknopingspunt, die waren ze gevolgd. Daar hadden ze het op voorzien. Dat Hilco erin had gezeten, was waarschijnlijk toeval geweest. Het blinde noodlot, dat zoals altijd gereserveerd was voor sukkels als Hilco.

'Ergens heb ik het gevoel dat-ie wel weer op komt duiken,' zei Overdelinden.

'Wie komt opduiken?' vroeg Frits. De politie dacht toch niet dat die Amerikaanse auto zich vanzelf zou materialiseren voor het politiebureau. Dat was wel een heel makkelijke opvatting over de oplossing van misdaden.

'Die koffie was lekker,' zei Overdelinden.

'Wilt u nog een kopje?'

'Hoe raadt u het.'

Overdelinden dronk bedachtzaam van zijn tweede kopje koffie. Hij stak ook nog een sigaartje op, alsof hij alle tijd van de wereld had. En de politie maar klagen over de enorme werkdruk. Ja, geen wonder als ze zo verspillend met hun tijd omgingen.

'Tom zat dus bij u in de auto,' zei Overdelinden plotseling.

'Hè... waar heeft u het over?'

De politieman keek Frits glimlachend aan. 'U bent een beetje van de kaart of zo?'

'Nee, maar Tom... wat heeft Tom nu met dat auto-ongeluk te maken, met die Amerikaan?'

Overdelinden zette grote ogen op. 'Legt u mij eens uit. Ik weet niets van een Amerikaan of een auto-ongeluk. Tom zat bij u in de auto. Dat is alles wat ik weet. Dus misschien kunt u me vertellen wat er nog meer aan de hand is.'

Frits wendde zijn hoofd even af. Was dit een truc geweest om hem erin te laten lopen? Wat had hij zelf eigenlijk tot nu toe gezegd? Wat voor bedoelingen had deze politieman? Hij begon haperend het verhaal over Hilco te vertellen. De auto, het ongeluk.

Overdelinden lachte een beetje. 'Ik dacht al dat Tom een auto-ongeluk had gehad of zo, en dat een of andere Amerikaan erbij betrokken was. Goed, dat was dus een misverstand. Een vreemde samenloop van omstandigheden. Merkwaardig... hoogst merkwaardig.'

Frits meende die uitdrukking al eens eerder te hebben gehoord, maar kon hem niet thuisbrengen. Overdelinden pakte een notitieboekje en maakte een paar aantekeningen. Hij keek peinzend voor zich uit, lachte even, en schreef weer iets op. De vraag om het te mogen lezen, kon Frits slechts met moeite onderdrukken.

'Laten we het nog eens over die avond hebben,' zei Overdelinden, 'die avond van die training dat Tom bij u in de auto stapte nadat u hem op het veld min of meer een doodschop had verkocht.'

'Dat weet u dus al.'

'Ja, ik heb me al een beetje georiënteerd, zou je kunnen zeggen.'

Met wie zou Overdelinden hebben gepraat? En wat zouden ze hebben verteld?

'Brandt u maar los,' moedigde Overdelinden aan. 'Ik ben een en al oor.'

Frits vertelde over de training, de ongelukkige botsing met Tom, hoe Tom daarna toch bij hem in de auto was gestapt.

'Waarom?' vroeg Overdelinden terwijl hij een derde sigaartje opstak.

'Dat weet ik niet. Dat zou u aan Tom moeten vragen.'

'Dat zou ik graag willen, maar dan zal ik hem eerst moeten vinden. Als-ie dan tenminste nog antwoord kan geven.'

'Hè?'

'Als-ie dan nog kan praten, als-ie nog leeft.'

'Natuurlijk.'

Overdelinden glimlachte. 'Hoe weet u dat zo zeker?'

'Ikke… ik weet het niet zeker. Het lijkt me alleen onwaarschijnlijk dat er iets met hem is gebeurd.'

'O, onwaarschijnlijk.' Overdelinden maakte weer een aantekening. 'En hij heeft tegen u niets gezegd over zijn plannen voor de nabije toekomst. Dat-ie weg wilde of zo.'

'Nou ja, hij… eh, hij suggereerde dat-ie het allemaal niet meer zo zag zitten … met z'n vriendin.'

'U bedoelt met Leontien.' Hij bladerde even in zijn aantekenboekje. 'Met Leontien van Breemen?'

Frits knikte.

'Met haar dus.' Overdelinden wees naar de foto.

Frits reageerde niet.

'En u zei zo straks dat zij uw vriendin is, terwijl ze tegelijk de vriendin van Tom is. Of was natuurlijk.'

'Dat is een… eh, een misverstand. Ik bedoelde eigenlijk dat ze mijn vriendin wás.'

'Waarom zei u dat eerder niet? Daar hoeft u zich toch niet voor te schamen?'

Frits haalde zijn schouders op.

'Of denkt u dat ze nu weer automatisch uw vriendin is nu Tom van het toneel verdwenen is?'

Frits schudde zijn hoofd, maar Overdelinden ging door. 'U gaat door met stuivertje-wisselen. Eerst was u de gelukkige, toen Tom, en bij afwezigheid van Tom bent u het weer. Dan moet u toch wel zeker weten dat Tom niet meer terugkomt.' Door een walm van sigarenrook keek Overdelinden Frits aan. 'Of niet soms?'

Frits deed een raam open. Er drong verkeersgedruis binnen. Een kind huilde. 'Nee, u begrijpt er niets van.'

'O... is dat 't. Ik begrijp er niks van. Dat is het probleem. Vertelt u mij dan maar 's hoe het wel in elkaar zit. Als ik heel goed oplet, ben ik misschien in staat om het te begrijpen, meneer Huiberts.'

'Ik bedoelde het niet zo. Wat ik zei over Leontien, ontschoot me.'

'Het was eruit voor u 't wist,' onderbrak Overdelinden. 'Dat zeggen mensen altijd als ze iets verteld hebben wat ze eigenlijk niet hadden willen vertellen. Een universele smoes.'

'Maar het is geen smoes,' zei Frits. 'Ze is jarenlang mijn vriendin geweest, dus het ligt voor de hand dat ik haar nog steeds zo zie.'

'O, ligt dat voor de hand? Terwijl ze al een paar maanden met een ander samenwoont, en ze niets meer van u wil weten.'

'Heeft ze dat gezegd?'

'Dat is mijn interpretatie. Alles bij elkaar genomen lijkt het me vreemd dat u haar nog steeds "mijn vriendin" noemt.'

'Ik noem haar niet meer zo. Het was... eh, het was een verspreking.'

'Dus ze komt niet meer bij u terug?' vroeg Overdelinden.

'Dat weet ik niet. Dat moet u aan haar vragen.'

'Dus u heeft nog wel hoop?'

Frits haalde zijn schouders op. 'Niets is onmogelijk.'

'Nee, zeker niet als Tom voorgoed verdwenen is,' zei Overdelinden. 'Dan heeft ze weer een sterke schouder nodig om op te leunen, lijkt me. Zo iemand is Leontien wel. En volgens mij bent u er helemaal klaar voor.'

'Maar ik...'

Overdelinden verhief zijn stem. 'Goed, dat hebben we dan vastgesteld... een verspreking. Maar nu iets anders.' Hij bladerde weer in zijn aantekenboekje. 'U had ook iets die dag na die trainingsavond, na de beruchte trainingsavond mogen we ondertussen wel zeggen. Een soort blessure of verwonding of zo. Hoe was dat zo gekomen?'

Frits vertelde over de indringers in het gebouw waarin hij zijn studio had, zijn poging om ze te achtervolgen en hoe hij daarbij was gevallen.

'De politie nog gebeld?' vroeg Overdelinden. 'Aangifte gedaan misschien?'

'Nee, er was niets gestolen. Ik bedoel... eh, de politie die...'

'De politie doet er toch geen moer aan, wou je zeggen.'

'Nee, helemaal niet, maar je leest altijd dat er weinig tijd is om aan dat soort dingen aandacht te besteden met al die grote criminaliteit en zo.'

'O, u wou ons werk besparen,' zei Overdelinden met een overvriendelijke glimlach om zijn lippen. 'Dat is nog eens aardig. Alleen het probleem is dat u ons zo geen werk bespaart. Waar is die studio van u ook alweer?'

'In Oost, de Watergraafsmeer.'

'Precies, dat is waar ook. Daar zijn de laatste tijd veel inbraken geweest, heel veel. Vaak in leegstaande panden of in panden waarvan ze denken dat ze leegstaan. Elke aangifte is dus meegenomen. En bovendien, hoe moet ik nou weten dat u de waarheid vertelt? Als u keurig aangifte had gedaan, als een oppassende burger, dan was het wat makkelijker voor mij om te geloven dat u inderdaad van een trap gegleden was of zo, en dat u niet zoals dat zo mooi heet handgemeen was geraakt met uw concurrent in de liefde waarbij u op een of andere manier een blessure opliep. Wou Tom toch wraak nemen, en heeft hij u ook een rotschop verkocht?'

'Belachelijk,' zei Frits, 'volkomen belachelijk. Ik vechten met Tom?'

'Mannen doen gekkere dingen als het om een vrouw gaat. Breek me de bek niet open.'

'Ik heb Tom gewoon afgezet bij die loods, en ben daarna naar m'n studio gegaan, dat is alles. Punt uit.'

Overdelinden knikte. Hij pakte zijn doosje met sigaartjes, maar keek er alleen maar naar. 'Goed, dat is uw verhaal. Er zijn andere verhalen mogelijk, en we...'

'Het is niet zomaar een verhaal,' onderbrak Frits. 'Het is de waarheid.'

'Dat zeggen ze allemaal.'

'Ik heb er niets mee te maken wat ze allemaal zeggen.'

'Ik wel.'

Ze zaten een tijdje zwijgend tegenover elkaar. Overdelinden keek nog eens naar zijn sigaren. Misschien had hij zijn dosis voor vandaag al gehad. Plotseling stond hij op. 'Ik moet maar eens gaan. Ik heb nog meer te doen.'

Toen ze bij de deur stonden, herinnerde Frits zich de auto. 'Tom z'n auto was weg. Hij is natuurlijk gewoon ergens naartoe gereden. Misschien zit-ie in Drenthe, in de Ardennen, of waar dan ook. Hij is gewoon weg met de auto.'

Overdelinden keek hem onderzoekend aan. 'Hoe weet u dat die auto er niet meer is?'

'Gewoon, gekeken, nadat Leontien me vertelde dat Tom verdwenen was. Toen dacht ik al aan die auto. Hij stond er niet meer, terwijl-ie vier lekke banden had. Dat zei Tom tenminste.'

'O, daarom hing je dus die avond hier voor 't huis rond, om te kijken of die auto er nog stond.'

'Hoe weet u dat?'

Overdelinden reageerde niet. Leontien had hem natuurlijk gezien. En ze had ook gezien hoe moeizaam hij zich voortbewoog met zijn geblesseerde enkel. Dat had ze allemaal gevoerd aan Overdelinden, die die informatie gretig had verorberd. Ze wilde hem verdacht maken. Dat was haar enige doel, terwijl ze zou moeten weten dat ze hem nodig had, vooral nu. Maar misschien zette ze zich daarom wel tegen hem af. Het waren de onvermijdelijke extremen die elkaar opriepen. Hij moest geduld met haar hebben. Ze was nog te veel in de war.

'Maar hij is dus gewoon weg, met z'n eigen auto, een tijdje ondergedoken.'

Overdelinden schudde zijn hoofd. 'Die auto staat in de garage. Al meer dan twee weken. Een paar dagen nadat Tom verdwenen is, belde die man van de garage wanneer of dat die auto opgehaald zou worden. Hij belde hier, naar Leontien.'

'En sinds wanneer staat die auto er dan?'

'Dat wist die man niet zo precies meer.'

'Heeft die man nog contact gehad met Tom?'

'Nee, hij heeft de sleuteltjes over de post toegestuurd gekregen met een briefje erbij waar de auto stond. Hij moest hem meteen een grote beurt geven. Dat was alles.'

'En wanneer kreeg-ie die brief?'

'Dat wist-ie niet meer. Het is zo'n scharrelaar, weet je wel. In z'n eentje in die garage, een beetje handel in tweedehands auto's en zo. Zo'n man houdt dat allemaal niet precies bij.' Overdelinden gaf Frits een hand. 'Goed, meneer Huiberts, dat was het voorlopig. Hartelijk dank voor uw medewerking. We zien elkaar misschien nog wel eens.'

Overdelinden was nog geen tien minuten verdwenen toen de telefoon ging. Frits had nauwelijks tijd om zijn naam te noemen. 'Nou geen geintjes, Tom, het is mooi geweest. We weten weer waar je woont, en de volgende keer rijden we je het kanaal in. Heb je dat goed begrepen? We moeten nou…'

'U spreekt niet met Tom. Die woont hier niet meer.'

'Gelul, waar is-ie dan?'

'Dat weet ik niet… hij is verdwenen.'

Frits hoorde een schorre lach aan de andere kant van de lijn. 'Ja… verdwenen… mooie smoes. Daar trappen we niet in. Dacht je dat we een beetje achterlijk waren?' Het Utrechtse accent was nu duidelijk hoorbaar. 'Je weet dat ik me niet laat belazeren, en zeker niet door jou.'

'Ik ben Tom niet.'

'Ik ben Tom niet,' herhaalde de man temerig. 'Oké, Tomniet, je krijgt nog één kans van Maurits. Ik geef je nog twee dagen. Dan moet ik het geld zien. Anders raken we meer dan alleen je auto.'

'Maar wat…'

De hoorn was er al opgelegd.

Ze keek nog even in een etalageruit of haar haar wel goed zat. Ach, wat deed het er ook toe. Voor Frits hoefde ze zich niet mooi te maken.

Hij stond boven aan de trap. 'Wat heb je allemaal tegen die man van de politie gezegd, tegen die Overdelinden.'

'Mag ik nog even m'n jas uitdoen, misschien?'

'O ja, sorry. Hier, geef maar. Wat wil je drinken? Koffie of iets anders? Bier, wijn?'

'Geef maar een glaasje wijn, dat kan ik wel gebruiken.' Ze liet zich op de bank vallen. Annefiet had eerst een tijd sprakeloos in de deuropening gestaan. Bij Leontien waren de tranen vanzelf gekomen. Het leek niet op te houden, een oneindige stroom zilt water uit haar ogen. Annefiet was weifelend op haar toe komen lopen, alsof ze bang was te worden aangevallen. Door de blik van Annefiet had ze plotseling gemerkt dat ze nog steeds met het mes in haar hand zat. Ze had het van zich afgeworpen. 'Wat heb je nou gedaan?' had Annefiet gezegd. 'Wat heb je nou gedaan?'

Frits zette een glas rode wijn voor haar neer. 'Waarom ben je naar de politie gegaan?'

'Proost.'

'Ik vroeg je iets,' hield Frits aan.

'Ik hoorde je wel.'

'Nou… en?'

'Ik kan Tom niet vinden. Dus moet de politie het maar doen.'

'En ze verdenken mij.'

'Hebben ze dat gezegd?'

'Nee, dat niet, maar ze hebben het duidelijk laten merken.'

'Misschien denk je dat alleen omdat je je schuldig voelt. Drink jij niets?'

'Nee, ik hoef even niets, en ik voel me niet schuldig. Dat weet je wel, dat heb ik al eerder gezegd. Het is alsof jij me zo vaak wilt vertellen dat ik me schuldig voel dat het ook echt gebeurt.'

Als het niet vanwege Tom was, zou ze bijna medelijden met Frits hebben. Hij zat in de hoek en kreeg de klappen. Maar misschien dat zo ook de waarheid naar boven zou komen. 'En waarom verdenken ze je eigenlijk?'

Frits ging staan. 'Om wat jij ze verteld hebt, lijkt me.'

'Wat heb ik dan verteld?'

Frits snoof even. 'Ja…' Hij hief zijn handen. 'Ik weet niet, allemaal gekke dingen, dat ik jaloers was op Tom en zo.'

'"En zo…" Dat is nogal vaag.'

'Nou ja, dat ik toen die avond hier voor het huis heen en weer liep en dat ik geblesseerd was.'

Ze voelde zich plotseling sterk. Zeker van haar zaak. 'Was dat dan niet waar?'

'Ja, natuurlijk was het wel waar.'

'Maar waarom mocht ik het dan niet vertellen? Er was toch niks geheims aan?' Ze lachte hem even vriendelijk toe. 'Of voelde je je toch schuldig? Mag Overdelinden daarom niet weten wat er werkelijk is gebeurd? Moet ik daarom misschien mijn mond houden?'

19

'Grandioos, we gaan nu over naar de volgende puzzel. Let goed op Jolande en Kirsten, ja, daar komt-ie... Nog vijftien seconden, ja, probeer 't maar...'

Op de tv waren bomen te zien; de kruinen zwiepten heen en weer.

'Nog tien seconden... je weet 't wel, Kirsten. Kom je nooit in het bos?'

'Bomen... eh, door het bos... eh, door de bomen het bos niet meer zien.'

'Helaas, helaas, een prachtig antwoord, een fantastisch antwoord, maar jammer genoeg niet het goede antwoord. Dan krijgen Elly en Adrienne een kans. Ja, Elly wil het al zeggen, geloof ik...'

'Hoge bomen vangen veel wind,' giechelde een meisje met lang krullend haar. Ze veegde met haar hand langs haar wang.

'Een prachtig antwoord, een fantastisch antwoord... en het goede antwoord!' De spelleider begon langzaam in Tom te transformeren.

De twee meisjes omhelsden elkaar.

'Voor Elly en Adrienne vijfendertig punten erbij waarmee ze op het respectabele aantal van honderdvijfendertig punten komen, terwijl Jolande en Kirsten nog maar op vijfenveertig staan. Wat is dat nou Jolande? Komen jullie altijd zo langzaam op gang, of duurt het voorspel bij jullie zo lang? Zit jullie vriend ook in de zaal? Die weet er vast meer van.' Gejoel uit de zaal. Jolande en Kirsten probeerden hun gezichten te verbergen achter hun handen.

'Jullie persen er straks toch nog wel een tussensprintje uit? Even een hoeraatje voor Jolande en Kirsten. Kom op, mensen, moedig ze aan, ze hebben het nodig.'

Frits schakelde over naar een andere zender. Een Engelse comedyserie waarin de verhoudingen snel duidelijk waren. Een echtpaar dat noodgedwongen de moeder van de vrouw in huis had gehaald. De man en de vrouw lagen in bed en maakten de oudste geluiden bij de oudste bewegingen ter wereld. Er klonk een hevig gebonk. De man was bijna aan zijn climax, en leek het niet te horen. De vrouw luisterde aandachtig, en bewoog ogenschijnlijk alleen nog plichtmatig mee. Het gebonk werd heviger. De camera was nu gericht op de moeder, die in bed liggend haar wandelstok had gepakt en daarmee tegen het plafond stootte.

'What are they doing?' zei de vrouw. 'They are over forty, they should know better by now.' Gelach uit blik.

De camera terug naar het echtpaar. De man liet zich zichtbaar gefrustreerd van de vrouw afrollen. 'Why doesn't she fuck off, that old interfering bitch?'

'"Fuck" hardly seems to be the proper word,' zei de vrouw, begeleid door bulderend gelach, terwijl ze naast zich tastte, en een nachtjapon van de vloer pakte.

Frits schakelde door. Een documentaire over de groeiende economische macht van Maleisië. Je kon hier niets meer kopen of het was daar gemaakt. Het nieuwe Japan. Dynamiek, goedkope arbeidskrachten, energieke ondernemingszin. Frits werd er moe van, maar de tv leidde toch onvoldoende af. Tom schoot overal tussendoor. Hij trok zich nergens wat van aan, was overal. Uit Maleisië haalde hij natuurlijk ook kleren vandaan.

Misschien zat Tom op dit moment wel in Maleisië. Daar was het nu midden in de nacht. Hij lag met een prachtige, exotische vrouw in bed (geen schoonmoeder om tegen het plafond te beuken), en was blij dat hij zo mooi van Leontien was afgekomen. Ook onbereikbaar voor Maurits. Maurits. Was die de sleutel? Zou die Frits helemaal vrij kunnen pleiten? Natuurlijk, hij wist zelf wel dat hij niet werkelijk verdacht werd. Dat was onmogelijk. Maar er kleefde iets aan hem, iets wat niet afwasbaar was, een onzichtbare substantie. Alleen waarneembaar voor hen die zich met hem bemoeiden, die zo graag roerden in alles wat zich tussen Tom, Leontien en hem had afgespeeld. Het was overduidelijk, je kon overal wel een aanwijzing in zien. Alles was veelbetekenend. In een simpel scenario had hij Tom uit de weg geruimd om zijn rol over te kunnen nemen. Hij was een uitstekende plaatsvervanger voor Tom. Een nieuwe Tom.

Hij zette 'The River' op en zocht naar 'Point Blank'. Het was het enige nummer dat hij nu wilde horen. Bruce Springsteen zong speciaal voor hem. 'You grew up where young girls they grow up fast. You took what you were handed and left behind what was asked.' Frits zong mee, eerst zacht, dan harder, en naar het eind toe dempte hij zijn stem weer. 'Point blank, they caught you in their sights. Point blank, did you forget how to love. Girl, did you forget how to fight. Point blank, they must have shot you in the head. Cause point blank, bang bang, baby you're dead.'

Frits sloot zijn ogen. Ze kwamen aan bij de loods. Ga je nog even mee naar binnen, vroeg Tom. Misschien kun je mijn tas dragen. Ik loop nog een beetje moeilijk. Wil je een pilsje? In de loods stonden een ijskast en een paar andere dingen die het mogelijk maakten om er tijdelijk te wonen. Ze dronken een pilsje. Frits vroeg of Tom weer terug zou gaan naar Leontien. Ja. Tom dacht 't wel. Frits voelde nu weer de steken in zijn lijf. Hoe was het mogelijk dat Tom veronderstelde dat dat zomaar ging? Je verwaarloost haar, zei Frits. Je bent haar niet waard. Je kunt niet met haar emoties omgaan. Je gebruikt haar alleen voor je eigen genot, en je ziet niet dat er bij liefde sprake moet zijn van tweerichtingsverkeer. Bewaar dat therapeutisch gelul maar voor jezelf, zei Tom. Wat therapeutisch gelul? Ik zeg het alleen maar omdat het Leontien betreft. Ik sta niet toe dat jij haar kapotmaakt. Hoezo sta jij dat niet toe? vroeg Tom. Jij hebt helemaal niets toe te staan. Jij bent haar vader of voogd niet, en al was je dat wel, dan had je er nog geen fuck mee te maken, begrijp je dat wel. Ik heb je tot nu toe ontzien, omdat je zielig was. En ook omdat ik me zelf schuldig voelde. Ik had tenslotte je vriendinnetje afgepikt. Zo was het toch? Maar je begint me nu ellenlang m'n strot uit te hangen met je bemoeizuchtig geouwehoer. Dat gezeik, daar heb ik geen zin meer in. Wat doe je hier eigenlijk nog? Drink dat flesje leeg en sodemieter alsjeblieft op.

Zo had het kunnen gaan. Overdelinden nam misschien aan dat het zo was gegaan.

Tom mocht Leontien niet zo in onzekerheid laten. Dat kon hij haar niet aandoen. Waar bemoei je je toch in godsnaam mee? vroeg Tom. Je staat er helemaal buiten. Besef je dat dan niet. Je hebt niets, maar dan ook helemaal niets meer met Leontien te maken. Begrijp toch eindelijk eens wat er aan de hand is. Tom mocht dat soort dingen niet zeggen. Hij had niet voor niets jarenlang met Leontien samengewoond. Ze was niet zomaar uit zijn leven weg te snijden, en hij niet uit het hare. Het is lullig, zei Tom, maar je wordt wel langs de kant van de weg gezet. Als vuilnis. Zo gaat het in relaties. Leer dat nou maar begrijpen. Zo denk jij misschien over de wereld, zei hij zelf, en over hoe mensen met elkaar om moeten gaan, maar ik heb een wat menselijker, een heel wat socialer idee dan die egotripperige opvatting van jou. Ik geef om mensen. Voor mij zijn het geen wegwerpartikelen. O ja, en daarom probeerde je me zeker onder het gras te schoppen, zei Tom. Dat heeft er niets mee te maken. Nee, reageerde Tom, als het je niet uitkomt, heeft het er plotseling niets mee te maken.

Overdelinden zat het allemaal te bedenken. Hij schreef het script, gesouffleerd door Leontien. Wat had zij er voor baat bij om hem zwart te maken? Ze moest weten dat hij Tom geen kwaad kon doen. Maar die schop dan? klonk het stereo met de stemmen van Overdelinden en Leontien. Dat was een ongelukje. Zoiets gebeurt bij voetbal. Het is geen ouwe-wijvensport. Wel toevallig dat je net Tom moest raken. Trouwens net zo toevallig dat jij hem naar de loods bracht, dat niemand jullie daar heeft gezien, en dat niemand Tom daarna meer heeft gezien. Vreemd. Of wat zei Overdelinden ook alweer? O ja, merkwaardig, hoogst merkwaardig. Natuurlijk, Havank. Havank loste de moord altijd op. Zou Overdelinden dat ook doen?

Maar er was helemaal geen sprake van moord, alleen in de gefantaseerde reconstructie: Tom werd steeds kwader. Waar haalde hij, Frits, het vandaan om Tom verwijten te maken? Tom trok hem uit zijn stoel, en duwde hem in de richting van de deur. Nee, ik ga niet weg, schreeuwde Frits. Ik wil dat je de waarheid hoort. Jouw waarheid, zei Tom, jouw stompzinnige, doorgedraaide, scheefgetrokken waarheid, en hij probeerde Frits de loods uit te werken. Tom liep nog steeds moeilijk. Frits wilde zich lostrekken. Wat had Overdelinden ook alweer gezegd? O ja, handgemeen geraakt. Dat was het. Ze sloegen naar elkaar. Frits beschermde zijn gezicht, maar Tom raakte hem keihard in zijn maag. Frits sloeg dubbel. Tom schopte hem tegen zijn enkels, en Frits viel om. Hij greep Tom en trok hem ook naar de grond. Daar worstelden ze verder. Hij voelde Toms lichaam onder zich, een warm, bezweet lichaam. Zo zou Leontien het ook voelen, maar dan veel intiemer. Zijn woede groeide. Tom wierp hem van zich af. Hij lag naast een gereedschapskist. Het was of iemand anders de zware Engelse sleutel in zijn hand duwde, zijn vingers om het koele metaal legde, de greep verstevigde. Doe het dan, doe het dan... je helpt Leontien ermee. Nu blijft ze vast zitten aan Tom en dat levert alleen maar ellende op. Doe het dan. Maar zo traag ging het niet. Er was geen tijd om iets te overdenken, om te luisteren naar iemand die je iets influisterde. Zijn woede was voldoende.

En hij sloeg zo hard hij kon.

Ze had met Annefiet een nieuw dekbed gekocht.

'Natuurlijk betaal ik het terug. Absoluut. Ik zit alleen nu een beetje krap. Dus als je het niet erg vindt?'

Annefiet vond het niet erg.

'Weet je wat? Ik geef je een behandeling.'

'Behandeling?' Annefiet keek alsof ze verwachtte dat Leontien iets levensbedreigends van plan was, zoals met het dekbed.

'Nee, wees maar niet bang. Ik zal je niet vermoorden. Dat is geen onderdeel van de behandeling.'

'Wat is het dan?'

'Ik ben eigenlijk schoonheidsspecialiste.'

'Wat? Eergisteren zei je nog dat je de filmacademie had gedaan, maar geen werk kon krijgen.'

'Grapje. Ik wou interessant doen tegenover Frank.'

'Probeer je dat wel vaker?' vroeg Annefiet terwijl ze een glaasje port inschonk.

'Soms, tegenover mannen vooral.'

'Zou je Frank willen versieren?'

Leontien moest lachen.

'Vind je dat zo'n belachelijk idee?' vroeg Annefiet. Ze leek een beetje gekwetst. 'Frank ziet er toch best leuk uit. Ik bedoel, hij is misschien geen stuk, maar…'

'Nee, dat kun je wel zeggen. Wacht, ik zal m'n spullen even halen. Ik heb lang niet alles meegenomen wat ik nodig heb, maar ik kan wel wat improviseren. Waar zullen we gaan zitten? De keuken lijkt me de beste plek want ik heb heet water nodig.'

'Hoe zou je het willen aanpakken?' vroeg Annefiet.

'Ik begin met een gezichtsreiniging. Je moet…'

'Nee, ik bedoel met Frank.'

'Wat zijn dit voor geheime, perverse verlangens?'

Annefiet giechelde een beetje. 'Ik weet niet. Ik wil niet dat je met hem naar bed gaat of zo.'

'Ja, dat moest er nog bij komen.'

'Je praat over hem alsof-ie weerzinwekkend is, een soort monster.'

'O nee, hij is gewoon m'n type niet. Misschien is-ie heel lief voor jou, maar ik moet er echt niet aan denken om met hem in bed te liggen. Hier, ga hier maar zitten, dat lijkt me prima. Het is het handigste als je je bloesje uitdoet, en ook je beha... ja, sorry, maar dat is nu eenmaal de gewoonte. Het werkt beter, anders smeer ik toch van alles op je kleren. En er hoort trouwens ook een massage bij, daarvoor is het ook nodig. Je geneert je toch niet? Je ziet er toch nog goed uit? Zit je goed zo? Ik ga nu eerst je gezicht reinigen.'

Leontien bracht de hydrofiele olie masserend aan. Ze was er zelf over verbaasd wat ze allemaal nog had meegenomen. In een wervelstorm was ze door het huis van Frits gegaan. Bijna willekeurig had ze dingen in een tas en een koffer gegooid, ook uit de behandelkamer. Ze had hier geen spiegel, maar wist dat Annefiet, die ze een handdoek om de schouders had geslagen zodat haar borsten bedekt waren, haar ogen dichthield. Dat deden negen van de tien vrouwen. Ze liet de olie intrekken. Leontien verwarmde een paar compresdoeken. Het moest hier allemaal primitief, gewoon op de fluitketel.

'Is Frank nog wel lief voor je?'

'O ja, als ik wat wil hebben of zo, of laatst met de inrichting van het huis, toen had ik echt m'n zinnen gezet op die bank die we nu hebben, en die was meer dan drieduizend gulden, en verder...'

'Dat bedoel ik niet. In bed, als jullie vrijen, is-ie dan wel lief voor je?'

Annefiet haalde haar schouders op. 'We vrijen niet zo vaak meer. Je moet rekenen dat we al langer dan zes jaar met elkaar gaan. Dan... ja, dan gaat het vuur er een beetje af. Dat zegt Frank ook wel eens. Ik kan niet meer verwachten dat-ie zo opgewonden is als vroeger toen we pas met elkaar gingen. Het is nou toch allemaal een beetje bekend en zo. Vind je ook niet?'

'Hou je hoofd 's een beetje recht,' zei Leontien. 'Als je al zo'n tijd met elkaar gaat, dan moet je er misschien juist meer aan doen.' Met de compresdoeken verwijderde ze de aangebrachte olie.

'Mmmm, een lekker gevoel,' zei Annefiet.

'Straks heb je het idee dat je een hele nieuwe huid hebt. Misschien moet je ook een hele nieuwe man.'

'Alsjeblieft, zeg dat soort dingen niet. Daar kan ik niet tegen.'

Leontien pakte een paar sponsjes uit haar koffer om de restjes te verwijderen. De handdoek gleed van Annefiets schouder. 'Ik ga nu je wenkbrauwen epileren. Als het goed is, voel je niets. Juist als je elkaar zo goed kent, moet je er misschien wat meer werk van maken. Hij zou juist liever tegen je moeten zijn.'

'Denk je?' vroeg Annefiet.

'Stil zitten, anders doe ik je pijn… ja, natuurlijk. Hoe vaak gaan jullie met elkaar naar bed?'

Annefiet kleurde tot in haar hals. 'Niet zo vaak meer, eigenlijk. Het komt er gewoon niet van. Frank zit vaak nog tot 's avonds laat te werken, en dan is-ie moe als-ie naar bed gaat. Ik lig er dan trouwens al vaak in… Au.'

'Ik zei toch dat je stil moest zitten. Hoe vaak?'

''k Weet niet. Misschien één keer per week of zo. Soms nog minder.'

'Vluggertjes?'

'Hè?'

'Rambam eroverheen en klaarkomen, van Frank dan tenminste… zo, dat is gebeurd.'

'Ja, zo ongeveer wel, geloof ik.'

'Geloof je?' vroeg Leontien. 'Weet je het niet eens zeker? Ben je soms verdoofd als-ie hem erin steekt?'

'Ik kan er niet zo goed over praten,' zei Annefiet. 'Het is ook niet eerlijk tegenover Frank. Ik krijg zo een beetje het gevoel dat ik hem bedrieg.'

'Is dat dan geen lekker gevoel?'

Annefiet schudde haar hoofd.

'Maar hij heeft het er wel naar gemaakt. Heb je geen vriendinnen met wie je over dat soort dingen praat? Over seks en mannen en zo? Ik ga nu zo een peeling aanbrengen.'

'Nee, ik heb eigenlijk niet zo veel vriendinnen meer. Frieda en Charlotte dat waren m'n grote vriendinnen van het Lyceum, maar die hebben alletwee kinderen gekregen. Frieda woont trouwens in Haren in Groningen, een ontzettend eind weg, en Charlotte is altijd druk, druk, druk. Ze heeft er een van twee en een van vijf, en ze werkt er ook nog bij.'

'Nu even niet praten,' zei Leontien. Ze bracht de peelingcrème aan op het gezicht, liet hem even hard worden om hem er vervolgens af te rubbelen. 'Je ziet er straks fantastisch uit. Let op mijn woorden. Ik ga je nu masseren. Ja, ook je hals en je nek, dus die handdoek kun je beter afdoen.'

Even meende ze Annefiet zacht te horen kreunen.

'Ik praatte overal over met m'n vriendinnen,' zei Leontien. 'Ook gewoon om de opwinding. Als ik met een jongen naar bed was geweest, dan voelde ik het nog een keer als ik 't vertelde. Of als m'n vriendin vertelde wat er gebeurd was, dan werd ik ook opgewonden. Daar is toch niks slechts aan? Ontspannen, je moet je ontspannen, anders werken je spieren tegen m'n handen in. Het moet juist samengaan, net zoals met seks.' Leontien lachte.

'Ik weet 't niet,' zei Annefiet. 'Misschien is het wel goed, maar ik kan het niet. Het is gewoon niks voor mij.'

'En dat Frank er één keer in de week in een paar minuten overheen gaat om z'n kwakkie kwijt te raken, is dat wel wat voor jou?'

Annefiet schudde haar hoofd. 'Nee,' klonk het verstikt.

'O, shit, niet huilen nou, dat is helemaal m'n bedoeling niet. Kijk, je verkrampt ook helemaal. Blijf nou rustig zitten. Laten we er maar niet meer over praten.'

'Maar ik wil er juist over praten,' zei Annefiet. 'Alleen, ik kan 't niet. Dat is zo ellendig.'

Leontien nam de massageolie af met opnieuw warm gemaakte compresdoeken. 'Zal ik je vertellen hoe het met Tom was? Wat hij deed, wat we samen deden? Of word je dan te jaloers?' Tom. De naam bleef in haar hoofd rondzingen. Ze zag Annefiet nauwelijks in de stoel zitten. Ze moest nu een masker aanbrengen. Tenslotte had ze Annefiet de standaardbehandeling beloofd. Wat was de volgende stap? Ze was weer een leerling, die alles uit moest vinden.

'Hoe was het met Tom?' vroeg Annefiet.

'Tom, dat was alles.'

'Hoezo, alles?'

Die keer dat ze uit eten zouden gaan, maar zich onderweg bedachten. Hoe lang waren ze ook alweer in huis gebleven, in dat stinkhuis? Die dagen had ze niets geroken, ja Tom, maar niet die visstank. Ze zou het nooit kunnen vertellen aan Annefiet. Je moest zoiets zelf hebben meegemaakt om het te kunnen begrijpen. Ze mengde het poeder door het water en roerde tot de substantie de juiste dikte had. 'Tom is dood,' zei ze, en ze begon met een kwastje het masker aan te brengen.

'Maar je weet...' begon Annefiet.

'Ssstt, niet praten,' zei Leontien. 'Dit is een voedend masker. Het moet zo'n twintig minuten blijven zitten.' Ze voelde de tranen in haar ogen opkomen. Nog nooit had een masker haar zo sterk aan de dood doen denken. Het was bedoeld om de huid nieuw leven te geven. Maar de dood van Tom was onomkeerbaar. Dat was geen impuls voor nieuw leven. Zijn gezicht was ook strak en bleek. Nog wel, maar binnenkort zou het verval en de verrotting beginnen. Waarom was zij Tom kwijtgeraakt en had Annefiet die Frank nog wel? Waarom verdween iemand als Tom, en bleven de Franken van deze wereld gewoon doorleven alsof er niets aan de hand was?

Annefiet leunde achterover met haar strakke dodenmasker. Leontien keek op haar horloge. Nog vijftien minuten. Frank zou trouwens zo wel thuiskomen. De tranen liepen haar over de wangen. 'Ik ga even naar de kamer... wat lezen. Ik ben zo weer terug.'

Ze rende naar boven, pakte haar jas en liep de deur uit.

'Nee, de opdracht is niet af.'

'Maar we hadden een afspraak, meneer Huiberts. De hele campagne staat stil zo lang die foto's er niet zijn.'

Frits had een bijna onbedwingbare behoefte om onbeschoft te zijn. 'Nou, dan staat de campagne maar stil. Lekker rustig.'

'Ik geloof dat u het nog niet helemaal begrijpt, meneer Huiberts. Die foto's zijn een onderdeel...'

'Straks het mooiste onderdeel...'

'...een wezenlijk onderdeel van de campagne. Zonder die foto's kunnen we niet verder, en kost het ons elke dag geld. Veel geld. Gisteren hadden de foto's al in ons bezit moeten zijn. Ik wilde u een dag uitstel geven. Dat soort dingen daar doen we niet echt moeilijk over.'

'Wat aardig van u.' Frits zag de man weer voor zich. Begin veertig, maar nu al een veel te dikke nek en een te spekkige rug. Ze hadden samen geluncht, en de man had duidelijk geprobeerd zijn stress weg te eten.

'Dat doet nu niet ter zake, meneer Huiberts. Wat wel ter zake doet, is dat dit straks flink in de papieren gaat lopen, en dat we dan bij u komen om...'

'We hebben niet eens een contract,' zei Frits, 'alleen een mondelinge overeenkomst.'

'Precies, een gentleman's agreement. Tenminste, zo heb ik het opgevat. Maar u gedraagt zich bij lange na niet als een gentleman.'

'Ik heb andere zorgen aan m'n hoofd,' zei Frits.

'Daar heb ik niets mee te maken.'

'Maar ik wel. M'n broer ligt in het ziekenhuis. Hij is bijna doodgereden.'

'Heel vervelend allemaal, maar om zoiets kunnen wij onze campagne niet uitstellen of afblazen, dat begrijpt u toch wel?'

Frits wilde reageren, maar de vraag was kennelijk retorisch bedoeld, en de man praatte maar door over de campagne. Frits hoorde nauwelijks meer wat hij zei. *Five Easy Pieces* met Jack Nicholson schoot hem plotseling door zijn hoofd. Een halfjaar geleden was de film op de BRT. Hij had er samen met Leontien naar gekeken. Op een gegeven moment zat Nicholson met z'n vriendin in een wegrestaurant. Nicholson wenste toast bij de koffie, gewoon kale toast. De serveerster, een *all-American bitch*, zei dat het niet mogelijk was om los toast te bestellen. Er zat altijd iets op of bij. Nicholson debatteerde een tijdje met haar, maar ze was onvermurwbaar. Ten slotte bestelde Nicholson toast met kipsalade, en, zei hij, geef mij de toast, en de kipsalade kun je in je kut stoppen. 'Weet u wat u met uw campagne moet doen, meneer Berghuis?'

'Wat?' vroeg Berghuis, met een hoopvolle bijklank in zijn stem.

'In uw reet steken.' Frits legde de hoorn voorzichtig neer. Hij keek op zijn horloge. Halfdrie: tijd om Hilco op te zoeken. In het ziekenhuis zat er een meisje met een enorme bos zwart geverfd haar naast zijn bed. Ze droeg een T-shirt waar met grote letters op stond *Who's next?* In haar ene hand had ze een niet aangestoken sigaret en in haar andere een aansteker.

'Mmannda,' mummelde Hilco met zijn kiezen op elkaar vanwege zijn kaakbreuk, terwijl hij met de arm die niet in het gips zat haar kant uit wees. 'Irss.'

Frits wilde Miranda een beschaafde hand geven, maar ze omhelsde hem alsof hij een lang verloren gewaand maar eindelijk teruggekeerd familielid was. Ze zoende hem stevig op zijn wangen, en bleef zich ook daarna nog even aan hem vastklemmen.

'Wat een ellende, hè?' zei ze met een voor haar uiterlijk opvallend geaffecteerde stem. 'Hij krijgt alleen maar vloeibare dingen door een rietje. Vla en soep en zo. Dat kan nog weken duren, hè Hilco.' Ze pakte Frits zijn arm. 'En wat zonde van je auto. Helemaal total loss, en Hilco kon er niks aan doen, hè Hil?'

Hilco schudde zijn hoofd en stootte een reeks medeklinkers uit.

'Nog een geluk dat het op de heenweg was, want anders had-ie langs het kanaal gereden, en was-ie d'r misschien nooit meer levend uitgekomen.' Ze bedacht nog iets, en haar gezicht kreeg een treuriger uitdrukking. 'En dan hadden m'n spullen d'rin gezeten. Een heleboel banden en platen en m'n videorecorder. Die waren dan ook naar de filistijnen gegaan.'

De man naast Hilco rochelde en borrelde dat het een aard had. Miranda deed de sigaret even in haar mond. Keek Hilco werkelijk smachtend?

'Zijn vader en moeder al geweest?' vroeg Frits.

'Gssttrvnd Tlll.'

'O, gisteravond, met Tilly? Ze zijn niet bij mij langs geweest.'

'Ze moesten geloof ik weer zo weg,' zei Miranda. 'Tilly had ze meegenomen in de auto, en die had haast. Ik weet niet waarom. Wel een supertrut, zeg, die Tilly. Een partij kak, verschrikkelijk gewoon.'

Ach ja, Tilly. Altijd oppassend geweest, een goede man getrouwd, twee kinderen, het jongetje twee jaar ouder dan het meisje, zelf personeelschef op een middelgrote drukkerij in Gorinchem, geliefd en gewaardeerd, haar man Hans werkte ook hard, was accountant, een mooi huis, vakanties naar verre, vreemde oorden, twee auto's voor de deur, alleen dat jongetje, Michiel, was een hufter. Vroeger beet hij andere kinderen. Wat kon Tilly daarover klagen. Het ergste vond ze nog dat andere mensen haar erop aankeken. Alsof zijn ouders het hem hadden geleerd. Hij zat nu op een lom-school, maar was daar eigenlijk ook niet te handhaven. Een paar weken voor het voetbaletentje waren Leontien en hij met Tilly en Hans naar *Les Misérables* geweest. Tilly en Hans hadden betaald, ook het etentje vooraf. Ze beschouwden Frits nog als een arme kunststudent, dus die mocht absoluut niets bijdragen. Het werd hem zelfs verboden de drankjes in de pauze van de voorstelling te betalen. Toen ze weer op straat stonden en langs de bussen liepen die de keurig geklede mensen uit de provincie kwamen halen, zei Leontien: 'Inderdaad, die titel klopt wel. Wat een ellendig, miserabel gedoe. Mijn god, hoeveel hebben jullie wel niet voor die kaartjes moeten betalen?'

Miranda praatte maar door over hoe erg het was voor Hilco. En voor haarzelf natuurlijk. Die spullen stonden ook nog steeds bij die zus van haar in Purmerend. Ze vroeg of Frits geen mogelijkheid zag om ze op te halen.

'Sorry, maar m'n auto ben ik toevallig even kwijt.'

Hilco probeerde zowaar een beetje te lachen.

'Hebben ze die man al, die 't gedaan heeft?' vroeg Miranda, 'die man die Hilco de berm ingereden heeft?'

'Nee, niet dat ik weet. Ik geloof ook niet dat de politie zo z'n best doet. Ze zeggen dat ze geen aanknopingspunt hebben.'

Nee, geen aanknopingspunt, maar dat had hij zelf wel. Een naam: Maurits. Een stad: Utrecht. Een vermoedelijke branche: handel in tweedehands kleding. Hij had het telefoontje gecombineerd met informatie van Leontien. Maurits, dat was een naam die Tom niet erg vrolijk had gestemd. Vanochtend, toen hij koffie zat te drinken, had het idee zich in embryonale vorm aangediend. Het was merkwaardig om te beseffen dat je iets wist, zonder dat het manifest werd, zonder dat je het op een of andere manier onder woorden kon brengen of benoemen. Een vroegere vriend van de middelbare school, Pieter, had zoiets wel eens verteld over de regels van de taal. 'We hebben die regels allemaal in ons hoofd,' zei Pieter, die al op dertigjarige leeftijd hoogleraar taalwetenschap was geworden, 'maar de meeste mensen kunnen niet zeggen hoe die regels eruitzien. Neem zo'n zin als "Hij heeft er gisteren veel aan gedaan". Dat is een goede zin. Maar "Hij heeft gisteren er veel aan gedaan" niet, en "Hij heeft gisteren veel eraan gedaan" weer wel. Waarom? Zeg jij maar eens wat de regel is.' Het was een soort impliciete kennis die mensen in hun hoofd hadden. Dat was ook het geval met wat hij over Maurits wist. Of misschien eigenlijk niet wist. Het was zinloos om mentale cirkelbewegingen te blijven maken, het onderwerp van alle kanten te benaderen, en een poging te wagen het raadsel bewust op te lossen. Het moest groeien. En nu... nu ze het weer over het ongeluk hadden, Miranda op haar eigen egocentrische manier, Hilco af en toe een paar medeklinkers aan de monoloog van zijn vriendin toevoegend, en het reutelende chemisch bedrijf hiernaast, nu kreeg de gedachte concrete vormen. Hij zat plotseling te lachen.

'Zo leuk is het niet dat Hilco nog zeker drie weken alleen maar vloeibaar voedsel mag.'

'Bier is ook vloeibaar voedsel,' zei Frits, 'maar ik lachte om iets anders.'

'Mogen wij dan ook een beetje mee lachen misschien. Zo vrolijk is het allemaal niet.'

'Het is een vergissing,' zei Frits.

'Wat is een vergissing?'

'Dat ongeluk.'

20

Overdelinden probeerde zijn gezicht te verbergen achter een dossiermap, maar ze had hem al gesignaleerd.

'Geen tijd, geen tijd. Ik heb meer te doen dan achter dat vriendje van jou aanlopen.'

'Tot hoe laat moet u werken?'

'Tot ik klaar ben.'

Ze ging op de rand van het bureau zitten. 'Wanneer is dat?'

'Eigenlijk nooit.'

'Dus u kunt net zo goed meteen ophouden... ja toch?'

Overdelinden pakte een sigaartje, keek om zich heen en borg het weer weg. 'Nee toch... wat wil je?'

'Ik wil met u praten. Heeft u nog iets gevonden? Is er gecheckt bij de KLM of zo, of-ie van Schiphol ergens naartoe is gevlogen?'

Overdelinden knikte.

'Echt waar? Waar is-ie dan naartoe?'

'Niet zo snel. Ik bedoelde: ja, ik heb 't gecheckt, maar voorzover ik heb kunnen achterhalen is-ie niet van Schiphol vertrokken... of met een vals paspoort natuurlijk.'

'Kunnen we niet ergens wat gaan drinken?' stelde Leontien voor. 'In een café mag je roken.'

'Nog wel,' zei Overdelinden, en hij stak het sigaartje tussen zijn lippen. 'Even kijken, bijna zes uur. Mooie tijd.' Hij pakte de telefoon en draaide een nummer. 'Nee, Aldert, doe dat nou niet, daar heeft papa geen tijd voor. Haal mama nou maar. Ik moet even wat tegen mama zeggen.' Overdelinden keek Leontien aan met een excuserend lachje rond zijn lippen. 'Aldert, luister je nou nog? Ik zei dat je mama moest halen, en je hoeft me niet te vertellen wat Winnie de Pooh deed.'

Leontien keek het kantoor rond. Op alle bureaus stond nog een grote, grijze, ouderwetse schrijfmachine, zoals vroeger bij haar vader in het bedrijf. Ze mocht dan wel eens op zijn schoot zitten en een paar letters typen. Zelfs geen elektrische machines hier. Computers waren mijlenver weg. Logisch dat ze de moordenaar van Tom niet konden vinden. Of eigenlijk: dat ze het bewijs tegen Frits niet rond konden krijgen.

'Zeg jij nou maar tegen mama dat ik wat later thuiskom. Niet vergeten, hoor. Papa komt iets later thuis. Misschien lig jij dan al in bed. Dag Aldert.'

'Wat een rare naam,' zei Leontien.

'Gaan we katten nou ik gezegd heb dat ik meega?'

'Vindt u het zelf dan een mooie naam?'

Overdelinden veegde wat papieren bij elkaar en propte ze in een la. 'Nee, mooi is anders. M'n vrouw wilde het. Die zei: hij zit in mijn buik, dus ik mag de naam uitkiezen. Voor een meisje had ze Aldrine. Ik zei nog dat het wel een middel tegen hoofdpijn leek. Een tabletje Aldrine en u bent van uw hoofdpijn verlost. Maar ze was er niet vanaf te branden. Goed, dan kun je wel in de gordijnen gaan klimmen of zo, maar je verliest het toch. Kom, ga je mee?'

In de gangen stak Overdelinden zijn sigaartje al aan.

'Noem me maar Louis,' zei hij toen ze een café langs de gracht binnengingen.

'Heet u dan zo?'

'Nee, ik vind het leuk als je me zo noemt, maar eigenlijk heet ik Johan Friso, ben je nou lekker?'

Toen hij door Hoog Catharijne liep overwoog hij nog even om weer terug te gaan. Dit was geen werk voor hem. Hier moesten professionals aan te pas komen. Die Maurits, die was tot alles in staat, zoveel was wel duidelijk. Het was waarschijnlijk een zakelijk conflict tussen Maurits en Tom. Maurits was Tom op het spoor gekomen en had een zeer hardhandige waarschuwing gegeven door het busje de berm in te rijden. Natuurlijk was hij ook degene geweest die de banden van Toms busje had laten doorsnijden.

Hij bleef staan. Iets verderop, in een hoek, waren enkele Marokkaanse jongens aan het manipuleren met een stuk zilverpapier en een aansteker. Een paar meter van de jongens stond een meisje. Ze was mooi geweest, en zou het misschien weer kunnen worden. Maar daar lagen blijkbaar haar ambities niet. Twee mannen van een bewakingsdienst hadden even alleen oog voor alle aantrekkelijke koopwaar die op schappen voor de winkels uitgestald lag, maar blijkbaar toch niet zomaar meegenomen mocht worden. Misschien zou hij naar de politie moeten gaan, en zijn vermoedens over Maurits op tafel leggen. Maar dan zou zijn relatie met Tom weer in de belangstelling komen. Hij hoorde het Overdelinden al zeggen. 'Zo, meneer Huiberts, waarom doet u zo uw best om te bewijzen dat u niets met de verdwijning van Tom te maken heeft? Als u toch onschuldig bent, waarom blijft u dan niet gewoon langs de kant zitten, en wacht u af wat er verder staat te gebeuren?' Plotseling hoorde hij het meisje roepen: 'Ik ook... ik ook... hé, shit, stelletje motherfuckers.'

Frits liep door. Buiten Hoog Catharijne sloeg hij een winkelstraat in. Bij de eerste zijstraat ging hij rechtsaf. Nee, dit waren allemaal winkels met nieuwe kleren. Hij zwierf nog een tijdje rond tot hij in een straatje kwam met een paar winkels die tweedehands kleding verkochten.

'Maurits?' zei een man met een pluizige haardos die achter de kassa stond van de eerste winkel die Frits was binnengegaan. 'Waarvoor zou je Maurits moeten hebben?'

'U kent hem?' vroeg Frits.

'Ja, natuurlijk... anders zou ik hier niet staan.'

'Hoezo niet?'

'Domme vraag,' zei de man, en hij krabde zich in zijn haar. 'Wat moet je met Maurits?'

'Ik wou hem wat vragen.'

'Ja, zie je, ik... eh, ik wil geen problemen. De zaak loopt nou lekker, en dat wil ik graag zo houden. Wat wou je vragen?'

'Dat is niet zo makkelijk uit te leggen,' zei Frits. 'Ik... eh, ik kom namens Tom, misschien dat dat...'

De man zei niets, maar keek Frits alleen doordringend aan. Toen schoof hij zonder iets te zeggen een rek met kleren opzij, deed een deur open en verdween. Er was nu verder niemand in de winkel. Even had Frits de aanvechting om te kijken hoeveel geld er in de kassa was. Zou de man nog terugkomen? Er hingen tientallen leren motorjacks. Driehonderdvijfenzeventig gulden per stuk. Daaronder een rek jurken waarop een bord stond met de tekst 'Nu voor vijftien gulden, twee voor vijfentwintig. Toen hij pas met Leontien samenwoonde, hadden ze altijd hun garderobe gekocht in dit soort winkels en op het Waterlooplein. Lange zoektochten op de zaterdag.

Frits hoorde een kuchje. De man stond weer achter de kassa. Het leek of hij even weg was geweest om zijn haar nog meer uit te kammen. Hij overhandigde Frits een briefje waar met grote hanenpoten de naam Maurits op was geschreven, een adres en een telefoonnummer.

'Wat voor auto heeft Maurits?' vroeg Frits.

'Welke auto?'

'Heeft-ie een Amerikaanse auto, zo'n grote bak?'

'Ik denk 't wel.'

'Bedankt,' zei Frits.

'Wil je niks kopen? Zo'n leren jack zou je fantastisch staan. Ze zijn maar...'

'Misschien een volgende keer.'

Frits zocht het adres op het kaartje. Pas de zesde man die hij aansprak, kon hem vertellen hoe hij er moest komen. Het was een zijstraatje van de Oudegracht, een stukje uit het centrum. Het pand zag er onbewoond uit. De dichtgetimmerde ramen op de begane grond en de gesloten gordijnen op de eerste en tweede verdieping heetten niemand hartelijk welkom. Er was een bel naast de deur, maar een naamplaatje of een andere aanduiding van eventuele bewoners ontbrak. Frits liep verder tot hij bij een zijstraat kwam. Zijn knieën trilden. Hij wist dat hij terug moest gaan naar Amsterdam. Dit zou niets dan ellende opleveren. Maar misschien kon Maurits hem meer over Tom vertellen. En zijn beschuldiging dan, het ongeluk vlak onder Ilpendam? Hoe zou Maurits daarop reageren? Frits voelde hetzelfde als toen hij voor het eerst met een meisje naar bed ging. De geest wilde wel, maar het lichaam leek onmachtig. Het was op een warme zaterdagmiddag; ze heette Martine. Het was op haar kamertje. Haar ouders waren er niet. Toen ze half ontkleed op bed lagen, kwam onverwachts haar broer thuis. Verdomd, hij heette ook Maurits.

Frits liep met stijve passen terug naar het huis. Hij had het idee dat een van de gordijnen op de eerste verdieping nu een stukje opgeschoven was. Zag hij daar niet vaag de schim van een gezicht? Het was niet onwaarschijnlijk. De man in de winkel had natuurlijk gebeld. Ze waren van zijn komst op de hoogte.

Frits ademde diep in, alsof hij een laatste hoeveelheid zuurstof binnen moest zien te krijgen voor hij onderdook, en drukte op de bel.

'Hoe graag wil-ie je terug?' vroeg Overdelinden.

'Heel graag. Ik denk trouwens dat het niet eens een kwestie is van "terug willen" voor hem. Hij denkt dat ik nog altijd bij hem hoor. Tom was toevallig iemand die een tijdje zijn positie innam, maar het bleef zijn positie... ja, lekker.'

Overdelinden bestelde nog een De Koninck en een rode wijn.

'Ik bedoel, hij bleef ook de hele tijd voor mij zorgen. Eigenlijk wilde hij Tom regisseren. Hij wilde Tom vertellen hoe hij met me om moest gaan.'

'Deed-ie dat dan niet goed? Tom, bedoel ik.'

'Anders... anders dan Frits. En ik wou ook juist wat anders, dat had-ie niet in de gaten. Hij dacht dat ik met Tom zo wilde leven als ik met hem had geleefd, maar daar was ik nou juist helemaal op geflipt. Ik wilde niet langer een papa die goed voor me zou zorgen. Een papa die me op schoot zou nemen en troosten als ik huilde omdat mijn nieuwe pop stuk was.'

Een opmerkelijk zenuwachtig meisje kwam de drankjes brengen. Eerst zette ze het bier neer voor Overdelinden en daarna de wijn. Ze plaatste twee turfjes op de rekening die ze eerst bij zich stak en vervolgens onder het bierviltje schoof.

'Lekker makkelijk, die bediening die je tegenwoordig weer krijgt,' zei Overdelinden. 'Alleen jammer dat het altijd van die nerveuze werkstudentes zijn. Ik kom hier nog wel eens, en je ziet ook voortdurend andere gezichten. Vroeger had je kelners, en die waren een vast onderdeel van de inventaris. Als je 's morgens naar café Het Hoekje ging, kreeg je je koffie van Theo, en als je 's avonds een pilsje ging drinken, dan kon je rekenen op Ruud. Zo was dat.'

'Vroeger, wanneer was dat?' vroeg Leontien, haar glas tegen het licht houdend. De kleur was bloedrood. Ze liet haar hand licht kantelen, zodat de wijn in het glas heen en weer ging, bijna over de rand. Wat betekende het als ze wijn zou morsen, als het rode vocht bijvoorbeeld op Overdelindens lichtblauwe spijkerbroek terechtkwam?

'Zet dat glas even neer, wil je?'

Leontien reageerde met. Hij pakte haar pols en liet haar het glas weer op het tafeltje zetten. Ze voelde zijn greep, en had zich er woest aan willen ontworstelen. Wat dacht hij wel?

'Aldert speelt ook altijd zo met zijn limonade. Dat doen kinderen. Daar ben jij te oud voor, dacht ik.'

Ze zei niets en zette het glas neer.

'Wanneer was vroeger?' vroeg Leontien.

'Een jaar of vijftien, twintig geleden.'

'Zo oud ben je nog niet.'

Overdelinden lachte even. Hij leek gevleid. Misschien vonden mannen het nog leuker om jonger te worden ingeschat dan vrouwen.

Hij knikte. 'Bijna vijfenveertig. Had je niet gedacht, hè?'

'En nog een kind van zes?'

'Ja, wat dacht je dan, dat elke man boven de vijfendertig onvruchtbaar wordt of zo?'

Ze stak een sigaret op. In dit soort conversaties wilde ze niet terechtkomen. Dit leverde niets anders op dan een kick voor Overdelindens ego. Zij had belangstelling voor hem, voor zijn leeftijd, voor de naam van zijn kind, dat hij nota bene nog had verwekt toen hij al bijna veertig was. Wat een prestatie!

'Ben je nog weer 's bij Frits geweest?' vroeg ze.

'Nee, waarom zou ik?'

'Hij is toch het enige aanknopingspunt. De enige verdachte…'

'Verdachte?' Overdelinden keek haar onderzoekend aan.

'Kijk me niet zo aan alsof ik je een oneerbaar voorstel doe.'

'Was dat maar waar. O, sorry, dat had ik niet moeten zeggen.' Overdelinden nam een slok bier, en stak daarna een sigaartje op. Hij leunde achterover. Zou ze die opmerking tegen hem kunnen gebruiken? Of had ze het zelf uitgelokt? Ze keek hem aan met een blik waarvan ze dacht dat hij 'broeierig' werd genoemd.

'Ik ben gelukkig getrouwd,' zei Overdelinden.

'Ik zou er niet over denken om dat te betwijfelen. Ik woonde net zo gelukkig samen met Tom…'

'Hadden jullie wel eens ruzie? Hadden jullie niet net een flinke ruzie gehad?' Overdelinden trok zo'n irritant gezicht van heb-ik-gelijk-of-niet, zo nee, dan heb ik toch gelijk.

'Ja, vechten en vrijen, dat deden we. We leefden misschien op een andere manier dan anderen. Daarom was het ook intenser, heviger. De ruzies ook. Hebben jij en je vrouw nooit ruzie?'

Overdelinden haalde zijn schouders op.

'Durf je er niet voor uit te komen?' vroeg Leontien. 'Het is geen schande hoor. Beatrix en Claus zullen ook wel eens ruzie hebben. Zouden ze met de deuren slaan? Gooit wel eens een van de twee een deel van het servies kapot? Maar waar had ik het ook alweer over? O ja, jij en je vrouw. Hoe heet ze trouwens? Dat mag ik toch wel vragen?'

'Annie, ze heet gewoon Annie.' Overdelinden lachte een beetje verontschuldigend.

'En hebben Annie en Louis wel eens ruzie?'

'Doet dat er iets toe?'

'Ja, dat doet er iets toe. Stel dat jullie een keer elkaar de tent uitvechten. Figuurlijk bedoel ik. Annie... zo mag ik haar toch wel noemen? Annie loopt weg. Je denkt dat ze over een uur wel weer op de stoep staat. Dat is niet zo. Je wacht. Een dag... twee dagen. Je belt naar haar ouders, naar andere familie en vrienden. Niemand weet waar Annie is. Wat denk je dan?'

''k Weet niet,' zei Overdelinden.

'Geen sterk antwoord. Mag ik nog een glaasje? En ik zou wel wat willen eten.'

Ze bestelden iets te drinken en een plateautje met Franse kaas en stokbrood.

'En dan moet je nog eens verder doordenken,' vervolgde Leontien. 'Stel dat er een derde bij betrokken was, een vrouw waar jij een verhouding mee had.'

Overdelinden maakte een snuivend geluid.

'Goed, jij bent natuurlijk zo trouw als ik weet niet hoe, maar probeer je toch eens in te leven. Zo'n vrouw met wie je iets hebt, en die jou eigenlijk voor haar alleen wil, die liever vandaag dan morgen bij je intrekt, die stinkend jaloers is, die uit jaloezie zelfs een keer je vrouw met haar fiets heeft aangereden toen ze overstak. Zogenaamd per ongeluk, maar ondertussen...'

'Je kunt prachtig fantaseren,' zei Overdelinden. 'Je had schrijfster moeten worden of zo. Wat doe je trouwens, wat is je beroep, als ik vragen mag?'

'Doet dat er wat toe?'

Het meisje kwam het kaasplateau brengen met een glas bier. De wijn was ze vergeten.

'Nee, gewoon nieuwsgierigheid.'

'Een afleidingsmanoeuvre,' stelde Leontien vast. Ze nam wat kaas en stokbrood. 'Ik ben publiciteitsmedewerkster,' zei ze. 'Of tenminste dat was ik. Bij Toneelgroep Amsterdam. Maar ik ben ontslagen. Bezuinigingen weet je wel.'

Overdelinden knikte.

'Dus wat zou je denken als je vrouw dan plotseling verdwenen was, en je vriendin haar voor 't laatst had gezien?'

'Neem nog wat kaas,' zei Overdelinden.

'Je zou haar verdenken, die vriendin. Of niet soms?'

'Waarschijnlijk wel.'

'Waarom verdenk je Frits dan niet?'

'Natuurlijk verdenk ik Frits wel. Ik verdenk iedereen… dat hoort bij m'n werk. Ik verdenk jou ook.'

'Mij?' Leontien lachte hard en hoog. Ze zag hoe een deel van het cafépubliek in haar richting keek. Wat was er eigenlijk aan haar te zien? 'Nou wordt het helemaal mooi. Welke reden zou ik kunnen hebben om… om…'

'Om Tom uit de weg te ruimen.' Overdelinden sprak met gedempte stem. 'Om Tom te vermoorden. Laten we het maar gewoon bij zijn naam noemen. Dan weten we tenminste waar we het over hebben.'

Leontien was sprakeloos. Beelden, gedachten, zinnen, alles warrelde door elkaar, als kleren in een wasmachine. Dit kon Overdelinden niet zelf geloven. Ze nam nog een slok wijn. Het café kantelde. Ze helde zelf over naar de andere kant. Overdelinden legde een loodzware hand op haar arm. 'Ik wil nog wat drinken,' zei ze. Geheel onvoorbereid drong het beeld van Annefiet, zittend in keuken, zich op. Zou ze nog niet uit die stoel zijn gekomen? Zat ze daar nog als een levend lijk met dat masker op. Leontien begon weer te lachen.

'Stil nou maar,' zei Overdelinden. 'Zullen we anders gaan?'

'Geneer je je voor me? Gedraag ik me soms niet correct? Ik wil nog wat drinken,' herhaalde Leontien. 'Ik wil met je proosten op deze belachelijke beschuldiging.'

'Ik heb je nergens van beschuldigd, en ik denk dat het beter voor je is als je niet meer drinkt.'

'Dat maak ik zelf wel uit. Misschien dat je zo de baas kunt spelen over Annie…' Ze verhief haar stem. '…maar met mij hoef je dat niet te proberen. Ik maak zelf wel uit wat ik doe. En je hoeft met zo naar me te kijken.' Dit laatste zei ze tegen een man aan een belendend tafeltje. 'Ik heb toch niks van je aan? Of wel soms?' De man wendde zijn hoofd af. 'O, plotseling kan meneer niet meer praten.' Leontien ging staan en pakte het glas wijn van de man. 'Is dit glas van jou?' De man reageerde nog niet. Dit soort figuren, wat had ze daar een bloedhekel aan. Ze zou hem het liefst de wijn in het gezicht gooien, haar nagels over zijn wang krabben, een knietje in zijn kruis planten zodat hij huilend dubbelsloeg. Maar ze wist hoe ze zich moest gedragen, beter dan al dit tuig dat hier zat. Kijk ze allemaal eens kijken, vrouwen en mannen even stompzinnig. 'Deze wijn is blijkbaar van niemand, een onbeheerd glas rode wijn. Ik zal me erover ontfermen.' Ze zette het glas op haar eigen tafeltje, en zag nu pas dat Overdelinden was gaan staan en zijn jas al had aangetrokken.

'Ik geloof dat het tijd is om maar weer eens op huis aan te gaan,' zei Overdelinden.

'Neem dat gekke wijf van je maar mee,' zei de man aan het tafeltje naast hen.

'O, plotseling weer praatjes gekregen?' vroeg Leontien.

'Mag ik m'n wijn weer terug?' vroeg de man.

Leontien dronk in enkele gretige teugen het glas leeg. 'Dit is vanwege die belediging. Je komt er zo nog goed af. Voor hetzelfde geld schopte ik je voor je kloten.' Ze voelde de behoefte om nog grover te worden. Overdelinden legde geld op tafel, pakte haar bij haar arm en leidde haar naar buiten. Daar barstte ze in huilen uit.

'Stil maar,' zei Overdelinden. 'Het komt wel goed. Tom komt heus wel terug. We vinden hem vandaag of morgen. Geloof me nou.'

'En je denkt dat ik hem heb vermoord,' snotterde ze door haar tranen heen.

'Natuurlijk niet. Ik bedoel, iedereen is verdacht totdat we Tom vinden en meer weten.'

Ze klampte zich vast aan Overdelinden.

'En Frits dan?'

'Ik zal nog een keer naar hem toe gaan,' beloofde Overdelinden.

Er liepen enkele pubers langs. 'Hé, gaan jullie lekker? Wel kapotjes gebruiken, anders krijg je aids.'

Overdelinden probeerde haar een stukje van zich af te duwen, maar ze sloeg haar armen om hem heen. Waar moest ze nu weer naartoe? Kon ze teruggaan naar Annefiet, en net doen of er niets aan de hand was? Gewoon beginnen met het verwijderen van het masker. Dag Frank, een goede dag gehad. Ze voelde de warmte van Overdelindens lichaam. Hij was absoluut niet aantrekkelijk. In vergelijking met Tom stelde hij niets voor. Hij stonk ook nog naar die sigaartjes. Maar ze wilde hem nu niet loslaten. Hij ging wel naar een vrouw, naar een gezin. Straks zou hij haar gewoon een hand geven, en de andere kant uitlopen.

'Dus je gaat echt naar Frits,' fluisterde ze in zijn oor. 'Ik weet zeker dat-ie het gedaan heeft. Geloof me nou maar.' De behoefte om in het oor te bijten, was bijna onweerstaanbaar.

Het was iets voor zessen en Frits deed nog een paar boodschappen in de supermarkt. Hij verbaasde zich weer over de vreemde inhoud van sommige boodschappenkarretjes. Vlak voor hem bijvoorbeeld. Een man had twaalf blikken hondenvoer, drie ontbijtkoeken en welgeteld één flesje bier ingeslagen. En daar verderop een vrouw met zes flacons afwasmiddel en twee grote trossen bananen in haar karretje. Er zat een Marokkaans meisje achter de kassa. Dat zag je ook steeds meer. De tweede generatie kreeg nu de mindere baantjes. Over een tijdje was er geen witte Nederlander meer die het vuilnis ophaalde of met een drilboor de weg stond op te breken. In Utrecht, bij Maurits, werd er ook opengedaan door iemand van niet-Nederlandse oorsprong. De man sprak met een niet thuis te brengen accent. Frits had gezegd dat hij Maurits wilde spreken, en het bleek dat die hem verwachtte.

Er stootte nu iemand met zijn karretje tegen Frits z'n hielen.

'Kunt u even doorlopen?' Het was de vrouw met het afwasmiddel en de bananen. 'U houdt alles op zo.'

'Dan hoeft u nog niet tegen me aan te rijden,' zei Frits.

'Loop nou maar door,' zei de vrouw.

Frits legde zijn boodschappen neer naast de kassa. Hij probeerde de blik van het Marokkaanse meisje even gevangen te houden, maar ze had alleen belangstelling voor de boodschappen. Natuurlijk waren er weer een paar artikelen die niet geprijsd waren. Er moest iemand bij komen om de prijzen op te zoeken.

Het was bij Maurits heel anders gegaan dan Frits had verwacht. Maurits was waarschijnlijk een jaar of veertig. Hij was een beetje van hetzelfde type als Tom. Groot, een beetje te dik, en achterovergekamd zwart haar. Hij droeg een spijkerbroek en een spijkeroverhemd.

'Wil je wat drinken?' had hij gevraagd. Frits herkende de wat schorre stem.

'Een rooie spa graag.'

'Twee rooie spa, Omar.'

Het interieur was modern alledaags, net of de meubels zo bij Ikea vandaan kwamen. Geen smaak, maar ook niet volstrekt smakeloos. Zo neutraal als een glaasje spa.

'Vierendertig gulden vijfennegentig,' zei het meisje achter de kassa met een licht Amsterdams accent.

Hij gaf vijfendertig gulden, en hield voor de stuiver retour lullig zijn hand op.

'Je komt namens Tom?' had Maurits gevraagd.

'Nou nee, niet direct.'

'Indirect dan misschien?'

'Tom is verdwenen,' zei Frits.

'O,' zei Maurits, 'alweer. Dat is knap lullig. Dat had-ie beter niet kunnen doen. Hij weet dat ik hem vandaag of morgen toch bij z'n staart heb.' Maurits begon te hoesten. Frits dacht dat hij erin bleef. Maurits tastte naar een pakje sigaretten in zijn borstzak, pakte er een uit en stak hem op. Hij inhaleerde een paar keer flink, en de hoestbui loste op. 'En wie ben jij?'

'Frits, een vriend van Tom.'

'En jij weet wel waar-ie is?'

Frits schudde zijn hoofd. 'Ik weet het net zomin als jij. Hij woonde een tijdje in mijn huis.'

Maurits noemde het adres.

'Precies.'

'Dus daar woont-ie nou ook al niet meer. De vogel is alweer gevlogen.'

'Al een paar weken.'

Maurits keek hem aan alsof hij hem vertelde dat morgen zijn huis zou worden afgebroken. 'En dat autootje van hem, die witte Jap, dat stond daar toch voor de deur?'

'Dat was zijn auto niet. Het was een Subaru, en Tom heeft een Suzuki.'

'Shit,' zei Maurits, 'die Jappen lijken zoveel op elkaar en die autootjes die ze maken ook al. Dus we hebben de verkeerde auto te pakken gehad.' Maurits begon te lachen.

'Ik geloof niet dat het zo leuk is,' zei Frits.

'Het is maar net wat je leuk vindt.'

Frits was opgestaan uit zijn stoel. Hij voelde weer die aandrang om fysiek iets te doen. Het leek of zijn spieren zelf een complot smeedden. Ze lieten hem er buiten, hij had er niets mee te maken. Die Maurits zat hier te lachen terwijl Hilco bijna was doodgereden, en zijn auto total loss was verklaard.

'Het was godverdomme mijn auto,' zei Frits, 'en m'n broer zat achter het stuur.'

Maurits verstrakte plotseling. Hij pakte nog een sigaret en stak hem bedachtzaam aan. 'Ga nou maar zitten, en doe geen domme dingen. Ik bedoel, gedane zaken en zo... Wil je nog een spaatje? Nee? Pilsje misschien, borreltje? Nou, dan niet. Kijk, het was avond en mijn mannetje kon niet zien wie er achter het stuur zat. Wist hij veel? Dat kan toch gebeuren?'

Frits stond nog steeds op de stoep met een grote boodschappentas in zijn hand. Sommige mensen botsten tegen hem op, maar hij verroerde zich niet. Maurits had gezegd dat het hem speet. Het was gewoon een vergissing geweest. Het speet hem werkelijk ontzettend. Frits moest het zien als een soort bedrijfsongeval ten gevolge van een menselijke fout. Tom had niet willen luisteren. Nee, Maurits zou hem niet vertellen wat er aan de hand was, maar Tom was hem behoorlijk wat schuldig. En dat was nog niet het ergste, daar konden ze toch gewoon als grote mannen onder elkaar over praten. Maar dat had Tom niet gedaan. Hij had Maurits eigenlijk belachelijk gemaakt door hem op een dwaalspoor te brengen, door hem te negeren. Als Maurits dacht dat hij Tom te pakken had, was hij weer verdwenen. 'Dat is niet goed voor mijn reputatie, weet je.' Ze waren er via via achtergekomen waar Tom woonde. Of waar ze in ieder geval dachten dat hij woonde. Er stond ook zo'n witte Jap voor de deur. Tom had blijkbaar nog een waarschuwing nodig. Nou ja, de rest van het verhaal kende Frits. Voorzichtig had Frits nog gezegd dat deze grap hem dus ruim vierduizend gulden had gekost. 'Dat betaal ik natuurlijk,' zei Maurits. Alles onder de voorwaarde dat Frits de politie er niet in zou kennen.

Frits liep naar een café een paar honderd meter verder, typisch zo'n gelegenheid waar mannen kwamen – en enkele vrouwen – die het te vroeg vonden om naar huis te gaan. Ze hadden allemaal gewerkt, en hadden een borrel verdiend. Als ze nu al naar huis gingen, kwamen ze alleen maar in de file terecht.

Frits haalde bij de bar een pilsje en ging aan een leeg tafeltje zitten. Van een afstandje bekeek en beluisterde hij de verbale krachtpatserij van de mannen aan de bar. Er zat een vrouw tussen waar ze om beurten de meeste indruk op probeerden te maken.

Maurits had eigenlijk verschrikkelijk rustig gereageerd. Het was of het nauwelijks als een verrassing kwam. Hij was op z'n hoogst licht verbaasd. Maar als Maurits alles al had geweten? Als Frits hem niets nieuws was komen vertellen? Frits schrok nu bijna zelf van deze mogelijkheid. Hij haalde nog een glas bier bij de bar. De vrouw was mooi, maar een beetje verloren. Ze had haar rechterarm om de schouder van een van de mannen geslagen, die keek of hij de staatsloterij had gewonnen.

Frits dronk van zijn bier. Maurits was opvallend gewoon geweest, net zoals het huis waarin hij woonde. Maar de reactie van de pluiskop in die tweedehands winkel betekende dat Maurits niet zo gewoon was. Hij nam ook nogal ongewone maatregelen als hij iets van iemand gedaan wilde krijgen. Misschien paste hierin een andere *move*: hij wilde alleen maar de suggestie wekken dat hij nog op zoek was naar Tom. Frits had even moeite zijn ademhaling onder controle te krijgen. Daarom had Maurits ook gezegd dat Frits het geld van de Subaru alleen terugkreeg als hij niet naar de politie ging. Maurits had geen behoefte aan de politie.

21

'Ik stoor hopelijk niet?' vroeg Overdelinden.
Typisch zo'n vraag waarop geen behoorlijk antwoord te geven was. Als je 'ja' zei, dan betekende het dat je geen prijs stelde op het bezoek van de politieman, of zelfs dat je bang voor hem was. Maar 'nee' impliceerde dat hij hier zelf niets te doen had, dat hij zijn tijd in ledigheid doorbracht, misschien gedreven door angst, angst voor de ontdekking van iets verschrikkelijks.
'Wat kan ik voor u doen?'
'O, niet zoveel bijzonders... ik wou nog een paar dingen vragen.'
'Over Tom.'
'Mag ik roken?' Overdelinden had het sigaartje al tussen de lippen geklemd.
'Nee, deze keer liever niet. Die sigarenrook blijft zo hangen. Over een jaar zit het nog in de gordijnen.'
Overdelinden ging zitten. 'Weet je, dat zei Van Hanegem een keer toen een journalist hem voorhield dat roken toch slecht was. "Ja, vooral voor de gordijnen."'
'Voetballiefhebber?' vroeg Frits.
'Ach, een beetje, vroeger zelf nog gevoetbald, maar ja, met het stijgen der jaren...'
Schijnbaar zonder erbij na te denken stak Overdelinden zijn sigaartje op. Met een genotvolle uitdrukking op zijn gezicht blies hij de rook naar buiten. In hoeverre was dit een voorproefje? Wilde Overdelinden hem uittesten? Hij zou geen krimp geven. Derdegraadsverhoor, daar deed de politie niet meer aan. Ze hadden hun lesjes psychologie gehad, een training op een conferentieoord.
Frits ging naar het keukentje, haalde een schoteltje en zette het met een beleefde, lichte buiging voor de politieman op tafel.
'O ja, sorry, ik zou niet roken, maar het gaat automatisch of zo, ik weet 't

niet. Ik steek zelf dat sigaartje niet aan, maar iemand anders, binnen in me... zoiets.'

'Geef een ander maar weer de schuld,' zei Frits. 'Ik dacht dat dat bij de politie juist niet mocht.'

Overdelinden keek Frits glimlachend aan. 'Die Leontien, was dat vroeger ook al zo'n lastig iemand...'

'Lastig? Ze heeft persoonlijkheid. Ze laat niet over zich lopen, en ja... je moet haar een beetje weten te hanteren, je moet met haar om kunnen gaan. Dat heb ik u al 's eerder verteld. Tom kon dat niet. Ik heb hem nog gezegd dat hij haar anders aan moest pakken, maar hij wilde niet luisteren.'

'Begrijp ik het goed dat u uw concurrent aanwijzingen gaf.'

Frits stond op. Waarom dacht dit soort mensen altijd zo bekrompen? Ze gingen uit van hun eigen stompzinnige, benauwende relaties. 'Dat is onzin. Ik zag dat het niet goed ging met Leontien. Op een bepaalde manier werd ze... eh, emotioneel verwaarloosd...'

'Maar je kunt...'

Frits liet Overdelinden niet interrumperen. '...en daaraan zou ze op den duur kapot gaan. Ik weet 't, ik ken die buien van haar. Is het dan zo slecht dat ik dat probeerde te voorkomen? Ik zou niet willen dat ze moest worden opgenomen, net als haar zus. Is dat zo gek?'

Overdelinden schudde zijn hoofd. Hij drukte het sigaartje uit, en wilde er meteen weer een opsteken.

'Liever niet meer van die rookwaar,' zei Frits. 'U denkt alleen in termen van jaloezie en rancune, dat is het. Alsof ik Leontien meteen de hel in zou wensen omdat ze met een andere man ging.'

'Nog wel een vriend van je, tenminste iemand uit je voetbalelftal met wie je goed op kon schieten. Dat heb ik me tenminste laten vertellen.'

'Wat is er erger, een vriend of een vreemde? Wat zijn dat voor kleinburgerlijke opvattingen? Zo wist ik in ieder geval waar ze terechtkwam.'

'En je kon ze blijven achtervolgen met je adviezen, met je goede raad tot het ze de strot uitkwam.'

'Dat is niet waar. Dat is een pertinente leugen.'

Overdelinden keek Frits scherp aan. 'Was je jaloers op Tom?'

Frits reageerde niet.

'Je hoeft je er niet voor te schamen. Het is een zeer menselijke reactie.'

'Ik was niet jaloers op de manier die u bedoelt...'

'Welke manier is dat dan?'

'Dat ik hem zou haten omdat hij Leontien van me losgeweekt had. Zoiets.'

'Maar je had wel zijn plek in willen nemen.'

Frits zuchtte diep. 'Daar gaan we weer.'

'Waarom ben je je dan plotseling zo gaan kleden als Tom? Waarom heb je je haardracht veranderd zodat het meer op de zijne leek?'

Onzin,' zei Frits. 'Ik bedoel, gewoon toeval.'

'O, toeval? Heb je hier misschien toevallig ook koffie? Het is gisteravond nogal laat geworden, en ik ben zo duf als een duinkonijn.'

'O ja, ik ben alweer niet zo gastvrij,' zei Frits. 'Ik zal even maken. Zwart toch?'

'Ik kijk ondertussen even rond, als je het niet erg vindt.'

Ja, en als hij het wel erg vond, die rondspiedende Overdelinden, wat dan nog? Wat zou hij kunnen zeggen? Hij ging naar het keukentje om koffie te maken. Ondertussen probeerde hij zich voor te stellen wat Overdelinden deed. Het zou te opvallend zijn nu te gaan kijken. Maar het idee dat deze man zijn ogen kon laten gaan over alle spullen die hier stonden, dat hij de mappen met foto's kon bekijken, de foto's in zijn handen kon nemen. Plotseling herinnerde hij zich de trucagefoto waarin hij zich op de plaats van Tom had gemonteerd. In zijn chronologisch archief was die makkelijk terug te vinden. De datum stond erbij. Maar bovendien, het origineel met Tom had hij niet vernietigd. Daar had hij ook een paar afdrukken van gemaakt. Het was onmogelijk om er nu nog iets aan te doen. Hij kon niet meer achteloos naar de archiefkast lopen, die foto's eruit trekken en hier in het keukentje ergens opbergen. Hij zag Overdelinden al glimlachend staan wachten, in beide handen een foto. Maar wat dan nog? Hij was fotograaf. Hoe erg was het als hij een beetje experimenteerde? Het keukentje stond al bijna vol stoom toen hij het keteltje van het vuur haalde. Nog net genoeg water voor twee kopjes. Hij goot het water direct op de koffie.

Overdelinden zat gewoon in de stoel waarin hij eerder ook had gezeten. Aan zijn voeten stond de voetbaltas van Tom. Waarom zei Overdelinden niets? Frits zette de twee mokken koffie neer. Hij struikelde bijna over de tas. Wat zou een relevante, neutrale opmerking kunnen zijn? O ja, die had ik nog, dat is waar ook. Afgelopen zaterdag kwam ik hem tegen, toen ik moest voetballen. Ik dacht, ja, die is Tom vergeten. Ik ben benieuwd wanneer hij hem een keer op komt halen. Maar elke opmerking was bij voorbaat belast en beladen. Hij had Overdelinden eerder moeten vertellen dat hij die tas had. Nu leek het of hij hem had verstopt.

Overdelinden nam meteen een slok koffie, en probeerde vervolgens in zijn zakdoek het koffiegruis uit te spugen. 'Gedverdemme, wat is dit nou weer?'

'O ja,' zei Frits, 'koffie Tobroek, zoals Indische Nederlanders het schijnen te noemen. Ik had u moeten waarschuwen. Eerst goed roeren, dan blazen, zodat de koffie naar de bodem zakt, en het laatste restje niet proberen op te drinken.'

Overdelinden roerde en blies nu alsof zijn leven ervan afhing. Hij dronk voorzichtig van zijn koffie. Met zijn rechtervoet schopte hij even tegen de tas. Frits wist dat hij het moment om er spontaan verrast iets over te zeggen voorbij had laten gaan.

'Afgelopen zaterdag nog gevoetbald?' vroeg Overdelinden.

'Ja.'

'Gewonnen?'

'Gelijk.'

'Hoe goed of hoe slecht zijn jullie?'

'Reserve derde klasse AVB.'

'Niet zo goed dus,' zei Overdelinden glimlachend. Hij tikte met zijn rechterhand op de tas. 'Kon Tom een beetje voetballen?'

'Een van onze betere spelers.'

'Wat stond-ie?'

'In de spits.'

Overdelinden plukte een paar koffiekorreltjes van zijn tong. 'En jij bent zeker verdediger.'

'Die tas, die had-ie... die had-ie in de auto laten staan, toen ik hem na die training naar z'n loods bracht.'

'Ik vroeg niks over een tas,' zei Overdelinden. 'Je moet je niet zo zenuwachtig maken over een voetbaltas.'

'Ik ben helemaal niet zenuwachtig.'

'Dat moet je eigenlijk stotterend uitspreken, dat zinnetje,' zei Overdelinden. 'Ik b... b... ben helemaal n... n... niet zee... zee... zee... zenuwachtig.' Hij stak nog een sigaartje op. 'Smaakt goed trouwens, die koffie.'

'Ik zeg alleen dat Tom die tas vergeten was.'

'Natuurlijk. Dat spreekt vanzelf. Tom stapt bij je uit de auto. Jullie zijn samen naar de training geweest. Tom gaat alleen zijn loods in, en hij vergeet z'n voetbaltas.'

'Zo ging het.'

'Duidelijke zaak,' zei Overdelinden. 'Het is niet gek dat jij die tas hebt, maar dat Tom hem vergat. Ik heb jarenlang gevoetbald, met mensen meegereden, mensen met mij meegereden, maar het is me nog nooit overkomen dat ik of iemand anders z'n voetbaltas vergat.'

Was het ironie die Frits in de stem van Overdelinden hoorde? Aan zijn gezichtsuitdrukking was niets te zien.

'Maak je al je foto's hier?' vroeg Overdelinden.

Frits schrok op. 'Ja, ik ben studiofotograaf. Ik heb opdrachten, en die doe ik hier.'

'Wat voor opdrachten?'

'Van bedrijven. Reclamebureaus en zo.'

'Interessant,' zei Overdelinden. 'Dus je fotografeert nooit buiten?'

'Voor m'n werk niet, nee. Soms wel eens voor de aardigheid... op vakantie of zo. Dan maak ik kiekjes, waarschijnlijk net zoals u.'

'O nee, ik kan helemaal niet fotograferen. Zelfs als je me een toestel in de hand duwt waarvan je alleen maar een knopje hoeft in te drukken, dus niks scherp stellen of zo, dan weet ik het nog te verknoeien. De foto is bewogen of de mensen staan er alleen van onderen op. Je weet wel, zo afgesneden bij hun middel. Ik druk ook altijd net af als er een voorbijganger door het beeld loopt. Je houdt het niet voor mogelijk.' Overdelinden tastte nu onder zijn stoel. 'Maar deze foto's, die heb je toch niet tijdens je vakantie gemaakt?'

Frits schudde zijn hoofd.

Overdelinden deed of hij het niet begreep. 'Hier, op deze foto, dat is toch Tom... en daar, precies dezelfde foto, daar sta jij op. Ben ik nou gek of...?'

'Het was zomaar, voor de grap. Ik liep daar. Ze kwamen langs en ik heb een paar foto's gemaakt. Gewoon, dat doen fotografen wel meer, een paar keer afdrukken. Je weet nooit of je het nog eens kunt gebruiken.'

'Nee, dat weet je nooit,' zei Overdelinden. Hij ging staan. 'Wat ontzettend toevallig trouwens dat ze daar net langs kwamen en dat je ook net je fototoestel... je camera bij je had.' Hij liep naar het raam en haalde het zwarte rolgordijn een klein stukje omhoog. 'Kloteweer. Het is gaan regenen, en niet zo'n beetje ook. Maar die foto is wel een beetje vreemd. Toch?'

Frits haalde zijn schouders op.

'Je tekst kwijt?' vroeg Overdelinden. 'Beter oefenen, anders wordt de regisseur kwaad.' Hij stak weer een sigaartje op. 'Dat Tom op de ene foto staat en jij op de andere, dat begrijp ik niet. Heb jij eerst een foto van hun genomen, en toen aan Tom gevraagd of hij er een wilde maken van Leontien met jou, in precies dezelfde positie? Nee, dat kan niet. Je hebt hier trouwens precies dezelfde kleren aan als Tom. Het is Tom, maar dan met jouw hoofd.' Overdelinden trok een gezicht alsof hij plotseling een grote ontdekking had gedaan. 'Een truc! Natuurlijk! Dat ik daar niet eerder aan had gedacht. Je hebt gewoon je eigen gezicht erin geplakt. Zoiets is het toch?'

'Ja,' zei Frits, 'zo ongeveer.'

'Wist je soms van tevoren dat Tom zou verdwijnen, en wilde je graag dat we je zoveel mogelijk zouden verdenken? Kristeneziele... heb je nog meer in voorraad? Vertel het dan maar meteen, dan hebben we dat ook gehad.' Overdelinden pakte een notitieboekje en begon aantekeningen te maken. Af en toe keek hij naar het plafond, nam een trekje van zijn sigaartje en schreef daarna weer verder.

'Ik heb het gewoon voor de grap gedaan,' zei Frits.

'Dan wel een behoorlijk zieke grap. Wat was je bedoeling? Wilde je misschien echt zijn plaats innemen. Wacht 's...' Overdelinden bladerde terug in zijn notitieboekje. Hij knikte alsof er plotseling iets duidelijk was geworden. 'Hoe lang was je al aan het oefenen?'

'Oefenen?'

'Ja, om Tom te kunnen worden.'

'Onzin.'

'Het klopt allemaal,' zei Overdelinden, 'weet je dat wel? Je hebt de schijn tegen. Het ligt er allemaal zo dik bovenop. Ik had die foto nodig om het te zien.'

'Om wat te zien?'

'Wat je plannen waren en wat je gedaan hebt.'

'Dat gelooft u zelf niet. Het is een belachelijke theorie. U heeft geen enkel bewijs.'

Overdelinden wapperde even met de foto's. Frits dacht aan Yoka. Overdelinden moest haar niet op het spoor komen. Stel je voor als hij haar een foto van hem liet zien. Kent u deze persoon? Ja, dat is Tom. Hij had haar zelfs verteld dat hij in tweedehands kleding handelde. Als ze dat aan Overdelinden zou vertellen, was hij helemaal verloren. De politieman legde de foto's voor hem neer.

'Dat is geen bewijs.'

'Een aanwijzing, en zo zijn er veel aanwijzingen. Nu gaat het nog om een nietig stukje bewijs. Dat is genoeg.'

'Maar dat vindt u niet, want het is er niet.'

'Hoe weet je dat zo zeker?'

'Omdat het er niet is. Net wat ik zeg. Die hele theorie is onzin.'

Overdelinden ging weer zitten. 'Toch wel lekker, die koffie. Ik zou nog wel een kopje lusten.'

Frits negeerde het verzoek. Het werd nu tijd voor zijn enige troef. 'Heeft u al 's met Maurits gepraat?'

'Maurits? Wie is dat nou weer? Een handlanger of zo?'

Frits vertelde het verhaal over Maurits, geen enkel detail liet hij weg, ook niet wat Leontien hem weer verteld had. Overdelinden keek hem met toegeknepen ogen aan. Af en toe maakte hij een paar aantekeningen. 'Nu heb ik zin in een pilsje,' zei Frits toen hij het geheel had afgerond met zijn bezoekje aan Utrecht.

'Ik zou nog wel wat koffie willen,' zei Overdelinden.

Frits zuchtte. 'Goed, koffie.'

'Neem rustig een pilsje. Van mij mag het. Ik moet nog werken.'

Toen Frits terug was met bier en koffie vroeg Overdelinden waarom hij nu pas het verhaal over Maurits vertelde. 'Ik word altijd een beetje achterdochtig of zo als mensen plotseling met zo'n verhaal op de proppen komen. Dat doen ze heel vaak nadat ze zelf net in een lullige positie zijn terechtgekomen. Zoals jij nu bijvoorbeeld. Voorlopig ben ik dus nog niet helemaal bereid om je te geloven. Maar evengoed bedankt voor de koffie.' Hij roerde weer als een bezetene.

'Neem me niet kwalijk,' zei Frits, 'maar waarom zegt u steeds "of zo"? Moet een politieman... een rechercheur zich niet iets exacter uitdrukken?'

Leontien had geen zin om uit bed te komen. Ze had Annefiet over de gang horen scharrelen. Ze leek Leontiens moeder wel. Die durfde haar op een gegeven moment niet meer uit bed te commanderen, maar ze ging wel 's ochtends om een uur of tien driftig voor haar slaapkamerdeur staan stofzuigen. Wat werd dat deel van het huis goed schoongehouden. Maar Annefiet zou zelf de stofzuiger niet ter hand nemen. Daar had ze een poetsmevrouw voor.

Gisteravond was ze teruggegaan naar het café, nadat Overdelinden zich aan haar greep had ontworsteld. Ze was hem nog even achternagelopen in een poging het gevoel van leegte, van het ontbreken van iemand te neutraliseren, maar al snel zag ze het ridicule van haar gedrag in. Bovendien, ze vond Overdelinden, Louis, verre van aantrekkelijk. Maar misschien was dat juist ook gunstig, en had ze daar behoefte aan. Andere mannen konden toch niet in de schaduw van Tom staan. Daar had ze nu genoeg aan, de schaduw van Tom.

De man met wie ze ruzie had gemaakt, was jammer genoeg verdwenen. Ze had hem graag nog eens de waarheid verteld over zijn ziekelijk nieuwsgierige gedrag. Ze was naar een ander café gegaan, daarna naar weer een ander, en zo verder. Omdat ze maar een paar gulden bij zich had, had ze nergens iets gedronken. De cafés waren intieme huiskamers waar vrienden en bekenden elkaar verhalen vertelden, verhalen die niets voorstelden, maar waarmee je de tijd kon opsieren, die het leven aangenaam maakten. Zij had zelf geen behoefte aan die verhalen, ze wilde alleen maar Tom. In het achtste café – of was het nummer negen? – stonden Roel en Dick bij de bar. Ze zag het al aan de ruggen. Ze dronken bier alsof er een grote dorst gelest moest worden. Leontien had eerst van een afstandje toegekeken, en was toen naast hen gaan staan.

Natuurlijk boden ze haar iets te drinken aan. Zoveel als ze wilde. Of ze Tom nog wel eens had gezien, had Roel voorzichtig geïnformeerd? Nee, dat had ze niet. Van de aardbodem verdwenen. '*Vanished in thin air*,' had Dick gezegd. *Thin air*, waarom eigenlijk dunne lucht? Ze wist het niet. Wat Roel toen had gezegd, kon ze zich nog woordelijk herinneren. Julius zei zaterdag nog toen we terugreden in de auto dat-ie hem vrijdag had gezien. Tenminste dat dacht-ie, ergens in een zijstraatje van de Nieuwendijk. Hij liep een meter of vijftig achter hem, en hij herkende hem aan de manier waarop-ie liep, je weet wel, een beetje dat stoere…' Roel parodieerde de gang van Tom. Dick vond het komisch. Ze had gevraagd of Julius hem ook had gesproken. Nee, hij had zijn naam nog geroepen, maar plotseling was hij verdwenen. Hij stond op de Nieuwezijds en er was geen Tom meer te zien. 'Maar wist-ie zeker dat het Tom was? Wat weet je nou zeker in het huidige tijdsgewricht? Nog twee Hoegaarden graag. Jij een rode wijn?' Ze had verder doorgevraagd, maar Roel en Dick leken de verdwijning van Tom vooral te zien als een spannende klucht. Ze was naar de telefoon gegaan en had het nummer van Julius gedraaid. Er werd niet opgenomen. Nog een paar keer had ze het tevergeefs geprobeerd.

Nu zou ze moeten bellen. Waarom wachtte ze zo lang? Op de gang praatte Annefiet met de poetsmevrouw. Toen ze gisteravond hier binnenkwam, lagen Annefiet en Frank al in bed. Op de deur van de logeerkamer was met plakband een envelop geplakt. 'Als je dit soort dingen nog langer doet, dan gaat het niet langer,' had Annefiet in haar keurige meisjeshandschrift geschreven. 'Ik wist niet wat ik moest doen, je had best even kunnen zeggen dat je wegging. Want ik zat daar nog steeds zo toen Frank thuiskwam. Met dat masker dus. Hij wist niet wat hij zag, en hij vond het helemaal belachelijk van die behandeling, dus ik moest een heleboel uitleggen en zo. Je mag hier wel een tijdje blijven, maar misschien kun je je dan een beetje rekening houden met ons.' In plaats van 'rekening houden met ons' had ze eerder geschreven 'normaler gedragen'. Daarom was dat 'je je' natuurlijk ook blijven staan.

Zo zat het dus in elkaar. Zij gedroeg zich abnormaal, en wat Annefiet en Frank deden gold als gewoon; zo hoorde het. Het briefje was waarschijnlijk gesouffleerd door Frank. Ze zou hem best nog eens in zijn lip willen bijten, maar hij zou het niet wagen om opnieuw avances te maken.

'Het is weer tijd om op te staan,' dreinde het door haar hoofd. Gisteravond had ze Julius zo graag willen bellen, maar nu was ze er bang voor. Als hij Tom werkelijk had gezien, betekende het dat die haar ontliep, dat hij haar voorgoed in de steek had gelaten. Dat was bijna nog erger dan wanneer hij dood zou zijn. Als hij nog leefde, dan was hij alleen dood voor haar, en niet voor anderen, niet voor een andere vrouw.

Toen Leontien de huiskamer inkwam, keek Annefiet of ze een verschijning uit een andere wereld was.

Overdelinden was nog geen uur weg, toen hij alweer had opgebeld. Of Frits misschien even naar het bureau kon komen. Vanmiddag om een uur of drie. Ja, schikte dat? Frits had gezegd dat het hem slecht uitkwam; hij had nog zo veel werk te doen. Achterstand bij een paar opdrachten. Overdelinden had aangehouden. De medewerking van Frits was noodzakelijk en werd ook zeer gewaardeerd. De studio was leeg. Er stond niets opgesteld. Het was onmogelijk iets te doen zolang Tom niet terug was. Frits liet zijn ogen door het vertrek gaan terwijl hij het ruisen van de telefoonlijn hoorde. 'Nou,' had Overdelinden ten slotte gevraagd. 'Lukt het of lukt het niet?'

Frits zat nu tegenover de politieman aan een grijs stalen bureau. Collega's van Overdelinden liepen in en uit.

'Waarom vertel je niet gewoon wat er gebeurd is?' zei Overdelinden.

Het was beter om zo'n onzinnige vraag niet te beantwoorden.

'Ik bedoel... ik heb het nou zo vaak meegemaakt, dat mensen zichzelf steeds vaster in een knoop draaien of zo... daar heb je het weer; ik moet er toch eens op letten. Ze maken het steeds moeilijker voor zichzelf. Hun hele persoonlijk leven gaat dan naar de ratsmodee, omdat ze iets willen verbergen. Het ene leugentje moet weer worden toegedekt met de volgende onwaarheid, en dat gaat zo maar door. Koffie?'

Frits schudde zijn hoofd.

'Ik heb ook niet van die lekkere koffie Tobroek.' Overdelinden lachte even. 'Laatst nog een vrouw. Haar man was verdwenen. Ze had keurig aangifte gedaan: 's ochtends heel vroeg. Hij was de vorige avond niet thuisgekomen van zijn werk. Ze had hem niet meer gezien. Hij kwam niet meer opdagen, niet levend tenminste. Het begon er al mee dat we van de buren hoorden dat ze vaak ruzie hadden, slaande ruzie... nou ja, er sloeg er maar één, en dat was hij. Toen bleek dat-ie wel 's een nachtje zomaar wegbleef. Hij had misschien een vriendin of zo. En ze had nooit eerder aangifte gedaan, dus dat begrepen we niet helemaal. Maar er was nog niks aan 't handje, want we dachten dat-ie vanzelf wel weer op zou komen dagen. Tot-ie werd gevonden. Zo dood als een pier. Ik zal je verder de details besparen, maar uiteindelijk bleek dat zij het had gedaan. Ze woonde in een levende hel, zo zei ze het zelf tenminste. Hij terroriseerde haar. Ze mocht niks terwijl hij er een vriendin op na hield. Voor het eten dronk hij altijd een paar glazen whisky. Daar had ze een paar slaappillen doorgedaan. Die had ze zelf. Zonder die pillen deed ze geen oog dicht. Dat mens was een en al zenuwen. Maar als we met haar praatten, was ze heel rustig, superrustig. Valium of librium, ik weet met meer precies wat ze nam.' Overdelinden manipuleerde een sigaartje tussen zijn vingers. 'Om een lang verhaal kort te maken. Hij ging stevig onder zeil. Toen heeft ze hem met een fles een flinke dreun verkocht. Met haar ogen dicht, vertelde ze later. Maar hij raakte alleen verder bewusteloos. Toen heeft ze hem naar het bad versleept, en hem daarin verdronken. Dat had ze eens in een oude Franse film gezien. Dat twee vrouwen dat deden. Daar zat het trouwens nog ingewikkelder in elkaar – ze heeft me het hele verhaal van die film verteld – maar dat doet er nou niet toe.' Overdelinden keek Frits aan. 'Wat denk je ervan? Blijven we nog lang spelletjes spelen of ga je echt vertellen wat er gebeurd is?'

'Zijn jullie al achter Maurits aangegaan?'

Overdelinden knikte. 'Collega's in Utrecht. Ze hebben hem al een paar dingen gevraagd. Hij weet nergens van. Ja, Tom van der Vorst, die kent-ie wel, een soort collega, maar hij heeft hem al tijden niet meer gezien.'

'En die Amerikaanse auto die m'n broer van de weg heeft gereden?'

'Maurits weet nergens van. Voor die dagen heeft-ie een perfect alibi. Al door drie mensen bevestigd, dus we kunnen hem niks maken.'

'Maar heeft-ie zo'n grote Amerikaanse bak?'

'Ja, maar daar rijden er zoveel van rond. Wat zegt dat nou?'

'Maar... maar er moet toch iets zijn?'

Overdelinden hief zijn handen ten hemel. Frits bedacht dat zo'n wanhoopsgebaar beter bij hemzelf zou passen.

'Ik haal nog even koffie,' zei Overdelinden.

Waarom liep hij nu eigenlijk niet weg? Hij was hier vrijwillig gekomen, en ze hadden niets meer te bespreken. Hij had alles verteld wat hij wist. Overdelinden had niets meer te vragen, en legde hem alleen vage beschuldigingen voor. Omdat een vrouw die door haar man werd geterroriseerd deze bruut had vermoord, zou hij zelf ook verdacht zijn? Hij moest trouwens vlug terug naar zijn studio. Die opdracht van Hefferline lag er nog. Daar moest hij vanmiddag aan werken.

Hij keek naar zijn handen en zag hoe ze trilden. Dit kon niet veel langer zo doorgaan. Leontien zou bij hem moeten komen, dan zou alles beter gaan. Ze zouden elkaar kunnen steunen. Juist nu, in deze moeilijke tijd hadden ze elkaar nodig. Hij zou haar straks opbellen. Ze zou niet meteen op zijn voorstel ingaan, maar hij zou haar kunnen overtuigen, dat wist hij zeker. Ze moest inzien dat Tom haar verlaten had. Tom wilde haar niet meer. Als ze dat eenmaal maar besefte. Dan was het een klein stapje om weer bij hem in te trekken. Wat zou Overdelinden daarvan denken? Nou ja, wat kon Overdelinden hem schelen? Die bedacht toch de krankzinnigste scenario's, of Frits hem van nieuw materiaal voorzag of niet. Frits schrok toen de telefoon op het bureau van Overdelinden overging. Zou hij hem opnemen? U spreekt met Overdelinden. Ja, bekent u maar. U heeft uw man vermoord.

Nee, u hoeft niet te ontkennen. We weten alles al. Frits lachte even.

Na een paar minuten kwam Overdelinden terug met twee kopjes koffie. 'Even gerookt op de wc. Het lijkt verdomme vroeger wel. Je moet al stiekem roken. Straks gaan sigaren en sigaretten nog op de bon.'

'Ik moet weg,' zei Frits. 'Ik heb nog veel te doen. Een nieuwe opdracht.'

Overdelinden reageerde alsof hij hem niet had gehoord. 'Wat heb je toen met... eh, met 't lijk gedaan?'

Frits stond op.

Overdelinden duwde hem terug op de stoel. 'Hij was dood. Je kon er misschien niets aan doen, maar het was zo. Je hebt er eerst een tijd bijgezeten. Zelf misschien helemaal verdoofd, finaal van de kaart door wat er gebeurd was. Zo gaat het meestal in dit soort gevallen. Het is meer een ongeluk, een toevallige samenloop van omstandigheden. Je hebt het niet zo gewild. Even heb je overwogen om naar de politie te gaan, en precies te vertellen wat er gebeurd is, maar je bedacht dat we nooit zouden geloven dat het een ongeluk was. Je had tenslotte een goed motief.'

'Ik had geen motief,' zei Frits toonloos. Hij kon beter zijn mond houden. Er was niet tegen Overdelinden te praten. De man was volstrekt niet rationeel. Hij hield zich niet aan de feiten, terwijl je dat juist van de politie zou mogen verwachten. Hij fantaseerde er maar op los. Het deed er voor Overdelinden blijkbaar niet meer toe wat waar was en wat onwaar. Toch zag Frits de beelden weer voor zich die hij laatst had geconstrueerd. Of was het een droom geweest? Tom en hij in de loods. De woordenwisseling. Het achteloze, egoïstische gedrag van Tom. Het handgemeen. De hamer. Was het een hamer? Ja, zo'n klein mokertje.

'Toen heb je hem weer naar je auto gesleept. Je wilde het lichaam ergens verbergen. Waar ben je naartoe gereden? Er zijn niet zo veel onbewoonde, stille plekken in Nederland waar je iemand kunt dumpen. Gek genoeg nog wel tamelijk dicht bij Amsterdam... het westelijk havengebied... die rimboe die daar ontstaan is. Er zijn meer mogelijkheden. Het hangt er altijd een beetje van af of mensen in paniek zijn of nog een beetje kunnen nadenken. Het is meestal het eerste. Het water in, dat doen er ook veel. Ze denken dan dat het lichaam voor eeuwig verdwenen is, maar het komt altijd weer boven. Bijna altijd tenminste. En jij, waar ben jij naartoe gegaan?'

Frits schudde zijn hoofd.

'Je wilt nog nergens van weten,' zei Overdelinden. 'Je bent er nog niet aan toe. Zo gaat het meestal. Mensen hebben de tijd nodig voordat ze echt gaan vertellen wat er gebeurd is. Dat komt juist omdat ze van tevoren bedacht hebben dat ze het nooit zullen vertellen. Ze zijn gaan geloven in hun eigen leugens.'

'U probeert mij een verhaal op te dringen dat in plaats moet komen van wat er echt gebeurd is.'

Overdelinden deed of hij Frits niet had gehoord.

'En dat kost tijd, veel tijd... en geduld. Maar ik heb de tijd. Misschien niet zo veel geduld, maar dat komt ook nog wel.'

'Die theorieën van u, die hypotheses zijn zo kortzichtig, zo stom... zelfs van iemand als u zou ik iets intelligenters verwachten.'

'O, dat is leuk, we gaan katten.'

22

Frits keek achter zich. Een vrouw die een kinderwagen voortduwde, een bejaard echtpaar – de man en de vrouw leken elkaar in moeizaam evenwicht te houden – en een man van een jaar of dertig met een zwart leren jack aan, zo'n jack dat Turkse jonge mannen altijd dragen, tijdloze mode. Een paar honderd meter verder had hij de vrouw met de kinderwagen en het echtpaar ver achter zich gelaten. Een overduidelijk verliefd stel zestienjarigen was ervoor in de plaats gekomen, het meisje donker en langharig, de jongen een te snel uitgegroeide blonde slungel. En de man met het leren jack was er nog steeds. Frits ging een sigarenwinkel binnen en kocht een krant.

De man had blijkbaar ook even halt gehouden en liep weer zo'n vijftig meter achter Frits. Waarom zou Overdelinden hem laten volgen? Was dat een onderdeel van de psychologische oorlogvoering waar ook al die wilde beschuldigingen en gissingen toe behoorden? Frits versnelde zijn pas, maar hij leek de man niet kwijt te raken. Nee, dit verbeeldde hij zich niet. Hij werd wel degelijk gevolgd.

Frits ging een café binnen en bestelde een pilsje. 's Ochtends elf uur was eigenlijk te vroeg, maar nood breekt wetten. Hij zag de man voor het raam langs lopen. Frits keek tot hij de man om een straathoek zag verdwijnen. Dus toch niet gevolgd. Hoewel, om dezelfde straathoek verscheen nu een andere man, iets ouder en met een lange, beige regenjas aan. De man liep regelrecht op het café af, kwam binnen, ging aan de bar zitten en bestelde koffie. Ze losten elkaar natuurlijk af.

Frits betaalde zijn bier en ging weg. Hij hoorde hoe de man achter hem het café verliet. Misschien was het het beste om zelf de aanval te kiezen.

Frits draaide zich om. Toen de man hem tot op een paar passen genaderd was, sprak Frits hem aan. 'Waarom volgt u mij?'

'Waar heb je het over?'

'Eerst die man met dat leren jasje, en daarna u. Opdracht van Overdelinden?'

De man haalde zijn schouders op en wilde doorlopen.

Frits pakte zijn arm. 'Zo makkelijk komt u niet van me af. Mag dat zomaar, onschuldige burgers lastigvallen?'

'Je valt mij lastig, leipekop. Laat me los.'

'Wat is de bedoeling? Heeft Overdelinden dat ook gezegd? Moeten jullie me net zo lang op m'n huid zitten tot ik blij ben dat ik mag bekennen, zelfs al heb ik het niet gedaan. Wat kan jullie dat verdommen. Als jullie maar een verdachte hebben.'

De man probeerde zich los te trekken, maar Frits bleef de mouw van de regenjas vasthouden. 'Laat me los, mafkees... Paviljoen 3, daar hoor je thuis. Hou je handen thuis, anders kan je een knal voor je kanus krijgen. Heb je dat begrepen?'

Frits deed een stap opzij. 'Gaat uw gang. Loopt u maar door. Om de hoek staat toch een ander klaar. Ik weet het wel.'

Hij ging terug naar zijn huis. Hoe vaak hij ook omkeek, er was niemand te bespeuren die hem zou kunnen volgen.

Het was onmogelijk om te werken. Eén keer had hij daadwerkelijk foto's genomen, maar het waren faliekante mislukkingen geweest, werk van een beginneling. Zelfs Overdelinden zou het nog beter kunnen. Overdelinden, van hem had hij al drie dagen niets meer vernomen. Hoorde dit ook bij de tactiek? Twee keer op één dag iemand ondervragen en hem dan verder met rust laten. Dat kon van alles betekenen.

Frits ging op bed liggen. Hij strekte zijn linkerarm uit naar Leontien. Ze was er. Als hij het wilde, dan was ze er, dan verscheen ze weer hier. Dan was de affaire met Tom slechts een vervelend intermezzo geweest. Maar van zoiets leerde je, daar zou hun verhouding ook van groeien. Jammer dat hij haar niet kon bereiken. Misschien dat familie of vriendinnen het nummer hadden. Hij kwam overeind en liep naar de telefoon. Het idee te moeten uitleggen wat er aan de hand was, verlamde hem. Wat kon hij bijvoorbeeld tegen Leontiens ouders zeggen? Ze wil me niet zien, en daarom heeft ze me haar nummer niet gegeven. Mag ik het van jullie hebben? Het was hopeloos. Hij ging weer terug naar het bed. De telefoon rinkelde. Even overwoog hij om niet op te nemen. Het zou Overdelinden zijn, die hem weer kwam lastigvallen. De tijd van windstilte was voorbij.

Maar misschien was het Leontien wel. Eerder had ze ook zelf contact gezocht.

'Ja, met Miranda. Ik stoor toch niet?'

Hij had het liefst de hoorn meteen weer op de haak gegooid. 'Ja, dat doe je wel.'

'Nou, sorry dan, maar je bent al vijf dagen niet meer bij Hilco geweest en...'

'Gewoon vergeten, stomweg niet meer aan gedacht.'

'Ja, maar ik word er een beetje gestoord van, daar aldoor maar bij hem in dat ziekenhuis te zitten. Hij kan nog nauwelijks praten, dus ik weet ten slotte ook niet meer wat ik moet zeggen.'

Alsof een goed gesprek wel mogelijk was als Hilco zijn kaken weer mocht bewegen.

'Nee, dat begrijp ik.'

'Dus ik dacht dat jij hem misschien ook weer 's op kon zoeken. Het is je eigen broer.'

Frits vroeg zich af hoe vaak Hilco bij hem langs zou komen als hij in het ziekenhuis lag. Het zou er misschien van afhangen of Frits geld bij zich had.

'Ik heb het nogal druk gehad, de laatste tijd,' zei Frits.

'Met fotograferen?'

'Ja, waar anders mee?'

'Sorry hoor, weet ik veel.'

Nee, je weet niet veel, anders zou je niet aan Hilco zijn blijven hangen. 'Misschien ben ik een beetje overwerkt, maar ik zal proberen vanavond bij hem langs te gaan. Is dat oké?'

'Verder alles goed met jou?' vroeg Miranda.

'Zeker, waarom niet?'

'Nou ja. Ik dacht zomaar...'

'Wat dacht je?' vroeg Frits, en het kwam er harder uit dan hij bedoeld had.

'Nee, niks. Ik zie je misschien vanavond nog wel. Eigenlijk moet ik naar jazzballet, maar ik zal kijken of ik nog even kan komen.'

Frits zette de radio aan. 'Het is belangrijk dat de politiek een signaal geeft naar die multiculturele samenleving toe, die dat ook voorlopig nog zal blijven, dat allochtonen moeten worden opgenomen in allerlei organisaties omdat zij ook deel uitmaken van die samenleving. Dat politiek signaal moet dan vertaald worden in termen van concrete beleidsmaatregelen die effectief kunnen…'

Frits zocht tussen zijn platen en de weinige cd's. Aan elke plaat was een herinnering verbonden. Alle muziek was gekoppeld aan ervaringen, ervaringen met Leontien. Liever met meer 'Point Blank'.

De televisie bracht op het eerste net het testbeeld met dezelfde man over dezelfde multiculturele samenleving. Hij werd geïnterviewd door een begripvolle, maar kritische vrouw. Op andere netten alleen series, muziekclips en golf. Hij bleef zappen. Het werd één programma waarin huiselijke ruzies werden afgewisseld met een stukje muziek en een spelletje golf. De acteurs schakelden moeiteloos over.

Opnieuw de telefoon. Met tegenzin zette hij de tv uit. Het was Overdelinden. Hij wilde zo even langskomen. Of dat goed was.

'Natuurlijk,' zei Frits, 'een goede vriend is altijd welkom.'

'Zo mag ik het horen.'

'Ik heb geld nodig.'

'Ja, dat probleem hebben meer mensen.'

'Ik heb heel hard geld nodig.'

'Dat zeggen d'r ook meer. Je bent niet uniek.'

'Je begrijpt me wel,' zei Leontien. 'Ik wil geld van jou.'

'Ja, natuurlijk begrijp ik dat,' zei Frank. 'Ik weet dat je ons aanziet voor een stelletje domme, kleinburgerlijke…'

'Wel kleinburgerlijk, vooral jij, maar niet dom.'

'Bedankt voor het compliment. Ik weet niet waar ik het aan heb verdiend. Maar zoals je ziet, ik ben nu aan het werk. Dus ik zou het op prijs stellen als je me verder met rust liet.'

'Dat je zelfs op zaterdag nog werkt…'

'Zal wel moeten. Dat verwacht de *company* gewoon.'

'En Annefiet is boodschappen doen?'

'Ja, ze hoopte nog dat jij je misschien een keer zou willen uitsloven, maar dat was tevergeefs.'

'Ik had hoofdpijn… ik lag op bed.'

'Dat zegt Annefiet ook altijd als 't haar goed uit komt.'

Ze ging naast hem staan, kon zijn aftershave ruiken. Het haar op zijn kruin werd al dun. 'Wat?'

'Dat ze hoofdpijn heeft.'

'O, je bedoelt als jullie in bed liggen, en jij hebt zin om een nummertje te maken.'

'Mag ik nou weer werken. Je leidt me af.'

'Wat een leuk klein computertje,' zei ze.

'Een laptop, van de zaak.'

Ze reikte langs hem en tipte een paar toetsen aan.

Hij greep haar arm. 'Hé, niet doen verdomme, straks ben ik dit bestand nog kwijt.'

Ze ging een beetje tegen hem aan staan. 'Ik heb echt geld nodig,' zei ze. 'Ik heb geen rooie cent meer.'

'Wacht even, eerst dit bestandje *saven*.' Hij drukte op een paar toetsen. 'Ik trap er niet meer in. Die ene keer, in die auto was meer dan genoeg. Ik begrijp niet waarom ik je hier in huis heb gelaten.'

'Je bent te goed voor deze wereld.'

'Maak even koffie voor me, dan kan ik doorwerken.'

'Nee.'

Frank deed oprecht verbaasd. 'Wat nee?'

'Ik ben je dienstmeid niet.'

'Maar daarom kun je toch wel koffiezetten?'

'Nee, doe het zelf maar.'

Hij stond zuchtend op.

Ze volgde hem naar de keuken.

Hij wees naar het lange T-shirt dat ze aan had. 'Kun je niet iets anders aantrekken, iets wat een beetje meer gekleed is?'

Ze ging tegen het aanrecht staan. Haar ene heup naar voren gedraaid. 'Kun je hier niet tegen, gaan dan je mannelijke hormoontjes opspelen? Net zoals toen in de auto, toen je me naar huis bracht?'

Hij deed water en koffie in het koffiezetapparaat.

'Toen kon je toch ook je handen niet thuishouden?'

'Je vroeg erom.'

'Wat heb ik dan gevraagd? Alsjeblieft, Frank, pak me, ik word helemaal geil van je, laat zien dat je een echte man bent. Zei ik dat?'

'Je weet wel wat ik bedoel. Het was je houding, de manier waarop je keek, hoe je in de auto zat.'

'Hoe dan, doe 's voor.'

Hij keek haar aan met een onwillige blik. 'Zoals je nu staat, zo vraag je er ook om.'

'Denk je dat ik hieronder een slipje aan heb?'

'Hou je mond, ga alsjeblieft weg. Hoeveel geld wilde je hebben?'

'Zullen we wedden?'

Frank pakte zijn portemonnee. 'Ik heb honderdvijfentwintig gulden bij me. Hier, meer krijg je niet. Ik wil je niet meer zien.'

'Ben je bang dat je je niet kunt beheersen? Dat je Annefiet weer ontrouw wordt?'

'Vooruit, verdwijn, ik wil je niet meer zien, ik wil je niet meer horen.' Hij duwde haar de keuken uit.

'Mmmm,' zei ze, 'heerlijk, een krachtige man, een man die initiatieven durft te nemen, daar ben ik gek op.'

Hij sloeg de keukendeur dicht. 'En ik wil dat je verdwijnt. Nu onmiddellijk,' riep hij door de deur heen. 'Je bent de pest in dit huis. Annefiet doet ook al met de dag gekker.'

'Dan gaat het eindelijk goed met haar.'

Hij deed de deur open. 'Zo, dat is dus de bedoeling. Je wilt mijn huwelijk kapotmaken.'

'Wat is er nog kapot te maken.' Ze trok haar T-shirt omhoog. 'Kijk, ik had een slipje aan.'

Hij keek op Duitsland naar *High Noon* met het geluid uit, toen de telefoon weer ging. Opnieuw Overdelinden? Misschien om af te bellen en hem zo nog meer in de richting van een zenuwinstorting te jagen?

Hij nam op.

'Ja, met Karel... waar was je vanmiddag?'

'Vanmiddag... hoezo?'

Karel klonk geërgerd. 'We moesten vanmiddag tegen Buitenveldertse Boys, halfdrie uit. Waar was je?'

'Is het dan zaterdag?'

'Ja, natuurlijk is het zaterdag, wat dacht je dan?'

'Ik weet niet. Ik heb het geloof ik een beetje te druk gehad met m'n werk en zo. Ik ben helemaal... eh...'

'Een beetje gedesoriënteerd soms? Het was maar goed dat Tom er weer was, anders hadden we met tien man...'

'Wat zeg je?'

'Anders hadden we met tien man gestaan, en dat ook nog tegen de koploper.'

Het duizelde Frits even. Dit was niet waar. Karel had het niet gezegd. Hij had de klanken zelf gemaakt. Hoe heette zoiets? Auditieve zelfsuggestie?

'Wie was er weer?'

'Tom, dat zei ik toch... ziet er goed uit, een tijdje in het buitenland geweest. Ja, ook lullig, had-ie helemaal niks van gezegd, maar goed, zo is Tom nou eenmaal, dat weet je.'

'Dus Tom speelde mee.'

'Ja, hij was nog kwaad op jou omdat z'n voetbalspullen bij jou staan. Hij had erop gerekend dat jij er zou zijn met die tas van hem. Nu moest-ie alles lenen. Ze hadden daar een paar kicksen die twee maten te groot waren...'

Tom was er dus weer, en hij ging doodgemoedereerd een partijtje voetballen, alsof er niets aan de hand was. Waarom was hij niet eerst hier langsgekomen? Hij had op z'n minst even zijn excuses kunnen maken. En Leontien, wist die het al? Wat zou ze doen?

'...en toch heeft-ie er twee gemaakt,' vertelde Karel enthousiast. 'De laatste één minuut voor tijd... een onmogelijk doelpunt...'

Zou Overdelinden straks nog komen? Frits zou zelf niets zeggen. Hij moest even lachen. Ja, hij zou nu bekennen. Een prachtige scène had hij in petto. Ik voel me zo bezwaard, meneer Overdelinden, ik ben blij dat ik mijn geweten kan ontlasten. Het knaagt aan me, dag en nacht. Ik kan niet meer gewoon leven. Hij bezoekt me 's nachts in mijn dromen. Ik zie het lijk, het lijk van Tom. Plotseling komt het tot leven.

'...hij passeert drie man op rij, en 't is net of-ie het erom doet, maar hij gaat langs de keeper, laat hem een keer terugkomen, en passeert hem dan weer, ongelooflijk gewoon.'

Zijn ogen zijn dood, maar zijn mond spreekt: waarom heb je het gedaan, Frits, waarom heb je het gedaan? Elke nacht, meneer Overdelinden, elke nacht, komt dat beeld weer terug. Hier kan ik niet meer mee leven.

'In de laatste minuut nog wel. Toen was het 2-1 voor ons, terwijl we na vijf minuten al met 1-0 achter stonden.'

'Leontien, telefoon voor je!'

Ze stond op en trok razendsnel haar spijkerbroek aan. 'Wie is het?'

''k Weet niet... ik kon z'n naam niet verstaan.'

Tom, misschien was het Tom. Hij was teruggekomen, en het eerste wat hij had gedaan, was contact met haar zoeken.

Annefiet stond in de gang. Ze had het gewaagd doorzichtige bloesje aan dat ze gisteren hadden gekocht. 'Zo ga ik niet met je naar dat diner. De mensen zullen denken dat ik... dat ik met een...' 'Met een of andere hoer kom, bedoel je dat soms?' had Leontien gevraagd. 'Bemoei jij je er niet mee. Dit is iets tussen Annefiet en mij.' Ze moesten vanavond naar een diner van de zaak. Frank had zijn keurigste pak al aan. Annefiet had blijkbaar zijn afkeurende opmerkingen over haar outfit weten te weerstaan.

'Is het Tom?' vroeg ze nog eens.

Annefiet haalde haar schouders op.

Plotseling was ze bang de telefoon op te nemen. Natuurlijk was het Tom niet. Hij was dood. Nu zouden ze het haar vertellen. Het lijk was gevonden. In verregaande staat van ontbinding. Of ging dat niet zo snel, kon dat nog niet na vijf weken? De hoorn lag uitnodigend naast het toestel, maar ze was voorbereid op het ergste. Misschien moest ze wel naar het lijkenhuis of iets dergelijks om het lichaam officieel te identificeren.

Annefiet gaf haar een duwtje in de richting van de telefoon. 'Toe nou, pak hem dan. Straks hangt-ie op.'

Maar er was een kans dat het iemand anders was. Ze dachten alleen dat ze Tom gevonden hadden. Maar het lijk was van een ander. Niet Tom, nee, niet Tom. Ze keek op, en zag hoe Frank en Annefiet haar aanstaarden. Verwachtten ze iets van haar? Maar waarom?

'Kun je iets voor me inschenken?' vroeg ze aan Annefiet. 'Ik heb iets nodig, iets sterks.'

'Neem nou eerst de telefoon maar.'

Ze pakte de hoorn, en hield het onwezenlijk vreemde ding tegen haar oor, zo hard dat het pijn deed. Ze moest nu de pijn voelen. Geruis klonk er slechts over de lijn, het geruis van de zee. Misschien hadden ze Tom wel uit het water gehaald. Nu hoorde ze een kuchje aan de andere kant, en daarna: 'Verdomme, wanneer komt ze nou 's, die trut.' Het was de stem van Overdelinden. Ze wilde meteen weer neerleggen. De hoorn zweefde al boven de haak, maar ze bracht hem naar haar gezicht.

'Hier is die trut. Met welke opgefokte lul spreek ik?' Ze zag Frank zijn hoofd schudden.

'O, sorry, het was niet zo bedoeld. Je spreekt met Louis... Louis Overdelinden.'

Dat zeiden ze altijd nadat ze je hadden beledigd, dat het zo niet was bedoeld. Maar hoe dan? Wilden ze eigenlijk een vleiende opmerking maken? 'Dat had ik al gehoord,' zei ze. 'Ik ken niemand anders die zulke lieve dingen tegen me zegt.'

'Ik heb nieuws voor je... goed nieuws.' Overdelinden wachtte even alsof hij de spanning erin wilde houden. Ze hoorde zijn ademhaling. 'Tom is terug.'

'Wat zeg je?'

'Tom is terug.'

'Ik verstond je wel, maar...' Annefiet stond een paar meter van haar af, met een glas whisky met veel ijsblokjes. Ze wenkte haar, en nam een grote teug whisky. 'Maar hoe bedoel je... hij is terug?'

'Gewoon, dat-ie weer boven water is gekomen. We hadden zijn zus gezegd dat-ie zo snel mogelijk met ons contact moest opnemen. Gister is-ie geloof ik bij haar geweest, en vandaag heeft-ie gebeld, naar het bureau. Eigenlijk had ik geen dienst, maar ik moest hier vanmiddag nog even zijn, voor een paar akkefietjes.'

Annefiet... akkefietjes, dacht ze. Wat zit de wereld toch wonderbaarlijk in elkaar.

'...en toen lag er een briefje dat-ie gebeld had, met een nummer waar ik hem kon bereiken.'

'Wat is dat nummer? Ik moet 't hebben.'

Overdelinden deed of hij haar verzoek niet had gehoord. 'Hij is gewoon een paar weken het land uitgeweest. Vakantie en werk, zei hij. Het nuttige met het aangename verenigen.'

'Waar is-ie naartoe geweest?'

'Weet ik niet. Heb ik niet gevraagd. Heb ik ook niks mee te maken trouwens.'

'Waar is-ie nu? Ik moet hem spreken.'

'Dat weet ik niet.'

Ze nam een slok whisky. Het vocht trok een brandend spoor door haar slokdarm. 'Maar ik moet hem spreken. Ik moet hem zien. Anders geloof ik niet dat-ie terug is.'

'Ja, het spijt me,' zei Overdelinden. 'Ik moet je nu ophangen. Het is al bijna zes uur. Ik heb nog een afspraak.'

'Je moet me z'n adres geven, zijn telefoonnummer. Ik zit vijf weken op hem te wachten, vijf weken in de zenuwen, en nu zou ik hem niet mogen zien?'

'Het spijt me,' zei Overdelinden. 'Ik ga eigenlijk al buiten m'n boekje. Tom heeft me gevraagd of ik jou voorlopig niks wilde vertellen. "Als ik haar per ongeluk een keer tegenkom, is het nog vroeg genoeg. Voorlopig wil ik haar een tijdje niet op m'n nek hebben." Het zijn z'n eigen woorden.'

Een kreet van afschuw, ontzetting en ongeloof slakend gooide ze het glas met het restje whisky tegen de muur.

'Zal ik maar bekennen?' vroeg Frits, terwijl hij gedienstig een asbak neerzette.

Overdelinden keek hem bevreemd aan.

'Wacht ik zal eerst even koffie maken. Of wat anders?'

'Ik ben eigenlijk vrij, dus een pilsje zou wel mogen.'

Frits haalde twee flesjes bier en twee glazen uit de keuken. 'M'n geweten knaagt.' Hij zette een zo dramatisch mogelijke stem op.

'Ja, dat doen de konijnen ook,' zei Overdelinden. 'Proost…' Hij nam een paar forse slokken en veegde het schuim van zijn bovenlip. 'Even serieus… wat is er aan de hand?'

Frits ging staan en begon rusteloos door de kamer te lopen. Hij vermeed het om Overdelinden aan te kijken. 'Tom… ik kan het maar beter bekennen. Het wordt me te veel. Ik kan er niet meer tegen.'

'Neem je opoe in de maling. Tom is terug, sinds gisteren.'

'Dat kan niet,' zei Frits. 'Ik heb hem vermoord, een crime passionel om Leontien.'

'Ga nou even zitten, en doe niet zo maf. Zie je wel, je moet er zelf om lachen. Je wist het natuurlijk al.'

'De lach van een gek… van iemand die tot waanzin gedreven is.' Frits kon nu echt zijn lachen niet meer inhouden.

'Wie heeft het je verteld?' vroeg Overdelinden.

'Karel, de aanvoerder van ons elftal. Tom kwam vanmiddag voetballen, terwijl ik het nota bene vergeten was. Een uurtje geleden heeft-ie gebeld.'

'Wie? Tom?'

'Nee, Karel.'

'En jij vond 't een leuk idee om mij in de maling te nemen?'

'Het was bedoeld om een beetje terug te pesten.' Plotseling had Frits het gevoel dat hij ook mocht tutoyeren. 'Je hebt het mij ook niet makkelijk gemaakt.'

Overdelinden schonk zijn flesje bier leeg. 'Wat moest ik anders? Jij was ons enige aanknopingspunt.'

'En Maurits dan?'

Overdelinden haalde zijn schouders op. 'Misschien Maurits ook wel.'

'Nog een pilsje?' vroeg Frits.

'Eigenlijk moest ik al een halfuurtje geleden thuis zijn, maar goed, nog eentje dan.'

Godzijdank begon Overdelinden niet over het ene been waarop je niet kon lopen. Hij stak nu pas zijn eerste sigaartje aan.

'Dacht je echt dat ik Tom... eh, vermoord had?' vroeg Frits.

'Ach... ik weet niet. Je leek me niet direct iemand die een ander de hersens inslaat en dan koelbloedig het lijk ergens verbergt, de sporen uitwist, en keihard volhoudt dat-ie het niet heeft gedaan. Maar het probleem is... ik heb dat idee bij de meeste mensen, bij de meeste verdachten. En nou praat ik dus niet over echte criminelen en zo... proost... maar over wat dan heet mensen uit de directe omgeving van het slachtoffer. Die plegen tenslotte verreweg de meeste moorden, zeker zo'n tachtig procent. Die mensen lijken bijna altijd onschuldig, niet in staat om een vlieg kwaad te doen. Zoals laatst die vrouw van wie ik je vertelde. Weet je nog?'

Frits knikte. 'Dus je dacht dat ik het gedaan kon hebben.'

'Ja, natuurlijk.'

'Onzin, zo ben ik niet, zo zit ik gewoonweg niet in elkaar.'

'Dat dacht die vrouw ook.'

'Ik ben die vrouw niet,' zei Frits.

'Nee, dat is een ding dat zeker is.'

Ze zaten een tijdje zwijgend bij elkaar. Overdelinden rookte zijn sigaartje. Misschien mocht hij thuis wel geen sigaren opsteken van zijn vrouw. Wanneer Frits aan Tom dacht, kwamen de droombeelden onstuitbaar terug. Als Overdelinden de voorstelling in zijn hoofd kon bijwonen, zou hij misschien wel anders over hem denken.

'Ach, de mensen vatten het ook vaak verkeerd op,' zei Overdelinden. 'Ze kijken naar politieseries op de tv of zo, waarin bijna altijd verdachten worden ondervraagd, mensen die het echt gedaan hebben.... En dat wil de politie dan bewijzen. Maar in het echt gaat het vaak anders. Geloof mij nou maar.'

'Dat geloof ik zeker,' zei Tom.

'Het is vaak niet eens de bedoeling om te bewijzen dat iemand het gedaan heeft, maar om verdachten... mogelijke verdachten te elimineren.' Overdelinden lachte even. 'Niet letterlijk, maar als verdachten. Ik wil bij wijze van spreken bewijzen dat iemand de moord niet heeft gepleegd.'

'Dus dat geloofde u vanaf het begin, dat ik het niet gedaan had.'

'Dat zei ik niet.' Er speelde weer een glimlachje om Overdelindens lippen.

Frits was de stad in geweest. Er was iets te vieren, maar hij wist niet hoe en na verloop van tijd ook nauwelijks meer waarom. Hij at in een Mexicaans restaurant, en merkte dat het voedsel bijna automatisch van mindere kwaliteit was als je alleen at. Je lette er misschien te veel op. Bovendien hadden ze hem aan een lullig klein wankel tafeltje vlak tegen het open keukengedeelte gezet. Voortdurend stootte er een kelner tegen hem aan die een bestelling kwam plaatsen of halen. Ze verontschuldigden zich niet eens.

Daarna ging hij naar het café waar hij Yoka had ontmoet, maar daar was ze natuurlijk niet te bekennen. Het was nog stil. Hij zei iets tegen een meisje dat bij de bar zat. Ze keek hem aan of hij een terminale aidspatiënt was. Even later zag hij dat er een ander meisje naast haar kwam zitten. Ze kusten elkaar meer dan vriendschappelijk.

Hij ging de straat weer op. Waar was Leontien? Zou ze alweer in Toms armen liggen? Was het voor Tom slechts een kleine adempauze geweest, en ging het leven gewoon verder zoals voor zijn verdwijning? Nee, alles was veranderd. Frits voelde hoe zij was veranderd. Hij werd kwaad als hij aan Tom dacht, aan de manier waarop die hem en anderen in de steek had gelaten.

Hij liep een café binnen waar Leontien en hij vroeger wel eens kwamen. Het had kennelijk een andere eigenaar gekregen, en zeker een ander interieur. De bruine tinten waren vervangen door levend wit. De ruimte was helder verlicht als een ziekenzaal. Hilco... dat ongeluk. Het had allemaal niet hoeven gebeuren als Tom niet zomaar ondergedoken was.

Het lukte hem niet de aandacht te trekken van de jongen achter de bar, die in druk gesprek gewikkeld was met een meisje. 'Hé,' riep Frits ten slotte. 'Als je uitgepraat bent, zou je dan misschien zo vriendelijk willen zijn een pilsje voor me in te schenken. Alleen als je uitgepraat bent, hoor, je hoeft je niet te haasten.'

'*Take it easy*,' zei de jongen. Hij gaf het meisje een zoen, en kwam glimlachend in Frits' richting lopen.

Tegen twaalf uur was hij weer thuis. Hij keek om zich heen. Hoeveel had hij gedronken? Een half karafje witte wijn bij de Mexicaan en drie... nee, vier pilsjes. Toch leek hij in een vreemd huis te staan. Leontiens foto's waren het belangrijkste aanknopingspunt. Hij ging zitten, en keek naar de stoel tegenover hem, de stoel waarin Overdelinden nog gezeten had vanmiddag. Was het wel vanmiddag geweest? Of een paar dagen geleden? Nee, hij kon het nog ruiken. De politieman was vanmiddag hier geweest, zonder twijfel, en die had hem verteld wat hij al wist. Frits bleef zijn ogen op de stoel gericht houden. Vreemd, het werd steeds minder een stoel. Het ding had nog wel een zitting, maar die viel uit elkaar. Brokstukken waren het, die je aan elkaar kon plakken.

'Stoel,' zei hij, en hij bleef het woord herhalen, totdat het een betekenisloze opeenvolging van klanken was geworden. 'Stoel, stoel, stoel.'

Hij liep naar de gootsteen en gooide wat water over zijn gezicht. Het was of hij urenlang stevig had zitten doordrinken. De telefoon ging. Wie kon dat zo laat nog zijn? Miranda? Verdomme, hij had beloofd bij Hilco op bezoek te gaan. Stomweg vergeten. Of was het Tom? Leontien misschien? Nee, die was bij Tom. Hij zou nu trouwens niet in staat zijn om met haar te praten. Traag liep hij naar de telefoon. Het optillen van de hoorn kostte grote moeite.

'Met Frits.'

'Weet jij waar Tom is?'

Het duurde even voor hij haar stem herkende. Wat een vreemde vraag? Waarom zou hij dat moeten weten, terwijl Tom bij haar was?

'Ben jij dat Leontien?'

Ze klonk ongeduldig. 'Ja, wie dacht je dan, prinses Christina?'

Een grapje van Roel schoot door zijn hoofd. Vroeger heette ik Marijke en kon ik niet goed kijken, en nou heet ik Christien, en ik kan nog steeds niet goed zien.

'En waarom bel je?'
'Tom is er weer. Hij is weer op komen dagen.'
'Gefeliciteerd.'
'Hoezo?' vroeg Leontien.
Eigenlijk had hij geen zin om ook maar iets uit te leggen. Alleen het feit dat hij Leontien aan de lijn had, zorgde ervoor dat hij de hoorn niet neerlegde. 'Hij is toch bij jou, mag ik aannemen, bij zijn grote liefde.'
'Nee, dat is-ie niet.'
'O... waarom niet?'
'Dat moet je niet aan mij vragen.' Ze klonk venijnig.
'Waarom word je kwaad op mij?' vroeg Frits. 'Ik heb toch niks gedaan?'
'Nee,' zei Leontien, 'natuurlijk heb je niks gedaan. Je hebt nooit wat gedaan. Shit, wat een stom geouwehoer. Aan jou heb ik ook weer niks.'
'Goed, dan hang ik op,' zei Frits.
'Nee, niet doen. Ik wil Tom spreken.'
'Maar hij is toch bij jou?' Frits begreep het niet meer. Alles viel onder zijn handen uit elkaar. Niets was nog zoals het moest zijn. Alles waar hij zeker van dacht te zijn, moest op voorhand worden betwijfeld.
'Hij is niet bij mij. Ik heb hem nog niet gezien, en ik moet hem nodig spreken. Dat is het, daarom bel ik je. Vernederend, hè?'
'Voor mij?'
'Nee, natuurlijk niet, voor mij. Wat is er? Ben je soms dronken?'
'Zoiets ja.'
'Stoned misschien? Dat is dan een tijd geleden.'
'Nee, dronken, dat denk ik tenminste.'
'Nou ja,' zei Leontien ongeduldig, 'wat maakt het ook uit?'
Nee, voor haar maakte het inderdaad allemaal niets uit. Ze ging door waar ze gebleven was, en weigerde op wat voor manier dan ook rekening te houden met hem.
'...het gaat erom dat ik Tom vind, dat ik z'n adres of telefoonnummer te pakken krijg. Ik probeer je verdomme al uren te bereiken.'
'Ik kan moeilijk speciaal voor jou de hele avond thuisblijven, omdat je misschien wel eens zou kunnen bellen.'
'Spaar me je sarcasme. Daar heb ik nu geen behoefte aan. Ik moet weten waar Tom is.'
'Ik zou je niet kunnen helpen. Ik weet 't ook niet.'

'Hij heeft je niet gebeld of zo?'

'Nee, ik weet van Karel dat-ie terug is. Hij heeft vanmiddag al meegevoetbald.'

Leontien vloekte hartgrondig. 'Wel naar dat stomme voetbal en te beroerd om mij even te bellen.' Het bleef even stil. 'Dus jij hebt zijn nummer ook niet.' Frits hoorde dat ze begon te huilen.

23

Het was zondag en hij was naar zijn studio gereden in de vaste overtuiging aan het werk te gaan. Het moest. Er begon een nieuwe periode. Alles was weer duidelijk. Tom was terug. Overdelinden zou hij niet meer zien. Vandaag eerst wat werken en dan later in de middag even naar Hilco in het ziekenhuis.

Het was stoffig in de studio. Zo kon hij niets doen. Misschien had hij het al in een week niet schoongemaakt. Waar te beginnen? Hij ging in een stoel zitten. Tom was terug, maar misschien begonnen de echte problemen nu pas. Met Leontien bijvoorbeeld. Wat Tom haar aandeed, dat kon echt niet, dat kon hij niet maken. Wat had hij zelf gisteravond eigenlijk tegen haar gezegd? Hij kon zich er niets meer van herinneren. Had hij onaardig gedaan? Plotseling twijfelde hij eraan of ze hem gisteravond wel had opgebeld. Alle telefoontjes liepen door elkaar. Overdelinden, Leontien, Karel, een grote babbelbox.

Hij begon te stofzuigen. Het geraas van het apparaat was nauwelijks te harden. Hij zette het weer uit en ging opnieuw in de stoel zitten. Waarom zou hij eigenlijk schoonmaken, wat deed het er allemaal toe? Waar maakte hij zich druk om? Met stofzuigen kreeg hij Leontien niet terug.

Annefiet was zo lief geweest om haar ontbijt op bed te komen brengen. Ze had de jus en de thee opgedronken en het eitje voor de helft opgegeten. De boterham met kaas kreeg ze niet naar binnen. Dat wist ze meteen; ze hoefde er alleen maar naar te kijken.

Annefiet kwam weer binnen en ging op de rand van het bed zitten. 'Het was een afschuwelijk diner. Je weet wel... verschrikkelijk stijf en zo. Heel lekker eten in verschrikkelijk kleine porties. Je moest voorzichtig ademen, anders blies je het zo van je bord.' Ze begon te lachen. 'Ik zat naast de vrouw van de directeur, een enorme tang. Ze was aan een stuk door aan het kankeren over normvervaging, buitenlanders, echtscheidingen, de abominabele kwaliteit van het onderwijs. Je houdt het niet voor mogelijk.'

'Ik houd alles voor mogelijk.'

'Nou ja, bij wijze van spreken. En het ergste was dat ze steeds maar zei "Vind je ook niet?" Ik moest voortdurend beamen wat ze gezegd had. Ik hield het gewoon niet meer, dus op een gegeven moment ben ik haar gewoon tegen gaan spreken. Ik zei bijvoorbeeld ook dat ik een goede vriendin had, Ayse, een Turkse. Ik heb het gewoon verzonnen. Ik zei dat haar vader hier als gastarbeider was gekomen, dat het een heel aardige familie was, allemaal dat soort dingen. Ze keek me aan of ik van een andere planeet kwam. Die bloes van me zinde haar natuurlijk ook al niet.'

''t Staat je goed,' zei Leontien.

'Dat kon ik wel zien. Sommige mannen keken anders naar me dan anders. Frank was kwaad. Of ik me niet wat beter had kunnen gedragen. Ik had hem zien praten met de vrouw van de directeur, en die begon natuurlijk over me te klagen. Of hij zijn vrouwtje niet wat beter in de hand kon houden, en dat soort dingen. Ze had ook gezegd, dat we misschien een kind moesten nemen, dat dat goed voor me was. Nou ja, hij kon moeilijk zeggen dat zijn zwakke zaad de schuld was.' Annefiet moest weer lachen. Plotseling keek ze heel ernstig. 'Je moet hier weg.'

'Hè?'

'Het gaat niet langer zo... Ik bedoel, Frank heeft me alles verteld.'

'Alles... hoe bedoel je, alles?'

'Van die keer dat je hem gebeten hebt...' Het leek of Annefiet een kleur kreeg. Ze wendde haar hoofd af.

'Hoe... hoe kom je daar nou zo plotseling bij?'

'In de auto hadden we al ruzie... over die vrouw van de directeur. En van het een kwam het ander. Ik bedoel, na het ene verwijt het andere. We zijn hier in huis gewoon doorgegaan. Heb je ons niet gehoord?'

'Nee, niks.' Natuurlijk had ze niets gehoord na de twee Mogadons die ze uit het medicijnkastje van Frank en Annefiet had gepikt.

'Hij gaf jou de schuld van alles, van hoe ik eruitzag en hoe ik me gedragen had, en als hij volgend jaar geen promotie zou maken, dan was dat ook jouw schuld. Nou ja, toen het eenmaal over jou ging, toen was-ie niet meer te stoppen. En weet je wat zo gek is? Ik vind het helemaal niet erg. Misschien vind ik het eigenlijk wel leuk.' Annefiet keek Leontien weer aan. 'Eindelijk iets waardoor-ie een beetje… een beetje menselijk lijkt, iemand van vlees en bloed.' Ze lachte weer even haar kakelende lach. 'Moet je mij horen, bloed!'

'En daarom moet ik nu weg?' vroeg Leontien. 'Omdat je hebt ontdekt dat Frank niet alleen een droogkloot is, maar ook een beetje een echte man? Niet soms? En Frank kan nou gewoon zeggen dat ik maar moet *moven*. Hij hoeft niet meer bang te zijn dat ik jou vertel hoe schofterig hij zich heeft gedragen.'

Annefiet haalde haar schouders op. 'Zoals je gistermiddag was, toen je dat telefoontje kreeg, zo kan het ook echt niet langer. Ik bedoel, daar word ik bang van, daar kan ik niet tegen.'

'Je kan toch altijd de GGD bellen, en vragen of ze iemand sturen met een dwangbuis?'

'Het was geen grapje.'

'Nee, dat weet ik. Kom 's hier.'

Annefiet ging naast haar liggen. 'Weet je zo'n ruzie, soms is dat nodig. We hadden al heel lang niet meer zo goed met elkaar gevreeën als vannacht. Het was net of we elkaar weer begrepen. En dan te bedenken dat Frank eerst nog in de logeerkamer wilde slapen. Tot-ie besefte dat jij daar lag.'

'Dus ik heb jullie weer bij elkaar gebracht,' zei Leontien.

'Zo zou je het kunnen zeggen.'

'En nu ben ik overbodig geworden, dus nu gooien jullie me meteen het huis uit.'

Annefiet pakte Leontiens hand. 'Niet meteen, natuurlijk niet. Je moet alleen naar iets anders uitkijken. Dat is toch niet zo gek?'

Leontien kroop zo ver mogelijk onder het dekbed.

Hij was 's middags bij Hilco geweest. Zijn ouders waren er ook met Miranda. Hilco rook naar jenever. Miranda fluisterde Frits in zijn oor dat ze een flesje voor Hilco had meegenomen, want hij hield het niet meer uit. Op de wc dronk hij eruit, door een rietje.

Zijn ouders waren meegegaan naar zijn woning. 'Maar we blijven niet te lang hoor,' had zijn vader gezegd, 'want we willen niet te laat op huis aan.' Ze dachten nog altijd dat je in Amsterdam na zonsondergang je leven niet zeker was. Het alledaags bestaan in Gorinchem hadden ze uitgebreid besproken. Zijn ouders gingen ervan uit dat Frits nog altijd diep geïnteresseerd was in het doen en laten van iedereen met wie hij ooit op school had gezeten. Hij hoefde zelf niet veel te zeggen. Een paar vragen en opmerkingen van zijn kant waren voldoende om de conversatie gaande te houden. Hoe lang woont hij daar ook alweer? Hoeveel kinderen hebben ze? Wat voor zaak is er in dat pand gekomen? Goh, dat had ik toch niet achter hem gezocht. Ze had op school altijd al veel problemen.

Toen hij in de keuken koffie stond te maken, kwam zijn moeder naar hem toe. Of hij Leontien nog wel eens zag? Waarom dan nog al die foto's aan de muur? Het was misschien maar beter zo, zo'n makkelijk persoon was Leontien niet. Ze wilde niet kwaadspreken, maar een moeder zag dat soort dingen. Tilly had het ook gezegd. 'Daar krijgt Frits nog veel problemen mee.' Dat waren haar woorden geweest. Natuurlijk, Frits moest het zelf weten. Hij was oud en wijs genoeg, maar ze had het beste met hem voor, ze wilde hem alleen helpen. Dus hij had haar al een hele tijd niet meer gezien? Dan was het beter om haar helemaal te vergeten. Waarom haalde hij die foto's niet weg? ja, natuurlijk, het waren mooie foto's, maar hij had zo veel mooie foto's gemaakt. Die kon hij toch ook ophangen.

Ze ging hinderlijk dicht bij hem staan en vroeg of hij al een ander had. Nee? Er waren aardige meisjes genoeg. Als je naging dat zelfs Martin van de buren schuin tegenover nu getrouwd was, nou, het was misschien een beste jongen, maar die zag er toch niet uit. En plotseling zonder overgang: weet je dat het met vader niet zo goed gaat? Laatst was ze de kamer ingekomen, en hij had gevraagd wat ze kwam doen. Hij had haar helemaal niet herkend. Een tijdje later zei hij dat het een grapje was, maar eergisteren wist hij de namen van Michiel en Yvette niet meer. Zijn enige kleinkinderen!

Alsof hij voelde dat er over hem gesproken werd, meldde zijn vader zich nu ook in de keuken. Zo ging het altijd als je je ouders op bezoek had, wist Frits. Op een gegeven moment stond iedereen in de keuken. 'Je mag ook wel eens afwassen,' zei zijn moeder. 'Zal ik het even doen?' Dat had hij verboden.

Nog voor *Studio Sport* waren ze weggegaan. Frits dacht dat zijn vader nog wel had willen kijken, maar hij bleek niet geïnteresseerd. Ze hadden zelfs brood mee voor onderweg in de trein. Frits bood nog aan pizza's te laten brengen of naar een Chinees te gaan, maar ze wilden weg.

Hij maakte een omelet voor zichzelf en zat met het bord op schoot naar het sportprogramma te kijken. De bolle en de kale, zoals hij ze voor zichzelf noemde, probeerden elkaar weer de loef af te steken in grappigheid. Het was

'Kees' voor en 'Mart' na, net of het een *two-men show* betrof met sport als versiering.

Hij bleef lusteloos voor het toestel hangen, schakelde heen en weer van de ene naar de andere zender, maar zag niets. Plotseling brak het besef door dat hij meer dan één leven leidde. Het was een opwindend gevoel. Er was niet één Frits, er was niet één werkelijkheid. Hij liep naar de badkamer en keek in de spiegel. Hij stak zijn kin naar voren, liet een hand door zijn haar gaan. Het was nog steeds het haar van Tom. Toch zat het op zijn hoofd. Hoe lang was het nu geleden dat hij met een vrouw naar bed was geweest? Vroeger was het soms een obsessie. Toen hij zestien was, kon hij dagenlang aan niets anders denken, en met zijn vrienden over niets anders praten. Met geld van zijn spaarrekening zou hij binnenkort naar de stad reizen, en naar een hoer gaan. De hoerenbuurt in Utrecht wist hij zo te vinden. Met z'n moeder was hij er een keer vlakbij geweest. 'Wat is dat?' had hij gevraagd. Z'n moeder had hem zwijgend voortgetrokken, een andere kant uit. Nu wist hij dat dit maar een klein filiaaltje van de echte Utrechtse hoerenbuurt was geweest. Eigenlijk moest je aan de Vecht zijn. Met Leontien was hij er een keer niets vermoedend langsgereden, toen ze een fietstocht maakten van Amsterdam via Abcoude, Baambrugge en Breukelen naar Utrecht. Leontien had verschrikkelijk moeten lachen. Ze waren afgestapt. Leontien keek en wees onbeschaamd. Een paar vrouwen achter de ramen, alleen gekleed in minimale lingerie, zwaaiden boos naar haar. Ze verstoorden hier het spel, hielden zich niet aan de regels van het ritueel. Een man kwam een loopplank af. 'Was het lekker?' vroeg Leontien.

Als hij dat geweten had, toen hij zestien was, dan had hij daar uren kunnen rondlopen.

Met Yoka was het al zeker vijf weken geleden. Hij probeerde aan seks te denken, een zacht vrouwenlichaam, borsten, dijen, maar hij voelde geen opwinding. Hij sloot zijn ogen. Leontien. Hij lag op bed, en zij stond ervoor. Ze deed haar T-shirt uit. Ze had niet te grote, stevige borsten, de tepels staken duidelijk af, maar waren ook niet te donker. Ze had haar spijkerbroek nog aan. Die trok ze langzaam uit. Hij voelde nog steeds niets. Uit de kast pakte hij een paar van de naaktfoto's die hij van haar had gemaakt. Foto's in allerlei houdingen. Hier lag ze voorover op de grond (ze had nog geklaagd dat de grond in de studio zo koud was). Op deze zat ze met haar benen opgetrokken, maar zo gefotografeerd dat je haar kruis kon zien. Na die sessie hadden ze gevreeën, eerst op diezelfde koude grond van de studio. Later in bed. Urenlang hadden ze de liefde bedreven. Hij kon naar de foto's, kijken en eraan denken zonder een erectie te krijgen. Zijn blik en gedachten waren alleen klinisch, technisch. Die laatste foto had misschien iets meer licht moeten hebben.

Hij trok zijn broek en onderbroek uit, ging op bed liggen, en begon, kijkend naar de foto's, zijn geslacht te kneden. Er kwam niets.

Tegen elf uur belde Tom.

'Dat werd tijd,' zei Frits.

'Hoezo?'

'Je hebt me behoorlijk wat ellende bezorgd.'

'Niet overdrijven…'

'Maar weet je dat…' probeerde Frits te onderbreken.

'Nee, niks, we praten een andere keer wel, liever niet over de telefoon. Ik bel trouwens uit een cel, en er staan hier nog vijf mensen te wachten. Ik geloof dat het de enige telefooncel in Amsterdam is die niet kapot is. Ik wou m'n voetbalspullen ophalen.'

Ze was de hele dag niet uit bed gekomen. Tegen zeven uur klopte Annefiet aan haar deur. 'Wil je nog wat eten?'

'Nee, ik ben ziek.'

'Wat heb je?'

'Niks… ik weet niet.'

'Ben je ongesteld?'

'Nee.'

'Wil je een aspirientje?'

Ze dacht aan die ontzettend flauwe mop die Tonnie een keer had verteld aan haar en haar vriendin Dolly, toen ze een jaar of vijftien waren. Weet je dat je niet de pil hoeft te gebruiken, als je niet zwanger wilt worden? Ze hadden beschaamd gegiecheld, maar Tonnie durfde alles te zeggen. Met een aspirientje lukt het ook. Weet je hoe? Moet je tussen je knieën houden.

'Ja, geef maar.'

Annefiet bracht haar een aspirientje. 'Weet je al waar je naartoe gaat?'

'Hoe bedoel je?'

'Nou ja, waar we het eerder over hadden. Je kunt hier niet eeuwig blijven.'

'Nee, ik weet het nog niet. Waar zou ik naartoe moeten? Tom wil me niet meer hebben. Ik heb niet zomaar een ander huis of een andere kamer. Heb je niet gelezen over die kamernood?'

'Ja maar...' Annefiet kwam niet verder. 'Ik moet weer 's naar de keuken, anders brandt alles aan.'

'Eet smakelijk.'

's Ochtends om een uur of zes was hij wakker geworden. Hij keerde zich naar de andere kant van het bed en dacht daar even Leontien te zien. Hij spreidde zijn armen uit en probeerde zich te ontspannen. Denken aan niets, of nee, dat was onmogelijk, denken aan een warme duinpan, de zon schijnt, je hebt vandaag niets te doen, je hebt een lange wandeling gemaakt, je bent moe, gezond moe, ontspannen, de wind glijdt over je gezicht, in de verte hoor je de zee, vaag, ver weg het geluid van een paar kinderstemmen, er is verder niets, laat je meenemen, geef toe, laat je door de slaap overmannen, droom maar weg.

De eerste tram kwam gillend door de bocht. Langzaam stierf het geluid. Een auto toeterde ongeduldig. Waarom 's ochtends om zes uur al? Hij was uit bed gestapt, had zich gedoucht, en een ontbijt genomen. Nu had hij het laatste schone bordje ook gebruikt. Ha, straks nieuwe borden kopen. Hij lachte kort. 'Ha, straks nieuwe borden kopen.'

Een paar minuten later merkte hij weer dat hij in zichzelf praatte. Was dit het gevolg van alleen wonen? Nu had hij het nog in de gaten, maar straks misschien niet meer. Stel dat hij dagen achter elkaar alleen was, slechts enkele woorden wisselde met mensen in een winkel. Een half volkoren en twee tijgerbolletjes. Hij zei het: 'Een half volkoren en twee tijgerbolletjes.' Het ging vanzelf. Mensen waren pratende dieren, en als ze niemand hadden om tegen te praten, werden ze hun eigen toehoorder. Was dat het dubbele leven waar hij gisteren aan had gedacht? Was het wel gisteren? Of zong het de hele tijd al door zijn hoofd?

Om zeven uur was hij naar de studio gefietst. Nu had hij alle gelegenheid om schoon te maken, maar hij had alleen maar rondgelopen, dingen verplaatst, de stofzuiger gepakt en weer teruggezet, een dweil natgemaakt en weer uitgewrongen. Hij ging door zijn archief. Wat een krampachtige pogingen om iets vast te leggen, om de verandering te bezweren, terwijl alles voortdurend andere vormen aannam, terwijl er niets zeker en stabiel was.

Hij ging in de buurt boodschappen doen, maar ontdekte dat de meeste winkels nog niet open waren. Alleen een bakker. Het meisje achter de toonbank vroeg wat hij wilde hebben.

'Ik weet het niet.'

Ze lachte zenuwachtig. 'Denkt u er even over na. Dan help ik ondertussen die mevrouw.'

Hij keek rond in de bakkerswinkel, en begreep niet meer waarom hij hier was binnengegaan. Tenslotte had hij net ontbeten. Er was een kaartje achter tegen de muur geplakt waarop met deels hoofdletters en deels kleine letters stond geschreven 'vijf tom poesen halen vier betalen'.

'Zo, weet u het al?'

'Nee,' zei Frits. 'Eigenlijk heb ik niets nodig. Ik heb net ontbeten, zie je, en straks komt Tom. Ik bedoel, vanmiddag.'

'Geen brood?' vroeg het meisje. Er begon nu enige irritatie door te klinken in haar stem. Voor haar was het ook maandagochtend. 'Of broodjes? Gebak misschien?'

Frits schudde zijn hoofd, en liep de winkel uit.

'Rare gast,' hoorde hij het meisje tegen een klant zeggen die de winkel net was binnengekomen.

Hij stapte terug de winkel binnen. Het meisje drukte haar hand tegen haar mond alsof ze zo de woorden weer terug kon halen.

'Ik weet het alweer,' zei Frits. 'Een half volkoren gesneden. Krankzinnig dat ik het helemaal kwijt was.'

'Hé, niet voor je beurt,' zei de vrouw die net binnengekomen was, 'je kwam na mij.'

'Mevrouw, u staat volkomen in uw recht,' zei Frits. 'Plaatst u eerst uw bestelling, daarna ben ik aan de beurt. Ik verontschuldig me hierbij voor mijn brutale, onoplettende gedrag, en ik hoop dat u die verontschuldigingen wilt...'

'Ja, zo is het wel goed, een half wit gesneden, panne graag, goed doorbakken, maar niet zo zwart van boven, en een rol beschuit.'

Om vier uur werd er gebeld. Tom kwam binnen alsof er niets aan de hand was. Hij drukte Frits de hand.

'Aan het werk?' vroeg Tom.

'Ja, zo'n beetje.'

'Waar ben je mee bezig?'

'O, niet veel bijzonders, een opdrachtje.'

Tom keek om zich heen. 'Ik zie daar alleen maar oude spullen liggen. Ga je ook in de tweedehands handel?'

'Ik was nog een beetje aan het opruimen, allemaal dingen van een vorige opdracht.' Welke was dat ook alweer? Hij kon het zich niet meer herinneren. Het was licht en zweverig in zijn hoofd, zoals vroeger als hij 's morgens zijn eerste sigaret opstak. Maar dat duurde nooit zo lang. Hij had een kast opengemaakt, en alles eruit gehaald, een oud vergrotingsapparaat, een paar cameratassen die hij niet meer gebruikte, wat gereedschap. 'Ik ben nog niet echt begonnen. Niet zo veel zin vandaag. Je weet wel, het maandaggevoel.'

'Dat heb ik elke dag,' zei Tom. Hij stak een sigaret op. 'Ik mag toch wel roken?'

'Wil je koffie?' vroeg Frits.

'Heb je ook iets anders?'

'Bier?'

'Als dat zou kunnen.'

Frits haalde uit de keuken twee flesjes bier en twee glazen. Hij moest terug voor de opener. De flesjes voelden vreemd aan, alsof ze zo uit zijn handen zouden kunnen glijden. Hij wreef in zijn handen en voelde een dunne laag stof die over zijn huid zat geplakt.

Ze dronken zwijgend. 'Tsja,' zei Tom na een paar minuten, 'daar ben ik dus weer.'

Frits knikte.

'Het was tijd om weer eens boven water te komen.'

'En waarom was je eigenlijk ondergedoken?'

Tom nam een slok bier, en staarde de studio in. 'Ach, het groeide me allemaal een beetje boven het hoofd, en dan kun je proberen om alle problemen op te lossen of je kunt er een tijdje tussenuit gaan.'

'Vluchtgedrag,' zei Frits.

Tom deed of hij hem niet had gehoord. 'En als je terugkomt, zijn de meeste problemen verdwenen. Gewoon vanzelf. De tijd strijkt de plooien glad, zei de dichter.'

'Wat voor problemen?'

'Ach, van alles. Leontien natuurlijk. Die begon me steeds meer op m'n nek te zitten. Ik begrijp niet dat jij het zo lang met haar hebt uitgehouden, wat een... eh, lastig mens.'

Je had dus niet eens het lef om haar te zeggen dat je d'r niet meer wilde, dat je d'r een lastig mens vond.'

'Daar ging het niet om. Dat zou ik duizend keer kunnen zeggen, maar ze luistert niet eens. Ze zou gewoon aan me vast blijven klitten. Ik ken dat soort types.'

'Leontien is niet een soort type.'

'Nee, ik weet 't, Leontien is de Heilige Maagd Maria.'

Waarom zei Tom dat soort dingen? Waarom wilde hij haar naar beneden trekken, ook nog nadat hij haar zo veel ellende had bezorgd?

'Nou ja, goed,' vervolgde Tom. 'Ik wil eigenlijk helemaal niet over Leontien zelf praten. Het ging gewoon niet meer, het was een onmogelijke verhouding.'

'Dus daarom dumpte je haar?'

'Wat heb jij, Frits? Kolere nog aan toen! Als het niet gaat, dan gaat het niet. Ik weet dat je je beroerd voelde toen ze bij mij woonde, maar dat is toch verleden tijd. Wat zit je nou te zeiken? Het ging trouwens niet alleen om Leontien. Er was meer aan de hand. Jij bijvoorbeeld.'

'Hoezo ik?'

'De manier waarop jij me op m'n nek zat over Leontien. Ik bedoel, je was een bemoeizuchtige schoonmoeder in het kwadraat. Voortdurend dat geouwehoer of ik haar wel goed behandelde. Dat werd ik spuugzat. Ik werd er kotsmisselijk van.'

'Had dat dan gezegd.'

'Dat heb ik gedaan, maar je luisterde niet. Mag ik nog een pilsje? Ik heb een beetje nadorst van gisteravond. Jammer trouwens dat je d'r zaterdag niet was. Het ging fantastisch.'

Tom begreep er niets van. Hij wist niet wat hij kapotgemaakt had, of hij wilde het niet weten. Frits haalde nog twee flesjes bier uit het keukentje, en zocht tevergeefs naar de opener. Hij liet water uit de kraan lopen, maakte van zijn handen een kommetje, en wierp het water in zijn gezicht. Die handeling herhaalde hij enkele malen. Vervolgens droogde hij zijn gezicht af met een handdoek die naar bederf stonk. Hij liep naar de kamer met de twee flesjes. Natuurlijk, daar was de opener.

Tom had een tweede sigaret opgestoken. Een wonder dat hij nog zo'n goede conditie had.

Tom schonk zijn glas vol. 'Ach, het was niet alleen Leontien of jij. Ik had ook wat problemen in de zakelijke sfeer.'

'Hoezo?'

'Ach, te ingewikkeld om te vertellen, en het doet er nou ook niet meer toe, maar het was iets met een soort collega, in Utrecht.'

'Maurits?' vroeg Frits.

'Hoe weet jij dat? Heeft Leontien dat soms verteld? Zie je wel, ze kan ook niet eens haar mond houden over dat soort dingen. Ze bemoeit zich met zaken die d'r helemaal niet aangaan.'

'Maar je probeerde Maurits te ontlopen?'

'Ja, min of meer. Hij dacht dat ik hem belazerd had bij een deal, en dat-ie nog geld van me kreeg. Ach, ik had hem van alles geleverd, een hele baal *tropicals*, alleen maar kleine maatjes…'

'*Tropicals?*' vroeg Frits.

'Ja, van die dunne Amerikaanse zomerjasjes, je weet wel. En schoenen, voornamelijk linkerschoenen. Meer van die dingen. Hij had al betaald en weer doorverkocht. En al die mensen kwamen bij hem op de stoep. Ik was echt voor hem op de vlucht.' Tom lachte even, alsof hij een komische film in gedachten had, zo'n Amerikaanse waarin veel auto's in elkaar worden gereden bij achtervolgingen. 'Eerst was er niks aan de hand. Ik woonde in dat huis waar het zo naar vis stonk, weet je nog? Maar daar kwam-ie achter, en toen moesten we verhuizen. Dus toen zaten we in jouw huis, en na een tijdje wist-ie dat ook te achterhalen. Dat merkte ik toen m'n banden kapotgesneden waren. Een waarschuwing van Maurits, het kon niet missen. Zo is die jongen. Als je aan z'n geld of aan z'n eer komt, wordt-ie bloedlink. Toen leek het me beter om even van het toneel te verdwijnen, tot ik m'n zaakjes weer op orde had.'

'Wist je dat Maurits nog steeds dacht dat je bij mij woonde?'

'Verdomd? Daar heeft-ie niks van gezegd. Ik heb hem drie dagen geleden nog gesproken. Hebben we meteen onze ruzie bijgelegd. Het kostte me wel een paar centen.'

'Waar ben je geweest?' vroeg Frits.

'De Rivièra, daar is het nu lekker rustig. Ik kon meerijden met iemand die daar een huisje heeft, een kennis van me. Vind je niet dat ik er goed uitzie?'

'Je ziet er fantastisch uit. Werkelijk, m'n complimenten, je hebt alles weer fantastisch geregeld... voor jezelf tenminste.'

'Gaan we katten? Dan weet ik ook nog wel wat.'

'Heeft Maurits je niks over m'n auto verteld?'

'Wat is er dan met jouw auto?'

'Of over Hilco?'

'Hilco?'

Frits vertelde het verhaal over de verwisseling van de auto's en hoe Hilco daar de dupe van was geworden. 'En m'n auto ben ik ook kwijt. Total loss.'

'Dat is lullig,' zei Tom, 'verdomd lullig. Ik zal Hilco wat sturen, een bloemetje of zo. En ik zal kijken wat of ik voor je kan regelen met die auto. Ik zou bijna zeggen: neem die van mij, maar ik kan hem niet missen, voorlopig niet tenminste. Ik heb nog aardig wat in te halen.'

'Die auto interesseert me niet,' zei Frits.

'Nou ja, goed,' zei Tom, nadat hij de laatste slok bier had genomen, 'ik ga maar 's. We moeten tenslotte alletwee weer aan het werk.' Hij ging staan.

'Dus je gaat gewoon weer over tot de orde van de dag,' zei Frits. 'Alsof er niks aan de hand is, alsof er niks gebeurd is?'

'Ja, wat moet ik anders?'

'Dat Leontien helemaal in de vernieling zit, dat interesseert je niet. Heb je eigenlijk al met haar gepraat?'

'Ik kijk wel uit. Wat ik dan allemaal weer over me heen krijg. Daar heb ik voorlopig geen zin in.' Tom lachte weer even. 'Eerst maar een tijdje zonder Leontien.'

'Het is niet om te lachen,' zei Frits. 'Het is geen grapje. Je kan mensen niet zomaar aan de kant zetten.'

'Ik ben m'n broeders hoeder niet, en zeker niet die van m'n zuster. Als je Leontien zo wilt noemen. Wanneer ze problemen heeft, moet ze die zelf maar oplossen. Ze is negenentwintig, dus ze is er oud genoeg voor. En als dat niet lukt, gaat ze maar naar de gekkensmid... of misschien naar jou, haar hulpvaardige ex-vriend Frits, die altijd voor haar klaar staat, geheel belangeloos.'

'En jij laat haar gewoon barsten.'

'Kijk, om dit soort dingen ben ik nou een paar weken weggegaan. Je overdrijft mateloos. Ik kan niks voor haar doen. Ze...'

'Je wilt niks voor haar doen,' verbeterde Frits. 'Je gooit haar aan de kant als een oud vod dat heeft afgedaan. Wat denk je hoe ze daar op zal reageren?'

'Dat weet ik niet, en dat interesseert me ook niet.'

'Nee, je bent alleen geïnteresseerd in je eigen welzijn, en als daarvoor andere mensen moeten sneuvelen, dan is dat jammer, maar het moet maar. Zo is het toch?'

'Je overdrijft mateloos, Frits. Dat soort pathetiek, kom me daar alsjeblieft niet mee aanzetten. Wat is dat voor geouwehoer? Waar staat m'n voetbaltas? Ik moet weg.'

'Zie je wel, je onttrekt je zelfs aan een behoorlijke discussie omdat je geen argumenten meer hebt.'

Tom liep naar de berg oude spullen die Frits uit de kast had gehaald en haalde zijn voetbaltas ertussenuit. Frits stond op. Tom kon niet zomaar weggaan. Dat mocht niet. Hij kon zich er niet zo van af maken.

'Zet neer die tas,' zei Frits. 'We zijn nog niet uitgepraat.'

'Ik wel,' zei Tom.

Frits liep op hem toe en probeerde de tas af te pakken.

'Wat gaan we nou krijgen?' vroeg Tom. Hij duwde Frits van zich af.

'Zet neer die tas!' herhaalde Frits, en hij greep naar het hengsel.

'Godverdomme, wat is dat voor gezeik. Jullie moeten je samen laten nakijken, niet alleen Leontien, maar jij ook, lekker met z'n tweeën in therapie. Gezellig toch.'

Tom probeerde de tas los te trekken, maar Frits hield zich krampachtig vast aan die boei. Hij voelde een klap tegen zijn bovenarm.

'Ja, als je niet gewoon los wil laten,' zei Tom, en hij sloeg nog eens.

Frits voelde hoe het nog lichter werd in zijn hoofd. Hij schopte zo hard mogelijk met zijn rechtervoet tegen Toms scheenbeen. Tom slaakte een kreet van pijn, liet de tas los en boog naar voren om zijn been te betasten. Frits deed het niet zelf. Hij voerde alleen maar de bewegingen uit die hij in een film had gezien. Zijn knie schoot vanzelf omhoog en stootte Tom keihard in zijn gezicht. Tom kwam weer overeind... traag, verschrikkelijk traag. Het bloed stroomde uit zijn neus, maar daar leek hij zich niets van aan te trekken. Frits zag de vuist op zich afkomen, en in een reflex hield hij de tas voor zijn gezicht. Toms vuist schampte af op de tas. Frits voelde pijn in zijn schouder. Nu wist hij pas wat het betekende: een rood waas voor je oog hebben. Alles was in een roze mist gehuld, behalve Tom, die er scherp uitstak, alsof zijn omtrek met een dikke viltstift was gemarkeerd. Hij sprong op Tom af, die achteruit wilde stappen, maar struikelde over het afgedankte vergrotingsapparaat.

Tom schreeuwde. 'Hé, godverdomme, wat doe je nou? Ben je nou helemaal gek...'

Frits sloeg hem recht in zijn gezicht. De pijn gloeide door zijn vuist, trok door zijn hand. Tom probeerde zich los te worstelen. Frits voelde dat Tom sterker was. De voorsprong van de verrassing was hij kwijt. Hij wilde weer slaan, maar Tom weerde de slagen af. Tom greep zijn beide armen en wierp hem van zich af. Hij sloeg met zijn hoofd tegen de grond. Even werd alles duister, maar daar verscheen Tom weer in zijn blikveld. Die zat op z'n knieën en probeerde met een zakdoek het bloeden te stelpen.

'Kolere, hé, jij bent gek geworden, stapelgek.'

Frits probeerde overeind te komen, maar Tom drukte hem naar beneden. 'Blijf jij nou maar lekker liggen, mafkees. Ik kom er zelf wel uit. Kom morgen maar naar de training, dan schop ik je helemaal in elkaar.' Tom spuugde iets uit in de zakdoek. 'Godverdomme, ik geloof dat m'n stifttand gebroken is.' Tom deed zijn mond open en voelde aan z'n gebit.

Dat was dus Tom. Hij haalde onverschillig zijn schouders op als hij andere mensen in de vernieling had geholpen, maar een kapotte stifttand was een kleine ramp. Frits voelde hoe de steel van een hamer in zijn rechterhand lag. Hij was midden tussen het oude gereedschap terechtgekomen. Iemand had hem die hamer gegeven. Zijn vingers sloten zich vanzelf. Hij hoefde niets meer te doen. Het was al eens eerder gedaan.

24

Ze kwam alleen uit bed om naar de wc te gaan, en ze had Frits een paar keer opgebeld terwijl Annefiet boodschappen deed. Of hij wist waar Tom was. Hij klonk vreemd, schrikachtig, alsof het vervelend was dat ze hem belde. Natuurlijk verborg hij iets, onnozele, onschuldige Frits. Ze zou naar hem toe moeten gaan, en een beetje aardig en lief voor hem moeten zijn, zo lief dat hij haar alles zou vertellen.

Maar dat kon ze voorlopig nog niet opbrengen. Ze voelde zich nog te zwak. Annefiet had aangeboden een dokter te laten komen, maar dat had ze geweigerd. Ze hoorde Annefiet thuiskomen. Of was het iemand anders? Nee, dat waren vrouwenhakken op het parket.

Annefiet klopte op haar deur, wachtte niet op een reactie en stapte naar binnen. 'Je ligt dus nog in bed.'

Leontien reageerde niet.

'Hoe lang denk je dat het nog gaat duren?'

''k Weet niet.'

'Waarom wil je dan geen dokter?'

'Die kan toch niks doen.'

'Waarom niet?'

Leontien haalde haar schouders op. Ze dacht aan Helma. Die was ruim een halfjaar geleden weer opgenomen. Leontien had haar maar één keer bezocht. Nog voor Tom. Op Helma hadden ze een heel legertje dokters, psychiaters en therapeuten losgelaten, en wat had het geholpen?

'Je weet dat je hier niet eeuwig kunt blijven.'

'Ja, dat weet ik.' Leontien zei het luider dan ze bedoeld had.

Annefiet stond op. 'Oké, oké, ik zeg het alleen maar. Wind je maar niet op.'

'Jij zou je ook opwinden als je zomaar op straat gegooid werd.'

'Dat doen we niet, dat weet je wel, tenminste niet zo lang je nog ziek bent.'

's Avonds kwam Frank bij haar langs. Hij pakte een stoel en ging naast haar bed zitten. 'Hoeveel sympathie ik ook voor je heb…'

Ze snoof even.

'Dit is een zeer tijdelijke regeling, dat weet je. Zo was het van het begin af aan bedoeld. Het zou ons zeer goed uitkomen als je voor het volgende weekend een ander adres had. Vrijdag is je laatste dag hier. We krijgen in het weekend logés, dus deze kamer hebben we nodig.'

'Smoesjes,' zei ze.

'Goed, als jij dat denkt, dan kan ik daar niets aan doen. Kijk, je moet goed bedenken dat we aan jou niets verplicht zijn. We zijn je niets schuldig, eerder omgekeerd.'

'Hoezo omgekeerd?'

'We geven je al ongeveer een maand kost en inwoning. Volledig pension, zo zou je het ook kunnen noemen.'

'Je verdient genoeg.'

'Dat soort brutale opmerkingen, daar heb ik ook schoon genoeg van. Je bent hier een gast, weet je, en je zou op z'n minst kunnen proberen je daarnaar te gedragen.'

'Je hebt weer lef, hè, nu je Annefiet alles verteld hebt. Je geweten is weer helemaal zuiver.'

'Dat was altijd al zuiver. Jij hebt me er alleen in laten lopen.'

'Laat me niet lachen,' zei Leontien en ze lachte even zo artificieel mogelijk. 'Ik jou d'r in laten lopen? Je wilde me gewoon pakken. Voordat ik het goed en wel wist zat je al met je ene hand tussen m'n dijen en met je andere hand aan m'n tieten.'

'Die feiten heb ik dan op een heel andere manier gepercipieerd,' zei Frank terwijl hij opstond.

'Hmmm, gepercipieerd. Ik voel die vieze, vette, grijpgrage hand van je nog tussen m'n benen.'

'Zo is het wel genoeg, ja? Vrijdag is dus absoluut je laatste dag hier.'

'En als ik dan nog niet weg ben?'

Hij stond op en liep naar de deur. 'Dan zullen we andere maatregelen moeten nemen.'

'Welke? Welke dan?'

Maar hij was al weg.

Ze bleef doorschreeuwen. 'Gooi je me dan op straat? Durf je wel? Een zieke vrouw uit je huis gooien?'

Hij moest wachten tot het nacht was. Stroperig langzaam verstreek de tijd. Tom staarde hem aan met lege ogen. Hij had grote bruine bloedkorsten op zijn gezicht. Even overwoog Frits het gezicht schoon te wassen. Hij haalde de autosleuteltjes uit Toms broekzak, en ging naar buiten om te kijken waar de Suzuki stond. Vlak voor het bedrijvencomplex was een parkeerplaats vrij waar Frits de auto naartoe reed.

'Zo, je auto weer gemaakt?'

Frits schrok op. Een jongen die een klein reclamebedrijfje runde in hetzelfde pand had op de stoep toe staan kijken. Frits had wel eens een paar kleine opdrachtjes voor hem gedaan, meer een soort vriendendienst.

'Nee, dit is een ander... die van mij was total loss.'

De jongen knikte. 'Leuk wagentje, maar waarom neem je niet een gewone personenauto?'

Frits haalde zijn schouders op. 'Ik ga weer aan 't werk.'

'Druk?'

'Behoorlijk.'

Terug in zijn studio spoelde hij de hamer grondig af onder de kraan. Hij pakte een oude deken, tornde het merkje eraf en wikkelde Tom erin. 'Sorry Tom, ik kon er niks aan doen. Een ongelukje... dat heb je wel 's.' Hij schoof het pakket onder het bed. Daarna begon bij de vloer te dweilen. Hij lachte even. Eindelijk maakte hij het hier toch schoon. Dat had hij aan Tom te danken. Hij spoelde de twee bierglazen om en leegde de asbak. Tom was hier niet geweest. Niemand had hem gezien, niemand zou kunnen weten dat hij hier geweest was. Maar als hij iemand tegengekomen was toen hij hier binnenkwam? Of als hij iemand verteld had dat hij naar hem, naar Frits toe zou gaan? Dat was een andere mogelijkheid. Tom was hier wel geweest, maar hij was weer weggegaan. Dan moest hij straks de voetbaltas in de auto zetten.

Frits ging zitten en ademde diep. Het was nog steeds licht in zijn hoofd, maar de rode waas was verdwenen. Hij dronk twee koppen koffie die hem niet helderder maakten, maar alleen trillerige knieën en een onbestemde leegheid in zijn maag bezorgden. Hij zou iets moeten eten, maar het vooruitzicht aan voedsel deed hem al bijna kokhalzen.

Tot een uur of twee zou hij zeker moeten wachten. Een beslissing had hij nog niet genomen. Was Tom hier wel of niet geweest? Het was veiliger om te zeggen van wel. Misschien zou daardoor de verdenking op hem vallen, maar dat zou nooit zo erg zijn als wanneer hij ontkende dat Tom hier was geweest en uit verklaringen van anderen bleek dat hij gelogen had. Het beste was om zo dicht mogelijk bij de waarheid te blijven.

Plotseling dacht hij aan de deken. Leontien zou hem misschien herkennen. Hij kon een van de vele doeken gebruiken die hij hier had liggen voor bepaalde opstellingen, maar die waren te makkelijk te traceren. Het was nu te laat om nog iets te kopen, en trouwens alles wat hij kocht, zou ook weer naar hem kunnen voeren. Eén oplettende winkelbediende was genoeg. Hij bleef om de paar minuten op de klok kijken tot het twee uur was. Eerst ging hij naar buiten om te zien of er nog licht aan was in het gebouw. Overal was het vredig donker, alleen achter zijn keukenraam brandde nog een lamp. Op straat was het stil, maar elk moment kon er iemand langskomen. Dat risico was niet te neutraliseren.

Hij sleepte Tom onder het bed vandaan, en trok hem naar de deur. Aanraking met de kille huid probeerde hij te voorkomen. Stel dat er nu net een stel inbrekers de trap opkwam, zoals laatst. Hé, jongens, kunnen jullie me even helpen? Plotseling wist hij wie het geweest was, die stotteraar 's nachts voor de deur van de studio, een merkwaardig toeval. Frits beschouwde het als een goed teken: uit dat café had hij ook weten te ontsnappen.

Hij probeerde Tom over de trap te dragen, maar de last was te zwaar. Hij legde hem zo neer dat de voeten omhoogstaken. Met het hoofd omhoog, dat zou niet kunnen. Elke traptree zou een forse tik tegen de schedel zijn. Nu hoorde hij ook het doffe geluid van het lichaam dat over de traptreden naar beneden bonkte. 'Sorry Tom,' fluisterde hij.

Omdat hij meende van de straat af een geluid te horen, hield hij zich roerloos. Stak er iemand een sleutel in het slot? Wat zou zijn verklaring zijn, wat kon er in de deken gerold zitten? Oude apparatuur, statieven en zo? Het klonk niet erg waarschijnlijk, maar hij wist niets beters. En dat hij die midden in de nacht zou moeten vervoeren, was natuurlijk volstrekt ongeloofwaardig.

Er reed een auto door de straat. Verderop hoorde hij een hond blaffen. Een andere hond reageerde met feller, hoger geblaf. Frits deed de buitendeur open en keek de straat in. Niemand te zien. Hij liep vlug naar de auto en deed het achterportier open. Met zijn laatste krachten laadde hij het pakket op zijn schouder en wankelend liep hij naar de auto. Hij hoorde het geluid van een bromfiets. Het kwam dichterbij. Frits zat gebogen tussen de Suzuki en de auto die erachter stond. Tom lag op de straatstenen, half in een plas.

De bromfiets kwam de straat in. Frits hield zijn adem in tot zijn longen bijna leken te klappen. Hij zag de bromfietser passeren, maar wachtte tot hij niets meer hoorde voor hij overeind kwam.

De auto wilde niet starten. Hij probeerde het voor de vijfde keer, maar er klonk alleen een diep rochelend geluid. Moest hij juist meer choken of minder omdat de motor anders zou verzuipen? Als het niet lukte, moest hij dan de Wegenwacht erbij roepen? Even wachten, meneer de wegenwacht, eerst de lidmaatschapskaart zoeken. En hij zou de deken uitrollen, en kijken of Tom zo'n kaart in zijn binnenzak had. Verdomme, een kentekenbewijs had hij ook niet. Maar voor geen goud van de wereld zou hij Tom weer te voorschijn laten komen om daar in zijn zakken naar te zoeken. Het zweet brak hem nu aan alle kanten uit. Hij zou nooit de auto kunnen besturen. Het was onmogelijk. Hij hield het stuur met beide handen vast en liet weer los. Het was helemaal nat waar hij het had vastgeklemd. Zijn handen zouden eraf glijden zodra hij een bocht om moest.

Hij sloot zijn ogen en probeerde zijn ademhaling onder controle te krijgen. Leontien, hij deed het voor Leontien, dat mocht hij niet vergeten. Ze zou hem dankbaar zijn. Anders kwam ze nooit van Tom af, van haar gevoel voor Tom. Het mes sneed zo aan twee kanten. De spijkerharde, onmenselijke manier waarop Tom haar had bejegend, was nu ook gewroken.

Hij draaide het contactsleuteltje om en tot zijn verbazing startte de motor.

Het duurde even voor hij de weg naar de Utrechtsebrug had gevonden.

Ze had besloten zich vrijdag gewoon op straat te laten zetten. Al bijna een week had ze nauwelijks iets gegeten. Ze beschikte niet eens over de kracht om andere woonruimte te zoeken. Ze zou hier gewoon buiten blijven staan. Kijken wat Frank en Annefiet dan zouden doen, wat hun buren zouden zeggen. Misschien regende het wel, dan was ze nog zieliger.

Een paar keer had ze Toms zuster opgebeld, maar die zei niet te weten waar Tom uithing. Ten einde raad had ze Frits weer geprobeerd. De derde keer was het raak. Hij klonk anders dan anders.

'Nee, ik weet niet waar Tom is, echt niet. Hoe zou ik het kunnen weten?'
'Ik dacht dat hij het jou misschien verteld had.'
'Nee, maar waarom wil je zijn adres, als hij jou niet meer wil zien?'
'Bemoei je d'r niet mee.' Leontiens stem was een scheermes.

'Goed, goed, zal ik niet meer doen.'
'Als je wat van hem hoort, laat het me dan weten.'
'Ja,' zei Frits, 'dat zal ik zeker doen.'

Annefiet deed boodschappen. Vanochtend was de werkster geweest. Alles was blinkend schoon. Leontien zat in de keuken. Ze pakte een potje mayonaise uit de kast en wilde het op de gladde tegelvloer stukgooien. Of gewoon laten vallen, dat kon toch ook? Ze zou hier een tornado kunnen laten ontstaan van vallende potjes en flesjes. Tom moest haar weg komen halen.

Tegen vier uur kwam Annefiet de keuken binnen. Ze vond Leontien met alle potjes en flesjes voor zich op de keukentafel.

'Wat doe je nou?'

'Ik had honger,' zei Leontien, 'maar ik kon niet beslissen wat ik wilde eten.'

Annefiet keek haar met angstige ogen aan. 'Als je je niet goed voelt, dan moet je weer naar bed gaan.'

'Waarom heb je me in de steek gelaten?' vroeg Leontien.

'Ik heb je niet in de steek gelaten.'

'Shit, dat heb je wel!' Ze klonk bars. 'Iedereen laat me in de steek. Eerst Tom en nu jij ook. Niemand wil me hebben.' Ze wilde huilen, maar er kwamen geen tranen. Het was gewoon een feitelijke constatering; verder was er niets aan de hand.

Annefiet sloeg een arm om haar schouder, maar die wierp ze van zich af.

'Samen waren we tegen Frank,' zei Leontien, 'samen, maar dat is ook alweer voorbij?'

Annefiet knikte, maar ze wendde haar hoofd af.

'Waarom kijk je me niet aan?' vroeg Leontien.

'Daarom niet.'

'Jij blijft gewoon een keurig tutje uit Amstelveen.'

'Wat is daar op tegen?' vroeg Annefiet. 'Ik doe toch niemand kwaad?'

'Ik dan wel soms?'

'Dat zei ik niet.'

'Maar je bedoelde het wel,' zei Leontien.

'Goed, als jij dat zo graag wil denken, dan denk je dat maar. Blijkbaar heb je er geen bezwaar tegen om te wonen in het huis van een tuttig Amstelveens echtpaar.'

'Ik kan niet anders.'

'Maar je moet echt weg, weet je dat? Frederique en Gertjan komen in het weekend logeren…'

'Dus hebben jullie een stok om de hond mee te slaan.'

Annefiet nam ook een stoel en ging naast haar zitten. 'Echt, Leontien, ik vind het hartstikke rot…'

'…en ik zwaar kut.'

'…dat je weg moet, maar het kan niet anders. Dit kan toch niet eeuwig zo doorgaan?'

'Tot Tom me op komt halen.'

'Maar Tom die…' Annefiet aarzelde. 'Wie weet… eh, wie weet hoe lang dat nog duurt.'

'Hij kan vandaag nog komen,' zei Leontien, 'of morgen, ik weet 't niet.'

'Ik heb net geld van de bank gehaald, van m'n eigen rekening. Als Tom er donderdag nog niet is, dan geef ik je vijfhonderd gulden, dan kun je voorlopig misschien een tijdje in een hotelletje wonen… uitkijken naar iets anders.'

'Dus je wilt me afkopen?' vroeg Leontien.

'Ik wil je helpen.'

In de trein terug zat er tegenover hem een wanstaltig dikke jongen een vakantiegids van 'Big Ben Tours' te lezen. Op het Amstel Station stonden in een hoek van de grote hal drie groezelige mannen uit een fles Martini te drinken. Frits zag de mooie jongens en meisjes, de zwembaden, de stranden, de jetski's en de speedboten uit de reclamefilms voor zich. Toen hij thuis was, begon hij over zijn hele lichaam te rillen.

Elke dag ging hij naar zijn studio, maar werk kwam er niet uit zijn handen. Een paar opdrachten had hij afgebeld. Als hij voorzichtig leefde, zou hij het enkele maanden uit kunnen houden. In ieder geval kon hij niets doen voordat Tom gevonden was, en voordat hij de zekerheid had niet te worden verdacht. Elke ochtend en avond kocht hij een krant, en speurde koortsachtig naar het bericht. Maar de eerste dagen was er geen lijk gevonden in de buurt van Utrecht. Om aan deze onzekerheid een eind te maken dacht hij erover de politie op te bellen en een anonieme tip te geven. Hij zag zich al met een zakdoek over de hoorn.

Eindelijk, een week later, stond het verlossende bericht in de krant. 'De politie gaat ervan uit dat er een misdrijf in het spel is,' was er zelfs bij vermeld. Niets over de auto. Hij bleef naast de telefoon zitten. Elk moment kon Overdelinden bellen of misschien een Utrechtse collega. Of moest hij misschien zelf bellen? Zou een onschuldige dat juist doen? Hij bleef er een dag lang over nadenken, en toen was het te laat om de telefoon ter hand te nemen. Hij zag hoe zijn huis zienderogen dichtgroeide. Er lag een stapel oude kranten in de kamer. Hij waste steeds af wat hij nodig had.

Hij dacht de hele dag aan de deken. Alleen Leontien zou hem kunnen herkennen. Had zij het bericht ook gezien? Maar er stond geen naam bij. Alleen 'een tot nu toe nog niet geïdentificeerde man'. Dat was vreemd. Er moesten toch autopapieren in zijn binnenzak hebben gezeten. Was het een dwaalspoor van de politie? Misschien las Leontien de krant niet eens. Hij keek naar het tv-programma *Opsporing verzocht*, maar Tom verscheen niet in beeld.

Drie dagen na het krantenbericht werd hij gebeld. Het was een onbekende stem, Blok van de Utrechtse politie. Of Frits ene Tom van der Vorst kende. Wanneer hij hem voor het laatst had gezien. Frits pretendeerde zijn geheugen te moeten afzoeken naar de juiste dag. Wanneer was het ook alweer? Vorige week maandag, dinsdag, hij wist het niet meer precies. Blok vroeg hem rustig na te denken. Het was belangrijk. Hoezo belangrijk? Tom van der Vorst was dood. Vermoedelijk vermoord. Vermoord? Even kon Frits het werkelijk niet geloven.

De politieman vroeg hem nog eens rustig na te denken over de dag waarop hij Tom gezien had. 'Het is belangrijk. Misschien bent u de laatste geweest die hem levend heeft gezien... behalve de moordenaar natuurlijk.'

'Dus hij is vermoord? U zei zonet nog "vermoedelijk".'

'Welke dag was het?' vroeg Blok.

'Ik denk maandag, ja, maandagmiddag.'

'Hoe laat?'

'Ik heb niet zo op de tijd gelet.'

'Waarom kwam hij bij u langs?'

'Om z'n voetbaltas op te halen, die stond nog bij mij.' Verdomd, afgelopen zaterdag was hij weer het voetballen vergeten. Karel had niet eens meer naar hem gebeld. Stom dat hij er zelf niet aan had gedacht. Hij had zijn gewone routines zoveel mogelijk moeten handhaven. Frits keek om zich heen. Stel dat Overdelinden langs kwam. Die zag meteen dat er iets aan de hand was, dat er iets had plaatsgevonden waardoor hij finaal van de kaart was.

'Ik denk dat we een keer met u moeten komen praten, meneer... eh, Huiberts.'

'Natuurlijk. Ik wil... ik wil graag helpen. Tom was een vriend van me.'

'Uitstekend. We bellen nog wel.'

Frits maakte koffie. Werd hij niet verondersteld allemaal vrienden en kennissen op te bellen om ze van het nieuws op de hoogte te stellen? Of juist niet? Was hij zo van slag dat hij niet wist wat hij moest doen? Had hij trouwens geschokt genoeg gereageerd? Was zijn ongeloof aannemelijk geweest?

Een paar uur later belde Leontien. Ze huilde.

'Ik versta je niet,' zei hij.

Ze begon alleen nog maar harder te huilen.

'Waar zit je, dan kom ik naar je toe.'

Tussen de snikken door kon hij de naam van een hotel in de Tweede Jan Steenstraat verstaan. Een hotel? Waarom woonde ze in godsnaam in een hotel?

Het kamertje was ongeveer twee bij twee, en toch stond er behalve een bed nog een grote bank, een fauteuil en een laag tafeltje. Hij moest via het tafeltje op de stoel klimmen. Leontien zat met roodbehuilde ogen op het bed.

'Hoe kom je hier terecht?' vroeg Frits.

'Doet dat er wat toe?' Ze begon weer te huilen.

Hij klom over het tafeltje naar het bed, ging naast haar zitten en sloeg een arm om haar heen. Ze liet haar hoofd op zijn schouder rusten. Hij drukte haar steviger tegen zich aan. Dit had hij in maanden niet gevoeld. Het was allemaal niet tevergeefs geweest. Ze begreep nu eindelijk dat ze op hem kon rekenen, dat hij de enige was die haar kon helpen.

'Huil maar,' zei hij, 'huil maar.'

Die aansporing leek ze niet nodig te hebben. Ze huilde met gierende uithalen. Iemand klopte tegen de muur, maar Leontien reageerde er niet op. Hij voelde hoe haar lichaam zacht en week werd. Hij streelde voorzichtig haar schouder. Haar haar raakte zijn gezicht. Hij rook haar geur. De behoefte om haar verder te strelen was bijna niet te bedwingen. Ze leek zich helemaal aan hem over te geven, aan zijn liefde voor haar. Hij zou haar voorzichtig uitkleden, langzaam en teder, want ze was zo kwetsbaar. Elk verkeerd gebaar zou alles weer om kunnen draaien. De erectie knelde in zijn spijkerbroek. Zijn scheenbeen schuurde tegen het tafeltje en de spieren in zijn arm verkrampten. Leontien huilde maar door. Het snot op haar bovenlip zou hij weg willen vegen, weg willen zoenen.

Plotseling maakte ze zich los, en door haar betraande ogen keek ze hem aan alsof hij een wildvreemde was. 'Wat kom je doen?' vroeg ze sniffend.

'Je had me gevraagd of ik langs wilde komen.'

'Dan hoef je toch niet aan me te zitten frunniken, dat had ik niet gevraagd.'

'Zo bedoelde ik het niet.'

Ze stond op, klom over het tafeltje naar de wasbak en ging haar gezicht wassen. Ze nam plaats op de bank. 'Tom is dood.' Even leek het erop of de tranen weer zouden komen.

'Ik weet het.'

'Hij is vermoord... ze hebben hem doodgeslagen.'

'Doodgeslagen?' vroeg Frits. 'Hoe dan?'

''k Weet niet.'

Ze zwegen beiden. Wat was er nog te zeggen? Frits keek om zich heen. Er hing een reproductie van de *Nachtwacht* tegen het bruinig verkleurde behang. Voor het raam stonden een paar sierflessen. Wat had er ooit in gezeten? Het bed zakte zwaar door. Hoe was Leontien hier in godsnaam beland?

'Hoe ben je hier eigenlijk terechtgekomen?'

'Wat moest ik anders? Weet jij dan een huis voor me?'

Natuurlijk wist hij wel een huis. Het was een voor de hand liggend arrangement. Zij in het huis en hij in de studio. Of zou dat Overdelinden op bepaalde gedachten brengen? Zag het er te veel uit als een mooi plan: Tom uit de weg ruimen om Leontien weer binnen zijn bereik te krijgen. Maar misschien was het verkeerd als hij zich met dat soort strategische gedachtes bezighield. Het werd te veel een wankel bouwwerk van veronderstellingen: als ik dit doe, dan denkt hij dat, en vervolgens doe ik weer zo...

'Je kan altijd bij mij in huis, dat weet je. Dan ga ik weer naar m'n studio.'

'Nee, dat wil ik niet.' Onverwachts begon ze weer te huilen, nu bijna geluidloos. 'Tom,' snikte ze een paar keer, 'Tom, waarom ben je er niet meer?'

Frits stond op om weg te gaan, maar ze hield hem tegen.

'Ik weet niet wat ik moet doen,' zei ze, haar tranen wegslikkend, 'ik weet niet wat ik moet doen.'

Het was onbegrijpelijk dat ze niet besefte dat Tom haar in de ellende had gestort, dat Tom haar hele leven had ontwricht. Hoe kon ze nog naar hem verlangen terwijl hij haar door de modder had gesleurd? Frits pakte haar bij haar schouders. Ze deed een stap opzij, maar stootte tegen het tafeltje aan. Bijna vielen ze om. Ze lachte even.

'Het komt wel goed,' zei Frits. 'Echt waar.'

'Denk je?'

'Ik weet 't zeker. Ik zal nog eens rondbellen. Misschien zijn er wel mensen die tijdelijk iets leeg hebben staan, of die een tijdje naar het buitenland zijn. Wie was ook alweer laatst haar huis aan het opknappen?'

'Sietske.'

'Zal ik haar bellen of doe je het liever zelf?'

'Doe jij maar,' zei ze. 'Ik kan het zelf nog niet opbrengen. Dan vragen ze natuurlijk over Tom en zo, en daar kan ik nog niet over praten...' Ze begon opnieuw te huilen.

Frits trok haar naar zich toe. 'Stil maar. Ik zal 't doen. Ik zal je helpen. Dan komt 't heus wel goed.'

Hij voelde haar warme, vochtige lichaam tegen het zijne. Zo was het altijd geweest. Ze waren bezig met het herstel. Dit was het eerste voorzichtige begin. Zo voorzichtig dat Leontien het zelf nog niet in de gaten had.

'We werken samen met onze Amsterdamse collega's,' zei Blok, 'dus... maar jullie kennen elkaar al, geloof ik?' De pudding van zijn onderkin trilde mee terwijl hij sprak. Hijgend en blazend was hij bovengekomen.

Frits knikte. Overdelinden keek hem vriendelijk glimlachend aan. Oude vrienden, dat waren ze. Overdelinden keek de kamer rond alsof hij iets zocht. Frits had de hele dag gezogen, gedweild, geboend en gepoetst.

'Wanneer heb je Tom van der Vorst ook alweer voor 't laatst gezien?' vroeg Blok.

Zo gingen ze dus te werk. Vragen stellen waarop ze het antwoord al wisten.

'Maandag,' zei Frits, 'verleden week maandag.'

'En waar was dat? Je hebt er toch geen bezwaar tegen dat ik rook?' Overdelinden pakte een sigaartje. 'Het ziet er hier zo netjes uit.'

Frits pakte een asbak. 'Gaat uw gang. Wat vroeg u ook alweer? O ja... het was in m'n studio. Hij belde op. Z'n voetbaltas stond nog steeds bij me. U weet wel...'

Overdelinden knikte.

'Hoe laat was het?' vroeg Blok.

'Ik weet niet meer zo precies. Ik was aan 't werk, en dan let je niet zo op de tijd. Het eind van de middag dacht ik, een uur of vier. Daarna, toen-ie weg was, heb ik nog een paar uur gewerkt.'

'Is-ie nog even gebleven of ging-ie meteen weer weg?'

'We hebben nog een pilsje gedronken en…'

'Had je daar dan tijd voor?' vroeg Overdelinden. 'Je was toch druk aan het werk?'

'Ach… ik kon net zo lang doorwerken als ik wilde. Kan ik trouwens iets inschenken? Koffie, thee, fris, bier?'

Blok en Overdelinden bedankten beiden. 'We moeten zo weer weg.'

'Heeft Van der Vorst nog gezegd waar-ie verder naartoe ging?' vroeg Blok.

'Nee, niet dat ik me kan herinneren.'

'Denk goed na. Dat volgende adres was misschien z'n laatste adres.'

Het was nu zaak om het er niet te dik bovenop te leggen. Utrecht kon hij niet noemen, laat staan Maurits. 'Ja, hij moest nog iets doen voor z'n werk. Ik weet niet precies. Hij zat in handel, maar daar weet u alles van.' Hij maakte een gebaar in de richting van Overdelinden.

'Heb je Leontien nog wel eens gezien?' vroeg Overdelinden.

'Gister.'

'Ze is er geloof ik niet zo best aan toe.'

'Ze kan zich niet losmaken van Tom, zegt ze, terwijl ze…' Frits wist niet hoe hij verder moest.

'Terwijl ze wat?' vroeg Overdelinden. Hij drukte zijn sigaartje uit en keek Frits glimlachend aan.

'Nee, ik bedoel… terwijl hij haar in de steek heeft gelaten. Ze had niks meer van hem te verwachten en toch…'

'Liefde maakt blind,' zei Blok.

'Goh,' zei Overdelinden, 'daar hoor ik van op.'

Ze verliet haar hotelkamertje nauwelijks. Het enige wat ze deed, was de twee fotoboeken met de huwelijksreportage van Annefiet en Frank keer op keer bekijken. Ze kende iedereen. Alle huwelijksgasten waren haar vertrouwd.

Frits was langs gekomen om te vertellen dat ze over drie dagen bij Sietske terecht kon. Eén keer was ze de stad ingegaan om te kijken of het nog lukte, maar toen ze in de paskamer stond en bezig was haar spijkerbroek en sweatshirt aan te trekken over een bloesje en een rok, begon ze hevig te trillen. Ze hield zich vast aan een kledinghaak, maar die trok ze met plug en al uit de muur. Ze liet zich op de grond vallen.

'Voelt u zich wel goed, mevrouw,' hoorde ze een verkoopster zeggen.

Straks kwam er nog iemand binnen. Ze had haar spijkerbroek al aan. Of was dat het beste, dat ze haar zouden betrappen? Dan was alles over. Ze zouden haar naar Overdelinden brengen. Natuurlijk bekende ze. Voor duizenden guldens had ze gestolen. Ze zouden haar naar een cel toe brengen, een rustige ruime cel waarin niemand haar lastig kon vallen. De muren waren dik, zodat ze niet het geluid van de andere gevangenen kon horen, zoals in het hotel. De kamer naast haar werd bewoond door een echtpaar. De vrouw had haar schuw aangekeken toen ze haar op de gang tegen was gekomen, alsof ze zich schaamde voor de geluiden die ze 's nachts maakten. Leontien had een keer op de muur gebonsd, maar ze waren gewoon doorgegaan. De volgende dag stond ze op het schamel verlichte gangetje te wachten tot de douche vrij was. Na een paar minuten kwam er een man te voorschijn, slechts gekleed in een onderbroekje. Hij was kaal, maar in zijn nek en langs zijn oren had hij lang haar, dat nu nat was. Hij keek haar aan met een vreemde blik. Ze bleef voor de douche wachten, plotseling niet meer zeker of ze nu echt die kleine vochtige ruimte in wilde. De man ging de deur naast haar kamer binnen. Zijn rug was zwaar behaard.

Ze voelde de zweetdruppels op haar hoofd.

'Is alles oké, mevrouw?'

'Ja, m'n rits wil niet goed dicht.' Ze krabbelde overeind, deed de spijkerbroek uit en daarna de rok en het bloesje. Ze kleedde zich weer aan en stapte het hokje uit.

Er stond een verkoopster. 'Wat ziet u bleek. Is er echt niks?'

'Waar bemoei je je mee,' zei Leontien, en ze duwde de vrouw de kleren in haar handen.

25

'Ach, die Blok, een goeie kerel, daar niet van, maar geen groot licht. Z'n omvang is omgekeerd evenredig aan... nou ja, vul maar in. Typische provinciaal. Ja, ik weet 't, dat mogen we niet zeggen in Amsterdam. Utrecht is ook een stad, maar voor ons blijft het toch altijd het platteland. Ja toch?'

Frits knikte.

'Het is nog een raadsel,' zei Overdelinden. Hij keek om zich heen. 'Zo, hier is-ie dus nog geweest. In de laatste uren voor z'n dood. Dat klinkt toch mooi dramatisch, vind je niet?'

Frits wist niet hoe hij moest reageren. Overdelinden zou snel zien dat hij toneel speelde, dus het beste was om zich op de vlakte te houden.

'Weet je al hoe-die vermoord is?' vroeg Overdelinden. 'Nee? Klappen met een hamer. Op zijn hoofd. Er zitten van die vierhoekige deuken in zijn schedel. Die moordenaar moet als een gek hebben geslagen.'

Frits probeerde geïnteresseerd te kijken, en een relevante vraag te bedenken. Waarom vertelde Overdelinden dit allemaal?

'Hij was... eh, hij was meteen dood?'

'Waarschijnlijk wel. Dat zegt de patholoog-anatoom tenminste.' Overdelinden stond op en liep door de studio. 'Waar ging-ie naartoe... waar ging-ie naartoe?' zei hij in zichzelf.

Frits zat op het randje van zijn stoel. 'Is z'n auto niet gevonden?'

'Goeie vraag. Daar hadden we natuurlijk ook aan gedacht. In Utrecht stond-ie, vlak bij de Oudegracht, verkeerd geparkeerd. Hij was weggesleept door de politie. Daar zijn ze nogal snel mee in Utrecht. Het duurde even voordat we hem hadden getraceerd. Alleen, weet je wat het probleem is? Tom had de sleuteltjes niet meer in z'n zak. Ze zaten ook niet in de auto.'

Frits trok zijn wenkbrauwen vragend op.

'Dat betekent dat Tom hem daar niet heeft neergezet...'

De eerste fout, dacht Frits. Het ging om de details. Dat zeiden voetbaltrainers tegenwoordig ook allemaal, maar het gold ook hiervoor.

'...dus heeft iemand anders die auto daar geparkeerd. Het was vlak bij het huis van die Maurits, en ik neem aan dat die niet zo stom is om zoiets te doen. Daarvoor is het een veel te gladde jongen. Jij kent hem toch ook?'

'Ach, kennen... ik heb hem een keer ontmoet.'

'Precies, dan zie je het meteen.'

Overdelinden ging weer zitten. 'Weet je verder nog iets over Tom? Ik bedoel, vrienden of vijanden... het kan soms dicht bij elkaar liggen. We zoeken een aanknopingspunt.'

'Ik zou het niet weten,' zei Frits. 'De jongens van het elftal.'

Overdelinden keek in zijn notitieboekje. 'Het is een beetje krankzinnig. Eerst was-ie verdwenen en toen dacht Leontien dat-ie vermoord was, en was er uiteindelijk niks aan de hand... kwam-ie zo weer opdagen, en binnen een paar dagen... pats, dood. Heel merkwaardig.'

'Hoogst merkwaardig,' zei Frits.

Overdelinden keek hem glimlachend aan. De vragen branden Frits op de lippen. Ben ik weer verdacht? Gelooft u dat ik het heb gedaan? Zoekt u hier naar bewijzen?

'We zoeken toch ergens in die zakensfeer,' zei de politieman. 'Dat moet het zijn. Alleen, die handel is zo verdomd ondoorzichtig. Er zijn zelfs mensen die denken aan verdovende middelen in al die balen met tweedehands kleren, vooral Blok, die gokt helemaal op de drugs. Heb je Tom daar wel eens wat over horen zeggen, of heb je er wel eens iets van gemerkt?'

De verleiding was groot om de vermoedens te voeden met een paar suggesties. Tom zou hem iets verteld kunnen hebben over makkelijk verdiend geld, veel geld. 'Eh... nee, niet dat ik weet. Het lijkt me ook niks voor Tom.'

'Dat soort dingen, daar kan je je in vergissen. Weet je wat ik laatst vertelde over moordenaars? Dat je het niet in mensen ziet. Nou, dat geldt net zo hard voor de handel in dope, nog harder misschien.' Overdelinden drukte zijn sigaartje uit en stond op. 'Zie je Leontien nog wel eens?'

'Laatst, een paar dagen geleden.'

'Ze ligt geloof ik behoorlijk in de kreukels. Wees voorzichtig.'

'Met haar?'

'Ook met jezelf.'

Hierna had Frits dagenlang niets meer van Overdelinden of Blok gehoord. Ze hadden zelfs niets gezegd over de deken, hadden hem niet gevraagd of hij de deken herkende, hadden niet gevraagd of hij een hamer had, wat de maat was, niets. Ze hadden kunnen kijken of het metalen deel van zijn hamer paste in de vierhoekige deuken in de schedel, zoals Overdelinden het genoemd had. Niets van dat alles. Hij had zijn hamer inmiddels weggegooid, vanaf de Ringdijk, ongeveer op dezelfde plaats als waar hij de autosleuteltjes in het water had laten verdwijnen. Op het Waterlooplein had hij een andere hamer gekocht. Hij had langer dan een half uur lopen zoeken voor hij een exemplaar vond dat er oud en gebruikt uitzag.

Langzaam drong het tot Frits door. Elke minuut, elk uur, elke dag iets meer: hij werd niet verdacht. Hij was slechts toevallig bij de zaak betrokken omdat Tom zijn voetbaltas bij hem had opgehaald. Juist omdat hij de vorige keer ten onrechte werd verdacht, ging hij nu helemaal vrijuit. Hij had de behoefte om te schreeuwen, te juichen. Dit had hij van tevoren nooit kunnen bedenken. Hij had gerekend op lange, moeizame verhoorsessies, misschien zelfs op het politiebureau. Ze zouden hem confronteren met het lijk, kijken hoe hij zou reageren, meenemen naar de plaats waar het lijk gevonden was, waar de auto gevonden was. Steeds opnieuw zou Overdelinden zijn suggestieve vragen op hem afvuren. En de deken natuurlijk. En het touw dat hij eromheen gewonden had. Dat soort touw had hij in de studio, gekocht bij de Hema, zoals duizenden andere mensen. Hij had het bewust niet weggegooid. Het zou een teken van zijn onschuld zijn. De moordenaar zou dat wel hebben gedaan. Maar al die overwegingen waren niet nodig geweest.

Overdelinden had blijkbaar ook nog met Leontien gesproken. Hij wist dus ook dat Tom haar voorgoed verlaten had. Dat kwam er nog eens bij. Frits had geen enkel motief meer in de ogen van Overdelinden. Tom was geen concurrent; hij had Leontien immers verstoten.

Frits ging langzaam weer aan het werk. Hij begon voorzichtig met foto's voor zichzelf, daarna een oude opdracht waar geen haast bij was. Al een week lang had hij niets van Overdelinden gehoord. Het was krankzinnig: de vorige keer had de man hem op zijn nek gezeten, en nu liet hij hem volledig met rust. Het leek bijna een goede grap, en Frits begon het jammer te vinden dat hij hem niet aan anderen kon vertellen, aan Overdelinden zelf bijvoorbeeld.

Zaterdag was hij gaan voetballen. Niemand had iets over Tom gezegd, maar hij was toch aanwezig in de kleedkamer. Misschien vooral omdat niemand zijn naam noemde. Vlak voor ze het veld op gingen, deelde Karel zwarte rouwbanden uit. Niemand zei iets. Frits probeerde de bloedkorsten niet te zien, terwijl hij de band om zijn arm schoof.

'Elf aanvoerders,' zei Dick.

'Dit is niet iets om grapjes over te maken,' zei Karel.

De anderen zwegen. Frits wist dat hij anderen nog nooit zo had bedrogen als nu. Mogelijk binnenkort, als hij naar de begrafenis zou gaan. Hij stelde al voor hoe hij daar zou staan, langs de groeve. Huilende familieleden, Leontien die zich op de kist wilde werpen. Of zou Tom gecremeerd worden? ja, dat leek hem wel iets voor Tom. Driehuis-Westerveld waarschijnlijk. Tom kwam uit die buurt. Met het team zouden ze afscheid nemen van Tom. Allemaal gekleed in het voetbaltenue, de rouwband nog om. Nee, dat kon niet, maar Tom had het waarschijnlijk een fantastisch idee gevonden.

'Hé, kom je ook nog 's,' zei Julius. 'Twee weken fysiek afwezig en nu weer geestelijk. Wat is er met je aan de hand?'

Leontien belde op. Morgen zou ze naar Sietske gaan. Ze had nog overal spullen staan, en bovendien, die kamer was wel opgeknapt, maar hij was verder helemaal kaal en leeg; geen bed, geen stoelen, helemaal niets. Of Frits haar zou kunnen helpen. Natuurlijk, ze kon het bed uit de studio tijdelijk krijgen, en hij hield ook nog een paar stoelen over. 'Ik zit hier toch maar in m'n eentje.'

'Niet zielig doen,' had ze geantwoord.

'Ik doe niet zielig. Het zijn de feiten.'

'Ik kom niet bij je terug, dat weet je.'

'Dat vraag ik toch ook niet.'

Hij had haar door de telefoon een diepe zucht horen slaken, en ze had gelijk. Hij zou het nooit toegeven, maar hij bedoelde het wel te vragen. Vreemd was dat eigenlijk. Je wilde zoiets niet direct zeggen, en daarom suggereerde je het alleen maar voorzichtig, in een soort onderlaag. En als degene aan wie de verborgen boodschap was gericht, vroeg of dat misschien de bedoeling was, dan ontkende je het heftig, terwijl je juist wilde dat ze het zo opvatten. Misschien was het net zo als met dat verhaal over die onzichtbare colareclames in films, waarvan Frits nooit te weten was gekomen of het nu waar was of niet. De colabeelden duurden slechts enkele milliseconden. Te kort om bewust te worden waargenomen, maar ze werden wel geregistreerd door het onderbewuste. Dat was misschien ook de bedoeling van die verborgen boodschappen.

Hij had een busje gehuurd, een Ford Transit. Eerst reed hij naar het hotel. Ze zat al klaar met twee tassen. Er leek niets aan de hand.

'Wat heb je met je haar gedaan?' vroeg ze.

'O, geknipt.'

'Ja, dat ziet een blinde nog. Je lijkt wel een skinhead.'

Hij streek met zijn hand over zijn hoofd. 'Moet je ook 's doen, een lekker gevoel.'

Ze maakte een soort klikkend geluid tussen haar tanden.

'Is dit alles?' vroeg hij.

'O ja,' zei ze. 'Ik moet nog vijfenzestig gulden betalen. Kun jij dat even voorschieten?'

Ze gingen eerst naar het huis van Annefiet en Frank. Daar stond ook nog een tas. Ze omhelsde Annefiet. Daarna reden ze naar de etage van Sietske. De kamer was kaal en koud.

'Mooi opgeknapt, hè?' zei ze.

Ze dronken koffie. Het leek of niemand iets wist te zeggen. Sietske bood nog meer koffie aan.

Toen ze in zijn huis waren om de meubels op te halen, vroeg Frits of ze morgen ook naar de begrafenis zou gaan.

Ze keek hem aan met grote schrikogen. 'Van Tom bedoel je?'

Ja, had hij bijna gezegd, van wie anders. Hij knikte.

De tranen sprongen in haar ogen. Het was of ze nu pas besefte dat hij echt dood was. Zolang hij nog boven de grond lag, kon het een vergissing zijn, kon alles ongedaan worden gemaakt. Maar zodra hij zou worden begraven, was het definitief. Dan was er geen terugweg meer mogelijk.

Ze liet zich op een stoel vallen en huilde met gierende uithalen. Hij haalde een glas water voor haar, wilde het haar aanbieden, maar ze sloeg het uit zijn handen.

Plotseling was ze stil, en keek met roodbehuilde, wijd opengesperde ogen voor zich uit. Het was onbegrijpelijk. Hij had haar verlaten, bedrogen, in de steek gelaten, voorgelogen, wat niet al, en toch liet ze zich nog zo door hem pijnigen. Ze moest opgelucht zijn dat ze van hem af was. Hij zou haar niet meer najagen in haar dromen, ze kon niet meer naar hem verlangen. Ze kon haar eigen leven inrichten. Dat had ze aan hem, Frits, te danken. Alleen leek ze het nog niet te beseffen.

Ze haalde haar neus op. 'Hoe weet je dat? Heb je een kaartje gehad of zo?'

Frits knikte.

'Waarom heb ik dat dan niet gekregen?'

'Weet ik niet. Ze hadden misschien je adres niet.'

'Ik moet even iets aan m'n gezicht doen.' Ze liep naar de behandelkamer.

Toen ze terugkwam, had ze zich opnieuw opgemaakt. Alleen aan het wit van haar ogen kon je nog zien dat ze gehuild had.

'Alles staat er nog,' zei Frits.

'Wat wou je daar mee zeggen.'

'Niets... ik bedoel, eh, denk je dat je weer gaat beginnen?'

'Ik weet niet. Waarom zou ik weer beginnen?'

Hij zuchtte. 'Je hebt die hele opleiding toch niet voor niets gevolgd, en al die spullen gekocht. Die stoel kostte alleen al bijna tweeduizend gulden.'

Leontien stak een sigaret op, en nam kleine, zenuwachtige trekjes. 'O, wil je soms je geld terug?'

'Daar gaat 't niet om. Ik vind het gewoon zonde.'

'Ik begrijp niet hoe je over zoiets kunt beginnen als we het over de begrafenis van Tom hebben.'

'Ik dacht er alleen maar aan omdat je je opmaakte... gewoon een associatie.'

'Of wil je dat ik weer hier in huis kom werken?'

'Als je dat wilt, moet je dat zelf beslissen.'

Leontien drukte driftig haar sigaret uit en pakte meteen weer een ander. 'Ik wil helemaal niks beslissen. Ik wil er niet eens over denken. Laten we alles in de auto zetten. Ik heb geen zin om hier langer te blijven.'

'Je hebt hier jarenlang gewoond.'

'Daarom juist,' zei ze terwijl ze opstond.

Ze wilde het dekbed niet meenemen, en zocht een paar dekens uit.

Plotseling begon de bovenbuurman weer te timmeren.

'Doet-ie dat nog steeds?' vroeg Leontien.

'Ja, 't gaat maar door. Ik denk wel 's dat-ie alles wat-ie maakt weer afbreekt, en dan opnieuw in elkaar timmert.'

'Doen we dat niet allemaal?' Plotseling klonk ze heel doortastend. 'Kom, de auto staat dubbel geparkeerd, we moeten inladen.'

Toen ze een lage stoel, een keukenstoel, een tafeltje en een koffer met kleren in de auto hadden gezet, moesten ze nog naar de studio voor het bed. Ze stonden stil voor het pand. Hij probeerde te bedenken hoe hij Leontien zo ver kon krijgen dat ze in de auto zou blijven zitten. Hij wilde haar niet boven hebben, was er niet zeker van dat hij zich dan onder controle zou kunnen houden. Maar hij kon moeilijk voorstellen het bed alleen naar beneden te sjouwen.

'Nou,' zei Leontien, 'waar wacht je op?'

'Ik... eh, ik bedacht dat je hier al zo lang niet geweest bent. Vroeger kwam je hier elke week wel een paar keer. En nu...' Hij hief zijn handen in de lucht in een gebaar van vergeefsheid.

'Zo gaan die dingen.' Ze stapte uit.

Boven wilde hij haar tegenhouden, maar ze liep over de plek waar Tom had gelegen. Even stelde hij zich voor dat met een krijtje de omtrek van het lichaam zou zijn getekend. Ze zag het niet, ze liep er dwars doorheen. Alles vertrapte ze.

'Wat doe je tegenwoordig?' vroeg ze. 'Wat voor opdracht?'

Eindelijk toonde ze een beetje belangstelling voor hem. 'O, wat kleine dingetjes. Ook nog iets voor Ronald, je weet wel, die hieronder zit. Iets anders heb ik verknald, dat was voor Hefferline. Ik had het niet op tijd af, wist niet wat ik moest maken. Ik had er ook helemaal geen zin in.'

'Hoe kwam dat?'

'Ach, dat heb je wel 's zo. Het ging gewoon niet. Niets menselijks is mij vreemd.'

Ze keek hem vragend aan, maar zei niets.

Hij stelde voor het bed naar beneden te dragen. Het bed... hoe vaak hadden ze er samen op gelegen? Leontien leek geen last te hebben van dergelijke associaties.

Toen zij al weer in de auto zat, ging hij nog even naar boven. Hij haalde de fles gewürztraminer uit de ijskast. Eerder had hij champagne overwogen, maar dat zou overdreven zijn.

Nadat ze alles boven gebracht hadden, haalde hij de fles te voorschijn, maar ze wilde niets drinken.

'Waarom niet?'

'Niet wij samen tenminste. Anders is het net of we wat te vieren hebben.'

'Dat hebben we toch ook. Je hebt toch een nieuwe kamer,' en hij maakte een gebaar naar de kale muren. 'Ik zal gauw een paar foto's brengen, dan kun je wat aan de muur hangen.'

'Nee, dat wil ik niet. Ik zoek zelf wel iets uit. Die kale muren bevallen me trouwens toch wel. Dat is weer eens wat anders dan de *Nachtwacht*.'

'Nou ja, goed, zelf weten. Echt niks drinken?'

Toen hij wegging vroeg Leontien hem of ze ook naar de begrafenis zou kunnen gaan. Plotseling leek ze heel breekbaar en onzeker. Haar stem klonk zacht.

'Natuurlijk, een begrafenis is openbaar. Het klinkt misschien gek, maar het is zo.'

'Hoe ga jij?'

Hij zou deze auto nog een dag kunnen houden. Ze zouden er samen naartoe gaan, en samen terugkomen. 'Met deze auto, denk ik. Zal ik je op komen halen?'

Frits zou er om twee uur zijn. Om drie uur was de begrafenis. Ze had geen kleren voor zo'n gelegenheid. De laatste keer dat ze op een begrafenis was geweest, was toen haar opa was overleden. Ze was zestien. Hij lag opgebaard in de voorkamer, de 'mooie kamer', waar ze alleen 's zondags mochten komen. Het was een barse man die geen twee woorden zei als er één voldoende was. Gek genoeg zag hij er in de kist heel vredig uit. Ze kon zich niet herinneren hem ooit zo vriendelijk te hebben gezien. Zou Tom ook nog liggen opgebaard, of was de kist al dicht? Ze huiverde. Kon ze ertegen hem te zien?

Zouden er andere vriendinnen van hem zijn? Ze zat al een kwartier met haar jas aan sigaretten te roken op het bed. De as tipte ze op een bordje, wat haar plotseling heel vreemd voorkwam. Wat was Frits laat. O nee, het was nog maar tien voor twee. Frits zou op tijd zijn, dat wist ze zeker. Frits, die dacht dat ze met de tijdmachine weer terug konden naar het verleden. De dood van Tom was genoeg om de oude situatie weer te herstellen. Als het niet zo treurig was, dan zou ze erom kunnen lachen. Misschien had ze vandaag niet met hem mee moeten rijden, voedde ze zo zijn valse illusies, maar ze durfde niet in haar eentje te gaan.

Ze schrok toen de bel ging.

Ze zag eruit of ze flink tussen de deur had gezeten. Hij vroeg hoe het ging, maar ze gaf geen antwoord, staarde slechts voor zich uit. Toms zwager had een korte toespraak gehouden. Eén frase wist Frits zich nu nog te herinneren: 'Zo wreed uit ons midden weggerukt terwijl hij nog zo veel plannen en zo veel idealen had.' De zin kwam regelrecht uit overlijdensadvertenties. Frits vroeg zich af of hij zelf nog iets voelde. Wroeging misschien of angst om alsnog te worden ontmaskerd, maar er was niets, niets anders dan zijn liefde voor Leontien. Waarom zou hij wroeging moeten voelen? Tom had Leontien vernederd en weggegooid. Wie zo met mensen omging, zocht het ongeluk. Tom had het zelf opgewekt, en hij, Frits, was alleen het instrument geweest, omdat Leontien het niet kon. Ja, dat was het. Ze wist het nog niet omdat haar verdriet andere gevoelens naar de achtergrond schoof, maar eens zou ze het beseffen, en ze zou hem dankbaar zijn.

En bang hoefde hij niet te zijn. Als hij al ooit op het lijstje van verdachten had gestaan, dan was hij inmiddels weggestreept. Overdelinden en Blok zaten discreet op de achterste rij. Hij had geen last meer van hen gehad, en zou dat ook niet krijgen. Ze hadden zelfs niet gevraagd wat hij gedaan had op de dag dat Tom was verdwenen, of hij wel een alibi had. Nee, dat had hij niet, hij was gewoon tot 's avonds laat op zijn studio aan het werk geweest, en daarna naar huis gegaan. Nee, hij had niemand gezien. Leugens waren niet nodig. Hij was veilig.

Hij keek opzij naar Leontien. Ze stonden nog steeds op de parkeerplaats van het crematorium. Toen hij weg wilde rijden, had ze zijn hand met het contactsleuteltje tegengehouden. Ze had niets gezegd. Hij zag dat ze niet meer kon huilen, maar dat het binnen een woeste tranenzee was. En Tom had haar dit aangedaan. Die was begonnen met een leuke flirt na het voetbaldiner, en had zich niets aangetrokken van de verplichtingen die daar uit voortvloeiden. Hij dacht zeker dat andere mensen speelgoed waren, dat je in een hoek kon gooien als je uitgespeeld was.

'Knars niet zo op je tanden,' zei Leontien plotseling.
'Doe ik dat dan?'
'Ja, heb je dat zelf niet eens in de gaten?'
'Nee. Het gaat vanzelf denk ik.'
'Wil je weg? Wil je naar huis?'
Hij haalde zijn schouders op. ''t Maakt mij niet uit.' Misschien was dit de verkeerde reactie, en wilde ze dat hij initiatief zou tonen, niet zo willoos ach-

ter haar aan zou lopen. Zeg jij het maar, dan pas ik me wel aan. Dat was zo'n beetje zijn houding geweest. 'Of laten we maar 's gaan. Waar moet ik je naartoe brengen?'

'Zullen we ergens wat gaan drinken?'

Hij reed naar het strand van Bloemendaal. Er stond veel wind, te veel om buiten te kunnen zitten. Boven aan het duin stonden ze naar de aanrollende golven te kijken. Schuimdotten verspreidden zich over het strand, achternagezeten door de wind. Zelf werden ze bijna teruggeblazen. Frits sloeg een arm om Leontiens schouders. Ze werkte zich niet los. Even meende hij zelfs dat ze tegen hem aanleunde.

Ze gingen naar binnen en dronken koffie met cognac. Er werden hier veel appelpunten verkocht, en warme chocolademelk met slagroom. Ze zaten zwijgend bij elkaar. Ze bestelden nog een cognacje. Frits voelde de drank door zijn lichaam trekken. Vandaag begon zijn leven opnieuw. Het was een verschrikkelijk cliché, maar daarom niet minder waar. Het verleden was letterlijk begraven.

'Je bent lief voor me,' zei Leontien. 'Dat verdien ik niet.'

'Ach...' Zijn strottenhoofd was dicht geplamuurd.

'Jawel,' zei ze. 'Zoals ik je behandeld heb de afgelopen tijd, verdien ik het niet. Een ander zou me al lang in m'n sop gaar hebben laten koken.'

Frits zag het beeld voor zich: zo'n ouderwetse cartoon met een grote stoofpot waar Leontien in zat en dansende kannibalen daaromheen. Hij was een van die kannibalen. 'Maar ik ben niet een ander.'

'Nee, gelukkig niet.' Ze zuchtte diep en keek naar buiten. 'Weet je, hier vlakbij zit Helma, in Santpoort. We zouden bij haar langs kunnen gaan, maar ik denk... ik denk dat ik dat niet op kan brengen.'

'Dan moet je het niet doen.'

Zonder iets te zeggen stond ze op en liep naar het raam om naar de zee te kijken. Ze stond er bijna tien minuten. Frits durfde zich niet bij haar te voegen. Ze liep naar buiten. Hij ging nu zelf voor het raam staan en zag haar op de smalle reep strand die de opgezweepte zee nog had overgelaten. Als ze het water in zou lopen, was hij te laat, dan was ze verloren. Ze deed een paar stappen naar voren en hij hield zijn adem in. Een aanrollende golf deed haar weer achteruitwijken. Dat ging vijf minuten zo door. Het was of ze een spel speelde met de golven. Ze draaide zich om en klom weer naar boven. Hij ging snel terug naar zijn stoel.

'Ik moest nog even uitwaaien,' zei ze.

Zij nam nog een cognacje, hij alleen koffie.

Toen ze weer op de terugweg naar Amsterdam waren, vroeg hij waar hij haar af moest zetten.

'Ik weet niet. Ik durf niet zo goed alleen naar huis te gaan, naar die kouwe, kale kamer.'

'Zullen we in de stad iets gaan eten? Het is nu al over zessen.'

'Ik heb geen honger.'

'Maar je…' Hij corrigeerde zich bij voorbaat. Vroeger zou hij gezegd hebben dat ze moest eten, dat ze voedsel nodig had, maar dat soort initiatief had Leontien niet nodig. 'Maar ik wil wel wat eten. Je kan er ook gewoon bij gaan zitten, alleen wat drinken.'

Frits parkeerde de auto vlak bij zijn huis.

'Moet je hem niet terugbrengen?' vroeg Leontien.

'Ach, dat kan later ook nog wel. Die paar uur langer maakt ook niks uit.'

Toen ze eenmaal in het Italiaans restaurant zaten, bleek Leontien toch iets te willen eten. Ze nam lasagne, hij een pizza. Ze at ongeveer de helft van haar schotel op. Het meisje dat kwam afruimen vroeg of het gesmaakt had.

'Die lasagne kwam zeker uit de diepvries?' vroeg Leontien.

Het meisje knikte bijna onmerkbaar.

'Dat dacht ik al. Van buiten was het gloeiend heet, en van binnen nog steenkoud. Zeg maar tegen de kok dat-ie het voortaan langer in de oven moet laten staan.'

Het meisje liep weg zonder iets te zeggen. Een paar minuten later kwam ze terug met een man die een baard van drie dagen had. Hij vroeg of Leontien klachten had. Ze herhaalde wat ze al eerder tegen het meisje had gezegd.

'Het spijt me,' zei de man. 'Mag ik u dan een kop koffie aanbieden namens het huis?'

'En graag een borreltje erbij,' zei Leontien, 'een grappa.'

26

Leontien vertelde over Annefiet en Frank. Ze leek weer helemaal hersteld. Of eigenlijk: er leek niets te zijn gebeurd. Ze vertelde gewoon een waanzinnig verhaal, zoals ze vroeger ook wel deed. Vooral het incident met Frank in de auto was prachtig. Wat een lef om daarna terug te gaan en om onderdak te vragen.

'Eigenlijk was het pure chantage,' zei ze, 'moreel dus verwerpelijk.'

'Het doel heiligt de middelen.' Zo was het ook met hem en Tom, en Leontien zou dat begrijpen. 'Wel gek dat hij haar plotseling vertelde wat er gebeurd was...'

'Ach, zo gaat dat. Ze was natuurlijk ook niet voor niks met hem getrouwd. Ze hoorde toch thuis in dat wereldje van hem. Eerst vond ze het wel spannend om met mij om te gaan, de dingen die ik deed en die ik durfde te zeggen, maar uiteindelijk had ze toch het gevoel dat haar bestaan bedreigd werd, haar veilige, zekere bestaan.'

'Maar dat zegt nog niet waarom hij haar het hele verhaal vertelde,' zei Frits.

'Ja, ik weet 't niet. Schenk nog eens in als je wilt.'

Ze waren al aan een tweede fles begonnen. Leontien had niets gezegd toen ze naar zijn huis liepen. *Just like old times.* Het ontbrak er nog maar aan dat ze met haar eigen sleutel de deur openmaakte. Had ze eigenlijk nog wel een sleutel?

'Ze botsten gewoon op elkaar,' zei Leontien.

Even wist Frits niet waar ze het over had.

'Een flinke *clash*, en dan komt er van alles los, dan komt er van alles en nog wat vrij. Zo moet je het zien, denk ik. Dat gebeurde tussen Tom en mij ook wel eens.'

'Maar Tom...' Nee, daar moest hij niets over zeggen.

'Wat is er met Tom?'

'Nee, niks... maar bij die botsing toen heeft die Frank haar dus verteld over dat zoenincident in z'n auto. Dat is toch raar, terwijl hij haar nou juist verwijten zat te maken over haar gedrag. Zo was het toch?'

Ze knikte. 'Jij begrijpt het niet, omdat je denkt dat zoiets logisch in elkaar moet zitten. Maar zo gaat 't niet altijd, Frits, zo gaat 't heel vaak niet. Mensen zijn geen rationele wezens. Kijk maar naar mij,' en ze lachte.

Dat was voor 't eerst dat hij haar vandaag zag lachen.

'Jij wilt alles begrijpen en verklaren. Zo hou je controle over het leven, over jouw leven, en ook over dat van anderen. Dat denk je tenminste... ja, proost... maar in het echt gaat 't anders, wordt het soms een grote kutzooi.'

Hij wilde naar de wc, maar had plotseling moeite om de deur open te krijgen. Toen hij terugkwam, was zijn glas weer vol.

'Wat is er tegen om dingen te willen be... eh, te verklaren?' vroeg hij.

'Niks, maar je kunt er gauw te ver mee gaan. Je moet weten wanneer je ermee op moet houden.'

'Kon Tom dat?'

'Hou op over Tom,' zei ze verbeten.

'Waarom?' Hij wilde over Tom praten, hij moest over Tom praten.

'Omdat het afgelopen is. Die rotzak heeft me eerst in de steek gelaten, en toen heeft-ie zich met z'n domme kop ook nog laten vermoorden.' Ze lachte weer even, maar het klonk verre van vrolijk. 'Een rotzak, dat was-ie... Hij ging zomaar weg, zonder iets te zeggen. Even op vakantie naar de Rivièra, zeker samen met een leuke meid, en ik klom ondertussen jankend van pure ellende in de gordijnen. Wat je ook doet, Frits, word nooit verliefd op een of andere rotgriet die dat soort dingen uithaalt. Je gaat eraan kapot, finaal kapot. Het is net of Tom bij mij binnenin ook alles stuk heeft gemaakt. Ik kon vanmiddag niet eens meer janken.' Met een paar flinke slokken dronk ze haar glas leeg en ze gebaarde Frits om opnieuw in te schenken.

'Van de doden niets dan goeds,' zei hij.

'Waarom eigenlijk? Als ze dood zijn hebben we toch niks meer van ze te verwachten, dan kunnen we tenminste eerlijk zijn. Zo is het toch?' Ze stak weer een sigaret op. Er lag al een half pakje peuken in de asbak. 'Maar dat-ie wegging is nog niet eens het ergste. Ik bedoel, dat kan ik nog begrijpen... dat-ie 't niet meer zag zitten, dat 't hem te veel werd of zo. Maar dat-ie niks van zich heeft laten horen toen-ie terugkwam, dat ik geen telefoonnummer of adres mocht hebben...'

'Dat moet je enorm pijn hebben gedaan,' zei Frits.

'Wat heet... ik was er helemaal kapot van. Ik ben bijna een week m'n bed niet uitgeweest.'

'Terwijl-ie toch uitgerust en wel uit Frankrijk terugkwam, met de slaaptrein dacht ik.'

'Precies... maar wat deed-ie? Hij ging een partijtje voetballen. Dat stomme voetbal was belangrijker dan ik. Ik was gewoon een hoer die hij aan de kant geschoven had, die had afgedaan. Weet je wat voor gevoel dat is? Ja, natuurlijk weet je dat. Sorry...'

'Maakt niet uit,' zei Frits. 'Ik begrijp wat je bedoelt.'

'En nou heeft-ie me dit allemaal geflikt, en nou is-ie ook nog verdwenen. Hij is weg, voorgoed... pleite.'

De woorden lagen zo voor de hand: je hebt mij toch nog. Op mij kun je rekenen, op mij kun je bouwen. Ik zal je helpen. Maar hij hield zich in. Het kostte moeite, maar hij hield zich in. Hij wist dat hij op moest houden met drinken, maar nam toch nog een slok. Straks zou hij haar niet met de auto naar haar kamer kunnen brengen.

'Ik kan niet eens meer wraak nemen,' zei ze. 'Zelfs die kans heeft-ie me ontnomen, die vuile, achterbakse, stiekeme rotzak.'

'Maar ik heb...' Zijn woorden bleven in de lucht hangen. Hij zag ze zweven.

'Wat heb je?'

'Nee, niks.'

Ze stond op, kennelijk om naar de wc te gaan. Ze liep een beetje wankelend, stootte tegen zijn stoel en viel half over hem heen. Ze giechelde een beetje. 'Langgeleden dat ik zo bij je op schoot heb gezeten.'

Hij rook haar, dwars door de drank- en sigarettenlucht heen.

'Je moet lief voor me zijn,' zei ze terwijl ze geen enkele poging deed om overeind te komen. 'Ik heb je nodig... ik kan het niet alleen, ik heb het geprobeerd, maar het lukt niet.'

Hij zoende haar voorzichtig op haar wang.

'Nee, niet doen. Ik ben dronken, geloof ik. Tom heeft alles kapotgemaakt, dat moet je goed weten... Weet je dat?' Ze keek hem met grote ogen aan.

Hij knikte.

Pas na een minuut of vijf kwam ze terug. Hij had al willen kijken waar ze bleef. Ze had zich opnieuw opgemaakt. De telefoon ging net toen ze er langs liep.

Achteloos nam ze op. 'Met Leontien... ja, Frits is er. Ik zal hem even geven.' Ze hield hem de hoorn voor, het spreekgedeelte afdekkend met haar hand. 'Ene Miranda... een nieuw vriendinnetje?'

Miranda belde op om te zeggen dat Hilco morgen uit het ziekenhuis zou worden ontslagen. Of Frits mee zou gaan om hem op te halen. Nee, daar had hij geen tijd voor. Binnenkort zou hij langs komen.

'De vriendin van Hilco,' verklaarde hij tegenover Leontien.

'Heeft-ie een vriendin? Een vaste vriendin?'

''t Lijkt erop.'

'Nou, dan zijn de wonderen de wereld nog niet uit. Misschien dat ik dan ook nog 's iemand aan de haak sla, een keurige, betrouwbare man. Wat heeft Tom eigenlijk gezegd toen-ie die laatste keer bij je was?'

'Hoe weet je dat... dat-ie nog bij me langs geweest is?'

'Heeft Overdelinden verteld.'

Frits dronk zijn glas leeg. Er zat nog een bodempje in de fles dat hij eerlijk over de twee glazen verdeelde. Hij morste wat op het kleed. 'Proost... ja, wat zei Tom? Waarom-ie weg was gegaan... dat-ie 't met jou niet meer uit kon houden.'

Hij zag hoe Leontien haar vuisten balde in haar schoot. 'Ga door,' zei ze. 'Ik kan het hebben.'

'Wat zei-ie verder ook alweer? O ja, hij noemde je een hysterische trut.'

'Wat?'

Hij geloofde nu zelf dat Tom dat had gezegd. Hij wist het zeker. 'Ja, een hysterische trut, met wie absoluut niet te praten viel, die niet voor rede vatbaar was. Daarom wilde hij je ook niet meer zien. Hij wilde niks meer met je te maken hebben.'

Hij keek haar aan, schaamde zich bijna voor de woorden die hij had gebruikt, alsof het zijn eigen woorden waren. Haar gezicht was vertrokken in een krampachtige grijns.

'En wat zei jij?' vroeg ze.

'Dat hij het niet kon maken om zo over jou te praten, dat het geen stijl was. Hij had niet voor niets zo veel maanden met je samengewoond.'

'En hoe reageerde hij daarop?' Ze articuleerde moeizaam.

'Hij zei nog 's dat je een dolgedraaide hysterische aanstelster was die je maar beter uit je leven weg kon strepen. En toen... toen wilde hij weggaan, gewoon weggaan alsof er niets gebeurd was, alsof-ie je niet door de stront had gehaald. Hij pakte die verdomde voetbaltas, maar ik wou hem zo niet weg laten gaan na alles wat-ie over jou gezegd had, wat-ie jou had aangedaan. Dat begrijp je toch wel?'

Ze knikte. Nog nooit had hij zo'n blik in haar ogen gezien.

'Dus ik probeerde die tas af te pakken. Ik vond dat-ie er niet zo makkelijk van af kon komen...' Hij keek naar de muur, naar het portret van Leontien. Die keek aanmoedigend terug. Ze begreep het. Nee, meer dan dat. Ze wilde het horen, ze wilde weten hoe hij haar gewroken had. 'Ja, hij wilde toch weggaan, rukte die tas weer uit m'n handen. Hij sloeg me. Ja, hij begon. Dus sloeg ik terug, zo hard mogelijk. Maar hij is zwaarder, hij is sterker, en ik viel, ik viel heel ongelukkig. En hij sprong boven op me. Ik dacht dat-ie... dat-ie me wilde vermoorden. Ik was bang. Maar er was een hamer... zomaar.' Hij lachte even. 'Ik weet niet hoe het kwam, maar ik dacht weer aan jou, wat-ie jou had aangedaan, en ik sloeg, ik sloeg nog meer, steeds meer, met die hamer. Ik weet niet eens of-ie schreeuwde, of-ie pijn gehad heeft. Ik weet ook niet hoe lang het duurde. Vijf minuten? Dertig seconden? Tien seconden? Plotseling was het over.'

Hij keek nu weer naar Leontien. Ze had haar knieën opgetrokken alsof ze zichzelf wilde beschermen. Haar hand hield ze voor haar mond. Ze zei iets, maar hij kon het niet verstaan.

'Wat zeg je?'

'Het is niet waar, hè? Zeg dat 't niet waar is.'

'Maar je haatte hem om alles wat-ie jou heeft aangedaan, dat zei je zonet nog.'

'Tom,' fluisterde ze, 'Tom.'

'Zo kon je toch niet verder leven.' Hij wilde naar Leontien, hij wilde haar in zijn armen nemen, dan zou alles weer goed zijn, maar de kamer wankelde en hij liet zich terugvallen in zijn stoel. Hij zag Leontien nog in een vage mist.

'Je kon zo niet verder leven,' zei hij. 'Tom maakte je gek, zolang hij nog leefde. Dat was-ie niet waard. Ik heb het gedaan om jou te helpen. Dat begrijp je toch wel?'

Hij wilde zijn glas pakken, maar er zat niets meer in. Vanuit een mist zag hij plotseling Leontien op zich af schieten. Ze had een glas in haar hand dat ze stuksloeg op de rand van de tafel. 'Klootzak... klootzak... klootzak... je hebt hem vermoord... je hebt hem vermoord!'

Ze bleef schreeuwen, steeds harder. Ze moest ophouden, nu onmiddellijk. De buren zouden haar kunnen horen. Waarom begreep ze niet dat hij het voor haar had gedaan? Ze moest het begrijpen. Met een snelle beweging draaide hij haar pols om zodat ze het glas moest loslaten, maar ze kwam niet tot bedaren. Het was of haar woede alleen nog maar groter werd. Hij legde een hand op haar mond om haar te laten zwijgen. Hij voelde de scherpe beet van haar tanden in zijn vingers en met een kreet van pijn trok hij zijn hand terug.

'Moordenaar! Vuile moordenaar!'

Hij greep haar bij haar schouders, schudde haar door elkaar, maar ze was niet stil te krijgen. Dit moest ophouden. Zijn handen sloten zich om haar hals. Het verbaasde hem hoeveel kracht hij nog in zijn vingers had. Eindelijk zweeg ze.

Doelloos liep hij door zijn studio. Al drie keer had hij de opstelling veranderd. Hij had een paar opnames gemaakt, ontwikkeld en gecontact. Daarna was hij aan de tafel gaan zitten en had een sigaret opgestoken. Hij wilde de grauwe smaak in zijn mond proeven.

Er werd geklopt. Hij schrok. Het was Ronald. Waar de foto's bleven?

'Welke foto's?'

'Laatst, je weet wel, wat we hadden afgesproken.'

'Ik heb zoveel afgesproken,' zei Frits.

'Ja, daar heb ik geen boodschap aan. Ik heb die foto's nodig.'

'Wanneer?'

'Nu.'

'Morgen brengen,' zei Frits.

Ronald tikte met zijn hand ritmisch op de tafel. Het was een irritant geluid, vooral omdat hij het ritme niet goed kon vasthouden.

'Ik zal er vanmiddag mee beginnen,' beloofde Frits.

'Dus morgen heb ik ze?'

'Misschien vanavond al.'

Frits durfde niet meer te vragen wat hij ook alweer moest fotograferen. Morgen zou hij wel zeggen dat alles mislukt was. Of hij zou ziek worden, dat was het laatste redmiddel. Eigenlijk had hij hier vandaag niet moeten komen, maar hij kon niet thuisblijven. Nu was het of hij nooit meer terug zou kunnen naar zijn huis, maar hij wist dat het zou slijten. Vannacht, of eigenlijk vanochtend vroeg, had hij hier willen slapen, maar hij bleef klaarwakker. Hij had onder één deken gelegen. Zou de andere nog op het politiebureau zijn? Hoe lang zouden ze zoiets bewaren? De werking van de alcohol nam langzaam af. Beelden werden scherper, en begonnen pijn aan zijn ogen te doen. Hij wilde weer drinken, maar wist van de fles af te blijven. Stel je voor als hij vannacht aangehouden was door de politie: alcoholcontrole, op een pijpje blazen, misschien een bloedtest. Meneer, laat u uw auto hier maar staan.

Vanochtend had hij de auto naar het verhuurbedrijf gebracht na de achterbak grondig schoon te hebben gemaakt. Hij had verwacht dat ze verbaasd zouden zijn omdat de auto later terugkwam dan toegezegd, maar daar maakten ze geen opmerking over. Hij moest zijn handtekening nog zetten op het huurformulier, en had bijna het gevoel een schuldbekentenis te signeren.

Hij kon niets doen zolang er geen telefoontje kwam. Waarom belde Sietske niet? Ze moest toch al iets hebben gemerkt? Of werkte ze misschien vandaag, zou ze pas vanavond weer thuiskomen? En waarom zou ze juist hem bellen?

Hij maakte koffie in het keukentje. Het bruine vocht smaakte nog bitterder dan anders. Hij deed er een beetje suiker bij, maar het bleef smerig.

Nu was het moment om opnieuw te beginnen. Het verleden was werkelijk uitgewist. Wat hij voor Leontien had willen bereiken, bleek hij nu voor zichzelf te hebben gedaan. Ze kon toch niet meer gelukkig worden. Haar leven bevond zich op een dood spoor, en ze stond niemand toe om haar de weg te wijzen. Hij had geprobeerd haar te helpen, op alle mogelijke manieren, maar ze had hem genegeerd. Hij was tot het uiterste gegaan, hij had alles voor haar opgeofferd, en daarom was ze hem aangevlogen.

Zou hij weer zo dicht mogelijk bij de waarheid moeten blijven? Nee, midden in de stad had hij haar uit de auto gezet, dat was beter. Anders was de parallel met Tom, die ook een laatste bezoekje aan hem had gebracht, te duidelijk. Ze leek over haar toeren, maar hij wilde niets meer met haar te maken hebben. Als ze hem zo behandelde, zocht ze het verder zelf maar uit.

Hij haalde brood, spek en eieren, maar de vette lucht van gebakken spek deed hem kokhalzen. Eén flesje bier was toegestaan om de dorst te lessen.

Hij sloot zijn ogen en zag haar gezicht. Haar ogen waren het ergste. Wat was het? Paniek, angst, maar ook verwijt. Toen hij eenmaal begonnen was, moest hij doorgaan. Als hij was opgehouden, zou ze onmiddellijk naar de politie lopen. De weg terug was afgesloten, terwijl hij eigenlijk alleen maar gewild had dat ze ophield met schreeuwen. Hij keek de studio weer in en zag haar schim wegduiken. Zou ze zo altijd bij hem blijven?

Hij lag de hele nacht wakker. Af en toe zakte hij even weg in een halfslaap, waarin alles opnieuw gebeurde. De ene keer stond Tom toe te kijken, de andere keer Leontien. Ze zeiden niets en keken alleen maar. Hij kwam uit bed en dronk twee glazen water. Misschien had hij thuis niet alles opgeruimd. Ze had zich nog opgemaakt. Waar waren die spullen? Had ze ze weer in de zak van haar spijkerjack gedaan? Had hij ze zelf opgeruimd, daarna? Hij wist het niet meer. Nu meteen zou hij naar huis moeten om te kijken. Elke minuut kon te laat zijn.

Het was bijna halfvijf. Hij stapte op de fiets en reed zo snel mogelijk naar huis. Uitgeput kwam hij boven. Koortsig doorzocht hij alle kamers. Hij zette de vuilniszak beneden op straat.

De volgende dag belde Sietske. Nee, hij wist niet waar Leontien was. Ze maakte zich ongerust. Na de crematie was ze niet meer thuisgekomen, tenminste, Sietske had haar niet meer gezien. Hij had haar afgezet op de Rozengracht. Ja, ze leek nogal van streek. Het had haar allemaal erg aangegrepen. Waarom hij haar niet naar huis had gebracht? Dat wilde ze niet, en Sietske begreep toch wel, als Leontien iets niet wilde, dan kon je maar beter niet aandringen, want ze werd alleen maar halsstarriger.

'Dus je weet niet waar ze is?'

'Nee, ik heb geen benul. Ik dacht dat ze bij jou zat, dat ze naar haar kamer zou gaan.'

'Vind je dat ik de politie moet bellen?'

Hij was nu ervaren. Het beste was om het mensen niet af te raden. Dat had hij de eerste keer met Tom gedaan, en het gevolg was dat Overdelinden de deur bij hem had platgelopen.

'Ja, misschien is dat het beste. Ik weet het ook niet. Heb je haar familie al geprobeerd?'

'Helma, haar zus, is toch opgenomen?'

'Ik dacht 't wel.'

'En ik durf haar ouders niet te bellen. Als ze daar niet is, dan schieten die mensen natuurlijk meteen in de stress, terwijl er misschien niks aan de hand is. Trouwens, het lijkt me heel onwaarschijnlijk dat ze daar naartoe is. Ze zei laatst nog dat die mensen haar op de zenuwen werkten, dat ze binnen een paar uur tegen het behang ging. Wat denk je, zal ik nu bellen of nog een paar dagen wachten?'

'Heb je Jacqueline gebeld of Telma? Misschien weten die iets.'

'Heb ik al geprobeerd, ja, maar die wisten ook niks. Ik heb trouwens een paar keer naar je huis gebeld, maar daar ben je zeker bijna nooit?'

'Ik heb het druk,' zei Frits. 'Veel opdrachten.'

Twee dagen later werd er aangebeld.

'Overdelinden,' hoorde hij door de intercom.

Hij ervoer bijna een gevoel van bevrijding. Eens moest het komen. Het beste was maar zo snel mogelijk.

Overdelinden ging zitten, keek om zich heen alsof hij iets zocht, en richtte toen zijn blik op Frits. 'Ik heb een vervelende mededeling voor je.'

Frits keek hem vragend aan.

'Er is iets met Leontien gebeurd, iets ernstigs.'

'Een ongeluk? Ze heeft toch geen ongeluk gehad?'

Overdelinden schudde zijn hoofd. 'Nee... nou ja, een soort ongeluk.'

'Ligt ze in het ziekenhuis? Kan ik naar haar toe?' De gerepeteerde zinnen kwamen vanzelf uit zijn mond. Hij hoefde er nauwelijks bij na te denken.

'Het is erger... Ze is dood.'

'Dood? Maar dat kan niet... ze kan niet dood zijn. Over dit soort dingen kun je geen grapjes maken.'

'Het is geen grap. Helaas niet.'

Frits sloeg zijn handen voor zijn gezicht. Hij hoorde het klikken van een aansteker, en al snel drong de geur van sigarenrook zijn neusgaten binnen.

'Hoe?' vroeg Frits, diep ademhalend om een aandringende huilbui te bezweren, 'wat is er gebeurd?'

'Ze is vermoord.'

'Nee, dat kan niet. Dat bestaat niet.'

'Ze is vanochtend gevonden, in het water bij de Ringdijk... een man die aan het vissen was.'

'Is ze dan verdronken?' vroeg Frits. Hij voelde de tranen over zijn wangen lopen. Het was net of ze nu pas echt dood was, of Overdelinden door het hem te vertellen, haar van het leven had beroofd.

'Nee, gewurgd... door verstikking om het leven gekomen. Er zat nauwelijks water in haar longen.'

Frits kwam overeind en liep naar het keukentje. Hij kon er niet meer tegen om met Overdelinden in een ruimte te verkeren.

Overdelinden stond in de deur. 'Ik zal de familie waarschuwen. Ik begrijp dat je nu even alleen wilt zijn. Een volgende keer praten we wel verder.' Wat klonk er door in de stem van de politieman? Mededogen? Dreiging?

Hij belde naar Ronald. De opdracht kon hij niet uitvoeren wegens persoonlijke omstandigheden. Mensen durfden nooit verder te vragen als je dat begrip gebruikte. Het was bijna zes uur. Eerst was er opluchting geweest toen Overdelinden wegging. Maar dat gevoel sloeg snel om in onzekerheid, angst. Er stond iets te gebeuren en hij wist niet wat. Overdelinden schreef het scenario, regisseerde en was een van de hoofdrolspelers.

Hij ging naar een Chinees restaurant. Er zaten nog twee mannen alleen aan een tafeltje te eten. Frits at nog geen kwart van wat werd geserveerd.

Zonder een vast doel liep hij door de straten. Hij kwam langs een plek waar jarenlang 'Janneke wijf van ijzer, ik hou van je' op een blinde muur had gestaan. De tekst was nu verdwenen. Verfsporen waren nog vaag zichtbaar. Plotseling bemerkte hij dat hij in de buurt van de Ringdijk was. Zou de plek gemarkeerd zijn? Was het wel dezelfde plek? Of was ze afgedreven? Hij zag haar zwemmend in het water, een beeld uit veel gezamenlijke vakanties. Zijn nieuwsgierigheid won het bijna van zijn angst.

Hij ging terug naar zijn huis, en belde Sietske.

Ze wist het al. 'Verschrikkelijk,' zei ze, 'net of een of andere maniak het op ze heeft voorzien. Eerst Tom, nu Leontien. Het is gewoon niet te geloven.'

'Ja, verschrikkelijk... krankzinnig.'

'Misschien dat ik dat niet moet zeggen,' zei Sietske, 'maar ben jij nu niet bang dat jij de volgende bent?'

Ze zwegen allebei een tijdje.

'Daar had ik nog niet aan gedacht,' zei Frits ten slotte. 'Maar... maar wie dan? Wie zou zoiets doen?'

'Een gek, iemand die helemaal doorgedraaid is. Ik weet het ook niet. Gaat 't trouwens een beetje?'
'Net wat je zegt, een beetje... een heel klein beetje.'

27

Al drie dagen had hij niets gehoord van Overdelinden. Hij probeerde weer aan het werk te gaan, maar het was net of alles nieuw en onbekend was. Urenlang liep hij over straat. Op de Dam zat een man van rond de dertig achter een stapel dozen en een paar emmers. Met een paar stokken sloeg hij een drumsolo. Jongetjes van vijf jaar brachten er op Koninginnedag meer van terecht. De man bleef er heel serieus bij kijken, alsof hij werkelijk een fantastische, geïnspireerd drummer was, slechts gedupeerd door gebrek aan goed materiaal. Frits gooide een gulden in de op het trottoir getekende lege cirkel.

Sietske had hem opgebeld. Of hij een keer langs wilde komen. Misschien had hij het nodig om met iemand over Leontien te praten. Eerst had hij de uitnodiging af willen slaan, maar toen besefte hij dat dit een mooie oefening was voor de volgende confrontatie met Overdelinden, een confrontatie die onvermijdelijk moest komen.

Hij had beheerst gepraat over Leontien, zonder emoties uit de weg te gaan. Op een gegeven moment kwam Sietske tegenover hem op de grond zitten, een halve meter bij hem vandaan. Ze zat op haar knieën, en boog zich naar hem toe. Even dacht Frits dat het de bedoeling was dat hij haar zou omhelzen.

'Ik heb haar nooit echt goed begrepen,' zei ze. 'Jij wel?'

'Misschien. Soms deed ze dingen waar ik me geen raad mee wist, maar zij ook niet.'

'Je moet jezelf niks kwalijk nemen. Ik bedoel... Jij kon er niks aan doen. Ze zocht het nu misschien zelf.'

Frits haalde zijn schouders op. 'Ik had haar hier voor de deur moeten afzetten, haar naar boven moeten brengen. Ze was helemaal van de kaart.'

'Maar als ze dat nou niet wilde?'

'Dan had ik haar moeten dwingen.'

'Lieve Frits, zeg nou niet van die domme dingen.'

Hij kende zelf de uitdrukking maar al te goed: spelen als een oude krant. Ze verloren, maar hij wist niet met hoeveel. De kantine was een rokerig en lawaaierig biercircus. Mannen van een jaar of dertig met nu al zware bierbuiken dronken achter elkaar pijpjes pils, terwijl André Hazes op volle kracht door de ruimte schalde. Frits dronk een glas en hield het er toen niet meer uit. Zonder iets te zeggen liep hij naar buiten. De velden waren bijna leeg. Voor een van de doelen speelden een paar jongetjes. Ze leken nog kleiner dan ze al waren. Ze zouden opgroeien, een vriendin krijgen, trouwen... Of niet natuurlijk. Tranen schoten Frits in de ogen. Roel stond naast hem, vroeg of hij mee wilde rijden en wees nog eens naar de kantine. 'De samenleving als open inrichting.'

'Iedereen kan het gedaan hebben,' zei Frits toen ze in de auto zaten, 'iedereen.'

Maandag stond Overdelinden onaangekondigd voor de deur. 'Ik kwam eens kijken hoe het gaat.'

'Ik ben ontroerd door uw belangstelling,' zei Frits. 'Dat had u nou niet moeten doen.'

'Je bent al over de ergste schok heen?'

'Dat weet ik nog niet.'

'De grootste klap komt meestal pas later,' waarschuwde Overdelinden. 'Als je denkt dat je het zo'n beetje gehad hebt. Uit een soort hinderlaag overvalt het je dan. Heb ik al vaker meegemaakt.'

'Koffie?' vroeg Frits.

'Ja, graag.'

Toen Frits uit de keuken kwam met de koffie, vroeg Overdelinden of hij alweer een beetje aan het werk was.

'Ik probeer 't. Het zal wel moeten.'

Overdelinden praatte over het weer, parkeerproblemen in de binnenstad, vervuiling en het rijgedrag van taxichauffeurs. Frits knikte alleen wat en beperkte zich verder tot 'ja', 'nee' en 'mmm'.

'Kun je me nog eens vertellen wat er precies gebeurd is, die middag toen jullie van de begrafenis terugkwamen?' vroeg Overdelinden plotseling, na genietend de eerste trekjes van een vers sigaartje te hebben genomen.

'Moet het?' vroeg Frits.

Overdelinden knikte.

Frits vertelde hoe ze naar Bloemendaal waren gegaan, daar iets gedronken hadden, en ten slotte teruggereden waren naar Amsterdam waar hij Leontien had afgezet, ergens op de Rozengracht. 'Ze wilde eruit. Ik bood nog aan om haar naar haar kamer te brengen, maar ze wilde niet.'

'Waarom niet?'

'Ik weet niet. Ze was helemaal overstuur.'

'Maar dan had je haar toch juist niet moeten laten gaan.'

'Ik kon haar niet tegenhouden. Ze was uitgestapt voor ik het wist.' Frits zag het voor zich. Hij stond te wachten tot het stoplicht op groen zou springen. Ze keek hem met verwilderde ogen aan. Hij legde nog een sussende hand op haar arm, maar tevergeefs. Ze deed het portier open zonder te kijken. Een fietser wist haar vloekend maar net te ontwijken. 'Ze liep bijna tegen een fietser aan.'

'En wat heb jij toen gedaan?'

'Ik ben naar huis gegaan.'

'Gewoon, zomaar naar huis, alsof er niks aan de hand was?'

'Ja, wat moest ik anders?'

'Heb je nog naar haar gebeld? Of ze wel thuisgekomen was, hoe het met haar ging?'

'Eh... nee, ik dacht niet dat... eh...'

'Twijfel je? Weet je het niet zeker meer?' vroeg Overdelinden.

'Ja, natuurlijk weet ik het wel.'

'Nou ja, het kon zijn dat de hele toestand met die begrafenis en zo jou ook een beetje had aangegrepen, dat je je daarom alles niet meer zo goed kunt herinneren.'

'Ik weet het nog precies,' zei Frits, feller dan hij bedoeld had.

'Rustig maar, rustig maar. Enne... Je hebt dus weer een auto.'

'Ik had er één... gehuurd.'

'O, speciaal voor deze gelegenheid?'

'Nee, om de spullen van Leontien naar haar nieuwe kamer te verhuizen. Ik heb hem een dag langer gehouden. Dat kwam goed uit.'

'Dus die heb je zeker meteen teruggebracht, toen je thuiskwam van die begrafenis?'

Dit was de zwakke plek, en Overdelinden moest er onvermijdelijk op stuiten. Hij kon alleen de waarheid vertellen. De registratie bij het verhuurbedrijf zou hem anders onmiddellijk verraden. 'Nee, pas de volgende dag.'

'De volgende dag? Waarom? Dat kostte je tientallen guldens extra.'
''k Weet niet. Het kwam er gewoon niet van.'
'Waarom niet?'
'Ja, Jezus... weet ik veel.' Hij begon zich te ergeren aan het vriendelijk glimlachende gezicht van Overdelinden, die net deed of hij een tot niets verplichtend bezoekje bracht.
'Nou ja, ik vraag maar.'
'Vragen staat vrij,' zei Frits.
'Daar lijkt het niet helemaal op.'
'Daar kan ik ook niks aan doen.'
'Je kijkt me aan of je denkt: wanneer sodemietert-ie eindelijk eens op?'
Frits zuchtte. 'Dan zal ik proberen anders te kijken. Nog koffie misschien?'
'Nee dank je.' Overdelinden stond op. 'O ja, wat ik nog vragen wou. Heeft Leontien helemaal niet gezegd wat ze ging doen, waar ze naartoe wou of wat dan ook.'
'Nee, niets.'
'Denk nog eens goed na. Neem rustig de tijd. We hebben geen haast.'
'Ik wou vanavond nog wat werken,' zei Frits.
Overdelinden deed of hij hem niet had gehoord. 'Noemde ze een naam, een café, een restaurant of wat dan ook?'
Frits probeerde te kijken of hij alle hoeken en gaten van zijn geest afzocht. Misschien had hij eerder iets moeten bedenken, iets onschuldigs, dat ze een afspraak had in een café. Kon hij daar nu nog mee aan komen zetten? Misschien wel; het was hem tenslotte ook niet in z'n koude kleren gaan zitten, die begrafenis. Ja, wacht 's... toen we in Bloemendaal waren, toen zei ze iets. Dat we weg moesten omdat het al laat werd. Ik vroeg toen nog "Waarom laat?", en toen zei ze iets over een afspraak.'
'Met wie?'
'Dat weet ik niet. Ze heeft geen naam genoemd.'
'En waarom kom je daar nu pas op?'
''k Weet niet. 't Schoot plotseling in mijn hoofd.'
Overdelinden lachte hem vriendelijk toe. 'Ik begrijp 't. Zo gaat 't wel vaker.' Hij stond op en liep naar de deur. 'Ik kom er zelf wel uit. O ja, wat was de naam van die autoverhuurder?'

'Morgen zijn we er weer. Daar zit Circus Custers en Eli Asser in, en hoe is het om te leven met iemand die een hartaanval heeft gehad? Dat is zeker geen pretje voor de omstanders, dat kan ik u verzekeren.'

Hij was terechtgekomen in de afkondiging van een praatprogramma. Alhoewel, praten, konden ze dat eigenlijk wel? Deze mevrouw, die zich liet toeklappen door het studiopubliek zou ook wel eens een cursus welsprekendheid mogen volgen. Daar zit Circus Custers en Eli Asser in. En de omstanders, moesten dat niet de huisgenoten zijn? Frits schakelde door naar een andere zender. 'Portugal beschikt over een veelheid van logiesvormen, van eenvoudige pensions tot luxueuze hotels.' Zo, daar hoorde hij van op. Portugal, daar wilde hij met Leontien ook nog wel eens naartoe. Eén van die plannen, één van die vele nu volstrekt vergeefs geworden plannen. Ze liep hier door de kamer, ze zat op de stoel, hij kon haar voor zich zien, daarom bleef hij ook zoveel mogelijk thuis, maar naast hem in bed was het koud en leeg. Zoals hij van zichzelf een Tom had gemaakt, kon hij geen Leontien maken. Hij moest zijn best doen om in de licht vervelde blik op de vele foto's ('Waarom duurt het nou zo lang? Druk toch af.') geen verwijt te zien. Hij kon er toch niets aan doen? Ze hadden het zelf zo ver laten komen, Tom en Leontien. Ze waren zelf die onmogelijke verhouding begonnen, die alleen op een onmogelijke manier kon eindigen.

Hij prikte meer foto's tegen de muur, en wandelde nog eens langs zijn eregalerij. De kamer was net als zijn hoofd: een zaal met tientallen spiegels waarin één Leontien stond, die duizendvoudig waarneembaar was. Hij liep weer langs de foto's. Wie zei dat Leontien er niet meer was? Bij elke foto kon hij nog zeggen wanneer hij was genomen, waar ze waren, wat haar stemming was.

Er belde iemand voor een opdracht. Een week geleden was er al een brief gestuurd, maar daar was nooit op gereageerd. Frits zag het stapeltje brieven liggen. Hij had er geen enkele opengemaakt, ook niet die met de giroafschriften. Zolang hij nog cheques had, was er niets aan de hand.

'Problemen in de persoonlijke sfeer,' zei Frits, 'daardoor kan ik voorlopig helaas geen opdrachten aannemen.'

Plotseling moest hij denken aan een vakantiehuisje in Drenthe waar ze ooit tot weinig heil en vreugde een week hadden doorgebracht. Op de wc hing een keurig gedrukt briefje waar op stond 'Verzoeke zakje of pedaalemmer te gebruiken. Verstop de wc niet'. En dat in drie talen. Daar hadden ze nog wel veel om gelachen. De wc verstoppen. Waar? In de keukenkastjes? Een gat graven in het keurig afgeperkte tuintje? Leontien had daar drie dagen mokkend in bed gelegen. Hij had eten gebracht, en haar verder met rust gelaten. Na die drie dagen was het plotseling over. Als ze naar de wc gingen, zeiden ze: 'Ik ga even de wc verstoppen.' Herinneringen aan vakantiehuisjes, campings en hotels buitelden over elkaar. Daar hadden ze hun gelukkigste uren beleefd.

Hij ging naar buiten om boodschappen te doen. Welke boodschappen? Eerst moest hij maar eens de stad ingaan. Hij liep over het Waterlooplein. Op de grond tussen een chaotisch allegaartje van oude spullen lag de 'Craft Master Number Oil Painting Set'. 'A beautiful oil painting your very first try... you're the artist,' stond erbij als aanbeveling. Frits knielde om goed te kunnen kijken naar de twee schilderijen van 'Christ at the temple', die het resultaat zouden zijn wanneer je alle vakjes zorgvuldig met de aangegeven kleur olieverf zou invullen. En stel dat je je wel aan de vakjes hield, maar een andere dan de voorgeschreven kleur zou gebruiken? Welk beeld zou dat opleveren? Ooit had iemand dit gekocht of cadeau gekregen, maar hij of zij had nooit 'the artist' willen worden.

Even verderop stond een verkoper bij een enorme berg zeer plastic bloemen met een andere man te praten. 'Ik ben nou vierendertig en dit is het eerste jaar dat ik me elke dag moet scheren. Verdomd waar. Vroeger schoor ik me twee keer per week.'

Frits liep gehaast langs de vele kramen met tweedehands kleren. Stel je voor dat ze hem voor Tom hielden, en allerlei dingen vroegen, handelswaar wilden hebben, nog geld kregen, net zoals Maurits.

Hij stond nu voor een kraampje dat zich had gespecialiseerd in doodshoofden en skeletten, en kon ernaar kijken zonder dat het hem beroerde. Het waren objecten, die even ver van hem af stonden als het gereedschap in de kraam verderop. Tom was hij zelf, en Leontien was bij hem thuis. Ze leefde in zijn foto's en die kon niemand hem afnemen. Hij lachte even. Foto's konden niet praten, huilen, schreeuwen. Wel zo rustig.

'Die asbak is zeventien vijftig,' zei een meisje met een zwaar Amerikaans accent.

Hij legde het doodshoofd met gleuven voor de sigaretten en een bakje voor de as snel tussen de andere prullaria.

'Het lijkt hier wel het Leontien-museum,' zei Overdelinden. Hij liep langs de rijen foto's. Je kunt haar nog niet erg loslaten, hè?'

'Moet dat dan?'

'Van mij moet er niks. Vrijheid, blijheid.'

'De politie die praat over vrijheid, blijheid,' zei Frits. 'Dat is ongeveer net zoiets als een vegetariër die in het abattoir gaat werken, maar dan omgekeerd natuurlijk.'

'Bedankt voor het compliment.'

Frits begreep deze opmerking niet, maar ging er liever niet verder op in. Hij maakte een stoel vrij van kleren en oude kranten, en vroeg aan Overdelinden of hij wilde gaan zitten. 'De koffie is op. Ik moet nieuwe halen.'

'Maakt niet uit,' zei Overdelinden. 'Ik loop al over van de koffie.'

Overdelinden keek met een misprijzende trek op zijn gezicht de kamer rond. 'Ik kan niet direct zeggen dat 't er hier leuker en schoner op wordt.'

Frits haalde zijn schouders op. Nu Leontien alleen nog aan de muur bestond, deed het er niet meer toe om op te ruimen of schoon te maken.

'Je bent dus nog niet helemaal hersteld van de klap.'

'Ik voel me prima,' zei Frits. Waarom hadden mensen niet in de gaten dat je anders kunt worden? Waarom gingen ze uit van de oude toestand?

'Dat kan ik zien.' Overdelinden stak een sigaartje op. 'We komen niet verder, niet met Tom en niet met Leontien. Raadsels.'

'Tsja, ik kan jullie werk niet doen.'

'Maar je zou ons wel kunnen helpen.'

'Hoe dan?'

'Door alles te zeggen wat je weet.'

'Dat heb ik gedaan. Ik heb m'n hart al uitgestort.' Hij lachte even. 'En die Maurits, uit Utrecht. Is dat niks geworden?'

Overdelinden schudde zijn hoofd. 'Heb je misschien een asbak voor me?'

Frits haalde er een onder een paar boeken vandaan. Het verbaasde hem dat de asbak niet de vorm van een doodshoofd had. Overdelindens peuken van de vorige keer zaten er nog in.

'Nee,' vervolgde Overdelinden. 'Het lag er ook te dik op. Die auto van Tom vlak bij het huis van Maurits geparkeerd. Dat zou zo'n man nooit doen, die is daar veel te clever voor.'

'Maar misschien juist daarom,' zei Frits. 'Hij wil misschien dat jullie dat denken.'

'Dat zijn allemaal redeneringen uit boekjes, uit tv-series en zo. *Derrick, der Alte*, maar in de werkelijkheid gaat het niet zo. En d'r is trouwens verder niets waar we die Maurits op kunnen pakken, geen enkele aanwijzing.'

'Vingerafdrukken?'

'Wat ben jij behulpzaam, zeg! Daar hadden wij nou nooit aan gedacht. Nee, het stuur, de portieren, alles was netjes schoongeveegd. Het enige wat we hebben is die deken, maar daar zijn er vroeger tienduizenden van verkocht, en er staat geen handtekening in.'

Frits haalde een flesje bier uit de keuken. 'U ook?'

'Ik? Om elf uur 's ochtends? Ik kijk wel uit, maar ga rustig je gang.' Hij zweeg terwijl Frits zijn eerste slok nam. 'Laten we 's kijken of je me nog op een andere manier kunt helpen. Ik begin weer met Leontien. Als we eenmaal weten wie Leontien gewurgd heeft…'

Keek Overdelinden hem nu extra onderzoekend aan om te zien hoe hij op dat woord 'wurgen' zou reageren? Wel, het deed hem niets. Hier, op de foto's was haar hals nog mooi en smetteloos. Bovendien hoefde ze op die foto's niet te ademen. Er was geen enkel probleem.

'…dan komen we vanzelf wel bij Tom terecht.'

'Ah,' zei Frits, 'zij wist misschien wie Tom had vermoord, en voor ze naar de politie kon lopen heeft die schoft haar ook uit de weg geruimd.'

'Zou kunnen… zou kunnen.'

Overdelinden keek hem peinzend aan. Frits had het idee zich te hebben versproken. Het was meer geweest dan alleen een simpele theorie. Ze wist het inderdaad. Hij had het haar verteld, en toen was ze beginnen te schreeuwen. Ze was hem niet dankbaar geweest, dat hij haar verlost had van die ellende, nee, integendeel.

'Je bent dus na die begrafenis met Leontien naar Bloemendaal gereden.'

Frits knikte.

'En daarna naar Amsterdam. Heeft ze je nog iets gevraagd over Tom?'

'Nee, we hadden het niet over Tom. Het was te pijnlijk.'

'Maar dat is toch een beetje gek. Jullie kwamen net bij die crematie vandaan. Dan praat je er toch nog over?'

'Ze kon er niet tegen. Het had haar te veel aangegrepen.'

'En daarom heb je haar zomaar midden in de stad afgezet. Waar was het ook alweer, de Raadhuisstraat?'

Frits keek weg van Overdelinden. Raadhuisstraat… Had hij Raadhuisstraat gezegd? Of Rozengracht? Hij had het op moeten schrijven, alles wat hij tegen Overdelinden had gezegd tijdens eerdere gesprekken. Zo werd natuurlijk het waarheidsgehalte van zijn beweringen getoetst. Plotseling wist hij het weer.

'Nee, de Rozengracht.'

'Daar moest je lang over nadenken,' zei Overdelinden terwijl hij zijn sigaartje uitdrukte.

'Ja, ze liggen ook in het verlengde van elkaar. Ik weet niet eens zeker of het stuk voor de Westertoren Rozengracht of Raadhuisstraat heet.'

'Westermarkt. Ken uw stad. Waarom heb je haar niet afgezet bij haar kamer?'

'Dat heb je dat heeft u al een keer gevraagd.'

'Ik wil het nog een keer horen.'

'Het wordt vervelend,' zei Frits.

'Voor mij niet. Elke keer ontdek ik er weer nieuwe dingen in. Het is net zoiets als naar een mooi schilderij kijken. Het blijft hetzelfde, maar je ziet steeds wat anders. Ja, kijk mij maar niet zo gek aan. Mensen bij de politie zijn niet per definitie cultuurbarbaren. Die gaan misschien ook wel eens naar een museum.'

Bladerend in het telefoonboek stuitte hij op een instantie die zich 'Amsterdammers Helpen Amsterdammers' noemde. Hij draaide het nummer en kreeg een vriendelijke mevrouw aan de lijn die eerst haar eigen naam noemde: Lenie Dijkstra. Frits vroeg zich even af of hij misschien 'Friezen Helpen Friezen' had gebeld. Hij informeerde naar de hulpactiviteiten. Buurthulp, boodschappen voor behoeftige bejaarden, maaltijden voor zwervers en daklozen.

'En dat is 't?'

'Wilt u misschien ook geholpen worden?' vroeg Lenie Dijkstra.

'Nee, dat niet. Ik was alleen nieuwsgierig.'

Hij haalde brood, koffie, kaas, melk en eieren, maar thuisgekomen ontdekte hij de eieren in de winkel te hebben laten liggen. Daar zou 'Amsterdammers Helpen Amsterdammers' nu eens voor moeten zorgen, dat die bij hem thuis werden bezorgd. 's Avonds belde eerst Karel op. Of Frits zaterdag nog kwam. Zo ging het dus. Ze vertrouwden hem niet meer. Hij zei dat hij zich al een paar dagen niet zo lekker voelde, en dus maar liever niet ging voetballen.

'Ik dacht het al,' zei Karel, 'want je was gisteren ook al niet bij de training.'

'Gisteren?' vroeg Frits. 'Is het vandaag dan woensdag?'

Later op de avond viel Miranda hem telefonisch lastig. 'Hilco is nog steeds niet mobiel. Hij zit hier maar thuis. Ik hou het niet meer uit.'

'Een heleboel drank en stuff kopen wil nog wel eens helpen.'

'Hij ziet geen mens.'

'En die vrienden van hem, uit al die cafés en koffieshops dan?'

'Dat is niet het soort mensen dat op visite komt.'

'Dus of ik dat maar 's wil doen.'

'Ja. Hij is tenslotte je broer, ik bedoel…'

'Wat bedoel je?' vroeg Frits.

'Niks.'

'Dan moet je ook niet zeggen "Ik bedoel". Dat slaat dan nergens op.'

'Shit, dit soort gezeik, is dat een familietrek of zo? Hilco kan ook zo doorouwehoeren over niks.'

Ze zwegen beiden. Frits wilde de hoorn al neerleggen, toen Miranda hem opnieuw vroeg of hij morgen langs kon komen. Hij beloofde het.

Toen hij de deur binnenkwam, drong een bekende stank zijn neusgaten binnen.

'Je hebt al bezoek gehad,' zei hij tegen Hilco, terwijl hij de meegebrachte fles whisky op tafel zette. 'Dan kan ik wel weer gaan.'

Hilco zat in een stoel met de twee krukken als trofeeën naast zich. 'Nee, nee, ga zitten. Miranda, haal 's een pilsje voor Frits. Je lust vast wel een biertje. En voor mij ook nog één.'

'Dat zou je ook iets vriendelijker kunnen vragen.' Ze droeg een al veel gewassen T-shirt waarop nog net lady Di met blote borsten en prins Charles te zien waren. Omo en Dreft hadden de tepels doen verbleken.

Frits ging zitten. De sigarenpeukjes lagen nog in de asbak. Drie peukjes. Hij was dus tamelijk lang geweest.

En plotseling wist hij het. Hij zag maar nauwelijks hoe Miranda fles en glas voor hem neerzette. Hilco dronk meteen uit het flesje. Zouden ze het hebben gezegd? Of wisten ze het zelf al niet meer? Waren hun breinen net zo vaag geworden als de print op Miranda's T-shirt? Mogelijkerwijs had Overdelinden er helemaal niet naar gevraagd. Maar waar hadden ze dan de hele tijd over gepraat? Toch niet over hun jeugd, de relatie met hun ouders, Hilco's fantastische toekomstperspectieven.

'Hoe gaat 't nou met je?' vroeg Miranda.

De geluiden drongen nauwelijks tot hem door. Hij moest het weten, nu meteen, maar het was onmogelijk om ernaar te vragen, want dan zou hij dat wat weggezakt was in het moeras van hun geheugen misschien weer activeren.

'Is de politie geweest?' vroeg Frits.

'Ja,' zei Hilco, 'een leuke kerel. Hoe heette-n-ie ook alweer? Lindeboom of zo. Hij…'

'Overdelinden,' zei Miranda.

'Waarom moet jij het altijd beter weten? Wat doet 't er trouwens ook toe.'

'Waar hebben jullie het over gehad?' vroeg Frits. Het bierflesje vroor vast aan zijn hand.

'Ja, over alles, over Leontien vooral.'

'Ook nog over mij?'

'Niet direct.'

Hoe nu verder te gaan? Neutraal, ongedwongen, een gewone conversatie over iemand die ze alletwee kenden. Hij was toevallig een politieman, maar dat hoefde toch niets uit te maken? Hij probeerde zijn bier in te schenken. Er gulpte een stroom over het tafeltje.

'Is niet erg,' zei Hilco. 'Pak effe een doekie, Mir. Ja, kijk, ik vond het wel interessant. Zo'n man van de politie die een moord moet oplossen, twee moorden nog wel. Ik bedoel, zo'n man komt toch niet elke dag bij je over de vloer.'

'Ja, heel interessant,' zei Frits, nadat hij een slok had genomen van het schraal smakende bier uit de goedkope supermarkt. 'Maar wat vroeg-ie dan over Leontien?'

'O, van alles, wat voor iemand ze was, wat ze deed, of ik vrienden van haar kende, dat soort dingen.'

'Nog meer?'

Hilco keek peinzend voor zich uit. Miranda bracht het doekje weer naar de keuken.

'Ja, natuurlijk wanneer ik 'r voor 't laatst gezien had. Nou, dat was een hele tijd geleden, toen ze die klappen had gehad. Weet je nog wel?'

Frits knikte. Dit was het dus. Het telefoontje was niet aan de orde geweest. Overdelinden had gevraagd wanneer Hilco haar voor het laatst had gezien, en niet gesproken. De bui was overgedreven zonder tot ontlading te zijn gekomen. Frits schonk met iets vastere hand zijn glas vol en dronk het in enkele teugen leeg.

'Toen vertelde ik hem nog,' zei Hilco, 'van die avond laatst, dat Miranda jou probeerde te bellen, naar je huis, en dat ze Leontien aan de lijn kreeg...'

Frits voelde zijn maag omhoogkomen. Even was hij bang te moeten overgeven. Vreemd hoe de contouren van Charles' en Di's hoofd opbolden door Miranda's borsten. Hij zag Hilco niet meer, alleen zijn krukken. Frits wendde zijn hoofd van de een naar de ander, maar vond geen steun.

'Wat zie je plotseling bleek,' zei Hilco. 'Is er wat?'

'Nee,' zei Frits, moeizaam naar woorden zoekend, 'er is niks, helemaal niks. Je wordt bedankt, ontzettend bedankt.'

'Graag gedaan,' zei Hilco.

Miranda keek hem bevreemd aan. 'Wat lullen jullie nou toch weer?'

Hij mocht een stapeltje foto's meenemen. 'Zoek rustig de mooiste uit,' had Overdelinden gezegd. Maar ze waren allemaal de mooiste. Hij liep met de dikke envelop met foto's onder zijn arm geklemd naast Overdelinden. Aan zijn andere kant liep een man in uniform die hem bij zijn arm vasthield. Frits keek liever niet naar die man. Zolang Overdelinden bij hem in de buurt bleef was het goed. Ze hadden urenlang met elkaar gepraat. Overdelinden begreep alles. Hij nam hem niets kwalijk. Waarom ook? Wat had Frits anders kunnen doen?

Ze liepen nu door de kale gang terug naar de cel. Van de andere kant kwam een jongen met een leren jasje aan. Hij droeg sportschoentjes waar de veters uit verwijderd waren.

De jongen, armen op de rug bijeengehouden door handboeien, herkende Frits het eerst. 'Hé, k... k... klootzak, ik krijg nog ho... ho... honderd gulden van je!'

VLEKKELOOS

1

Hier heeft ze geen verstand van, maar ze weet wel dat het niet lang meer kan duren. Hij probeert te schreeuwen van pijn, maar kan bijna geen geluid meer voortbrengen. Ze wil greep krijgen op haar eigen emoties. Als ze nog iets voor hem voelt, dan moet ze nu het wapen pakken en schieten. Hem uit zijn lijden verlossen. Maar dat kan ze niet. Of wil ze juist dat hij die pijn voelt? De laatste boodschap die zij hem meegeeft. Zijn lichaam trekt samen in een kramp. Er komt weer een golf bloed door zijn mond naar buiten. Hij maakt kokhalzende geluiden. Ze doet een stap dichterbij. Om een of andere reden móet ze zien hoe hij sterft.

Alsof hij zijn laatste krachten daarvoor heeft bewaard, schiet zijn arm plotseling naar opzij, en klemt hij haar enkel in een knellende schroef. Zijn hand kleeft aan haar huid. Ze gilt van schrik.

'Bellen,' rochelt hij.

Ze probeert haar been los te rukken, maar trekt hem een stukje mee over de vloer. Nu ziet ze pas goed hoeveel bloed hij heeft verloren. Er gaan een paar schokken door zijn lichaam. Hij spert zijn ogen wijdopen alsof hij onverwachts iets heel bijzonders ziet, een prachtig, boeiend vergezicht, en dan is hij stil. Ze weet dat hij dood is. De nachtmerrie is afgelopen. De nachtmerrie begint.

2

'Diep in m'n hart, denk ik nog altijd aan jou, blijf ik je toch altijd trouw, diep in m'n hart...'

De man naast haar zong mee. Niet luid en schreeuwerig, zoals sommige anderen deden, meer voor zichzelf, en bijna geluidloos. Ze keek naar hem, maar hij hield zijn ogen gericht op de batterij flessen achter de bar, de exotische drankjes waar bijna nooit iemand naar vroeg. Wijn was hier al bijzonder. Tot nu toe had hij geen aandacht aan haar geschonken. Hij vond het blijkbaar mooi wat Jenny zong. Ze was trots en zou het hem willen vertellen. Hij zou verbaasd zijn. Jouw dochter? Nee, neem een ander in de maling. Ze keek naar zijn borstelig dikke, kortgeknipte haar. Er zaten een paar puntjes grijs door, keurig verspreid over zijn hoofd.

Toen het nummer afgelopen was, bestelde ze een glaasje witte wijn. Ze registreerde dat hij geen trouwring droeg, wel een zegelring, met een grote R erop in kleine steentjes. Diamantjes? Ze had hem hier nooit eerder gezien. Toch leek hij zich op z'n gemak te voelen. Nieuwkomers gingen meestal niet aan de bar zitten, maar aan een van de tafeltjes achteraf.

Gerard hield hem de microfoon voor. 'Ook iets zingen?'

Hij keek verbaasd. 'Ik? Waarom?'

'Doen we hier altijd,' zei Gerard, 'voor de gezelligheid.'

'Maar ik kan helemaal niet zingen,' zei de man. 'Ik zing zo vals als een kraai.'

'Wat maakt dat uit? 't Is toch voor de gein, hè Liesbeth?'

Ze knikte.

'U mag zelf een nummer uitkiezen.'

'Dat wil ik de mensen niet aandoen,' zei de man. 'En mevrouw hier naast me zeker niet. Nog een kleintje pils graag, neem zelf ook wat, en mag ik mevrouw misschien ook iets aanbieden?'

Gerard schonk haar glas bij. Ze proostten. De microfoon werd overgedragen aan Karel. Die was hier elke vrijdag- en zaterdagavond. Hij was gespecialiseerd in het Amsterdamse repertoire. Hij zong twintig minuten lang, kroop dan weer op zijn barkruk en dronk achter elkaar glaasjes bier. Hij praatte niet veel. Keek alleen maar naar Jenny en proostte met de klanten die hem iets aanboden. Ze vonden het prachtig wat hij zong. Hij kon zijn stem ook zo mooi lang mee laten trillen. Als hij het lef had van een André Hazes of een Koos Alberts, dan had hij al tientallen platen gemaakt. Na zijn optreden stond er binnen een paar minuten een rijtje van vier of vijf glazen bier voor hem op de bar. Hij deed zijn best om ze allemaal leeg te drinken, maar kon door het tempo van steeds nieuwe rondjes zijn achterstand nooit helemaal inhalen.

Elke vrijdag- en zaterdagnacht, vlak nadat Gerard of Hans met schallende stem 'We gaan sluiten' had geroepen en ze de lichten een paar keer aan- en uitdeden, wankelde hij naar de uitgang van het café. Eén keer had hij nog voor het café gestaan, toen Jenny naar buiten kwam. Ze had het haar moeder een beetje giechelend verteld. Hij had haar aangesproken. Tenminste, dat leek de bedoeling. Ze had er niet veel van begrepen, behalve dat hij haar zo lief vond.

'Ik ben niet in Amsterdam geboren, maar ik heb er wel mijn hart verloren. Mokum is voor mij de enige stad. Al die andere kennen me wat...'

Ze wierp snel een blik op de man aan haar rechterkant, maar hij staarde weer voor zich uit. In ieder geval niet zo'n kerel die iets aanbood om dan daarna compleet beslag op je te leggen. Alsof je met een drankje meteen iemands tijd en aandacht kon kopen.

'Ik kan alleen gelukkig zijn op het ouwe Waterlooplein. En op dat hele lange Rokin daar krijgt mijn leven weer zin...'

De man zong nu niet mee. Dit was ook niet zo'n bekende. Karel wisselde dat altijd mooi af. Straks ging hij waarschijnlijk over op 'Geef mij maar Amsterdam' of 'Bij ons in de Jordaan'. Karel zou de nieuwe Johnny Jordaan kunnen worden, maar hij zag er natuurlijk niet uit. Het beetje haar dat hij nog over had, lag plat en vet tegen zijn schedel gekamd. Hij had een klein hoofdje op een groot, onhandig lichaam. Ze had wel eens gehoord dat hij nog bij zijn moeder woonde.

'En dan loop ik door de Jordaan waar ik zo veel moois zie staan. De klok van de Westertoren wil ik m'n hele leven horen...'

De man had zijn glaasje bier leeg en haalde een pakje Barclay te voorschijn. Hij tikte met zijn wijsvinger tegen het pakje tot er een paar sigaretten uitstaken zoals in een reclamefoto en hield het haar voor. Ze nam een sigaret en hij gaf haar vuur met een zilverkleurige aansteker.

Een man. Een keurige, wellevende man. Natuurlijk kwamen hier wel meer aardige mannen. Ze zag elke dag aardige mannen, nou ja… elke dag, maar hij was toch anders. Alsof hij een klein stapje naar beneden had gedaan door hier te komen zonder dat te willen laten merken. Nee, geen kapsones. Die kon je hier ook maar beter niet hebben. Dat werd meteen afgestraft, dan werd je meteen uitgekotst.

Applaus voor Karel, en Jenny natuurlijk. Ze gingen meteen door. 'Geef mij maar Amsterdam, dat is mooier dan Parijs…' De halve zaak zong mee.

Er zat ook een Marokkaan aan de bar. De man kwam hier bijna elke avond het geld opdrinken dat hij eigenlijk naar zijn familie in Marokko moest sturen. Maar ja, dat moest hij zelf weten. Vrijheid, blijheid. Ze hadden hem het rijmpje geleerd dat op een houten plankje achter de bar stond geschilderd: 'Water doet de palen rotten. Die het drinken dat zijn zotten.' De man werd Ali genoemd. Toen hij pas kwam had hij nadrukkelijk gezegd dat hij niet Ali heette, maar Abdelhamid of iets dergelijks. Liesbeth kon het zich niet meer precies herinneren. Maar voor het café bleef hij Ali.

Ali zong ook mee. Toen het lied afgelopen was, zei Hans: 'Wel goed zingen, hoor Ali. 't Is niet van "Geef mij maar Marokko", maar "Geef mij maar Amsterdam".'

De hele bar lachte. Tony gaf nog een rondje. 'Ja, ook een pilsje voor Ali. En geef de muziek wat te drinken. En Liesbeth natuurlijk.'

'Ik heb nog,' zei ze tegen Hans.

Hij schonk een symbolisch scheutje bij, zodat er toch een extra turfje op de rekening van Tony bij kon. Zo ging het hier.

Ze tilde haar glas op om met Tony te proosten en stootte tegen de arm van de man naast haar. 'O, sorry.'

'Maakt niet uit. Mag ik nog een pilsje?'

Hans hoorde hem niet.

'Mag ik u misschien iets aanbieden?' vroeg ze en ze kreeg meteen het gevoel iets te hebben gedaan wat niet hoorde, terwijl vrouwen hier wel vaker rondjes gaven. Maar niet aan onbekenden, niet aan vreemde mannen. Het bloed schoot naar haar wangen.

'Waar heb ik dat aan verdiend?'

Ze haalde haar schouders op.

'Nou ja, misschien heb ik het ook niet verdiend...'

Ze lachte even.

'Een pilsje dan graag.'

Karel zong uit volle borst. 'Ik heb m'n hart aan Amsterdam verloren. Voel me gelukkig in die stad. Ik zeg één ding en ieder mag het horen. Na Amsterdam heb je alles wel gehad.' Je kon horen en zien dat hij het meende. Iemand had eens verteld dat hij elke dag van zijn leven in Amsterdam had doorgebracht. Verder dan het Amsterdamse Bos was hij nooit geweest.

Ze bestelde bij Gerard een pilsje.

'Proost.'

'Proost,' zei ze, 'op...'

De man redde haar. 'Op een gezellige avond.'

Ze zei het hem na, en had even het idee op school te zitten. Hij zag dit blijkbaar niet als het begin van een gesprek en keek weer voor zich uit, af en toe kleine slokjes van zijn bier nemend. Zonder haar er een aan te bieden pakte hij een nieuwe sigaret. Wanneer was het voor het laatst geweest? Zeker zo'n vier maanden geleden. Nee, al langer. De tijd ging ook zo snel. Elke dag werken, vaak tot 's avonds laat nog administratie, invallen als er iemand van het personeel ziek was, en verdomme nog aan toe, die meiden werden niet zomaar ongesteld, nee, ze waren meteen doodziek. Ze bracht haar wijnglas naar haar mond, maar nam geen slok.

Al zes maanden geleden. Menno. Ook in de veertig. Gescheiden. Ze had hem in de zaak ontmoet. Hij was z'n bonnetje kwijt en moest toen het formulier invullen. Zij was de laatste in de zaak. Hij had geen paspoort of rijbewijs bij zich. Daarvoor moest hij eerst terug naar huis. Vlak nadat ze had afgesloten, kwam hij pas terug. Ja, hij had het pak morgen nodig, om te solliciteren. Ze had weer opengedaan en hem het pak gegeven nadat hij het bewijs van afgifte had ingevuld. 'Hartstikke tof,' had hij gezegd. En hij wilde graag iets terugdoen.

Ze hadden iets gedronken in De Rechte Banaan schuin aan de overkant. Onder het tafeltje had ze zijn knie tegen de hare gevoeld. Zijn hand verdween onder het Perzische kleedje en raakte haar bovenbeen. Elk moment kon ze opstappen of zelfs kwaad worden, gaan schelden, een scène maken: wat dacht hij wel? Dat hij hier met een ordinaire snol zat? Maar ze deed het niet. Ze wilde proberen hoe ver ze hem kon laten gaan om er daarna toch een eind aan te maken. Hij vertelde over zijn ex-vrouw, hoe ze hem bedrogen had, de alimentatie die ze eruit had gesleept. En ondertussen kropen zijn vingers onder haar rok. Niemand in het café had iets in de gaten. Plotseling wist ze dat ze een grens was overgestoken en dat ze haar paspoort voor goed gedrag bij de slagboom had ingeleverd. De roodwitte paal was nu weer neergelaten.

'Een tientje voor je gedachten.'

Jenny stond naast haar. Ze keek even vluchtig naar de man op de barkruk. 'R' noemde Liesbeth hem voor zichzelf. Het zou wel Rob of Ruud zijn. Hij zag er niet uit als Remmert of René.

'O, ik zat een beetje te dromen,' zei Liesbeth.

'Waarover?'

Ze kreeg de indruk dat R meeluisterde. Gerard zette een bandje op. Het schalde weer door het café. 'Een eigen huis, een plek onder de zon...'

'Ach, over alles...'

Jenny knikte nu even in de richting van R.

'Nee, nee,' zei Liesbeth, 'gewoon over de zaak. Debby zei gisteren dat ze volgende week voor 't laatst is, nou, daar zit ik mooi mee. Moet ik weer iemand zien te vinden. Werklozen genoeg, maar in een wasserette, met al die vieze kleren van een ander, daar voelen ze zich te goed voor.'

'Dat zeg je nou altijd. Daar kan ik wel een liedje van maken ondertussen. "Krijg toch de klere met die vieze kleren", zoiets. Heb jij nog sigaretten?'

'Hoe is 't met Marco? Komt-ie vanavond nog?'

Jenny haalde haar schouders op en dronk haar glaasje bier in een paar teugen leeg.

'Drink je niet te veel?' vroeg Liesbeth.

'Ja, en maak je je huiswerk, ga je op tijd naar bed, en eet je wel goed?'

'Zo bedoel ik 't niet.'

'Nee, je bedoelt 't goed, dat weet ik. Bedoelde je het maar 's een keer minder goed, dat zou een stuk makkelijker wezen. Dan kon ik tenminste echt kwaad worden. Gerard, wil je hier nog even bijschenken? Ja, deze meneer ook, die is helemaal alleen op de wereld,' zei Jenny. Ze lachte met haar klaterende lach.

Alleen op de wereld, dacht Liesbeth. Hoe heette dat jongetje ook alweer? O ja, Remi. De R van Remi.

'Zo alleen ben ik hier nou ook weer niet,' zei R.

Gerard zette de glazen neer en ze proostten.

'Ik heb u hier nooit eerder gezien,' zei Jenny. 'Voor 't eerst?'

'Ach ja, ik had gehoord dat er hier zulke goeie muziek was, enne…'

'Valt 't tegen?'

'Nee, 't blijkt te kloppen. Gezellig ook trouwens, niet zo'n schreeuwtent.'

'Ik moet jullie weer alleen laten,' zei Jenny. 'Dat kan toch wel? Jullie gaan toch geen stoute dingen doen?'

'Ik zou niet weten hoe,' zei R.

Jenny ging terug naar haar orgel, en ze zette meteen in. 'Dans je de hele nacht met mij…'

Jenny's ogen en de trek om haar mond hadden Liesbeth bang gemaakt. Je moest haar goed kennen om het te kunnen zien. Voor anderen was ze vrolijk en gezellig, maar Liesbeth keek door het masker heen. Jenny werd hard en koud, terwijl ze zo'n vrolijk kind was geweest. Altijd lief en hartelijk, dus ook voor Marco. Maar wat gaf die daarvoor terug? Toen ze eenmaal getrouwd waren, was hij zelden thuis, ook 's avonds niet. 'Ik kan m'n vrienden toch niet in de steek laten,' was zijn standaardopmerking. Plotseling begreep ze ook aan wie R haar deed denken. Merkwaardig, zo'n gelijkenis.

'Leuke meid,' zei R.

Ze schrok ervan. 'Ja… eh, m'n dochter.'

'Nee… maak dat de kat wijs. Zo oud ben je toch niet? Laat me 's schatten? Nee, wacht, dat doe ik niet, dan moet je zeggen hoe oud je bent. Goed, dus je dochter…' De man lachte even. 'Getrouwd?'

'Doet dat 'r wat toe?'

'Nee, natuurlijk niet. Ik stel geloof ik de verkeerde vragen.'

'Dat valt wel mee,' zei Liesbeth.

De man hield haar zijn pakje sigaretten voor, maar ze bedankte.

Ze luisterde naar de muziek. Alle nummers kon ze dromen, maar daarvan werden ze misschien wel mooier. Eigenlijk had Jenny naar het conservatorium moeten gaan of zo. Nu bleef ze voor altijd in het café hangen. 'Daar voel ik me helemaal niet te goed voor,' had Jenny zelf vaak genoeg gezegd. 'Daar komen ook mensen van vlees en bloed… gewone mensen, die niet naast hun schoenen lopen.'

Ali kwam achter haar staan. 'Water doet palen rotten, die drinken zijn zotten.'

'Goed zo, Ali, wil je nog een pilsje?'

Ze bestelde een rondje. Ali deed tenminste zijn best om Nederlands te praten. Dat kon je van veel andere buitenlanders niet zeggen. Ze kwamen nogal eens in de zaak, en probeerden altijd tien kilo in een machine voor zes kilo te proppen. Als je er dan wat van zei, deden ze net of ze je niet begrepen.

Ze stond op om naar de wc te gaan. Even wankelde ze op haar superhakken. Nu pas voelde ze hoeveel ze al had gedronken. Ze greep zich vast aan de mouw van R.

'O sorry.'

'Maakt niet uit... gaat 't?'

'Natuurlijk... ik ben alleen niet zo gewend om op dit soort hakken te lopen.' Ze giechelde even.

Op de wc probeerde ze haar gedachten te ordenen. Nog nooit was ze met een man mee geweest uit het café. Wilde ze dat wel? En dan verder? Naar haar huis? Wat zou Timo ervan zeggen? Die zou het zeker merken. Ze hoorde gezang uit het café komen. 'Ik verscheurde je foto, ik heb je brieven verbrand...' Of naar zijn huis? Maar waarom? Een goed contact, een interessant gesprek, dat was toch ook belangrijk. Je hoefde toch niet altijd meteen aan seks te denken? Nee, dat was waar, maar niemand kon toch van haar verwachten dat ze haar verdere leven kuis zou blijven? Nee, niet haar verdere leven, maar die R was een wildvreemde man. Ze had hem nooit eerder gezien, en zou hem misschien daarna ook nooit meer zien. Was dat juist aantrekkelijk of gevaarlijk? In ieder geval opwindend. Voor Jenny hoefde ze zich niet groot te houden, die begreep het wel. 'Je kan niet altijd alleen blijven, mam.' Nee, dat was waar. En misschien zou Timo het ook wel leuk vinden. Jenny was gestopt, en de lambada werd gedraaid.

Ze ging terug naar het plaatsje aan de bar. Jenny stond er weer. R vertelde blijkbaar een mop. 'Dus die Belgen zitten op dat astronautencongres met een stel andere astronauten te praten, en de één schept nog meer op als de ander. Zegt een van die Belgen: "Wij zijn vorige maand naar de zon geweest." "Ach, ga weg man," zeggen die anderen, "dat kan toch niet, dat is veel te warm, dan verbrand je toch!" "Ja," zegt die Belg, "maar we gingen ook 's nachts."'

Iedereen lachte, zelfs Ali.

R bestelde nog een rondje.

'Water doet...' begon Ali weer.

'Ja, dat weten we nou wel. Vertel jij maar 's een Marokkaanse mop. Over domme Nederlanders of zo. Hebben jullie die? Dat soort moppen?'

Ali wist het niet.

Jenny ging terug naar haar orgel voor de finale.

'Laatste ronde!' schalde Gerard door de zaak.

Er werden nog tientallen drankjes besteld. Plotseling stonden er twee glazen wijn voor Liesbeths neus. Ze droomde weg bij de muziek. Jarenlang had Jenny thuis geoefend. Vooral Timo had er vaak op gekankerd. Maar dit had ze toch maar weten te bereiken: een heel café dat elke vrijdag- en zaterdagavond uit z'n dak ging, zoals Jenny zelf altijd zei. Ze waren gek op haar. Een paar maanden geleden had ze voorzichtig gevraagd of ze niet eens iemand anders wilden, een ander gezicht, andere muziek. Maar daar was geen sprake van.

Vlak voor sluitingstijd ging Liesbeth weg. R stond ook op. Ze hield haar adem even in. Hij hielp haar in haar jas, en liep mee naar buiten alsof het volstrekt vanzelfsprekend was.

3

'Krijg nou wat,' zei de man, 'moet je m'n was 's zien!'
Dat was duidelijk: er had iets bij gezeten wat niet kleurecht was en voor het eerst werd gewassen. Al het witgoed had een zuurstokroze kleur gekregen. De was van een baby, een meisje natuurlijk.
'Ja,' zei ze, 'ik zie 't. Maar daar kunnen wij niks aan doen.'
'Maar ik heb 't hier gisteren afgegeven, en jullie hebben 't gewassen. Dus dan is 't toch jullie pakkie-an?'
'Kijk, hier staat 't.' Ze wees naar de tekst op de muur: 'Wilt u uw was goed sorteren voor u het afgeeft. De directie kan niet aansprakelijk worden gesteld voor problemen met wasgoed dat niet kleurecht is.'
'De directie,' zei de man met een neerbuigende klank in zijn stem, 'ben jij dat soms?'
'Ja, toevallig wel.'
'Nou, dan ben je de directrice van een mooie kutzaak...'
'Kan dat niet wat minder?' vroeg Liesbeth.
'Ken ik verdomme in roze onderbroeken gaan lopen. Moet je nou 's zien. Dit overhemd, ook helemaal roze. Dacht je soms dat ik de Pink Panther was of zo?'
Ze probeerde tevergeefs een lach te onderdrukken.
'Ja, ga d'r ook nog maar 's om staan te lachen... leuk is dat. Wat voor zaak is 't hier eigenlijk?'
Ze had zich weer hersteld. 'Nogmaals, 't spijt me, maar het is echt niet onze schuld. Soms hebben we het in de gaten, en dan halen we zo'n stuk eruit, maar hier hebben we het blijkbaar niet gezien.'
'Blijkbaar, blijkbaar,' mopperde de man. 'Godverdomme, daar ben ik mooi klaar mee.'
Er stonden drie mensen achter hem om hun was af te geven. Het was altijd slechte reclame als iemand de zaak stond te bekritiseren, ook al gingen ze helemaal vrijuit.

'Debby, wil je even helpen?'

'Ik ben net bezig.'

'Dan vul je die machines straks maar.'

'Heb ik verdomme bijna vijftien piek betaald en dan...'

'Dertien gulden vijftig,' zei ze.

'...en dan krijg ik babywas terug. Allemaal roze.' Hij wendde zich tot de mensen achter hem, en hield demonstratief een roze T-shirt in de lucht. 'Moeten jullie nou 's kijken, hebben ze hier alles roze gemaakt. Dat heb ik!'

'Meneer, het spijt me, maar u hebt er zelf iets tussen gestopt wat rood en niet kleurecht was. Het is helemaal uw eigen schuld.'

'Wat eigen schuld? Wie heb die spullen in de wasmachine gegooid? Jullie toch zeker, nou dan.'

Op dit soort momenten miste ze Paul het meest. Dan kon ze zich plotseling verraden voelen, alleen gelaten, terwijl ze hem nog zo nodig had. Zo'n klant zou zich wel wat meer gedeisd houden als er een man achter de toonbank stond die hem lik op stuk gaf.

'Ik wil gewoon schadevergoeding. Die dingen kan ik niet meer aan.' Hij haalde een paar roze onderbroeken uit de tas.

'Nou,' zei een vrouw die achter hem stond, 'volgens mij staan ze hartstikke sexy. Je maakt er helemaal de blits mee. En schiet nou maar 's op met je geouwehoer, want ik heb meer te doen dan hier op zo'n lijpekop wachten.'

'Hou jij je d'r buiten,' zei de man. 'Wat weet jij nou van sexy. Volgens mij groeit er bij jou spinrag tussen je benen.'

De vrouw lachte alleen, en mikte haar tas met wasgoed op de toonbank.

'Debby!' riep Liesbeth.

Debby kwam aanlopen op haar eigen slenterende manier. Ze stak eerst een sigaret op.

'Help jij deze klanten even? Dan zal ik het verder met meneer afhandelen.'

Ze leidde de man naar de toonbank in het stomerijgedeelte om hem nog eens uit te leggen dat er niets aan te doen was, dat het risico voor hemzelf was, en dat ze in dit soort gevallen nooit schadevergoeding uitkeerden. Hoe vervelend ze het ook vonden. 'Het enige wat we kunnen doen is dat witgoed nog 's wassen met flink veel bleek om te kijken of het eruit gaat. Dat kost u niets. Maar echt wit wordt het daar niet meer van.'

'Nou ja, dat moet dan maar. Als jullie de volgende keer maar een beetje beter uitkijken.'

Ze knikte. Het was nutteloos om te zeggen dat mensen dat zelf moesten doen. Ze pakte een nieuw bonnetje, en gaf de roze spullen aan Annet.

Ilona stond net koffie te zetten.

'Ik kan wel een kop koffie gebruiken,' zei Liesbeth. 'Het is weer helemaal maandagochtend.'

Ze staken alletwee een sigaret op. Het kon nu nog. De echte drukte kwam pas later.

'Beetje lekker weekend gehad?' vroeg Ilona.

Ze haalde haar schouders op.

'Nog naar Jenny geweest, zaterdagavond?'

Ze knikte.

'Gezellig?'

'Ging wel.'

'Sorry hoor,' zei Ilona, 'maar je hebt wel 's meer te vertellen. Staat je hoofd er soms niet naar?'

'O ja, maar ik ben nog een beetje duf.'

Rob heette hij, en meer wist ze niet. Kort maar krachtig Rob. Op straat, nog voor de deur van het café, had hij haar arm gepakt. 'Ik weet nog niet eens wat je naam is. Ik heet Rob.' Hij gaf haar een hand.

'Liesbeth.' Gelukkig kwam er niemand uit het café naar buiten.

'Hier heb je koffie,' zei Ilona. 'Lekker sterk.'

Haar auto stond vijftig meter verderop. Rob liep ongevraagd mee. Zou hij zo bij haar in de auto stappen, probleemloos, alsof het vanzelfsprekend was? En dan naar haar huis rijden? Of een ander adres, zijn huis? En zou ze dat doen? 'Wou je nog rijden?' had hij gevraagd.

'Ja, dat doe ik altijd.'

''t Lijkt me niet zo'n goed idee. Ik heb geen blaaspijpje bij me, maar volgens mij slaat die al groen uit terwijl je er alleen maar naar kijkt. Wacht, ik haal mijn auto even, dan breng ik je. Ik heb maar een paar pilsjes gehad.'

Ze had tegengesputterd, maar met zachte aandrang had hij haar meegevoerd naar zijn auto. Vlakbij stond een andere man; hij sloeg met zijn vuist op het dak van een auto. 'Ik heb verdomme m'n sleuteltjes in het contact laten zitten, en ik kan er niet meer in. Hij valt automatisch in het slot.'

'Moet je even een junk vragen,' had Rob gezegd, 'die maakt hem zo voor je open.'

'Nog een sigaretje?' vroeg Ilona.

'Nee, dank je.'

Hij had haar naar huis gereden. Onderweg groeide in haar buik de knoop van spanning en onzekerheid. Natuurlijk hadden er wel eens meer mannen in het café toenadering gezocht. Dat gebeurde altijd tamelijk rechtstreeks: een arm om je schouder, een hand om je middel. 'Mop' en 'schatje' waren meestal onschuldige woorden, maar een enkele keer werden ze net te nadrukkelijk gebruikt. Ze had hen altijd plagerig afgeweerd. 'Jij bent ook bepaald geen "lustige Witwe",' had wel eens iemand gezegd. Rob gedroeg zich anders. Ze had alleen zijn hand gevoeld in de hare, en onder haar elleboog om haar te helpen terwijl ze in zijn auto stapte. Ze rook zijn nabijheid. Waar rook hij naar? Naar man. Hij had haar gevraagd waar ze woonde, niet meer dan dat. Zwijgend reden ze door nachtelijk Amsterdam. 'Doe je dat vaker,' had ze gevraagd, 'vreemde vrouwen 's nachts naar huis brengen?' 'Alleen als ik ze aardig vind en ze te veel gedronken hebben.' Elk moment verwachtte ze dat hij zijn arm om haar stoel zou slaan, achteloos, zomaar, ogenschijnlijk zonder betekenis. Maar zijn rechterhand bleef aan het stuur of de versnellingspook en ging ook niet van daar naar haar knie.

Ilona schonk nog een keer koffie in. 'Je wilt toch wel?'

Precies voor haar deur was een parkeerplaats. Hij wist nu dus waar ze woonde. Ze bleef zitten, niet in staat om iets te doen.

'Wat kijk jij dromerig,' zei Ilona. 'Toch niet verliefd?'

'Ik verliefd?' Ze lachte een beetje schril. Gelukkig, Debby leek het niet te hebben gehoord.

'Nou ja,' zei Ilona, ''t komt in de beste kringen voor, moet je maar denken. Hoe lang is 't nou alweer geleden, dat Paul... eh...?'

Liesbeth wilde er liever niet aan denken. 'Ruim twee jaar,' gaf ze onwillig toe. 'Twee jaar en een maand.'

Rob wist er niets van. Misschien dacht hij wel dat ze getrouwd was of gescheiden. Ze hadden een paar minuten zwijgend bij elkaar in de auto gezeten. De knoop groeide, maar het gevoel was niet onaangenaam. Toen was hij uitgestapt en had het portier aan haar kant geopend. Opnieuw een hand onder haar elleboog. Hij liep met haar naar de huisdeur. Wat was ze zenuwachtig geweest! Ze stond te trillen op haar benen. Die eerste keer dat een jongen haar naar huis bracht uit dansles. Hoe oud was ze toen? Veertien? Jacques heette hij. Ze hadden zwijgend tegenover elkaar gestaan, en zonder enige waarschuwing sloeg Jacques zijn armen om haar heen en stootte zijn mond tegen de hare. Haar lippen deden pijn, dat was eerst de voornaamste sensatie, en daarna natuurlijk dat glibberige, slijmerige ding dat haar mond probeerde binnen te dringen. Eerst had ze haar lippen gesloten gehouden, maar na een paar minuten brak haar weerstand. Ze wist het nog precies. Hoe ze Jacques weer kwijt was geraakt, kon ze zich met geen mogelijkheid herinneren.

'Heb je het soms koud?' had Rob haar gevraagd, terwijl de vlammen uit haar sloegen. Als hij te dichtbij kwam, zou hij zich schroeien. Ze had de sleutelbos uit haar handen laten vallen, en keek naar de twee fietswrakken die nu al jaren aan elkaar geketend aan weerszijden van een lantaarnpaal stonden. De ene fiets miste een voorwiel en de andere een achterwiel. Hij raapte de bos op, probeerde de sleutels tot hij de juiste had, en deed de deur open. Ze was bang, maar wilde tegelijk haar armen om hem heen slaan. De angst overwon, hoewel ze niet wist waar ze nu eigenlijk bang voor moest zijn. Zeker niet voor Rob. Hoe lang hadden ze daar zo gestaan? 'Goed,' had hij op een gegeven moment gezegd, 'ik ga maar weer. Ik zie je vast nog wel 's.'

'Volgens mij heb je het goed te pakken,' zei Ilona. 'Nou, je verdient het... als 't tenminste een leuke kerel is.'

Om vier uur 's middags kwam ze thuis. Timo was er nog niet. Ze had een branderig gevoel in haar ogen en deed haar lenzen uit. Haar bril was weer spoorloos. Ze maakte het eten alvast klaar. Dan hoefde ze het straks alleen nog maar in de magnetron te zetten.

Ze ging even op bed liggen, dat grote, lege slagschip waarop ze zich 's nachts soms verdwaald voelde. Het leek of het bed in die stille nachtelijke uren uitdijde en zijzelf steeds kleiner werd. Niets om zich aan vast te klampen, behalve herinneringen die steeds verder vervaagden alsof ze voortdurend met een blekend wasmiddel werden gewassen. Soms had ze het idee dat Paul haar in de steek had gelaten, dat hij haar een kolerestreek had geleverd. Hij was weggegaan, en zij stond er nu alleen voor. De rotzak. Alles hadden ze samen opgezet. Ze waren niet alleen getrouwd, nee, ze waren vrienden, zakenpartners, alles waren ze voor elkaar. En nu moest ze plotseling alles in haar eentje doen: de zaak, Timo, maar die ging gelukkig vooral zijn eigen gang. Hij was altijd een makkelijk kind geweest. En dan Jenny. Natuurlijk een schat van een meid, maar Paul zou beter weten hoe hij Marco moest aanpakken. Marco zou ontzag voor hem hebben, terwijl hij haar alleen maar uitlachte. In haar eentje de zaak runnen was al moeilijk genoeg. Gelukkig dat ze Ilona had.

Maar dan corrigeerde ze zichzelf, en ze zag hem hier op bed liggen, zijn gezicht helemaal uitgeteerd. En pijn, altijd pijn. Toen hij in het ziekenhuis werd opgenomen, had ze even hoop gehad. Wat konden ze allemaal niet tegenwoordig, die artsen? Alles was tegenwoordig toch te genezen? Daarvoor betaalde je zo veel premie, voor al die moderne medische technieken. Ze had het zelf in de krant gelezen. Hij werd geopereerd en kwam terug. Alles zou beter gaan.

Ze sloot nu haar ogen en voelde naast zich. Leeg, voor altijd leeg. Het zou beter zijn om een eenpersoonsbed te kopen, smal en intiem, elke nacht alleen met de warmte van haar eigen lichaam, en niet meer dat verwijtende lege deel. Maar stond dat niet gelijk aan het erkennen van een nederlaag? Hoe zou Timo reageren? Waarom was ze daar bang voor? Wat zou Timo van Rob vinden? Weer die mix van nieuwsgierigheid en angst.

Verdomme, ze had vandaag het arbeidsbureau moeten bellen om op tijd een nieuw meisje in plaats van Debby te vinden. Straks had ze alleen Ilona, Leendert en Annet nog. Er hoefde er maar één ziek te worden, en alles liep fout. Op Jenny hoefde ze niet te rekenen. Die mocht niet van Marco. 'Die gore spullen van een ander... onderbroeken met remsporen erin, zweetsokken, volgesnoten zakdoeken... misschien dat je d'r wel aids van krijgt.' Je kon toch plastic handschoenen aantrekken?

De slaap drukte zwaar op haar ogen, maar tegelijk was ze klaarwakker. Ze hoorde Timo thuiskomen. Hij floot altijd zo opgewekt. Zelfs terwijl Paul doodziek boven lag, had zijn vrolijk gefluit nog door het huis geklonken. Ze had er een keer iets van gezegd en hij had haar niet begrepen. 'Het gaat vanzelf,' had hij gezegd.

Hij klopte zachtjes op de deur van haar slaapkamer.

'Ja,' zei ze.

'Ik ben 't, Timo.' Hij deed de deur een klein stukje open. 'Gaat 't?'
'Ik wil even slapen. Vanavond moet ik weer naar de zaak. Maak je me om halfzes wakker?'

Het was stil die avond. Een paar jonge meisjes, studentes waarschijnlijk, zaten voor hun machine te lezen. Ze kon zelf aardig wat was wegwerken. Er draaiden al acht machines. Een Turkse man wilde zijn pak in de wasmachine wassen, maar ze hield hem er nog net op tijd van af.
'Anders krimpt het,' zei ze, 'en de mouwen worden zó.' Ze hield haar linkerhand tegen haar rechterelleboog.
'Kriempe?' vroeg de man.
'Het wordt kleiner, veel te klein. Dan kan u het pak niet meer aan. Is het uw pak?'
De man knikte bevestigend.
'Dan moet u het niet wassen, maar stomen.'
'Kost zelfde?'
'Nee, dat is duurder. Maar het wordt mooi schoon, weer als nieuw.'
'Nieuw?' vroeg de man. 'Nieuw pak te duur, Ik wil dit pak. Moet schoon worden.'
Ze zuchtte. 'Ja, dat bedoel ik ook. Maar dan moet het gestoomd worden. Dat kost twaalf gulden vijfentwintig.'
'Vijfentwintig gulden?'
'Nee, twaalf gulden en een kwartje.'
'Veel geld.'
'Ja, de wasmachine is goedkoper, maar het wordt weer heel mooi. Echt waar.'
De man stemde uiteindelijk toe.
De machines waren uitgedraaid. Ze haalde de was eruit en stopte alles in de droogapparaten. Hoe vaak had ze dit al gedaan? Duizenden keren. Tienduizenden keren. Stel dat je alles op zou tellen, had ze dan het wasgoed van heel Amsterdam een keer gewassen? Of meer keren? Annet was bezig kleren te vouwen, en in de tassen en plastic zakken te doen waarin het was gebracht. Het was al tien voor negen. Nog even en ze gingen sluiten. De vermoeidheid duwde achter haar ogen. Het branderige gevoel begon weer op te komen. Er was verder niemand meer in de zaak. De wereld was nu volslagen onwerkelijk. Ze zaten in een soort aquarium. Er liepen

mensen langs de ramen zonder een blik te werpen op de door tl-buizen verlichte ruimte waarin Annet en zij rondzwommen.

Toen ging de deur open, en hij stond er. Even hapte ze naar adem. Hij mocht haar niet zien. Ze zag er natuurlijk verschrikkelijk uit. Nauwelijks opgemaakt. Gewoon een lange broek en een sweatshirt aan. Hij droeg een pak; een ander pak dan zaterdagavond, maar even stijlvol. Ze keek naar hem, maar wendde haar blik weer snel af. Dit was de eerste afspraak met een vriendje. Nee, dit was een plotselinge ontmoeting met die ene jongen in de klas. De rest van de leerlingen was al verdwenen en zij waren samen achtergebleven. Niemand had je ooit verteld hoe dit verder moest. Je stond bij het fietsenrek en kon het sleuteltje niet in het slot krijgen.

Ze zag dat hij niets bij zich had, geen tas met wasgoed of een pak dat moest worden gestoomd. Dus geen voorwendsels, geen valse voorwendsels. Ze keek om. Annet staarde haar aan.

'Je kunt wel gaan,' zei ze tegen haar.

'Mooie zaak heb je hier.' Rob stak een sigaret op. 'Ziet er netjes uit.'

Ze knikte.

'Is er iets?'

'Nee, maar ik ben een beetje verbaasd dat je hier komt. Ik bedoel...' Ze wist het niet verder.

'Wat bedoel je?'

''k Weet niet. Ik had je hier helemaal niet verwacht.'

'Een leuke verrassing of een vervelende?'

'Dat kan ik nog niet zeggen. Hoe wist je dat ik hier was?'

Hij lachte even. Ze zag zijn regelmatige rij tanden, links achterin blonk wat goud. 'Naar je huis gebeld. Ik kreeg een vriendelijke jongeman aan de telefoon, die zei dat je hier was.'

'Ik moet afsluiten,' zei ze met een zenuwachtig lachje, 'en de kas nog naar de safe brengen. Hier, bij de bank op de hoek.' Had ze nu te veel gezegd? Ze liep naar achteren om alle lichten en de kachel uit te doen. Hij bleef gelukkig voorin staan bij de balie. Ze keek even in een spiegel en probeerde haar haar te fatsoeneren. Mijn god, wat verschrikkelijk; alleen een beetje half doorgelopen eyeliner, en ze had niets bij zich. Als hij nu nog iets in haar zag, moest hij wel halfblind zijn. Geschrokken sloeg ze haar hand voor haar mond, alsof ze iets gezegd had wat ze weer wilde terugnemen. Dit was stom, ongelooflijk stom. Ze moest zich niet alleen afvragen wat hij wilde. Ze was toch geen zestien meer? Ze liet zich toch niet meer gek maken omdat een man belangstelling voor haar had?

Ze pakte haar jas en liep weer naar voren. Hoe moest ze dit nu verder aanpakken? Kon ze hem vragen even naar buiten te gaan, terwijl ze de kas leegde in de daarvoor bestemde cassette? Dat was tenslotte zoiets als een intieme handeling.

'Ik moet nog een paar dingen doen,' zei ze. 'Misschien kan je buiten even op me wachten?'

'Goed, dan wacht ik buiten op je.'

Ze had bijna verwacht dat hij verdwenen was, toen ze naar buiten kwam, maar hij stond braaf op haar te wachten. Ze liepen eerst naar het safeloket van de bank.

'Normaal ga je nu zeker naar huis,' zei Rob, toen ze de cassette naar binnen had geworpen.

'Ja, maar is het nu normaal?'

'Zullen we dan ergens wat gaan drinken?' stelde hij voor.

'Ik weet niet… ik weet niet wat het dan wordt.'

Hij trok vragend zijn wenkbrauwen op.

'We zijn geen kinderen meer,' zei ze. 'Ik ben alleen, jij bent een man… Ik weet niet of jij ook alleen bent.'

'Maakt dat wat uit?'

'Waarschijnlijk wel.'

Hij legde een hand op haar rechterarm. 'Ik ben ook alleen.'

'Dan hoeven we toch niet… eh, naïef te doen?'

'Naïef, hoezo?' Hij keek haar aan met ogen waaruit oprechte verbazing sprak. 'We kunnen toch vriendschappelijk een glaasje drinken?'

Ze vond het vervelend om hier zo op de stoep te blijven staan. Wie weet hoe lang dit gesprek nog kon duren, en dan zo voor de bank, dat maakte het nog vreemder. Ze voelde een vage ergernis, maar wilde er niet aan toegeven.

'Goed,' zei ze, 'maar het is niet gewoon vriendschappelijk, want we zijn geen vrienden. Ik ken je nauwelijks. Voor mij ben je een vreemde. En met een vreemde een glaasje drinken, dat doe je niet zomaar.' Ze haalde even diep adem alsof ze een duik ging nemen in het diepe. 'Laten we naar dat café gaan, daar verderop.'

'Rare naam,' zei Rob toen ze ervoor stonden. 'Weet je wat een nog gekkere naam is? Café Ruk en Pluk.'

'Ruk en Pluk?'

'Ja, in de Linnaeusstraat. Is van een echtpaar. Die man noemen ze geloof ik Ruk en die vrouw Pluk.'

'Heten ze ook echt zo?'

'Doet dat er wat toe?' Hij lachte en ze had even het gevoel dat hij haar uitlachte.

4

'Ik weet niet hoe laat of-ie komt.'

'Waar is-ie dan naartoe?'

Jenny haalde haar schouders op.

Liesbeth kon zich niet voorstellen dat je als vrouw niet wist waar je man was, wat voor afspraken hij had, hoe laat hij thuis zou komen. Ze kon vroeger het leven van Paul moeiteloos uittekenen. Nooit riep ze hem ter verantwoording, dat was niet nodig. Misschien zouden Marco en Jenny een kind moeten nemen. Of werd het dan nog erger? Zat Jenny dan altijd thuis, en kon ze in het weekend ook niet meer spelen? Liesbeth zag zich in een flits als oma die op haar kleinkind paste. Ze had in één keer grijs haar gekregen. Welke man zou dan nog in haar zijn geïnteresseerd?

'Vind je dat zelf niet gek?' vroeg Liesbeth. 'Ik bedoel... jullie zijn toch getrouwd...'

'Het schijnt zo.'

'...en ik weet wel, wat je voor die ambtenaar zegt, dat is ook een beetje onzin, in voor- en tegenspoed en zo, maar op een of andere manier beloof je toch iets, dat je samen verder gaat... dat soort dingen.'

'Ja, dat weet ik.' Jenny pakte een nieuwe sigaret terwijl ze de vorige net had uitgedrukt. 'Dat hoef jij me niet te vertellen, en je hoeft me ook niet te zeggen dat pa en jij het zo goed hadden samen, dat jullie zo'n ideaal stel waren en dat je pa altijd voor honderd procent...'

'Dat deed ik ook niet.'

'Nee, maar je bedoelde het wel. Ik zag het aan je ogen. Sommige mensen doen 't nou eenmaal anders. Niet iedereen is hetzelfde. Marco heeft z'n eigenaardigheden, nou, dat wist ik toen ik met hem trouwde. Dus dan moet ik nou ook niet zeuren. Wil jij nog wat drinken?'

Liesbeth bedankte. Jenny schonk voor zichzelf nog een glaasje sherry in.

'Maar als Marco nou 's…'

'Je moet je d'r gewoon niet mee bemoeien, mam. Dat heb ik al zo vaak gezegd. Ik leid mijn leven op mijn manier, en jij dat van jou. Oké? Laten we d'r dan verder niet over zeuren. Ik zeg toch ook niet dat jij eigenlijk weer 's aan de man moet. Dat moet je toch zelf weten?'

'Nou, ik heb anders…' Liesbeth maakte haar zin niet af.

'Wat heb je?'

'Nee, niks.'

'Dan hoef je toch niet te blozen?'

'Doe ik dat dan?'

'Nee hoor, je kreeg alleen een beetje een kleur. Maar dat is zeker omdat de kachel te hoog staat.' Jenny keek haar glimlachend aan. 'Zullen we zo maar 's gaan eten? Als we wachten op Marco, dan sterven we ondertussen van de honger.'

Toen ze net aan tafel zaten, kwam Marco binnen. 'Dag schat, dag Lizzy.'

Marco noemde haar altijd Lizzy. Ze vond het onaangenaam. Het leek of hij haar niet serieus nam, of hij met die naam wilde ontkennen dat zij de moeder van Jenny was, haar ter wereld had gebracht, verzorgd, opgevoed.

Jenny ging naar de keuken om een biefstuk voor Marco te bakken. Ze liet haar eigen eten koud worden, stelde Liesbeth vast. Marco schepte alvast wat aardappelen op zijn bord en riep naar de keuken waarom er geen frites was.

'Volgende keer,' riep Jenny terug.

'Hoe gaan de zaken?' vroeg Liesbeth.

Marco deed jus over zijn aardappelen en begon ervan te eten. 'Ach, je wint 's wat en je verliest 's wat.'

'Hoezo?'

Marco schepte wat sla op, nam een hap en deed het toen terug in de schaal. 'Lijkt wel konijnenvoer. Ach, laatst hadden we een mooie partij Lacoste poloshirtjes. Die krokodillen waren nog echter dan echt. Zo kan Lacoste ze zelf niet maken. Je zou zweren dat 't originele waren en niet uit Taiwan…' Hij trok met zijn twee wijsvingers de huid naast zijn ogen strak. 'Ik een mooie partij poloshirtjes hebben vool meneel, echte Lacoste, met mooie klokodil… Jen, neem je straks even een pilsje mee uit de keuken?'

Hij zei altijd 'Jen', met een gewone j, zoals in 'jennen'. 'Goed, we hadden ze dus weer doorverkocht... Volg je het nog een beetje?'

Liesbeth knikte.

'Want je moet dat spul zo kort mogelijk in huis houden, anders raak je je hele winst weer net zo makkelijk kwijt aan geld voor opslag, en de politie komt kijken of zo, dus weg met die handel naar een mannetje dat weer aan al die marktlui doorverkoopt. Je kent dat wel... van die borden: echte Lacoste, in de Bijenkorf negenentachtig en bij ons negenentwintig gulden, nou, die handel staat daar nog geen dag, die man heb ons nog niet eens kunnen betalen, en wat denk je? Economische controledienst. In beslag genomen. Weg handel... weg geld.' Hij riep nu weer in de richting van de keuken. 'Moet je die koe soms nog slachten?'

'Biefstuk komt eraan... of wil je hem soms helemaal rauw hebben?'

'Ach, die Jen,' zei Marco tegen Liesbeth, 'altijd in voor een geintje. Net haar moeder.'

Jenny kwam de kamer binnen met biefstuk en bier.

'Je bent een schat,' zei Marco. 'Waar heb ik dat aan verdiend, een vrouwtje dat zo goed voor me zorgt?'

'Ik zou 't niet weten,' zei Liesbeth.

Marco lachte zijn charmante, innemende lach. Hij at alleen zijn biefstuk op en liet de aardappelen op zijn bord liggen. 'Goeie biefstuk. Een volgende keer graag ietsje rooier vanbinnen.'

'Ja, vanbuiten gaat een beetje lastig,' zei Jenny.

Marco stak een sigaret op. 'Leuk, leuk.'

'We kunnen niet allemaal zo veel gevoel voor humor hebben als jou.'

'Ga nou niet katten, dat is nergens voor nodig. Je moeder is op bezoek, dus laten we het gezellig houden.'

Liesbeth had het gevoel dat er over haar werd gesproken alsof ze er niet bij was. Wie weet wat ze allemaal nog zouden zeggen als ze haar mond hield.

'Gezellig,' zei Jenny, die blijkbaar moed had verzameld, 'dat moet jij nodig zeggen. Jij bent zelf nogal zo'n gezellige figuur... ja, zeker in het café met je maten en je vriendinnetjes.'

Liesbeth ruimde de tafel af.

'Blijf maar zitten, mam. Dat doe ik straks wel.'

'Ik met m'n vriendinnetjes? Ik wist niet dat je zo veel fantasie had. Ja, een beetje op dat orgel janken, dat gaat je goed af, maar verder…'

Jenny pakte haar glas en gooide het naar Marco, die bijtijds bukte.

Hij stond op van de tafel. 'Gooien, dat is wel het lulligste wat je kan doen. Net zoiets als vechten. Allemaal machteloosheid, omdat je niks beters weet. Zwak… zwak. Maar goed, als je de sfeer zo nodig wilt verpesten… Ik was net van plan gezellig een avondje thuis te blijven, maar dan vertrek ik wel weer. Dan ga ik maar naar het café, naar m'n maten en m'n vriendinnetjes. Hoeveel heb ik er eigenlijk volgens jou?'

De tranen stonden in Jenny's ogen. Liesbeth probeerde haar woede onder controle te houden. Dit was er dus geworden van die leuke, vlotte Marco van een paar jaar geleden. Ze kon het zich nog precies herinneren, die eerste keer dat hij over de vloer kwam. Niet verlegen, niet brutaal, niet opdringerig, maar gewoon aardig en vriendelijk. Een makkelijke prater, een echte Amsterdamse jongen. Ja, met werk zat het destijds al een beetje moeilijk. Dat kwam door zijn levendigheid, zijn zucht naar avontuur en misschien ook wel zijn grote mond. Maar dat bedacht ze pas naderhand, toen het eigenlijk al te laat was. Hij had nog eens een blauwe maandag in de zaak meegeholpen. De meisjes die er toen werkten, hadden krom gelegen, maar veel kwam er niet uit z'n handen. Al die kleren, al die smerigheid en die stank, dat was niets voor hem. Een keer kwam ze het hok binnen waar de distilleerketels voor het water stonden. Marco hing tegen een meisje aan… hoe heette ze ook alweer? O ja, Astrid. 'Een vergissing,' was het enige wat Marco had gezegd, en er werd wat aan kleding gerommeld. Ze had er nooit iets van tegen Jenny gezegd.

Nu werkte hij af en toe met schone kleren, maar hij kreeg wel vuile handen. Ze had er wel eens met Jenny over gepraat. 'Je moet je d'r niet mee bemoeien, mam,' had ze gezegd. 'En als-ie een keertje wordt gepakt, nou, misschien leert-ie daarvan. Je kan nooit weten.'

'Waarom doe je zo lullig?' zei Jenny door haar tranen heen.

'Ik? Doe ik lullig? Ik zit gewoon gezellig mee te eten, en jij begint over vriendinnetjes, nota bene terwijl je moeder d'r bij zit. Denkt-die meteen dat ik vreemdga of zo, hè Lizzy?'

Liesbeth schudde haar hoofd, maar Marco lette niet op haar.

'Terwijl jij in het weekend in dat café zit, vaak halflazarus thuiskomt…'

'Daar kan ik niks aan doen, dat hoort erbij. Die drankjes krijg ik aangeboden.'

'...ja, door allemaal kerels die een beetje op je staan te geilen.'
Jenny stond op en liep naar de keuken. Liesbeth ging haar achterna.
Jenny had een groot vleesmes in haar handen. 'Ik kan hem wel vermoorden, die klootzak.'

'Een verrassing,' had hij gezegd, 'Nee, ik vertel het niet, dan is het niet leuk meer.'

Ze ging terug naar de slaapkamer en bekeek zich nog eens voor de grote spiegel van de kast. Deze jurk stond een beetje plechtig en was misschien ook te netjes, met die nogal hooggesloten hals. Maar te netjes waarvoor? Ze had geen benul. Natuurlijk had ze over de telefoon doorgevraagd. 'Anders kan ik niet zeggen of ik wel met je mee kan gaan. Wie weet is 't wel iets waar ik helemaal niet naartoe wil.' Maar waar zou ze niet met hem naartoe willen?

Om zes uur zou er een taxi bij haar voor de deur staan. Ze had zich in de zaak nog moeten haasten om op tijd te zijn. Het was nu tien voor zes. Ze trok de jurk uit en bekeek zich in de spiegel. Ze ging er zo voor staan dat ze haar profiel kon zien, en hield haar buik in. Dat was verleden tijd, zo glad en recht zou ze daar nooit meer worden. Zevenenveertig en twee kinderen, dan kon het ook niet anders. Ze haalde een broek uit de kast, de strakste broek die ze had, een zwarte, en pakte een zwarte katoenen trui, waar met zilveren okerkleurig draad een vogel op was geborduurd. Ze had hem vorige week in een vlaag van overmoed op de Albert Cuyp gekocht. Was dit niet een te opzichtige poging om er jong uit te zien?

Welke schoenen moest ze hierbij aan? Het moesten zwarte zijn met een niet al te hoge hak. Van het geschiktste paar zag ze alleen de linkerschoen. Waar was die andere? Naar de schoenmaker? Verdomme, al zes voor zes. En deze, die waren een beetje okerkleurig. Ze vergeleek ze met de kleur in de trui. Net iets anders, maar viel dat op? Dat deed er misschien niet toe. Het enige wat telde was dat zij het zelf wist. Ze zou zich onzeker voelen.

Ze trok de trui en de broek uit, en pakte een jurk. Donkerblauw met een geraffineerde kraag. Of stond dit te keurig? Ze deed de jurk uit, keek nog even naar haar buik, en pakte met twee handen haar billen alsof ze ze in wilde drukken, kleiner en compacter wilde maken.

De bel.

Ze trok een kamerjas aan en deed de deur open. Beneden zag ze de schim van een man. 'Taxi!'

'Ik kom zo.'

'Doet u maar rustig aan!'

Toch maar de broek, de trui en de okerkleurige schoenen. Verdomme, bij die schoenen moest ze passende nylon sokjes aan. Ze zocht in de sokken- en kousenla, en vond alleen een geschikt zwart paar, terwijl het eigenlijk geel- of okerkleurig moest zijn. Nou ja, nood breekt wetten. Ze ging nog even voor de kaptafel zitten. Dat aan- en uittrekken van kleren had haar make-up geen goed gedaan. Ze stiftte haar lippen bij, maar schoot een beetje uit aan de linkerkant.

Net toen ze naar beneden ging, kwam Timo de trap op.

Hij keek haar verbaasd aan. 'Waar ga jij naartoe?'

'Dat weet ik niet.'

'Hè, weet je dat niet? Waarom ga je dan weg?'

'Ik bedoel, ik heb een afspraak en we weten nog niet waar we heen gaan.'

'We?' vroeg Timo. 'Welke "we"?'

'Dat vertel ik nog wel. Er staat macaroni in de koelkast. Je hoeft het alleen maar in de magnetron te zetten.'

De chauffeur hield de deur voor haar open. Er zat verder niemand in de taxi.

'O, m'n tasje vergeten,' zei ze, en ze stapte weer uit.

'Nou alweer terug?' vroeg Timo. 'Dat was kort.'

'Iets vergeten.'

'Gister hadden we ook al macaroni.'

'Dat klopt. Wat we over hadden staat nu in de ijskast.'

'Leuk, die variatie.'

'Er is nog parmezaanse kaas.'

'Hadden we gisteren ook al.'

Ze liep haar slaapkamer in. 'Hè, verdomme,' zei ze. 'Waar is dat tasje nou?'

Eindelijk vond ze het onder de jurk die ze op een stoel had gedrapeerd. Ze controleerde de inhoud. Lippenstift, eyeliner, mascara, tissues. Geld, moest ze geld meenemen? Wat zou hij verwachten? Dat ze ook mee zou betalen? Maar waaraan? Het giropasje zat al in haar tas. Onder haar slipjes haalde ze twee girokaarten te voorschijn.

Om een of andere reden had ze verwacht dat de auto weg zou zijn als ze weer beneden kwam. De taxi had het opgegeven. Dit was zo'n lastige klant. Het verlies van de voorrijkosten moest maar voor lief worden genomen. Maar de chauffeur stond net zo geduldig te wachten als een paar minuten geleden, en hield weer even galant het portier voor haar open. Ze reden de straat uit.

Het kostte haar de grootst mogelijke moeite om niet te vragen wat de bestemming was. In ieder geval niet het centrum. Ze reden nu over de Ferdinand Bol. De chauffeur kon maar net een fietser ontwijken die blijkbaar door het rode licht was gereden.

'Klootzak.'

Ze probeerde ontspannen achterover te zitten, maar haar lichaam bleef naar voren hellen. De taxi reed verder in de richting van de RAI. Ze zouden toch niet naar een of andere tentoonstelling gaan? Of was er een voorstelling of iets dergelijks in het RAI congrescentrum? Dat had je daar wel eens, een musical of zo. Misschien dacht Rob dat bij een muzikale dochter ook een muzikale moeder hoorde.

Nu kwam zo meteen links het bowlingcentrum Knijn. Een avondje bowlen? Je kon er ook eten. Een maand of acht geleden was ze er nog geweest met de zaak. Debby en Annet hadden allebei een vriend meegenomen. Een van hen had onwaarschijnlijke hoeveelheden bier gedronken en vervolgens overgegeven op een van de banen. Ze geneerde zich nu nog. Gelukkig, de taxi reed verder.

Ze moesten wachten voor het stoplicht bij de rotonde voor de RAI. 'Slagersvakbeurs' las ze op een groot bord. Nee, ze zouden niet naar de slagersvakbeurs gaan.

Zoiets had ze met Paul nooit meegemaakt. Hij was de broer van een vriendin, Judith. Een keer was ze langsgekomen toen Judith er niet was. Achteraf had ze zich afgevraagd of ze dat niet vanaf het begin had geweten. Paul was alleen thuis. Ze zat met Paul te praten, en plotseling vroeg hij of ze morgen met hem naar de bioscoop wilde. Waarom niet? Hij had haar afgehaald om een uur of negen. Elk moment had ze Pauls hand op haar arm, rug of dijen verwacht, maar hij zocht geen toenadering, zelfs niet tijdens de romantische scènes in de film. In haar ervaring begonnen jongens altijd als er op het scherm gezoend werd. Alsof ze die aansporing nodig hadden. Een keer was ze met Irene naar de bioscoop geweest en terwijl de hoofdrolspelers elkaar omhelsden voor een lange, hartstochtelijke kus, schoof een wildvreemde jongen zo zijn hand onder Irenes rok.

Toen die eerste keer met Paul hadden ze in een café wat gedronken, nog steeds als broer en zus, en toen bracht hij haar naar huis. Alsof ze allebei door twee immense handen naar elkaar toe werden geduwd, deden ze een klein stapje naar voren en omhelsden ze elkaar. Zij was niet eens verbaasd geweest. Het was zomaar gegaan. Ze voelde zijn lippen tegen de hare. En elke volgende stap was even onvermijdelijk als vanzelfsprekend. In het begin had ze zich zelfs afgevraagd of ze wel verliefd was. Ze moest zich altijd voorstellen wat ze zou voelen als hij omkwam bij een auto-ongeluk of iets dergelijks. Een lijk, veel bloed, de ambulance. Dan stak de pijn overal in haar lichaam en wist ze dat ze van hem hield. Maar zenuwachtig zoals nu was ze met Paul nooit geweest.

Vlak voorbij de RAI gingen ze rechtsaf de grote weg op, richting Schiphol, Den Haag. Ze zouden toch niet met het vliegtuig ergens heen gaan? Dat was krankzinnig.

'Gaan we naar Schiphol?' vroeg ze.

De chauffeur draaide zich even om, een brede grijns op zijn gezicht. ''t Is wel de richting.'

Maar ze had haar paspoort niet bij zich! Ze ademde diep in en uit en hield haar blik gericht op het kalende achterhoofd van de chauffeur. Nee, natuurlijk gingen ze niet het land uit met een vliegtuig. De man had roos op zijn schouders. Het kostte haar moeite om het er niet af te vegen. Een vliegtuigtrip... ze moest zich niet van die onzinnige dingen in haar hoofd halen. Wat zou Rob zeggen als ze het vertelde? Zou hij haar uitlachen? Maar waar was Rob? Misschien niet eens op de plaats waar ze nu naartoe werd vervoerd. Waarom had ze aan deze krankzinnige vertoning meegedaan? Welke zevenenveertigjarige, zelfstandige vrouw, eigenares van een bloeiende stomerij-wasserette, liet zich verleiden tot zo'n duistere onderneming? De rand van het overhemd die boven het jasje uitstak zag er bepaald niet schoon uit. Ze ging zo zitten dat het gezicht van de chauffeur in het achteruitkijkspiegeltje verscheen. De man had zich vandaag niet geschoren. Was dit wel een echte taxi? Er zat een meter in, maar ze zag nu pas dat die niet liep

'Hoeveel gaat dit kosten?' vroeg ze.

'Maakt u zich geen zorgen, mevrouwtje, dat is allemaal geregeld.'

Ze waren nu bij de tunnel vlak voor Schiphol. Dit was toch niet een soort ontvoering of zo? De chauffeur schoot met een snelheid van zeker honderdveertig kilometer langs rijen auto's die zich wel aan de maximumsnelheid leken te houden.

5

'Hé, hé, meneer, wat gaat u doen?'
'Ik trek m'n kleren uit. Ze moeten gewassen worden.'
'Ja, dat zie ik, maar als u zich helemaal wil uitkleden, moet u dat thuis doen of naar het naaktstrand gaan.'
Annet en Debby stonden giechelend toe te kijken.
'Gaan jullie's aan het werk,' zei Liesbeth. 'Hier, die was moet nog gevouwen worden, en kijk, die tassen moeten nog in de machine. Genoeg te doen, geen tijd voor geintjes. Daar betaal ik jullie niet voor.'
De man had zijn glimmend vuile spijkerbroek uitgetrokken. Tussen de slippen van zijn vale overhemd zag ze een onderbroek die ooit wit was geweest. Ze wilde niet kijken, maar ze moest.
'Dit kan echt niet,' zei Liesbeth. 'We hebben nog meer klanten en die zijn er niet zo op gesteld als er hier een blote man in de zaak zit.'
Een buitenlandse vrouw met een hoofddoek om keek decent een andere kant uit. Verder was er nog een oudere vrouw die zat te dommelen voor haar machine.
De man deed net of hij niets gehoord had en trok zijn sokken en overhemd uit. Hij stond nu alleen nog in zijn onderbroek. Die zou hij toch niet ook in de machine stoppen? Een naakte zwerver in de zaak, dat was wel het laatste waar ze nu behoefte aan had. Even zag ze een ander bloot lichaam, nog opvallend glad en gespierd. Het was veel gewoner geweest dan ze had verwacht. Het was bijna vanzelf gegaan. Ze was ook niet bang geweest om zichzelf te laten zien.
'Meneer, dit gaat echt niet. We kunnen dit niet toestaan. Moet ik soms de politie erbij roepen?'
De man lachte schor. 'De politie... Nou, daar heb ik mooi schijt aan.' Hij trok zijn onderbroek uit, stopte het kledingstuk bij het andere wasgoed en zette de machine aan. Ze hadden hem natuurlijk nooit een munt moeten

geven voor die handdoek en dat jasje waar hij mee aan kwam zetten.

Paul, waarom was Paul er niet? Leendert werkte alleen 's ochtends in de stomerij, bij de pers en de mangel, en de vraag was of die er iets aan zou willen doen. Het kon Leendert allemaal niets meer schelen. Ze zochten het maar uit. Hij had destijds samen met een andere man een groentezaak gehad. Zijn compagnon had hem bedrogen. Leendert had het verhaal wel twintig keer verteld.

De man stond helemaal naakt voor de machine. De buitenlandse vrouw keek nog steeds in de richting van de droogtrommels alsof daar iets interessants was te zien. Debby floot op haar vingers. 'Wat een stuk,' zei ze.

'Gaan jullie verdomme aan het werk. Dit soort gedonder kan ik er niet bij hebben.' Het leek wel of Debby er alles aan deed om te worden weggestuurd voor de datum waarop ze officieel zelf ontslag had genomen. En dan kon ze wel mooi het salaris over de volle maand eisen.

De huid van de man, van wie ze de leeftijd door zijn lange baard en haar moeilijk kon schatten, zag er vaal en groezelig uit. Hij wandelde, alsof het de gewoonste zaak van de wereld was, naar het tafeltje met de bladen, en pakte er een paar tijdschriften tussenuit. Hij liep langs de oudere vrouw die zat te suffen. Ze schrok op en slaakte een gilletje dat merkwaardig puberachtig klonk.

'Op jouw leeftijd nog nooit een blote kerel gezien?' vroeg de man. 'Dan ben je wel erg veel te kort gekomen.'

De vrouw keek vertwijfeld naar Liesbeth.

'Dit gaat echt niet, meneer. U moet onmiddellijk de zaak verlaten.'

'Zo?' vroeg de man. 'In m'n blote kont?'

Hij ging plotseling staan. Door de onverhoedse beweging bungelde zijn geslacht heen en weer. Liesbeth hoorde Debby en Annet giechelen. Dit leek een zieke grap, bedoeld om alles belachelijk te maken wat er gisteravond was gebeurd. Het mannelijk lichaam, dat nu plotseling onderwerp was van spot en schaamte.

'Je bent toch niet bang voor bloot?' ging de man door. 'Zo zijn we allemaal geboren. Als je d'r problemen mee heb, moet je 's naar de gekkensmid. Een paar jaar in therapie en je danst in je nakie door de Kalverstraat.' Hij lachte schor en maakte een paar dansende bewegingen. 'Die kleren, dat is alleen maar voor de show, en om het een beetje warm te hebben. Ja, een koppie koffie, daar heb ik wel zin in.' Hij pakte wat geld uit een plastic tas en ging naar de koffieautomaat.

Liesbeth voelde een sterke behoefte om weg te lopen. Regelrecht de straat op. Dit soort scènes had ze wel meer meegemaakt, maar nu kon ze er niet tegen. Was het gisteren te veel voor haar geweest? Een aanslag op haar zenuwen? De taxi was op de linkerbaan blijven rijden toen ze uit de Schipholtunnel kwamen. Dat werd dus niet het vliegveld. Maar wat dan? Waar gingen ze dan naartoe? Den Haag misschien?

Ze zag de behaarde billen van de man. Er kwam een vrouw de zaak binnen. Ze keek even naar de man alsof ze een geest zag, een verschijning uit een andere wereld. Toen slaakte ze een vreemd, vertraagd gilletje en verdween weer naar buiten.

Tegen beter weten in probeerde Liesbeth het nog een keer. 'U moet iets aantrekken of onmiddellijk verdwijnen.'

Hij ging recht voor haar staan. Ze meende dwars door de sterke zeeplucht heen zijn lichaamsgeur te ruiken. Hij was iets kleiner dan zijzelf, ongeveer de lengte van Rob. 'Al m'n kleren zitten in die machine. Dat is alles wat ik heb, begrijp je dat?' Hij raakte even haar arm aan, en ze deed een nerveuze stap terug. 'Ben je vies van me?'

Ze schudde haar hoofd. Zoals bij al dit soort figuren waren zijn nagels lang met forse rouwranden.

'Ik kan niet eens de straat op,' zei de man. 'Alles zit in de machine. Het is nat. Dat kan ik toch niet aantrekken? Je zou toch niet willen dat ik in die natte spullen de straat op moest? Daar krijgt een mens longontsteking van.' Alsof hij zijn argument wilde onderstrepen, begon hij verschrikkelijk te hoesten. Hij spuugde iets uit op zijn hand en veegde die af langs zijn bovenbeen.

Liesbeth zei niets. Ze ging naar het rek met het achtergebleven goed. Als mensen na drie maanden de kleren die ze chemisch hadden laten reinigen, nog niet hadden afgehaald, mochten ze worden verkocht. Ook dat stond namens de directie op een bordje vermeld dat tegen de wand was geschroefd.

Ze pakte een trainingspak en gaf het aan de man. 'Hier, trek dit voorlopig maar aan. Dan stomen we dat straks wel weer.'

De man lachte. Er ontbraken een paar tanden uit zijn gebit. 'Je bent toch een beetje preuts, geloof ik.' Het pak was veel te groot, maar de man paradeerde er trots mee voor de rij machines

Hoe laat was het nu? Ze keek op de keukenklok: halftien. Timo was niet thuis. Ze wist niet waar hij was. Meestal zat hij 's avonds thuis te werken of te lezen. 'Waarom ga je zo weinig uit? Met vrienden of zo, naar de bioscoop of het café?' had ze verschillende keren gevraagd.

'Zoals Marco?' was zijn reactie.

'Nee, natuurlijk niet. Ik bedoel... je moet er toch wel 's uit, een beetje onder de mensen.'

'Ik loop college. Is dat niet genoeg? En onder de mensen is het ook niet altijd zo leuk.' Meer kon ze niet uit hem krijgen. Hij zei nooit zoveel. '"Stille waters..." zou je vader wel zeggen,' had haar moeder een paar keer opgemerkt als ze het over Timo hadden. Liesbeth kon niet begrijpen waarom dat 'zou je vader wel zeggen' er juist bij moest. Iedereen kon dat zeggen.

Ze stak nog een sigaret op, maar maakte hem onmiddellijk weer uit. Ze had nog niets gegeten. Wat ze voelde in haar binnenste, was dat honger of juist weerzin tegen eten? Dezelfde tweestrijd: verlangen of angst. In de ijskast stond nog een restje van de babi pangang die ze afgelopen vrijdag bij de Chinees hadden gehaald. Het kon zo de magnetron in. Maar ze bewaarde het voor Timo. Misschien had die wel trek als hij thuiskwam.

Het huis was leger dan anders, en dat was niet alleen een gevolg van de afwezigheid van Timo. Er ontbrak meer. Ze keek even of de hoorn wel op de haak lag, anders zou Rob kunnen denken dat ze continu in gesprek was. Als hij zou bellen. Maar natuurlijk belde hij. Vanochtend werd ze alleen wakker. Eerst was ze niet eens verbaasd. Dit was ze tenslotte al ruim twee jaar gewend. Maar des te harder kwam de klap aan. Verdwenen, als een dief in de nacht. Had ze iets niet goed gedaan? Iets verkeerds gezegd? Was de angst voor de ochtend te groot? Voor het gezicht met de slaaprimpels, de doffe ogen, de bleke lippen, de verre van frisse adem? Voor dat lichaam van die ander dat daar dan zomaar lag, waarvan je op dat moment niet meer wist of je het nog wel mooi en aantrekkelijk zou vinden nadat de roes van de vorige nacht was verdampt? Bang voor een gezamenlijk ontbijt?

Gedachteloos stak ze weer een sigaret aan, nam een trekje en voelde zich half misselijk worden. Gisteravond had ze ook te veel gedronken. Dat waren natuurlijk de zenuwen. Mijn god, wat was ze zenuwachtig geweest. De taxi draaide de parkeerplaats op. Eerst dacht ze dat hij moest tanken. Nee, de chauffeur stopte voor de ingang van het restaurant, stapte uit en hield de deur voor haar open. 'Maar wat moet ik hier?' had ze gevraagd. 'Er is voor u gereserveerd,' zei de chauffeur, en hij begeleidde haar naar binnen. Ze kwamen eerst door een deel met een paar kiosken en speeltoestellen voor kinderen waar je geld in moest doen. Een klein meisje met strikken in haar haar en lakschoentjes aan stond bij een grote krokodil te huilen. 'Nee, je bent al drie keer geweest, nou is het genoeg,' zei een vrouw die het kind probeerde mee te trekken. Liesbeth kende de teksten. Maar het meisje hield krampachtig haar rechtervuistje om een stang geklemd. Liesbeth wilde blijven staan om te zien hoe het af zou lopen, hoewel ze het bijna kon voorspellen: het meisje mocht nog een keer op de krokodil. 'Voor de allerallerlaatste keer dan,' zou de moeder zeker voor de tweede maal zeggen.

Op een sukkeldrafje liep Liesbeth achter de chauffeur aan. Hier was een snackcorner met zelfbediening. Iedereen probeerde voor het raam te gaan zitten vanwege het uitzicht.

Als uit een mist was er een kelner op haar af komen lopen. 'Heeft mevrouw gereserveerd?' De chauffeur was plotseling verdwenen. Ze knikte. Straks zou ze onherroepelijk afgaan. Gereserveerd? Onzin natuurlijk. 'En uw naam is?'

De klanken kwamen moeizaam en verbrokkeld uit haar keel. 'Pardon.' Ze probeerde het nog een keer in de wetenschap dat alle aanwezigen luisterden. 'Van der Werf.' De kelner knikte en liep met haar naar een tafeltje bij het raam, een tafeltje voor twee personen. Beide stoelen waren onbezet. Haar jas werd aangenomen en ze ging zitten.

'Mag ik u een glaasje kir aanbieden?' Ze wist nu niet meer of ze bevestigend had geantwoord, maar plotseling stond het glas voor haar. Het leek of mensen opvallend veel naar haar keken. Verderop zat een hele familie. Een paar jongetjes hadden fluwelen colbertjes aan, en droegen opvallend grote vlinderdasjes. Meisjes waren gekleed in prachtige witte jurkjes met veel linten en ruches.

Ze wendde haar blik van de rest van de gasten af en keek naar buiten. Dit waren de beste plaatsen. In een oneindige stroom reden de auto's onder haar door. En om de paar minuten zag ze een vliegtuig landen. De eerste keer dat Paul haar mee uit eten had genomen, gingen ze naar een Chinees. Ze wist nog precies wat hij had gezegd toen ze haar nasi speciaal op had. 'Geen koffie nemen. Chinezen kunnen alleen thee zetten, geen koffie. Dat drinken ze zelf ook nooit.'

Ze schrok op toen ze een hand voelde die haar schouder voorzichtig aanraakte. Hij stond naast haar. 'Heb je er bezwaar tegen dat ik hier plaatsneem? Zo te zien is er toch een stoel vrij.' In die grote zaal van het restaurant leek hij nog iets kleiner dan hij was. Dat vond ze een beetje jammer. Maar die teleurstelling schoof ze snel naar de achtergrond. Gelukkig had ze geen bijzonder hoge hakken onder haar schoenen. Hij complimenteerde haar. 'Je ziet er geweldig goed uit. Ongelooflijk dat een vrouw als jij nog alleen is. Nee, bloos maar niet, ik meen het.' Hij legde zijn handen op tafel, en zij had bijna de hare erin gelegd. Deze keer had hij geen ring om. 'Heb je hier wel 's gegeten?' vroeg hij. Nee, dat had ze niet. 'Vind je het leuk?' Ze knikte. 'Als je zo'n tafeltje aan het raam wil hebben op zondagavond, dan moet je dagen van tevoren reserveren,' zei Rob.

'Dus dit heb je al een tijdje geleden bedacht?'

'Een vooruitziende blik... ha, daar is de kaart, laten we eens rustig kijken wat we gaan eten... ober, nog twee kir graag.'

Ze probeerde nu elke minuut opnieuw te beleven. Het was donker geworden. Ze zag weer de lichten van de auto's en de vliegtuigen, Rob, die tegenover haar zat. Wat had ze eigenlijk veel verteld over zichzelf, over de zaak, over Jenny en Timo, die zoveel van elkaar verschilden dat je je nauwelijks kon voorstellen dat ze broer en zus waren. Van het eten had ze nauwelijks iets geproefd. Het smaakte goed en het was overvloedig. Misschien had ze ook te veel gedronken om zich wat sneller op haar gemak te voelen. Om de angst te bezweren dat ze niets zou weten te zeggen, of de verkeerde dingen zou zeggen. Wat had Rob eigenlijk over zichzelf verteld? Niet veel. Hij woonde in Geuzenveld, in een flat. Het was tijdelijk, zei hij. Binnenkort hoopte hij een woning in de stad te krijgen. Zijn adres wist ze niet eens. Maar dat was ook volstrekt onbelangrijk.

Al halfelf, en nog steeds geen teken van Timo. Maar wat maakte ze zich ongerust? Een jongen van eenentwintig, de degelijkheid zelve. Maar misschien daarom juist.

Wat zou Rob z'n werk zijn? Had hij werk? Ja, natuurlijk. Hij begon er zelf niet over en ze vond het moeilijk om ernaar te vragen. Dan was het net of ze hem uithoorde. Ze vertelde zelf over de zaak, alle problemen met het personeel, lastige klanten, die nieuwe milieuwetten tegenwoordig. Apparaten en machines die vernieuwd moesten worden. Duizenden guldens zou dat gaan kosten. En dat moest ze allemaal weer zien op te brengen. 'Wat ik me eigenlijk altijd heb afgevraagd,' had Rob gezegd, 'is waarom het een sto-

merij heet. Jullie maken die kleren toch niet met stoom schoon?'
'Nee, met perchloorethyleen. "Per" noemen we dat. Nou, daarom is het ook chemisch reinigen. Maar omdat er nogal wat stoom vrijkomt bij het persen van de kleren, je weet wel, werd het toch een stomerij genoemd. Zaken hadden ook vaak zo'n schoorsteen waaruit allemaal stoom kwam. Bij dat zogenaamde stomen van kleren komt dus geen water te pas.' Ze lachte even. Hij keek haar ernstig aan. 'In eh... in Engeland heet het ook dry cleaning en in België droogkuis.' Er speelde nu een glimlach om zijn mondhoeken. Eindelijk eens iemand die dit soort verhalen geen gezeur vond, die ook wilde luisteren naar alle kleine en grote vervelende dingen waar ze de hele dag mee bezig was. Vroeger met Paul hadden ze allebei 's avonds lekker een tijdje tegen elkaar aan gemopperd, een kankerkwartiertje, of soms wel een halfuur, tot ergernis van Jenny en Timo.

Ze hoorde geluid op de gang, natuurlijk Timo. Hij stak zijn hoofd om de hoek van de keukendeur. 'O, zit je hier?'

'Ja.' Ze lachte even. 'Ik weet eigenlijk niet eens waarom. Heb je al gegeten?'

Hij knikte, nog steeds met alleen zijn hoofd om de hoek van de keukendeur.

'Waar dan?'

'Wat ben je nieuwsgierig.'

'Ik ben helemaal niet nieuwsgierig, alleen maar belangstellend.' Timo stapte nu pas de keuken binnen en schonk een glas cola in. 'Jij ook nog wat drinken?'

Ze schudde haar hoofd.

'Ja, ja, belangstellend...' Hij dronk van de cola. Ze zag de adamsappel bewegen. Om een of andere reden was dat het duidelijkste signaal van zijn volwassenheid, meer dan wat ook, 'Dan heb ik net zo veel belangstelling voor jou,' ging hij door. 'Waar was je gisteravond naartoe? Zo keurig opgedoft? Moest je soms iemand versieren?'

Ze lachte snuivend.

'Nou niet verlegen worden,' zei Timo. Hij draaide een stoel om en ging zitten, zijn armen over de rugleuning en zijn kin op zijn handen. 'Ik ben alleen maar belangstellend.'

'Ik ben uit eten geweest.'

'Waar en met wie en waarom? Nou wil ik ook meteen alles weten.' Hij nam een grote slok cola. Er liep een bruine druppel over zijn kin en ze moest zich inhouden om hem niet weg te vegen. Met de rug van zijn hand wreef hij over zijn kin.

'Waar?' herhaalde Timo.

'In dat wegrestaurant, weet je wel, vlak na Schiphol op de grote weg naar Den Haag, waar je…'

Hij lachte even. 'Zeker garnalencocktail als voorgerecht?'

'Nee, krabcocktail… heerlijk.'

'Natuurlijk. Hoofdgerecht varkenshaasje in roomsaus?'

Ze knikte.

'Toetje, of dessert zoals ze dat daar noemen, dame blanche.'

Ze stak haar tong uit. 'Nee, profiteroles.'

'Dus je hebt daar samen met allemaal andere mensen autootje en vliegtuigje zitten kijken?'

'Ja, is dat zo vreemd?'

'Nee hoor, ik was alleen verbaasd… 't lijkt me afschuwelijk om daar te eten. Had je dat zelf bedacht?'

'Nee, ik was uitgenodigd… ja, kijk maar niet zo gek, gewoon uitgenodigd door een man. Dat kan toch.' Haar stem klonk nu een beetje schril. Ze wist het, maar kon er niets aan doen. 'Zo oud ben ik toch ook niet. Ja, in jouw ogen natuurlijk wel, maar…'

'Maar wat?' Timo keek haar glimlachend aan.

Ze schudde haar hoofd.

'Dacht je echt dat ik je oud en onaantrekkelijk vond of zo? Dat meen je toch niet?' Hij kwam achter haar staan, sloeg zijn armen om haar heen en drukte een zoen boven op haar hoofd.

'Kan je de fles even voor me pakken?'

Ze schonk nog een sherry in en nam een slokje.

'Je bent nog maar zevenenveertig… vind ik niet oud, helemaal niet.' Hij pauzeerde even. 'Wie is het?'

'Je kent hem niet.'

'Is-ie aardig?'

'Ja, natuurlijk. Anders ging ik toch niet met hem uit? Ga jij uit met een meisje dat je niet leuk vindt?'

'Hoe heet-ie?'

'Rob.'

'Rob,' herhaalde Timo. Het leek of hij de naam proefde, alsof hij door hem uit te spreken een idee kreeg van de man die zo heette. 'Waarom ben je zo bang dat ik er iets negatiefs over zeg, dat ik het vervelend vind. Ik wil heus m'n mammie niet voor mezelf houden, zo'n egoïst ben ik nou ook weer niet.'

'Daar gaat 't niet om,' zei Liesbeth, maar ze voelde zich niet sterk. Timo was toch de man in huis, de enige man in huis. Sinds Jenny weg was, woonden ze al ruim een jaar bij elkaar. Wat betekende het als een derde hier binnendrong? Hoe zou Timo het vinden om een stuk van zijn territorium op te geven? Of draafde ze nu te ver door? Dacht ze na over dingen die zich helemaal niet zouden voordoen? Ze wist hoe gevaarlijk dit was. Vanmiddag was ze ook even weggedroomd terwijl ze kleren stond te vouwen. Rob trok bij hen in, ze moesten het huis veranderen, meubels van hem die werden overgebracht, en zelfs doemde even die ene vraag op: zou ze weer willen trouwen?

'Wat is 't dan wel?' vroeg Timo. 'Papa soms?'

Ze knikte en vermeed Timo's ogen toen ze haar glas pakte.

'Alsof je vreemdgaat?'

'Dat soort dingen mag je niet aan je moeder vragen.'

Timo deed of hij haar niet had gehoord. 'Alsof je een minnaar hebt terwijl je getrouwd bent?'

'Zoiets ja, net of ik hem nu achteraf nog bedrieg.'

Timo lachte. 'Was je vroeger ook zo trouw? Nooit met een andere man toen je getrouwd was?'

Haar moeder stelde vroeger natuurlijk andere vragen, maar het gevoel was hetzelfde. Een verhoor. De waarheid moest boven tafel komen, terwijl het beter was om daar niets over te vertellen. Nee, niet alleen beter; het was een schande om het wel te vertellen. Ze had verkering en was een nacht weggebleven. Bij een vriendinnetje geslapen. Had ze gezegd. Maar haar moeder had de volgende ochtend vroeg opgebeld. Liesbeth was er niet geweest. Waar dan? O, bij André? En waar had ze geslapen? In het logeerkamertje. En toen de vraag die ze zo vreesde: was ze met André naar bed geweest? 'Hebben jullie de liefde bedreven?' had haar moeder gevraagd. De woorden klonken haar toen ook al belachelijk in de oren. Het werd iets heel anders dan de zweterige moeizame en onhandige bewegingen die ook al zo verschilden van wat ze zich had voorgesteld.

'Nooit?' hield Timo aan.

'Nee... nooit.'

'En papa ook niet?'

'Niet dat ik weet.' Ze staarde voor zich uit. Waarom zou ze Timo vertellen over Paul en dat meisje dat toen hielp, Iris. Die bleef 's avonds ook wel werken als zij, Liesbeth, al naar huis was, naar de kinderen. 'Het stelt niks voor,' had Paul gezegd, 'echt niet.' 'Waarom heb je het dan gedaan, als het toch niks voorstelt?' Op die vraag had hij geen antwoord geweten. Iris was ontslagen, die mocht geen dag langer blijven. Liesbeth had haar een keer opgebeld. Toen ze haar aan de lijn kreeg, was ze sprakeloos, terwijl de vragen van tevoren zo duidelijk waren: waarom, hoe vaak, hoe deden jullie het, vond hij het lekker? Alles wilde ze weten, en tegelijk niets.

'Je bloost weer,' zei Timo. 'Ik zie het wel.'

'En jij,' vroeg ze, 'heb jij geen vriendinnetje? Daar hoor ik je nooit eens over.'

Hij stond op en pakte de fles cola uit de ijskast. De telefoon ging. Liesbeth gooide haar glas om terwijl ze opsprong om eerder bij het apparaat te zijn dan hij.

6

Verschillende klanten zongen mee.

'Jij komt nooit meer terug. Voorbij, het ging allemaal zo vlug. Al die kennissen die vragen hoe 't met ons gaat. 't Is te laat, 't is te laat.' Bij het refrein daverde het hele café. 'Ik verscheurde je foto, heb je brieven verbrand. In m'n hart moet ik huilen, maar ik doe nonchalant. Ik verscheurde je foto, maar ik zie je nog steeds. Want ik weet dat ik je nooit meer vergeet.'

Jenny kon het wel vijf keer op een avond spelen. Liesbeth nam een slokje wijn. Gerard en Hans hadden al verbaasd gekeken toen ze binnenkwam. 'Hé, wat een verrassing. Ga gauw zitten en drink wat van het huis.'

Ze behandelden haar alsof ze de koningin was. Normaal kwam Liesbeth op z'n hoogst één keer in de vier weken. Ze wilde het niet overdrijven. Maar ze zat thuis en hield het niet uit. Eigenlijk was ze doodmoe. Deze week was het verschrikkelijk druk geweest omdat Ilona twee dagen ziek was. En zelf sliep ze onrustig met veel halve en hele dromen, waaruit ze soms in paniek ontwaakte: was er brand, had Timo een ongeluk gehad? Gisternacht om twee uur meende ze nog dat de telefoon ging. Ze was naar het toestel gerend, maar toen ze de hoorn van de haak lichtte, was er slechts een teleurstellende zoemtoon te horen, die zwaarder leek te klinken dan anders, bijna dreigend.

Luid applaus voor Jenny. Liesbeth keek nu pas naar de mensen die aan de tafeltjes achterin zaten. Haar hart zakte een paar centimeter in haar lichaam. Ja, hij was er. Ze ademde diep in, en hield zich stevig vast aan de rand van de bar. Met haar ogen nog op het groepje mannen gericht die aan een tafeltje zaten te kaarten, pakte ze haar glas en nam een slok.

Ze ging staan en deed een paar passen in de richting van het tafeltje. Wat een stomme vergissing. Daar zat Marco. Wel een merkwaardig toeval. Misschien was het ook wel een gunstig voorteken dat hij er was nu Jenny moest spelen.

Jenny stond plotseling naast haar. 'Colaatje graag, Gerard.'

'Beetje rum erin?'

Jenny schudde haar hoofd. 'Ik ben al ongesteld.'

Liesbeth keek schichtig om zich heen of iemand het gehoord had.

'Proost.'

'Jullie krijgen nog wat aangeboden van Harry.' Gerard schonk hun glazen bij. Ze proostten met Harry, die zijn glas hief en tegelijk in een grimas zijn mond zo ver opentrok dat ze bijna zijn volledige kunstgebit konden zien. Soms haalde hij het er later op de avond uit, als hij flink dronken was. Hij vouwde zijn gezicht dan helemaal in elkaar en leek op een mannetje dat op een ansichtkaart stond die tegen de achterwand van de bar was geprikt. Toen iedereen hem een keer verschrikkelijk om had, had Tony het kunstgebit in de spoelbak gegooid.

'Straks nog een keer "Ik verscheurde je foto"?' vroeg Harry.

De deur ging open, en Liesbeth probeerde achteloos te kijken wie er binnenkwam, maar ze wist dat ze haar hoofd te snel had omgedraaid, dat haar blik veelbetekenend was.

'Wat is er?' vroeg Jenny.

'Niks, wat zou er zijn? Heb je Marco al gezien? Hij zit achterin.' Liesbeth knikte met haar hoofd in de richting van het met een zeil toegedekte biljart.

'Ander onderwerp,' zei Jenny.

'Vind je 't niet leuk als-ie er is?'

'Fantastisch... perfect gewoon. Maar waarom ben jij hier vandaag?'

'O, mag dat dan niet? Heb je soms liever dat ik weer wegga?'

'Ze is een beetje sacherijnig,' zei Jenny tegen Gerard, alsof ze het over iemand had die haar niet kon verstaan of niet begreep wat ze zei. 'Zeker in de overgang.'

Gerard lachte hartelijk. 'De overgang? Maak mij wat wijs. Liesbeth is gewoon een jonge meid die nog lekker op de versiertoer is. Wat jij, Liesbeth?'

De halve bar lachte.

Ali begon te zingen: 'Ik verscheurde je foto. Ik heb alles verbrand. In m'n hart moet ik huilen, maar ik doe nonchalant.'

'Hé, Ali?' vroeg Harry, 'wat is dat "nonchalant"? Dat weet je zeker niet, hè?'

'Dat is jij gaat de deur uit en vergeet tanden in je mond te doen, dat is "nonchalant".'

Iedereen lachte weer.

'Geef die Turk van mij nog een pilsje,' zei Harry.

'Ik ben niet Turk,' zegt Ali. 'Ik ben Marokkaan.'

'Goed, geef die Turk er dan één en die Marokkaan ook.'

Liesbeth ging naar de wc. Als ze terugkwam, zou hij er zijn. Terwijl ze op de pot zat, telde ze het aantal tegels op een verticale rij. Bij een even aantal was hij er. Negen tegels. Ze telde een horizontale rij. Tien tegels. En wat moest ze doen, als hij binnenkwam? Gewoon blijven praten natuurlijk. Net doen of er niets aan de hand was. Dat was er ook niet. Ja, ze waren uit geweest, ze hadden samen gegeten, waren daarna naar haar huis gegaan, hadden nog wat gedronken. Hij pakte haar hand toen ze zijn glas voor de tweede keer volschonk en trok haar naar zich toe. Maar was dat alles dan voor één keer geweest? Misschien wel. Ze kende dit soort routines, gewoontes en tradities niet. Ze had het alleen om zich heen gezien.

Iemand probeerde de deur te openen.

Liesbeth wilde roepen: Laat me met rust, waarschuw als hij binnenkomt, dan ga ik er wel uit. Ze bracht haar kleren in orde. Er stond een vrouw van een jaar of dertig in de kleine ruimte voor de wc waar ook de wasbak was geïnstalleerd. De vrouw had opvallend grote borsten, waar Liesbeth wel langs moest strijken. Ze zeiden allebei: 'Sorry.' Met het opendraaien van de kraan liet Liesbeth tegelijk Jenny de eerste tonen van een nieuw liedje inzetten. Ze keek in de spiegel, en neuriede mee met de tekst. 'And now, the end is near, and so is the final curtain. My friend, I'll say it clear, I'll state my case of which I'm certain. I've lived a life that's full. I've traveled each and every highway, and more, much more than this, I did it my way.'

Ze zou het ook op haar manier doen. Wat zat ze hier verdomme te beven als een vijftienjarig schoolmeisje? Waar was dat voor nodig? Even de lippen bijstiften. Ze was niet voor niks een onafhankelijke, vrije vrouw met een eigen zaak en twee grote kinderen die als het erop aankwam voor zichzelf konden zorgen. Maar haar manier, hoe ging dat? Dat had ze eigenlijk nooit geleerd. Nog een beetje eyeliner; het linkerooglid was zwaarder aangezet dan het rechter. Eigenlijk had ze gedacht verder alleen te blijven, misschien omdat Paul nooit meer terug zou komen. Elke man zou anders zijn dan Paul, dus in principe niet geschikt voor haar.

De vrouw op de wc deed de deur open. 'O, pardon, ik wou er graag uit.'

Liesbeth voelde hoe ze kleurde. 'Ik ga al.'

Ze kwam langs het tafeltje waar Marco met een paar mannen zat te kaarten. Jenny zong de laatste zinnen van 'My Way'. Vorig jaar waren ze samen naar Lee Towers in de Ahoy-hal geweest. Fantastisch. Al die mensen in hun feestelijke kleren, het ballet, het orkest. Soms deed Jenny de Nederlandse versie, maar ze had een voorkeur voor de Engelse.

Marco zag haar niet. Er werd gekaart om redelijk grote bedragen. Er werden op z'n minst geeltjes ingezet, soms briefjes van vijftig.

Marco keek plotseling op en zag haar staan. 'Wou je meespelen?'

'Nee, dat is niks voor mij, om zo veel geld spelen.'

'Hebben jullie dat ook, jongens, dat jullie schoonmoeder in de kroeg komt kijken of je je wel netjes gedraagt?'

'Heb je al veel geld verloren?' vroeg Liesbeth. Een kleine maand geleden had Jenny nog ruim duizend gulden geleend omdat ze een nieuwe tv moesten hebben.

'Maak je maar geen zorgen... Ik ga mee.'

Even dacht Liesbeth dat Marco met haar mee zou gaan, maar toen zag ze dat hij een briefje van vijftig op tafel legde. Ze liep naar haar plaats aan de bar. Haar glas was opnieuw volgeschonken. 'Van Harry,' zei Hans.

Ze proostte met Harry. 'Omdat je zo'n mooie dochter heb,' riep Harry, 'die zulke fanatti... eh, fantastische muziek maakt.'

Jenny kon zo zingen dat het leek of ze het echt zelf beleefd had: 'Maar dit is de laatste keer. Ik weet jij kijkt nu op me neer. Maar als het straks beter gaat, hoop ik dat je voor me staat. En dan zie ik jou niet staan, en zeg dat je beter kunt gaan. Je zei: ik blijf je trouw. Ik heb nooit geloofd in jou. Zeg maar niets meer. Ik ga wel weg...'

Naast Liesbeth had zich een groepje geformeerd met Harry, Lea, Lea's man Theo, Ali en een man die ze hier nog nooit had gezien. Hij liet zich Rein noemen. Om beurten en in hoog tempo werden er rondjes gegeven, maar Rein keek steeds net de andere kant uit als hij aan de beurt was. Harry betaalde. Hij haalde een pak bankbiljetten uit zijn zak en legde twee honderdjes neer. Het wisselgeld wapperde hij met een vlezige hand terug, Hij haalde zijn kunstgebit even uit zijn mond, keek ernaar alsof hij het voor het eerst zag, en stopte het toen weer terug. Moeizaam stond hij op, pakte zijn jas, en ging weer zitten. Liesbeth kende het zo goed. Ze zag het elke avond dat ze hier was. Harry was volgeladen, wat moest hij hier verder nog? Maar naar huis gaan was nog erger. Hij woonde bij zijn moeder, die ver in de zeventig was, in een piepklein huisje. Zijn moeder wilde niet weg. Ze woonde er al bijna vijftig jaar.

'Zet hier nog wat neer, Gerard,' zei Harry, 'geef Liesbeth ook wat en nemen jullie er ook nog een. O ja, vergeet Jenny niet.'

'Graag Harry.'

Het personeel hier gedroeg zich precies zoals zij tegenover haar klanten, behalve natuurlijk wanneer ze hun kleren uittrokken, zoals die zwerver laatst. Toen zijn was uit de droogtrommel kwam, moest hij zich weer omkleden. Ze had hem naar het achterstuk van de zaak gedirigeerd achter de machine.

'O nee, wa... wacht effe,' zei Harry. 'Deze meneer...' en hij wees naar Rein, '...die krijgt niks meer. Hoeveel rondjes heb ik nou gegeven?'

Dit was altijd het pijnlijkste. Op een bepaald moment ging Harry optellen wat hij allemaal had uitgedeeld. Hij wilde graag de man met het gouden vingertje zijn, en iedereen moest dat vingertje wel zien.

'Ik weet 't niet,' zei Gerard, 'een heleboel.'

'Nou ja, daar gaat 't me ook niet om. Waar ik een absolute bloedhekel aan heb dat is aan die proti... aan die profiteurs, die net altijd moeten pissen... sorry Liesbeth... als ze aan de beurt zijn om een rondje te geven. Ja, ik bedoel jou, met je gluiperige rotkop.' Half voorover hangend op zijn kruk wees hij naar Rein.

'Hé, hé, hou je een beetje in, Harry,' zei Gerard die met een scherp oog bleef rondkijken. 'We zijn allemaal uit voor de gezelligheid.'

'Ja, precies, net wat ik zeg, en zo'n uitzuiger die verpest 't.' Harry kwam overeind van zijn kruk en ging bijna tegen Rein aan staan.

'Kom jongens, allemaal een drankje van de zaak, jij ook Liesbeth? Vooruit Harry, ga weer zitten. Karel, ga jij 's wat zingen.'

Harry deed of hij het niet had gehoord. Liesbeth zag het gebeuren. Harry pakte Rein bij de kraag van zijn jasje.

'Hé, lijpekop, laat me los, wil je?'

'Vuile parasiet,' zei Harry. Er zaten spuugbelletjes in zijn mondhoeken. Als hij zo stond, leek hij een gevaarlijke, door alcohol aangedreven dommekracht.

Gerard zette volle glazen neer. 'Zeg jongens, we moeten nog proosten.'

Karel was aan het zingen. 'Mijn wieggie was een stijfselkissie, m'n dekentje een baaien rok...'

Harry leek niets meer te horen. Hij trok Rein nog iets naar zich toe.

'Toe nou, jongens, geen rottigheid... 't is net zo gezellig.' Gerard haalde de sambaballen achter de tapkast vandaan en gaf ze aan Ali, die er onmiddellijk mee begon te schudden in een ritme dat meer dat van de calypso dan dat van een Engelse wals benaderde. Hans was om de bar heen gelopen en stond klaar om in te grijpen.

'Als je een kerel bent, dan geef je ook een rondje, en dan zit je niet van een ander z'n p...p... poen te zuipen,' zei Harry. Liesbeth zag hoe Harry sproeide terwijl hij praatte. Met consumptie, dacht Liesbeth. Daar gaat het hier ook om.

'Ik laat me niet dwingen om een rondje te geven, en zeker niet door zo iemand als jij.'

'Maar ik ben zeker wel goed genoeg om jouw drank te betalen,' zei Harry.

'Oké, jongens, ik ken nog een mop,' zei Hans. 'Hij is op het randje, maar goed... Komt een vrouw bij de dokter en ze zegt...'

'Als jij zo stom bent om de grote meneer uit te hangen en achter elkaar rondjes te geven, dan sla ik geen pilsje af. Ik bedoel...'

'...en die vrouw begint zich uit te kleden...'

'Stom?' vraagt Harry, en z'n gebit klapperde bijna van woede uit zijn mond. 'Hoor ik dat goed, noem jij mij stom?'

'... zegt die dokter tegen d'r...'

Plotseling hoorde en zag Liesbeth alles. Hans, die bijna toe was aan de clou van de mop; Karel, die zong dat hij geboren was in de Willemsstraat; Gerard, die gespannen toekeek; Jenny, die achter het orgel zat met een sigaret in haar mondhoek; Marco, die achterin geld op tafel gooide; Harry, met alcoholische drift in zijn ogen; en dan de deur die openging. Rob in de deuropening. Alsof het een afspraak was. Natuurlijk, ze had het gevoeld, ze had het geweten. Daarom was ze vanavond ook gekomen. Ze wilde opstaan en naar hem toe lopen, maar ze was als verlamd. Hij keek de zaak rond. Had haar blijkbaar nog niet gezien.

'...zegt die vrouw: maar dokter, waarom...'

Toen zag ze hoe Rein naar voren schoot en Harry een kopstoot gaf. Harry schreeuwde en sloeg zijn hand voor zijn mond. Het bloed droop meteen door zijn vingers. Rein flitste tussen een paar mensen door naar de uitgang, waar Rob hem pootje haakte. Hans zat er meteen bovenop. Gerard was in een vloeiende beweging over de bar gesprongen en hield Harry, die zich op Rein wilde storten, in bedwang. Dit was een aangelegenheid voor het personeel. Hans pakte Rein bij zijn arm en zijn haren en sleurde hem naar buiten. Het geschreeuw van Rein ging verloren in Karels lied. Niemand zei verder iets, tot Hans na een paar minuten binnenkwam. Het enige wat Hans deed, was een paar keer zijn vingers strekken en ze vervolgens spannen tot een vuist. Hij sloeg wat straatvuil van zijn broek.

Harry kreeg een handdoek en deed zijn gebit uit. Het onderste deel was doormidden gebroken. 'Godverdomme,' lispelde hij.

'Een rondje van mij,' zei Ali.

Ze kon niet slapen. Had ze te veel gedronken? Nee, maar het bed leek toch te draaien. Ze durfde niet naast zich te voelen en bleef krampachtig aan haar kant van het bed. Ze moest zich ontspannen, maar door dat nadrukkelijk te proberen, leek het of haar spieren in een knoop raakten. Misschien zou ze uit bed moeten stappen en dan iets heel anders gaan doen. Er lag bijvoorbeeld nog een stuk van de loonadministratie. Of zou Timo dat ondertussen hebben gedaan? Ze kon gelukkig steeds meer aan hem overlaten. Ze zou wel willen dat hij een vriendin kreeg, maar tegelijk was ze er bang voor. Tegenwoordig gingen ze soms van de ene op de andere dag met elkaar samenwonen.

Samenwonen, zou Rob dat willen? Nee, daar mocht ze niet aan denken. Voor ze het goed en wel wist, was ze anders bezig nieuwe meubels uit te zoeken. Ze hoorde zijn rustige ademhaling naast zich. Hoe laat was het nu? Bijna kwart voor vier. Om ongeveer één uur waren ze weggegaan uit het café. Rob was bijna een held geweest voor de rest van de klanten omdat hij die Rein had tegengehouden.

Jenny was bij hen komen staan. Ze gaf haar moeder een flinke knipoog.

'Waarom komt Marco er niet gezellig bij?' vroeg Liesbeth.

'Kan-ie zeker met je vriend kennismaken,' zei Jenny lacherig.

'Ach, doe niet zo gek.'

Plotseling had Rob gevraagd of ze meeging.

Verder niets. Drie simpele woorden. Ze had op hem gewacht en zou altijd op hem wachten. Nou ja, wat was dat weer voor onzin? Het leek wel of ze was aangestoken door Debby en Annet, met hun eeuwige gepraat over jongens.

Liesbeth ging verliggen. Haar voet raakte even zijn been, maar hij reageerde niet. Ze keek naar hem. Zelfs zijn korte haar kon nog een beetje in de war raken. Als hij uitademde, bolden de lippen even op. Soms kwam er een lief poefje uit zijn mond. Misschien durfde ze wel niet in te slapen uit angst dat hij morgenochtend weer bleek te zijn verdwenen. Ze moest blijven opletten.

Met haar hand raakte ze zijn wang aan. Zijn gezicht maakte een vreemde grimas. Ze moest er bijna om lachen. Zachtjes tikte ze tegen zijn neus. Hij opende een oog.

'Je sluipt toch niet meer stiekem weg?'

'Heb je al gevraagd... ga nou maar slapen.'

Ze streelde zijn buik. Hij knorde een beetje. Plotseling sloeg hij zijn armen om haar heen en rolde boven op haar.

'Verdomme,' zei Rob. 'Hoe kan dat nou?' Hij keek in zijn portefeuille.

'Is er iets?'

Hij dronk van zijn koffie en tikte ongeduldig met zijn voet op de vloer.

Ze kwam naast hem staan en legde een arm op zijn schouder. 'Wat is er?'

'O, niks... iets met geld.'

'Hoezo, met geld?' Met haar vingers streelde ze zijn nek. Straks zou hij weggaan, en dat wilde ze niet. Sinds ze wakker was, probeerde ze te bedenken hoe ze hem hier kon houden. Tegelijk probeerde ze die stompzinnige gedachte van zich af te zetten. Timo bleef nog zeker een uur weg. Zondagochtend en woensdagavond ging hij altijd naar training. Er was nu geen competitie, maar in de herfst en de winter trainde hij door. Vroeger ging ze wel eens kijken bij wedstrijden, maar ze had de regels van het spel nooit echt begrepen. Het was ook typisch iets voor Timo om niet op voetbal te gaan, zoals andere jongens, maar op honkbal. Hij liep allang met zo'n pet voor het mode werd. Op de gebruikelijke tijd, om tien uur, had ze hem weg horen gaan.

Rob reageerde niet.

Ze vroeg het nog eens. 'Wat is er dan met geld?'

'Daar wil ik jou niet lastig mee vallen. Ik lust nog wel wat koffie.'

'Nog een eitje?'

'Ben je soms bang voor m'n potentie?'

Ze bloosde en duwde tegen zijn bovenarm.

'Was het vannacht dan misschien niet goed genoeg?' Rob keek haar lachend aan.

'Natuurlijk wel… dat weet je best.' Als ze er alleen al aan dacht, trok er een warme gloed door haar lichaam. Het viel niet mee om het te erkennen, maar zo was het met Paul nooit geweest.

Ze schonk nog een keer koffie in. Hij pakte opnieuw zijn portefeuille, keek alle vakken na en haalde er twee briefjes van tien uit.

'Ben je iets kwijt of zo?' Even was ze bang dat hij haar ervan verdacht geld te hebben weggenomen. Het rood kleurde haar hals en wangen. 'Ik… ik heb echt niet… eh…'

'Wat sta je nou raar te schutteren?' Hij deed een klontje suiker in de koffie en roerde langdurig, alsof hij ergens over na moest denken. 'O… nou begrijp ik het. Maar je denkt toch niet dat ik denk dat jij…'

'Nee, dat denk ik niet.' Ze ging met haar rug naar hem toe staan om iets onduidelijks op het aanrecht te doen. Ze schoof wat schoteltjes en bestek heen en weer.

'Dan is het oké.'

'Maar ben je dan iets kwijt of zo?' Ze was bang dat zo de afgelopen nacht werd bezoedeld.

'Nee, ik moet het niet bij me hebben gestoken. Ik begrijp er niks van. Nou ja… ik kon natuurlijk niet echt weten dat ik hier zou blijven, hè, dat is toch allemaal toeval?' Hij keek haar lachend aan. Ze kon de gedachte dat hij andere vrouwen had gehad, niet verdragen. 'Maar ik zou zweren dat ik die vijf meier bij me had gestoken. Verdomme… dat is nou lastig.'

'Hoezo, lastig?'

'O nee, niet belangrijk… een kleinigheidje, maar even kijken, hoe laat is 't nu?'

'Kwart voor elf.'

'Verdomme, al zo laat, dan moet ik opschieten, als ik eerst thuis nog dat geld moet halen. Ik heb m'n bankpasje ook niet bij me, dus ik kan ook geen geld uit de muur halen.'

'Geld halen? Waarom?'

'Nou ja, een beetje ingewikkeld allemaal. Ik kon van een kennis van een kennis, je kent dat wel, een goeie auto overnemen. Niet dat die van mij niet meer deugt, maar hij is toch al zes jaar oud, en die kar van hem is van negenentachtig met nog geen veertigduizend op het klokkie. Die man gaat een paar jaar naar het buitenland, ik weet niet, iets voor de Shell of zo, en nou wil-ie z'n auto verkopen voor tien mille. Dat is gewoon te geef. Hij heeft geen zin om hem in de krant te zetten, voor hem allemaal te lastig.' Rob pakte zijn koffiekopje. 'O, het is leeg. Heb je nog een beetje? Dan ga ik zo naar huis om dat geld op te halen.'

'Ik moet nog even zetten.'

'Laat maar, anders ben ik te laat.'

Timo zou pas om ongeveer twaalf uur thuiskomen. Ze hadden nog ruim een uur. Trouwens, ze konden ook ergens naartoe gaan, iets eten. Het restaurant bij de Bosbaan bijvoorbeeld. Ze kon zo gauw niks anders bedenken, misschien omdat ze er vroeger vaak met Paul en de kinderen naartoe gingen toen ze nog klein waren.

'Maar waarom heb je dat geld dan nu nodig, waarom zo snel?'

'O, die man wil vijfhonderd aanbetaling, en ik heb vanochtend om elf uur bij hem afgesproken.'

'Maar kan je hem niet even opbellen dat je later komt?'

'Goed idee.' Hij liet zijn lippen in de lucht zoenen. 'Waar staat je telefoon?'

Ze wees hem naar de kamer.

Na een paar minuten was Rob terug. 'Tie-doe-die-doe, of zoiets. Ik denk dat zijn telefoon al afgesloten is. Lijkt me gek, maar ja. Nou... ik moet maar 's gaan. Ik hoop dat-ie d'r straks nog is. Verdomme, wat stom nou...'

In de gang stonden ze tegenover elkaar.

'Maar...' zei Liesbeth, 'maar...'

Hij omhelsde haar en zoende in haar nek. 'Wat "maar"?'

'Nou...' Ze was blij dat ze hem niet hoefde aan te kijken. 'Je zou dat geld van mij kunnen lenen. Dan breng je het meteen naar hem toe, en dan gaan we daarna nog gezellig samen iets doen of zo. De dag is nog jong.' Ze schrok zelf van die laatste woorden.

'Maak het nou. Je kent me nog maar net, en dan vijfhonderd gulden? Wie weet loop ik de deur uit en zie je me nooit meer terug.'

'Dat geloof ik niet.'

'Maar je kan niet zomaar vijfhonderd gulden uitlenen aan een wildvreemde.'

'Maar Rob, liefste... jij bent toch geen wildvreemde voor me. Ik bedoel, bekijk het dan eens van de andere kant. Ben ik een wildvreemde voor jou?' Ze durfde hem nu aan te kijken.

'Nee, natuurlijk niet, maar ik dacht dat...'

'Wat?' vroeg ze.

'Nee, niks, ik wil niet dat je het idee hebt dat ik met je naar bed geweest ben en dat je daarom dat geld geeft... ik bedoel... eh, leent.'

Ze dook met haar hoofd weg in zijn nek. 'Maar natuurlijk niet, liefste, je moet niet van die gekke dingen denken.'

7

Alstublieft, hier is 't bonnetje.'

Ilona had zich ziek gemeld en ze stond zelf achter de balie van de stomerij. Ze zocht, maar kon het corresponderende nummer niet vinden in het kledingrek.

'Wat voor kleur pak was het?'

'Donkergrijs, met een fijn zwart streepje.'

Ze liep opnieuw de rekken langs, maar het pak bleef onvindbaar. Alle kleuren, maar geen donkergrijs met een fijn zwart streepje. 'Ik begrijp er niks van.'

De man keek haar onderzoekend aan. Hij had grijsgroene ogen die haar een ongemakkelijk gevoel gaven. 'Dat is het bonnetje,' zei hij nog eens.

Ze moest zich inhouden om niet te zeggen: ja, dat zie ik ook wel, ik ben niet blind. 'Ik weet 't... maar ik kan het pak nergens vinden.'

'Maar het moet er toch zijn?'

'Ja, natuurlijk moet 't er zijn. We vinden het wel... Nog 's even op dit rek kijken. Nee, hier ook niet.'

'Hoe kan dat nou?' vroeg de man met een felle uithaal van zijn stem. Hij wipte even op zijn tenen heen en weer, alsof hij naar voren wilde uitvallen wanneer haar reactie hem niet zou aanstaan.

'Een enkele keer komt 't voor dat er iets wegraakt, een doodenkele keer.'

'U gaat me toch niet vertellen dat dat pak zomaar verdwenen is.'

''t Zou kunnen,' zei ze half luid, met een hand voor haar mond. Vroeger stuurde ze Paul altijd op dit soort situaties af.

'Wat?'

''t Zou kunnen.'

'Daar ben ik dan mooi klaar mee. Godsamme... breng je een pak van zeven meier naar de stomerij en dan is het pleite. Dat heb ík...' Hij sloeg met zijn vuist op de balie. Het nietapparaat wipte een stukje omhoog.

Ze voelde de behoefte om net zo met haar vuist te slaan, maar wist zelf niet waarom. 'Als we het niet terugvinden, wordt het vergoed. Heeft u nog een rekening of zoiets? Giro- of bankafschriften misschien?'

'Van dat pak? Natuurlijk niet. Wie bewaart nou een rekening van een pak?' Hij krabde met een hand in zijn haar, liep naar de deur en keerde meteen op zijn schreden terug. 'Maar ik pik dit niet. Dat pak moet terug of jullie moeten dokken.'

'Wacht u even,' zei Liesbeth, 'nog eens controleren.' Ze pakte de stapel met bewijzen van afgifte waarop namen, adressen en paspoort- of rijbewijsnummers stonden van mensen die hun bonnetje van de stomerij kwijt waren. Misschien had iemand hen bedrogen en het kostuum opgehaald met de smoes dat hij het bonnetje had verloren. Zoiets was hun al eens eerder overkomen. Toen de man gepakt werd, bleek hij alle stomerijen en wasserettes van de stad afgelopen te zijn met hetzelfde verhaal. In zijn huis was een hele textielberg gevonden.

De nummers van de stomerijbonnetjes stonden op alle bewijzen genoteerd, maar 6352, het nummer van het pak, zat er niet bij.

'Het spijt me,' zei ze. 'Dit gebeurt bijna nooit.'

'Maar heeft iemand het dan gejat of zo?'

'Dat weten we niet. Het is een raadsel. Maar we betalen wel.' Ze zuchtte. Het was misschien een pak van vierhonderd gulden. Ze ging er niet van failliet, maar het bleef doodzonde. Uit het bonnetje bleek alleen dat het inderdaad een kostuum was, maar hoe oud? Hoe versleten? Hoe duur?

'Wanneer?' vroeg de man, en hij maakte een iets te gretige indruk.

'Over een paar dagen... Misschien komt 't nog boven water.'

'En dat geloof je zelf?'

'Ach... we blijven hopen. Je kan nooit weten. Mag ik uw naam en telefoonnummer misschien even noteren? Als we het onverhoopt terug mochten vinden, kunnen we een belletje geven.'

De man had nog maar net de deur achter zich dichtgeslagen of Rob kwam binnen. Ze zag hem pas toen hij vlak voor haar stond. Ze keek van hem weg omdat ze niet wist waar ze haar ogen op moest richten.

Hij dempte zijn stem zodat het verder in de zaak niet kon worden gehoord. 'Ik kom die vijfhonderd gulden terugbrengen.'

'Maar dat...'

Er was een vrouw binnengekomen, die direct naast Rob ging staan. Ze zouden hier misschien zo'n streep moeten aanbrengen als op het postkantoor en de bank: Wilt u hierachter blijven staan? Veel van onze klanten stellen prijs op privacy. Zoiets. De vrouw wierp meteen een allegaartje van kleren op de balie. 'Hè, hè, is me dat sjouwen.' Ze blies wat haren weg uit haar bolle gezicht.

'Ik zal eerst mevrouw even helpen,' zei Liesbeth.

Het waren zeven verschillende stukken. Bij één ervan was niet duidelijk of het wel chemisch kon worden gereinigd. Ze liet de vrouw het labeltje zien dat hierover informatie gaf.

Toen de vrouw weg was, zei Liesbeth dat ze geen haast had met dat geld.

'Maar ik heb het… het lag gewoon thuis, dus waarom zou ik het niet meteen teruggeven? Net zo makkelijk.'

Ze wilde om de balie heen lopen en Rob tegen zich aandrukken. Haar handen achter om hem heen slaan, zijn harde billen in haar handpalmen voelen. Dit was een belachelijke vertoning. Straks zag Debby of Annet het nog. Ze pakte even zijn hand, die op de toonbank rustte, liet haar wijsvinger over de zegelring met de R glijden. 'Wanneer zie ik je weer?'

'Morgenavond?'

Ze knikte. 'Maar ik ben wel tot negen uur hier. Vind je dat niet erg?'

'Moet ik komen helpen? Lakens vouwen of zo?'

'Doe niet zo gek.'

Hij liet zijn hand in de binnenzak van zijn jasje glijden, ook grijs, maar met een licht streepje. Er stond een man achter Rob.

'Ik zal u eerst even helpen, meneer.'

'Want ik ben een ingewikkeld geval,' zei Rob. 'Als u daarop moet wachten, dan bent u morgen nog niet klaar.'

'I'm sorry,' zei de man, 'but I don't speak Dutch.'

Er waren hele stukken van de film dat ze niet durfde te kijken. Af en toe kneep ze Rob in zijn bovenbeen. Straks zag hij daar helemaal blauw. Zijn hand rustte op haar rechterdij. Ze sloeg een arm om hem heen toen de vrouw het huis binnenliep, en verborg haar gezicht half tegen zijn schouder. De vrouw wist niet wat de toeschouwers wél wisten. Liesbeth zou het ook niet willen weten. Met haar hand tegen haar mond onderdrukte ze een kreet. Ze wilde niet kijken, maar uit haar linkerooghoek volgde ze de bewegingen van de vrouw.

Liesbeth werd wakker en voelde naast zich, bijna zonder erbij na te denken. Rob was er niet. Zeker naar het toilet. Ze wachtte. Na zo'n film durfde ze niet alleen te slapen. Van buiten klonk een merkwaardig gebonk, alsof er een eind verderop geheid werd.

Ze keek op de wekker. Twintig voor drie. Ze probeerde niet aan de film te denken, maar de beelden waren sterker dan zijzelf. Het bloed en de angst kwamen terug. Rob had gevraagd wat ze van de film vond. 'Spannend,' was het enige wat ze kon zeggen.

'Was je bang?'

'Verschrikkelijk.'

'Dat dacht ik al.' En hij omarmde haar. Midden op straat, alsof er geen andere mensen liepen. Maar die waren er wel.

'Hé, Liesbeth!' hoorde ze, terwijl haar lippen zich vastzogen aan die van Rob. Debby stond haar lachend aan te kijken. Ze stelde Rob voor. 'Ik heb u, geloof ik, wel 's in de zaak gezien,' zei Debby. 'Vanmiddag nog... klopt dat?'

Het was nu kwart voor drie. Ze kon zich niet voorstellen dat Rob plotseling verdwenen was. Uit de huiskamer leken geluiden te komen. Ze luisterde gespannen, maar hoorde alleen een vaag gemompel. Ze stapte uit bed, trok haar ochtendjas aan en liep naar de deur. Ja, er praatte iemand, een man. Ze kon niet horen wie er aan het woord was. Was het één stem of waren het er twee? De spanning van de film keerde terug. Misschien zat Rob daar, maar tegen wie praatte hij dan? Wat was er in godsnaam aan de hand? Of was het iemand anders? De messen, het pistool, het bloed. De film drong onstuitbaar haar leven binnen. Er was hier niets om haar te beschermen. Als ze zou schreeuwen, werd Timo wakker. Maar wat kon hij doen? Of was het Timo? Maar dat deed hij nooit, midden in de nacht met andere mensen zitten praten, zeker niet als hij naar de training was geweest.

Het moest Rob zijn, dat kon niet anders. Ze deed de deur een stukje open, en hoorde nu duidelijk zijn stem. Hij was alleen. Natuurlijk, hij telefoneerde. Op haar tenen liep ze door de gang. De kamerdeur stond een stukje open. Ze kon hem niet zien, maar hoorde alleen zijn stem, die anders klonk dan zij gewend was. Harder, met scherpe randen. Hij zei de woorden niet, maar beet ze af.

'Nee, natuurlijk met. Zo ga ik het schip in, begrijp je dat dan niet?'

Het was even stil.

'Godskolere, heb je soms stront in je oren? Als die handel niet doorkomt, dan sta ik mooi voor lul.'

Ze wilde terug naar bed. Dit waren zaken die haar met aangingen. Toch bleef ze staan luisteren met ingehouden adem.

'Nee, nee en nog er 's nee. Dat geld heb ik niet, en dat duurt ook nog wel een tijdje. Zoiets moet je langzaam opbouwen, maar daar heb jij natuurlijk geen benul van.'

Ze hoorde een aansteker, en rook even daarna vaag sigarettenrook.

'Dus morgen regel je die deal, anders zijn er een paar mensen die heel kwaad gaan worden, dat kan ik je wel vertellen. Nee, Marco heeft er niks mee te maken – hou alsjeblieft op over Marco.'

Marco? Welke Marco?

'Ja... ja... nee, dat weet ik ook niet. Maar het is nou een uur of drie en ik wil nog een tijdje naar bed. Nee, ik kom nou niet meer naar de Pit Stop, morgen misschien... Nee, ben je belazerd... Ja, dat zoek je zelf maar uit. Oké, ik zie je.'

Liesbeth sloop vlug terug naar bed. Het duurde nog een paar minuten voor Rob kwam. Hij rook naar sigaretten. Ze wendde voor dat ze wakker werd toen hij naast haar tussen de lakens schoof.

'Waar was je?'

'Even naar de wc.' Hij zoende haar in haar nek. Ze voelde zijn hand op haar heup. Nu al was ze bang voor de nacht van morgen als het bed weer zijn oneindige afmetingen aan zou nemen.

Ze schrok wakker. Halfnegen. Rob sliep nog. Haastig stond ze op. Hij maakte een paar knorrende geluidjes en draaide zich met een onverwachte, wilde beweging op zijn andere zij. Ze wist niet of ze hem ook wakker moest maken. Zou hij op een bepaalde tijd op zijn werk moeten zijn? Welk werk?

Ze ging onder de douche. Toen ze terugkwam in de slaapkamer lag hij nog steeds te slapen, zijn rechterarm om het kussen waar zonet haar hoofd nog op lag. Ze bleef even naar hem staan kijken in de hoop dat hij zijn ogen opensloeg.

Toen ze haar kleren aan had, een zwarte legging en een zwarte katoenen trui met diagonaal een groene en een gele baan, liep ze naar het bed, en streek door zijn haar, dat aangenaam tegen haar vingers borstelde.

Hij gromde iets en draaide zich om. Zijn rug en een deel van zijn billen kwamen bloot. Ze sloeg het dekbed beter over hem heen. Kon ze zelf het huis uitgaan en Rob hier laten liggen? Tot hoe laat was Timo thuis? De laatste tijd had hij nog maar zelden vroeg college.

Ze ging op de rand van het bed zitten. Verdomme, Ilona zou nog wel ziek zijn, en zij moest zelf openmaken. Het was nu al vijf voor negen, en straks stonden Debby, Annet en Leendert voor de dichte deur. Met misschien een heel stel klanten. Voor Debby een mooie gelegenheid om het verhaal van gisteravond te vertellen. Ze zou het wel aandikken en er een enorme zoenpartij van maken.

Liesbeth wierp nog even een blik op de slapende Rob en ging naar de keuken. Timo was blijkbaar nog niet uit bed. Ze schreef vlug een briefje voor hem. 'Timo, schrik niet, er is een man in...' 'Man' streept ze door en ze maakt er 'logé' van. '...huis. Misschien slaapt hij nog als jij ontbijt. Je ziet wel. Liefs, Liesbeth. ps Maak jij iets voor het eten? Ik ben om ongeveer halftien thuis vanavond.' Toen schreef ze een briefje voor Rob. 'Liefste, ik moest naar de zaak. Ik kon je niet wakker krijgen. Bel je me? Liesbeth.' Ze schoof het onder de deur van de slaapkamer door.

'Hoe kwam die man hier?'

'Die man... hoe bedoel je, die man?'

'Zal ik een signalement geven?' vroeg Timo. 'Ongeveer een meter zeventig, kortgeknipt donker haar, een regelmatig gezicht met op zijn linkerwang...'

'Ja, ik weet het, een kleine moedervlek.'

Timo keek haar lachend aan. 'Wie is dat?'

'Een logé.'

'En die sliep in jouw slaapkamer?'

'Is dat zo erg?'

'Zeg ik dat dan?'

Liesbeth pakte een sigaret. 'Schenk mij 's een glaasje sherry in. Ze stak de sigaret op. Het smaakte niet, maar ze rookte door. 'Nee, je zegt het niet, maar je bedoelt het wel.'

'Dat maak jij d'r maar van. Ik ben heel tolerant, dat weet je toch wel?' Hij lachte weer even. Ze wist niet of hij het meende.

'Ik weet niet hoe makkelijk jij bent in dat soort dingen. Daar heb ik nooit wat van...'

Timo onderbrak haar. 'Is het dezelfde man als met wie je naar dat restaurant bent geweest?'

'Ja... dezelfde. Dank je.' Ze nam een slokje sherry. 'Dat is toch netjes, dat ik niet elke keer een ander neem.'

'Ontzettend netjes.' Timo pakte voor zichzelf een Bavaria Malt uit de ijskast. 'Had ik niet van je gedacht.' Hij moest weer lachen. Plotseling wist ze wat dat lachen betekende: onzekerheid. Timo wist niet wat hij ervan moest vinden.

'Wat heb je te eten?' vroeg ze.

'Ik heb chili con carne gemaakt. Zal ik 't even opzetten?'

'Toch niet weer met zo veel knoflook erin?'

'Ben je bang dat je vriendje je dan niet meer lief vindt?'

'Hoe is het met dat tentamen macro-economie?' Ze voelde zich altijd dom wanneer ze iets over zijn studie vroeg en woorden gebruikte waarvan ze de betekenis nauwelijks kende. Hij had haar wel eens uitgelegd waar dat 'macro' voor stond, maar ze zou het niet na kunnen vertellen. Toch wilde ze de belangstellende moeder zijn.

'Ik werk ervoor, meer kan ik niet doen.'

'Wil je morgenavond in de zaak helpen? Debby en Annet zijn er alletwee niet en anders staat Ilona alleen, als die tenminste weer beter is.'

'Moet jij weer uit? Met je vriendje?'

'Doe nou niet zo pesterig. Ik wil gewoon wel 's een avondje niks te doen hebben. Misschien ga ik wel naar Jenny.'

'Goed, dan ga ik wel.'

Ze hoorde de tegenzin in zijn stem. Werken in de zaak had hij altijd vervelend gevonden. Vroeger al, toen hij er extra zakgeld mee verdiende op zaterdag en in de zomermaanden. De financiële administratie doen, dat was geen probleem, dat waren koele, schone cijfers, die sinds twee jaar op een beschaafd, clean computerscherm verschenen. Dat kon ze helemaal aan Timo overlaten. Maar het echte werk, zoals ze het altijd zelf noemde, daar bleef hij een hekel aan houden.

Ze had onder de kussens gekeken, in laatjes, op de planken van de kast, zelfs onder het bed, maar nergens vond ze een briefje van Rob. Er was geen enkel teken dat hij hier geweest was. En ze was er zo zeker van iets te zullen vinden. De slaapkamer was weer voor honderd procent die van een vrouw alleen. Alleen de foto van Paul stond op het nachtkastje. Rob had er niets van gezegd. Natuurlijk had ze eerst even het idee gehad dat hij toekeek toen ze met Rob naar bed ging. Hij zou het goed vinden, dat wist ze zeker. Ze was hem altijd trouw geweest.

'Trouw tot in de dood,' fluisterde ze.

Ze pakte de foto, drukte hem tegen zich aan, en liep door de slaapkamer. Dat maakte het verlangen naar Rob alleen maar sterker. Ze ging op bed liggen, en keek naar Paul. Zijn ogen waren op een ver punt gericht, verder dan zij kon zien, voorbij haar eigen leven. Ze was doodmoe, maar kon niet slapen. Het was vandaag verschrikkelijk druk geweest. Alsof iedereen tegelijk had bedacht dat het tijd was om kleren te laten wassen en stomen. Debby zei eerst niets, en dat maakte Liesbeth nog onrustiger; geen enkele toespeling, zelfs geen veelbetekenende blik. Later in de middag bleef ze te lang koffiedrinken, terwijl de stapels was groeiden. Liesbeth zei er iets van. Debby keek haar aan. 'Was het lekker, met dat vriendje?'

'Moet dat nu worden besproken?' vroeg Liesbeth. 'Er is nog genoeg werk te doen.'

'Vriendje?' vroeg Annet.

'Ja,' zei Debby, 'voor de bioscoop, ze stonden elkaar bijna op te vreten.'

Om vijf uur kwam er een meisje dat door het arbeidsbureau was gestuurd. Liesbeth zag het meteen: het verkeerde type. Ze probeerde elke keer weer om geen vooroordelen te hebben, maar je ogen bedrogen je nooit. Nou ja, zelden. Ze heette Manon en kauwde kauwgom alsof haar leven ervan afhing, alsof het minstens zo belangrijk was als ademhalen. Het kostte Liesbeth weer tien minuten om alles uit te leggen over de gang van zaken. Het meisje keek steeds van haar weg, terwijl Liesbeth haar ogen probeerde te vangen.

Ze stond weer op, ging naar de keuken, besmeerde een cracker met paté en at hem op zonder echt iets te proeven. Uit de kamer van Timo hoorde ze muziek komen. Nou ja, eigenlijk geen muziek, maar meer een zwaar bonkend ritme. Ze kende de termen nu, maar begreep nog niets van zijn voorkeur. House, hiphop, rap. Groter verschil met Jenny's muziek was niet denkbaar. Timo ging ook nooit naar haar luisteren. Toen ze nog thuis woonde, noemde hij Jenny's orgel haar 'jankkast'. En alle liedjes waren smartlappen en tranentrekkers. Toch hielden ze van elkaar. Liesbeth stak een sigaret op, pakte de fles sherry uit de kast, maar zette die weer terug. Haar gezicht gloeide van vermoeidheid, maar ze wist dat ze niet kon slapen. Paul stond nog midden op de keukentafel.

Timo was alleen met grote tegenzin naar het huwelijk van Jenny en Marco gegaan. 'Die patser, die macho, die seksist,' zo noemde hij Marco. 'Goed, dan ga ik, maar alleen voor Jenny, omdat zij het wil.' Ze had hem als getuige willen hebben, maar zo ver ging de liefde voor zijn zus niet.

Haar hart schoot even in *overdrive* toen de telefoon ging. Ze keek op de keukenklok. Kwart over twaalf. Wie kon er nu nog bellen? Ze liep naar de kamer, die plotseling donker en vijandig leek.

'Met Liesbeth van der Werf.'

'Met Rob.'

Ze hoorde stemmen op de achtergrond, gerinkel van glazen en muziek.

'Ik dacht, ik bel je even… je was vanochtend zomaar verdwenen.'

'Ik moest naar m'n werk. 't Was al te laat. Ik heb nog geprobeerd om je wakker te krijgen, maar het lukte niet.' Ze wist dat ze zich verontschuldigde.

'Dat is niet erg… begrijp ik best. Maar ik wou even wat van me laten horen.'

'Dat is lief van je,' fluisterde ze.

'Wat zeg je? 't Is hier zo'n pokkeherrie.'

'Dat is lief van je,' herhaalde ze. Waarom was ze nu niet bij hem? Waarom zat ze hier in haar eentje te rillen in het nachthemd waar met supergrote letters 'Sleep well' op stond?

'Ik heb… eh, Timo ook nog gezien,' zei Rob. 'Die vond 't geloof ik niet zo leuk allemaal.'

'Hij bedoelt het goed… echt waar.'

'Natuurlijk.'

'Maar hij vindt 't een beetje moeilijk, vanwege z'n vader en zo, je begrijpt 't wel…'

'Ja, dank je, proost… o, sorry, Lizzy, ik kreeg hier iets aangeboden… mag ik toch niet weigeren, vind je niet?'

Vreemd, dat hij 'Lizzy' zei, dat had hij nog nooit gedaan. 'Ben je in een café?'

'Nee, bij een vriend thuis. Een feestje, weet je wel. Hij is veertig geworden.'

Ze slikte alle vragen in. Waarom heb je mij niet gevraagd? Schaam je je soms voor mij? Met wie ben je daar? Zijn er andere vrouwen die je aantrekkelijk vindt? Die jou leuk vinden?

'Wanneer zie ik je weer?' vroeg ze.
'Gauw.'
Ze kon zich niet beheersen. 'Hoe gauw?'
'Dat is nog een verrassing.'
Vaag hoorde ze iemand roepen: 'Leg je die klotetelefoon nog 's neer!'
'Ik moet ophangen,' zei Rob. 'Ik zie je gauw, ik verlang naar je.'
'Maar wanneer bel je...'
Hij had al opgehangen.

8

'We gaan een spelletje memory doen,' zei de presentatrice, met aan weerskanten van haar een aanstaand bruidspaar.

Jenny was gek op dit soort programma's. 'En daarvoor hebben we een aantal tweelingen uitgenodigd. Kijk, daar komt het eerste duo.' Vanaf een lange trap kwamen twee identieke jongetjes weifelend naar beneden lopen. Ze droegen mooie donkerblauwe velours kostuumpjes, met een vestje onder hun jasjes en een grote vlinderdas, die bij de één al was scheefgezakt. Het publiek applaudisseerde. 'Zijn ze niet schattig?' De presentatrice straalde alsof ze hen zelf ter wereld had gebracht en hun kostuumpjes had genaaid. De jongetjes keken ernstig uit hun grote donkerbruine ogen. 'Ronaldo en Frank, jullie mogen daar gaan staan. En nu de volgende tweeling... Esmeralda en Joceline.' Twee meisjes met blonde pijpenkrullen in jurkjes met veel strikken en andere opsmuk daalden aarzelend de trap af.

'Hij heeft een vriendin,' zei Jenny. 'Ik weet 't zeker.'

Liesbeth dacht even dat ze het had over een van de aanstaande bruidegoms in de quiz. 'Welke dan? Die linker of die rechter?'

'Hè, mam, doe niet zo stom, Marco natuurlijk.'

'Marco? Maar... maar dat kan toch niet?'

'Alles kan, zeker bij Marco.'

De tien paren tweelingen waren in een grote stellage achter genummerde deurtjes verdwenen. Ze moesten daar nu allemaal in een klein hokje zitten. De presentatrice legde uit wat de bedoeling was. De aanstaande bruidsparen mochten om beurten twee nummers van een deurtje noemen. Die gingen dan open. Als er twee kinderen achter zaten die samen een tweeling vormden, hadden ze een punt gescoord. Als ze het fout hadden, gingen de deurtjes weer dicht. Liesbeth pakte de afstandsbediening en schakelde de televisie uit.

'Wat doe je nou? Ik vind 't juist hartstikke leuk.' Jenny zette het toestel weer aan. 'Kijk, daar achter nummer zes, daar staat volgens mij de ander. Die is net al 's open geweest. Toe nou, stommerd, nummer zes.'

'Wat is belangrijker? Zo'n achterlijk spelletje of je huwelijk?'

De deur van nummer acht ging open, Ronaldo of Frank stond erachter. Hij keek alsof hij nodig moest plassen.

'Of de tv aanstaat of niet, dat verandert niks aan mijn huwelijk.'

'Weet je zeker dat je het niet verzint, dat het geen fantasie is?'

'Nummer veertien,' zei Jenny.

Nummer veertien werd geraden.

'Zie je wel... ik zei het toch.' Jenny wipte even op de bank heen en weer.

'Jij nog koffie?' vroeg Liesbeth, maar Jenny hoorde haar niet. Ze was altijd al spelletjesfanaat geweest. Vroeger thuis was het ganzenbord, mens-erger-je-niet, scrabble, domino, zeeslag, risk, noem maar op. En nu dus de televisie. Liesbeth schonk voor hen beiden koffie in.

'Hoe weet je dan dat Marco een vriendin heeft?'

'Van Timo.'

'Wat... van Timo?'

'Makkelijk,' zei Jenny, 'nou zijn er nog maar drie over. Zes en negen, moet je maar 's opletten.'

'Wat heeft Timo ermee te maken?' vroeg Liesbeth.

Ze stond met de auto voor haar huis. Het was donker en leeg. Ze probeerde niet te denken aan de film van een paar dagen geleden, maar door zo krampachtig die beelden te onderdrukken, riep ze ze juist op. Het was als 's nachts in je bed liggen, wakker, klaarwakker. Niet aan de zaak denken, niet aan een opvolgster voor Debby, want dat meisje van laatst was natuurlijk niets geworden, vooral niet aan Rob denken. Je hoofd helemaal leegmaken. Maar bij zo'n opruimingsactie kwam je juist van alles tegen.

Ze zocht een parkeerplaats voor de auto. Dat werd met de week moeilijker. Als het nog even zo doorging, was de dichtstbijzijnde lege plek in Diemen of Duivendrecht. Ze zette haar auto twee straten verder en daar moest ze nog half op de stoep parkeren.

Misschien lag er thuis wel een briefje van Rob. Hij had gebeld en Timo had het telefoontje aangenomen. Timo... die was dus gewoon Marco gevolgd. Krankzinnig. Misschien bleef hij daarom de laatste tijd 's avonds zo lang weg. Het was niet echt, het was niet haar leven en dat van haar kinderen. Iemand had het bedacht en er van alles bij gefantaseerd. Volgens Jenny had Timo van een kennis een bromfiets geleend, en was hij een paar avonden achter Marco aangegaan toen die zijn huis verliet.

Zou Timo nu thuis zijn of had hij de smaak te pakken? Ze liep door het huis op zoek naar een teken van leven, maar vond niets. Van Timo was geen spoor te bekennen. Ze wilde Rob opbellen om hem over Jenny te vertellen. Als ze er maar met iemand over kon praten, dan lukte het haar misschien om het te begrijpen. Maar ze had zijn nummer niet. De vorige keer had ze het gevraagd. Hij keek haar met verbaasde ogen aan. 'Waarom?'

'Natuurlijk omdat ik je dan kan bellen als ik er zin in heb.'

'Ik bel jou wel.'

'Maar als ik nou 's...' Hij verstikte haar woorden met een zoen.

Ze ging aan de keukentafel zitten en schonk een glaasje sherry in. Ze wist dat ze tegenwoordig te veel dronk, maar het kon niet anders. Ze moest toch iets. Het werd allemaal te veel. Marco en Jenny, een nieuw meisje in de zaak, en Rob was onbereikbaar. Misschien was hij voor altijd verdwenen. Ze had geen telefoonnummer, geen adres, geen werk, zelfs geen achternaam. Maar hoe kon ze hem nu nog vragen wat zijn achternaam was? Ik heb een gekke vraag: ik wil graag weten wat je achternaam is. Zoiets misschien? Wat moest ze doen als ze niet meer met hem in contact kon komen? Een oproep in de krant plaatsen? Nee, die zou hij niet eens lezen, en bovendien: als hij niet meer verscheen, dan was het voor hem blijkbaar afgelopen. Kort maar hevig. Ik had me er meer van voorgesteld, maar als jij niet meer wilt, dan houdt het op. Letterlijk en figuurlijk.

Ze nam een te forse slok sherry en moest hoesten. De tranen stonden in haar ogen. Ze wilde huilen, volop huilen. Alles wat ze zo zorgvuldig had opgebouwd, viel weg, ontglipte haar. Maar de tranen wilden niet komen. Dat was nog het ergste. Alles bleef binnen in haar zitten; het kwam niet naar buiten, dat gezwel van verdriet en machteloosheid.

'Ik ben Mirjam,' zei het meisje. Haar oogwit leek witter dan wit door de koolzwarte make-up die er in brede randen om was aangebracht. Haar ogen zwommen in zwart water. 'En ik kom voor dat baantje.'

Liesbeth vroeg waar ze eerder had gewerkt.

'O, wat uitzendwerk, bij een schoonmaakbedrijf, en in een winkel, de Bata, maar daar mocht ik niet roken. Mag dat hier wel?'

'Ja, dat mag, als je maar geen gaten in het wasgoed brandt.'
Mirjam lachte.

Liesbeth stelde haar voor aan Debby en Annet, en legde uit wat haar taken waren: was aannemen, wegen, penningen afgeven voor mensen die zelf hun was doen, voor anderen wassen, drogen en opvouwen. Het zou zich vanzelf wel wijzen. 'Een kind kan de was doen.' Ze schaamde zich, maar het grapje was niet te vermijden.

Mirjam kon de volgende dag beginnen. Ze vroeg naar het salaris. Liesbeth noemde het bedrag.

'Die vuile was van andere mensen, die moet je dus allemaal aanpakken en in machines stoppen, als ze niet zelf wassen?'

'Ja, maar dat hebben ze je toch wel verteld op het arbeidsbureau?'

Mirjam haalde haar schouders op.

'En het went, op een gegeven moment merk je het niet meer. Wat dacht je dat verpleegsters soms doen? Je moet ook bedenken dat je hier meer verdient dan in een winkel. De Bata betaalt heel wat slechter.'

Mirjam draaide een sigaret. Zo te zien was ze daarin in ieder geval zeer bedreven. Liesbeth wilde haar het liefst meteen weer wegsturen, maar ze kon het zich niet veroorloven. Ze stelde Mirjam voor aan Ilona, die misprijzend keek. Leendert leek meer geïnteresseerd. Een jaar geleden had hij achter in de zaak, in zijn kleine domein waar de perspop en de mangel stonden, Annet van achter bij haar borsten gepakt. 'Ach, het was maar een geintje,' zei hij later tegen Liesbeth. 'Die jonge meiden kunnen nergens meer tegen, terwijl ze zelf maar wat aanrotzooien.'

'Hij probeerde me aan te randen,' klaagde Annet, 'de vieze schoft. Als-ie 't nog een keertje flikt, dan ga ik naar de politie.'

Later klapte hij Debby nog een keer voor haar billen. Ze sloeg onmiddellijk terug. 'Dit was een ongewenste intimiteit!' schreeuwde ze.

Leendert kon het niet laten. Hij had Liesbeth een keer half bedekt iets verteld over de relatie met zijn vrouw. Ze hadden nu twee kinderen, en dat was genoeg. Dus hoefde er ook niet meer... De deur zat op slot... Ze zag de honger in zijn ogen. Maar tot haar had hij nooit toenadering gezocht. Zij bleef 'de bazin', zijn werkgeefster.

's Middags om halfvier riep Ilona haar aan de telefoon. Het was Rob. Ze voelde zich door Ilona bekeken en beoordeeld toen ze met hem stond te praten.

'Ik heb een probleempje,' zei Rob.

'Hoezo?'

'Nee, dat vertel ik liever niet over de telefoon, dat lijkt me niet zo geschikt.'

Haar hoofd wentelde even mee met de machine mee, gedachten door elkaar geknoopt als het stoomgoed.

'Maar is het erg?'

'Nee, dat valt wel mee. Maar... eh, kan ik je vanavond zien?'

'Ja, natuurlijk, bij jou thuis?' Ze schrok zelf van de brutaliteit van haar voorstel.

'Ik kom wel bij jou langs. Tot hoe laat moet je werken?'

Ze probeerde Timo weg te kijken, maar hij bleef zitten alsof er niets aan de hand was. Ze had maar even met Timo over Marco kunnen praten. Ja, hij was achter hem aangegaan op een bromfiets. Was dat zo gek? Twee opeenvolgende avonden ging hij naar een café. Na een tijdje kwam hij weer naar buiten met een vrouw, eigenlijk nog een meisje, voorzover Timo had kunnen zien. Ze stapten in Marco's auto en reden naar een adres in de Rijnstraat. Daar woonde die vrouw zeker. Marco ging mee naar boven. Timo had twee keer bijna een uur gewacht, maar zijn zwager bleef boven. Liesbeth vroeg hem nog hoe hij op dat krankzinnige idee was gekomen om Marco te volgen, maar toen ging net de bel: Rob.

Dit was veel erger dan de eerste keer toen Paul bij haar ouders kwam. Rob maakte het er niet makkelijker op door Timo van alles over zijn studie te vragen. Timo antwoordde met duidelijke tegenzin. Rob ging door over het economisch beleid van de Nederlandse regering. 'Ze kunnen toch gewoon beter alles opengooien. Niks regelingen en beperkingen. Als mensen wat willen verdienen, laat ze hun gang gaan. Ja toch?'

Timo haalde zijn schouders op.

'Nou wordt iedereen toch gefrustreerd? Je moet voor alles een vergunning hebben. Ze kijken je op je vingers tot je er kotsmisselijk van wordt. Dat is toch niet normaal meer? En overal voor betalen. Belasting voor dit, belasting voor dat.'

'Het vrije-marktmechanisme functioneert niet meer,' zei Timo onwillig, 'zeker niet in een Verenigd Europa.'

'En de Jappen dan? Die gaan toch ook gewoon hun eigen gang? Waarom

zouden wij dat ook niet kunnen? In de Gouden Eeuw waren wij toch ook de jappen van Europa?'
'Willen jullie nog wat drinken?' vroeg Liesbeth.
Rob maakte een afwerend gebaar.
'Japan heeft een heel andere economische geschiedenis en een heel andere sociale structuur. Daar zijn wij gewoon niet mee te vergelijken. De economische infrastructuur is daar ook heel anders.'
'Ja, en daar moeten wij nou juist naartoe. Dat zeg ik net.'
'Wanneer heb je dat tentamen, Timo?' vroeg Liesbeth.
'Over twee weken, nog tijd genoeg.' Hij stond op.
'Leuke knul,' zei Rob toen Timo weg was. 'Alleen een beetje taai.'
'Hij is serieus. Dat moet ook wel met zo'n studie.'
'Kom 's naast me zitten,' zei Rob.
Toen ze naast hem zat, sloeg hij zijn arm om haar heen. Ze wist dat hij het nu ging zeggen. Maar hij zoende haar zachtjes in haar nek en streelde haar handen, haar wangen. Hij zuchtte.
'Wat is er?' vroeg ze.
'Niks... ik kom eindelijk tot rust. Bij jou kom ik eindelijk tot rust.'
Ze trok hem naar zich toe, en zocht zijn lippen. Na een paar minuten maakte hij zich los uit haar omhelzing en stond op. Hij liep naar het raam. Ze ging naast hem staan. Er reed een enkele auto over straat. Een man probeerde in te parkeren in een vak dat waarschijnlijk te klein was voor zijn auto. Rob lachte even. Nu ging hij het zeggen. Het spijt me, Liesbeth, maar het kan niet meer. Ik moet naar het buitenland voor mijn werk. Of iets anders: ik vind je wel lief, maar om verder te gaan moet er meer zijn. De basis is te smal. Zo wek ik verwachtingen die ik later niet meer waar kan maken. Ze kon het allemaal zelf bedenken. Ze had het zo vaak gehoord. Op de televisie, in de bioscoop, Het kwam altijd op hetzelfde neer: de een wilde wel, maar de ander niet.
Ze legde een hand om zijn middel. Zelfs zo voelde ze hoe tanig en sterk zijn lichaam was. 'Wat is er?'
'Ach...' Hij stak een sigaret aan. Ze hield van de manier waarop hij schijnbaar aandachtig inhaleerde om vervolgens achteloos de rook naar buiten te blazen. 'Gewoon een probleempje... iets met geld.'
Ze kon het bijna niet geloven, 'Geld? Wat is er dan met geld?'
'Ik lust nu wel een pilsje.'

Ze haalde bier en wijn uit de keuken. Timo zat aan de keukentafel de krant te lezen.

Ze moest het niet vragen, maar kon zich toch niet inhouden. 'En? Wat vind je van hem?'

''k Weet niet.'

'Hoezo weet je het niet.'

'Laat nou maar. Je hoeft mijn toestemming toch niet te hebben?'

'Hier, trek jij die kurk er 's uit.'

'Of wel soms?' vroeg Timo.

'Nee, natuurlijk niet. Maar het zou leuk zijn als jij niet meteen zo stug en afwerend deed, je keek Rob bijna de kamer uit.'

'Hij ziet er anders niet uit als iemand die zich een kamer uit laat kijken.'

'Wat bedoel je daar nou weer mee?'

'Niks. Ik zei toch: laat maar. Wil je voor mij ook een pilsje pakken?'

Ze ging terug naar de kamer. Rob dronk van zijn bier. Er zat een randje schuim op zijn bovenlip. Ze zou het eraf willen vegen, eraf willen zoenen, met haar tong langs zijn bovenlip strijkend.

Hij stond weer op en begon door de kamer te lopen. 'Weet je nog dat ik laatst vijfhonderd gulden aan je vroeg voor de aanbetaling van die auto?'

'Ja, natuurlijk.'

'Goed, dat heb ik betaald, en nou moet ik de rest betalen. Negenenhalf.'

'Negenenhalf?'

'Ja, negenduizendvijfhonderd gulden.' Zijn stem klonk een beetje kortaangebonden. Hij schonk zijn glas bij en nam een slok bier.

'En wat is daarmee?'

'Wat is daarmee, wat is daarmee? Ik heb het niet. Niet helemaal tenminste. Ik kom drieduizend te kort.' Hij ging voor het raam staan.

'Maar ik kan misschien...'

Hij maakte een afwerend gebaar. Ze sloeg haar armen om hem heen. Haar wang lag tegen zijn rug. Ze sloot haar ogen en voelde zijn ademhaling. Hij nam blijkbaar een slok bier. Ze was nu dichter bij hem dan ooit, alsof ze deel uitmaakte van zijn lichaam. Nog een slok, die ze voelde in haar wang. Hij ademde nu met haar longen, en dronk via haar mond.

'Maar als ik het geld nu heb, en voor jou was het...'

'Nee,' onderbrak hij haar. Hij draaide zich om en pakte haar bij haar bovenarmen. 'Ik ken dat soort dingen...'

Wat voor soort dingen, vroeg ze zich af, Heeft hij dit vaker bij de hand gehad? Andere vrouwen in dezelfde situatie?

'...vrienden van me,' vervolgde Rob. 'Ze hadden een relatie, en er kwam geld tussendoor spelen. Je weet wel, een leninkje hier en een leninkje daar, trouwens niet alleen tussen een man en een vrouw, ook vrienden onderling. Leen nooit aan je vrienden, daar komt ellende van, alleen maar ellende.'

Ze was machteloos. 'Ben je die vijfhonderd gulden kwijt, als je die auto niet kan betalen?'

'Ja, natuurlijk. Zo gaat dat met een aanbetaling. Dat weet je toch?' Hij maakte zich los uit haar omhelzing en ging op de bank zitten.

Ze knikte. 'Vijfhonderd gulden is niet niks.'

'Ach...' Hij haalde zijn schouders op. 'Ik zal er niet dood van gaan.'

Ze had de glazen nog een keer volgeschonken, toen hij tot haar verrassing opnieuw over het geld begon. 'Je gaat me toch niet vertellen dat je hier zomaar drie mille klaar heb liggen?'

'Natuurlijk niet... maar het kost niet zo veel moeite om het vrij te maken.'

'En dat is... eh, ja, hoe zal ik het noemen, kapitaal van de zaak?'

'Zoiets ja.'

Hij stak een sigaret op. 'Drie mille?'

'Nee, natuurlijk veel meer, we moeten een behoorlijke buffer hebben voor als er wat gebeurt. Als er machines vervangen moeten worden of zo.'

'Hoeveel dan... eh, nee, daar heb ik natuurlijk niks mee te maken.'

Ze ging naast hem zitten, pakte zijn hoofd tussen haar handen en zoende hem. 'Je mag het best weten. Waarom niet? Ik bedoel, je bent toch... we zijn... nou ja, we hebben toch geen geheimen voor elkaar?'

'Misschien niet. Maar je zaak is een andere wereld. Jij bent voor mij iemand anders. Dat je ook nog...' Hij maakte zijn zin niet af, maar ze begreep hem wel. 'Dat is alleen maar toeval, dat heeft niks met ons tweeën te maken, met wat ik voor je voel.'

'Wat voel je dan voor me?' vroeg ze, terwijl ze een been over zijn schoot sloeg en nog dichter tegen hem aan kroop.

'Wat stel jij een moeilijke vragen. Weet je... ik zal eerlijk zijn.'

Haar arm lag nu een beetje klem. Ze was bang voor wat hij ging zeggen en klampte zich aan hem vast.

'Ik weet het nog niet precies,' zei hij. 'Ik vind je lief, heel lief. Dat heb je misschien wel gemerkt...'

En verder, en verder. Ze moest het weten. Nu, meteen.

'Maar of het meer is, kan ik echt nog niet zeggen. Ik vind 't ook moeilijk om over dit soort dingen te praten. Ik raak er een beetje van in de war.'

Juist dat hij het zo zei, vertederde haar nog meer dan wanneer hij een gloedvolle liefdesverklaring had afgegeven. Dit was echter, werkelijker. Dit was Rob.

Hij schonk het laatste restje bier in zijn glas.

'Ik ook,' zei ze. Haar stem was een beetje schor.

Ze hadden gevreeën en Liesbeth lag in Robs armen. Ze was tegelijkertijd uitgeput en vol energie. Haar lichaam was loodzwaar alsof alle delen haar naar beneden trokken, maar ze wilde ook opstaan. Of doorgaan met vrijen natuurlijk. Was dit een inhaalmanoeuvre? Nee, dat klonk te ordinair, zo was het niet. Anders had ze het de vorige keer, met die andere man, ook wel lekkerder gevonden. Ze staarde naar het plafond. Aan zijn ademhaling hoorde ze dat Rob ook nog wakker was.

Rob tastte naar de sigaretten. 'Jij ook?'

Ze schudde haar hoofd.

'Drie mille,' hoorde ze Rob mompelen. 'Waar haal ik zomaar drie mille vandaan?'

9

Een paar dagen achter elkaar had ze een groot deel van de dagopbrengst achter gehouden. Het was of ze zichzelf bestal.

Nee, niet alleen zichzelf, ook Timo.

Hij zat in de keuken te ontbijten met de krant voor zich op tafel. 'Moet je horen, mam, een voetbaltrainer die is veroordeeld vanwege ontucht met pupillen. Het staat hier in de krant: "De trainer lokte de kinderen met snoep en videofilms naar zijn huis. De voetbalclub SVLV had volgens de officier van justitie kunnen weten dat de aanstelling van de man als trainer niet zonder risico was. Enige jaren daarvoor was hij ontslagen na geruchten over ontucht met kinderen." En nou komt 't, moet je goed opletten.' Timo stak zijn rechterwijsvinger op. '"Het bestuur had Van V. echter weer aangenomen omdat hij zo leuk met de jongens omging." Omdat hij zo leuk met de jongens omging! 't Is toch niet te geloven hoe mensen er elke keer weer intuinen, hoe ze zich laten belazeren. Je houdt 't niet voor mogelijk.' Hij keek op zijn horloge. 'Hé, moet je nog niet naar de zaak?'

'Niet met volle mond praten.'

Hij nam een slok thee en legde de krant weg. 'Wat kom je hier doen? Een beetje controleren of ik wel netjes eet?'

'En jij dan? Moet jij controleren of ik wel op tijd naar m'n werk ga?' Over een paar dagen zouden de bankafschriften binnenkomen. Dan zag Timo het. Zo'n lage dagopbrengst? Hij zou misschien denken dat er uit de kas werd gestolen door een van de meisjes. 'O ja, dat heb ik nog niet verteld,' zei ze. 'Er was een drukmeter stuk op een van de machines en de monteur wilde cash betaald hebben, anders duurde het langer voor-ie kwam. We hadden verschrikkelijk veel werk, dus 't kon niet wachten. Ik heb het geld uit de kas genomen.'

Timo pelde een ei. Vroeger noemde hij de schillen 'pelletjes'. 'Rare transactie. Daar moet je geen gewoonte van maken.' Hij strooide zout en peper op zijn ei. Veel peper. 'Waarom heb je me niet eerder verteld dat-ie stuk was?'

''k Weet niet... gewoon vergeten, denk ik.'

'Met je gedachten ergens anders?'

'Ik ga nu naar de zaak,' zei ze. 'Vanavond ben ik om ongeveer halftien terug. Haal maar wat broodjes of zo.'

'Met je gedachten ergens anders?' herhaalde Timo.

Mirjam, die er vandaag voor het eerst was, stond met Annet te praten. Liesbeth wilde niet meteen streng optreden. Ze pakte een vuilniszak van de stapel om een machine te vullen. Vroeger had iedereen een tas. Die ellendige vuilniszakken waarin mensen tegenwoordig vaak hun was aanleverden, maakten het werk niet overzichtelijker. De zak die ze in haar handen had, rook zeer onprettig. De stank overheerste bijna de frisse wasmiddelengeur van de wasserette. Ze opende de zak en keerde zich er meteen walgend van af. Vuilnis, beschimmelde en verrotte etensresten. Getverdemme. Ze sloot even haar ogen en bond de zak weer dicht.

Dit had ze een paar keer eerder bij de hand gehad. Er waren twee zakken verwisseld. Gisteren was in deze buurt het vuilnis opgehaald, en de zak met wasgoed was waarschijnlijk langs de straat gezet. Misschien dat de klant vandaag nog kwam. Hoewel ze alleen zichzelf iets konden verwijten, hadden mensen altijd de neiging om in de zaak een scène te gaan maken.

Ze zat aan de keukentafel en had net twee hamcroissants gegeten en een glas melk gedronken toen de telefoon ging. Rob. Hij hakkelde en stotterde een beetje. Of het gelegen kwam als hij nu... het geld... Hij wilde niet lastig zijn.

'Natuurlijk komt het gelegen. Straks, om ongeveer halfelf?' Ze keek op haar horloge. Nog net genoeg tijd om onder de douche te gaan en haar make-up een beetje te fatsoeneren. Gelukkig was Timo niet thuis.

Om vijf voor halfelf zat ze klaar. Ze had het geld uit het vriesvak gehaald. De biljetten voelden koud aan. Hoe moest ze hem het geld nu geven? Wat was de beste strategie?

Ze zette een cd van Anita Meijer op, maar na een paar minuten verving ze die door een van Dolly Parton. Beginnend met de pointe kwam er een grap over Dolly Parton naar boven, die Harry laatst had verteld. Straks aan Rob vertellen.

Het was vijf over halfelf. Zou hij zich nu nog bedacht hebben? Toen de bel ging, sprong haar hart in haar keel. Hoe ging lopen ook alweer? Praten? Een zoen geven? Een omhelzing? Nu wist ze nóg niet hoe ze het geld zou geven. Een verhaal erbij of het gewoon achteloos overhandigen, alsof het een pakje sigaretten was? Voor ze een besluit had genomen, was hij al boven, bijna verborgen achter een enorme bos bloemen. Rode rozen nog wel.

'Dat had je nou niet moeten doen,' zei ze.

'Kan je niks origineler bedenken om te zeggen?'

Ze zoenden elkaar. Liesbeth nam de rozen over en ging naar de keuken om ze in het water te zetten. De enveloppe met geld lag voor op het tafeltje. Rob kon hem zo pakken en in zijn binnenzak steken. Ze zou opgelucht zijn als het zonder woorden, zonder uitleg en zonder plichtplegingen werd geregeld.

Toen ze terug in de kamer was met de vaas met bloemen, lag de enveloppe nog scherp omlijnd op het tafeltje. Het ontbrak er nog maar aan dat er een schijnwerper op gericht was.

'Dolly Parton,' zei ze met een lachje.

'Ik dacht al zoiets.'

'Weet je waarom Dolly Parton zulke kleine voeten heeft?' vroeg ze.

Rob haalde zijn schouders op.

'Omdat dingen niet groeien als ze niet voldoende licht krijgen.'

Hij keek haar even vragend aan alsof hij de clou niet begreep. Toen begon hij te lachen.

'Zullen we hier blijven of wil je ergens naartoe?'

'En jij?'

'Hier blijven,' zei ze. 'Ik heb al zo'n hectische dag gehad. Allemaal problemen met een klant en... o ja, hier is het geld.'

Ze gaf hem de enveloppe, die hij in zijn binnenzak stak.

'Je bent fantastisch,' zei Rob. 'Echt, binnen twee weken heb je...' Ze verstikte de rest van zijn woorden met een zoen.

Bijna twee uur later, in bed, vertelde ze hem over de verwisselde plastic vuilniszakken.

'En wat zei die vrouw toen ze de was kwam halen?' vroeg Rob.

'Het was geen vrouw, maar een man. Niet eens zo oud, een jaar of veertig, maar hij zag er al behoorlijk afgetakeld uit. Van dat vettige lange haar en een bril die zeker stuk was geweest, want de twee helften zaten boven zijn neus met een pleister aan elkaar. Over brillen gesproken, weet je wat ik ook zo gek vind? Dat er tegenwoordig in dat soort winkels als de Bijenkorf ook van die antidiefstaldingen aan zonnebrillen vastzitten. Dan zetten mensen een zonnebril op om te kijken hoe of-ie staat, en dan hebben ze zo'n wit geval voor hun neus... een belachelijk gezicht.' Ze streelde zijn gelukkig spaarzame borsthaar.

'Je dwaalt af,' zei hij.

Ze liet haar hand naar beneden zakken tot ze zijn schaamhaar voelde. 'Met mijn hand bedoel je?'

Hij lachte even. 'Daarmee ook, maar ook met je verhaal.'

'Dat weet ik wel, ik ben niet dom.' Ze hield zijn geslacht als een vogeltje gevangen. 'Die man begreep er eerst niks van. Hij zei dat het een vergissing was, dat we een fout hadden gemaakt. O ja, hij stonk verschrikkelijk naar drank, alsof zijn kleren in de jenever waren geweekt...'

'Mmmmm, lekker... ja, ga door...'

'...hij wees op al die andere vuilniszakken, en dacht dat die van hem ertussen stond. Maar ja, hij had natuurlijk het nummertje van die zak met die rotzooi erin. Toen dacht-ie dat het een grap was, dat we hem een geintje probeerden te flikken, en ten slotte werd-ie kwaad, begon-ie verschrikkelijk te schelden, zo van stelletje vuile tyfushoeren en gore klerewijven. Verschrikkelijk gewoon, en helemaal omdat er ondertussen andere klanten binnenkwamen en die...'

'Nee, niet ophouden, niet ophouden...'

Ze begreep het zelf niet. Hoe kon ze dit doen, terwijl ze zo'n verhaal vertelde?

'En ten slotte kwam Leendert te voorschijn. Die was er gelukkig nog net, en die heeft hem de zaak uitgemieterd, met die gore vuilniszak er achteraan. Die man heeft nog...'

Rob kreunde, en ze voelde hoe zijn handen in haar vlees klauwden.

'Het is zo'n drieduizend gulden minder dan normaal,' zei Timo, en hij hield het bankafschrift omhoog. 'Heb je van die monteur geen rekening of zo?'

'Nee, natuurlijk niet. Het moest juist zwart.'

'Maar hoe moet ik het verantwoorden?'

'Wat ga je plotseling moeilijk doen? Je zei zelf altijd dat ze nooit kunnen controleren hoeveel er precies binnenkomt, hoeveel wassen we draaien en hoeveel stoomgoed er gebracht wordt.

'Dubbelgebakken?' vroeg Timo.

'Ja, graag.'

'Maar je hebt dus geen enkel bewijs dat je betaald hebt?'

'Nee.' Ze had dus ook geen enkel bewijs dat ze Rob die drieduizend gulden had gegeven. Daar hadden ze het gisteravond helemaal niet meer over gehad. De cd van Dolly Parton was nog niet afgelopen toen ze al in bed lagen. 'Ik vind jouw borsten mooier,' zei Rob.

Ze begreep het eerst niet. 'Mooier dan van wie?'

'Van Dolly Parton, natuurlijk.'

'Echt waar?'

'Ja, en je voeten zijn tenminste ook normaal.'

'Hé, je zit geloof ik weer een beetje te dromen,' zei Timo. 'Is je vriendje gisteravond geweest?'

'Hij heet Rob.'

'Is Rob gisteravond weer geweest?'

'Ja, mag het? Of ben je een beetje jaloers, dat je je mammie niet meer helemaal voor je alleen hebt?' Ze stond op, pakte Timo van achteren beet en kietelde hem in zijn zij.

'Hé, niet doen,' zei hij lachend terwijl hij van haar weg kronkelde. 'Ik sta hier een overheerlijke uitsmijter voor je te bakken.'

Ze zaten te eten. 'Wat doet Rob eigenlijk?' vroeg Timo.

"k Weet niet.'

'Hoezo "'k Weet niet"?'

Ze nam een hap, kauwde rustig, slikte door en probeerde ondertussen een antwoord te bedenken.

'Is het dan belangrijk wat iemand doet? Gaat het er niet veel meer om wat iemand is.' Ze was heel tevreden over haar reactie. In andere omstandigheden zou Timo hetzelfde kunnen zeggen.

'Natuurlijk... ik vind heus niet dat je een rijke vriend moet zoeken of zo... alhoewel, het zou wel makkelijk zijn, dan konden we iemand anders de boekhouding van de zaak laten doen. Jij nog een glaasje melk?'

Ze schudde haar hoofd.

'Bier? Wijn?'

'Nee, dank je.' Ze at de schijfjes komkommer en tomaat op, die Timo zorgvuldig naast het brood had gelegd.

'Maar het lijkt me dat je er gewoon samen over praat, dat het een onderwerp van gesprek is.'

'Waarom? Moet dat?'

'Nee, maar praten jullie soms helemaal niet?' Timo lachte. 'Vrijen jullie alleen maar?'

'Doe niet zo gek. Dacht je soms dat we een stelletje seksmaniakken waren of zo, die na jarenlange onthouding... nou ja, je weet wel.'

'Je bent een schat, mam.' Timo kwam haar een zoen geven.

'Er zit nog eigeel in je mondhoek.'

Hij begon de tafel af te ruimen. 'Toch vind ik het gek dat je niet eens weet wat-ie doet, waar-ie werkt, of-ie een zaak heeft, of wat dan ook. Waar woont-ie ergens?'

'O, in Geuzenveld, geloof ik.'

'Geloof je...'

'Ja, ik ben 't vergeten waar 't precies was, ergens in Nieuw-West in ieder geval. Ja, Geuzenveld, ik weet 't zeker.'

Timo keek haar aan alsof hij haar niet vertrouwde. De blik beviel haar helemaal niet. De jonge generatie deed maar. Ze wilden een leven zonder verplichtingen, zonder eisen, zonder regels. Alles moest kunnen. Nu gedroeg zij zich een keer zo en dan was het weer niet goed, dan had Timo allerlei bedenkingen. Toen Timo een halfjaar geleden een vriendin had, die hij een keer mee naar huis had genomen, had zij geen enkele van de vragen gesteld, die hij nu wel stelde. Juist niet. Ze wilde laten zien dat ze die 'vrijheid, blijheid' kon respecteren. Ze hoefde zich niet zo nodig te bemoeien met het liefdesleven van haar zoon, hij hoefde bij haar geen verantwoording af te leggen. Over dat meisje had ze trouwens nooit meer iets gehoord. Eén ding had ze er wel bij Timo in gehamerd: als hij met een meisje naar bed ging, moest-ie een condoom gebruiken. In godsnaam wel veilig vrijen. Het viel nog mee dat hij daarover niets had gevraagd. Ze zou in ieder geval kunnen antwoorden dat ze dat deden, veilig vrijen.

Hij had nog steeds zo'n vreemde onderzoekende blik in zijn ogen. 'Wat kijk je raar!' zei ze.

Hij reageerde niet, en spoelde de bordjes, glazen en het bestek af onder de warme kraan.

'Toen ik jou de roze tearoom langzaam binnenschrijden zag, met je kaalgevreten bontjas en je arrogante lach, een afschuwelijk beeld van honger en ellende, vroeg ik me af hoe 'k jou in 's hemelsnaam herkende...'

Af en toe deed Jenny een lied dat niet helemaal in de sfeer van café Van Drongelen paste, maar dit kon heel goed. De halve zaak zong mee met een deel van het refrein: 'Je hebt me belazerd, je hebt me bedonderd.' Niemand leek naar de rest van de tekst te luisteren; het ging alleen om die twee regels. Misschien herkenden mensen daar het meest iets van hun eigen leven in. Die Haagse tearoom stond net zo ver van de mensen af als paleis Soestdijk. Liesbeth had het al zo vaak gehoord, vooral vroeger thuis als Jenny moest oefenen, dat ze het van het eerste tot het laatste woord kon meezingen. Paul en zij hadden zich vaak afgevraagd waar Jenny haar talent vandaan had. Het zat in geen van hun tweeën en ook niet in de rest van de familie. Verdomme, familie. Liesbeth bedacht dat ze zeker morgen naar haar moeder moest. Hoe lang was het alweer geleden? Op z'n minst drie weken, misschien wel vier.

'Wat is er?' vroeg Rob.

'O, niks, ik moet morgen naar m'n moeder op bezoek... in het bejaardentehuis. Leven jouw ouders nog?'

'Ja.'

Ze hoopte dat hij verder vertelde. Hoe oud ze waren, waar ze woonden, of hij daar zelf ook had gewoond, of hij ze vaak bezocht. Maar hij zei niets. Om elf uur had hij haar thuis afgehaald. Hij had een bos rode rozen bij zich.

Jenny kwam even bij hen staan. De vorige keer, toen met die vechtpartij, had ze al met Rob kennisgemaakt.

'Wil je wat drinken?' vroeg Rob.

'Nee, dank je, ik heb nog.'

'Dat is hier toch nooit een bezwaar?'

Ze wees naar het tafeltje naast haar orgel. 'Kijk, drie volle glazen, die kunnen straks zo in de spoelbak.'

'Jij nog wat, Liesbeth?'

'Nee, dank je.'

Rob bestelde toch een rondje, omdat anders Harry hem weer voor zou zijn, zoals hij zei.

Er kwam een donkere man binnen met losse rozen, elk in cellofaan gewikkeld. De man probeerde vriendelijk te glimlachen, maar zijn mond werd in een vreemde grijns getrokken, alsof hij ergens pijn had. Rob kocht twee rozen. 'Voor moeder en dochter elk één.'

'Maar ik heb vanavond nog een hele bos van je gehad,' zei Liesbeth.

Hij fluisterde in haar oor: 'Als ik net met je gevreeën heb, wil je toch ook nog wel een zoen?'

Jenny vroeg het zomaar, direct, zonder inleiding of verontschuldiging voor haar nieuwsgierigheid. 'Wat doe je eigenlijk voor werk, Rob?'
'Ik... eh, ik zit in de groothandel.'
Ja, dank je Gerard... proost, Harry.' Jenny hief haar glas in de richting van Harry en nam een miniem slokje. 'In de groothandel? Hoezo? Wat voor handel?'
'O, van allerlei dingen. Vroeger vooral speelgoed uit het Oostblok. Van achter het IJzeren Gordijn, maar het was houten speelgoed.' Hij lachte even. 'Dat was daar ontzettend goedkoop. Tegenwoordig halen we veel uit Maleisië en zo.'
'Ook speelgoed?'
'Meestal wel, maar soms ook wat anders. Textiel bijvoorbeeld. Dat truitje dat jij aan hebt, komt volgens mij uit Thailand.'
'Thailand? Even kijken, wat staat er op het label, mam?'
Jenny ging met haar rug naar haar toe staan, en Liesbeth haalde het label te voorschijn. 'Locaccio, Rome.'
'Ja, dat staat erop, maar er is in heel Italië geen enkele textielfabriek die Locaccio heet, neem dat van mij aan. Maar kijk, als ze erop zetten "Tjie Ling Hu, Thailand" dan is er geen mens die zo'n truitje koopt, terwijl het toch een hartstikke leuk ding is.'
Liesbeth keek van opzij naar Rob. Hij had een wat ondeugende, jongensachtige uitdrukking op zijn gezicht. Zo zag ze hem het liefst. Het hele leven was al een aaneenschakeling van serieuze zaken. Werk, administratie, personeel, klanten, conflicten. Ze vertelde Jenny het verhaal van de man met de vuilniszak.
'Je heb hem toch wel zijn geld teruggegeven?' vroeg Rob.
'Ja, natuurlijk.'
'Ik moet weer beginnen,' zei Jenny. 'Ik zie jullie straks nog wel. Pas je goed op m'n moeder?' vroeg ze aan Rob. 'Ik heb er maar één.'
Jenny begon aan een Amsterdamse potpourri. 'Ik ben er als kindje geboren, ik heb er gestoeid en gespeeld, ik heb er m'n hartje verloren, ik heb me er nooit verveeld. En waar ik ook kom op de aarde, al is het hier ver vandaan, dan zal ik van jou vertellen, van die mooie, die fijne Jordaan...'
Groothandel. Speelgoed en kleren, en misschien nog meer. Dat was het dus. Waarom had hij dat niet eerder gezegd? Er zat toch niets oneerbaars aan? Maar misschien wilde hij het niet over zakelijke dingen hebben. Dat

verstoorde alleen maar wat er tussen hen gebeurde. Ze legde een arm over zijn schouders. Hij keek haar aan.

'…'k Heb veel gereisd en al vroeg de wereld gezien, en nimmer kreeg ik genoeg van het reizen nadien. Maar ergens bleef er een sterk verlangen in mij naar Hollands kust en de stad aan Amstel en IJ…'

Ze zoenden elkaar. Met haar arm stootte Liesbeth een glas om. Gerard was er meteen bij met een doekje. 'Ach ja, zo'n jong verliefd stelletje.'

'Nou, jong…' zei Liesbeth.

'…Al die Amsterdamse mensen, al die lichtjes 's avonds laat op het plein, niemand kan zich…'

De deur van het café ging open, en er kwamen vijf mannen binnen. Eén betrekkelijk klein ventje, in wie Liesbeth de man herkende die er laatst uitgegooid was nadat hij Harry een kopstoot had verkocht, en vier grote, zware kerels. Een ijskoude wind waaide het café in.

'Godverdomme, wat een klerenkasten,' hoorde ze Rob mompelend zeggen, terwijl ze zelf nadacht over de naam van het kleine ventje. O ja, Rein, hij heette Rein. Er zat nog een grote pleister op zijn gezicht en hij droeg een arm in een mitella. Een van de mannen had een tatoeage van een slang op zijn arm. Hij had een T-shirt aan waarop stond 'Amsterdam Olympische Spelen 1992'. Een ander droeg een glimmend pak. Zijn hoofd was helemaal kaalgeschoren, en hij had een flinke ring in zijn neus. De twee andere waren minder opvallend, maar ze zagen er even gespierd uit. Later had ze zich afgevraagd hoe ze dat allemaal had kunnen zien. In haar herinnering was de tijd even bevroren geweest: alles en iedereen stond stil, doodstil.

Toch ging het razendsnel. Rein wees naar een paar mensen, en de grote mannen kwamen naar voren zonder iets te zeggen. Jenny speelde nog even door, alsof de vechtpartij muzikaal moest worden ingeleid. '…En over 't water, gaat er een bootje, net als weleer…'

10

Eh... wat is er? Wat komt u doen?'
'Haar moeder keek haar aan met waterig grijsblauwe ogen terwijl haar hand als een blind dier naast haar op het tafeltje tastte.
Liesbeth pakte de bril. 'Hier is je bril, mam.'
'Ben jij het?'
'Ja, wie anders?' zei Liesbeth, en ze had meteen spijt van haar barse reactie.
'Ik was, geloof ik, een beetje weggedommeld. Zullen we naar de recreatiezaal gaan? Misschien kunnen we daar nog koffie krijgen. Dat wil je toch wel? "Koffie, koffie, lekker koppie koffie",' zong ze met krakende stem.
Liesbeth had thuis al koffie gehad, en de aanblik van een recreatiezaal met oude, hulpbehoevende mensen was haar eigenlijk te veel, zeker nu er bij haar thuis iemand was die ook hulp behoefde. Zelfs koffiedrinken had hem pijn gedaan. Hij had nog niets kunnen eten.
Ze hielp haar moeder overeind en ondersteunde haar terwijl ze naar de recreatiezaal liepen.
'Ik kan zelf wel lopen,' zei haar moeder.
'Zo gaat het beter.'
Haar moeder groette iedereen terwijl ze door de gang schuifelden. Hoe merkwaardig dat alles zo om kon keren. Ruim veertig jaar geleden was ze zelf een kind dat aan de hand van haar moeder over straat liep, en nu zou haar moeder misschien geen stap meer kunnen zetten als zij niet hielp. Wanneer zou zijzelf zo afhankelijk zijn van Jenny? Zou die haar op komen zoeken? En Timo? Ja natuurlijk, Timo zou zeker komen. Verdomme, ze had de bloemen in de auto laten liggen. Nou ja, misschien konden ze straks nog een ritje maken, even naar het Amsterdamse Bos of zo. Dan kwam haar moeder er nog eens uit.
In de recreatiezaal bogen bijna alle hoofden hun richting uit toen ze bin-

nenkwamen. Het geroezemoes stopte even, en toen praatte iedereen door. Sommigen wezen met een trillende vinger, Ook wat dat betreft waren bejaarden net zoals kinderen. Alles was hier onderwerp van gesprek. Als je nieuwe veters in je schoenen had, murmelde het door de zaal. Ze gingen aan een tafeltje zitten waar al twee stoelen waren bezet door twee mannen. Een van de twee had parkinson. Een personeelslid kwam koffie brengen. De man met parkinson kreeg er een rietje bij.

'Hoe is het met Paul?' vroeg haar moeder.

'Hè, mam, dat weet je toch best.' Ze dempte haar stem een beetje. 'Paul is er toch niet meer.'

'Wat zeg je? Ik kan je niet verstaan.'

Ze zag hoe de mannen naar haar keken. 'Paul is er niet meer.'

'Is er niet meer?' vroeg haar moeder. 'Nog wat melk in de koffie, graag.'

Liesbeth schonk melk bij tot de koffie lichtbeige zag. 'Ja, Paul is overleden, dat weet je toch wel. Je bent nog op z'n begrafenis geweest.' Haar moeder had wanhopig gehuild, alsof ze haar eigen man was kwijtgeraakt. Liesbeth had het kunnen voelen aankomen. Bij elke begrafenis was haar moeder volkomen van slag. Zelfs als ze een rouwstoet op de televisie zag, barstte ze in snikken uit, Vanwege al dat verdriet van haar moeder had ze zelf niet eens gehuild bij de begrafenis. Pas nadat ze haar moeder eindelijk had afgeleverd in het bejaardentehuis, had zich een stortvloed van tranen in haar omhoog geperst.

'Paul dood... Paul dood... Paul dood,' fluisterde haar moeder voor zich uit. 'En hoe moet het nou met die kleine Timo?' vroeg ze plotseling met luide stem.

'Timo is al zo klein niet meer, die is al eenentwintig, mam, dat weet je best.'

'Ja, eenentwintig, goh, wat een grote jongen alweer. Ik zie hem nog zo voor me toen-ie een klein kereltje was. Weet je nog als-ie bij ons kwam logeren, en dat vader...'

Liesbeth luisterde niet meer. Er kwam een oude man voorbij die zwaar op een stok leunde. Zij had Rob gisteravond moeten ondersteunen, toen ze van het slagveld naar huis gingen. Want dat was 't geweest, een waar slagveld. De vier mannen die met Rein meegekomen waren, waren halve of hele professionals. Rein had ook Rob aangewezen, die meteen een stomp vol in zijn gezicht had gekregen. Het bloed stroomde uit zijn neus alsof er een kraan open was gezet. Ze hoorde nu haar eigen gil nog resoneren. 'Niet doen, niet doen!' had ze geroepen. Haar moeder vertelde door hoe Timo er maar niet genoeg van kon krijgen om paardje te rijden op opa's knie. Een van de mannen was over de bar gesprongen en had Hans tegen de grond geslagen. Rob probeerde weg te komen, maar zijn tegenstander haalde hem onderuit. Rob lag op de grond, en de man schopte hem waar hij hem kon raken. Ze voelde het zelf, ze voelde het nu nog. Met alle kracht die in haar was had ze de man proberen weg te trekken, maar hij sloeg haar van zich af alsof ze een nietig insect was. Het had bij elkaar misschien iets meer dan een minuut geduurd. De man die over de bar was gesprongen had ook in een paar halen alle flessen die tegen de achterwand stonden weggeveegd.

'En ik moest aldoor maar datzelfde verhaaltje voorlezen van dat jongetje dat een hondje had gevonden, "Does en kleine Japie". Ik weet nog precies hoe het ging.' Haar moeder staarde naar buiten toen ze de beginzinnen van het verhaal begon op te zeggen op een toon alsof ze het tegen een klein kind had. 'Kleine Japie hield verschrikkelijk veel van honden. Als hij over straat liep samen met zijn moeder, wilde hij alle honden aaien die hij tegenkwam. Maar zijn moeder...'

Ze hadden de politie niet gebeld, dat haalde toch niets meer uit. Bovendien, wat hadden ze moeten vertellen? Dat Hans die Rein in elkaar had geslagen en dat dit een wraakactie was geweest? Eigen schuld, enzovoorts.

Een van de mannen had Harry zijn boven- en ondergebit uit laten doen en op de grond laten gooien. Daar had de man de beide gebitten kapot gestampt. Het ondergebit was net nieuw. Harry had het diezelfde avond voor het eerst laten zien. Alleen Hans en Rob hadden klappen gekregen. Hans was er nog het slechtst aan toe. Theo was met hem naar het ziekenhuis gegaan. Zij had zelf Rob mee naar huis genomen. Zijn linkeroog zat helemaal dicht, zijn rechterbeen deed verschrikkelijk pijn door de schoppen die hij had gehad, en er waren waarschijnlijk een paar ribben gekneusd. In haar slaapkamer had ze hem voorzichtig zijn kleren uitgetrokken en hem in bed gelegd. Bij elke beweging kreunde hij van de pijn. In een washandje had ze wat ijsblokjes gedaan en dat tegen zijn linkeroog gedrukt. Dan zou de zwelling de volgende morgen misschien zijn verdwenen.

Maar dat was vanochtend nog nauwelijks het geval, Alles deed nog pijn. Hij had alleen iets kunnen drinken. Ze had hem gevraagd of ze toch niet naar het ziekenhuis moesten, maar dat wilde hij niet. Het zou gewoon wel overgaan. Alsof het vanzelf sprak, was hij in bed blijven liggen, in haar bed. Het was zondagmorgen, dus Timo was naar de training. Ze had zelf in de keuken iets gegeten, en was toen weer in de slaapkamer gaan kijken. Rob sliep. Op een of andere manier zag hij er heel aandoenlijk uit nu zijn hoofd was beschadigd. Dit riep gevoelens op van vroeger: Jenny, die een gat in haar knie gevallen was, en huilend in haar armen lag. Timo met een tand door zijn lip. Ze had Rob wakker willen maken om het hem te vertellen.

'...en zijn moeder was zo blij dat Does hem had gered, dat hij de hond mocht houden. Eerst kon hij het niet geloven. "Echt waar, mama?" "Ja, echt waar." "En vindt papa het ook goed?" "Ja, papa vindt het ook goed. Weet je wat? We gaan nu meteen een nieuwe halsband en een riem voor hem kopen." Weet je nog, als ik dat stuk vertelde dat-ie de hond weg moest doen, en dat ze die hond naar een boer brachten, dan had-ie gewoon de tranen in z'n ogen, die kleine Timo.'

'Zullen we nog een stukje gaan rijden?' vroeg Liesbeth. 'Dan kom je er nog 's uit.'

'Waar naartoe?'

'Naar het Amsterdamse Bos bijvoorbeeld of...'

'Hoe laat is 't nu?'

'Halftwaalf.'

'Laten we het dan maar niet doen. Om twaalf uur gaan we eten.'

Bij het weggaan kreeg Liesbeth een rijksdaalder in haar hand gedrukt. 'Hier, voor Timo, kan-ie wat leuks van kopen, of in z'n spaarpot doen.'

Ze zat aan tafel, staarde naar het rek met de stamper, de garde en de pollepel, maar zag niets. Bruusk stond ze op. Ze grabbelde in het pakje sigaretten, de eerste sigaret brak, de tweede stak ze met trillende handen aan. Ze zoog de rook naar binnen en het deed pijn in haar keel. Ze inhaleerde nog krachtiger.

Het was nu kwart over twaalf. Timo kon elk moment binnenkomen. Wat moest ze tegen hem zeggen? Moest ze eigenlijk wel iets tegen hem zeggen? Hij wist nergens van. Ze ging weer zitten en wreef met haar hand over het tafelblad. Eerst kleine cirkels, toen steeds grotere. Haar handpalm werd warm. Ze liep nog eens naar de slaapkamer en pakte het briefje van de kaptafel. Waarom zo kort af? Natuurlijk, hij bedankte haar voor de goede zorgen, maar ook niet meer dan dat. 'Liefs, Rob' stond eronder. Hij had haar eyelinerpotlood gebruikt. Zijn handschrift was kinderlijker dan ze had verwacht, eigenlijk nog van een jongen. 'Liefs, Rob,' daar moest ze het mee doen. Verder geen telefoonnummer, geen adres, geen nieuwe afspraak. Het zweet prikkelde haar huid op een onaangename manier. De zenuwen vlak voor een examen. Jenny, die 's avonds laat met een vriendin naar een feestje ging ergens in West en om drie uur 's nachts nog niet thuis was.

Ze liep weer naar de keuken, schonk een glas melk in, maar liet het op het aanrecht staan, onaangeroerd. In de woonkamer draaide ze het nummer van Jenny. Ze had Rob voor zich gezien, zittend in Jenny's huis. Waarom wist ze zelf niet.

'Hallo.' Jenny's stem klonk nog slaperig.

'Met Jenny? Ja, ik ben het.'

'Wie is "ik"?'

'Je moeder natuurlijk.'

Liesbeth kon Jenny horen gapen. 'Ik ben vanochtend bij oma geweest.'

'Bel je me daarvoor uit m'n bed?' Ze zuchtte diep. 'Hoe laat is 't nu?'

'Halfeen.'

'Shit…'

Jenny zou nu met haar hand over haar gezicht wrijven, haar haar hing voor haar ogen.

'Waarom bel je?' vroeg Jenny.

''k Weet niet… zomaar.'

'O… leuk. Of is het soms om wat er gisteravond is gebeurd?'

'Ook wel. Weet je hoe het nu met Hans is?'

'Z'n arm gebroken. Die ene kerel heeft z'n arm op de bar gelegd, en zo… wham, een beuk erop, en hij is gebroken. Hoe is 't met Rob?'

'Wel redelijk, geloof ik.'

'Hoe bedoel je?'

'Nou, 't gaat wel weer – niks gebroken of zo, alleen een beetje gekneusd.'

'Zijn jullie nog naar de dokter geweest?'

'Nee, dat was met nodig. Dat hoefde niet, zei Rob.'

'Dat is dan wel een taaie, zeg. Is-ie nou nog bij jou offe…?'

'Nee, hij is weer weg… naar z'n eigen huis.'

'Zeg, mam… even wachten, even een sigaretje pakken…' Liesbeth hoorde Jenny vloeken. 'Marco heb zeker m'n sigaretten gepikt, nou ja… Ben je een beetje verliefd, mam?'

'Ach... wat is dat, verliefd?'
Jenny lachte. 'Dat is... eh, ja, 't is van mij ook alweer een tijdje geleden, maar je weet toch wel wat ik bedoel?'
Liesbeth had weer het idee dat de rollen ten onrechte werden omgedraaid, dat ze verantwoording moest afleggen bij haar eigen dochter. Het was net zoals met Timo. Maar ze had het zelf uitgelokt. En misschien wilde ze het ook wel. Door er met Jenny over te praten werd het echter, werkelijker, niet alleen maar iets van haar eigen fantasie. Tegelijk wilde ze niet horen wat Jenny erover zou zeggen.
'Ja, ik dacht 't wel,' zei Liesbeth.
Jenny's lach ging nu over in een schorre hoest. 'Ik vind 't zo leuk voor je, mam, echt waar... dat je verliefd bent. Ik zag het ook aan je, weet je dat? Net of je plotseling tien jaar jonger bent geworden.'
'Nee, dat meen je niet.'
'Echt. En hij? Ik bedoel Rob... heeft-ie 't ook een beetje te pakken?'
''k Weet niet,' zei Liesbeth, en ze zag het briefje weer voor zich, met de bijna zakelijke tekst. Waar was hij nu? Wat deed hij? Vaag hoorde ze de stem van Jenny, die haar gedachten begeleidde. Ze zag hem in zijn auto zitten. Maar waar was die auto? Gisteravond waren ze met die van haar gegaan. Waarom niet met zijn nieuwe BMW, waarvoor ze hem die drieduizend gulden had geleend?
'Hallo, ben je d'r nog?' vroeg Jenny.

'Hier, moet je nou 's horen. "In deze tijd hebben veel mensen last van voorjaarsmoeheid. Ga in ieder geval na of het wel gewone vermoeidheid is, want het kan ook het gevolg zijn van iets heel anders en dan kun je maar het beste naar de dokter gaan. Bovendien moeten de mensen het wat kalmer aandoen. Ze jagen maar door. Neem de tijd voor dingen." En moet je goed luisteren, nou komt het.' Timo keek haar met schitterende ogen aan. '"Maar toch: met handen en voeten in de aardappelschillen zitten helpt tegen voorjaarsmoeheid." Met handen en voeten in de aardappelschillen! Hoe bedenken ze het? Zeker vier van die plastic afwasbakken vol aardappelschillen op de grond en daar dan zo op handen en voeten in gaan staan.'
Ze pakte zelf ook een van de bladen, die ze altijd kocht om in de zaak neer te leggen. De helft van de artikelen ging weer over nieuwe romances, minnaars en minnaressen van grote en kleine sterren en verbroken relaties.

Hoe zou het zijn als zij erin stond, samen met Rob? Liesbeth heeft het geluk gevonden. Zou dat erboven staan? Of was het zo'n treurig artikel? Nieuwe liefde voor Liesbeth is van korte duur. Rob verlaat Liesbeth voor andere vrouw. Liesbeth in tranen. Rob van de aardbodem verdwenen. Liesbeth wanhopig.

Ze was te moe om wanhopig te zijn, te uitgeput om angst te voelen. Hoe lang had ze vannacht geslapen? Misschien maar vier uur. Voortdurend was ze bang geweest dat ze tegen Rob aan zou stoten en hem pijn zou doen. Hoe had hij zichzelf vanochtend aan kunnen kleden? Zijn pijn trok nu door haar lichaam.

'Wat is er?' vroeg Timo.

'Niks, er is helemaal niks.' Ze bleef hem gewoon aankijken terwijl de tranen over haar wangen stroomden.

'Dat zie ik,' zei Timo.

'Met Liesbeth.'

'Ja, met Rob...'

Ze moest eerst even diep ademhalen. Met een verkrampte hand hield ze de hoorn een stukje van haar gezicht, en ze keek ernaar alsof het een object was waaruit Rob zo te voorschijn zou kunnen kruipen.

'Hallo,' zei Rob. 'Ben je daar nog?'

'Rob... ik... eh, wat is er? Waar ben je?'

'Gewoon thuis. Hoezo?'

'Ik dacht dat er misschien iets ergs was. Ik bedoel... je was zomaar verdwenen, en ik heb al drie dagen niks meer van je gehoord. Ik dacht dat er wat gebeurd was, iets ergs of zo.'

'Nog erger dan in het café?'

Ze maakte een geluid tussen een snik en een lach in. 'Nee, maar waarom...' Ze wist dat ze de woorden in moest slikken, maar het lukte niet. Het was nu vier dagen geleden, vier dagen van verkrampt wachten. 'Waarom ben je zomaar weggegaan? Waarom heb je niets meer van je laten horen? Ik was doodongerust.'

Alleen het ruisen van de telefoonlijn klonk. Het was een boosaardig, dreigend geluid.

'Ik dacht dat we elkaar niet zouden controleren,' zei Rob, De woorden klonken effen en vlak, alsof ze al veel eerder waren bedacht en gerepeteerd.

'Natuurlijk niet, dat is ook niet zo, dat bedoel ik ook niet, maar…' Ze wist niet hoe ze verder moest.

'Maar wat?'

'Ik was ongerust, dat was alles, mag dat dan niet? Je was…'

'Zijn we dan getrouwd?'

'Nee, natuurlijk niet.'

'Verloofd misschien?'

'Nee, Rob, maar ik…' Ze wist dat hij elk moment op kon hangen. Als hij er genoeg van had, legde hij de hoorn op de haak en kon ze hem nooit meer bereiken. 'Ik weet dat het dom van me is. Ik probeer me ook in te houden, echt waar… je moet me geloven.'

'Ik zal het proberen,' zei hij.

'Hoe gaat het nu met je?'

'Redelijk.'

Ze probeerde de sigaretten te pakken, die op tafel lagen, maar het snoer van de telefoon was te kort. 'Waarom belde je?'

'O, zomaar, ik vind 't leuk om je stem te horen. Misschien kunnen we iets afspreken. Morgenavond of zo…'

Ze wist dat ze niet te gretig mocht doen. 'Ja… ik weet niet, even denken…'

'Als 't niet gaat, dan bel ik nog wel,' zei Rob.

'Wanneer?'

'Wanneer, wanneer? Hoe weet ik dat nou? Dat kan ik toch nog niet zeggen?'

'Morgenavond dan?' vroeg Liesbeth.

Het was bijna onmogelijk geweest om een afspraak te maken, maar nu zat ze toch hier. Ze woelde met haar hand door haar haar. Hoe zou ze het laten doen? Misschien een keer heel anders, zodat hij haar nauwelijks zou herkennen? Een kleurspoeling? Ze kon het iets blonder laten maken. Of toch maar het traditionele recept? Sandra had haar al zien binnenkomen.

Liesbeth pakte een blad van de leestafel. Timo had hetzelfde blad in handen gehad. Ze legde het terug alsof het besmet was.

''t Was weer niet veel gisteravond, hè?' zei een vrouw met sluik, vettig haar, die naast haar zat.

Liesbeth had eerst niet in de gaten dat de vrouw het tegen haar had.

'De tv,' zei de vrouw, 'waardeloos... je verveelt je rot. Al die zogenaamde sterren hebben het zeker te druk met trouwen, scheiden en kinderen krijgen.' Ze wees naar het blad.

Liesbeth knikte. 'Ik kijk eigenlijk nooit.'

'Nou, dan mist u niks, mevrouw. Ze doen maar wat daar in Hilversum. En dan die minister...' De vrouw veegde een sliert haar weg voor haar ogen en pakte het blad. '...die gaat geloof ik ook nog over de tv. Heb u 't al gelezen?'

'Nee,' zei Liesbeth.

'Nou, ook allemaal van trouwen, kinderen krijgen, scheiden, een nieuwe vriend, noem maar op. Dat is nou een minister! Die moet toch het goeie voorbeeld geven, vindt u niet?'

'Ach,' zei Liesbeth. Ze was gewend om tegenover klanten nooit meer te zeggen dan nodig was. Geen meningen, alles neutraal, dan kon er nooit iemand kwaad worden.

'Bent u zelf moeder?' vroeg de vrouw.

'Ja, twee kinderen.'

'Getrouwd?'

Liesbeth wilde zeggen dat dat de vrouw niets aanging. 'Ja, m'n dochter is getrouwd.'

'Nou, hoe zou u het nou vinden als die zou gaan scheiden? Toch niet leuk? Kleinkinderen misschien?' De vrouw haalde een pakje shag te voorschijn en begon met trillende vingers een sigaret te rollen.

Liesbeth hield Sandra in de gaten. Ze was bijna klaar om bij een al tamelijk bejaarde vrouw de rollers erin te zetten. Straks zou die klant onder de kap gaan en was zij aan de beurt. 'Nee, geen kleinkinderen.'

'Toch zou het niet leuk zijn als ze ging scheiden. Zo is het toch? Vindt u niet?'

Liesbeth haalde haar schouders op.

De vrouw stak haar sigaret aan met een ouderwetse aansteker. Zo één had Paul er vroeger ook gehad. Liesbeth kon de benzine ruiken. De vrouw inhaleerde diep.

'Kijk, dat is wat ik nou bedoel... mensen interesseren zich d'r niet meer in. Ze worden onverschillig. En dat komt ook door dat soort ministers. Daar kan ik me zo aan irriteren. Dan zeggen de mensen van nou, als zij 't maggen, dan maggen wij 't ook. Net zo makkelijk.' De vrouw schudde haar hoofd. 'Dat doet allemaal maar, dat doet allemaal maar. Wat vindt uw man d'r nou van?'

'Ik ben... eh, ja, wat vindt m'n man d'r van?' Sandra leidde de vrouw met de rollers naar een droogkap. 'Hij ziet z'n kinderen natuurlijk het liefst gelukkig worden.'

'Precies,' zei de vrouw, 'dat is nou net wat ik bedoel. Ik zeg altijd...'

'Kom je Liesbeth?' vroeg Sandra. 'Hé, Gerdie, je zit hier toch geen mensen lastig te vallen, hè?'

De vrouw met het vettige haar schudde haar hoofd.

'Ze mag hierbinnen af en toe een kopje koffie drinken en de bladen lezen. Zien jullie tenminste ook wat er met je haar gebeurt als je niet naar de kapper gaat.'

11

Ze voegde vijfhonderd gulden bij de dagopbrengst. Op de betere dagen zat er aan het eind van de dag wel eens meer in de kassa dan wat ze nu als totaalbedrag in de safe zou stoppen. Ze was alleen in de zaak. De angst kwam als een sluipmoordenaar opzetten. Hij benam haar de adem nog voor ze het mes gezien had. Stel dat er iemand binnen zou komen. Wat zou ze kunnen doen als hij om het geld vroeg... misschien met een wapen dreigde?

Gek genoeg was ze hier zelden bang voor geweest. Ja, de eerste dagen dat Paul niet meer op de zaak kwam, maar toen was het eerder een vreemd gevoel geweest. Alsof het monopolygeld was. Ze hadden nooit een vaste procedure voor het geld gehad. Dan weer aan het eind van de dag naar de safe, dan weer in de loop van de dag, steeds door verschillende mensen weggebracht, soms in het kluisje in de zaak of mee naar huis. Het mocht geen vast patroon worden. Maar die ene doorgedraaide overvaller kon altijd binnenkomen. Ze waren tegenwoordig steeds jonger, en geweld was de gewoonste zaak van de wereld, grof geweld. In de sigarenzaak honderd meter verderop waren ze een paar maanden geleden zomaar gaan schieten. Ze was blij met de grote open ramen hier en het felle licht van de tl-buizen.

Rob had het restaurant uitgezocht. Het voorgerecht was nog niet geserveerd toen hij haar de enveloppe gaf. Even dacht ze dat er een cadeautje in zat, maar hij fluisterde: 'De eerste duizend gulden aflossing. Volgende week komt de rest.' 'Dat had toch nog niet gehoeven,' had ze gezegd. 'Zo veel haast is er niet bij.' 'Ik wil niet bij je in de schuld staan.' 'Maar zo voel ik het ook niet,' had ze gezegd, 'Proost.' Zij had het eten betaald, hij haar kapsel bewonderd. 'Het staat je heel goed, die lichtere kleur.'

Maar dat was gister. Vannacht was Rob bij haar gebleven. Hoe laat waren ze gaan slapen? Ze wist het niet meer. De tijd deed niet meer ter zake als hij er was. Dan telden alleen zijn handen, zijn huid, zijn lippen, zijn ogen, de gladde lijn van zijn heupen. De spieren die zich lieten raden onder zijn licht behaarde, strakke vel. Ze sloot nu even haar ogen.

Toch hadden ze 's morgens geen nieuwe afspraak gemaakt. Ze wist nog steeds niet waar hij woonde, wat zijn achternaam was, waar hij werkte. Niets. Als er wat met hem gebeurde, was ze machteloos. Vannacht, toen hij diep leek te slapen, had ze in zijn binnenzak tevergeefs naar een portefeuille, een agenda of iets dergelijks gezocht. Terwijl haar hand nog in zijn jasje stak, draaide hij zich om. Even leek het of hij wakker was. Hij moest haar hart horen kloppen. Nee, hij had gewoon doorgeslapen.

Waarom liet hij haar zo in het onzekere? Het moest iets in zijn verleden zijn, een vrouw die hem had verlaten, die hem pijn had gedaan. Misschien hoorde Rob daardoor tot de mensen die geen werkelijke band meer kunnen hebben met anderen, die altijd alleen zullen blijven, die zichzelf ook niet bloot kunnen geven uit angst om gekwetst te raken. Ze kon de zinnen dromen zoals ze in de bladen stonden. Tranen drongen achter haar ogen. Even dacht ze aan het telefoontje dat ze destijds had afgeluisterd. Was dat echt geweest? Of een droom?

Ze hield haar ogen gericht op de rij wasmachines, en probeerde aan alle wassen te denken die hier vandaag hadden gedraaid, om zo die vervloekte tranen de baas te blijven. Schoon, alles werd hier schoon. Zo was het. En zij zorgde ervoor dat het gebeurde. Zij bewees de mensen een dienst. Vandaag was alles perfect verlopen, behalve dat Mirjam brutaal had gedaan tegen een klant aan wie drie keer moest worden uitgelegd hoe de wasmachine en de droogtrommel werkten. Vlekkeloos, hier moest alles vlekkeloos zijn. Ze lachte even.

Misschien zat Rob alleen thuis, en verlangde hij net zo hevig naar haar als zij naar hem, maar kon hij toch niets doen. Ze wist niet welke barrière hij moest doorbreken om haar op te bellen. Geduld, ze moest geduld hebben.

Uit haar linkerooghoek zag ze een schim voor het raam staan.

Ze keek op de wekkerradio. Halftien. Rob sliep nog, maar zij was klaarwakker. Gisteravond hadden ze eerst het geld naar de safe gebracht. Rob had gevraagd hoeveel dat nu was, de oogst van één dag. Ze had het verteld. Hij floot even tussen zijn tanden. 'Maar wel een zaterdag,' had ze gezegd, 'hou je daar rekening mee?'

'Ik hou altijd overal rekening mee, maar het is toch niet gering.'

'Weet je wel hoeveel kosten ik heb? Zo'n pand, die machines, het personeel, noem maar op... en nou straks nog al die nieuwe milieuvoorschriften, dat gaat me een zak geld kosten.'

'En kan je dat dan betalen?'

Een gevoel van trots had bezit van haar genomen. 'Ja, ik heb een behoorlijk bedrag op de bank staan, voor onvoorziene dingen en zo, maar dat heb ik je al 's verteld.'

'Verstandig,' zei Rob, 'om een... eh, een soort reserve op te bouwen. Jij bent echt een heel verstandige vrouw.' 'Ik voel me zo oud, als je dat zegt, bijna bejaard.'

Ze streelde nu even zijn bovenarm. Hij draaide zich op zijn rug, maar sliep verder. Straks zou hij weer weggaan. Zijn lippen bewogen alsof hij iets wilde zeggen maar de juiste woorden hem niet te binnen wilden schieten. Ze kon zo urenlang naar hem kijken. Nee, deze keer zou ze hem niet zomaar laten vertrekken. Dat was onmogelijk geworden. Dit was geen korte, vluchtige relatie meer. Dat zou hij zelf ook begrijpen.

Ondanks wat er vorige week was gebeurd, waren ze gisteravond naar Van Drongelen gegaan, De ravage was natuurlijk opgeruimd. Er stonden nieuwe flessen tegen de spiegelwand achter de bar. Gerard werkte met een invaller, Ad. Jenny had verschrikkelijk haar best gedaan, maar de stemming wilde er niet echt in komen. Het was of iedereen voortdurend een half oog op de deur gericht hield. Ze waren de hele avond vrij gehouden door Gerard.

Er gingen schokjes door het lichaam van Rob. Ze keek hoe hij zich langzaam en met veel moeite ontworstelde aan de greep van de slaap. Toen hij wakker was, nam hij haar in zijn armen. Ze lagen minutenlang tegen elkaar aan. Ze rook de muffe slaapgeur van zijn lichaam en kon zich niet voorstellen dat ze dat van iemand anders zou kunnen verdragen. Zijn opwinding groeide tegen haar rechterdijbeen.

Hij trok zijn jas aan.

'Ga je weg?' vroeg ze.

'Je bent lief, maar je kan van die domme vragen stellen. Dacht je soms dat ik het koud had?'

Ze kreeg een kleur. 'Nee, natuurlijk niet. Ik bedoel... eh, waarom ga je al weg?'

Hij drukte haar tegen zich aan. 'Ik heb dingen te doen... gewoon, voor mezelf.'

Ze liet haar hoofd tegen zijn schouder rusten, voelde zijn lichte baardstoppels tegen haar wang. Hij zou zich met Timo's scheerapparaat kunnen scheren. 'Heb je dan genoeg van me, na één nacht?'

Hij zuchtte. 'Natuurlijk niet, maar...' Ze voelde hoe hij zijn handen hief. Het schuurpapier van zijn kin streek langs haar gezicht.

'Waar ga je naartoe?' vroeg ze.

'Naar huis... waar anders?' Ze hoorde het ongeduld in zijn stem.

'Maar kan ik...' Ze maakte haar zin niet af.

'Ik kom echt wel terug. Misschien eerder dan je lief is.'

Ze lachte even. Hij maakte zich los uit hun omhelzing. Ze hield hem vast bij de mouw van zijn jas en probeerde zijn ogen in haar blik gevangen te houden.

Licht zoende hij haar op haar lippen. 'Dag Liesbeth. Ik bel je... of ik kom langs.'

Het was onmogelijk om iets te zeggen. Ze sloot haar ogen om hem niet de deur uit te zien gaan. Toen rende ze naar het raam. Daar stond hij op straat. Liesbeth ging een stukje van het raam af staan, zodat hij haar niet zou kunnen zien. Hij keek op zijn horloge en ze keek mee: elf uur.

Om twee minuten over elf stond hij er nog. Ze pakte een jas en liep de trap af. Halverwege ging ze weer naar boven, waar ze de jas verruilde voor een andere. Deze rode lakjas droeg ze bijna niet meer. Rob had hem in ieder geval nooit gezien.

Beneden aan de trap, voor de buitendeur, bleef ze staan. Hij was aan de andere kant. Of was hij al weg? Voorzichtig deed ze de deur open. Het portiek was gelukkig donker zodat hij haar niet snel zou zien. Ja, hij stond er nog. Keek opnieuw op zijn horloge. Ze wist zelf niet wat ze van plan was, maar ze kon hem niet zomaar laten gaan, en tegelijk was het onmogelijk om hem hier te houden, Er stopte een taxi. Rob liep erop af. Ze voelde in haar jaszak naar haar autosleutels. Waar stond-ie ook alweer? In de zijstraat natuurlijk. De taxi verdween om de hoek van de straat, Ze rende naar haar auto, startte, en reed weg met gierende banden. Er was nergens een taxi te zien. Ze ging op goed geluk rechtsaf, de Wibautstraat in. Een paar honderd meter verder zag ze het bord van een taxi tussen een aantal andere autodaken voor een stoplicht wachten. Net toen ze achter het rijtje aansloot, sprong het licht op groen.

De auto voor haar kwam moeizaam op gang. Ze claxonneerde, maar de auto bleef met een slakkengang rijden. Oranje. Met haar linkerbanden op de vluchtheuvel passeerde ze de auto. Een jongen met een lange regenjas aan moest opzij springen. 'Sorry,' fluisterde ze. Het licht sprong op rood. Ze drukte het gaspedaal helemaal naar beneden, sloeg scherp linksaf en was net over het kruispunt toen het verkeer van de andere kant begon te rijden. Ze reed over de trambaan. Een paar honderd meter verderop zag ze de taxi. Natuurlijk kon ze er niet vlak achter gaan rijden. Ze beet op haar onderlip tot het pijn begon te doen. Een auto kwam vlak voor haar rijden, zodat ze vaart moest minderen en de taxi uit het oog verloor.

De taxi ging de Ceintuurbaan op. Was het inderdaad dezelfde als die voor haar huis had gestaan? De taxi was nu nergens meer te bekennen. Ze reed door, nog steeds over de trambaan. Plotseling zag ze de taxi weer. Achter in de auto zag ze de schim van een passagier. Nu zou ze hem niet meer kwijtraken; ze zou eindelijk meer over Rob te weten komen. De taxi reed de buurt achter het Concertgebouw binnen. Ze volgde op zo'n vijftig meter. De taxi stopte, en Liesbeth reed erlangs. Iets verderop ging ze ook stilstaan. Het duurde een tijdje voor er iemand uit de taxi stapte. De chauffeur. Hij hield het portier open. In haar achteruitkijkspiegeltje kon Liesbeth zien hoe hij zijn klant hielp uitstappen, een oude vrouw, die daarna moeizaam naar de huizenrij schuifelde. Liesbeth bleef in het spiegeltje kijken, alsof ze verwachtte dat de vrouw nog in Rob zou kunnen veranderen, alsof het een vermomming was die hij plotseling van zich af zou kunnen gooien.

Een paar dagen lang had ze verwijten verzameld. Haar boosheid groeide. Ze reageerde geprikkeld als er iets misging op de zaak. Van Timo kon ze ook weinig hebben. Als hij er was, ergerde ze zich aan hem, maar als ze hem een dag lang niet zag, was ze weer kwaad: ontliep hij haar soms, wilde hij niets met zijn moeder te maken hebben?

Ze was bang voor het moment dat ze Rob weer zou zien. Dan zou ze alles eruit gooien, en hem voorgoed wegjagen. Maar toen hij belde, zei ze niets. Ja, ze was thuis. Nee, het was helemaal niet vervelend dat het al tien uur was. 'Ik heb je al zo lang niet gezien,' zei ze.

'Drie dagen,' zei Rob.

'Vier.'

'Je houdt 't goed bij.'

Ze had het gevoel een standje te krijgen. 'Maar ik mis je ook zo. Ik weet helemaal niet...'
'Wat weet je helemaal niet?' vroeg Rob.
De zinnen waren in haar hoofd al gevormd, maar werden niet doorgegeven aan haar stembanden: waar je bent, wat je doet, of je aan mij denkt.
'Nee, niks,' zei ze. 'Heb je nog wel aan mij gedacht?'
'Natuurlijk... natuurlijk heb ik aan je gedacht. En jij aan mij?'
'Hoe kan je 't vragen,' zei ze.
Om halfelf was hij bij haar. Ze stonden net in een innige omhelzing in de woonkamer toen Timo binnenkwam. Hij schraapte zijn keel.
'Ik zie 't al,' zei Timo, 'jong geluk. Ik ga wel naar m'n kamer.'
'Maar...' begon Liesbeth. Timo was al verdwenen.
'Ik heb zin om te vrijen,' zei Rob.

Hij stond op. Ze zag dat het iets over enen was. Hij trok zijn kleren aan zonder iets te zeggen. Ze hield zich slapende, ook toen hij over haar heen boog en een voorzichtige zoen op haar wang drukte.
Meteen nadat hij de deur van de slaapkamer achter zich had dichtgedaan, kwam ze van het bed en trok haar kleren aan. Toen ze in de gang stond, viel de straatdeur in het slot. Ze pakte haar jas, voelde dat ze haar huis- en autosleutels bij zich had, en liep naar beneden. Rob was nergens te zien. Toen hoorde ze hoe iets verder iemand een auto probeerde te starten. De motor maakte bijna kokhalzende geluiden. Ze sloop naar haar eigen auto, stapte in en startte de motor. Miezerige regen waaide in haar gezicht toen ze het raampje opendraaide. De motor van de andere auto sloeg eindelijk aan. Er was hier eenrichtingsverkeer, zodat hij haar niet tegemoet kon komen. Pas toen de andere auto de rijweg opreed, trok ze zelf op. Zou Timo het ook zo hebben gedaan bij Marco? Ze voelde even heel erg dat hij haar zoon was.
Ze bleef zo'n vijftig meter achter de auto voor haar. Het stoplicht stond op rood. Ze remde alvast af. Nog voor ze helemaal tot stilstand kwam achter haar voorganger, sprong het licht weer op groen. Het was een Opel, en er zat één man in. Was het Rob? Het moest wel. Maar waar was zijn BMW gebleven, waarom reed hij in een Opel? Een auto voegde in tussen haar en de Opel. Dat was misschien ook beter. Zou Rob haar anders kunnen herkennen? Zelf keek ze in het achteruitkijkspiegeltje of ze de gelaatstrekken

van de bestuurder achter haar kon onderscheiden. Toen ze weer stilstonden voor een stoplicht, zag ze dat het een Surinamer was. Misschien had Rob haar ook zo gezien bij het vorige stoplicht.

Ze reden al zo'n tien minuten door de stad. Liesbeth grabbelde in het dashboardkastje op zoek naar sigaretten, maar ze vond alleen lege snoeppapiertjes en een aansteker. Er reden nu twee auto's tussen haar en de Opel. Meer mochten het er zeker niet worden. Bij een volgende kruising sloeg één van de twee rechtsaf. Dat was een goed voorteken. Ze reden in de richting van Nieuw-West. Het leek haar helemaal geen buurt voor Rob. Misschien had hij alleen daar een huis kunnen krijgen na een scheiding of zoiets. Zijn ex-vrouw was in hun huis blijven wonen.

De andere tussenliggende auto sloeg linksaf. Ze bleef zo'n vijftig meter afstand houden tussen haar en de Opel. De stoplichten waren gevaarlijk. Gelukkig dat in dit deel van de stad de meeste 's nachts waren uitgeschakeld. Zonder dat hij de richting had aangegeven, reed de Opel plotseling een zijstraat in tussen twee flatgebouwen. Ze volgde voorzichtig, en bleef staan toen ze de zag hoe de Opel naar een parkeerplaats zocht.

Er stapte een man uit de auto. Rob? Ze was niet helemaal zeker. Hij had in ieder geval het postuur van Rob. Een straatlantaarn zette hem nu in het volle licht. Ja, hij was het. Ze stapte uit en ging achter een geparkeerde auto staan. Hij liep naar het linker flatgebouw. Voor de een na laatste deur bleef hij staan, en haalde waarschijnlijk een bos sleutels te voorschijn. Zodra hij binnen was, rende ze naar de deur waardoor hij verdwenen was: nummer negentien. Ze liep naar het parkeerterreintje en bleef de rij woningen boven nummer negentien in de gaten houden. Op driehoog ging het licht aan. Ze liep terug naar het flatgebouw en keek naar het naamplaatje bij driehoog: F. Vermeulen. Geen R. Ze telde nog eens de naambordjes. Totaal vijf. Hier, op de begane grond, waren duidelijk boxen. Dit was het middelste bordje, dus het moest kloppen. Het begon harder te regenen. De druppels sloegen kippenvel in een grote plas.

Misschien logeerde Rob alleen maar hier en stond daarom zijn eigen naam niet bij de deur. Of de F was wel zijn voorletter. Misschien de F van Ferdinand of iets dergelijks. Hij vond dat zo lelijk dat hij een andere voornaam had gekozen. Rob paste ook veel beter bij hem.

Pas nu voelde ze dat ze zich zo haastig had aangekleed dat ze geen onderbroekje had aangetrokken. De stof van haar lange broek schuurde een beetje in haar kruis. Ze sloot haar ogen, en voelde bijna weer wat Rob met haar had gedaan. Hij maakte haar gek, helemaal gek. Ze strekte haar vinger al uit naar de bel van F. Vermeulen. Een paar centimeter bij het knopje vandaan, stolde haar gebaar. Haar vinger bleef bewegingloos in de lucht hangen. Ze veegde de regendruppels uit haar gezicht.

'Hierzo,' zei de man, 'wel een prachtig diploma, maar daar houdt het dan ook mee op.'

'Maar meneer, daar kunnen wij...'

'Allemaal smoesjes,' onderbrak de man haar, 'kutsmoesjes. Hier staat het. Twee diploma's aan de muur... effe wachten...' Hij pakte een leesbril uit zijn binnenzak, en begon met luide stem voor te lezen. 'Diploma Stichting Scholing en Vorming Textielverzorging. Wasproces, theorie en achtergrond, en hier nog een diploma van de Stichting Scholing en Vorming Textielverzorging. Deze is voor... effe kijken, vakbekwaamheid voor het wasbedrijf. Nou...' De man snoof lucht naar buiten. 'Vakbekwaamheid... m'n rug op. Dit hele jassie is naar z'n mallemoer. Moet u kijken. Je kan het zo verscheuren, alsof het karton is.' De man haalde het stijve suède jasje weer uit de zak, en knakte een mouw.

'Ja,' zei Liesbeth. 'U heeft het zelf gebracht, en dan draagt u de verantwoordelijkheid. We kunnen niet alle aangeboden wassen gaan zitten controleren.' Verdomme, zo'n suède jasje kon iedereen er toch uithalen? Waarom had Annet of Mirjam dat nu niet gezien?

'Maar jullie hebben er toch verstand van,' zei de man, en hij sloeg met zijn vuist op de tafel. 'Jullie zijn verdomme toch vakbekwaam.' Hij sprak het laatste woord zeer neerbuigend uit. 'Vakbekwaamheid voor het wasbedrijf,' zei hij nog eens. 'Laat me niet lachen.'

'Het spijt me echt, meneer.'

'Ach, sodemieter toch een eind op. Het spijt je geen ene mallemoer. Waar moet ik nou een ander jassie van kopen? Ga jij dat voor me betalen? Nee, dat zal wel niet. Dat zal jou aan je reet roesten, dat dat jassie waardeloos is geworden. Als de machines maar draaien, en als er maar genoeg geld binnenkomt...'

'Maar...'

'Wat sta je nou te maren, wat koop ik daar nou voor?'

De man liep de zaak uit, zijn tas met wasgoed op de tafel achterlatend.

Hij hield wel het kartonnen jasje nog steeds vast, alsof hij iedereen op straat wilde vertellen welk onrecht hem was aangedaan.

'Hier,' zei Liesbeth tegen Mirjam, 'breng die man z'n tas eens achterna. Hij liep die kant op.'

'Waarom moet ik dat doen? Hij heeft 'm toch zeker zelf hier laten staan?'

'Omdat ik 't zeg.'

'Dat zei m'n moeder ook altijd.' Mirjam pakte met zichtbare tegenzin de tas, slofte ermee naar de deur en keek op straat. 'Hij is al weg. Ik zie hem nergens meer.'

'Word je er nooit eens moe van... van dat kauwen van die kauwgom?' vroeg Liesbeth.

Mirjam reageerde niet.

Liesbeth schonk voor zichzelf een kop koffie in. Ze kende het telefoonnummer al uit haar hoofd, maar had nog niet durven op te bellen. Vanochtend was het nog te vroeg geweest, en hier was het de hele tijd druk. Gisternacht thuis had ze het nummer opgezocht. F. Vermeulen. Het adres klopte.

'Nou, ik ben benieuwd wat of-ie gaat doen.'

'Ik denk wel dat Marco vandaag of morgen...'

'Nee, dat bedoel ik natuurlijk niet, gekkie, die jongen, of-ie d'r durft aan te spreken.'

Ze zaten weer naar het spelprogramma te kijken waarin twee aanstaande bruidsparen om de hoofdprijs streden. In dit onderdeel waren de mannen om beurten in een soort wachtkamertje geloodst, waarin al een andere man zat die de *Playboy* bekeek. Die wees de aanstaande bruidegom op een paar gewaagde, blote foto's van een Nederlandse ster. Liesbeth kende haar uit andere bladen; ze had grote volle borsten en in haar ogen een blik die het midden hield tussen die van een onschuldig schoolmeisje en een gerafineerde hoer. De man ging weg, en de bruidegom pakte zelf het tijdschrift en bekeek de foto's nog eens beter. Na een paar seconden kwam de betreffende ster de wachtkamer binnen.

'Ik begrijp niet dat je naar zoiets zit te kijken,' zei Liesbeth, 'terwijl je eigen huwelijk kapotgaat.'

'Als ik niet kijk, wordt 't er niks beter door. Moet je 's zien zoals-ie zit te smoezen. Vlak voordat-ie gaat trouwen! Hij zit gewoon in d'r bloesje naar binnen te kijken. Nog even en hij grijpt 'r bij d'r tieten!'

'Ik zal even koffie zetten,' zei Liesbeth.

Toen ze vanavond thuiskwam had ze het eindelijk aangedurfd. Eerst had ze nog het verkeerde nummer gedraaid. Het had vijf minuten geduurd voor ze het opnieuw probeerde. 'Hallo.' Ze had onmiddellijk Robs stem herkend, maar wist niets te zeggen. 'Hallo,' klonk het voor de tweede keer geërgerd. Haar keel was afgesloten. Hij legde de hoorn neer.

Ze bracht de koffie naar de kamer. Jenny ging nog steeds helemaal op in de spelletjesshow. Haar leven was een spelletje, dat ze nu aan het verliezen was.

Toen het programma was afgelopen, zei Jenny: 'Hij is nou vijf dagen niet thuis geweest. Ik heb een ander slot op de deur laten zetten. Hij komt er niet meer in.'

'Zou je dat niet anders aanpakken?' vroeg Liesbeth.

De telefoon ging. Het was Rob, die vroeg of hij nog even langs kon komen. Liesbeth keek naar Jenny.

'Je vriend aan de telefoon?'

Liesbeth knikte.

'Nou, dan vraag je toch of-ie komt. Van mij heb je geen last, ik ben zo weer weg.'

Rob legde een enveloppe op tafel. 'Duizend gulden.'

'Trek je je jas niet uit?'

Hij droeg een leren jack. Het stond hem goed; hij leek er jonger door. Ze bedacht dat ze niet eens wist hoe oud hij was, laat staan wanneer hij jarig was. De verjaardag van Rob... wat zou ze hem geven?

'Nee, ik ben zo weer weg. Het is al laat, halftwaalf. Ik houd je uit je bed.'

'Soms leg je me d'r in,' zei Liesbeth, 'dat vind ik eigenlijk lekkerder.' Ze voelde zich opdringerig als ze dit soort dingen zei, maar kon het niet laten.

'Duizend gulden,' zei Rob nog eens, wijzend naar de enveloppe.

'Dat was nog niet nodig. Er is geen haast bij.'

Hij sloeg zijn armen om haar heen. 'Dat heb je al eens gezegd, maar ik wil niet bij je in de schuld staan. Dat vind ik vervelend.'

'Ik heb er geen problemen mee,' zei ze, en ze zocht zijn mond.

Hij ontweek haar lippen. 'Ik moet weg. Ik kan niet blijven.'

'Toe nou, nog eventjes, drink wat. Een pilsje?'
'Nee echt niet... ik ben al laat.' Hij keek op zijn horloge.
'Laat? Waarvoor?'
'Gewoon... laat.' Hij zoende haar nu wel. Ze stond nog met haar ogen dicht toen ze de deur naar de gang dicht hoorde slaan. Even overwoog ze weer achter hem aan te gaan, maar waarom, wat kon ze ermee bereiken? Ze liep naar het raam. Hij stapte in een auto. Ze kon niet zien of het een Opel was.

12

Liesbeth hield de hoorn zo krachtig tegen haar oor gedrukt dat het pijn deed.
'Hallo.'
Een vrouwenstem, hoe was dat mogelijk?
'Sorry, maar ik ben verkeerd verbonden,' zei Liesbeth.
Ze bleef de hoorn in haar hand houden. Keek ernaar alsof dit object het raadsel zou kunnen oplossen. Zou het iemand kunnen zijn die bij hem schoonmaakte, zoals Tiny dat bij haar deed op twee ochtenden in de week? Maar om negen uur 's avonds? Ach ja, waarom niet. Ze zou straks weer bellen. Ze moest weer bellen. Al ruim vijf dagen had ze hem niet gezien en niets van hem gehoord. Dit kon ze niet langer uithouden. Het deed pijn in haar lichaam. Als ze 's nachts alleen in bed lag, voelde ze het 't sterkst. Steken in haar onderlichaam. Geen gevlinder, nee, steken. Haar huid was onaangenaam gevoelig alsof ze griep had.
Ze legde de hoorn neer, en bleef haar ogen gericht houden op het toestel. Toen het rinkelde, schrok ze.
Het duurde even voor ze opnam. Normaal zei ze haar naam, maar nu alleen: 'Hallo.'
'Ja, met Rob hier. Hoe gaat 't?'
Even begreep ze het niet. Dit kon niet waar zijn. Ze had hem net tevergeefs proberen te bellen.
'Hallo,' zei Rob, 'ben je d'r nog?'
'Ja, natuurlijk. Ik… eh…'
'Is er wat?'
'Wat zou er moeten zijn?'
'In je wasbedoening misschien? Problemen of zo?'
Ze vertelde iets over de zaak, over de ruzie die ze gisteren met Mirjam had gehad.

'En met jou?' vroeg Rob. 'Hoe gaat 't met jou zelf?'

'Wil je dat echt weten?'

'Ja, natuurlijk, anders zou ik het toch niet vragen.'

'Ik heb je al zo lang niet gezien. Ik weet niet meer wat je wilt. Het is zo stom dat ik jou niet eens kan bellen of zo. Waarom? Waarom kan ik nooit naar jou toe gaan als ik daar zin in heb?' Ze huilde bijna.

'Zal ik vanavond langskomen? Dan kan ik je meteen vertellen waarom je zo lang niks van me hebt gehoord. Over een halfuurtje? Is dat oké?'

'Ja, natuurlijk. Je gaat toch niet weer meteen weg, hè? We moeten praten, Rob, zo gaat 't niet langer.'

Ze barstte meteen los toen hij bovenkwam: 'Je had toch wel eerder kunnen bellen!'

'Nou niet kwaad worden,' zei Rob. 'Daar schieten we helemaal niks mee op.'

'Ik ben niet kwaad,' zei Liesbeth. 'Het is veel erger dan kwaad.'

Hij keek haar aan met onbegrip in zijn ogen.

'Laat maar,' zei ze. 'Wil je iets drinken?'

'Nee, dank je.' Hij zat met zijn hoofd in zijn handen en zijn ellebogen op zijn knieën gesteund voor zich uit te kijken. Het leek of hij haar blik ontweek.

'Maar wat was er dan?' vroeg ze, terwijl ze een sigaret opstak.

'Ach, daar wil ik je niet mee lastig vallen. Dat doet er niet toe. Het heeft niks met ons tweeën te maken.'

'Alles heeft met ons tweeën te maken.' Ze drukte de sigaret uit. Ze wilde niet huilen, maar voelde de tranen onweerstaanbaar komen opzetten. Hij kwam naast haar op de bank zitten. Dat verbrak de laatste barrière voor de tranenvloed. Hij schoof dichter tegen haar aan. Ze viel met haar hoofd tegen zijn schouder, maar voelde de pijn nauwelijks; die zat ergens anders. De tranen stroomden over haar wangen. Ze greep hem vast en kneep in zijn armen. Ze verdronk en probeerde zich wanhopig vast te klemmen. Als ze hem nu liet gaan, was ze voor altijd verloren. Jenny en Marco schoten even door haar hoofd. Timo. Die zou binnenkort alleen gaan wonen of met een vriendin ergens op een zolder. Dan zat zij hier nog in haar eentje. Natuurlijk, ze zou zich steeds fanatieker met de zaak bezighouden, maar daarbuiten was er steeds minder. Een zondags bezoekje aan haar moeder, een ritje met de auto naar Volendam of de Keukenhof. Ze snikte nu harder.

'Je moet bij me blijven,' zei ze tegen Rob en ze plakte nog sterker aan hem vast. 'Je mag me niet meer alleen laten. Ik red het niet meer in m'n eentje.'

'Stil maar... stil maar.' Hij streelde haar haar, veegde wat tranen weg van haar wangen.

'Dus je blijft hier? Je bent niet boos op me? Je gaat vannacht niet weg?'

'Hoe zou ik nu weg kunnen gaan?'

Ze was even uit bed gegaan om zich te wassen. Rob leek te slapen toen ze terugkwam, maar terwijl ze naast hem schoof, keerde hij zich naar haar toe.

'Ik had problemen.'

'Problemen?' vroeg ze. 'Met mij?'

Hij glimlachte. 'Met jou heb ik nooit problemen. Nog niet tenminste, en ik hoop dat 't zo blijft.'

'Maar wat dan, wat voor problemen?'

Hij ging op zijn rug liggen. Ze kwam half overeind en leunde op een elleboog om naar zijn gezicht te kunnen kijken.

'Ach, daar wil ik jou niet mee lastig vallen. Het heeft niks met jou... ik bedoel, niks met ons te maken.'

Ze streelde met haar vrije hand de welving van zijn schouder. 'Maar het heeft toch met jou te maken? Dan... dan... dan kan ik toch niet doen of er niks aan de hand is?'

'Waarom niet? Het is een stukje van mijn leven dat buiten dit huis ligt, waar jij ook niks aan kan veranderen.'

'Is het een andere vrouw?'

'Een andere vrouw?' Rob lachte. 'Welke andere vrouw?'

Het deed haar even denken aan een televisiereclame voor ketchup. Ze ging liggen en staarde naar het plafond. 'Ik weet niet. Een andere vrouw met wie je ook iets hebt. Zoiets. Je vertelt me nooit wat, dus ik kan niet weten wie of wat.'

'Dacht je dat ik je bedroog?'

''k Weet niet.' Alleen omdat er tranen over haar wangen liepen, wist ze dat ze huilde.

Hij keerde zich weer naar haar toe. 'We zijn grote mensen, Liesbeth, laten we elkaar niks wijsmaken...'

'Daarom juist,' snikte ze.

Hij deed of hij haar niet gehoord had. '…we lopen al een tijdje mee. Als je in de veertig bent, stort je je niet zomaar in een relatie, dan hou je wat voor jezelf. We zijn geen twintig meer.'

'Daarom juist,' herhaalde ze. 'We kunnen toch gewoon met elkaar praten, eerlijk zijn. We hoeven toch geen spelletjes te spelen.'

'Dat bedoel ik ook,' zei Rob.

'Dan begrijp ik je niet.'

Rob zuchtte. Hij stapte uit bed. Hij liep naar zijn kleren, die over de stoel hingen. Nu zou hij weggaan. Dit was het laatste wat ze van hem zou zien. Rob, die zich aankleedde en misschien zonder een groet of wat dan ook de deur achter zich dicht zou trekken. De wanhoop sloeg over haar heen. Ze hapte naar adem alsof ze water had binnengekregen. Ze wilde het zeggen. Niet weggaan. Nee, niet doen. Ik zal nooit meer iets vragen, nooit meer lastig zijn, alsjeblieft Rob. Met gebaren die ze nu al zo goed herkende, haalde hij een pakje sigaretten en een aansteker uit de binnenzak van zijn jasje en stak een sigaret aan. Hij liep de slaapkamer uit en kwam na een paar seconden terug met een asbakje.

Hij ging op de rand van het bed zitten, het asbakje op zijn schoot. Eerst sprak hij zachtjes, zodat ze hem nauwelijks kon verstaan. 'Ach, het is weer dat verdomde geld. We kunnen een enorme slag slaan in Roemenië. Magazijnen vol met speelgoed, maar dan moeten we nu betalen. Dan houden ze het ook nog een halfjaar vast, zodat we het over… even kijken, een maand of zeven, acht, dus tegen Sinterklaas, hier kunnen hebben. Dan kan het direct de winkels in voor Sinterklaas.'

'Kan je niet lenen?'

'Lenen? Ja, de bank ziet ons aankomen… handel met Roemenië, nee, daar beginnen ze niet meer aan, dat is veel te link.'

Ze streelde zijn rug, maar hij reageerde niet, bleef in zichzelf besloten, met zijn eigen probleem. Straks zou hij wel zijn kleren aantrekken.

'Hebben jullie het al ergens anders geprobeerd?'

'Ja, natuurlijk.' Zijn stem klonk nu een beetje geërgerd.

'Dan moet je niet kwaad worden,' zei ze, en ze gleed met haar hand langs de zachte lijn van zijn heup.

Hij pakte haar hand en legde hem op het kussen. 'Daar kan ik nu niet goed tegen. De afgelopen dagen ben ik van hot naar haar gerend. Overal om geld gevraagd.' Met een ruk draaide hij zijn hoofd om. 'Dat is vernederend, weet je. Dan voel je je een heel klein jongetje, en dat willen mensen ook graag, die wel geld hebben. Die willen dat verdomd graag, want dan worden zij groter en belangrijker. Macht, daar gaat het om.'

'Weet je, Timo had vroeger op de middelbare school een economieleraar, en die man was echt een beetje gek, een beetje behoorlijk gek, geloof ik.' Ze zag hoe Rob zijn sigaret uitdrukte, het asbakje wegzette en weer naar de stoel met kleren liep. Als ze verder vertelde, zou hij blijven. 'Wanneer hij bijvoorbeeld het bord had volgeschreven, ging hij op de muren verder, die waren grijs geschilderd.' Rob stak opnieuw een sigaret aan. 'En soms maakte hij het bord schoon door er handen water tegenaan te gooien. En weet je wat hij altijd zei?' Rob ging weer op bed zitten.' Het draait allemaal om geld, geld. Dat zei-ie dan met zo'n enge, heksachtige stam, en hij schraapte als het ware met zijn handen al het geld naar zich toe.' Ze deed het nu zelf. 'Geld, geld, geld.'

'Jij hebt makkelijk praten,' zei Rob. 'Jij zit op rozen. Jij verdient geld als water.'

Nee, niet als water, dacht ze, maar met water. Water dat schoonmaakte, reinigde. 'Ik moet er hard voor werken, en ik heb hoge kosten.'

'Dat weet ik.' Zijn stem klonk weer een beetje geïrriteerd. Ze hoorde hem de rook krachtig naar binnen zuigen.

'Maar ik heb niet meer dat soort problemen als jij. Daar heb je gelijk in.'

'Precies.' Hij drukte de sigaret uit en ging weer op bed liggen.

De stank van as en belegen rook drong haar neus binnen. Vreemd dat je zoiets in een café nauwelijks merkte, maar wel na twee sigaretten in een slaapkamer.

Ze raakte voorzichtig met een paar vingers zijn arm aan. 'Hoeveel heb je nodig?'

'Wat doet dat ertoe? Ik heb het niet en ik krijg het niet.'

'Maar als ik nou 's...'

Hij ging overeind zitten. Ze zag hoe het laken beschaafd over zijn geslacht viel. Zelf trok ze het laken op zodat haar borsten bedekt waren.

'Als je nou 's wat?' vroeg Rob.

'Als ik je nou 's zou proberen te helpen?'

'Ach, onzin. Het is veel te veel geld, dat wil ik helemaal niet, dat kan niet eens. Zoveel kan je toch niet vrijmaken.'

'Als 't moet, dan lukt 't wel.'

Hij ging weer liggen, nu met zijn rug naar haar toe. Ze wilde hem weer terughalen, naar haar wereld.

'Hoeveel heb je nodig?' vroeg ze nog eens.

'Vijftigduizend... minstens. Het is alles of niks, hebben ze daar gezegd, anders gaan ze met iemand anders in zee. Voor hun maakt het niks uit.'

Vijftigduizend. Ze kon naar de bank gaan en zeggen dat ze het nodig had voor een verbouwing, nieuwe machines of wat dan ook. En Timo? Tegen Timo moest ze de waarheid vertellen, daar zat niks anders op. Hij moest eindelijk maar eens toegeven dat zijn moeder haar eigen keuzes maakte, met de man ging die ze zelf wilde.

'Als het moet, kan ik...'

Hij legde een hand op haar mond. 'Ik wil er niet eens over praten, Liesbeth. Ik heb al te veel gezegd. Dat is de pest voor onze relatie... dat wil ik niet. Je krijgt trouwens nog duizend gulden van me. Die zal ik je morgen komen brengen. We hebben van de week net een leuke klapper gemaakt, nou ja, een klein klappertje.'

'Laat maar,' zei Liesbeth. 'Jij hebt dat geld harder nodig dan ik.'

Ze had de wekker op halfacht gezet. Rob leek door te slapen. Ze maakte verse sinaasappelsap, zette thee en bakte in de oven croissants van deeg uit een blikje.

Toen ze de slaapkamer weer binnenkwam, deed Rob zijn ogen open.

'Ik heb er nog 's over nagedacht,' zei ze.

Hij gaapte. 'Waarover?'

'Over die vijftigduizend.'

'Ik wil er niet meer over horen. Als mijn problemen ook nog jouw problemen worden, dan is het pas echt waardeloos.'

Ze dronk van haar sinaasappelsap. 'Ik wil ze juist oplossen, die problemen.'

Hij maakte een geluid uit een stripverhaal. Iets als: 'Grrmmppff.'

'Nee, ik meen het.'

'Lekker, die croissants.'

'Je luistert niet eens,' zei ze.

'Mag ik nog wat thee?'

'Alleen als je antwoord geeft. Ik kan dat geld opnemen. *No problem*, nou ja... 't Kan in ieder geval. Wat wil je?'

'Nog wat thee. Ik heb dorst.'

Mirjam was niet op komen dagen. Voordat ze de stapel zakken en tassen die er nog van gisteren stond, hadden verwerkt, waren er al veel nieuwe bij gekomen. Liesbeth had naar Mirjams huis gebeld, maar er werd niet opgenomen. Die hoefde niet meer terug te komen. Aan een nieuwe Debby had ze geen behoefte. Het was onbegonnen werk om die meisjes op te voeden. Ze gaf aan het arbeidsbureau door dat ze een nieuwe medewerkster nodig had.

Tegen zes uur belde Rob. Hij zei dat hij haar vanavond wilde spreken. Het was belangrijk. Om een uur of halftien zou hij bij haar langs komen. De rest van de dag stond ze met een knoop in haar maag in de zaak. Alles deed ze werktuiglijk, als een robot.

'Wat is er tegenwoordig toch met jou aan de hand?' vroeg Ilona.

Ze haalde haar schouders op. 'Niks. Kijk hier, die zakken moeten nog. Ze kunnen morgenochtend worden gehaald.'

'Ja, dat weet ik ook wel. Ik ben niet achterlijk.'

'Sorry,' zei Liesbeth, 'maar het is ook zo druk.' Zelf pakte ze een zak en maakte hem vlak voor een machine open. Ze greep naar het wasgoed, en voelde iets zachts, warms en kriebeligs. Geschrokken trok ze haar hand terug. Ze maakte de zak verder open, en er sprong een muisje naar buiten.

Vlak voor hij kwam, had ze in wat gidsen gebladerd die ze 's middags bij een reisbureau had gehaald. Verleden jaar had ze samen met Jenny en Marco een appartement in Marbella gehuurd. Dat was geen succes. Drie was te veel. En dit jaar… zou ze met Rob kunnen gaan? Naar Spanje… Griekenland misschien? Ze liet de gidsen op tafel liggen. Misschien bracht het hem op een idee.

'Kijk, hier is de laatste duizend gulden, dan is dat ook weer geregeld.'

'Trek je je jas niet uit?' vroeg ze.

Rob deed zijn leren jack uit. Daaronder droeg hij een zwart-wit overhemd met fantasiefiguren; een beetje jongensachtig. Ze haalde wijn en bier, zonder te vragen of hij iets wilde hebben.

'Zeg het maar,' zei Liesbeth nadat ze een paar minuten zwijgend bij elkaar hadden gezeten. Ze bezweek bijna onder de druk van de stilte. Als dit nog langer duurde, ging ze gillen. Hij zou haar nu op de bekende onhandige manier vertellen dat hij een eind aan hun relatie wilde maken. Hij had het geld terugbetaald, dus dat was ook afgehandeld. Zo deden mannen dat. Eerst lang zwijgen, en dan kwam de bijl. Pats. Ze had zich erop voorbereid.

'Ik wou toch nog 's over dat geld praten,' zei Rob.

'Hè?'

'Over dat geld... die lening.'

'Maar je betaalt toch net de laatste duizend gulden terug?' Ze wees naar de tafel waarop de enveloppe naast de reisgidsen lag.

Hij zuchtte en schonk zijn bier bij. Het schuim stroomde over de rand van het glas.

Ze liep voor hem langs. 'Ik zal even een doekje halen,'

Zijn hand pakte haar pols. 'Ga zitten.' Hij pakte een papieren zakdoekje en depte het bier op totdat het papier niets meer wilde opzuigen. Hij liet het zakdoekje in de asbak vallen. 'Niet die drieduizend gulden, dat is natuurlijk maar peanuts. Ik had gezegd dat het om iets belangrijks ging, weet je dat nog?'

Zijn hand klemde weer om haar pols. Ze knikte. Als hij zo deed, werd ze een beetje bang van hem.

'Goed... ik heb er nog eens over nagedacht, over dat aanbod van je, bedoel ik, van die vijftig mille... en ik denk dat ik... eh, dat ik het accepteer.'

Ze omhelsde hem. Hij wilde nog iets zeggen, maar met haar lippen smoorde ze zijn stem tot een vreemd gegrom van een lief beest. Ze zoenden elkaar hevig, alsof daarmee de financiële transactie werd bezegeld.

'Vertel maar hoe ik het geld moet laten overmaken,' zei ze hijgend, naar welke rekening en zo.'

'Als het kan, wil ik het liever contant. Dat is makkelijker.'

13

Als ze hier kwam, voelde ze zich altijd een klein schoolmeisje dat nog niet met geld om kon gaan en daarom ernstig moest worden toegesproken. Nog voor het eind van de week had ze al haar geld versnoept, terwijl vrijdag de kermis open zou gaan en ze pas op zondag haar nieuwe weekgeld zou krijgen.

Speciale ontvangst, bij de directeur van dit filiaal, met koffie. Hij zou haar uit het hoofd proberen te praten dat ze die vijftigduizend wilde opnemen, dat wist ze zeker. Een dergelijk bedrag waren ze niet graag van het ene op het andere moment kwijt. Bovendien, zo'n mevrouwtje alleen, die moest op een gegeven moment wel domme dingen gaan doen. Dat suggereerden ze nooit als ze meer geld inbracht.

'Graag alleen een klontje suiker,' zei ze.

'Het is een flinke som,' zei Van der Oord.

'Dat weet ik.'

'Ik wil niet onbescheiden zijn, maar waar is het voor nodig? Gaat u verbouwen of zo?'

'Het ligt in de persoonlijke sfeer,' zei Liesbeth.

'Ah, in de persoonlijke sfeer. Vijftigduizend gulden, dat is geen gering bedrag, zeker geen gering bedrag.'

'Ik weet hoeveel vijftigduizend gulden is.'

Van der Oord lachte gemaakt. 'Natuurlijk weet u dat. Ik denk wel eens bij mezelf: konden alle klanten maar zo goed met hun geld omgaan als mevrouw Van der Werf, zeker de particuliere klanten, dan was er voor ons geen enkel probleem.'

'U bedoelt dat u dan nog meer winst kon maken?'

'Nou ja, zo moet u het niet stellen. Maar als het goed gaat met onze klanten, is dat goed voor ons, en als het goed gaat met ons, is dat goed voor onze klanten. Maar dat bedrag, als ik daar nog eens op terug mag komen. Dit is natuurlijk vertrouwelijk... en ik zit hier ook alleen maar om u te adviseren en u eventueel te behoeden voor drieste, onverstandige stappen. Dat hoort bij de sociale taak die een bank ook heeft, zeker een bank als de onze. Begrijpt u?'

Liesbeth dronk van haar koffie.

'Dat bedrag wilt u opnemen van uw zakelijke rekening, maar u wilt het bestemmen in de... eh, persoonlijke sfeer.'

Liesbeth wist dat ze een kleur kreeg. 'Dat klopt.'

'En die besteding, is die... eh, verantwoord?'

Dat gaat je geen moer aan, dacht Liesbeth. In de persoonlijke sfeer is het zeer verantwoord. Het is een investering in de liefde. Wat was verantwoorder dan een investering in de liefde?

Ze haalde haar schouders op.

'Kan het niet met een serie kleinere bedragen, die u in de loop van de tijd opneemt... gespreid dus?'

'Nee, dat kan niet.' Ze keek op haar horloge. 'Ik moet nu weg naar de zaak. Wilt u het geld laten klaarmaken? Coupures van honderd gulden graag. Dan kom ik het om vijf uur ophalen.'

'U weet het zeker?' vroeg Van der Oord.

'Heel zeker.'

Ze stond op en liep het kantoortje uit.

'U vergeet uw tasje,' zei Van der Oord. Hij reikte het haar aan met een gezicht alsof die handeling hem ook al geld kostte.

Natuurlijk, ze had niets mogen verwachten. Laat staan dat ze iets kon eisen. Maar toch. Al twee dagen lang had ze geen woord van hem gehoord. Gedachteloos schonk ze nog een keer koffie in.

'Ik hoef niet meer,' zei Timo.

Ze reageerde niet.

Maandag was een bijzondere dag geweest, bijna feestelijk. Om kwart voor vijf was hij bij de zaak langsgekomen, en ze waren samen naar de bank gegaan. Daar had een meisje met opvallend korte beentjes, dik als boomstammetjes, hen naar de kamer van Van der Oord gebracht. Die keek nog zuiniger dan 's morgens toen hij Rob zag. Rob had een koffertje bij zich. Daar was het geld ingegaan. Vijfhonderd biljetten van honderd gulden. Ze waren nageteld. De snippen vlogen nu nog voor haar ogen heen en weer. Ze was er een beetje duizelig van geworden. Dezelfde kramp in haar maag als toen ze voor het eerst met Rob naar bed ging. Ze had hem bij zich willen houden, maar dat kon natuurlijk niet. Hij moest het geld meteen wegbrengen. Ze had nog gehoopt dat hij 's avonds later weer terug zou komen, maar hij had van alles te regelen. Hij was in een taxi gestapt. 'Je weet niet half hoe dankbaar ik je ben,' had hij gezegd. 'Ik weet 't wél. Kan ik niet met je mee?' Hij had zijn hoofd geschud. 'Wat hebben we ook alweer afgesproken?'

'Wat is er toch?' vroeg Timo,

'Niks.' Ze schonk haar kopje opnieuw vol, nam een slokje, en voelde toen pas hoe haar lichaam al trilde van de cafeïne.

'Je bent zo, ja, wat zal ik zeggen, zo vreemd de laatste tijd. Net of er wat broeit. Onder de oppervlakte of zo, ik weet niet.'

'Ik ook niet.' Liesbeth stak een sigaret op.

'Gaat het niet goed op de zaak? De omzet is de laatste tijd weer hoger geworden, dat is geen probleem. Misschien dat we binnenkort aan nieuwe machines moeten denken.'

Nu moest ze het zeggen van die vijftigduizend gulden, maar het lukte niet. Ze kon de naam van Rob tegenover Timo niet in haar mond nemen. Dan moest ze alles uitleggen, en alles uitleggen betekende bijna vanzelf naar verklaringen en verontschuldigingen zoeken.

'Je hebt nog een sigaret,' zei Timo. 'O ja, dat tentamen laatst, daar ben ik voor geslaagd. Een acht.'

Ze omhelsde hem. 'Gefeliciteerd. Wat ben je toch een knappe kop. Van wie zou je dat nou hebben?'

'Misschien wel van mezelf,' zei Timo.

Ze lachte even, maar als om dit te corrigeren schoten haar gedachten meteen weer naar Rob. 'Ik ga maar 's naar bed. Welterusten, grote jongen van me.'

'Niet sentimenteel worden, mam.'

'Ik doe m'n best.'

Om halftwee sliep ze nog niet. Volgende week zou ze hem in ieder geval zien, dat had hij nog wel toegezegd. Hij zou tweeduizend per maand afbetalen. 'Zullen we het op papier zetten,' had Rob gevraagd, 'zodat we het officieel maken?' Nee, daar had ze niets van willen weten.

Ze stond op en dronk een glas water. De telefoon lokte. Het nummer zong door haar hoofd in een ritmische cadans. Ze draaide de eerste vier cijfers en stopte toen. Wat moest ze zeggen, wat kon ze vragen? Of alles goed was? Wanneer hij langs zou komen? Of hij nog verliefd was? Onmogelijke vragen. Vragen waarmee ze hem alleen maar kopschuw kon maken, vragen waarmee ze zijn privé-terrein onder vuur nam.

Ze schonk een glaasje wijn in, maar het smaakte niet. Ze wilde naar hem toe, ze wilde bij hem zijn, op zijn minst bij hem in de buurt. Zo was het niet langer uit te houden. Haar lichaam deed pijn en ze voelde hoe ze elk moment in huilen uit zou kunnen barsten.

Ze trok haar kleren aan en pakte de autosleuteltjes.

Toen ze voor zijn flat stond, wist ze al niet meer hoe ze hier naartoe was gereden, welke route ze had genomen. Er brandde geen licht. Ze stond voor de deur, maar wist dat ze niet zou durven aan te bellen. Ze hield haar vinger een paar centimeter van het knopje. Dit herinnerde ze zich. Ze deed alles over, alles opnieuw, alsof ze een prestatie moest zien te verbeteren. Welke prestatie? Ze had helemaal niets gedaan.

Zou hij kwaad worden? Verbaasd zijn? Gooide ze al haar glazen in of werd het een doorbraak? Misschien wachtte hij hier juist op. Nee, dat kon niet, daarvoor had hij zijn territorium steeds te veel afgeschermd.

Er kwam een man aanlopen, dicht tegen de flat aan. Hij droeg een trainingspak. Toen hij dichterbij kwam zag ze de kleuren: paars, met lila bliksemschichten over zijn borst en bovenbenen. Hij was nu een meter of tien bij haar vandaan. Ze stond nog steeds voor de deur. Bijna had ze haar hand naar de bel gebracht. Plotseling rende de man op haar af en greep haar tasje. Ze probeerde het tegen zich aan te klemmen, maar hij bleef trekken, Ze viel, en hij schopte haar tegen haar schouder. Plotseling glinsterde er een mes. De man zwaaide ermee, en zei iets wat ze niet verstond. Ze liet het tasje los. Met roffelende voetstappen rende de man de straat uit.

Gelukkig, ze had haar autosleuteltjes in haar jaszak zitten.

Ze had koffie gemaakt, maar besloot uiteindelijk toch maar een glas sherry te nemen. De eerste slok beet zich door haar slokdarm. Drie uur was het nu. Ze was niet naar de politie gegaan. Wat moest ze vertellen? Midden in de nacht de deur uit, alleen op straat, verder niemand in de buurt, stil, verlaten. Mevrouw, waarom doet u dat ook? Ze had niet veel geld bij zich gehad, en ze had haar portefeuille met autopapieren gelukkig thuis laten liggen.

Doodmoe was ze, maar haar lichaam gaf een dwingende waarschuwing: je kunt niet slapen. Als ze haar ogen dichtdeed zag ze de man weer op zich afkomen, flitste het staal van het mes weer voor haar ogen. Had ze eigenlijk geschreeuwd? Ze zou hem waarschijnlijk niet eens kunnen beschrijven. Ja, een jaar of dertig, en niet erg groot en niet erg klein. Maar licht of donker haar? Krullend of steil?

Nu moest ze bellen. Als je zoiets meemaakte, had je het volste recht om steun te zoeken. Natuurlijk, ze kon ook Timo wakker maken, maar wat moest ze tegen hem zeggen?

Ze telde hoe vaak de telefoon overging. Bij de achttiende keer werd er opgenomen. 'Hallo.'

'Ik ben 't, Liesbeth.'

'Waarom bel je me uit m'n bed? Wat is dit?'

'Er is iets vervelends gebeurd.' Ze zou niet zeggen dat het bij hem voor de deur was. Hij hoefde niet te weten dat ze daar vannacht was geweest.

Rob hoestte. 'Verdomme. Hoe kom je aan dit nummer?'

'Ik was vannacht op straat... ergens... buiten, en toen een man, en die...'

'Hoe kom je aan dit nummer? Waarom bel je me thuis?'

'Omdat ik je nodig heb, Rob. Kan je alsjeblieft hier naartoe komen? Ik heb je zo nodig. Er is iets vervelends gebeurd.' Ze begon te huilen.

'Dat gaat niet zomaar. Ik bedoel...'

'Maar je moet komen. Ik heb je zo nodig. Ik ben helemaal...' Ze huilde met hevige uithalen.

'Tsjeses,' zei Rob, 'midden in de nacht. Ik wist niet wat me overkwam.' Hij droeg een spijkerbroek, een T-shirt en een spijkerjasje. 'Vertel nou 's rustig wat of er gebeurd is.'

Met een nog trillende, zoekende stem deed ze haar verhaal. Ze was bij een vriendin op bezoek geweest. Het was laat geworden. En toen die man. Hij was er zomaar. Het was stil. Verder niemand op straat.

'Maar je bent niet gewond,' zei Rob, 'en d'r zat maar zo'n vijftig piek in dat tasje?'

'Ja.'

'Dan begrijp ik niet waarom je zo van de kaart bent.'

'De angst... van die man die op me afkwam, en dat mes. Voor hetzelfde geld had-ie me overhoop gestoken.' Waarom sloeg hij zijn armen niet om haar heen, om haar alsnog te beschermen?

'Goed, dan wat anders. Hoe kom je aan m'n telefoonnummer?'

Ze nam nog een slokje sherry. Plotseling was ze heel slaperig. De nacht kantelde over haar heen. 'Dat is nu toch niet belangrijk. Daar wil ik niet over praten. Ik ben doodmoe. Ik wil naar bed. Je blijft toch wel bij me?' Ze zocht Robs ogen. 'Je moet me vasthouden, heel stevig vasthouden.'

'Het is wél belangrijk. Hoe kom je aan mijn telefoonnummer? Van wie heb je dat gekregen?'

'Van niemand.'

'Hoe dan? Hoe kom je er dan aan?'

Ze zuchtte diep. 'Een avond... een nacht... ik weet 't niet meer precies. Je was hier geweest. Ik dacht dat je zou blijven, en je ging weer weg, je ging gewoon weg, je liet me zomaar alleen...'

'We zijn niet getrouwd,' zei Rob, 'we wonen niet samen, we hebben geen verplichtingen. Of is het soms om die vijftig mille? Dan krijg je ze meteen terug. Ik kan zo m'n aandeel in die handel weer verkopen. Morgen nog, als je wilt.'

'Nee nee, echt niet. Ik kon het alleen niet hebben dat je wegging, en dat ik niks van je wist. Ik wist verdomme je achternaam niet eens.'

Ze was luider gaan praten. Rob maakte een gebaar met zijn rechterhand of hij haar wilde kalmeren.

'Je ging zomaar weg,' herhaalde ze.

'Ja, wat moest ik dan? Een afscheidsconcert spelen? Een liedje zingen? Zeg het maar.' Hij stond op en begon door de kamer te lopen.

'Ik kon er niet langer tegen. Ik moest meer van je weten. Je verdween gewoon. Voor hetzelfde geld zou ik je nooit meer terugzien. Dat hele idee, daar kon ik niet tegen. Dus toen ben ik... toen heb ik...'

'Toen ben je achter me aangegaan.'

'Ja, wat moest ik anders?'

'Gewoon hier rustig thuis blijven, zou ik zeggen.'

'Dat kon ik toch niet... begrijp me dan 's.' Ze wist dat het haar nu volledig ontglipte. Ze had gehoopt steun te krijgen, maar in plaats daarvan werd ze beschuldigd.

'Dus je bent me gevolgd... gewoon alsof ik een soort misdadiger ben.'

'Nee, natuurlijk niet.'

'Maar waarom heb je dan niet gevraagd waar ik woonde, waarom heb je niet gewoon mijn telefoonnummer gevraagd?'

'Ik had het gevoel dat dat niet kon, dat je dat niet wilde.'

'Het gevoel,' zei Rob smalend. 'Maar je had wel het gevoel dat je me kon achtervolgen. Heb je soms een beetje staan spioneren? Vond je dat leuk?'

Hij kwam voor haar staan, pakte haar kin en duwde haar hoofd omhoog. Het deed pijn.

'Nee, ik vond het helemaal niet leuk. Ik wou het eigenlijk niet.'

'Waarom deed je het dan?'

Ze haalde haar schouders op. 'Ik moest gewoon weten waar je woonde.'

Hij liet haar kin los en liep naar de keuken. Ze hoorde de deur van de ijskast open- en dichtgaan. Met een flesje bier in zijn hand kwam hij terug. Hij dronk meteen uit het flesje. Dat had ze hem nog nooit zien doen.

'En dat weet je nu dus, waar ik woon. Ben je tevreden?' Plotseling leek hij een ingeving te krijgen. 'Heb je misschien vannacht ook bij mij voor de deur gestaan? Is het daar gebeurd? Ben je daar geript?'

Ze keek hem niet-begrijpend aan.

'Geript... overvallen, beroofd.'

Ze schudde haar hoofd.

'Weet je dat zeker?'

'Ja, heel zeker.'

Hij ging voor het raam staan en mompelde iets in zichzelf. Ze zag hoe hij het flesje achter elkaar leegdronk. Het bier klokte in zijn keel.

'Godverdomme,' zei Rob.

Ze kromp in elkaar.

'Nou ging het zo goed, en dan verpest jij het... zomaar, omdat je zo nodig moet weten waar ik woon.'

'Maar... maar wat heb ik dan verpest?'

Hij ging tegenover haar staan en leek plotseling groter geworden. 'Alles... gewoon alles, maar vooral vertrouwen. Je vertrouwt me niet meer, en dan kan ik jou niet meer vertrouwen. Dat vind ik nog het ergste. Begrijp je dat dan niet? Je volgt me, je bespioneert me. Stel dat ik dat bij jou had gedaan? Stel dat ik jou stiekem gevolgd was? Wat zou je daarvan vinden?'

Ze wilde iets zeggen, maar hij was haar voor. 'Ik voel me gewoon verraden. Dat is het.'

Timo keek naar het bankafschrift alsof hij het niet wilde geloven. 'Vijftigduizend gulden... dat is toch een vergissing, mam?'

Ze nam nog een hap van de inmiddels bijna koud geworden spaghetti. 'Nee, het is geen vergissing, absoluut niet.'

'Kan je me dan misschien vertellen waar dat geld voor is, wat ermee gebeurd is? Toch niet voor een avondje stappen, mag ik hopen.'

Ze had nog overwogen iets te verzinnen over Marco en Jenny. Geld voor een nieuwe woning voor Jenny alleen of iets dergelijks, een aanbetaling of zo. Maar het zou snel uitkomen. Na alle ellende van vannacht kon ze niet meer de kracht opbrengen om iets te verzinnen. Eigenlijk wilde ze er niet over praten. Natuurlijk had ze kunnen proberen de enveloppe met het afschrift te onderscheppen, voor Timo hem in handen zou krijgen, maar dan had hij bij een volgend afschrift de ontbrekende vijftigduizend gulden gesignaleerd. Deze klap kon ze nu ook nog wel hebben. Het moest allemaal maar boven op elkaar komen, dan had ze het tenminste gehad.

Ze bleef de klodder pasta met tomatensaus door haar mondholte heen en weer bewegen.

'Nou,' zei Timo ongeduldig, 'waarvoor? Of mag ik dat niet weten?'

'Natuurlijk wel. Voor een persoonlijke lening.'

'Een wat?'

'Een persoonlijke lening.'

'Aan wie als ik vragen mag?'

'Aan Rob.'

Timo keek haar met grote ogen aan. Hij schoof zijn bord, dat nog rood zag van de saus, van zich af. 'Aan Rob?'

Ze legde het hem uit, moeizaam naar de juiste woorden zoekend. 'Rob wilde het zelf eerst niet. Hij was er helemaal tegen.'

'Maar uiteindelijk heeft-ie dat geld toch zomaar aangepakt, zonder problemen.'

'Ik wil een sigaret,' zei Liesbeth. Ze stond op om een sigaret uit de kamer te halen.

Timo staarde nog steeds naar het bankafschrift. 'Waar werken we eigenlijk voor als je het geld zomaar weggeeft?'

De rook maakte haar misselijk. Ze drukte de sigaret weer uit. 'Ik heb het niet weggegeven. Het is een lening. Met tien procent rente. Meer dan de bank geeft.'

'En hoe wordt 't terugbetaald? Wanneer?'
'Elke maand tweeduizend gulden. Meer als 't mogelijk is.'
'Dat duurt dus dik twee jaar. Dan heb je voor twee jaar een vriendje gekocht.'
Ze begreep Timo eerst niet. 'Wat zei je?'
'Dan heb je voor twee jaar een vriendje gekocht. Tenminste, als-ie blijft betalen natuurlijk.'

14

Ze had nu al vier dagen niets van Rob gehoord. Ging het om het geld of was het iets anders? Wat moest ze doen?
Wachten tot hij terugkwam? Elke dag duurde een week. Vandaag waren de uren weer eindeloos. Even had ze gedacht dat haar horloge stuk was.
Ilona kwam op haar af. 'Wat zie je bleek. Is er iets?'
Ze knikte. 'Ik voel me niet lekker.'
Ilona leidde haar naar een stoel in het achtergedeelte. 'Ben je ziek?'
Ze schudde haar hoofd. 'Nee, niet ziek.'

Ilona had haar naar huis willen brengen, maar ze was zelf gegaan. Het had haar bijna een halfuur gekost. In de Van Woustraat zat het verkeer weer volkomen vast. Vijf minuten op dezelfde plek. Naast haar een man die achter elkaar biscuitjes opat. Ze kreeg er een droge mond van. Nu uit de auto stappen en naar huis lopen. Gewoon de auto laten staan. Het zou immers dagen kunnen duren. Dit was krankzinnig. Hier kwam ze nooit meer uit.
Plotseling begon alles weer te rijden. Toen ze honderd meter verder was, zag ze een ambulance en een totaal tot schroot gereden bromfiets. Een politieman zwaaide driftig met zijn arm.
Timo was gelukkig niet thuis. Ze ging op bed liggen, maar stond na een paar minuten weer op. Hoe laat was het? Bijna elf uur. Ze moest Rob zien, met hem praten. Als ze zou bellen naar zijn huis, zou hij de hoorn op de haak leggen. Ze liet een taxi komen.
Toen ze voor het flatgebouw stonden, durfde ze niet uit te stappen. 'U moest hier toch naartoe?' vroeg de chauffeur. 'Het is eenentwintig gulden.'
Ze wilde terug. Naar huis, naar haar bed, naar iemand die haar zo stevig vasthield dat het pijn deed. Ze vroeg mompelend of hij op haar wilde wachten.
'Wat zegt u?'
'Of u wilt blijven wachten. Ik ben misschien zo weer terug. Ik weet niet of ze thuis zijn.'

'Graag eerst betalen,' zei de chauffeur. 'Je maakt zulke rare dingen mee, tegenwoordig. Mensen lopen een huis in en komen aan de achterkant weer naar buiten. Ik zie ze nooit meer. Weg poen!'

Ze gaf een briefje van vijfentwintig. 'Laat maar zitten.'

'Bedankt. Ik wacht vijf minuten.'

Pas toen ze was uitgestapt, bedacht ze dat die man in het trainingspak hier weer rond zou kunnen lopen. Op een sukkeldrafje liep ze naar het flatgebouw. Ze belde aan. Uit het luidsprekertje naast de bel kwam eerst alleen geruis en gekraak als van een oude radio die verkeerd staat afgestemd. Ja, inderdaad, de verbinding was verbroken, dat klopte helemaal. Toen hoorde ze een vrouwenstem. Weer die werkster? 'Wie is daar?'

'Liesbeth, Liesbeth van der Werf. Is Rob er ook?'

Een donker jongetje stond haar met grote ogen aan te kijken.

'Rob? Er woont hier geen Rob.'

Ze leunde even tegen de deur. Het jongetje deed een stap dichterbij.

'Mag ik even bovenkomen?' vroeg Liesbeth. 'Het is zo lastig praten hier vanaf de straat.'

'Waar wilt u over praten? Ik ken u helemaal niet.'

'Over Rob... ik bedoel over de man die hier woont.'

Geruis en gekraak en wat onverstaanbare resten van een vraag.

'Ik kan u niet verstaan,' zei Liesbeth. Het jongetje haalde een bellenblaasflesje te voorschijn en begon een grote bel te blazen. Hij keek haar verwachtingsvol aan. 'Mooi,' zei ze.

'Nou, kom dan maar boven. Zo gaat 't ook niet.'

De deur sprong met een klik open.

Liesbeth liep het trappenhuis in. Hier hadden ze nog geen liften. Het beton stond vol met graffiti. De deur op driehoog was nog dicht. Op het naambordje stond: F. Vermeulen. Hier moest het zijn. Met viltstiften waren er allerlei kreten op de muur geschreven, de meeste onleesbaar. Ze kon niet aankloppen. Het lukte niet. 'Poco' stond er een paar keer, en 'cash'. Daar, met gewone letters, 'Rachid neukt met Masha'. Ze zou alles lezen, alles ontcijferen. Dan waren de problemen opgelost.

De deur ging open. Er stond een vrouw in ochtendjas. Ze rookte een sigaret. Haar make-up was uitgelopen.

'Je wou toch zo graag bovenkomen?' zei de vrouw. 'Ik dacht al waar...' De rest van haar woorden ging verloren in een hoestbui.

'Mag ik binnenkomen?' vroeg Liesbeth.

'Als het maar geen smoes is om wat te verkopen. Daar trap ik niet meer in.'

De vrouw ging haar voor. 'Let maar niet op de troep. Ik heb nog geen tijd gehad om op te ruimen.'

Het was onmogelijk om niet op de rommel te letten, anders zou je snel struikelen. De vrouw haalde wat kleren van een stoel en zei Liesbeth dat ze daar kon gaan zitten.

'Koffie?' vroeg de vrouw.

Liesbeth schudde haar hoofd.

'Een borreltje misschien?' De vrouw nam zelf een slok uit een whiskyglas dat helder vocht bevatte. Er stond een wodkafles op tafel.

Liesbeth keek om zich heen. Dit was een vergissing. Ze zag nergens foto's aan de muur. Wel een paar oude posters van de Beatles.

'Daar ben ik altijd gek van geweest,' zei de vrouw. 'De Beatles. Toen ze hier in Nederland waren, ben ik nog de gracht ingedoken. Jammer dat Ringo er niet bij was. Nou ja...' Ze drukte haar sigaret uit. 'Vertel 's, wat was er nou? Iets met een Rob of zo?'

Misschien huurde Rob hier wel een kamer. Hij was weg bij een vrouw. Hij was getrouwd geweest, en nu gescheiden. Geen geld voor een eigen huis.

'Rob... woont Rob hier ook?'

'Ik ken geen Rob,' zei de vrouw. Ze hield Liesbeth een pakje sigaretten voor.

'Nee, dank je.'

'Nou ja,' ging de vrouw door. 'Hier verderop in de straat woont een Rob, Rob Koopmans... bedoel je die misschien?'

'Ik weet niet,' zei Liesbeth.

'Je weet niet eens wie je bedoelt?'

'Hoe ziet-ie eruit, die Rob Koopmans?'

'Ja, hoe ziet-ie eruit. Tamelijk groot, donker haar, nogal kaal.'

Liesbeth schudde haar hoofd. 'Nee, dat is 'm niet.'

'Verder ken ik van vroeger nog een Rob, van toen ik op school zat. Rob Hubers, maar ik weet niet eens of die nog in Amsterdam woont... zo'n lange blonde jongen, een echte bonenstaak. Maar wat moet je eigenlijk met die Rob? Wat is er aan de hand?' De vrouw keek Liesbeth aan, maar het leek of ze er moeite mee had om haar ogen op een bepaald punt te blijven richten.

'Ik zoek iemand,' zei Liesbeth. 'Ik moet hem spreken. Het is belangrijk.'

'Maar wie dan?' De vrouw zuchtte.

'Rob... hij woont hier.'

'Ja, dat heb je al 's gezegd. Ik neem nog een borreltje. Jij echt niet?'

'U bent getrouwd?' vroeg Liesbeth.

'Min of meer,' zei de vrouw. 'We wonen samen... ook min of meer.' Ze lachte schor. 'Je bent toch niet van de Sociale Dienst of zo, hè?'

'Nee nee, niet van de Sociale Dienst, daar heb ik niks mee te maken. Hoe heet die man met wie je samenwoont? Sorry, ik ben wel brutaal, maar ik kan niet anders.'

De vrouw keek even in de richting van het raam. Toen stond ze op en verdween door een deur. Ze kwam terug met een foto, die ze omgekeerd voor zich op het tafeltje neerlegde tussen asbak, sigaretten, twee aanstekers, een doosje lucifers, kranten, een zak winegums, de wodkafles en het glas.

'Ferry heb toch niet weer wat geflikt, hè?'

'Ferry?'

'Ja, zo heet-ie, Ferry, van Ferdinand. Is dat zo'n gekke naam?'

'Is die foto van hem?'

Langzaam, uiterst langzaam, alsof ze zelf genoot van de spanning, tilde de vrouw de foto op, zodat Liesbeth hem kon zien.

'Kom je niet uit bed?' vroeg Timo.

'Nee, ik ben ziek.'

'Wat heb je?'

''k Weet niet, griep of zo.'

'Koorts?'

'Ja,' loog ze, 'achtendertighalf.'

Hij hield zijn hand even tegen haar voorhoofd. 'Ik voel niks.'

'Ik dacht dat je economie studeerde, en geen medicijnen.'

'Goed, ik zeg al niks meer. Wil je nog wat eten? Nee? Ik was net van plan een roti te halen. Jij echt niet?'

Ze vertrok haar gezicht in een lelijke grimas.

'Je bent vanochtend toch wel naar de zaak geweest? Heeft Ilona het overgenomen?'

Ze knikte.

'Je ziet er slecht uit,' zei Timo. 'Kan ik echt niks voor je doen? Moet ik Jenny bellen?'

'Nee, die heeft genoeg aan haar hoofd.'

'Misschien... eh, Rob?'

Ze draaide haar rug naar hem toe.

'Wat is er? Heeft-ie het uitgemaakt of zo?'

Ze beet in het kussen en klauwde met haar handen in haar dijen. Rob! Hij heette niet eens Rob, maar Ferry, en hij woonde al jaren samen op een ellendig flatje in Geuzenveld. Op de foto lachte hij jong en zelfverzekerd. De hele wereld zou hem geloven als hij vertelde dat hij Rob heette en handelde in speelgoed.

'Heeft-ie het uitgemaakt?' herhaalde Timo.

'Zoiets.'

Ze voelde een hand op haar schouder. Die aanraking kon ze niet verdragen, en toch was ze er blij mee. Nooit zou ze meer met een man... Het waren hufters, rotzakken. Marco, Rob, allemaal.

'Kan ik je ergens mee helpen?'

Ze schudde haar hoofd. De vrouw had bijna berustend geleken; misschien waren alle emoties wel afgevlakt door de drank.

'Hij zei dat-ie af en toe 's nachts moest werken, een baantje bij een bewakingsdienst. Ik zei nog van: waarom moet je dan je goeie pak aan, maar dat was dus om indruk op jou te maken. En mij liet-ie hier alleen zitten, soms zonder dat-ie wat in huis had gehaald, de klootzak.' Ze had haar sigaret uitgedrukt en meteen een nieuwe aangestoken. Liesbeth kon een aantal onbetekenende details nog zo voor zich zien. Ze rookte Marlboro. Er lagen zeven peuken in de asbak. Eén knoop van de ochtendjas was eraf. In plaats daarvan was er een veiligheidsspeld door de stof gestoken, zo'n veiligheidsspeld met een soort beschermkapje, die voor baby's werd gebruikt.

'Kan ik echt niks voor je doen?' vroeg Timo weer. Zijn hand rustte nog loodzwaar op haar schouder. Ze voelde een zachte knijpende beweging die teder bedoeld was, maar die ze nu niet kon verdragen.

'Hoe lang?' had de vrouw gevraagd. 'Hoe lang duurt dit al?'

'Een paar maanden.'

De vrouw keek even peinzend voor zich uit. 'Ja, dat kan wel kloppen. Januari, toen begon het ongeveer. Ben jij zelf ook getrouwd of zo?'

'Nee, weduwe.' Liesbeth voelde hoe haar gezicht strak trok toen ze dat zei. Ze had willen huilen, maar dat ging niet, en daarom verkrampte ze helemaal. Ze kon haar armen, haar handen, haar benen niet meer gebruiken. Met een uiterste krachtsinspanning probeerde ze haar ene been over het andere te slaan, maar het lukte niet. Ze was geen meester meer over haar eigen spieren. 'Het klinkt raar ouderwets,' had ze nog verontschuldigend gezegd, 'maar het is echt zo.'

'Nog steeds geen borreltje?' had de vrouw gevraagd. 'Om een beetje bij te komen van de schrik?' Ja, dat wilde ze wel. Het eerste slokje wodka raakte haar vol. 'Zag je hem vaak?' vroeg de vrouw.

'Dat wisselde, zo'n twee keer in de week gemiddeld misschien. En hij was altijd lief en aardig... attent en zo.' Ze knikte.

'Ik had niks anders verwacht,' zei de vrouw. Ze schonk zichzelf ook nog een keer in.

Timo trok eindelijk zijn hand terug. 'Misschien mag ik dat niet vragen, maar het geld, hoe zit het met het geld? Dat betaalt-ie toch wel terug? Dat heb je toch wel met hem geregeld? Dat staat toch zwart op wit?' Zijn stem klonk plotseling harder en scherper.

'Heb 't je veel gekost?' had de vrouw gevraagd.

'Hoezo?'

''t Gaat meestal ook om geld. Ik heb het eerder meegemaakt. Hij besteedt het niet aan z'n huis.' Ze gebaarde naar het interieur. 'Je ziet wel wat voor een armoeiige troep.' Liesbeth knikte. Over de bank lag een deken.

'Veel geld?' had de vrouw gevraagd.

'Ja, erg veel geld.'

'Dan zal-ie nou wel in de kroeg zitten, een beetje de jongen met het gouwen vingertje spelen, een dikke auto voor de deur.'

'Mijn taxi staat nog beneden,' had Liesbeth gezegd. 'Ik moet weg.' Ze liep naar het raam. De taxi was nergens meer te zien. Het jongetje met het bellenblaasflesje liep nog op de stoep. Hij blies een enorm grote bel. Liesbeth kon de glinsterende regenboogkleuren zien. 'Mijn taxi is al weg.'

'We bellen straks wel een ander.' De vrouw dronk haar glas leeg en schonk nog eens bij. Schijnbaar gedachteloos stak ze een winegum in haar mond.

'Dat geld, dat moet-ie terugbetalen, dat is van de zaak,' had Liesbeth gezegd. 'Ik kom in de problemen als-ie dat niet terugbetaalt.'

'Je zit al in de problemen.'

'Het komt allemaal goed,' zei Timo. 'Dat weet ik zeker.' Hij stond op en liep de slaapkamer uit.

'Wat ga je nou doen?' had de vrouw gevraagd. 'Ik weet niet, maar je moet niet tegen hem zeggen dat ik hier geweest ben.' De vrouw haalde haar schouders op.

'Ga je bij hem weg?' had Liesbeth gevraagd.

De vrouw keek haar niet-begrijpend aan. 'Bij hem weg? Waarom?' Ze stak opnieuw een sigaret op.

'Hij heeft je toch... eh...'

'Maar wat moet ik dan?' vroeg de vrouw. 'Wat moet ik dan? Waar kan ik naartoe?' Ze maakte weer een gebaar naar haar versleten meubelen, de kleren die overal lagen, de stapels kranten in de hoek van de kamer, de paar halfdode planten op de vensterbank. Toen ze wegging, had ze de foto opgeraapt. 'Je mag hem hebben,' zei de vrouw. 'O ja, ik heet Lottie, en jij?'

Ze haalde de foto onder haar kussen vandaan, en keek ernaar. Haar ogen hield ze zo lang mogelijk gefixeerd op de zijne. Verscheuren, dat zou het beste zijn, maar dat wilde ze niet, dat kon ze niet. Het was Ferry, maar het was ook Rob, haar Rob.

'Wanneer zie ik je weer 's?' vroeg ze.

'Ik heb het nogal druk gehad, de laatste tijd. Ik ben een paar dagen weggeweest, naar Roemenië, om zelf nog een paar zaken te regelen, want als je er zelf niet bij bent, dan naaien ze je... eh, dan bedriegen ze je bij het leven.'

Het kostte haar moeite om zich in te houden. Ze had drie dagen in bed gelegen, gisteren kon ze pas voor het eerst weer iets eten: een paar witte boterhammen met kaas. Ze leunde achterover in de stoel en sloot haar ogen.

'Ja, natuurlijk, maar we hebben elkaar al zo lang niet meer gezien. Ik... ik mis je zo.'

Rob schraapte zijn keel.

'Mis je mij ook?' vroeg ze.

'Natuurlijk, maar ik heb weinig tijd. Anders zat ik nu allang bij je.'

'Ik heb dus eigenlijk geluk dat ik je thuis tref?'

'Ja, dat kan je wel zeggen.'

'Lukt het een beetje met het geld? Ik bedoel, kan je het financieel een beetje rond krijgen?' Dit had ze van tevoren ingestudeerd. 'Maak je voorlopig nou maar geen zorgen over de afbetaling. Dat kan rustig nog een paar maanden wachten.'

'Dat is lief van je.'

'Kom je me morgenavond afhalen op de zaak?' vroeg ze. 'Om negen uur? Dan drinken we nog wat in de stad.'

15

Ze zat al langer dan twee uur in de auto. Voor haar gevoel had ze elke straat in Amsterdam doorkruist. Ze parkeerde voor een hel verlicht 'Beddenpaleis'. Vanuit de auto kon ze de slagschepen van bedden zien met grote kasten, kaptafels en spiegels. 'Klassiek en modern' stond er met grote letters op het raam. Klassiek en modern. Wat was er klassiek en wat was er modern aan wat haar was overkomen? 'Dat geld zijn we kwijt,' had Timo gezegd, 'hartstikke kwijt.' Hij had geprobeerd zijn woede te verbergen, maar ze zag de vonken in zijn ogen, zijn hand die met korte felle tikjes op de tafel zijn woorden onderstreepte. Misschien was dit voor hem alleen maar een bevestiging van wat hij al wist: zij liet zich zomaar belazeren. Een truc was niet eens nodig, alleen maar een man die mooie praatjes verkocht. Klassiek, dus. Ze sloeg met haar hand op het stuur tot het pijn deed. Hoe laat was het nu? Kwart voor elf. Een moeizaam lopende oude man bleef staan voor de etalage, en keek minutenlang naar binnen.

Gisteravond had ze tot tien uur gewacht, maar Rob was niet op komen dagen. De onzekerheid: hadden ze wel bij de zaak afgesproken? Of bij haar thuis? Maar ze kon niet naar huis gaan. Misschien was hij alleen te laat, had hij pech met de auto of zoiets. Ze had zijn nummer gebeld, maar er werd niet opgenomen. Timo was thuis geweest. Nee, geen bezoek, geen Rob.

Ze startte de auto en reed terug naar huis. Als hij wilde luisteren, kon ze het Timo uitleggen. Hij moest het begrijpen. Als hij het niet begreep, wie bleef er dan nog over?

Timo was er niet. Ze belde met Jenny, die meteen losbarstte in een verhaal over Marco. Maar ze kon niet luisteren, zag alleen maar Rob voor zich en het koffertje met snippen. Beelden van televisiefilms werden op haar netvlies geprojecteerd.

'Daar heb ik nou geen tijd voor,' zei ze.

'O,' zei Jenny. 'Ik dacht dat...'
'Heb je Timo misschien gezien?'
'Timo? Wat is er dan?'
'Ik moet hem iets uitleggen.'
'Wat dan?'
'Eh... dat is een beetje te ingewikkeld om allemaal te vertellen,' zei Liesbeth.
'Ben je soms bang dat ik het niet begrijp?' vroeg Jenny verongelijkt.
'Nee, dat is het niet, maar...'
'Maar wat?'
'Nee, niks, ik bel je nog wel. Dag.'
'Weet je, mam...'

Ze legde de hoorn op de haak. Alsjeblieft, nu geen huwelijksproblemen van Jenny. Daar was later weer tijd voor, dat kon ze er nu niet bij hebben. Het was bijna twaalf uur. Ze moest naar hem toe gaan. Misschien was dat van gisteravond een vergissing en was er nog iets te redden. Niet alles natuurlijk, ze moest realistisch blijven, maar hij kon nooit al het geld nu al hebben uitgegeven. Ze zag hem lopen, het koffertje in de hand. Ze balde haar vuist, stak hem in haar mond en beet hard op de knokkels. De afdruk van haar tanden zat in haar vel. Ze moest doorbijten, nog harder doorbijten tot het bloed eruit kwam.

Ze wreef in haar ogen, die gemeen pijn deden. Binnenkort moest ze eens naar de oogarts. Misschien had ze nieuwe lenzen nodig. Ze waste haar ogen en zette haar bril op. In de spiegel keek een vreemde haar aan.

Rob... Ferry... wie weet had hij nog meer namen. Maar het was toch verdomme onmogelijk dat hij alleen maar gedaan had alsof hij om haar gaf. Hij had toch niet alleen maar geacteerd? Hij moest ook iets anders in haar hebben gezien dan geld. Misschien kwam alles nog goed. Ja, natuurlijk, hij had een vrouw, een vriendin, maar dat was eerder een zielig geval. Rob kon niet zomaar bij haar vandaan gaan; iemand die zo ziek was, die liet je niet in de steek. Dat begreep ze wel. En die Lottie zei dat hij in het café zat om met haar geld goede sier te maken. Maar klopte dat wel? Zag Lottie de dingen wel goed? Kon ze nog wel kijken en nadenken met al die drank in haar lijf? Misschien was het ook pure jaloezie.

Ze moest Rob spreken, ze moest het proberen.

Halfeen, en er viel een miezerige regen. Maar hoe zou dat ook anders kunnen op dit moment voor dit flatgebouw? Ze hield haar tas open onder haar arm geklemd, haar rechterhand erin. Ze bleef het heft van het keukenmes vasthouden terwijl ze de auto uitstapte en naar het flatgebouw liep. Deze keer geen gevaarlijke kerels in paarse trainingspakken. Ze zou zich niet meer laten verrassen. Verderop liep een man. Kwam hij in haar richting? Ze versnelde haar pas, en omklemde het heft nog steviger. Hier kon van alles gebeuren, hier moest je op alles voorbereid zijn. Nee, hij leek haar niet op te merken en verdween om de hoek.

De regen was zelfs aangenaam. Straks zou ze binnenkomen, en Rob zou haar zonder problemen het koffertje overhandigen, met al het geld erin. Hier, tel maar na, het was een geintje. Ik wou alleen maar kijken of je echt van me hield. Een soort test. Lottie was er niet. Hij omhelsde haar. Ze zouden samen weggaan. Waar naartoe? Dat was niet belangrijk. Misschien boekten ze wel een hotel, om zich eens lekker te laten verwennen. 's Morgens werd er een serveerkarretje hun kamer ingereden met een heerlijk ontbijt. Daarna gingen ze in een bubbelbad.

Er brandde licht achter zijn ramen. Ze belde aan, maar er werd niet opengedaan. Ze probeerde het nog eens en hield haar vinger zo lang en stijf op de bel gedrukt dat het pijn deed. Eindelijk ging de deur open. Ze deed haar bril af en streek door haar haar voor ze naar boven ging. Waarom had ze in de auto niet in het spiegeltje gekeken en haar make-up bijgewerkt?

Lottie zag er nu nog slechter uit dan de vorige keer. Ze hing tegen de deurpost aan, haar ogen half geloken. 'Wa... wakojjedoen?'

'Is Rob... eh, Ferry misschien ook thuis?' Ze zette haar bril weer op.

Lottie lachte even, en vertrok haar gelaat toen in een pijnlijke grimas. 'Verdomme, de wodka is op. Hejje wodka bij je?' Ze keek naar het tasje van Liesbeth.

'Nee... en misschien zou je niet meer moeten drinken.'

'Dat maak ik zelf wel uit, trut.'

'Is Ferry thuis?' herhaalde Liesbeth.

'Ferry? Tuurlijk niet... die heb wel wat beters te doen. Dat denkt-ie tenminste, die rotzak. Ma... maar kom binnen. Dan kan je 't zelf zien. Jij bent toch niet die vrouw die...' Ze maakte haar zin niet af en liep de woning binnen.

Vreemd, er brandde nu geen licht in het huis. In het licht dat van buiten de kamer binnendrong, kon Liesbeth Lottie op een stoel zien zitten. Ze maakte een gebaar naar de bank. 'Ga zitten… Ik heb niks meer in huis. Misschien neemt Ferry nog wat mee uit het café.'

'Komt hij nog wel thuis vanavond?'

Lottie hief haar armen in de lucht. 'Kajenieweten.'

Het was warm in de kamer. Ze zaten zwijgend tegenover elkaar. Lottie keek haar soms even aan, en dan zwommen haar ogen weer weg. Ze stond op en verplaatste een paar stapels kleren. ''k Moet hier 's een beetje opruimen, vind je ook niet?'

Liesbeth haalde haar schouders op.

'Zeg maar niks, jij vindt 't hier ook een puinhoop. Maar weet je, dat zie je niet meer als je wat drinkt.' Lottie wreef met haar handen over haar gezicht. 'Heb je wel sigaretten?' vroeg ze.

Liesbeth greep in haar tas. Bijna sneed ze zich aan het scherpe lemmet van het keukenmes. Ze presenteerde de vrouw haar pakje Camel.

Liesbeth schrok op toen Lottie plotseling hoestend begon te lachen. Het was of er iets brak in haar keel. Ze drukte de sigaret weer uit in een overvolle asbak. Van het ene op het andere moment zakte haar hoofd weg en leek ze in slaap te vallen. Haar lichaam schokte even. Plotseling deed ze haar ogen weer open. 'O, je bent er nog… goed zo. Blijf maar rustig zitten, dan krijg je hem wel te pakken.' Ze lachte weer. 'Ik ga naar bed. Je hebt toch niks bij je. Een volgende keer moet je wat meenemen. Liefst wodka, maar… nou ja…'

'Zal ik dan ook maar gaan?' vroeg Liesbeth.

'Waarom? Dat is toch nergens voor nodig.' Lottie zuchtte diep. 'Verdomme, wat maakt-ie er toch altijd een puinhoop van. Jij kan er niks aan doen. Het is jouw schuld niet. Blijf maar rustig zitten. Hij moet toch een keer komen.' Lottie verdween door een deur.

Ze zat hier nu al zeker een halfuur, doezelde langzaam weg, maar schrok op bij elk geluid. Het flatgebouw leek te leven. Het kreunde, steunde en zuchtte. Van buiten kwamen een paar verwaaide schreeuwen. Wat deed ze hier? Moest ze weggaan? Maar hij kon elk moment komen. Ze zou hem buiten op de stoep tegen het lijf kunnen lopen als ze nu wegging. Ze stak nog een sigaret op en drukte hem onmiddellijk weer uit.

Plotseling voelde ze zich dodelijk vermoeid. Haar oogleden werden door een sterke hand naar beneden gedrukt. Ze deed haar bril af. De laatste tijd had ze veel te weinig slaap gehad. Ze ging op de bank liggen, haar handtas nog steeds tegen zich aan gedrukt.

Ze werd wakker en begreep niet waar ze was. Met onzekere handen tastte ze naast zich. Ze zag alleen vage, donkere beelden. De bank... de kamer... het huis van Rob. Ze meende een geluid te horen, hier in de flat. Voetstappen? Schuifelende, voorzichtige voetstappen? Ze kon haar bril zo gauw niet vinden. Als het Rob was, waarom deed hij het licht dan niet aan? Wat gebeurde hier? Was het een inbreker? Misschien was Lottie opgestaan. Ze probeerde haar naam te roepen, maar haar keel bracht slechts een hees gepiep voort.
    Ze ging overeind zitten. 'Lottie... ben jij het?'
    Geen reactie.
    Weer hoorde ze voetstappen. Geritsel van papier. In één keer was hij naast haar. Hij sloeg een arm om haar keel en hield een hand tegen haar mond gedrukt. Nu, nu ging het gebeuren. Niemand zou het ooit kunnen achterhalen. Dit was het einde. Hiervoor was ze naar deze rotflat gekomen. Vanaf het begin had het er allemaal in gezeten. Timo zou ze nooit meer zien. Ze zou het hem nooit meer uit kunnen leggen. Nooit zou ze het moment meemaken dat hij afstudeerde, dat hij zijn diploma kreeg. De arm drukte door. Ze kon nauwelijks nog ademhalen. Haar graaiende handen vonden de tas, haar vingers sloten zich om het heft van het mes, en niet zij, maar iemand anders, een vreemde, agressieve vrouw, volkomen over haar toeren, verblind door angst, maar tegelijk woedend om wat haar werd aangedaan, stak wild in het rond. Ze hoorde een schreeuw; een stem die bekend was, en tegelijk vreemd, bijna onmenselijk, dierlijk en rauw. Die andere vrouw had alle woede die ze zelf gevoeld had in zich opgezogen. Het was daarom bijna vanzelfsprekend geworden om dat mes vast te houden en door te blijven steken terwijl die man al op de grond lag. Ze hoorde hoe hij met een vreemd gorgelend geluid enkele namen probeerde uit te spreken. De man lag voorover op de grond, en ze stak nog een keer, met alle kracht die in haar was.

Het lichaam lag stil, doodstil. Ze kon het mes nog zien. Dat moest ze eruit halen. Voetje voor voetje liep ze naar het lichaam. Ze durfde nauwelijks te kijken.

De kamer begon te draaien. Meubels verschoven, ze moest zich vasthouden aan de bank. Haar maag kwam omhoog. Vermalen voedsel werd in haar slokdarm omhoog geperst, maar bleef daar zitten. Ze moest overgeven, maar het lukte niet. Er was geen twijfel mogelijk. Door een mist zag ze vaag de contouren van het lichaam. De korte, enigszins gedrongen bouw, het wat borstelige, dikke haar. Ze deed een paar passen terug, struikelde over een kledingstuk dat op de grond lag, en viel half over de bank.

Ze zat in haar auto en probeerde haar handen weer de baas te worden. Met haar ogen dicht had ze het mes uit de rug getrokken. Het zat precies ter hoogte van het hart. Toen het mes uit de wond kwam maakte het een licht zuigend, nattig geluid, dat ze nu nog kon horen. Ze had het mes weer in haar tas gestopt. Nu wilde ze roken, maar ze durfde de sigaretten er niet uit te halen. Ze moest wegrijden, ze moest hier zo snel mogelijk vandaan, maar het lukte niet. De sleuteltjes pasten niet in het contact. Elke minuut was een minuut te veel. Straks zou Lottie hem misschien vinden. Ze zou de politie bellen. Dan had ze net zo goed daarboven naast het lichaam kunnen blijven zitten. Het lichaam... het lijk. Dit was veel meer een lijk dan de stoffelijke resten van Paul.

Wat zou de politie zeggen? Zouden ze geloven dat het een ongeluk was geweest? Waarom was ze hier naartoe gegaan, waarom had ze het mes meegenomen? Een gewoon keukenmes. Had ze het niet bij Blokker gekocht? De vijftigduizend gulden was ze nu voorgoed kwijt. Maar was dat nog wel belangrijk?

Het sleuteltje paste nu wel in het contact. De motor sloeg af omdat ze vergeten was de choke uit te trekken. Ze startte opnieuw en reed half slippend weg. Alles was wazig en vaag. Ze probeerde al rijdend haar bril uit haar tasje te vissen. De auto slingerde over de weg. Bijna schampte ze een geparkeerde vrachtwagen. Ze ging op haar rem staan. Een auto passeerde haar toeterend. Ze doorzocht de zakken van haar jas. Geen bril. Nog eens haar tasje. Niets. Het was of haar keel werd dichtgedrukt. Ze zou nooit terug durven gaan. Hoe zou ze trouwens binnen moeten komen?

Ze reed niet de stad in maar ging met een slakkengangetje richting Osdorp. Bij een bouwplaats haalde ze een baksteen van een stapel, en deed hem in haar tas. Ze keek om zich heen of niemand haar zag. Een paar honderd meter verderop liep een schimmige figuur met een hond, een grote hond.

Op haar horloge zag ze dat het vier uur was, een vreemde tijd om je hond uit te laten. Ze reed terug naar de Sloterplas en parkeerde. Ze liep over een stuk grasland naar het water en gooide de tas er zo ver mogelijk in. Pas nadat ze de plons had gehoord en de kringen in het water zag, bedacht ze dat haar autopapieren en rijbewijs er nog in zaten.

Timo kwam om acht uur naar beneden. Ze zat aan de keukentafel, een kopje koud geworden koffie voor zich.
'Waarom heb je je jas aan?'
'Ik, mijn jas aan? O, zeker vergeten uit te doen.'
Timo keek haar verbaasd aan. 'Vergeten uit te doen? Hoe bedoel je? Ben je soms al buiten geweest?'
Ze nam een slokje koffie. 'Dat kan je wel zeggen, ja.'
'Wat is er dan gebeurd?'
Ze verborg haar gezicht in haar handen. Dat moest eerst en toen konden de tranen pas komen, in een overstelpende hoeveelheid. Ze voelde Timo's arm om haar schouder. Hij bedoelde het goed, maar het deed haar alleen maar denken aan die arm van vannacht, die arm om haar keel.
Plotseling was het over. Als tijdens een onweersbui waarbij het ene moment de regen nog bij bakken neervalt, terwijl het het volgende moment droog is. Ze snoot haar neus in een theedoek die op tafel lag.
'Hier heb je m'n zakdoek,' zei Timo.
Lieve, behulpzame Timo. Hij zou verder alles alleen moeten doen.
'Is niet nodig,' zei ze. 'Zo gaat 't ook.'
Timo haalde een glaasje water voor haar.
'Heb je niks sterkers?'
'Drink dit nou maar op. Zal ik een valiumpje halen? Die heb je toch nog wel?'
Ze knikte.
Even later was hij terug met twee witte tabletjes. Ze nam ze gedwee in met een paar slokken water.
'Wat is er gebeurd?'
Ze begon op haar nagels te bijten.
'Vertel het nou maar. Wacht, ik maak even een beetje koffie.'
Hij stond met zijn rug naar haar toe bij het aanrecht. Zijn gezicht, en speciaal zijn ogen kon ze niet verdragen, maar tegen zijn rug durfde ze het

wel te vertellen. Het was of hij het begreep, want hij bleef zo bij het aanrecht staan, zijn handen in een verstild gebaar toen zij met een bijna toonloze, droge stem het verhaal vertelde. Het was een verhaal geworden waarin zijzelf per ongeluk de rol van hoofdpersoon had gekregen. Tegen haar zin. Of niet? Had ze hiernaar gezocht?

'Kijk, er zitten nog bloedspatten op m'n rok.'

Hij keek niet. Het duurde uren voor hij zich omdraaide en daarna weer net zo lang voor hij iets zei. Ze had willen opstaan, maar het lukte haar niet om overeind te komen.

'Heeft iemand je gezien?'

'Ja, natuurlijk... z'n vrouw was er toch... of z'n vriendin, ik weet 't niet.'

Timo ging zitten. 'Wat ga je nu doen?'

'Misschien moet ik naar de politie gaan om alles te vertellen.'

Hij dronk wat van haar koude koffie en trok een vies gezicht. 'Ook over het geld?'

'Ja, natuurlijk. Anders komen ze er later toch achter. Die Lottie, die...'

'Lottie?'

'Ja, die vrouw of vriendin, die weet daar ook van. En we zijn bij de bank geweest. Het is gewoonweg niet geheim te houden. En die stomme bril, als ze die vinden...'

'Je moet niet naar de politie gaan,' zei Timo met een stem alsof hij geen tegenspraak duldde. 'Ze zullen denken dat je... dat je hem vermoord hebt vanwege het geld en dat je jaloers was, dat soort dingen. Sorry dat ik het zeg, maar voor hun ben je gewoon de in de steek gelaten, bedrogen minnares die wraak kwam nemen.'

Ze knikte. Ja, zo was het. Ze zou het nog geen vijf minuten lang kunnen ontkennen. 'Dus geen zelfverdediging,' zei ze.

Timo haalde zijn schouders op. 'Wat er echt gebeurde doet er nauwelijks toe. Het gaat erom wat mensen denken dat er gebeurde. Ik ga nu koffie zetten. Jij ook?'

'Nee, ik ga naar bed. Je moet straks bij Blokker een nieuw keukenmes kopen. Je weet wel, zo één als we hadden. Maar niet hier in de buurt.'

'Natuurlijk niet... en jouw kleren moeten worden gestoomd. Ik zal ze meteen meenemen.'

'Verdomme, ik moet natuurlijk naar de zaak. Het is al kwart voor negen.'

'Laat maar, ik ga wel.'

'De hele dag?'
Hij haalde zijn schouders op. 'Het zal wel moeten.'

Ze werd wakker met een zware, kloppende hoofdpijn. Drilboren, pneumatische hamers, gierende remmen, een cirkelzaag wisselden elkaar af in onvoorspelbare volgorde.
'Rob,' zei ze, 'Rob, ben je daar?'
Ze tastte naast zich in het bed, maar haar hand vond niets. Ze deed haar ogen open. Kwart over twee, dat kon helemaal niet, dan kon het nog niet licht zijn. Ze dronk een slokje water en toen wist ze het weer.
Nooit zou ze meer uit haar bed komen. De deur naar de gang stond open. Ze hoorde de telefoon overgaan en verborg haar hoofd onder het kussen. Dat was natuurlijk de politie. Maar als ze de telefoon niet opnam, zouden ze straks langskomen en aanbellen. Dan deed ze de deur niet open. De drilboor begon weer. Wankelend liep ze naar het medicijnenkastje en nam twee aspirientjes.
Ze ging weer in bed liggen. De cirkelzaag probeerde het nog even, maar het geluid ebde langzaam weg. Het licht deed nu ook minder pijn aan haar ogen. Ze had een vreemd leeg gevoel in haar maag. Het was geen honger; eerder of er een lichaamsdeel ontbrak. Of ze gisteren was geopereerd en er iets was weggehaald, een orgaan dat geen wezenlijke functie vervulde, maar dat ze nu wel miste.
Vanaf vandaag werd alles anders. Het was als de eerste dag na het overlijden van Paul. Alleen was nu de angst nog groter, veel groter. De politie zou zeker langskomen. Vijf maal acht, zoals haar moeder nog steeds zei, terwijl het telefoonnummer ondertussen al twee keer was veranderd. Vijf maal acht is veertig. Ze was nu zevenenveertig. Ze moest met Timo praten, die zou weten wat ze moest doen, wat ze moest zeggen.
De telefoon ging weer. Misschien was het beter om juist wel op te nemen. Stel dat de politie al bij de zaak langs was geweest of daar naartoe had gebeld. Ilona of Timo had hun natuurlijk verteld dat ze thuis was. Dan was het verdacht als ze de telefoon maar liet rinkelen.
'Hai, mam, ik ben het.'
Liesbeth begreep het niet.
'Ik... Jenny.'
'O, natuurlijk, sorry, ik had het niet zo gauw in de gaten.'

'Dus Timo had wel gelijk,' zei Jenny.

Ze voelde zich slap en draaierig. 'Hoezo gelijk?'

'Dat je je niet zo goed voelt. Gisteravond laat, over de telefoon, deed je ook al zo gek. Wat is er aan de hand?'

''k Weet niet... misschien een beetje overwerkt of zo.'

Jenny ging hier niet op in. 'Ik moet je wat vertellen, mam. Ik... eh, ik weet niet goed hoe ik het zeggen moet.'

Liesbeth staarde naar buiten. Ze hoorde nauwelijks wat Jenny zei, ving alleen het woord 'oma' op.

'Ben je bij oma geweest? Dat mocht ook wel 's. Hoe lang is het...'

'Nee,' onderbrak Jenny. 'Waar ben je eigenlijk met je hoofd? In een centrifuge of zo? Het draait geloof ik behoorlijk bij je. Je wordt oma, mam. Ik ben zwanger, zo'n twee maanden al.'

16

Waarom spatten sommige flessen uiteen in honderden scherven, scherfjes en splinters, en braken andere niet? Ze mikte nog een fles door de opening en probeerde hem veel snelheid mee te geven. Maar de fles bleef heel. Had ze nu eigenlijk zonet de telefoon gewoon neergelegd zonder iets tegen Jenny te zeggen? Was Jenny echt zwanger? En wie was dan de vader? Marco? Vaag herinnerde ze zich dat Jenny haar vannacht iets over Marco had proberen te vertellen. Wat was er aan de hand? Ze moest Jenny bellen, nu meteen. Ze zette een plastic tas met nog een paar lege flessen naast de bak en begon in de richting van haar huis te lopen.

Een man die net met een pak kranten voor de belendende papierbak stond, riep haar na. 'Hé, laat je dat zomaar staan? Dat is ook met erg netjes.'

Liesbeth deed een paar weifelende passen terug. 'Maar mijn dochter... ik moet bellen... ze is zwanger, ze krijgt een kind.'

'Nou, gefeliciteerd dan, opoe.'

'Alleen 's ochtends een beetje misselijk,' zei Jenny. 'Verder niks.'

'En de vader... is Marco de vader?'

'Ja, wie dacht je anders, een cadeautje van Sinterklaas?' Jenny lachte even.

'En weet-ie 't al?'

'Ja, natuurlijk, Hij vindt 't fantastisch.'

Liesbeth kon zich Marco niet als vader voorstellen. 'Maar hij woont toch ergens anders? Jullie zijn toch uit elkaar?'

'We waren uit elkaar. Gewoon een beetje ruzie, dat kan iedereen overkomen. Jij en pap hadden toch ook...'

'Maar Marco had iemand anders! Dat heeft Timo...'

Jenny onderbrak haar. 'Ach mam, dat was gewoon een vergissing. Marco heeft 't zelf gezegd. Zoiets gebeurt nou eenmaal wel 's. 't Is niet altijd koek en ei. Dat kan ook niet. Maar nou ziet-ie 't weer helemaal zitten… echt waar. Hij gaat een baan zoeken, zegt-ie, een vaste baan. Hij is nu ook weg, ik weet niet waar naartoe, ik denk naar het arbeidsbureau of zo. Gisteravond ben ik vroeg naar bed gegaan, ik was doodmoe, helemaal knock-out. Ik heb als een blok geslapen, de hele nacht, en toen ik vanochtend wakker werd, was-ie alweer verdwenen. Er lag een briefje: ik ben even weg, liefs Marco. Zoiets deed-ie vroeger nooit. Toen ging-ie gewoon pleite, ik moest maar raden waar-ie was en wat of-ie deed. 't Is echt zo anders nu. Hij wil ook een ander huis, groter, met meer ruimte voor een kinderkamer.'

'Een kinderkamer, ja, je moet natuurlijk een kinderkamer hebben. Weet je, het wiegje waar Timo en jij in hebben gelegen staat nog in de berging. Het moet natuurlijk wel een beetje worden opgeknapt, maar dan is het…' Ze begon te huilen.

'Wat is er, mam? Ben je een beetje van de kaart? Is het omdat ik zwanger ben?'

'Ook,' zei Liesbeth tussen haar tranen door.

'Wat dan nog meer?'

'Dat kan ik niet zeggen… 't is… ik weet niet.'

'Is er iets met Rob?'

'Misschien.'

'Misschien?' vroeg Jenny. 'Wacht, even een sigaret opsteken, dat kan nog net. Ik ga proberen te stoppen, dat moet nou echt.' Liesbeth hoorde haar de rook uitblazen. 'Is het uit tussen jullie?'

'Ja, zoiets,' zei Liesbeth en ze begon weer te huilen.

Timo kwam om zes uur even thuis. Ze was weer in bed gekropen. Hij had twee broodjes shoarma meegenomen, maar ze had geen honger. Hij vroeg of ze al iets had gegeten vandaag. Ze schudde haar hoofd.

'Dan niet,' zei Timo.

'Wat moeten we doen?' vroeg ze.

'Niks… gewoon afwachten.'

'Waarop?'

'Dat weten we niet.' Onbegrijpelijk dat Timo zo rustig bleef.

'Kan je niet opbellen naar het huis van Rob of zo? Er zit saus op je bovenlip.'

'Waarom opbellen? Je weet van niks. Daar moet je van uitgaan. Waarom zou je bellen?' Hij pakte het tweede broodje. Ze zag hem graag eten, misschien vooral omdat hij vroeger zo'n slechte eter was geweest. Je moest het bij hem naar binnen praten, hapje voor hapje. 'Weet je, we doen 't nog een keer.'

'Wat?'

''t Gesprek, het interview, het onderhoud... noem het voor mijn part het verhoor.'

'Maar...'

Timo hield zijn rechterhand naar haar uitgestrekt, alsof hij iets vasthield. 'Herkent u deze man?'

'Maar hoe weet je dat ze dat zullen vragen?'

'Kent u de man op deze foto?'

'Ja, dat is... eh, Rob... tenminste, ik kende hem altijd als Rob, maar...' Ze brak haar zin af omdat ze plotseling Jenny voor zich zag met een dikke toeter van een buik. Zo zou ze niet achter het orgel kunnen zitten.

'Wat "maar"?' vroeg Timo.

'Je krijgt een neefje,' zei ze met een zenuwachtige glimlach, 'je wordt oom.'

Timo was weer teruggegaan naar de zaak. Om negen uur zou hij thuis zijn. Ze telde de minuten en probeerde de tijd vooruit te duwen. Maar daardoor leek het alleen maar langer te duren. Ze was bang geworden, alleen in huis. Ze zette de televisie aan, keek naar het nieuws, maar zag of hoorde nauwelijks iets. 'Joegoslavië,' hoorde ze, en 'Kroatië... Bosnië-Herzegovina... Servië.' Ze zag huilende vrouwen. Een dode langs de kant van de weg. Bloed op het asfalt. Een man liep er zomaar doorheen. Ja, Rob was ook dood, en straks zou de politie komen. Dat kon niet anders. Timo had het nieuwe keukenmes in een tas met wat gereedschap gestopt en alles flink door elkaar geschud. Daarna had hij het heft een beetje geschuurd en over de kale plekken had hij boven het aanrecht koffie gegoten. 'Ziet het er wat ouder uit,' had hij gezegd. Wanneer had hij dat ook alweer gedaan? Vanochtend of vanavond? Ze schrok van een enorme knal en een vuurzee op de televisie.

De telefoon ging. Ze liet hem zes keer overgaan voor ze opnam. Ze noemde haar naam, maar aan de andere kant hoorde ze alleen maar iemand zwaar ademen. Ze legde de hoorn weer neer. Haar hart bonkte alsof het uit haar borstkas wilde ontsnappen. Ze hield haar hand ertegen gedrukt om het binnen te houden, om het te bezweren. In de keuken, staande bij het aanrecht, dronk ze een glaasje water. De telefoon ging weer. Nee, ze wilde niet opnemen, ze kon het niet. Stapje voor stapje liep ze naar het toestel. De vloer helde zo sterk omhoog dat ze zich nauwelijks overeind kon houden. Met een hand van rubber pakte ze de hoorn van de haak. Ze zei niets. Degene die haar opbelde zweeg ook.

'Ik ben 't,' zei ze tenslotte, 'Liesbeth.'

'Je spreekt met Rob.'

Ze hield de hoorn een stukje van zich af, alsof het een dier was dat haar zou kunnen bijten. Dit was iemand die een grap met haar uithaalde, een misselijke, zieke grap. Ze legde de hoorn weer neer, maar voor ze naar de keuken of de slaapkamer had kunnen vluchten, rinkelde het apparaat opnieuw.

'Het is niet aardig om meteen op te hangen.'

Was het zijn stem? Of iemand die hem nadeed om haar de schrik op het lijf te jagen? 'Met wie spreek ik?' vroeg ze.

'Met Rob natuurlijk, wie dacht je dan?'

'Maar Rob is toch…' Ze hoorde weer het geluid, zoals van een schep die uit natte, zuigende klei wordt getrokken, en maakte haar zin niet af.

'Wat is er met mij?'

'Ik weet niet,' zei ze. 'Ik weet 't niet meer.'

Ze legde de hoorn naast het toestel en rende het huis uit de straat op.

Ze was café Sport, twee straten verderop, binnengelopen. Pas nadat ze koffie had besteld, merkte ze dat haar portemonnee nog thuis lag. Ze zei het tegen de vrouw die haar koffie kwam brengen,

'Nou, schat, dan betaal je toch een andere keer.'

Ze nam een slokje van de koffie, maar het smaakte niet. Toch moest ze het nu wel opdrinken. Hopelijk ging Timo direct van de zaak naar huis. Dan hoefde ze hier nog maar een halfuur te blijven zitten. Met haar vinger ging ze door de rulle stof van het Perzische tafelkleedje. Pas na een tijdje merkte ze dat ze het woord 'Rob' schreef, maar het was onzichtbaar voor anderen. De koffie arriveerde met een scherpe pijnscheut in haar maag. Wie had haar deze streek geleverd? Wie had haar opgebeld en Robs stem geïmiteerd? Dat moest iemand zijn die iets van hun relatie wist, die misschien ook wist dat Rob dood was, dat zij in zijn flat was geweest. Ja, ze was er nu van overtuigd. Het was niet Rob: deze stem had toch anders geklonken. Het kón Rob niet zijn.

Ze deed nog wat suiker in de koffie en roerde langdurig. Zou hij er nog liggen? Misschien was hij wel niet dood geweest, en was hij naar het ziekenhuis gebracht. Veel bloed verloren, op het randje van de dood. Hij lag aan een infuus. Zou Lottie hem hebben gevonden? Zou ze nu naast zijn bed in het ziekenhuis zitten, zijn hand vasthouden?

'Mag ik u misschien een consumptie aanbieden?' Er stond een keurige grijze heer bij haar tafeltje. Ze zag dat de alcohol hem al stevig bij de kladden had. Hij zwaaide een beetje heen en weer alsof er een flinke storm stond in het café.

'Nee, dat mag u niet.'

Om kwart over negen liep ze op een sukkeldrafje weer terug naar huis. Het regende en ze had geen jas aan. Gelukkig was Timo net thuis, want ze had haar sleutels niet bij zich. Ze vertelde hem van het telefoontje. Timo keek haar onderzoekend aan.

'Een telefoontje... dat weet je zeker?'

Ze knikte.

'En hij zei dat hij Rob heette?'

'Ja, twee keer... heel duidelijk.'

'Misschien een *practical joke*. Heb je al iets gegeten?'

'Ik heb geen trek. Ik kan nog niks eten. Ik weet niet...'

'Als-ie weer belt, dan neem ik wel op.'

En meteen rinkelde de telefoon.

'Met Timo van der Werf. Dit is toch geen geintje of zo?' Ze zag de vragende uitdrukking op Timo's gezicht. 'Nee, die is er nu niet, die kan je niet spreken. Zeg het maar tegen mij. Ik breng de boodschap wel over.' Timo ging met zijn hand door zijn haar. 'Dit is onzin, lulkoek.' Timo liep heen en weer, zo ver als de telefoondraad hem toestond. Degene die opbelde – Liesbeth dacht vaag een mannenstem te horen – was lang aan het woord. Ze probeerde betekenis af te leiden uit de gezichtsuitdrukkingen van Timo.

Ongeloof en woede straalde hij uit. 'Dat kan helemaal niet. Als je denkt dat je ons zo kan belazeren, dan heb je het helemaal bij het verkeerde eind. Wat is dat voor een krankzinnig lulverhaal? Dacht je dat wij dat geloven, dat iemand anders dat gelooft? Nee, luister nou 's naar mij. Ik wil niet dat je m'n moeder nog langer lastig valt met deze onzin. Heb je dat begrepen?'

'Wat was dat?' vroeg Liesbeth met een trillende stem, toen Timo de hoorn had neergelegd.

'Shit, shit, shit.' Timo liep naar de keuken. Liesbeth ging hem achterna.

'Wie was 't, wie belde er? De politie?'

'Nee, was dat maar waar. Dan wisten we tenminste waar we aan toe waren.'

'Maar wie dan?'

'Iemand die zei dat-ie Rob was.'

'Echt waar?'

Timo knikte.

'En was het Rob ook?'

'Volgens mij wel.'

'Maar dat kan helemaal niet. Rob is dood. Hij moet dood zijn. Dat kan niet anders.' Een fractie van een seconde dacht ze dat het een droom, een verzinsel was geweest. Ze zat nu in de overgang tussen slapen en wakker worden. Straks deed ze haar ogen open en lag ze in haar eigen bed, of ze was ingeslapen op de bank in het huis van Rob. De afgelopen dagen waren in een droom van enkele minuten voorbijgeraasd.

Timo pakte een flesje bier uit de ijskast, maakte het open, zette het aan zijn mond en dronk het halfleeg. Met de rug van zijn hand veegde hij zijn mond af.

'Je moet gaan zitten. Het is krankzinnig... niet te geloven gewoon. Ik weet niet...' Hij maakte zijn zin niet af. Liesbeth zag hem plotseling weer als een klein jongetje.

'Maar wat is er dan? Dit is toch niet...' Ze moest denken aan een film die ze ongeveer een halfjaar geleden op tv had gezien: lijken die uit hun graf kwamen om zich te wreken op de levenden die hen vroeger slecht hadden behandeld. Er waren veel rekeningen te vereffenen. 's Nachts kwamen ze te voorschijn, en voor het licht werd verdwenen ze weer in hun graf. Het was nu donker. 'Monsters,' fluisterde ze.

'Wat zeg je?'

'Nee, niks.' Ze liep naar Timo toe en sloeg haar armen om hem heen. Ze hielden zich aan elkaar vast, twee drenkelingen die hopen zo niet te verdrinken. Met horten en stoten vertelde Timo het verhaal dat hij blijkbaar net over de telefoon had gehoord. Steeds krampachtiger hielden ze elkaar vast, tot het pijn deed. Liesbeth kon bijna geen adem meer halen, maar toch bleef ze Timo tegen zich aan klemmen. Als ze hem losliet, was ze reddeloos verloren.

'Weet je zeker dat je Rob aan de lijn had?'
'Zo goed als zeker.'
'Hoe weet je dat dan?'
'Gewoon, zijn stem... en hij zei een paar dingen over jou, en dat-ie hier geweest was, en dat-ie het nog met mij over economie had gehad, over Japan, dat soort dingen.'

Liesbeth voelde even de opluchting: Rob was niet dood. Hij leefde nog. Alles zou goed komen. Hij zou het geld terugbetalen. Over een paar dagen lag ze weer in zijn armen, voelde ze zijn strelende handen over haar huid. Maar toen had de kille werkelijkheid haar weer te pakken. Er was iemand anders dood. Zij had het gedaan, zij had hem vermoord. Ze sprak het woord uit om het sterker te voelen. 'Vermoord, ik heb iemand vermoord.' Wie was het? Een man die op Rob leek. Bijna een dubbelganger. Hoewel, het was donker geweest, en ze had haar bril niet op gehad. Ze was opgeschrokken, had alleen maar een schim gezien.

'En wat nu?' vroeg ze.

'Ik weet niet. We moeten afwachten. Dat is het enige dat we kunnen doen, gewoon wachten.' Timo maakte zich los uit de omhelzing, pakte het flesje bier en dronk het leeg. Hij vergat met de rug van zijn hand zijn mond af te vegen.

'Misschien hebben we nu nog een kans om het geld terug te krijgen. Hij leeft tenminste nog.'

Liesbeth begreep niet dat Timo nu aan geld kon denken. De bel ging, en ze kon een kreet van schrik nauwelijks onderdrukken. 'Politie,' fluisterde ze.

'Misschien,' zei Timo. 'Ik zal opendoen. Je weet 't, hè? Je weet wat je moet zeggen.'

'Maar als Rob wat anders heeft gezegd, wat moet ik dan?'
'Gewoon aan ons verhaal vasthouden. Hoe laat was je thuis?'
'Vlak voor elf uur.'
De bel ging nog eens.
'Ja, ik kom,' zei Timo. 'En hoe weet je dat?'
'Jij zat hier tv te kijken.'
'Welk programma?'
'Ik dacht NOS-*Laat*.'
'Goed zo. Zie je wel dat je 't kan.'

'Ik weet niet,' zei Jenny. 'Ik raakte zomaar in paniek. Ik moest ergens naartoe. Ik kon niet thuis blijven zitten wachten.'

Het was moeilijk om naar Jenny te luisteren. Rob verscheen steeds voor haar ogen. Hij lachte, draaide zijn rug naar haar toe om te laten zien dat er geen mes in stak. 'Maar wanneer was dat, zei je?'

'Gisteravond, toen ik naar bed ging, dat heb ik je nou al drie keer verteld.' Jenny's stem had een ongeduldige bijklank.

'Maar hij bleef toch wel 's meer zo lang weg,' zei Timo.

'Maar dat zou hij nu niet meer doen, ik weet 't zeker.'

'Waar is-ie vanochtend naartoe gegaan?'

Jenny haalde haar schouders op. 'Misschien het arbeidsbureau. Daar heb ik al naartoe gebeld, maar ik word steeds met iemand anders verbonden, en ze weten niks. Heb je nog sigaretten, mam? De mijne zijn op.'

'Je mag niet meer roken, dat weet je toch? Toen ik zwanger was van jou, toen...'

'Ja, dat weet ik, jij was een held, jij was een heilige, dat ben je trouwens nog steeds, maar ik zit verdomme in de zenuwen, en ik ben maar een gewoon mens, dus ik wil een sigaret.'

Liesbeth zocht haar tas. Daar zaten sigaretten in. Plotseling wist ze het weer. De Sloterplas. 'Sorry, de mijne zijn ook op.'

Alsof dat net te veel was voor haar, barstte Jenny in tranen uit.

Het was gelukkig stil in de zaak. Ilona was er, Annet en Leendert, en een werkstudente, Stephanie.

'Wat praat-ie bekakt,' zei Annet, en ze wees op de man die met twee volle vuilniszakken binnen was gekomen. Het was vroeg. Verder waren er geen klanten. 'En moet je z'n kleren 's zien, vieze vodden gewoon.'

Liesbeth had de was gewogen: totaal vijftien kilo, dus drie penningen van ieder negen gulden vijftig was voldoende. Maar de man wilde acht penningen van ieder zes gulden vijftig.

'Ik kan niet alles zomaar bij elkaar stoppen,' zei hij. 'Sommige stukken moeten een afzonderlijke behandeling ondergaan. Aan verschillende kledingstukken dient op de juiste manier aandacht te worden geschonken, anders ontstaan er onoverkomelijke problemen die gedurende lange tijd hun sporen zullen nalaten. Ik moet rekening houden met de diverse functies.'

'Meer betalen dan nodig is, mag altijd,' zei Liesbeth.

De man haalde het geld uit een portefeuille. Liesbeth zag er nog een flinke stapel andere briefjes in zitten, bruinige briefjes. Misschien liep deze man met zijn hele vermogen op zak. Als hij het maar niet in de machine stopte. Laatst nog iemand die 's middags een jasje kwam halen dat hij 's morgens had gebracht om te laten stomen. Hij zei dat er vijf briefjes van honderd in de binnenzak hadden gezeten. Het jasje was al behandeld. Waar was dat geld gebleven? Dat hadden ze zeker ingepikt? Geld, het ging allemaal om geld. Zo was het met Rob ook begonnen. Als dat geld er niet tussen was gekomen, was het allemaal goed gegaan. Eigenlijk had Rob gelijk gehad.

De man sorteerde zorgvuldig zijn was. Liesbeth zag eerst niet welk principe hij hanteerde. Bont, wit, grauw en zwart gingen bij elkaar. Ze liep achteloos langs en keek nog eens goed. Overhemden bij overhemden, sokken bij sokken, enzovoorts. Voor elk type kledingstuk een andere machine. Een handjevol zakdoeken verdween in een machine. Daar mocht blijkbaar niets anders bij.

'Je hebt er wel 's beter uitgezien,' zei Ilona.

'Ja.' Ze wist zelf niet of het een bevestiging was.

'Is er wat?' vroeg Ilona.

'Wat zou er zijn?' Ze had genoeg van die eeuwige vragen van Ilona.

'Godsammekrake, wat ben je weer gezellig.'

'Moet dat dan?'

'Nee, maar het helpt wel om de dag door te komen… Ja meneer, ik kom eraan.'

Om een uur of tien belde Jenny op. Liesbeth kon haar eerst niet verstaan. Een miskraam, dacht ze meteen. Wat jammer.

'Marco… verschrikkelijk,' snikte Jenny.

'Wat is er gebeurd? Moet ik komen?'

'Ja,' bracht Jenny er nog net uit, en toen begon ze weer te huilen met wilde, onbeheerste uithalen.

17

Pas toen ze bovenkwam besefte ze dat de politieauto voor Jenny's huis ook inderdaad voor Jenny gekomen was.

'U bent de moeder van mevrouw hier?' vroeg een politieman. Hij had een lichte zenuwtrek bij zijn rechteroog, waardoor het leek of hij af en toe knipoogde.

Liesbeth knikte. Haar mond zat even op slot omdat haar hersens maalden in een ongelijkmatig en verwarrend tempo. Zwangerschap... waarom de politie? Er hing een vreemde sfeer in huis alsof iedereen ergens op zat te wachten, maar niemand wist waarop precies. Was Marco al gewaarschuwd? Of zaten ze op hem te wachten? Hoe kwam het dat er tegenwoordig alleen nog maar vragen waren en geen antwoorden?

''t Is verschrikkelijk, mam,' zei Jenny. 'Marco, die... die...' Ze barstte weer in tranen uit.

Waarom begon Jenny nu over Marco? Het ging toch om die zwangerschap? Ze staarde naar Jenny's buik alsof daarop een antwoord geschreven zou kunnen staan, de oplossing voor alle raadsels. Moest ze misschien naar het ziekenhuis? Kon Marco haar niet brengen? Maar als dat het probleem was, wat deed de politie dan hier?

'Haar man... eh, uw schoonzoon, die heeft een ongeluk gehad.'

'Een ongeluk? Met de auto of zo?'

'Nee, dat niet.'

'Is het ernstig... is-ie zwaar gewond?'

De politieman knipperde weer met zijn oog. 'Ja, heel zwaar.'

Jenny huilde met gierende uithalen. Ze probeerde iets te zeggen, maar Liesbeth kon haar niet verstaan.

Plotseling begreep Liesbeth het. 'Is-ie...?' Ze durfde het woord niet uit te spreken.

'Ja, hij is dood.' De politieman fluisterde bijna.

'Maar hoe dan?' vroeg Liesbeth. 'Wat is er dan gebeurd?'
'Hij is… eh, hij is om het leven gebracht.'
Liesbeth keek van de ene naar de andere politieman. Ze begreep er niets van. 'Maar… hoe bedoelt u?'
'Hij is vermoord. Even kijken… dinsdagavond of -nacht.'
'Vermoord?' Liesbeth knielde op de grond naast de stoel waar Jenny in zat. Ze sloeg haar armen om Jenny's knieën, en drukte haar hoofd tegen haar schoot. 'Dat kan niet… dat kan toch niet,' prevelde ze. 'Het bestaat niet. Marco kan niet zomaar dood zijn. Het is een vergissing. Ze zeggen maar wat, omdat ze het ook niet weten. Ze weten niks, helemaal niks.'
'Hij is al geïdentificeerd,' zei de andere politieman, die zich steeds op de achtergrond had gehouden. 'Er is geen twijfel mogelijk.'
'Maar… maar waar dan, en hoe? Het kan toch niet?'

Zodra de twee politieagenten weg waren, vluchtte ze naar de keuken. Ze hield zich zo krampachtig aan het aanrecht vast, dat het bloed uit haar handen trok. Nooit zou ze Jenny meer onder ogen durven komen, nooit zou ze wie dan ook nog onder ogen durven komen. Nog voordat de politieman het hele verhaal verteld had, wist ze het. Ze zag hen naast elkaar staan: Marco en Rob. Broers, de een flink wat ouder dan de ander, maar toch hadden ze broers kunnen zijn. De pijn van het mes stak in haar eigen rug. De laatste woorden hoorde ze niet eens meer. Andere beelden en stemmen schoten door haar hoofd. Café Van Drongelen: die keer dat ze even had gedacht dat Rob achterin aan een tafeltje zat te kaarten en het Marco bleek te zijn. Rob's nachts aan de telefoon in haar huis, de naam Marco. Maar er waren zo veel Marco's.
'Wat is er, mam?' vroeg Jenny.
Liesbeth had haar niet binnen horen komen. Ze slaakte een kreet van schrik.
'Ik kan het niet geloven,' zei Jenny. 'Het is niet waar.'
Het is waar, ik weet het, het is waar, ik kan getuigen, ik ben de beste getuige die je je voor kunt stellen. Het enige dat ze zei was: 'Timo… je moet Timo bellen.'

Jenny kon niet alleen blijven. Natuurlijk, een moeder moest voor haar kind zorgen, zeker in dit soort omstandigheden. Jenny was ook bij haar in huis getrokken, maar Liesbeth durfde haar nauwelijks onder ogen te komen. Ze lag al een paar dagen in bed. Het schuldgevoel had zich ingevreten, het had zich gevoed, en was opgezwollen, zodat het haar helemaal vulde. Er was geen plaats meer voor iets anders, zelfs niet voor medelijden met Jenny. Iedereen kon het aan haar zien, alsof ze nog met een mes in haar handen liep, waar het bloed vanaf droop. Deed Jenny alleen maar of ze het niet zag? 'Vind je het zo erg, mam?' had Jenny gevraagd. 'Ik wist niet dat je zo op Marco gesteld was.' Als Jenny zoiets zei, sloeg ze helemaal dicht, en verborg ze haar gezicht in het kussen. 'Of denk je nu aan papa?' Liesbeth had geknikt. Het verdriet van ruim twee jaar geleden kwam weer terug, dat was het beste excuus.

Timo was de enige die het wist. Ze hadden er niet met elkaar over gepraat. Hij begreep dat er geen woorden voor waren, dat zwijgen de enige redding was. Maar wie kon er nu nog over een redding praten? Wat viel er te redden? Wanneer hun blikken elkaar kruisten, was dat al bijna te veel. 'Het staat op je voorhoofd,' zei haar moeder vroeger als ze overduidelijk had gelogen. Nu had ze de neiging om met haar hand over haar voorhoofd te wrijven als Jenny bij haar in de slaapkamer kwam. Het was zelfs onmogelijk om te troosten. Alle woorden zouden vals, gemeen, verwrongen uit haar mond komen. En Jenny zou ook alles begrijpen. Ze hoorde Jenny aan, knikte, sloeg haar arm om Jenny's schouder, maar moest dan naar haar eigen hand kijken: hield ze daar geen mes in geklemd? Waren haar vingers niet kleverig van het bloed?

De politie was nog twee keer langs geweest om met Jenny te praten, om haar te vragen over vrienden, kennissen, relaties, vijanden, connecties. Jenny had van de politie begrepen dat Marco in het huis van ene Ferry Vermeulen was gevonden, en verder niets. Geen Rob. Niemand legde blijkbaar dat verband, en Liesbeth bleef zelf dus ook buiten schot. Ze hoorde verder nauwelijks wat Jenny zei, ze wilde het ook niet weten. Alles wat Jenny vertelde, was gevaarlijk. Bij elk woord zou ze zelf kunnen losbarsten. Tegenover de politie kon ze misschien nog het verhaal opdissen dat ze met Timo had gerepeteerd, maar met Jenny was dat onmogelijk.

Timo bracht haar een kopje thee.

'Wil je iets eten?'

Ze schudde haar hoofd.

'Je wordt zo mager als een lat,' zei Timo. ''t Lijkt wel of je anorexia hebt.'

Ze reageerde niet.

Timo ging op de rand van haar bed zitten. 'Ik begrijp 't niet. Ik begrijp er niks van. Ze hadden jou allang moeten verhoren. Rob weet dat je langs geweest bent. Dat zal-ie toch wel tegen de politie verteld hebben?'

'Ik kan 't niet,' zei ze. 'Als ze komen, moet je zeggen dat ik ziek ben, dat niemand met me mag praten.'

Timo deed of hij haar niet gehoord had. Hij trok zijn schoenen uit en ging naast haar op het bed liggen. 'Dat gaat niet, dat weet je wel. Anders kan je net zo goed meteen bekennen. Wil je dat?'

Ze groef haar nagels in zijn arm. Hij gaf geen kik, verroerde zich niet.

'Misschien weten ze niet eens dat jij er geweest bent. Hoe kunnen ze weten dat die bril van jou is?' vroeg Timo. 'Heeft Rob je trouwens wel eens met een bril gezien?'

'Nee, maar hij weet dat ik lenzen heb.'

'Misschien heeft-ie verder ook niks gezegd.'

Ze schoot overeind. 'Waarom niet, waarom zou-ie...?'

Een splintertje van het oude gevoel voor hem drong plotseling door alles heen. Hij hield nog steeds van haar. Hij wilde haar beschermen ondanks alles wat er gebeurd was. Wat Marco was overkomen, was onherstelbaar, maar tussen haar en Rob kon het nog goed komen.

'Ik weet niet,' zei Timo. 'Ik vertrouw het helemaal niet... ik vertrouw hém helemaal niet.'

Ze wilde Timo tegenspreken, maar had er de kracht niet voor. Met een diepe zucht liet ze zich terugzakken op het bed. 'Als de politie komt, moet je zeggen dat ik ziek ben, dat het me allemaal te veel is geworden.' Eindelijk, dat was tenminste iets waar ze niet over hoefde te liegen.

's Avonds kwam Rob haar slaapkamer binnen. Hij bleef voor het voeteneind van haar bed staan. Ze had haar hand voor haar mond geslagen om de schreeuw binnen te houden. Hij hield zijn handen achter zijn rug verborgen. Langzaam haalde hij ze te voorschijn: een mooie bos rode rozen. Toen liet hij ze weer achter zijn rug verdwijnen. Ze had er zelf om gevraagd: ze wist wat er moest komen. Dit was onvermijdelijk. Hij zei niets, en keek haar alleen maar aan. Eindelijk kwamen zijn handen opnieuw achter zijn rug vandaan, maar het duurde lang, heel lang. Eerst zijn rechterhand, toen zijn linker. Nee, hij had geen mes bij zich. Hij lachte, en ze zag een schitterende rij gouden tanden en kiezen. Alsof zijn hele gebit van goud was.

'Ik heb nog iets van je te goed, Liesbeth,' zei hij. Het geluid leek een kruising tussen de stem van Marco en die van Rob.

Langzaam begon hij zich uit te kleden. Ze verborg haar hoofd in het kussen.

'Kijk,' zei hij scherp, en ze moest zich wel oprichten.

Zijn geslacht was eerst nog klein en verschrompeld, maar het groeide en groeide, tot het een groot keukenmes was geworden, het mes dat op de bodem van de Sloterplas had gelegen.

'Trek dat hemd uit,' zei Rob tussen zijn op elkaar geklemde gouden tanden door.

Ze lag naakt op bed. Hij kwam op haar toe.

Schreeuwend werd ze wakker, haar handen in haar kruis geklemd.

'Hij heeft gebeld,' zei Timo. 'Rob heeft gebeld.'

Ze dacht aan de droom van gisternacht, en de vlijmscherpe pijn sneed weer door haar heen.

'Hij wil geld zien, anders gaat-ie naar de politie. Dan vertelt-ie alles.'

'Alles?' vroeg ze.

'Nou ja, niet over die vijftigduizend gulden natuurlijk, maar over jou, dat je in zijn huis bent geweest, die avond.'

'Dus dat weet de politie nog niet?' fluisterde ze.

'Wat zeg je?'

Ze herhaalde haar vraag.

'Nee, kijk, de politie weet eigenlijk nog niks. Zijn vrouw of vriendin was total loss door de drank. Toen hij 's ochtends thuiskwam, vond hij het... eh, het lijk. Die vrouw lag nog uitgeteld in de slaapkamer. Hij heeft haar wakker gemaakt, onder de douche gezet en zo, tot ze weer een beetje bij d'r positieven was... tenminste, zo heeft-ie het mij verteld. Toen heeft-ie haar gevraagd of er nog iemand geweest was de vorige avond of nacht. Ze wist het niet meer. Ze kon zich niks meer herinneren. Tot hij jouw naam noemde. Toen wist ze weer iets, maar heel vaag. Hij heeft het uit haar hoofd gepraat, zegt-ie. Voorlopig tenminste. Ze heeft tegen de politie gezegd dat ze die avond om een uur of tien naar bed is geweest. Ze heeft niks gehoord en niks gezien. En je bril heeft-ie gewoon in zijn binnenzak gestopt zodat de politie hem niet zou vinden. Hij zei nog tegen me: "Liesbeth heeft toch een bril? Is ze die misschien kwijt?"'

'Wat heb je gezegd?'

Timo wreef met zijn handen over zijn gezicht. 'Niks... ik heb gewoon m'n mond gehouden.'

'En Rob... verdenken ze Rob niet?'

'Die heeft een prachtig alibi, die rotzak. Hij was tot twee uur in een café, een zaak op het Rembrandtplein, en daarna is-ie met een vrouw mee geweest. Hij leek er wel trots op, toen-ie 't vertelde.'

'En z'n vrouw, Lottie, verdenken ze die niet? Die kan het toch ook hebben gedaan?' Ze zag het voor zich. Een indringer in huis. Angst. Een door drank vertroebelde blik. Een keukenmes om je te verdedigen. Het scherpe staal dat dieper doordrong dan je had gewild.

'Nee, het mes was weg, en ze was de hele tijd in huis geweest.'

'Maar hoe weten ze dat? Ze kan toch 's nachts of 's ochtends vroeg eruit zijn gegaan om dat mes weg te gooien of zo?' Liesbeth werd moe van het denken over wat er gebeurd kon zijn. Ze slaakte een diepe zucht.

''t Kan wel, maar het lijkt nogal vreemd. Ze is al meer dan twee jaar de deur niet uit geweest, zelfs niet om de lege flessen weg te gooien. Pleinvrees... straatvrees. Ze maakt uitstapjes via de alcohol; dan kan ze gewoon in haar eigen stoel blijven zitten.'

'Wat moeten we doen?' vroeg Liesbeth.

'Afwachten... gewoon afwachten wat er gebeurt.'

'Maar als-ie naar de politie gaat, en zegt dat ik er geweest ben?'

'Dat doet-ie niet.'

'Waarom niet?'

'Hij wil geld zien.'

Timo ging overdag naar de zaak. 's Middags kwam ze uit bed, maar ze kon er niet tegen om samen met Jenny in een kamer te zijn. De ruimte was te klein. Marco stond tussen hen in, en hij was niet te vermijden.

'Ik ga even wat boodschappen doen,' zei ze.

'O, dan ga ik mee... gezellig.'

Op straat lukte het net. Daar was tenminste afleiding. Ze kwamen langs een viswinkel.

'Ik heb trek in een zure bom,' zei Jenny. 'Jij ook?'

Nee, ze wilde niet.

Ze stonden stil voor een schoenwinkel. Uit haar ooghoek zag Liesbeth een man aan komen lopen. Een fractie van een seconde dacht ze dat het Rob was. Of Marco. Ze greep Jenny's arm vast alsof ze haar nooit meer los wilde laten.

'Au! Wat is er?' Er liep wat van het groenige vocht uit de zure bom over Jenny's kin.

'Niks... ik schrok.'

'Kijk,' zei Jenny, 'die laarsjes, die met dat beslag aan de zijkant, die zouden je goed staan.'

'Die korte laarsjes bedoel je, met die scherpe neuzen? Daar ben ik toch veel te oud voor!'

'Doe niet zo gek, mam.' Jenny. liet het papiertje waar de zure bom in had gezeten op straat vallen. Liesbeth wilde het oprapen. Ze moest nu goed voor Jenny zorgen.

Jenny trok aan haar arm. 'Laten we naar binnen gaan, dan kan je ze passen.'

'Ik heb geen geld bij me.'

'Maar ik wel.'

Ze paste de laarsjes. Jenny zei dat ze fantastisch stonden en de verkoopster beaamde dat uitbundig. Op straat haakte Jenny een arm door die van haar. Zo had Marco ook met Jenny gelopen. Liesbeth wilde haar arm, die loodzwaar aanvoelde, terugtrekken, maar durfde niet.

Ze gingen een café in om koffie te drinken. Jenny nam er een appelpunt bij. Ze vertelde een verhaal over een vriendin van een vriendin. Anita heette ze. Die was pas getrouwd en op een avond liep ze naar huis, door het Vondelpark. Ze woonde achter de Overtoom, vlak bij het oude Wilhelmina Gasthuis. 'D'r zijn daar een paar van die donkere laantjes, en plotseling komt er achter een boom een man in een clownspak te voorschijn, ook helemaal geschminkt en met zo'n dopneus op.' Jenny nam een stukje van haar appeltaart. 'En hij grijpt haar en sleurt haar in de bosjes.' Ze pauzeerde even. 'En hij begint aan haar kleren te rukken. Hij heb een mes... Als haar broek uit is, dan wil-ie, nou ja, je begrijpt 't wel...' Jenny bloosde. 'Maar net op dat moment komen er mensen over dat paadje. Anita hoort ze praten. En ze begint meteen te gillen. Of haar leven d'r van afhangt. Die man... die clown haalt z'n broek op en hij rent weg. Ze probeert hem nog bij z'n jasje vast te grijpen, maar hij scheurt zich los en verdwijnt als een speer.' Jenny at de rest van haar appelpunt op en nam een slok koffie. Liesbeth begreep niet dat ze nu zo'n verhaal kon vertellen. Kende ze haar eigen dochter wel? 'En wat denk je? Een week later is ze bij haar thuis in de berging op zolder. Ze zoekt een nijptang om ergens een spijker uit te trekken, en in een grote gereedschapskist van haar man vindt ze een clownspak.' Jenny praatte nu op een geheimzinnige fluistertoon. 'Nee echt, ik zweer 't je. Precies zo'n pak als die man in het Vondelpark aan had. Er zat een scheur in het jasje.'

'Dus die man die...'

'Ja, d'r eigen man. Die wist ook dat ze altijd door dat laantje kwam. Hij was natuurlijk compleet gestoord.'

'Is dat echt gebeurd?' vroeg Liesbeth. 'Is het niet zomaar een verhaal?'

'Ja, Claudia heeft 't me zelf verteld,' Jenny's ogen lichtten helemaal op.

'Claudia... wie is Claudia nou weer?'

'Ach, je weet toch wel, mam, dat is een vriendin van me. Ze woonde vroeger in de Dapperbuurt, Anita is weer een vriendin van haar.' Jenny schakelde plotseling over op een ander onderwerp. 'Jammer dat het met Rob niks is geworden. Dat leek me wel een geschikte man voor jou. Niet iemand om een clownspak aan te trekken en achter een boom op je te wachten.' Ze lachte een beetje.

Liesbeth voelde de rode vlekken in haar hals.

'Heb je hem de laatste tijd helemaal niet meer gezien?'

Liesbeth schudde haar hoofd. 'Ik wil er liever niet over praten.'

'Nou zijn we alletwee alleen,' zei Jenny. De tranen stonden in haar ogen. Ze haalde haar neus op. 'Weet je, als het een jongetje wordt, dan noem ik hem Marco.'

Vlak voor de begrafenis had ze twee glaasjes sherry genomen op een nuchtere maag. Het kostte haar moeite om recht achter de kist te blijven lopen. Ze lette goed op de passen van haar voorganger, Marco's moeder, die voorop liep met Jenny. Ze had die vrouw nooit gemogen, Marco's vader was er niet, die had zich al niet meer vertoond sinds de dag dat hij alimentatie moest betalen. Hij scheen in Rotterdam te wonen. Ze zag nogal wat mensen die ze niet kende. Waren ze van de politie? Zij liep zelf naast Timo, hun armen in elkaar gehaakt. Als ze dreigde een scheve pas te maken, leunde ze sterk op hem.

'Wat heb je?' fluisterde Timo.

'Niks... ik verstapte me bijna.'

'Dat gebeurt nog al 's.'

Bij het open graf sloot ze haar ogen. Ze had nu geen oriëntatiepunt meer en moest zich nog steviger aan Timo vastklampen. Ze durfde niet om zich heen te kijken. Misschien was Rob er wel. Het was nog erger dan bij de begrafenis van Paul. Nu moest de kist het graf in dalen. Ze hoorde een vaag gezoem. Marco's moeder begon plotseling te schreeuwen. 'M'n jongen, m'n lieve jongen!' Anderen probeerden haar te kalmeren. Liesbeth kon nog steeds haar ogen niet opendoen. Ze voelde de zachte druk van Timo's arm; hij leidde haar weer naar het pad.

'Ik wil naar huis,' zei ze. 'Ik kan er niet meer tegen.'

Jenny was bij Marco's moeder gebleven. Ze zou vanavond pas later thuiskomen. Liesbeth zat met Timo in de huiskamer. De televisie stond aan, maar geen van tweeën keek ernaar. De telefoon ging, en Timo nam op. Nadat hij zijn naam had genoemd, bleef hij een tijdje stil. Liesbeth zette het geluid van de tv uit, en ze kon vaag de klank van een mannenstem aan de andere kant van de lijn horen. Ze zag op het scherm een naar lucht happende zanger met op de achtergrond drie in lingerie geklede zangeresjes, die meewiegden met de muziek.

'Hoeveel?' vroeg Timo.

Er kwam kennelijk een antwoord van de andere kant.

'Wanneer…? Nee, dat kan niet… je bent een schoft, maar dat wist je natuurlijk al… O, moet ik op m'n woorden letten? En dat zeg jij!'

Timo keek even naar de hoorn alsof hij verbaasd was dat er plotseling geen geluid meer uit kwam.

'Rob?' vroeg ze.

'Ja, hij wil geld. Nog eens vijftigduizend gulden. Anders gaat-ie naar de politie. Maar eerst naar Jenny. Hij zegt dat-ie 't aan Jenny vertelt als we niet binnen een week met twintigduizend gulden over de brug komen.'

'Twintigduizend?' herhaalde ze.

'Hij zei nog dat Jenny het wel niet zo leuk zou vinden als ze te weten zou komen dat jij…'

'Nee,' riep ze, 'Jenny niet, Jenny nooit. Als ze…'

Timo onderbrak haar. 'Maar dan moeten we betalen. Eerst twintigduizend, en daarna nog drie keer tienduizend gulden.'

Ze rende naar haar slaapkamer en wierp zich op haar bed. Met haar hoofd in het kussen zag ze Jenny voor zich zoals ze vanmiddag was gekleed: in het zwart, maar dan met een dikkere buik. Jenny zou haar nooit meer willen zien. Alles was afgelopen. Haar kleinkind... nooit zou die bij haar op schoot zitten, nooit zou ze een luier mogen verschonen. Plotseling hoorde ze de stem van Timo weer.

'Het is pure chantage, en we kunnen er niks tegen doen. Hij heeft die bril. Zijn vrouw kan zich plotseling iets herinneren. Wie weet wat-ie nog meer verzint. En wij kunnen niet naar de politie gaan. We zijn machteloos.'

Timo ging op zijn hurken naast het bed zitten. 'Je kunt er niet voor weglopen, mam, je kunt je hoofd niet voor altijd onder het kussen stoppen, want het gaat door, het gaat altijd maar door.'

Ze probeerde na te denken. Wat moesten ze in godsnaam doen? Rob moest dat geld hebben, natuurlijk. Die eerste twintigduizend waren niet zo'n probleem. Daarna werd het lastiger. Een hypotheek op de zaak, dat kon. 'We redden het wel,' zei ze. 'Die vijftigduizend lukt wel.'

Timo schudde zijn hoofd.

'Waarom niet?'

Hij pakte haar hand. 'Dat is het punt niet. Ik zou natuurlijk die vijftigduizend nog liever in de vuilnisbak gooien dan aan hem geven, maar dat is het punt niet.'

'Wat dan wel?'

'Hij gaat door. Dacht je dat-ie stopte bij vijftigduizend?'

'Maar...'

'Hij gaat natuurlijk door. Hij zuigt ons uit tot we de zaak hebben verkocht, tot we dit huis hebben verkocht, tot we zo arm zijn als de mieren. En dan is het nog niet afgelopen. Dan gaat-ie door tot-ie ons heeft vertrapt, kapotgemaakt, doodgedrukt.'

'Maar wat moeten we dan doen?'

'Hij moet verdwijnen,' zei Timo. Zijn stem klonk hard en bars.

'Verdwijnen?'

'Dood, dat bedoel ik natuurlijk. Wat dacht je anders?'

Ze wilde iets zeggen, maar kon alleen een schor piepend geluid voortbrengen.

'Anders komen we nooit meer van hem af, ons hele leven niet.'

Ze hoorde hoe Timo verder praatte, maar verstond niets van wat hij zei. Rob lag hier bij haar op bed. Ze hadden net gevreeën.

Zijn lichaam was los van haar en tegelijk nog met haar verbonden. Zoiets kon nooit zomaar verdwenen zijn; het loste niet op in het niets. Hij pakte haar hand. Ze keek op en zag dat het Timo's hand was.

'Er zit gewoon niks anders op,' zei Timo.

'Nee,' zei ze. 'Ik wil het niet. Het mag niet.'

'Weet je wat er dan gebeurt?'

'Nee... en ik wil het ook niet weten.'

Timo zuchtte diep. 'Je zult de zaak moeten verkopen.'

Ze knikte. De zaak. Wat was dat eigenlijk? De machines. Leidingen. Zeep. Kleren. Toestanden. Kon dat opwegen tegen Rob?

'Rob mag niet dood,' fluisterde ze. Ze dacht aan zijn lichaam: warm, zacht, gespierd.

'Wat zeg je?'

'Rob mag niet dood. Het kan niet, het mag niet.'

'Je bent godverdomme helemaal doorgedraaid.' Timo liep voor het voeteneind van het bed heen en weer. 'Ik bedoel, er valt met jou niet te praten. Volgens mij ben je nog steeds helemaal gek van die kerel.'

'Ik wil slapen,' zei ze. 'Wil je twee mitrazepammetjes voor me pakken en een glas water?'

'Nee,' zei Timo, 'dat wil ik niet. Je zoekt het verder zelf maar uit.'

'Timo,' riep ze, maar hij was al verdwenen. Een paar seconden later werd de voordeur met een forse klap dichtgetrokken.

18

Toen Jenny naar bed was, durfde ze pas te bellen. Ze had niet verwacht hem aan de lijn te krijgen.

'Ik moet met je praten,' zei ze.

'Waarover?'

'Over alles, over ons bijvoorbeeld.'

Ze hoorde hem een sigaret opsteken. 'Ons?'

'Ja, ons... wat we met elkaar hadden, dat is toch niet zomaar...'

'Hadden,' zei hij, 'dat is dus voorbij, en...'

Ze onderbrak hem. 'Maar dat kan niet, dat is toch...'

'Hoe oud ben je?' vroeg Rob.

'Ben ik dan soms te oud voor je? Jij bent toch ook niet...'

'Hoe oud ben je?'

'Vierenveertig.' Ze begreep niet waarom ze drie jaar loog.

'Nou, dan ben je toch oud genoeg om te weten dat dat soort dingen niet altijd voor eeuwig is.'

'Maar met ons was het toch...' De laatste woorden liepen vast in een snikkend geluid dat diep uit haar binnenste kwam.

'Ja, luister 's,' zei Rob. 'Die tranen hou je maar voor jezelf, ja, daar heb ik geen behoefte aan. Ik heb al genoeg problemen.'

'Problemen?'

'Ja, als je 't zo nodig weten wil, Lottie ligt in het ziekenhuis. Ze probeerde met haar dronken lijf op een trapje te klimmen omdat ze dacht dat ik boven op de kast in de keuken een fles drank had verstopt. En wat gebeurt er? Ze stort naar beneden, zo met haar hoofd tegen de zijkant van het granieten aanrecht... een schedelbasisfractuur. Ook nog d'r been gebroken trouwens. Kon er mooi bij. Stond er weer een ziekenwagen bij ons voor de deur. De buren denken al dat ik een abonnement heb.'

'Moet ik je ergens mee helpen, Rob? Kan je 't alleen redden?'

'Ik kan het heel goed redden, vooral als je binnenkort het geld even komt brengen.'

'Maar er is toch meer tussen ons dan alleen dat geld?'

'Zou je denken?'

'Ik weet 't zeker. We moeten praten, Rob, we moeten nog 's praten.'

Ze hoorde hem snuiven. 'Waarover?'

'Over ons natuurlijk.'

'Ons? Over ons valt niet veel meer te praten, dacht ik. Of bedoel je misschien dat je wilt praten over het geld?'

'Geld is niet belangrijk,' zei ze. 'Alleen wat er tussen ons is, dat is belangrijk.'

Timo kwam haar thee en een beschuitje op bed brengen. Hij keek haar niet aan. 'We hebben nog zes dagen,' zei hij.

'Zes dagen waarvoor?'

Hij hief zijn handen en liet ze weer machteloos langs zijn lichaam vallen. 'Om die twintigduizend gulden te betalen, natuurlijk.'

'Dat hoeft niet,' zei ze.

'Hoeft niet? Hoezo hoeft dat niet?'

''t Komt weer goed tussen Rob en mij. Ik weet 't. Ik heb hem gisteravond gesproken, en ik weet dat 't weer goed komt.'

'Wat zei-ie dan?'

Ze wist het niet meer. Allerlei telefoongesprekken verstrengelden zich. Zinnen liepen door elkaar. Hij hield van haar en zij van hem, ondanks alles. Natuurlijk, het was moeilijk. Hij was getrouwd, en zijn vrouw was ziek, ernstig ziek; ze lag in het ziekenhuis. Hij kon haar niet zomaar in de steek laten. Dat viel juist in hem te prijzen. 'Hij kan z'n vrouw niet in de steek laten. Ze kan niet voor zichzelf zorgen. Hij moet haar helpen. Dat... dat waardeer ik in hem.' Ze hoorde de stem van iemand anders die via haar mond sprak.

Timo ging naast haar op het bed zitten. 'Kijk me aan.'

Ze richtte haar blik op de deur, de gordijnen. Binnenkort zou ze nieuwe gordijnen moeten nemen. Wat voor soort gordijnen zou Rob mooi vinden? Misschien moesten ze hierbinnen alles laten opknappen. Het moest een nieuw huis worden, een huis voor hun tweeën. Timo ging toch binnenkort alleen wonen. Ze keek naar de reproductie van de zonnebloemen. Jammer dat ze die tentoonstelling toen gemist had. Het was veel te druk geweest in de zaak, en op zondag kwam je dat museum gewoon niet in. Zou Rob wel eens zoiets doen? Naar een museum gaan?

'We hadden naar die Van Gogh-tentoonstelling moeten gaan,' zei ze. 'Wanneer was het ook alweer? Twee jaar geleden of zo. Er stonden grote stukken over in de krant, dat het zo mooi was en zo. De koningin is er ook geweest. Ja, natuurlijk op een speciale dag, toen er geen andere bezoekers waren.'

Timo pakte haar bij haar beide armen. 'Met die eerste vijftigduizend gulden heeft-ie je al bedrogen. Allemaal beloftes over terugbetalen. Hij heeft je...'

'Maar dat is een vergissing,' zei ze. 'Jij begrijpt het niet. Het is gewoon een misverstand. Als we weer samen zijn, dan...'

'Jullie? Samen? Doe niet zo belachelijk, mam. Stel je niet zo aan.'

Ze zag het voor zich. Ze zouden kunnen trouwen in gemeenschap van goederen. Dan was al haar geld ook zijn geld, en omgekeerd. Dan waren alle problemen voorbij. Ze had het gisteren nog gelezen in een boekje dat Jenny bij zich had. De titel kon ze zich niet meer herinneren, iets met 'helen'. Als ze maar positief dacht, als ze maar geloofde in haar relatie met Rob, dan zou alles goed komen. Ze voelde even aan haar keel. Wel meer dan honderd keer had ze gezegd: 'Ik ben bereid te veranderen.' Je moest je keel aanraken als je dat zei, want je keel was het energiecentrum van je lichaam. Het stond er, en zo had ze het ook gevoeld. De woorden zaten nog steeds in haar keel. Als zij veranderde, gebeurde dat ook met Rob.

'We moeten iets beslissen, mam. We kunnen drie dingen doen...'

Ja, drie dingen, dacht ze.

Timo stak zijn wijsvinger op. 'Eén: we betalen binnen zes dagen twintigduizend gulden, daarna nog eens drie keer tienduizend, en verder moeten we afwachten voor hoeveel hij ons nog probeert een poot uit te draaien. Twee: we betalen niet, en we wachten af wat er gaat gebeuren. Drie: we... eh, we ruimen hem uit de weg.'

'Vier,' zei ze.

'Vier?'

'Vier: het komt weer goed tussen ons, tussen Rob en mij.'

Timo liet haar los en stond op. Hij ging naast haar staan en leek plotseling veel groter dan anders. 'Je bent hopeloos! Wat is er met je gebeurd, mam? Ik begrijp het niet, dat je je zo de... de stront in laat trappen. Die man heeft je van voor tot achter en van achter tot voor belazerd, en jij denkt nog dat...'

'Je begrijpt het niet,' onderbrak ze hem, 'en je kunt het ook nog niet begrijpen omdat je te jong bent, Wat er tussen een man en een vrouw...' Ze zuchtte. Tranen stroomden over haar wangen. Timo zwom voor haar ogen. Hij veranderde van vorm, werd weer kleiner. Ze reikte met haar hand in zijn richting. 'Ik moet nog een keer met Rob praten,' zei ze. 'Dan komt alles weer goed. Ik weet 't zeker. Vertrouw nou maar op mij... op je moeder. Ik zal een afspraak met hem maken, met Rob.'

'Weet je met wie jij een afspraak moet maken? Met de dokter, of liever nog met een psychiater.'

Ze reed met de auto door Nieuw-West. Schijnbaar doelloos doorkruiste ze allerlei straten die er bijna eender uitzagen. Geuzenveld had ze al gehad, nu was Osdorp aan de beurt. Plotseling merkte ze dat ze in haar ochtendjas in de auto zat en pantoffels in plaats van schoenen aan haar voeten droeg. Toen ze weer thuis was, trok ze gewone kleren en schoenen aan. Ze ging voor het raam staan. Wanneer was de begrafenis van Marco ook alweer geweest? Een week, had Rob gezegd, binnen een week moesten ze betalen. Hij had gebeld op de dag van de begrafenis. Op straat liep een oudere man naast een klein jongetje op een driewieler; waarschijnlijk een opa en zijn kleinzoon. Hoeveel dagen waren er ondertussen voorbijgegaan terwijl ze hier half verdoofd had thuisgezeten? Vanavond zou ze het aan Timo vragen. Die wist het vast nog wel, die was altijd goed in cijfers.

Ze belde met het CBR. Haar rijbewijs was ze kwijtgeraakt, hoe kon ze aan een nieuw exemplaar komen? Dan moest ze eerst naar de politie om aan te geven dat ze het verloren was. Met een kopie van de aangifte... Liesbeth legde de hoorn neer. Voorlopig geen politie.

Ze ging naar een opticien, liet haar ogen meten en zocht een nieuwe bril uit. Het montuur leek in niets op het vorige. Over vier dagen zou ze de bril op kunnen halen.

's Middags bezocht ze haar moeder. Ze liepen een stukje buiten. Toen ze een paar honderd meter bij het bejaardentehuis waren verwijderd, zei haar moeder dat ze verder te moe was om te lopen.

'Maar hoe moeten we dan terug?'
'Dat weet ik niet.'

'Kijk, daar staat een bankje, laten we daar eerst maar eens een tijdje rusten,' stelde Liesbeth voor. 'Dan gaat het wel weer.'

Ze had haar moeder verteld over de dood van Marco, maar haar moeder had duidelijk niet begrepen over wie het ging. Marco was pas sinds een paar jaar een lid van de familie geweest, terwijl zij alleen nog in het verleden leefde. Wanneer zou ze zeggen dat Jenny zwanger was? Liesbeth keek naast zich. Haar moeders hoofd hing weggezakt op haar schouder, de mond een stukje open. Ze was toch niet…? Nee, ze was alleen in slaap gesukkeld. Zo zou ze voldoende uitrusten om straks terug te kunnen lopen. Liesbeth keek naar haar moeder. Ze probeerde zich haar voor te stellen met een keukenmes in haar hand, gebogen over het lichaam van Paul, voorover op de grond gelegen. Bloed, er was overal bloed.

's Nachts had ze weer van Rob gedroomd. De inhoud van de droom kon ze zich niet meer precies herinneren. Maar ze waren in ieder geval in een zonnige streek. Ze had haar rug verbrand en Rob smeerde haar in met zachte, sensuele handen.

Het zou weer goed komen. Het voorgevoel had zo sterk bezit van haar genomen, dat het wel waar moest zijn. Nu ze ook zeker wist wat ze moest doen voelde ze zich beter. Jenny woonde weer in haar eigen huis. Ze kwam nog wel elke dag langs.

'Moet jij niet weer 's naar je werk?' vroeg Jenny.

'Ik? Ja, misschien wel.' Maar de zaak was vreemd ver weg. Timo vertelde er wel over, maar het had net zo goed over een willekeurige houthandel van een onbekende eigenaar kunnen gaan. Er waren twee machines stuk. Dat gebeurde wel vaker. Alles zou zich ten goede keren als ze eenmaal met Rob had gepraat.

'Maar waarom ga je dan niet?' vroeg Jenny. 'Nou moet Timo elke dag. Dat lijkt me ook niet zo goed voor z'n studie.'

'Ach, hij wil het zelf zo.'

Jenny was nu weg, en ze had het huis voor zich alleen. Vanochtend had Tiny schoongemaakt. Het was wel leuk om haar over de vloer te hebben. Ze vertelde aan een stuk door. Over haar kinderen, haar buren, haar vriendinnen van aerobics. Allemaal verhalen. Ze was nu weer weg. Liesbeth zou geen enkel verhaal kunnen navertellen.

Waarom zou ze Rob niet vragen om hier te komen? Hier hadden ze samen zo veel gelukkige uren beleefd. Daar moest toch iets van zijn blijven hangen, dat moest hij toch voelen?

Ze belde op, en had al bijna neergelegd toen hij de telefoon opnam. Aan zijn stem te horen, kwam hij net uit bed.

'We moeten met elkaar praten,' zei ze.

'Begin je weer?'

'Ja,' zei ze, en ze kreeg plotseling een ingeving. 'Over het geld... hoe we dat moeten regelen en zo.'

'O, jullie worden eindelijk verstandig. Het zou tijd worden. Even kijken, 't is vandaag maandag, dus twee dagen, jullie hebben nog twee dagen. Als het geld er woensdag nog steeds niet is, dan gaat er eerst een briefje naar Jenny, en dan...'

'Nee, Rob, dat is nergens voor nodig, dat weet je... dat is helemaal nergens voor nodig.' Ze pauzeerde even. 'Maar we moeten wel praten, Rob, we...'

'Jezuschristusnogantoe, jij met dat eeuwige praten. Er valt gewoon niks te praten. De zaak is zo simpel als ik weet niet wat. Jullie geven het geld en ik hou m'n mond dicht. Als jullie die vijftig mille hebben betaald, krijg je die bril terug. Dat is de deal. Dan is alles voorbij... beginnen we weer met een schone lei, zoals dat heet.'

'Maar tussen ons is het...' Ze hield zich in. Het was zinloos om daar nu over te beginnen. Ze moesten bij elkaar zijn. Hij moest haar in haar ogen kunnen zien, ze moest hem kunnen aanraken.

Een uur later was hij bij haar. Ze kneep haar vuisten samen, tot ze haar nagels bijna in haar handpalmen voelde snijden, om zich ervan te weerhouden hem om zijn hals te vliegen. Hij was op een afstand, maar ze had niets anders verwacht, Er was ook zoveel gebeurd, er stond zoveel tussen hen in. Het zou zeeën van tijd kosten om al die rommel, al dat afval op te ruimen.

'Heb je het geld?' vroeg Rob.

'Het geld?'

'Kijk, we gaan geen verstoppertje spelen. Ik heb wel wat beters te doen. Dat spelletje speel je maar met iemand anders.'

Hij stond nog steeds tegenover haar in de gang. Ze legde haar hand op zijn arm. 'Het is toch niet allemaal voor niks geweest,' zei ze.

Hij lachte even. 'Nee, dat zou ik denken... twee keer vijftig mille, dat is niet niks.'

'Ik bedoel tussen ons tweeën.' Ze pakte zijn arm steviger vast, en ging dicht tegen hem aan staan. Ze rook de lucht van oude alcohol, maar dat deerde haar niet. 'Die eerste vijftigduizend, dat vergeten we gewoon,' zei ze. 'Daar wil ik ook niet meer over praten. Dat is verleden tijd. Het gaat nu om de toekomst, de toekomst van ons tweeën. Als we trouwen in gemeenschap van goederen, dan…'

Hij lachte even.

'Ja, wij met z'n tweeën.' Ze sloeg haar armen om hem heen.

Hij duwde haar zo krachtig van zich af dat ze achterover tuimelde. Ze viel tegen de paraplustandaard. Het enige wat ze dacht was: ik zie er nu belachelijk uit.

'Je zou alleen over geld praten,' zei Rob, 'en niet over allemaal sentimentele onzin.'

Ze zat nog steeds op de grond. Met haar hand tastte ze naar een gevallen paraplu. Het was die zwarte met een scherpe punt. Ze sloot even haar ogen, en hoorde zijn stem van veraf.

'…binnen vijf dagen…'

Hoe had ze zo dom kunnen zijn om te denken dat hij verder nog iets wilde. Hij had haar alleen maar gebruikt. Plotseling wist ze het weer. De ene dia werd vervangen door de andere, zo snel ging het.

'…als Jenny…'

Ze had eerder naar Timo moeten luisteren. Het was Rob vanaf het begin maar om één ding te doen geweest. Eén ding. Ze voelde de pijn het hevigst in haar onderbuik.

'…denk je dat ze haar moeder nog…'

Ze had de paraplu stevig vast. Hij stond maar een meter van haar af en sprak haar toe alsof ze een ongehoorzaam kind was, dat nodig moest worden onderhouden over haar slechte gedrag: voortaan moet je dit, en voortaan zul je dat, want ik neem het niet meer dat je…

'…wil je helemaal niet aangeven, want wat heb ik daar nou aan, wat levert dat me op? Maar als je me dwingt, ja dan…'

Ze zou hem in zijn onderbuik moeten raken, zo diep mogelijk. Als er toevallig iemand op de trap liep, zouden ze zijn kreet van pijn kunnen horen. Hij zou schreeuwen, dat was zeker. Was die punt wel scherp genoeg? Als hij het aan zag komen, en haar ontweek? Ze moest zijn aandacht afleiden. O God, ze wist het niet. Hoe kon ze iemand doodmaken van wie ze hield, aan wie ze zich zou willen geven. Nog nooit was ze zo gelukkig geweest als met hem. Zijn lichaam, zijn handen.

'...en tussen ons? Ach, zo'n geweldige wip was je nou ook weer niet...'

Dit moest ze verkeerd hebben verstaan. Ze keek in zijn lachende gezicht, en wist dat ze het wel goed had gehoord.

'Wat zei je?' vroeg ze.

'Dat je nou ook weer niet zo'n geweldige wip was. Ik bedoel, ook niet echt slecht of zo, maar ik moest er wel verdomd veel voor doen.'

Ze probeerde de paraplu naar voren te stoten, maar hij had al een stap opzij gedaan.

'Wat maak je me nou? Je gaat toch geen gekke dingen uithalen?' Hij deed de deur naar de trap open. 'Binnen twee dagen twintig mille. Je weet 't.' Uit zijn binnenzak haalde hij een haar onbekende brillenkoker. Hij deed hem open. 'Kijk, je bril, netjes opgeborgen. Krijg je terug als we financieel alles hebben afgehandeld. Dat is toch een eerlijke deal? Vijftig mille voor een bril. Misschien een beetje duur, maar in dit geval is-ie 't zeker waard.'

Ze was weer naar de zaak gegaan. Timo wilde het haar verbieden, maar ze hield het in huis niet meer uit. Gister had ze enkele uren over straat gelopen. Op een bank in een plantsoentje vlak bij haar huis zaten een paar zwervers. Er was ook een vrouw bij. Liesbeth was er een paar keer langsgelopen. Voor hen stond een plastic zak met halve liters bier erin. Liesbeth kon nauwelijks de aandrang weerstaan om erbij te gaan zitten, maar de angst won het van haar nieuwsgierigheid. De vrouw had lang, vet haar en een roodopgezwollen gezicht. Ze was misschien nog geen vijftig, maar had zo te zien geen tanden meer in haar mond.

Vandaag was het de laatste dag. Het was nu tien uur, en ze had nog steeds geen besluit genomen. Gisteravond was Timo er weer over begonnen, maar ze had alleen gezegd dat ze er niet meer over wilde praten. Zij zou zelf beslissen. De deur hard achter zich dichtslaand was hij het huis uit gegaan. Vanochtend had ze hem niet meer gezien.

De laatste dag. Had ze nog een keuze? Drie mogelijkheden had Timo opgesomd, en zelf had ze er nog een vierde aan toegevoegd. Ze schaamde zich nu nog als ze eraan dacht. Niet eens zo'n geweldige wip. Daarom kon ze er ook niet meer met Timo over praten.

Er kwam een man binnen, die bij de deur al begon te roepen dat dit ook een mooie toestand was. 'De helft van m'n was pleite. Nou, daar ben ik ook mooi klaar mee.' Hij zette een plastic vuilniszak op de toonbank, en plukte er wat handdoeken, onderbroeken en sokken uit.

'Kunt u dat er misschien in laten zitten?' vroeg Liesbeth.

De man deed of hij haar niet had gehoord. 'Hier, dit krijg ik terug. Maar d'r zaten een paar dure overhemden tussen en een paar truien en die zijn weg.'

'Wanneer hebt u uw was opgehaald?'

'Gister, gisteravond, toen was er zo'n jongen, ik weet niet, een student of zo zeker.'

'Dat was m'n zoon.'

'Nou, ik maak vanochtend die zak open, en wat denk je, bijna de helft van m'n was is pleite.'

'Weet u zeker dat het erin zat toen u die zak bracht?'

'Natuurlijk weet ik dat zeker. Denk je soms dat ik een beetje achterlijk ben of zo? Hier, ik heb het uitgerekend.' De man haalde een stukje papier te voorschijn dat van een krant was afgescheurd. Er stonden wat bedragen op gekrabbeld. 'Kijk, dat zijn vier overhemden, dat is samen, eh... effe denken, waar staat 't nou ook alweer?'

'Ja, meneer, u kunt dat wel allemaal gaan zitten uitrekenen, maar dat vergoeden we toch niet. We halen er heus geen kledingstukken tussenuit.'

'Maar ik laat me niet bestelen!'

'We bestelen hier niemand. Dat kan helemaal niet. Alles uit zo'n zak gaat in één keer in de wasmachine, en daarna gaat alles in de droger. Dan wordt de hele handel opgevouwen en stoppen we het weer in de zak die u heeft afgeleverd.'

'Ja, en tussendoor pikken jullie er een paar mooie overhemden tussenuit. Ik weet hoe dat gaat. Je hoeft mij niks wijs te maken. Dacht je soms dat ik dement was? Ja, sta jij maar niet zo te giechelen, stomme trut.' De man doelde op Annet, die achter Liesbeth stond. 'Eerst jatten, en dan nog een beetje lachen ook zeker, nou, mooie zaak is het hier.'

Het was drie uur. Nog negen uur, en deze dag was voorbij. Rob zou naar de politie bellen. Of eerst naar Jenny? Ze moest niet meer aan hem denken als Rob. Ferry. Ferry zou de politie bellen. Ze zouden misschien vannacht al bij haar voor de deur staan. Of anders morgenochtend. Zou ze mee moeten naar het bureau? Mocht Timo erbij zijn? Wat kon ze nog overeind houden van haar oorspronkelijke verhaal? Ja, ze was er geweest, ze had haar bril vergeten. Waarom ze dat niet eerder had verteld? Angst. Angst om te worden verdacht. Ze ging even zitten, maar het duister trok niet weg. Ze zat met haar hoofd in haar handen. Haar hoofd werd steeds zwaarder en zwaarder. Als ze het niet meer zou ondersteunen, zou het eraf vallen. Het zat veel te vol met beelden, gedachten, visioenen: het mes dat uit Marco's rug stak, zij in bed met Rob, nee Ferry, Ferry die tegenover haar stond in het halletje van haar huis. Wanneer was het? Drie dagen geleden nog maar. Niet zo'n geweldige wip. De rotzak, de ongelooflijke hufter. Het ergste was misschien nog dat Timo het allemaal vanaf het begin had gezien. En ze had hem niet geloofd. O nee, ze wist het natuurlijk beter. Blind was ze geweest, finaal blind. Een hele kennel van blindengeleidehonden had haar nog niet kunnen helpen.

Was er nog een andere mogelijkheid dan Timo's nummer drie? Als ze niets deed, dan ging deze dag vanzelf voorbij. Ze hoefde zelf niets te doen. Dan werd er een beslissing genomen.

'Ik zou wat eerder naar huis gaan, als ik jou was,' zei Ilona. 'Als je pas ziek bent geweest, moet je niet overdrijven. Ik red het hier wel.'

Ze durfde nog steeds niet haar handen onder haar kin vandaan te halen.

19

Het was stil in het café. Gerard stond achter de bar. Er zaten een paar middagklanten die ze niet kende.

'Hé, Liesbeth. Wat een eer. Zomaar op een gewone woensdagmiddag. Waar hebben we dat aan verdiend?'

'Heb je koffie voor me?'

'Ik zal even nieuwe zetten. Dit staat al een paar uur.'

'Hoeft niet, geef maar een jus.'

Ze wist niet hoe ze erover moest beginnen, zoals ze eigenlijk niets meer wist: waar begon ze aan, waarom, durfde ze verder te gaan? Consequenties hield ze buiten de deur. Het ging alleen om de volgende stap. Wat daarna kwam, werd aan het zicht onttrokken door een dichte mist. Ze dronk haar jus d'orange en bestelde nog een glas.

'Van het huis,' zei Gerard. 'Is er wat?'

Ze haalde haar schouders op.

'Gaat 't alweer een beetje met Jenny?'

'Ze is sterk,' zei Liesbeth. 'Sterker dan ik.'

'Nou, jij mag 'r ook wezen. Wat denk je, zou Jenny hier nog terugkomen? We hebben wel iemand anders, maar dat is 't niet. We merken het aan de omzet. Ja, ik bedoel, het is zo'n beetje hetzelfde repertoire, maar hij heb niet wat Jenny wel heb.' Gerard praatte door over de invaller organist-zanger, van wie Liesbeth een affiche voor het raam had zien hangen. Ze had het moment gemist. Is er wat, had Gerard gevraagd. Ja, er is wat.

'Je zit ergens mee,' zei Gerard. 'Het druipt van je gezicht. Problemen?'

'Ach, ik voel me... ja, hoe zal ik het zeggen...' Aan de hoek van de bar zat een man, drie krukken bij haar vandaan. Hij had ogenschijnlijk geen aandacht voor haar. Ze knikte even in zijn richting, en Gerard leek het onmiddellijk te begrijpen. Hij draaide de muziek iets harder en boog zelf wat meer naar voren om haar goed te verstaan.

'Toen na die overval hier, zal ik maar zeggen, die vechtpartij, toen hebben jullie toch een… eh, een wapen gekocht?'

Even keek Gerard haar met grote, verbaasde ogen aan. Daarna knikte hij, bijna onmerkbaar.

'Hebben jullie dat nog?'

Hij knikte weer. 'Misschien een beetje overdreven reactie, maar ja, we waren helemaal kapot van wat er met Hans gebeurd was. Ik bedoel, een volgende keer komt er weer zo'n stelletje criminelen en ze steken je overhoop, weet jij veel.' Imca Marina zong op de achtergrond: 'Ik hou van dansen en muziek, e viva España, van oude trots en romantiek, e viva España…'

'Geef me maar een glaasje sherry,' zei Liesbeth, 'en neem zelf ook wat.'

Gerard zette de drankjes neer. 'Waarom wou je dat weten van dat… eh, wapen.' Het leek of het noemen van het woord al gevaarlijk was. Of er kogels uit de klanken zouden kunnen springen.

'Ik ben bang,' zei ze. 'Ik weet niet hoe 't komt. Misschien door wat er met Marco is gebeurd, en laatst die berichten over die overvallen op die snackbars. Alles komt bij elkaar. Als er 's avonds mensen de zaak binnenkomen, dan sta ik soms te trillen op m'n benen. We hebben vaak een heleboel geld in huis en ze steken je al overhoop voor een paar honderd gulden.'

'Proost. Je wou toch niet…'

'Nee, maar vandaag was er een man, en die bedreigde ons. Hij dacht dat we was van hem gepikt hadden. Je kent dat wel, altijd hetzelfde gedonder. Ze brengen de was, halen hem op, en na een uur of soms na een dag komen ze terug. "Dat mooie bloesje zat er niet bij, en ik weet zeker dat ik het erin heb gestopt."' Ze zei het met een temerige stem.

'Dat is mij ook een keer gebeurd,' zei Gerard.

'Zeker ook niet uitgekeken wat je d'r in stopte.'

'Ik kijk altijd goed uit wat ik erin stop… eh, sorry, geen dubbelzinnige grapjes.'

'Maar die man van vandaag… ik vertrouw hem niet. Ik weet niet wat 't was. Z'n ogen, wat-ie zei… Hij zou vanavond terugkomen, en als we dan niet zouden betalen dan…'

Het was plotseling stil in het café. Gerard zette een nieuw bandje op.

'Wat dan?' vroeg Gerard.

'Dan zouden we het nog wel merken, zoiets zei-ie. Ik weet niet, die man was helemaal doorgedraaid. We krijgen wel meer van die mensen. Meestal zijn ze vooral zielig. Een beetje smerig en zielig, maar deze was agressief. Ik was gewoon bang voor 'm. En vanavond sta ik alleen in de zaak.'

'En nou wil je een…' Gerard maakte zijn zin niet af, maar ze begrepen elkaar.

Ze knikte.

'Je gaat er toch geen gekke dingen mee doen?'

'Ik? Waar zie je me voor aan?'

'Ik weet niet, Liesbeth.' Gerard dronk in een grote teug zijn glaasje bier leeg. 'Met die toestand met Marco en zo… De politie is hier ook nog geweest, maar wat konden wij d'r nou van zeggen?'

'Het is alleen maar om me zekerder te voelen… echt waar. Ik ben gewoon bang, en zo'n man ziet dat. Ik moet iets hebben…' Ze dempte haar stem nog iets meer. '…om me te verdedigen, om hem bang te maken.'

'Je maakt mij een beetje bang, Liesbeth.'

Ze lachte even.

'Nee, ik meen 't,' zei Gerard. 'Serieus.' Hij zette de muziek weer iets zachter: 'Ik heb een brief voor m'n moeder, die hoog in de hemel is. Die brief bind ik vast aan m'n vlieger zodat zij hem ontvangt die ik mis…'

Het was nu halfzeven en het was buiten bijna donker. Ze zat in het schemerdonker, het pistool op haar schoot. Of was het een revolver? Ze kende het verschil niet. Het lukte haar nog niet om in de auto stappen en naar Nieuw-West rijden. Toch was er maar één manier om alle sporen uit het verleden uit te wissen, om alles ongedaan te maken. Hij moest inderdaad verdwijnen. Timo had gelijk gehad, maar om een andere reden dan hij zelf dacht. Natuurlijk, het geld telde ook mee, maar als het erop aankwam was het onbelangrijk, nutteloos. Ze zou nooit meer iets met een man kunnen hebben zolang Rob nog leefde. Als hij verdween, losten de herinneringen misschien ook op in het niets. Dan kon ze vergeten wat er de laatste maanden was gebeurd. Rob? Wie was dat? Ze kende geen Rob. Er was geen Rob.

Ze pakte een oude krant en knipte die in stroken, die ze vervolgens ongeveer op de maat van bankbiljetten knipte. Het hoefde niet precies. Alleen het idee telde. Hij moest even afgeleid zijn. Ze deed haar knipwerk in een grote enveloppe en stopte die met het wapen in een bijna bejaarde handtas, die ze uit een doos met oude spullen had gevist. Straks weer de Sloterplas? En wat zou Gerard zeggen? Nee, daar moest ze nu niet aan denken. Ook daar kwam vanzelf weer een oplossing voor.

Om een uur of zeven stapte ze in de auto. Timo was ruim een halfuur geleden naar de training gegaan. Vroeger dan anders, maar dat kwam haar wel goed uit. Nu hoefde ze tenminste geen lastige vragen te beantwoorden. Ze had een zonnebril bij zich, een hoofddoekje en het rode lakjasje. Waarom het nodig was, wist ze niet, maar ze reed via een ingewikkelde omweg naar het huis van Rob. Op een gegeven moment was ze zelfs de weg kwijt. Ze zat achter het stuur, half op de stoep geparkeerd, terwijl auto's haar voorbijraasden. Ze sloot haar ogen en ademde een paar keer diep in. Langzaam verminderde het trillen van haar handen. Ze mocht niet trillen, ze mocht niet bang zijn.

Ze stond voor zijn huis en keek op haar horloge. Halfnegen. Wat had ze in godsnaam die hele tijd gedaan? Het licht in zijn flat brandde. Natuurlijk brandde het. Ze had tenslotte opgebeld om te zeggen dat ze zou komen. 'Met het geld?' had hij gevraagd.

'Ja, met het geld.'

'Voor dat bedrag wil ik ook wel naar jou toe komen,' had hij gezegd.

'Nee, ik wil je hier niet meer over de vloer hebben.' Dat zinnetje had ze van tevoren ingestudeerd, en ze was er heel tevreden over.

Ze probeerde haar zenuwen in bedwang te houden door zich in te prenten wat ze moest doen. Stap voor stap. Aanbellen. Ze ging naar boven. De deur van zijn flat ging open. Ze stapte naar binnen. Ze zou niet gaan zitten. Het tasje hield ze vast. Hij zou vragen of ze iets wilde drinken. Nee, dat wilde ze niet. Nadat dit afgehandeld was, wilde ze zo snel mogelijk weer weg. Ze mocht hem niet in zijn ogen kijken. Het geld. Ze pakte de enveloppe. Hij nam hem aan, wilde hem openmaken, en lette niet meer op haar. Dan zou het moeten gebeuren. Nee, dat kon ze niet. Het duurde al te lang. De twijfel was al binnengeslopen. Ze zou haar bril terugvragen en het geld. Of wat daar nog van over was. Als ze met dit wapen dreigde, zou hij het geven. Ze was er zeker van. Plotseling voelde ze zich opgelucht. Zo kon het ook. Met de bril en de rest van de vijftigduizend gulden zou ze weer naar huis gaan.

In de binnenspiegel van de auto bekeek ze haar uiterlijk met hoofddoekje en zonnebril. Was zij het? Nee, maar wie dan?

Ze belde aan, maar er werd niet opengedaan. Ze drukte nog eens op de knop naast het naambordje 'F. Vermeulen' tot haar vinger er pijn van deed. Gelukkig liep er niemand over straat. Misschien was zijn bel stuk. Er kwam een jongen van een jaar of vijftien naar buiten. Hij droeg een skateboard onder zijn arm en had geen enkele belangstelling voor haar. De trap leek onwaarschijnlijk steil.

Ze klopte aan, hoewel de deur van de flat op een kier stond. Er reageerde niemand. Ze klopte nog eens. Toen meende ze uit de flat een vreemd geluid te horen. Ze deed de deur iets verder open, maar bleef zelf nog steeds buiten staan.

'Is daar iemand?' riep ze met een stem die plotseling niet meer van haarzelf was.

Ze hoorde iets wat leek op kreunen of kermen. Niet van plezier of genot, maar van pijn. Ze stapte naar binnen met weifelende knieën. De vloer zou elk ogenblik onder haar vandaan getrokken kunnen worden. Het geluid kwam uit de kamer. Ze kon nu nog terug. Niemand had haar gezien, ze had hier niets mee te maken, ze had hier ook niets te zoeken. Weg, weg uit dit huis waar al zo veel verschrikkelijks was gebeurd. Maar daar hoorde ze het geluid weer. Het was nu iets als: 'Iesjet'. Liesbeth. Iemand riep haar.

Ze stond nog in de gang, twee stappen van de deur naar de kamer verwijderd. Die deur stond ook open. En plotseling wist ze zeker wie ze daar zou vinden, en in welke conditie.

Dat iemand zo veel bloed kon verliezen zonder dood te zijn, begreep ze niet. Er was overal bloed. Rob had blijkbaar geprobeerd naar de telefoon te kruipen, maar het was hem niet gelukt. Hij lag nu bij het tafeltje voorover in zijn eigen bloed, zijn hand nog uitgestrekt naar de telefoon.

'Dokter... bellen,' bracht hij er moeizaam uit. Er kwam bloed door zijn mond naar buiten.

'Wie was het?' vroeg ze. 'Wie heeft 't gedaan?'

Hij zei iets wat ze niet kon verstaan, maar ze wist het wel.

'Iesjet,' klonk het nu smekend.

Hier had ze geen verstand van, maar het was duidelijk dat hij het niet lang meer zou maken. Hij probeerde te schreeuwen van pijn, maar kon bijna geen geluid meer voortbrengen. Ze wilde greep krijgen op haar eigen emoties. Als ze nog iets voor hem voelde, dan moest ze nu het wapen pakken en schieten. Hem uit zijn lijden verlossen. Maar dat kon ze niet. Of wilde ze juist dat hij die pijn voelde? De laatste boodschap die ze hem meegaf. Zijn lichaam trok samen in een kramp. Er kwam weer een golf bloed door zijn mond naar buiten. Hij maakte kokhalzende geluiden. Ze deed een stap dichterbij. Om een of andere reden móest ze zien hoe hij stierf.

Alsof hij zijn laatste krachten daarvoor had bewaard, schoot zijn arm plotseling naar opzij, en klemde hij haar enkel in een knellende schroef. Zijn hand kleefde aan haar huid. Ze gilde van schrik.

'Bellen,' rochelde hij.

Ze probeerde haar been los te rukken, maar trok hem een stukje mee over de vloer. Nu zag ze pas goed hoeveel bloed hij had verloren. Er gingen een paar schokken door zijn lichaam. Hij sperde zijn ogen wijdopen alsof hij onverwachts iets heel bijzonders zag, een prachtig, boeiend vergezicht, en toen was hij stil. Ze wist dat hij dood was. De nachtmerrie was afgelopen. De nachtmerrie begon.

Met haar hand moest ze zijn knellende vingers losmaken. Ze probeerde rustig te blijven, de ene na de andere vinger. Ze leken besloten te hebben om zo lang mogelijk tegenstand te bieden. Aan alle kanten brak het zweet haar uit. Toen ze zich bevrijd had, liep ze eerst de gang op en sloot de buitendeur. Haar hart sprong haar keel in toen de telefoon overging. Ze bleef naar het toestel kijken terwijl het rinkelde. Ze telde: twaalf keer. Toen staakte de opbeller zijn poging.

Er stak iets half onder het lichaam vandaan. Met haar gezicht half afgewend trok ze een honkbalknuppel te voorschijn. Plotseling kwam er een merkwaardige kalmte over haar. Ze wist precies wat ze moest doen. In een gootsteenkastje vond ze een plastic vuilniszak waarin ze de knuppel mee zou kunnen nemen. Ze waste het al bijna opgedroogde bloed van haar handen en haar rechteronderbeen.

Ze was een toeschouwer die alles rustig in zich op kon nemen, zich een oordeel kon vormen, feiten kon verzamelen, beelden in zich op kon slaan. Was er nog meer dat ze mee moest nemen? Aarzelend ging ze een andere kamer in, een slaapkamer. In een hoek stonden tientallen lege drankflessen. Overal lagen kleren en handdoeken. Ze deed allerlei laatjes en kastjes open, maar vond haar bril niet. Ook geen geld trouwens. Wel de zegelring met de R, die ze in haar tasje deed. In de kamer doorzocht ze een groot wandmeubel. Niets. In de bestekla in de keuken vond ze pas haar bril. Ze twijfelde. Aan de ene kant wilde ze net zo lang doorzoeken tot ze geld had gevonden, maar aan de andere kant moest ze hier zo snel mogelijk weg.

Toen ze terugkwam in de kamer had ze even het idee dat het lichaam in een andere positie lag. Ze keek nog eens goed. Nee, hij was dood. Daar was ze zeker van. Ze maakte alles schoon wat ze had aangeraakt, pakte haar tasje en stapte naar buiten. Toen ze halverwege de trap was, ging een deur op een etage lager open. Er kwam een meisje van een jaar of tien naar buiten, Marokkaans waarschijnlijk; dik zwart haar in een paardenstaart en een rok tot bijna op haar enkels.

Even hield Liesbeth haar pas in. Nu teruggaan naar de flat van Rob zou misschien nog meer opvallen. Ze liep door en passeerde zonder haar aan te kijken het meisje, dat op de traptreden een onduidelijk spelletje deed. Toen ze in de auto zat, reed ze onmiddellijk weg.

In het Westelijk Havengebied doorkruiste ze de eendere straten van een industrieterrein. 'Sloterdijk III' had ze op een bord gelezen. Er was verder geen levende ziel te bekennen. Eindelijk zag ze op het parkeerterrein van een bedrijf in plafonds en kunststof wanden twee vuilcontainers staan. Ze parkeerde ernaast, deed haar lichten uit en wachtte een paar minuten. Door het opengedraaide raam hoorde ze alleen het geluid van de auto's op de Coentunnelweg. Ze liep naar de container, opende het deksel en liet de honkbalknuppel, het rode lakjasje, haar zonnebril en hoofddoekje erin verdwijnen.

Ze vroeg Gerard of hij even mee naar buiten wilde komen. Hij keek haar bevreemd aan, en zei toen tegen een paar mensen aan de bar: 'Nou, als een vrouw dat aan me vraagt, dan weiger ik nooit.'

'Er is toch niks ergs gebeurd?' vroeg hij toen ze op het trottoir bij haar auto stonden.

'Nee, natuurlijk niet,' zei ze, feller dan ze eigenlijk bedoelde, 'maar ik wil het weer teruggeven. Ik heb er nog 's over nagedacht, maar ik ben er bang voor. Ik ben bang dat ik iets doe waar ik later spijt van zal krijgen.'

Gerard hield zijn hand op. 'Precies wat ik zei. Geef maar... misschien moeten wij dat ding ook niet in huis houden. Ga je nog even mee naar binnen om wat te drinken?'

Nee,' zei ze, 'ik heb geen tijd.'

Doe de groeten aan Jenny. We zitten met smart op haar te wachten, Enne...' Hij hield het wapen voor haar in zijn open hand, '...hij is niet geladen. Dat had ik je toch wel verteld?'

Ze had geen benul van de tijd. Het leek of er een etmaal was verstreken sinds ze haar huis had verlaten, maar het was nog maar elf uur. Timo was er nog niet. Ze liep door het huis. Van de slaapkamer naar de keuken naar de woonkamer naar Timo's kamer naar de keuken. Was hij nog naar de training gegaan? Maar waarom kwam hij dan zo laat terug? Of was hij zo ijskoud dat hij een colaatje was blijven drinken in het clubgebouw?

Liesbeth schonk een glas sherry in, maar het smaakte haar niet. Waar bleef Timo? Wat voerde hij verder nog uit? Durfde hij niet thuis te komen? Was hij misschien bang voor haar?

Ze deed de televisie aan en zapte langs zo'n vijftien kanalen. Op een Duitse zender kwam ze midden in een *Krimi*. Derrick arriveerde op de plaats van het misdrijf. Zou de politie al bij Rob in de flat zijn? Waarschijnlijk niet. Het zou dagen kunnen duren voor ze hem vonden. En wat zou er dan gebeuren? Niet aan denken. Dat moest ze uit haar hoofd zetten. Het lijk zou er dan niet meer zo keurig uitzien als in dit verhaal: een oudere man met een grijs puntbaardje, gekleed in een chique kamerjas, die een klein gaatje in zijn rechterslaap had. Er zat wat geronnen bloed op zijn wang. Het wekte de indruk alsof het gaatje maar even met stopverf of iets dergelijks moest worden dichtgemaakt en het lijk zou weer tot leven komen. Liesbeth keek naar Derrick. Ze verstond niet wat hij zei, daarvoor ging het Duits te snel. Misschien zou er over een paar dagen hier ook een Derrick in de kamer staan, met zijn jonge assistent. Een Derrick had altijd een jonge assistent, dat hoorde zo. Ze zapte naar andere zenders, maar bleef het beeld zien van Rob, zoals hij daar lag.

Pas tegen halftwaalf kwam Timo binnen. Hij had zijn grote sporttas bij zich. Ze zei niets en probeerde hem te omhelzen. Hij weerde haar voorzichtig af.

'Ik weet wat je gedaan heb,' zei ze.

Hij keek haar verschrikt aan. 'Maar...'

Ze vertelde hem van haar tocht naar Nieuw-West, en wat ze gevonden had.

Hij sloeg zijn hand voor zijn mond. Ze zag dat de tranen in zijn ogen stonden. Hij droeg een trainingspak. Ze pakte de sporttas uit zijn handen, en ritste die open. Zijn gewone kleren zaten erin. Ze haalde zijn spijkerbroek te voorschijn.

'Niet doen,' fluisterde Timo.

Er zaten bloedvlekken op.

'Die kleren kunnen we hier niet houden,' zei ze. 'Die moeten we morgenochtend meteen chemisch reinigen.'

Hij keek haar aan met ogen die ze nog nooit zo ernstig had gezien. 'Het doet er allemaal niet meer toe, het maakt allemaal niks meer uit.'

'Waarom niet?'

'Ik heb m'n knuppel daar laten liggen, en…'

'Maar…' probeerde ze hem te onderbreken.

Hij legde een hand op haar mond. 'Ik zou naar de training gaan… echt waar. Ik had alles bij me. Maar ik wilde eerst bij Rob langs. Ik wilde met hem praten. Ik dacht dat ik dat beter kon doen dan jij.'

Ze wist niet of ze hem moest geloven. Het was wel woensdag, zijn vaste trainingsavond. 'Hoe kwam je aan z'n adres?'

'F. Vermeulen, in Nieuw-West… weet je wel, en verder de telefoongids.'

Ze knikte.

'Hij begon meteen ruzie te maken. Wat ik kwam doen als ik het geld niet bij me had. Hij zei ook allemaal vervelende dingen over jou… over ons. Hij leek wel dronken of zo. Wat er precies gebeurde, weet ik niet meer.' Timo wreef met zijn hand over zijn ogen. 'Het ging allemaal zo snel. Hij zei dat ik op moest rotten en pas weer terug mocht komen als ik het geld bij me had, maar dan wel gauw. Ja, dat weet ik nog, dat zei-ie: "Ik geef je nog tot morgen. Een dag extra, dat is toch aardig. Als jullie dan het geld nog niet hebben, moet ik wel met Jenny bellen, dan zit er niks anders op." Hij probeerde me z'n huis uit te duwen. Dat had-ie niet moeten doen. Ik kon het niet hebben dat-ie me aanraakte. Hij sloeg het eerst… dacht ik. En ik sloeg terug…' Hij liet zijn licht ontvelde rechtervuist zien. '…en hij wilde de kamer uitlopen, naar de keuken geloof ik. Ik was bang dat-ie een wapen zou pakken, een mes of zo, en voor ik het wist had ik m'n knuppel in m'n handen. Het ging vanzelf.'

Hij ademde diep in en uit. Ze stond dicht tegen hem aan, gaf hem een zoen op z'n wang. Het was moeilijk om hem niet te omhelzen.

'En ik sloeg en ik sloeg. Toen raakte ik in paniek. Ik weet niet waarom. Misschien omdat-ie niet meteen dood was. Hij bleef verdomme maar leven. Ik begrijp 't niet. Hij greep m'n knuppel, terwijl-ie al op de grond lag, en ik verloor bijna mijn evenwicht, en toen ben ik dat huis uit gerend. M'n tas heb ik nog wel meegepakt, maar die knuppel heb ik laten liggen.'

'Heeft iemand je gezien?'

'Ik weet 't niet… ik heb nergens op gelet.'

Hij ging zitten.

'Waar ben je dan geweest, de hele tijd?'
'Naar de training. Onderweg, in het Rembrandtpark geloof ik, heb m'n trainingspak aangetrokken.'
'Wat ben je laat terug?'
Hij haalde zijn schouders op.
Ze vertelde wat ze met de knuppel had gedaan.
'In een container? Maar weet je zeker dat ze hem niet vinden? Lag er nog meer rommel in of was-ie leeg?' Het leek of hij in één keer de herinnering van zich af had geschud. Daar in die flat was hij in paniek geraakt, maar nu had hij zichzelf weer onder controle.
Liesbeth wist het niet.
'Stel je voor dat ze morgenochtend dat deksel opendoen en alles vinden,' zei Timo. 'M'n initialen staan op dat bat. We moeten ernaartoe. Nu meteen. Weet je nog waar 't was?'

Ze reden nu al minutenlang kriskras door het industrieterrein, maar zagen nergens vuilcontainers.
'Denk goed na,' zei Timo. 'Wat voor bedrijf, wat voor firma was 't?'
'Ik weet 't niet meer.'
Ze reden nog een paar straten door toen de motor begon te haperen. 'Ik denk dat de benzine op is,' zei ze met een verontschuldigende toon in haar stem.
'Godverdomme, jut en jul op pad. 't Lijkt wel een komische misdaadserie. Echt iets voor de Nederlandse televisie.' Timo sloeg met zijn vuisten roffelend op het dashboard. Hij stapte uit de tot stilstand gekomen auto en gooide de deur met een enorme klap dicht. De angst nam bezit van haar. En het was deze keer nog erger: ze was bang voor haar eigen zoon.
Schuin aan de overkant zag ze een bordje van een bedrijf dat handelde in plafonds en kunststof wanden.

20

De spullen die Liesbeth had weggegooid, hadden ze onder in de lege container gevonden. Timo was erin geklommen en had ze er weer uitgehaald.

Ze legden alles achter in de auto, maar die stond zelf onwrikbaar vast, ook nog verkeerd geparkeerd. Ze hoefden er alleen nog maar een groot bord bij te zetten: SCHULDIG. Het reservetankje achterin was leeg. Waar kon je 's nachts om één uur in Amsterdam nog benzine krijgen? En hoe opvallend was het om rond die tijd met een reservetankje een benzinestation binnen te komen wandelen? Misschien was het beter om naar huis te gaan, en morgenochtend de auto op te halen. Eerst hadden ze hem naar een parkeerstrook geduwd.

Timo had het gedaan terwijl zij naar de zaak ging. Ze vroeg hem 's avonds waar hij de spullen had gelaten. 'Ze zijn weg,' was zijn enige antwoord geweest. 'Waar?' 'Doet dat er iets toe?' 'Nee, maar ik wil het gewoon weten.' 'Vertrouw je me dan niet?' 'Natuurlijk wel.' 'Ken je die vuilnisschuit op de Amstel, vlak bij de Ceintuurbaan? Nou, daar ligt alles in, onder een berg andere rotzooi.'

Vreemd genoeg was er een soort verwijdering tussen haar en Timo ontstaan. Hij leek haar te ontwijken. Als ze iets tegen hem zei, keek hij haar niet aan. Wanneer ze gingen eten, moest hij juist de deur uit. 's Avonds had hij geen trek in koffie. Ze woonde met iemand anders in huis dan ze gewend was. Het was nu vier dagen geleden gebeurd, maar het leken minstens twee weken.

Gisteren had er een stuk in *De Telegraaf* gestaan, met een foto van de flat. 'Moordflat' was de kop van het artikel. Volgens de krant tastte de politie nog in het duister, maar men vermoedde dat het een onderlinge afrekening betrof vanwege de moord die ruim twee weken geleden in dezelfde woning was gepleegd. De bewoner, F.V., werd daarvan wel verdacht, maar hij had een sluitend alibi. 'Anderen waren blijkbaar niet overtuigd van zijn onschuld,' schreef de krant. 'Zij hebben nu het "recht" in eigen hand genomen, de doodstraf uitgesproken, en het vonnis meteen zelf voltrokken op een barbaarse wijze.' Daarna volgde nog een opsomming van recente moorden in Nederland. Het waren er in de eerste maanden van dit jaar dertig procent meer dan in dezelfde periode vorig jaar. Er was dus meer politie nodig en het justitiële apparaat moest worden uitgebreid. En er moesten nieuwe gevangenissen worden gebouwd die beter bewaakt konden worden. Timo kocht ook nog de andere ochtendkranten, maar ze bevatten niet veel meer nieuws. Alles was onduidelijk, alles was open. Jenny belde niet op. Ze had het bericht zeker gemist, maar ze was ook niet zo'n krantenlezer.

'Wat denk jij?' vroeg Liesbeth aan Timo.

Hij haalde zijn schouders op en liep de kamer uit.

Toen ze 's avonds een biefstuk met patat van de snackbar om de hoek zaten te eten, vroeg ze het weer. Timo werd kwaad. Hij gooide zijn bestek op tafel terwijl hij opstond. Plotseling werd ze bang voor hem. Hij was zelf veranderd. Hij had iemand om het leven gebracht. In haar hoofd gebruikte ze die woorden. 'Om het leven gebracht', maar ze wist dat het anders was: doodgeslagen met een honkbalknuppel. Nee, ze voelde niets meer voor Rob. Met hem had ze geen medelijden gehad. Alle liefde voor hem was zorgvuldig weggesneden. Maar dat Timo dat had gedaan, maakte haar bang. Het vervulde haar zelfs met weerzin. Haar zoon. Altijd een aardige, voorkomende jongen geweest, nooit agressief, en nu had hij dit gedaan. 'Op een barbaarse wijze'; de woorden bleven door haar hoofd spoken. Ze at zelf ook haar eten niet op.

Waar zou Timo nog meer toe in staat zijn? Stel dat ze een man ontmoette, en Timo vond hem niet aardig. Zou dan…? Nee, onzin. Toch bleef het knagen.

De volgende ochtend zei Timo: 'Ik moet een nieuwe knuppel kopen.'

'Moeten we niet iets afspreken?' vroeg ze.

'Afspreken?'

'Ja, voor als de politie komt.'

Ze probeerde weer in het oude dagritme te komen, maar het was net als dansen met iemand die de maat niet kon volgen. Ze had het gevoel op haar eigen tenen te trappen, zichzelf een verkeerde kant uit te sturen, te grote stappen te maken, en linksom te draaien als het rechtsom moest zijn.

Gelukkig kon ze op de zaak het meeste aan Ilona overlaten. Er moesten twee machines worden gerepareerd, maar ze waarschuwde de monteur niet.

'Wil je ze vervangen?' vroeg Ilona.

'Misschien, ik weet niet.'

Liesbeth werd kwaad op een Turkse man die de instructies bij de machine niet begreep. Ze rukte de tas met wasgoed uit zijn handen. 'Als je het verdomme niet begrijpt, wat heb je dan hier te zoeken?'

De man keek haar verbaasd aan. 'Ik kan niet lezen.'

'Dan moet je naar school gaan.'

Annet wees Stephanie giechelend op een jongen met zijn haar in een paardenstaart. 'Vind je hem geen stuk?' Ze zei het net zo luid dat de jongen het bijna moest kunnen horen. Hij reageerde niet.

'Werken jullie ook nog?' vroeg Liesbeth.

'O, 't is weer gezellig. Jij bent weer terug,' zei Annet.

'Je komt hier ook niet voor de gezelligheid.'

'Maar 't helpt wel,' zei Stephanie, en ze begon een sigaret te rollen. 'Jij nog koffie, Annet? Jij, Liesbeth? Ilona, koffie?'

Elke keer als de telefoon rinkelde, werd de veer in Liesbeths lichaam extra aangedraaid. Wanneer de deur openging, verwachtte ze politie. Natuurlijk zouden ze komen. Het kon niet uitblijven. Er waren te veel connecties. Ze waren opnieuw bij Jenny geweest, omdat de moord op Marco in een ander licht kwam te staan. Ze hoefden de moordenaar misschien niet meer te zoeken. Die hadden ze al op een presenteerblaadje gekregen: de F. Vermeulen in wiens huis Marco was neergestoken. En Jenny legde nog steeds geen verband tussen F. Vermeulen en de Rob die ze kende. Hoe lang zou dat nog duren? Jenny had blijkbaar geen foto van F. Vermeulen gezien. Nog niet.

Jenny zou weer voor 't eerst spelen in Van Drongelen.

'Kan dat wel?' vroeg Liesbeth. Marco ligt nog maar net onder de grond, wilde ze er eigenlijk aan toevoegen.

'Er verandert niks als ik langer wacht,' zei Jenny. 'Ik krijg Marco er niet mee terug. En als ik te lang wacht, dan gaat 't niet meer. Met zo'n dikke buik achter dat orgel, dat vind ik geen gezicht. En zo kom ik er nog 's uit. Ik heb het geld trouwens ook nodig, besef je dat wel? Ik ben gister nog naar de Sociale Dienst geweest.'

'Maar je kunt toch van mij…'

'Nee, dat wil ik niet. Dat geeft alleen maar ellende. Kom je ook? Jij gaat er nooit meer 's uit. Je bent helemaal ingezakt de laatste tijd.'

Het was natuurlijk gezellig in het café. Aan de buitenkant lachte, dronk en zong ze mee. 'In m'n hart moet ik huilen, maar ik doe nonchalant…' Ook als Jenny het niet speelde, resoneerde het door haar hoofd, net als die woorden uit de krant. Jenny leek nergens last van te hebben, maar dat dachten mensen misschien ook van haar. Ze maakte zich zorgen om Timo. Die was met een strak gezicht om een uur of negen het huis uit gegaan. Ze had gevraagd waar naartoe.

'Is dat belangrijk?'

'Nee, niet echt, maar…'

'Maar wat?'

'Nee, niks.'

Ze wist dat hij een tweedehands honkbalknuppel had gekocht, overgenomen van een kennis. Binnenkort zou de competitie wel weer beginnen. Zou hij nu de bal nog kunnen raken? Zou hij die knuppel kunnen zwaaien zonder te denken aan de bewuste woensdagavond?

Harry stootte haar aan. 'Een geeltje voor je gedachten.'

'Die heb ik niet… ik zit alleen maar een beetje te dromen.'

'Zeker van een knappe kerel. Wil je nog wat drinken?'

Harry liet zijn vinger weer wapperen, en Gerard en Hans tapten vele glazen vol. Jenny zong: 'Jong voor altijd, want dat mooie leven duurt maar even. Jong voor altijd, soms denk ik wat er al niet kan gebeuren, maar ik mag niet zeuren, want ik heb nog zeeën van tijd.' Ze mocht zelf ook niet zeuren. Maar had ze nog zeeën van tijd? En waarvoor?

'Moeilijkheden op de zaak?' vroeg Harry.

'Nee, hoor, niks aan de hand,' schreeuwde ze in zijn oor.

Om twaalf uur liet ze zich met een taxi naar huis brengen. Ze ging naar Timo's kamer. Hij was er nog niet. Ze deed iets wat ze nog nooit had gedaan: zijn spullen doorzoeken. Waarnaar wist ze niet, maar ze wilde iets meer van hem te weten komen. De deur hield ze open, zodat ze hem zou kunnen horen thuiskomen. Op zijn bureau lagen stapels dictaten, netjes geordend. In de laden vond ze schriften en volgeschreven blocnotes met teksten die ze niet begreep. Was natuurlijk ook voor zijn studie. Tegenover het bureau hing een foto van Paul. De foto was hier thuis genomen toen hij net terug was uit het ziekenhuis. Aan zijn ogen kon je zien dat hij er niet meer in geloofde.

Liesbeth bladerde in Timo's agenda. Voor gisteren stond er een afspraak met ene Karlijn om negen uur, maar er was een dikke streep door getrokken. Ze bladerde terug. Op de woensdagavond had hij ook een afspraak met Karlijn gehad; om zeven uur. Maar om zeven uur was hij al onderweg naar Rob! Daar wilde hij langs voor hij naar de training ging. En hoe laat begon die ook alweer? Dat was toch acht uur. Was hij misschien na de training bij die Karlijn langs geweest en kwam hij daarom zo laat thuis? Raadsels. Ze keek achterin bij de namen, adressen en telefoonnummers. Er stonden weinig mensen in. Ze herkende een paar namen van jongens van zijn honkbalclub. Op de laatste bladzijde stond Karlijn Sneeuw. Geen adres, wel een telefoonnummer. Dit was een stuk van Timo's leven waar ze niets van wist. Had hij haar buitengesloten of had ze dat zelf gedaan door het altijd maar druk te hebben en meer aandacht aan Rob te geven dan aan haar eigen zoon? Ze scheurde een bladzijde van een kladblok en schreef het telefoonnummer over.

Jenny kwam weer eens langs. 'In m'n eentje ga ik helemaal door het behang.'

Ze had Timo ook gevraagd om erbij te komen zitten.

'Waarom?'

'Voor je zus. Zo vaak zie je die ook niet. En voor mij natuurlijk.'

Ze zaten met hun drieën naar een show te kijken waar alleen Jenny in geïnteresseerd was.

'Moet je 's horen zo vals als die meid zingt. Dan kunnen ze beter mij nemen. Nou ja, goed, even wachten tot na de bevalling. Misschien ga ik er nog wel mooier van zingen.'

Daarna was er een aflevering van een misdaadserie. Liesbeth kon de tv niet aanzetten of ze viel in zo'n verhaal. 'Ik wil hier niet naar kijken.'

'Waarom niet?' vroeg Jenny. 'Het gaat niet over Marco.'

Liesbeth begreep niet hoe Jenny er zo over kon praten, maar ze begreep misschien nog minder van zichzelf. Ze schakelde het toestel uit. 'Ik heb er gewoon geen zin in.'

'Nou, dan niet. Heb je nog een colaatje voor me, mam?'

Timo haalde iets te drinken voor iedereen. Hij was weer de keurige, oppassende jongen. Jenny leek niets aan hem te merken. Ze zag de honkbalknuppel niet in zijn handen, de angst in zijn ogen, het bloed op zijn spijkerbroek.

Plotseling begon Jenny over Marco. 'Weet je, het is gek... eerst hoopte ik dat ze de man die het gedaan had snel zouden vinden...'

'Man?' vroeg Timo. 'Waarom een man?'

Liesbeth probeerde Timo's ogen te vangen in een waarschuwende blik, maar hij keek niet in haar richting.

'Nou ja, mens dan... persoon. Weet ik veel.' Jenny nam een slokje cola. 'Ik dacht echt dat ik er dan meer... hoe heet dat, vrede mee zou hebben of zo. Maar nou...' Ze staarde voor zich uit. 'Ik bedoel, die man is ook weer dood. Als-ie 't tenminste gedaan heeft. Daar zullen ze ook wel nooit achter komen. Ferry Vermeulen, zo heet-ie.'

Jenny wist blijkbaar nog steeds niet dat Ferry en Rob één en dezelfde waren.

'Ik heb Marco wel 's over een Ferry horen praten,' ging Jenny door. 'Ik dacht niet dat ze ruzie hadden of zo. Maar ja, hij ging ook met van die linke figuren om. Ik heb wel 's tegen hem gezegd: je komt nog 's in de problemen, zei ik, maar hij wou niet luisteren. Dat weet je toch, mam, dat-ie niet wou luisteren? Hij was hartstikke eigenwijs. Als je tegen hem zei: "Het gras is groen", en hij had in z'n hoofd gehaald dat 't rood was, nou dan hield-ie gewoon vol.'

Liesbeth knikte.

'Weet je, ik heb zo'n idee dat-ie eruit wilde stappen... dat-ie wilde stoppen met al die handeltjes en zo. Hij wilde een ander leven, dat heeft-ie me zelf verteld. Een gewone baan. Eerlijk z'n brood verdienen. Voor mij. En voor de kleine, natuurlijk. Misschien moest die Ferry hem op andere gedachten zien te brengen of zo, misschien wist Marco iets wat-ie niet mocht weten. Wie zal het zeggen? De politie komt er ook niet achter, of ze moeten de moordenaar van die Ferry vinden. 't Is anders wel een krankzinnige toestand, vind jij niet, mam?'

'Ja, heel gek,' kon Liesbeth net uitbrengen,

'En jij, wat vind jij d'r van, Timo?'

Timo haalde zijn schouders op.

'God, wat zijn jullie spraakzaam vandaag.' Jenny begon plotseling te huilen. Niet langzaam aan snikkend, maar in één keer met grote, gierende uithalen, alsof het al een hele tijd op de loer lag.

'Waar gaat 't over?' vroeg ze.

'Wat zegt u?'

Ze probeerde iets duidelijker te praten. 'Waar gaat 't over?'

'Het is een beetje moeilijk om dat uit te leggen over de telefoon. Zou u vandaag misschien even langs kunnen komen op het hoofdbureau?'

'Waarom?'

'Dat kunnen we dan bespreken.'

'Hoe laat?' vroeg ze.

'Even kijken, het is nu tien uur. Over een uurtje, zou dat lukken?'

'Ik denk 't wel... Alleen?'

'Ja, wat dacht u dan? Wou u burgemeester Van Thijn soms meenemen?'

Ze probeerde ook te lachen.

Ze stond nog lang met de hoorn in haar hand toen aan de andere kant de telefoon al was neergelegd. Het was begonnen. Ze moest Timo bellen. Maar wat dan nog? Hoe zou hij haar kunnen helpen? Ze hadden verschillende keren het verhaal doorgenomen. Timo steeds als politieman.

'Zit-ie aan je hand geplakt?' vroeg Ilona.

'Hè?'

'Die telefoon.'

Ze legde de hoorn snel neer alsof ze een overtreding had begaan.

'Je ziet zo wit als een lijk. Is er wat?'

Een lijk. Iedereen zag het aan haar. Hoe kon ze tegenover de politie net doen of ze nergens van wist?

'Er is toch niks met Jenny?' Die eeuwige, goedbedoelde, meelevende vragen van Ilona.

'Nee, er is niks met Jenny.'

Ze had zich met een taxi naar het hoofdbureau laten brengen. In de portiersloge zat een man met een onwaarschijnlijk grote snor.

'Ik moet bij meneer Stekelenbos zijn,' zei ze.

Hij verwees haar naar de eerste verdieping, kamer 128. Ze had zich ingesteld op een man in een klein kamertje, maar ze kwam in een soort zaal waar een tiental mannen achter bureaus zaten. Achterin stonden er vier met elkaar te praten. Over haar? De man die het dichtst bij de deur zat, vroeg wie ze zocht. Hij wees naar het groepje mannen toen ze de naam Stekelenbos noemde. 'Frank, hier is iemand voor je.' Hij zei 'Frenk' en niet 'Frank'.

Een wat kleine, donkere man maakte zich los uit het groepje. Ze had geen Surinamer verwacht omdat ze over de telefoon geen accent had gehoord.

Ze gaven elkaar een hand, en hij ging haar voor naar een klein kamertje. 'Dat praat wat rustiger.'

Ze probeerde zich te concentreren op de das die Stekelenbos om had. Er stonden figuurtjes op in vele kleuren, maar ze kon niet zien wat ze voorstelden.

'Zo, even kijken...' Stekelenbos sloeg een dossier open waar hij een paar papieren uit haalde. Even meende ze een glimp te zien van een foto. Een foto die ze herkende. Een foto die ook in haar hoofd was ontwikkeld en afgedrukt, en die ze elk moment kon bekijken. Ze voelde de greep van zijn vingers weer om haar enkel, en schopte even met haar voet naar voren. Ze raakte iets, misschien het been van Stekelenbos.

'Sorry,' fluisterde ze.

Hij lachte een imposante rij witte tanden bloot. 'Bijna alle mensen worden een beetje zenuwachtig als ze hier moeten komen, maar daar is meestal helemaal geen reden voor. Bij u natuurlijk ook niet.' Hij bladerde verder. 'Ja, hier hebben we 't.' Hij pakte een ander vel papier, toen een foto die hij aan haar liet zien. Het was duidelijk een uitvergrote pasfoto van Rob.

'U kent deze man?'

'Ja,' zei ze bijna fluisterend.

'U weet ook dat hij overleden is?'

Ze kon nog net uitbrengen: 'Nee,' en toen sloeg ze haar handen voor haar ogen. Er kwamen echte tranen, zonder dat ze huilde. Ze had het gevoel dat ze iemand moest bedanken voor die tranen die zomaar kwamen.

'O, ik dacht dat u 't misschien al wist. Het heeft uitgebreid in de krant gestaan... moord. Een dag of vier, vijf geleden.'

'Moord?' zei ze met hese stem. 'Is Rob dan vermoord?'

'Rob?' vroeg Stekelenbos.

'Ja,' zei ze.

Hij hield de foto omhoog, net zoals Lottie dat had gedaan. 'Ferdinand Augustinus Vermeulen, vijfenveertig jaar. Hij werd meestal Ferry genoemd.'

Er liepen weer tranen over haar wangen. Met de mouw van haar jas veegde ze ze weg. 'Ja, natuurlijk... Ferry. Maar het kan toch niet dat-ie dood is? Dat moet toch een vergissing zijn?' Ze haalde zo geruisloos mogelijk haar neus op.

'Helaas niet. Vorige week woensdagavond. Vermoord. In z'n eigen flat, aan de Steltmanstraat. Geuzenveld. U wist er nog niks van?'

Ze schudde haar hoofd.

''t Heeft uitgebreid in de krant gestaan. Niet gelezen? Niks over gehoord?'

'Nee, ik heb het erg druk gehad op de zaak, en ik lees trouwens dat soort dingen meestal niet, over moord en doodslag en zo.'

'U heeft wel een krant?'

Het leek of hij haar niet geloofde. Maar ze moest volhouden. Als ze het bericht gelezen had, dan had ze ook de connectie tussen Rob en Marco moeten leggen. 'Ja, natuurlijk, *De Telegraaf*, maar 's ochtends neem ik hem mee naar de zaak. Ik run een stomerijwasserette, en daar leg ik hem neer voor de klanten… voor als die wat willen lezen terwijl ze zitten te wachten. Ik kom er vaak zelf niet eens aan toe om de krant te lezen.'

'Dat deed ik vroeger ook voor ik getrouwd was… m'n was naar een wasserette brengen. Maar ik liet het meestal doen. Dat wachten vond ik verschrikkelijk.'

Ze haalde opnieuw haar neus op, en zocht in haar tasje vergeefs naar een zakdoekje. Stekelenbos gaf haar een tissue.

'Gaat 't weer?' vroeg de politieman. 'Misschien een glaasje water?'

'Graag.'

Stekelenbos verdween en kwam even later terug met een kartonnen bekertje met water. Ze dronk, maar verslikte zich.

Toen ze was uitgehoest, zei Stekelenbos dat ze haar naam met twee telefoonnummers een paar keer waren tegengekomen in een agenda die had toebehoord aan Vermeulen. En op een stuk papier met wat andere getallen erbij, waar ze voorlopig nog geen touw aan konden vastknopen. Maar goed, dat kwam later wel. Later, wanneer was later, vroeg Liesbeth zich af.

'Hoe goed kende u Vermeulen?'

Ze haalde haar schouders op.

'Was het een vriend, een goede bekende, een kennis? Hoe zou u de relatie omschrijven?'

'Ik weet niet…' Ze voelde dat er binnen in haar iets opwelde. Het was niet meer te stuiten. Ze probeerde zich te concentreren op de stropdas van Stekelenbos, maar de beelden van Rob waren veel sterker.

Timo was onvoorspelbaar. Eerst nors, dan lief, dan kwaad, ten slotte weer zwijgzaam. Ze was meteen van het politiebureau naar huis gegaan. Hij was gelukkig thuis. Ze vertelde dat ze was ondervraagd en wat ze had gezegd. Ze verwachtte een complimentje omdat ze zich keurig aan hun scenario had gehouden, maar hij keek alleen broedend voor zich uit.

'En je had gelijk,' zei ze, 'hij liet me een foto van Rob zien, en vroeg of ik hem kende. Hij was heel aardig, die rechercheur. Een Surinamer.'

'Wat doet dat er nou toe?' Timo bleef om de keukentafel heen lopen.

'Ga nou eindelijk 's zitten,' zei ze. 'Je maakt me zo doodzenuwachtig.'

Hij pakte een stoel. 'En verder?'

'Verder niet veel. Hij schreef wat dingen op. Eerder had hij iets gezegd over een stuk papier waar m'n naam op stond en wat grote getallen…'

'…van het geld natuurlijk…'

'…maar daar kwam-ie niet meer op terug. Hij vroeg nog of ik vrienden van Rob kende. Hij noemde wat namen, maar ik had ze nooit eerder gehoord.'

'En Marco?'

'Nee, heeft-ie niet genoemd.'

'Maar dat komt nog, mam. Dit is het begin, dit is alleen maar het begin.'

Ze waren meteen doorgelopen naar de bar. De jassen werden over een stoel gelegd.

'U mag uw jas ophangen in de garderobe,' zei een meisje dat de bestellingen kwam opnemen.

'Mag? Moet, zal ze bedoelen,' zei Stephanie.

Annet had een jongen meegenomen. Liesbeth meende hem al eens in de zaak te hebben gezien. Timo was thuis gebleven. Hij had over een dag of tien een zwaar tentamen, en was al zo veel tijd kwijtgeraakt de laatste weken. Nog ruim een jaar en dan was hij afgestudeerd. Doctorandus in de economie. Haar zoon. Over ruim een week zou hij nog een paar dagen naar een soort klooster gaan om zich voor te bereiden. Hij had het al eens vaker gedaan en het was goed bevallen. 'De stilte, de afzondering, de sfeer, je móet gewoon wel studeren… meer dan tien uur per dag,' had hij gezegd.

Toch dacht ze weer aan het liedje dat ze gisteren op de radio had gehoord en waarvan de tekst niet meer uit haar hoofd was te krijgen. 'You left me, just when I needed you most.' Ze waren deze keer naar een bowlingcentrum in de Bijlmer gegaan.

Leendert vertelde een mop waar hij alleen zelf om moest lachen. Er werd nog een rondje drank besteld voor ze naar de bowlingbaan gingen. Dit was een keer per jaar het vaste uitstapje. Vroeger hadden ze wel eens iets anders geprobeerd, een theatervoorstelling of zo, maar dit beviel toch het beste: drinken, eten en spelen. Ze zag de omvallende kegels en wist waarom Timo was thuisgebleven.

Nadat ze een eerste rondje hadden gespeeld, ging zij met Leendert terug naar de bar. Dat was het voorrecht van de ouderen. Verderop zag ze een meisje met een *oversized* T-shirt waar met grote letters 'Volkomen kut' op stond. Leendert schoof naast Liesbeth op een kruk. Ze proostten, dronken wat en keken voor zich uit. Na een paar minuten voelde ze plotseling iets op haar dij. Ze keek: Leenderts rechterhand.

'Haal je hand weg,' zei ze, met haar tanden op elkaar geklemd, 'en gauw, anders ga ik schreeuwen.' Ongelooflijk, na twee jaar, dat hij het nu toch probeerde. Zag ze er soms plotseling zoveel zwakker uit?

Leendert zuchtte. 'Ik dacht: jij bent ook maar alleen en... nou ja...'

Tegen twaalf uur was ze thuis. Timo zat op haar te wachten.

'Stekelenbos heeft gebeld. Of je morgen op het bureau wilt komen, om halftien.'

21

'Koffie, thee?' vroeg Stekelenbos.

'Nee, ze hoefde niets. Tegenover haar zaten Stekelenbos en een andere man, die zich wel had voorgesteld, maar ze had de naam niet goed verstaan.

'Al een beetje over de schok heen?' vroeg Stekelenbos.

''t Gaat,' zei ze.

'Gelukkig. Tsja, altijd als er een kennis of een vriend doodgaat, dat hakt erin, en zeker in zo'n geval, zo'n gewelddadige dood, dat gaat je niet in je kouwe kleren zitten. Hè, lekker... koffie. U echt niet? Zeker weten?'

Ze probeerde rustig achterover te leunen op haar stoel, maar haar rug rechtte zich toch, en de neiging om op de stoel naar voren te schuiven, kon ze nauwelijks onderdrukken. De andere politieman keek haar strak aan. Hij was uiterlijk het tegengestelde van Stekelenbos: lang, dun, bleek, dofgrijze ogen en steil, vettig haar waar zijn grote oren uitstaken. Het leek of hij zijn huid met opzet nooit had blootgesteld aan de zon.

Stekelenbos pakte het dossier weer. 'Ferdinand Augustinus Vermeulen, alias Rob. Laten we hem maar Rob noemen. U had dus een verhouding met Rob. Hoe lang ook alweer?'

Dat had ze de vorige keer al verteld. Zo begon het dus. Ze stelden gewoon dezelfde vragen en hoopten dat je je vergiste en een ander antwoord gaf. 'Een paar maanden.'

'Tot... eh, volle tevredenheid?'

Stekelenbos dronk weer van zijn koffie. Liesbeth voelde de kille ogen van de andere politieman op zich gericht zonder dat ze zijn kant had uitgekeken. Hij was een radar. Misschien heette hij ook zo.

'Hoe bedoelt u?'

'Ging het goed tussen jullie tweeën, was het een goeie relatie, een bevredigende relatie?'

''t Ging wel.'

''t Ging wel,' herhaalde Stekelenbos. 'Klinkt niet erg enthousiast, moet ik zeggen. Als ze aan mij zouden vragen: hoe gaat 't tussen jou en je vrouw, en ik zou zeggen: 't gaat wel. Nou…' Hij keek bedenkelijk. Ondertussen lichtten zijn ogen op, alsof hij ergens plezier om had. 'Kunt u misschien beschrijven hoe en waar u elkaar ontmoet heeft, wat er gebeurde, wat voor relatie het was, hoe vaak u elkaar zag en waar, dat soort dingen?'

'Maar… maar waarom?'

'Waarom we dat willen weten?' vroeg Stekelenbos. 'Omdat wat u vertelt misschien weer een klein stukje van de puzzel oplevert. U kan iets gezien of gehoord hebben, iets waarvan u zelf niet beseft dat het belangrijk is. Misschien hebben wij dat ook niet meteen in de gaten, en vinden we dat pas later uit. Of helemaal niet, hè Riemer?' Stekelenbos lachte zijn tanden weer bloot, maar Riemer Radars gezichtsuitdrukking verraadde geen enkele emotie. 'Het zou niet voor het eerst wezen dat we dingen over het hoofd zien. Maar goed, ik mag niet uit de school klappen. Vertelt u maar. We zijn één en al oor.' Stekelenbos keek weer naar zijn collega.

Liesbeth vertelde over de ontmoeting in het café. De tweede ontmoeting. Het etentje samen. Dat Rob wel bij haar thuis kwam maar zijn privéleven voor haar verborgen hield. Dat ze dus verder ook weinig wist. Niets over zijn vrienden en zo kon vertellen. 'Ik weet gewoon niks. Ik zou u wel willen helpen, maar ik kan 't niet.'

'Vond u dat niet gek? Dat u zelfs niet eens zijn achternaam wist en waar-ie woonde?'

Ze haalde haar schouders op. 'Ik dacht dat-ie een relatie achter de rug had, dat-ie gescheiden was of zo.'

'Dus dat wist u ook niet.'

'Nee, ik vroeg er ook niet naar. Ik dacht dat 't te pijnlijk was om over te praten. Soms willen mensen niet worden herinnerd aan dat soort dingen. Dat begrijp ik wel. Sommige dingen zijn nou eenmaal te pijnlijk.'

Stekelenbos verfrommelde het kartonnen koffiebekertje. Er vielen nog een paar druppels koffie op het tafelblad. Met een papieren zakdoekje veegde hij ze weg. Peinzend keek hij haar aan, alsof hij ergens goed over na moest denken. 'Zei hij dat?'

'Nee, maar ik kreeg wel de indruk.'

'Vrouwelijke intuïtie.'

'Zoiets misschien wel. Je hoort wel meer dat mensen na zo'n ervaring voorzichtig geworden zijn, dat ze zich niet meer bloot durven te geven.'

'Behalve in bed natuurlijk,' zei Stekelenbos, 'Nee, dat is een flauw grapje... sorry.'

Ze keek Stekelenbos aan. Er zat nog steeds iets lacherigs in zijn ogen, maar misschien kon-ie dat er nooit uit krijgen. Ze schrok bijna toen de andere rechercheur iets vroeg. 'Vertrouwde u hem wel?'

'Waarom niet?'

'Misschien had hij iets te verbergen.'

'Dat kwam niet in me op. Ik vroeg wel 's iets, en dan had ik het idee dat-ie erg op z'n privacy was gesteld. Zoiets zei-ie ook, dat het belangrijk was om iets voor jezelf te houden. En ik begreep dat wel. Ik ben ook eerder getrouwd geweest.'

'Uw man is toch een paar jaar geleden overleden?'

Dat had ze nog helemaal niet verteld, de vorige keer ook niet. De politie had dus navraag gedaan. Ze was al het onderwerp van een onderzoek. 'Ja, en als je dan wat ouder bent, en je begint een nieuwe relatie, dan wil je je niet meteen zo sterk binden. Je bent veel te bang dat je weer verliest, dat je weer alleen komt te staan.'

'Dat vond u ook?'

Ze knikte.

'Maar u had er toch geen bezwaar tegen dat hij uw achternaam wist, dat hij wist waar u woonde, dat u een zaak had. Hij had er geen bezwaar tegen om in uw slaapkamer de nacht door te brengen en 's ochtends bij het ontbijt uw zoon te ontmoeten. Dus die bescherming van privacy, dat gold alleen z'n eigen privacy. Dat lijkt me nogal egoïstisch.'

Ze reageerde niet. Riemer pakte een lucifer, brak hem af, en ging zijn tanden ermee te lijf.

'Vond u dat niet gek?' vroeg Stekelenbos.

Riemer veegde met de afgebroken lucifer langs zijn broek, en peuterde verder. Ze probeerde zich weer op de vraag te concentreren. Het leek of ze moest verdedigen dat ze iets met Rob had gehad. Alsof ze een wet had overtreden door met hem naar bed te gaan en niet naar zijn achternaam te vragen. 'Zo dacht ik er toen niet over.'

'Dus u hoefde die dingen ook niet te weten, al die dingen die mensen nou eenmaal graag van elkaar weten?'

'Ik was wel nieuwsgierig... natuurlijk.'

'Maar u wist die nieuwsgierigheid in de hand te houden.'
'Niet altijd.'
Stekelenbos keek haar vragend aan.
'Nee, ik bedoel, ik ben ook maar een mens.'
'Goed zo,' zei Stekelenbos, 'dat wilde ik horen.'
Pas nu hij met zijn hand over zijn haar streek, bedacht ze hoe vreemd zijn naam was met al die krulletjes.
'En wat gebeurde er toen… toen u uw nieuwsgierigheid niet meer kon bedwingen?'
Ze volgde het scenario dat ze met Timo had doorgesproken. Het liefst had ze de nachtelijke achtervolging weggelaten, maar het moest wel. De andere mogelijkheid die ze hadden overwogen, was een agenda of zoiets in de binnenzak van Robs jasje. Dat ze daar een keer in gekeken had, terwijl hij sliep. Maar Timo had haar voorgehouden dat dat niet kon. Daar zou dan toch zeker zijn werkelijke naam in staan. Ze herinnerde zich die keer dat ze haar hand schuldbewust in zijn binnenzakken had laten verdwijnen, maar er niets gevonden had.
'Dat is nogal ondernemend,' zei Stekelenbos, en er klonk een zekere bewondering door in zijn stem. 'En toen kwam u er dus achter dat hij F. Vermeulen heette.'
'Ja.'
'En dat hij een vrouw had… getrouwd was.'
'Pas later. Nadat ik opgebeld had, en haar aan de telefoon gekregen had, heb ik het aan hem gevraagd. Hij zei dat ze zijn zuster was die in het buitenland woonde. Ze was een tijdje in Nederland en logeerde nu bij hem.' Dit zou de politie nooit kunnen controleren. De enige getuige was dood. Maar waarom had ze het eigenlijk nooit aan Rob gevraagd? Toen was de situatie al te ingewikkeld geworden, ze was al overspoeld door de problemen, door het conflict met Rob. Ze had het niet eens aan hem durven vragen. Daar schaamde ze zich nu nog voor. Zouden Stekelenbos en Riemer dat aan haar kunnen zien?
'En u geloofde dat?'
'Eerst wel.'
'En later niet meer?' vroeg Stekelenbos. Hij haalde een pakje sigaretten te voorschijn, pulkte er een sigaret uit en stopte hem weer terug. Ze probeerde op alles te letten wat hij deed. Het gaf haar misschien een houvast.

'Nee, ik ben er een keer langs geweest toen hij niet thuis was. Zij was er wel.'

'En het was duidelijk dat ze zijn vrouw was?'

'Ja.' Ze vertelde over haar bezoek aan Lottie. Ze wijdde wat uit over de chaos in het huis, de drankflessen. Het kon geen kwaad om dit te vertellen. Daarna bleef het een tijdje stil. Liesbeth keek op haar horloge. Stond het stil? Er was nog maar een kwartier voorbij. Hoe lang zou dit duren?

'We zijn zo klaar, hè Riemer?'

Riemer knikte.

'Wie heeft 't uitgemaakt?' vroeg Stekelenbos. 'Een beetje een ouderwets woord, geloof ik, "uitgemaakt", maar ik weet niets beters.' Er zat een warme, tropische bijklank in zijn stem, die haar op haar gemak stelde. Ze begreep dat dit gevaarlijk was. Ze zat hier niet om Stekelenbos in vertrouwen te nemen. Het was al moeilijk genoeg om het verhaal van haar bezoek aan Lottie te vertellen, maar dat moest: er was altijd een kans dat Lottie er zelf mee voor de dag zou komen.

'Ik,' zei ze, en terwijl ze het zei was ze er ook van overtuigd. 'Eerst al die onduidelijkheid, en toen die vrouw. Ik kon er niet meer tegen.'

'En wat vond hij daarvan?'

''k Weet niet. Toen hij een keer opbelde om een afspraak te maken, heb ik eerst gezegd dat ik daar geen tijd voor had, dat ik het te druk had op de zaak.'

'Wanneer was dat?'

'Ongeveer een week of zes geleden, denk ik.'

'En wat gebeurde er toen? Accepteerde hij het ook?'

'Later belde hij weer, en toen nog 's. Ik kon niet blijven volhouden dat ik geen tijd had. Dus toen heb ik gezegd dat ik er geen zin meer in had, dat het voor mij afgelopen was.'

'En wat was zijn reactie?'

'Hij vroeg waarom.'

'Zou ik ook gedaan hebben,' zei Stekelenbos. 'Wat zei u toen?'

'Dat ik het niet wist, dat ik er gewoon geen zin meer in had... zoiets.'

'U zei niks over die vrouw... over Lottie?'

'Nee. Hij hoefde niet te weten dat ik me bedrogen voelde. Ik bedoel... ik kon beter gewoon zeggen dat ik hem niet meer wilde, dat ik er geen zin meer in had.'

'Voor uw eigen eergevoel?' suggereerde Stekelenbos.
Ze knikte.
'En toen heeft u hem ook niet meer gezien?'
'Nee.'
'Dat weet u zeker?' vroeg Riemer.
'Ja, natuurlijk.'
'U heeft geen contact meer met hem gehad?'
'Nee, dat wou ik niet meer. Voor mij was het afgelopen.'
'U was kwaad op hem.' Stekelenbos zei het alsof het een zekerheid was, alsof hij iets onder woorden bracht wat ze alledrie al wisten.

Ze haalde haar schouders op. Nu zou het motief komen. Timo had haar gewaarschuwd voor de drie m's. Motief, mogelijkheid en middel. Ze begreep niet hoe hij al dit soort dingen wist. Het leek wel of hij voor advocaat studeerde. 'De krant goed lezen,' had hij tegen haar gezegd.

'Hij had u tenslotte bedrogen,' zei Stekelenbos, 'en niet zo'n beetje ook.'

'Maar ik was niet kwaad,' zei Liesbeth, 'eerder... ja, wat zal ik zeggen...'

'Verdrietig,' vulde Stekelenbos aan.

'Ja,' zei ze, 'en kwaad op mezelf, dat ik me zo had laten bedriegen.'

'Kan ik me voorstellen. Ik ga nog even een beetje koffie halen. Jij nog Riemer? Ja, ik weet het, drie klontjes suiker en veel melk. U nog steeds niet? Zeker weten? Iets anders misschien?'

'Een glaasje water graag.'

Riemer bleef met haar in het kamertje. Als ze opkeek, zag ze dat hij haar aanstaarde. Ze zou de klassieke vraag moeten stellen: heb ik soms wat van je aan? Hij keek alsof de waarheid op haar gezicht te lezen was. Ze kreeg het warm, maar wilde haar jas aanhouden. Haar ogen begonnen weer te prikken. Ze zou thuis wat vaker haar lenzen uit moeten doen. Maar haar nieuwe bril had ze nog niet opgehaald en de oude durfde ze niet meer op te zetten. Waar bleef die Stekelenbos? Ze keek nog even naar Riemer. Hij glimlachte, maar dat stelde haar nog minder gerust. Zou Riemer ook een vrouw hebben? Of een vriendin? Misschien moest ze het gewoon vragen of over iets anders beginnen te praten. Maar waarover? Het weer? De politiek? Werk? Parkeerproblemen in de binnenstad? Daar kon iedereen altijd over praten.

Stekelenbos kwam het kamertje in met drie consumpties. 'Dus u was niet kwaad op Ferry... of Rob,' stelde Stekelenbos nog eens vast.

'Nee, niet echt.'

'U was bijvoorbeeld niet zo kwaad dat u hem... ja, wel had kunnen aanvliegen, z'n ogen uit z'n hoofd krabben? Wat kunnen vrouwen niet allemaal doen bij dat soort gelegenheden? Ik heb het gelukkig nog nooit aan den lijve ondervonden. Jij Riemer?'

Riemer bromde iets.

Stekelenbos keek haar scherp aan. 'U deed dus dat soort dingen niet. Het kwam niet in u op.'

'Nee,' zei ze.

'Dat is mooi.' Het klonk alsof hij het helemaal niet mooi vond. 'Dan hebben we hier nog dit papier, met allemaal getallen erop.' Stekelenbos liet het even heen en weer wapperen. 'En uw naam. Een beetje vreemd, al die getallen. Wat heeft dit te betekenen?'

Ze haalde haar schouders op. ''k Weet niet.'

'Nooit eerder gezien?'

Ze schudde haar hoofd.

Stekelenbos keek alsof hij een plotseling ingeving kreeg. 'Verdomme, het is al tien uur geweest. Hoe laat hadden we ook alweer afgesproken in Geuzenveld?'

'Tien uur,' zei Riemer.

Ze was eerst naar huis gegaan. Er lag een briefje voor haar deur. Het leek alsof het speciaal voor haar was neergelegd. 'Alles verandert! God niet' stond erop. Ze ging naar binnen en las verder. 'Een vrouw zei tegen mij: "Je moet het maar eens meemaken. Mijn man gaat er met een collega vandoor en laat mij met drie kleine kinderen zitten. Ik kan niet meer, ik ben totaal op." Een meisje klaagt: "Thuis is het steeds raak. Mijn ouders hebben voortdurend ruzie. Toen begon mijn vader te drinken. We moesten ons dikwijls verstoppen om geen pak slaag te krijgen. Ten slotte ben ik weggelopen. Nu is mijn leven totaal kapot." Zo zou ik nog meer voorbeelden kunnen noemen. Wat te doen als je vastgelopen bent en geen uitweg meer ziet? Kun je dan nog een keer opnieuw beginnen? Het klinkt misschien overdreven...' Liesbeth begreep niet waarom het juist *overdreven* klonk. '...maar wanneer wíj aan het eind van ons Latijn zijn, kan God pas beginnen. De "barst" in ons leven hoeft niet het einde te betekenen!' 'Geen paniek' stond er nog met hoofdletters onder 'Jezus leeft'.

Ze verfrommelde het papier en gooide de prop in de vuilnisemmer. De barst in ons leven. Bij haar was het geen barst meer. Haar leven was als een van die flessen die wél helemaal uit elkaar spatten als ze de glasbak ingleden. Wat was Stekelenbos vriendelijk gebleven, en die ander ijzig. Daar lieten ze haar tussenin bungelen, net zolang tot de draad knapte. Waarom was Timo er ook niet? Ze moest er met hem over praten, dan zou het wel weer beter gaan. Misschien was hij bij die Karlijn. Zou ze opbellen?

Ze dronk een glas melk en probeerde tevergeefs een boterham met kaas te eten. Daarna ging ze naar de zaak. Het was gelukkig een dag waarop alles vanzelf leek te gaan: geen problemen met klanten, geen problemen met het personeel. Alle machines werkten perfect. Niets aan de hand. Het was zo'n dag die je absoluut niet zou kunnen onthouden. Als ze aan de zaak dacht, en aan wat er gebeurde, kwamen alleen herinneringen aan leuke, gekke, vervelende gebeurtenissen naar boven. De rest was weggezakt. Wanneer ze terugkeek op de laatste jaren, leek het soms of ze directrice van een gekkenhuis was. Maar dat was schijn. Dagen als vandaag waren verre in de meerderheid.

Zelfs Ilona vroeg niet hoe het met haar ging.

'Ik zal u een verhaal vertellen,' zei Stekelenbos. 'Het gaat over een man die getrouwd is. Laten we hem Peter noemen... zomaar een naam. Daar moet u niks achter zoeken. Die Peter, dat was iemand die een hekel had aan werken... ja, wie niet? Hij dacht dat er ook andere manieren waren om aan geld te komen. Makkelijke manieren, waarbij je je niet zo hoefde uit te sloven. Dus wat deed-ie? Hij zocht vrouwen op die geld hadden. Het is een oud verhaal: vrouwen die trouwen met een rijke man, of mannen die trouwen met een rijke vrouw. Alleen trouwen was een beetje lastig voor Peter, want hij was al getrouwd.' Stekelenbos nam een slokje van zijn koffie. Ze vermoedde welke richting zijn verhaal zou nemen. 'Eigenlijk een ongelukje, maar goed, dat kan iedereen overkomen. Daardoor liet-ie zich niet uit het veld slaan. Z'n vrouw deed er trouwens niet moeilijk over. Als-ie maar op tijd naar de slijterij ging. Peter ging connecties aan met vrouwen. Connecties... relaties, ik weet niet wat de beste naam is. Soms via krantenadvertenties, soms op een andere manier. Hoe, dat weten we niet. Hij zei tegen ze dat-ie John heette, of Simon... misschien ook nog wel andere namen. Riemer bijvoorbeeld.' Stekelenbos lachte even. Ze keek naar de andere rechercheur, maar z'n gezicht bleef effen strak, alsof iemand hem de gang van zaken in de wasserette uitlegde. 'Na een tijdje begon-ie die vrouwen dan om geld te vragen. Eerst niet zoveel, maar later steeds grotere bedragen. Ik heb hier twee aangiftes.' Stekelenbos tikte met een wijsvinger op het dossier dat voor hem op tafel lag. 'Maar de politie kon er niks tegen doen. Die vrouwen hadden dat geld vrijwillig aan hem gegeven. Hij had ze niet gedwongen. Er kwam geen misdrijf bij te pas. Herkent u dit verhaal?'

Ze zweeg. Met Timo had ze afgesproken dat ze het niet uit zichzelf zou vertellen, maar als de politie ermee kwam, zou ze het ook niet ontkennen. De bankafschriften waren immers een keihard bewijs. Waar hadden ze anders vijftigduizend gulden in baar geld voor nodig?

Stekelenbos herhaalde zijn vraag.

'Ja,' fluisterde ze. 'Ik heb hem ook geld gegeven.'

'Hoeveel?'

'Vijftigduizend gulden.' Ze voelde zich bijna smerig terwijl ze het bedrag noemde. Het was alsof ze moest erkennen dat ze voor hem achter het raam was gaan zitten op de Oudezijds.

Riemer floot even tussen zijn tanden. Stekelenbos slaakte een diepe zucht. Daarna vroeg hij: 'En u was nog steeds niet kwaad op hem?'

Ze reageerde niet. Timo had gezegd: 'Als je het even niet weet, gewoon zwijgen... niks zeggen. Ze herhalen hun vraag heus wel. Dan kan je tenminste even nadenken. Laat je niet opjagen... altijd rustig blijven.' Hoe kon het toch dat ze zo'n verstandige zoon had, en dat ze zelf van die stomme dingen had gedaan?

De onaangename stem van Riemer klonk. 'En u was nog steeds niet kwaad op hem?'

'Vooral op mezelf. Dat ik er zo met open ogen ingelopen was, dat ik me had laten bela... eh, had laten bedriegen.'

'Belazeren is hier ook wel op z'n plaats,' zei Stekelenbos. Het klonk of hij haar een goedbedoelde aanwijzing gaf. 'Maar dat maakte u niet agressief. Ik zou me zo kunnen indenken dat u hem vervloekte, dat u hem wel wat aan wilde doen, dat u in uw fantasie wel een paar leuke straffen voor hem in petto had. Ik ken heel vredelievende mensen die helemaal door het lint gaan als zoiets ze overkomt.'

'Zo ben ik niet,' zei ze. 'Ik wist dat het aan mezelf lag, dat ik gewoon te goedgelovig was geweest. Ik was erin getrapt, en dat was m'n eigen stomme schuld.'

'Petje af,' zei Stekelenbos. 'Dat is netjes als mensen zo de schuld bij zichzelf zoeken, heel erg netjes. Dat kom je tegenwoordig niet veel meer tegen. Om het minste of geringste slaan mensen elkaar de hersens in. Eén verkeerd woord of één verkeerde blik, en je kan zo een ram krijgen.'

Liesbeth vroeg zich af of ze het niet een beetje te veel had aangedikt. Klonk het te onwerkelijk wat ze gezegd had? Konden mensen het normaal niet opbrengen om zo de schuld bij zichzelf te zoeken? Maar wat had ze dan moeten zeggen? Dat ze hem wel levend had kunnen villen?

'En waarom bent u niet naar de politie gegaan?' vroeg Riemer. 'Toen dat uitkwam van dat geld, dat hij u bedrogen had.'

'Ik denk dat ik me ervoor geneerde, zoals ik al zei... m'n eigen stomme schuld. Het is niet leuk om dat aan de politie te moeten vertellen. En trouwens, ik kon niks bewijzen. Ik had hem dat geld gewoon gegeven, in een koffertje... cash... En u zei zelf dat de politie daar niks aan kan doen. Dat begreep ik ook wel. Wat had het voor zin om hier naartoe te gaan?' Ze keek Stekelenbos even aan.

De rechercheur ging niet in op haar vraag. 'Er zijn mensen die nog veel stommere dingen doen. De vrouw die uiteindelijk naar de politie is gegaan, die heeft hem drie keer een groot bedrag gegeven... drie keer. Kan je je dat voorstellen? Elke keer had hij weer een mooi verhaal.'

Ze knikte.

'Maar toen we over Ferry of Rob begonnen,' ging Stekelenbos door, 'de vorige keer toen u hier zat, toen had u toch al meteen kunnen zeggen dat hij u had opgelicht voor een niet gering bedrag? Ik bedoel... u zat toen toch bij de politie. Het ging over hem, het ging over een moord. Ja, ik wil niet overdrijven...' Het leek werkelijk of het hem moeite kostte om dit te zeggen, '...maar het is toch op z'n minst een beetje verdacht dat u er niks over heeft gezegd.'

'Verdacht?' fluisterde ze. 'Waarom?'

Stekelenbos leek haar niet te hebben gehoord. 'Echt waar... ik heb 't nou al zo vaak tegen mensen gezegd die hier komen, en die onschuldig zijn: "Vertel meteen alles wat je weet, want we komen er toch achter..." Je kunt het beter zelf vertellen.'

'Maar ik vond het zo gênant,' zei Liesbeth. Dit was de waarheid, een stukje van haar waarheid. Ze had het gevoel dat de twee mannen, en vooral die Riemer, haar onbeschaamd aanstaarden terwijl ze hier zat zonder kleren aan.

22

Ze las een bericht in de krant en begreep dat het altijd nog erger kon. 'Man komt om in gierkelder' stond erboven. 'Een 33-jarige man is maandagmiddag in een gierkelder van een boerderij in Bladel om het leven gekomen bij een poging zijn vader te redden. Die was eerder in de kelder door de giergassen onwel geworden.' Giergassen, het woord alleen al. 'De zoon had twee mannen te hulp geroepen en was met een van hen via een ladder de kelder ingegaan. Het tweetal slaagde erin de vader naar boven te krijgen waar de andere hulp de man omhoogtrok. Op dat moment raakten de twee op de ladder eveneens bedwelmd en vielen naar beneden.'

De adem werd haar bijna benomen. Het moest al flink lang geleden zijn dat ze voor het laatst langs een weiland was gereden waarover de gierwagen net was uitgereden, maar de stank drong toch haar neus binnen. Ze hapte naar lucht en vroeg zich tegelijk af wat er nu met die tweede man was gebeurd. Het bericht sprak van één dode, terwijl ze met z'n tweeën bedwelmd van die ladder waren gevallen. Raadsels. Misschien waren er wel twee doden. Twee mannen dood. Maar waarom stond dat dan niet in de krant? Had die zich geconcentreerd op die ene man die z'n eigen vader wilde redden? Hoe moest die vader nu verder door het leven? Kon die nog op de boerderij blijven wonen of werken? Zo dicht bij die gierkelder? Dat wilde ze weten.

Vanmiddag was ze weer ontboden op het hoofdbureau. Ze zouden verder doorvragen. Eeuwig zou het doorgaan, dagen, weken, maanden achter elkaar, tot ze de waarheid hadden achterhaald. Hoe hadden Timo en zij zo stom kunnen zijn om te denken dat ze zich eruit zouden kunnen praten? Hij had gisteravond zo zeker geleken, en zolang hij in de buurt was, geloofde zij er ook in. Maar nu hij naar college was, en zij hier alleen thuis zat, stortte alles in. Het was een wankel bouwwerk dat ze opgetrokken hadden. Stekelbos of die gluiperige Riemer – was dat eigenlijk z'n achternaam of voornaam? – hoefde maar één losse steen te vinden, en er een beetje aan te wrikken.

Bijvoorbeeld als ze over Marco zouden beginnen. Eigenlijk verbaasde het Liesbeth dat ze... Het werd donker voor haar ogen. Ze zat op de bank, maar moest zich aan de leuning vasthouden om toch niet te vallen. Ze kneep haar ogen dicht en deed ze weer open. Ze probeerde terug te graven in haar geheugen. Had Stekelenbos verteld waar Rob vermoord was, waar zijn lichaam gevonden was? Ja, dat wel. Had ze zelf al de connectie met Marco moeten maken? In de krant had toen nooit meer gestaan dan 'een flat in Nieuw-West'. Geen adres. Ze konden van haar niet verwachten dat ze het verband zou leggen.

Ze stapte in de auto en reed naar Geuzenveld. Natuurlijk moest ze dit niet doen, maar het was de enige mogelijkheid om de angst de baas te worden. Ze parkeerde voor de flat, maar bleef in haar auto zitten. Liep daar niet dat meisje dat ze toen op de trap was tegengekomen? Ze droeg in ieder geval ook haar haar in een lange paardenstaart. Daar kwamen nog meer kinderen. De school ging zeker uit. Ze zag wel drie meisjes die er ongeveer zo uitzagen als dat meisje op de trap.

Ze reed verder, naar het industrieterrein. Er was niets te zien. Ze parkeerde vlak bij het bedrijf dat handelde in plafonds en kunststof wanden. Er stonden geen vuilcontainers. Het was halfeen; als ze op tijd in de Marnixstraat wilde zijn, moest ze nu vertrekken.

Riemer bracht haar naar het verhoorkamertje. Stekelenbos zat al op haar te wachten.

'Ah, daar bent ú weer.' Hij leek er oprecht blij mee te zijn, zelfs een beetje verrast.

Ze ging zitten. Eerst was er weer het consumptieritueel. Nee, ze wilde niets drinken, echt niet.

Stekelenbos en Riemer hadden alletwee koffie, waar ze opvallend lang in roerden. Ze keken elkaar aan.

'Er is een punt waar we het nog niet over gehad hebben,' zei Stekelenbos na een stilte die wel een kwartier leek te hebben aangehouden. 'Het is een punt waar we eigenlijk zelf geen raad mee weten.' Hij keek Riemer aan alsof hij steun van hem verwachtte, maar aan Riemer was verder niets te merken. Net zoals de vorige keren zat hij wat gebogen in de stoel, die niet berekend leek op zijn lange ledematen. Ze voelde de klamme handdruk die hij haar bij binnenkomst had gegeven, nog vastgekleefd in haar handpalm zitten. Ze wreef ermee langs haar rok.

Stekelenbos keek haar aan. Even leek het een wedstrijdje. Wie houdt 't het langste vol zonder met z'n ogen te knipperen?

'Een week of vier geleden is uw schoonzoon overleden,' zei Stekelenbos.

'Ja,' zei ze. 'Hij is vermoord, doodgestoken.' Ze sloeg haar handen voor haar gezicht. Er kwamen geen tranen, geen verdriet. De angst overheerste. Vooral de angst dat Jenny het ooit te weten zou komen. Ze herinnerde zich de dichtregels die Jenny boven de overlijdensadvertentie van Marco had laten zetten: 'Niet het afsnijden doet pijn maar het afgesneden zijn.' Had Jenny dat echt zo gemeend of vond ze het alleen maar mooi klinken? Ze wist het niet, maar dat deed er ook niet toe. Afgesneden zijn van Jenny, dat was voor haarzelf rampzalig. Ze hield haar handen voor haar gezicht. De vriendelijke ogen van Stekelenbos kon ze nu even niet verdragen. En ze dacht weer aan het snijden, het snijden van het mes.

'Zullen we verder dit gesprek even... eh, opschorten?'

Ze schudde haar hoofd.

'Gaat 't weer?'

Ze bleef met haar hoofd in haar handen zitten, en mompelde tussen haar handen door: 'Het is me allemaal even te veel. Ik kan het niet meer aan. Al die dingen boven op elkaar.'

Stekelenbos zei niets. Ze hoorde een stoel verschuiven, het ritselen van papier, fluisterende stemmen, maar ze kon niet verstaan wat er gezegd werd.

Eindelijk keek ze op. Haar prikkende ogen moesten rood zien.

'Was u erg gesteld op uw schoonzoon?' vroeg Stekelenbos.

Ze knikte.

'Dus u kon goed met hem opschieten.'

Ze pakte een zakdoekje en snoot haar neus. Er kwam niets. 'Meestal wel,' zei ze ten slotte.

'Dus soms niet?' Stekelenbos keek haar vragend aan.

Ze reageerde niet. Haar rechterkuit begon verschrikkelijk te jeuken. Ze veegde erlangs met haar linkervoet. Daarna voelde ze een plotselinge pijn in haar rechterschouder.

'Wanneer niet?' hield Stekelenbos aan.

'Ik had 't gevoel dat hij Jenny af en toe een beetje verwaarloosde, en dat vond ik niet leuk. Zoiets vindt een moeder nooit leuk.'

'Dat begrijp ik.' Stekelenbos bladerde wat in het dossier en wisselde een paar blikken met Riemer. 'U was geschokt door zijn dood?'

'Natuurlijk... ik vond 't verschrikkelijk.'

'Voor uzelf of voor uw dochter?'

"k Weet niet... gewoon verschrikkelijk. Als... als er iemand doodgaat in de familie en hij is nog zo jong, dan is het al erg, en als-ie...' Ze moest even naar adem happen. Het was hier benauwd in dit kamertje. Met z'n drieën verbruikten ze zuurstof, maar er leek niets bij te komen.

'Als-ie wat?'

'Als-ie dan ook nog vermoord is, dan is het nog veel erger.'

'Moord is dood in het kwadraat,' zei Riemer met zo'n kille grafstem dat de rillingen van haar rug over haar hele lichaam liepen.

De tranen sprongen in haar ogen. 'En Jenny is ook nog zwanger,' zei ze snikkend.

Stekelenbos zette een kartonnen bekertje met water voor haar neer. Ze dronk met gulzige slokken.

'Ja, allemaal heel tragisch,' zei Stekelenbos, 'diep tragisch.'

Riemer schraapte zijn keel. 'Vindt u het zelf niet vreemd, dat twee mensen met wie u veel te maken heeft, die dicht bij u staan, waar u een soort relatie mee heeft, op een verschillende manier natuurlijk, dat die alletwee gewelddadig aan hun eind komen? Vindt u dat niet gek?'

Ze keek Stekelenbos aan alsof die haar zou kunnen helpen, maar van zijn gezicht was niets af te lezen.

'Vindt u dat niet gek,' herhaalde Riemer, 'die merkwaardige samenloop van omstandigheden?'

Ze knikte.

'Voor ons is het voorlopig nog een raadsel. Kunt u het misschien verklaren?'

Ze haalde haar schouders op.

'Wist u dat ze elkaar kenden?'

'Nee, dat wist ik niet.' Dat kon ze zonder reserve zeggen. Ze had het eerder ook niet geweten, niet voor dat moment waarop die politieman, die ogenknipper, haar vertelde waar het lichaam van Marco gevonden was.

'Dat weet u zeker?'

'Ja.' Ze kon zien dat Riemer haar niet geloofde. Voor het eerst kon ze iets aan zijn oogopslag aflezen.

Stekelenbos nam het weer over. 'U herinnert 't zich misschien nog. De vorige keer heb ik dat verhaal verteld over die Peter, die vrouwen oplichtte, net zoals Rob. Hij haalde hun namen meestal uit krantenadvertenties. Heeft u ooit een advertentie gezet? U weet wel: "Vrouw..." Hoe oud bent u? Nou ja, dat doet er ook niet toe. Ik raad wel. "Vrouw, 43 jaar zoekt man voor vaste relatie, geen avontuurlijk type," enzovoorts. Heeft u zo'n advertentie gezet?'

'Nee, dat heb ik toch al eerder gezegd, dat ik hem in het café ontmoet heb, café Van Drongelen. M'n dochter verzorgt er in het weekend de muziek. Ik ga d'r wel 's naartoe, gewoon voor de gezelligheid, omdat Jenny d'r speelt. U kunt 't navragen.'

'O, dat geloven we wel, hè Riemer?' Riemer bromde iets; het kon als instemmend worden uitgelegd. 'Ik vroeg het eigenlijk alleen maar om u even te laten nadenken over die ontmoeting. Dacht u dat het toeval was?'

'Ja, waarom niet?' Er was een kiem van twijfel. Als het geen toeval was, wat zat er dan achter? Of liever gezegd: wie zat er dan achter?'

'Hij was niet zomaar in dat café, waar u hem nooit eerder had gezien, maar hij zat ook nog naast u... heel toevallig.'

Ze knikte. 'Er was misschien alleen daar een kruk vrij.'

Stekelenbos keek haar peinzend aan. 'Ik zou het liever niet tegen u zeggen. Ik had liever dat u het zelf ontdekte, maar... eh, uw schoonzoon kwam ook wel 's in dat café. Hij wist wanneer u zou komen?'

'Meestal wel. Dan belde ik met Jenny. Misschien dat zij het tegen hem zei... maar...' Rob en Marco. Ze kon de beelden zo weer oproepen. Als ze niet oppaste, straalden ze uit haar ogen, dan zagen de twee rechercheurs het als een film. Maar had Marco dan...

'Ik geloof dat u het door begint te krijgen,' zei Stekelenbos.

Ze voelde een hevige pijn. Er stak iets in haar schedel. Ze stond op en greep haar jas. 'Ik moet weg... ik kan hier...'

Stekelenbos pakte haar bij een arm, en duwde haar zacht terug op de stoel. In zijn hand voelde ze alle kracht die hij nu niet gebruikte. 'Blijft u rustig zitten. Het is een klap, ik begrijp het. Je eigen familie, daar moet een mens toch niet aan denken. Dat die je d'r zo in laat lopen. Weliswaar aangetrouwd, de kouwe kant zoals ze wel 's zeggen, maar dit is wel erg koud. Haal jij nog 's een glaasje water, Riemer.'

De pijn zakte langzaam weg, en er kwam iets anders voor in de plaats. Niet direct voldoening of tevredenheid, maar plotseling was het minder erg wat er met Marco was gebeurd, wat zij had gedaan. Je kon zelfs denken dat het zijn straf was. Misschien was hij die avond naar de flat van Rob gekomen om zijn deel van het geld op te halen.

Ze nam een paar voorzichtige slokjes water.

'Kijk,' zei Stekelenbos, 'het zit dus nogal ingewikkeld in elkaar. Twee mannen dood, en u bent de verbindende schakel tussen die twee. Misschien kunt u zich voorstellen dat wij denken: hé…'

Stekelenbos keek haar afwachtend aan, maar ze was niet van plan te reageren. Voorlopig dacht hij maar. Hé, of iets anders.

'Goed, we gaan weer terug naar Ferdinand Augustinus Vermeulen. Hij had u afgedankt, nadat hij u vijftig mille afhandig had gemaakt, zogenaamd een lening natuurlijk. Waar was het deze keer voor?'

'Speelgoed uit Roemenië, goedkoop houten speelgoed.'

Stekelenbos lachte even. 'Origineel, goed bedacht. Maar hij had u dus dubbel bedrogen, dat is duidelijk. En dan heeft-ie het geld, hij heeft u afgedankt, hij is z'n maatje Marco kwijt, aan wie hij waarschijnlijk zo'n tien, twintig mille schuldig was… en dan, op een gewone woensdagavond in april, dan komt hij om het leven.' Stekelenbos pauzeerde even. Het leek of hij over het vervolg moest nadenken, maar zij voelde het aankomen, en ze werd niet teleurgesteld, 'Waar was u die woensdagavond, als ik vragen mag?'

'Tsja…' Dit had ze ook enkele keren gerepeteerd met Timo. Deze vraag moest komen. 'Ik weet niet meer precies. Thuis of op de zaak…'

'Die is 's avonds open?'

'ja, vier dagen in de week. Veel mensen willen 's avonds de was doen, mensen die overdag werken.'

'En die woensdagavond?'

'Meestal is Ilona er dan. Die is eigenlijk de baas als ik er niet ben, begrijpt u?'

'En waar was u?'

'Thuis natuurlijk.'

'Zo natuurlijk is dat niet. Anders zou de horeca geen droog brood verdienen, en de bioscopen en de theaters ook niet.'

'Als ik al uitga, is het in het weekend.'

Stekelenbos slaakte een diepe zucht. 'Was er nog iemand anders? Heeft u iemand gezien terwijl u thuis was? Heeft er iemand opgebeld?'

'Nee, ik dacht 't niet. Ik heb geloof ik een beetje naar de tv zitten kijken, en ik ben vroeg gaan slapen.'

'Weet u nog welke programma's u heeft gezien?'

Ze probeerde te kijken of ze alle hoeken en gaten van haar geheugen afzocht. 'Nee, gewoon een spelletjesshow en nog een serie, ik weet niet precies. Die programma's lijken ook zoveel op elkaar.'

'Ja, zeg dat wel. Maar u was dus zeker thuis die woensdagavond?'

Ze knikte. Ze kende de zwakke plekken in haar verhaal. Natuurlijk had ze dat pistool nooit terug moeten brengen naar Gerard, maar ze wilde er meteen vanaf, ze moest het diezelfde avond nog kwijt. Er waren natuurlijk mensen die haar daar hadden gezien, maar hoe groot was de kans dat de politie bij hen zou informeren?

'U bent niet weggeweest om... eh, om verhaal te halen bij Rob?'

'Nee, het zou niet in me opkomen... verhaal halen. Hoe? Ik zou 't niet weten. Dat geld was ik kwijt, dat was duidelijk.'

'Heeft u een rood jasje?' vroeg Stekelenbos. 'Een rood leren jasje of zoiets?'

Ze deed weer of ze even moest nadenken over deze vraag. 'Nee, geen rood leren jasje. Vroeger heb ik wel een rood lakjasje gehad, u weet wel, van dat gladde, glimmende spul, maar dat heb ik al jaren niet meer.'

'Wat is er dan mee gebeurd?'

'Ik geloof dat ik het weggegeven heb voor een fancyfair van de school, de school waar Timo en Jenny vroeger op hebben gezeten. Ze komen elk jaar nog om oude spullen vragen voor de fancyfair. Dus oude kleren, die ik niet meer draag, die bewaar ik altijd daarvoor. Ik denk dat ik dat met dat jasje ook heb gedaan. Het moet haast wel. Het was uit de mode, en het stond me toch niet zo goed.'

Stekelenbos zat haar een beetje verbaasd aan te kijken. Had ze nu plotseling te veel verteld? Leek dit erg op een van tevoren ingestudeerd antwoord?

Stekelenbos zette het roerstaafje uit zijn koffiebekertje tussen zijn tanden en beet erop. Het staafje ging op en neer. Hij nam het uit zijn mond.

'We zijn klaar, geloof ik. Voor vandaag tenminste.'
Voor ze opstond, zei ze: 'Mag ik iets vragen?'
'Natuurlijk.'
'Verdenken jullie mij? Denken jullie dat ik het gedaan heb?'

Het programma begon net toen ze het toestel aanzette. 'Vandaag hebben we Jane McKinney in de studio.' De camera werd even gericht op een meisje met dik krullend haar. Er verscheen een verlegen lach op haar donkerrood gestifte lippen. Daarna kwam de donkere, ietwat mollige presentatrice weer in beeld. 'Drie maanden geleden had Jane een fantastische romantische avond met een man die haar als een baksteen liet vallen nadat ze seks hadden gehad. Jane was op een feestje bij vrienden toen ze hem voor het eerst ontmoette. Ze praatte met hem, en hij leek een aardige, gevoelige jongen. Ze gingen met elkaar naar bed. Hij beloofde haar dat hij de volgende dag zou opbellen, maar hij belde niet. Ook niet de dagen daarna. Straks ziet Jane die man weer voor 't eerst, hier in ons programma!' De televisie toonde weer het meisje. Ze leek dwars door haar make-up heen zwaar te blozen.

De presentatrice vroeg Jane wat er gebeurd was. Het meisje vertelde over het feestje en de jongen die ze daar ontmoette. Ze hadden samen gepraat. Hij deed erg lief en gevoelig. Het leek of hij allemaal leuke plannen voor hun tweeën had. 'Hadden jullie gedronken?' werd er van de tribune geroepen door iemand uit het zichtbaar en hoorbaar meelevende publiek. 'Ja,' zei Jane, 'ik meer dan hij.' Herkennend gelach.

'Wat zei hij dan allemaal?'

Jane lachte weer verlegen. Liesbeth vroeg zich af waarom dat meisje voor de televisie wilde komen met haar treurige verhaal. Wilde ze graag het slachtoffer spelen? Stel je voor, een Nederlands programma over vrouwen die zich hadden laten inpakken door een man als Rob. Zou zij daar in optreden? Nog niet voor vijftigduizend gulden.

'…en het was allemaal heel leuk en romantisch. Ik had ook medelijden met hem. Hij vertelde dat het vlak daarvoor uitgegaan was tussen hem en z'n vriendin en…'

Er riep weer iemand iets van de tribune. De microfoon ging ernaartoe. 'Dat zeggen mannen altijd, zodat je medelijden met ze krijgt.'

'Dat heb je zelf ook meegemaakt?' vroeg de presentatrice.

'Nee, ik niet, maar…'

'Maar je hebt er natuurlijk over gelezen!' zei de presentatrice schamper. 'Of van een vriendin gehoord. Vertel verder, Jane. Wat gebeurde er verder? Jullie zijn toen samen weggegaan om…'

'Nee, we zijn…' Ze keek zenuwachtig lachend om zich heen. 'We zijn naar boven gegaan, naar een slaapkamer in dat huis waar dat feest was.'

Gelach en boegeroep uit het publiek.

'Dus die seks voor één nacht vond plaats in het huis van anderen, van vreemden… want je kende die mensen toch niet, Jane?'

'Nee, het waren vrienden van vrienden van mij. Hij kende ze wel, en hij zei dat het oké was.'

Opnieuw gelach.

'En hij had beloofd dat hij op zou bellen?' vroeg de presentatrice.

'Ja, de volgende dag.

'En hij belde niet.'

'Nee.'

'Ook niet de dag erna.'

'Nee.'

'Je hebt hem sinds die dag… sinds die romantische nacht, niet meer gesproken.'

'Ik heb hem zelf opgebeld.'

'O… je hebt zelf opgebeld.' Liesbeth zat daar. Ze bloosde minstens zo hevig als Jane. De toeschouwers joelden en juichten. Iedereen zag hoe stom ze zich had gedragen. Wie trapte daar nou in? Wie was er zo naïef, zo goedgelovig?

'En wat zei hij?'

'Dat hij verder niks met me wilde. Dat het leuk was geweest, maar dat hij verder…' Ze haalde haar schouders op.

'Terwijl hij toen op dat feestje allemaal leuke plannen voor jullie tweeën had.'

'Ja.'

'En daar was plotseling niks meer van over.'

'Nee.'

'Ben je nou kwaad op hem?'

'Nee, niet echt…'

De presentatrice keek uitdagend het publiek aan. 'Hij heeft haar het bed ingepraat voor een nachtje seks, ook nog in de slaapkamer van mensen die ze helemaal niet kende... hij beloofde haar van alles, maakte mooie plannetjes... hij laat vervolgens niks van zich horen, en ze is nóg niet kwaad!' Gejoel van het publiek. 'Wat ben je dan, Jane?'

'Ik denk vooral... eh, teleurgesteld.'

'Maar hier heeft je moeder je toch altijd voor gewaarschuwd, je wist toch dat dit soort dingen gebeuren? Waarom ben je er dan toch ingetrapt?'

'Ik weet niet. Hij was heel aardig. Ik dacht...' Jane probeerde een verlegen lach te smoren. Of was het een beschaamde lach?

'Goed, aan elk verhaal zitten altijd twee kanten, dus straks ontmoeten we Ron. Dan kan Jane ook aan hem vragen waarom hij haar heeft laten zitten na die ene nacht seks.'

Er volgde nu een kort muziekje en het beeld wisselde. In Amerika werden dan reclames getoond, wist ze.

De presentatrice kwam weer in beeld. 'Hier is Ron, die Jane al afdankte na één keer met haar naar bed te zijn geweest.'

Onder gejoel, gefluit, boegeroep en gelach van de toeschouwers kwam er een wat magere jongeman een trap afgedaald. Hij had sluik haar waarvan een lok over zijn voorhoofd viel. Hij lachte even verlegen als Jane. Ze zaten nu naast elkaar.

'Waarom heb je Jane niet opgebeld, Ron?'

'Ik had niet beloofd om op te bellen.'

Camera op Jane die heftig knikte.

'Maar je had wel allemaal leuke plannetjes bedacht voor jullie tweeën?'

'Ik had gezegd dat we misschien het volgend weekend naar een concert konden gaan. Er was een...'

'En daar zijn jullie niet naartoe geweest,' onderbrak de presentatrice hem.

'Nee.'

'Waarom niet?' Stekelenbos ondervroeg veel vriendelijker.

'Ik wou haar geen valse hoop geven.'

Jane kwam weer in beeld. Ze had een verbaasde uitdrukking op haar gezicht.

'Vond je haar niet aardig? Heb je daarom niet gebeld?'

'Nee, maar het was net uit met m'n vriendin, en...'

'O... wat zielig.' Veel gelach.

Ron moest ook lachen. 'En ik wou haar niet zien als een soort vervanging van haar.'

'Dat is heel nobel van je, Ron.'

De telefoon ging. Liesbeth zette de tv uit. Het was Jenny. 'Mam, er is hier net iemand van de politie geweest, een aardige man. Hoe heette-ie ook alweer? Stekelenberg geloof ik. En die vertelde me iets wat... wat...' Het was duidelijk dat Jenny deze barrière niet alleen kon nemen.

'Ik kom wel naar je toe.'

Het was nu twee uur en ze kon niet slapen. Voor Jenny was het als een schok aangekomen. Stekelenbos had haar verteld over de 'merkwaardige samenloop van omstandigheden'. Marco was dus doodgestoken in het huis van Rob. Stekelenbos had gesuggereerd dat Rob misschien de dader was. Ja, hij had een alibi. Maar de mensen die hem hadden gezien, die hadden een strafblad van hier tot Tokio en de vrouw met wie hij mee was gegaan werkte bij een escortbureau, en niet het meest betrouwbare. Nu was Rob op zijn beurt... Jenny was er kapot van. Ze begreep het niet. Het moest allemaal met elkaar te maken hebben, maar hoe?

Liesbeth had het warm. Ze trok haar nachthemd uit en schoof naakt weer tussen de lakens. Zou ze nog ooit hier met een man in bed kunnen liggen? Ze hoorde Timo bezig in de keuken. Als hij vlak voor een tentamen zat, studeerde hij vaak door tot diep in de nacht. Daarna moest hij altijd wat eten. Dan bakte hij een uitsmijter. In de periode vlak voor een tentamen moesten er voldoende ham en eieren in huis zijn.

Stekelenbos had nog doorgevraagd: wanneer had ze Rob voor het eerst ontmoet, had ze Marco wel eens over een Rob horen praten, over een Ferry (ja, dat had ze al eerder aan de politie verteld), wist ze dat Rob en Ferry één en dezelfde persoon waren, was ze in het huis van Rob alias Ferry geweest, had Marco haar verteld dat hij daar kwam, was Liesbeth er wel eens geweest, had Liesbeth met haar over de dood van Marco gepraat, over de flat waarin zijn stoffelijk overschot gevonden was, had Liesbeth haar verteld over het geld dat Rob van haar geleend had? Vragen, vragen, het ging maar door. Waarschijnlijk was Jenny nog de helft vergeten. Nu cirkelden ze allemaal nog door Liesbeths hoofd als lastige bromvliegen die ze maar niet dood kon meppen. En wat had Jenny geantwoord? Ze kon het zich nauwelijks meer herinneren. Jenny's antwoorden mengden zich met de hare tot een ondoorzichtige klont van waarheid en leugen.

'En hij vroeg ook nog,' had Jenny gezegd, 'of jij een rood lakjasje had. Ik begreep helemaal niet, waarom of-ie dat vroeg.' Liesbeth stond op, deed haar ochtendjas aan en ging naar de keuken. Timo was er niet meer. Op het gasstel stond een koekenpan en op het aanrecht een bordje met wat resten eigeel.

23

Twee dagen later zat Liesbeth weer tegenover Stekelenbos en Riemer. Straks zal ik ze nog missen, dacht ze. Maar wanneer was straks?

Stekelenbos keek haar peinzend aan. 'Ik geloof dat 't tijd wordt om u op uw rechten te wijzen. Alles wat u hier zegt, kan tegen u worden gebruikt. U mag zwijgen... u mag ook een advocaat raadplegen. Die mag ook meekomen. Daar hebben we geen enkel bezwaar tegen. Hoe meer zielen, hoe meer vreugd.' Hij herhaalde het nog eens. 'Alles wat u hier zegt, kan ook tegen u gebruikt worden. Het klinkt allemaal een beetje formeel, maar zo hoort het nou eenmaal.' Hij maakte een gebaar dat op machteloosheid leek te wijzen.

Dit had ze ook met Timo doorgenomen. Ze zou honderd procent meewerken. Een advocaat was niet nodig. Ze zou alle vragen zo goed mogelijk beantwoorden. Ze had immers niets te verbergen. 'Nee, dat hoeft niet. We kunnen gewoon zo doorgaan wat mij betreft. Ik wil de politie graag helpen, zo goed als ik kan.' Ging dit niet een beetje te ver, de politie als haar beste kameraad? Keek Stekelenbos bedenkelijk? Hij zei niets. Wat voor baat had ze erbij om de moordenaars van Marco en Rob te vinden, twee mannen die haar hadden opgelicht en bedrogen? Ze moest diezelfde moordenaars dankbaar zijn.

Plotseling nam Riemer het woord. 'Was het een opluchting voor u, toen Vermeulen dood was?'

'Een opluchting?'

'Hij kan u niet meer lastig vallen. Hij heeft min of meer z'n straf gehad. Dat lijkt me een prettig gevoel voor u.'

'En zo weet ik ook zeker dat ik mijn geld nooit meer terugkrijg,' zei ze met een schrille stem.

Stekelenbos maakte een gebaar van: rustig nou maar. Hij liet een klein boertje, en zei: 'Pardon.'

'Maar daar rekende u toch niet meer op, dat hij nog wat terug zou betalen?' vroeg Riemer.

'Je kan nooit weten.'

'Zei de optimist,' vulde Stekelenbos aan, 'en hij probeerde een zwerver de *Grote Winkler Prins* te verkopen.'

Ze zwegen alledrie. Stekelenbos verbrak de stilte. 'Hij mocht het wel in termijnen betalen, die zwerver.'

'Zou Rob ook in termijnen terugbetalen?' vroeg Riemer, die in vergelijking met de vorige keren opvallend spraakzaam was. Had Stekelenbos het eerder niet goed gedaan? Had hij haar niet genoeg de duimschroeven aangezet?

'Ja, tweeduizend per maand.'

'En heeft-ie nog één keer betaald?'

Ze schudde haar hoofd.

'Zeker eerder kleine bedragen geleend?' vroeg Stekelenbos, 'en die wél heel snel terugbetaald.'

'Ja, heel snel... sneller dan nodig was.'

'De oude truc,' zei Stekelenbos.

'En hij werkt nog altijd.' Riemer keek tevreden. '*But now for something completely different.* We gaan nog eens terug naar die woensdagavond. Was die avond misschien anders dan anders?'

'Ik zou 't niet weten. Hoe bedoelt u, anders dan anders?'

'Dat er iets bijzonders gebeurde. Een telefoontje, iets wat u op de televisie zag. Het kan van alles zijn.'

'Nee, voorzover ik me kan herinneren was het een gewone woensdagavond. Heel normaal allemaal. Zo'n avond waarop ik alleen thuiszit. Dat ben ik ondertussen wel gewend.' Ze lachte even.

'Dus u bent die avond niet naar Geuzenveld gegaan om met Rob over dat geld te praten?'

'Natuurlijk niet. Dat heb ik al zo vaak verteld.'

'U heeft hem ook niet gebeld?'

'Nee.'

'U heeft hem er nooit over opgebeld?'

'Ja, natuurlijk wel.'

'Wanneer dan?' De ogen van Riemer verraadden geen enkele emotie. Hij kon net zo goed met een tas vol vuil wasgoed voor de balie staan en vragen wanneer het klaar zou zijn.

'Eerder. Ik weet 't niet meer precies.'

'Maar niet die woensdagavond?'
'Nee... zeker niet.'
'En u bent ook niet naar hem toe gegaan, dat weet u ook zeker?'
'Ja.' Een opkomende woede kleurde haar stem. 'Ik zei toch al dat ik het had opgegeven. Ik geloofde allang niet meer dat-ie zou terugbetalen. Ik was dat geld kwijt. Jammer... doodzonde, maar wel een goeie les.'
'Vijftigduizend is niet niks,' ging Riemer door. 'Ik zou voor dat bedrag wel een paar keer op en neer naar Geuzenveld willen.'
'Ik niet,' zei ze met een verbeten mond, 'niet meer tenminste. Het was vernederend dat ik om dat geld moest vragen, en... en hij had me al zo vernederd.'
'Ja, dat is duidelijk.'
'Ik mag hier niet roken, hè?'
'Nee, helaas niet,' zei Stekelenbos. 'Sommige mensen hebben zwakke longen en die kunnen er niet tegen, hè Riemer? Ik... eh, ik wou nog even terugkomen op dat rode lakjasje. Heeft u nog gekeken of u het thuis heeft?'
'Nee,' zei ze. 'Dat hoeft ook niet. Ik weet zeker dat ik het niet meer heb.'
'Heeft u een blauwe jas?'
Ze knikte.
'Een zwarte jas?'
'Ja.'
'Een beige jas?'
'Ja.'
'Een bruine jas?'
'Eh... even denken...'
'Dus u weet 't niet altijd zeker wat u heeft.'
'Maar ik heb...'
'Hoe weet u dan zo zeker dat u dat rode jasje niet meer heeft?'
'Gewoon,' zei ze, 'ik weet 't. Dat heb je met sommige dingen.'
'Kijk,' zei Stekelenbos, 'we zullen u zeggen waarom we zo in dat jasje zijn geïnteresseerd. We hoeven helemaal geen verstoppertje te spelen. Iets na halfnegen heeft een meisje een vrouw uit de deur van de flat van het slachtoffer zien komen. Zegt ze. Een Marokkaans meisje was het. Ze had bij een Nederlands vriendinnetje naar *Goede Tijden Slechte Tijden* gekeken. Dat mocht ze thuis niet zien. Daarom ging ze elke dag naar dat meisje toe, en daarom wist ze ook zo goed dat het iets na halfnegen was. Het was een

vrouw met een glimmend rood jasje aan, een hoofddoek om en een zonnebril op. Een overduidelijke vermomming. Vooral die zonnebril is nogal opvallend, 's avonds om halfnegen. Maar goed, u was niet per ongeluk die vrouw?'

Ze schudde haar hoofd, en bekrachtigde die reactie met een luid: 'Nee.' Hoe vaak zouden ze hier nog op terugkomen?

'U bent er ook niet toevallig eerder geweest op die avond?'

'Eerder? Nee, hoezo?'

'Om een uur of zeven, halfacht heeft een buurman een paar schreeuwen gehoord. Ze kwamen uit de flat van Vermeulen. Dacht-ie. Hij heeft er verder niks aan gedaan. Is niet gaan kijken of zo. Er werd daar wel meer geschreeuwd en gescholden. Het was trouwens weer gauw stil. Doodstil. We weten nu waarom. Het horloge van Vermeulen was ook stuk. Hij had waarschijnlijk geprobeerd de slagen met dat harde stompe voorwerp af te weren. En het was een duur horloge... misschien wel van uw geld gekocht... maar tegen die klappen was het niet bestand. Het stond stil op drie minuten over halfacht. U was rond die tijd niet toevallig in Geuzenveld? U vereerde Vermeulen niet met een bezoekje?'

'Nee,' zei ze, 'voor de zoveelste keer: ik was de hele avond thuis.'

'Toch verdomd lastig dat daar niemand bij was, dat niemand kan getuigen.' Het klonk alsof het Stekelenbos werkelijk speet.

'Als ik het van tevoren geweten had, dan zou ik iemand op visite hebben gevraagd. Dat had heel wat problemen kunnen voorkomen. En Timo was naar training.' Ze probeerde de laatste zin nog terug te halen, de woorden in te slikken nadat ze ze had uitgesproken. Stekelenbos en Riemer bleven haar neutraal aankijken. Misschien hadden ze haar niet verstaan.

Het bleef even stil. 'Timo, dat is toch uw zoon?' vroeg Stekelenbos ten slotte.

Ze knikte, onmachtig om een woord uit te brengen. Waarom had ze zijn naam genoemd?

'Wat voor training?' vroeg Stekelenbos.

'Honkbal... hij zit op honkbal. Binnenkort begint de competitie weer.' Ze sprak nu heel snel. 'Maar die woensdagavond was ik dus zelf gewoon...'

'Heb ik jaren gedaan,' onderbrak Stekelenbos. 'Vooral vroeger op Curaçao. Hier in Nederland heb ik ook nog een tijdje gespeeld, maar ik vond het niet zo leuk meer.' Hij maakte de beweging alsof hij met een knuppel zwaaide. 'In het Nederlandse baseball spelen veel jongens van de Antillen… Vroeger Hammie Richardson bijvoorbeeld. Jarenlang een van de bekendste spelers in de Nederlandse competitie. Wel eens van hem gehoord?'

'Nee, nooit.'

'Uw zoon was dus die woensdagavond naar training,' vroeg Riemer. 'Hoe laat ging-ie de deur uit?'

Ze moest naar de zaak en probeerde op haar routine het werk te doen. Niet verder nadenken. Stekelenbos en Riemer verder buiten de deur houden. En Timo. Ze keek de zaak rond, en moest denken aan wat een vriend van Timo, Anton, een keer had verteld. Die was naar Los Angeles geweest met zijn ouders. Hij had daar familie wonen. 'In de stadsbussen zie je alleen maar ouden van dagen, studenten, negers, gekken, zwervers en alcoholisten,' had hij verteld. 'Echt nauwelijks andere mensen.' Zo was het hier ook. Iedereen die het zich maar een beetje kon veroorloven liet z'n was doen. Alleen die anderen, de ouden van dagen, studenten, buitenlanders en halve gekken deden het zelf in de wasserette. Tien jaar geleden was dat nog anders. Hoe zou het over tien jaar zijn? Wat was er dan overgebleven? Alleen de heel erge gevallen? Was zij hier dan nog om dat te zien? Of was ze dan ergens anders? En Timo?

Ze pakte een plastic zak om de inhoud ervan in de wasmachine te doen. 'Dat lijkt me niet zo handig,' zei Stephanie. 'Die heb ik net al gedaan.'

Ze pakte een zak van een andere stapel, stopte het wasgoed in de machine, goot waspoeder in het bakje en wierp een munt in de gleuf. Ze waren doorgegaan over Timo. Eerst hadden ze alleen maar gevraagd over zijn studie, wat voor jongen het was, waarom hij nog thuis woonde op die leeftijd; allemaal gewone vragen, die iedereen kon stellen. 'En die woensdagavond was hij dus naar honkbaltraining,' had Riemer ten slotte nog een keer vastgesteld. 'En u weet niet meer hoe laat hij van huis ging.'

'Nee. Dat hou ik niet meer zo goed bij. Hij is tenslotte geen klein kind meer.'

'Wat vond Timo van Rob?'

''k Weet niet,' had ze gezegd. 'Hij was misschien een beetje jaloers, maar dat lijkt me normaal.'

'Heel normaal,' had Stekelenbos bevestigd, maar het klonk verre van geruststellend.

Ze hadden verder gevraagd. Over het geld. Of Timo daarvan wist. Ja, hij deed de boekhouding, dus hoe zou ze het voor hem geheim hebben kunnen houden? Hoe Timo erop gereageerd had? Hij vond het natuurlijk vervelend. Alleen maar vervelend... was hij niet woedend? Nee, niet echt, Timo werd niet zo gauw woedend. Dat konden ze zich maar moeilijk voorstellen. 'Die jongen is toch geen robot? Die ziet toch dat de zaak van zijn moeder, die ook zijn zaak is, wordt geplunderd door een of andere oplichter, die ook nog met z'n moeder...' Stekelenbos had zijn zin niet afgemaakt. Ze vroegen verder. Of Timo wel eens bij Rob was geweest. Nee, niet dat ze wist; hij had er tenminste nooit iets over gezegd. Maar het was wel mogelijk?

'Dan moesten we hem maar eens hier laten komen,' had Riemer gezegd. 'Dat lijkt me het beste.' Ze had uitgelegd dat dat niet kon, dat hij naar een of ander klooster was, ergens in Brabant, voor een dag of vier, om te studeren voor een zwaar tentamen. Dat deed hij een enkele keer meer. 'Een serieuze jongen, die Timo,' had Stekelenbos opgemerkt. 'Heeft u een nummer van dat klooster?' had Riemer gevraagd. Nee, ze wist niet eens of ze daar wel telefoon hadden. Het was een nogal primitieve toestand, maar daarom kon je er juist goed studeren.

'Hoe laat begint die training van hem?'

'Een uur of acht, geloof ik.'

'Dus voor hij naar die training ging, kon hij...' Riemer had zijn zin niet afgemaakt. 'We zullen trouwens eens informeren hoe laat hij op die training aan kwam zetten. Misschien was-ie wel te laat, omdat-ie eerst een tochtje naar Nieuw-West had gemaakt.' Ze had niet gereageerd. Er was ook niets op te zeggen, dit was hopeloos. 'Enne... hij heeft natuurlijk een knuppel.' Stekelenbos had weer even met een denkbeeldige honkbalknuppel gezwaaid. 'M'n laatste homerun.'

Timo, ze zaten nu op het spoor van Timo. Het zweet brak haar uit. Hoe had ze zo stom kunnen zijn. Even schemerde een beeld voor haar ogen van een klein kamertje met tralies voor de ramen, en Timo achter een tafeltje waarop een stapel studieboeken lag. Was dat de studiecel van het klooster? Alsof ze koorts had, voelde ze een koude stroom door haar lichaam trekken. Maar ze rilde niet; haar ledematen waren stijf en stram. 'Morgen moeten we nog maar eens verder praten,' had Stekelenbos gezegd. 'Misschien een keer bij u thuis? Als je te vaak in dit kamertje zit, wil je spontaan zelfmoord plegen. Nou ja... bij wijze van spreken dan natuurlijk.' Ze zouden bij haar thuis komen. Het bleef vast niet bij keurig op een stoel zitten en praten. Ze zouden rondlopen, haar huis inspecteren, zoeken naar aanwijzingen. Kon dat zonder toestemming? Hadden ze daarvoor een huiszoekingsbevel of zoiets nodig? Maar kon ze dat vragen? Of was dat juist verdacht? Eerder had ze gezegd dat ze niets te verbergen had, dat ze wilde meewerken.

'Oefen je voor standbeeld?' vroeg Ilona.
'O... eh, nee.' Ze lachte verontschuldigend. 'Ik stond ergens over na te denken.'
'Die zie je tegenwoordig veel in de stad,' zei Ilona. 'Van die jongens die doodstil staan. En plotseling maken ze dan een beweging. En dan staan ze weer stil. Ze knipperen niet eens met hun ogen. Ik begrijp niet hoe ze dat kunnen.' Ze sperde haar ogen wijdopen. 'Ik hou het nog geen minuut vol.' Ze bleef in de verte bleef kijken. 'Vijfendertig seconden,' zei ze na een tijdje. 'Hoe lang zou jij het volhouden?'
Liesbeth kreeg plotseling een ingeving. Stekelenbos en Riemer zouden bij haar in huis komen. Ze kon er zelf voor zorgen dat ze iets zouden vinden. Dit had ze zelf in de hand. 'Ik moet zo nog even de stad in. Iets kopen.'
'Een cadeautje?' vroeg Ilona.
'Ja, zo zou je het kunnen noemen.'

Ze liep voor de tweede keer langs de rekken bij C&A. Nee, weer tevergeefs. Maar waar had ze het de vorige keer gekocht? Ze kon het zich niet meer herinneren. Was het wel in de binnenstad geweest? Of in een buurtwinkel?
In een espressobar ging ze een cappuccino drinken. De koffie versterkte het draaiende gevoel in haar maag. Ze bestelde een broodje ham, maar raakte het niet aan.
Op de Nieuwendijk liep ze een paar winkels binnen, maar ook daar was het nergens in voorraad. Op een straathoek werd ze aangeklampt door een vrouw, gekleed in kleurige, maar voddige lappen, die al lopend een kind aan de borst hield. Een meisje van een jaar of drie liep achter haar aan. Op blote voeten.
'Een gulden,' zei de vrouw nauwelijks verstaanbaar. 'Een gulden voor eten. Kind honger. Is voor kind.'
Liesbeth liep door met grote passen, maar de vrouw bleef naast haar lopen, een hand op Liesbeths arm. Natuurlijk kon ze best een gulden missen,

maar ze wist zeker dat haar kleingeld op was – daarmee had ze net in de espressobar betaald – en bovendien zou ze die vrouw dan niet meer kwijtraken. Zo waren ze. Ilona had een tijdje geleden een verhaal verteld van een nicht van haar die zo'n vrouw aan de deur kreeg. Ze was zo stom geweest om haar binnen te laten.

Liesbeth probeerde de hand af te schudden, maar de vrouw hield aan. 'Een gulden... kind ziek... honger.'

De baby begon nu te krijsen. Er bleven een paar mensen staan. Ze keken alsof Liesbeth de schuldige was. Liep Stekelenbos daar niet? Nee, de donkere man met het kroeshaar liep door of hij haar niet zag. Liesbeth volgde hem met haar ogen. Verderop bleef hij weer staan. Misschien werd ze gevolgd. Ze keek om zich heen of ze Riemer zag.

'Een gulden... kind dokter... ziek... moet eten.'

De vrouw had smoezelige handen, waarvan de nagels bloedrood waren geverfd. Liesbeth liep weer door, maar de vrouw hield aan. Het andere kind begon nu ook te huilen. Liesbeth had het gevoel dat ze aan het hoofd van een kleine optocht door de winkelstraat marcheerde. Nooit zou ze de vrouw en haar kinderen kwijtraken. Liesbeth pakte haar portemonnee uit haar tasje, en gaf de vrouw een briefje van tien. De vrouw omhelsde haar. De baby kwam knel te zitten, en krijste nog erger. Liesbeth kende de trucs en hield haar tasje en portemonnee stevig tegen zich aan geklemd. Ze hoorde een man zeggen: 'Weer eentje d'r in geluisd. Ze moesten ze allemaal over de grens zetten.'

Liesbeth ging terug naar huis. Halverwege bedacht ze dat ze op het Waterlooplein misschien zou kunnen slagen.

'Geen gekke woning, helemaal geen gekke woning,' zei Stekelenbos. Hij liep door haar huiskamer. Riemer was al in een lage stoel gaan zitten, zijn lichaam bijna dubbelgeklapt. 'Gek idee dat Ferry... of Rob hier ook zo rondliep. En Marco natuurlijk. Zijn ze hier wel 's samen geweest?'

'Nee, nooit.'

'Marco en Rob, het blijft een mysterie.'

'Wilt u iets drinken? Koffie?'

'Dat sla ik niet af. Jij ook, Riemer?'

Riemer bromde alleen iets.

'Hij wil ook,' zei Stekelenbos. 'Soms is-ie niet zo spraakzaam.' Het was of hij het over iemand had die niet aanwezig was. Misschien was dit wel een kleine voorstelling die ze opvoerden om haar van de wijs te brengen. Maar niets zou haar nu nog kunnen afleiden. Ze wist precies wat ze moest doen. Wat een geluk dat Timo net een paar dagen weg was. Anders was alles waarschijnlijk fout gegaan. Dan zouden ze al met hem gepraat hebben. Hoe laat was hij op de training? Na achten. Ze zouden met de trainer praten, met de andere jongens uit zijn team. Dan moest het duidelijk worden, dat kon niet anders. Als hij dit tentamen haalde, dan was hij er bijna. Haar wangen moesten wel gloeien van trots.

Ze haalde koffie uit de keuken, en een schaal met cake. Riemer hoefde geen cake.

'Mmm, lekkere cake,' zei Stekelenbos, en meteen daar achteraan, zonder enige overgang: 'Had u geen enkel vermoeden dat er iets mis was, toen Rob niks vertelde over zijn privé-leven?'

'Dat heeft u al eens gevraagd.'

'Voor ons geen enkele reden om het niet nog eens te vragen. Het zou u verbazen hoe vaak mensen een tweede of een derde keer wat anders zeggen, hè Riemer?'

Riemer knikte en ging even verzitten.

'Nee,' zei ze, 'ik vermoedde niks. Wel naïef misschien, maar ja.'

'Liefde maakt blind,' zei Riemer.

Ze dacht aan haar bril en haar contactlenzen. Daarom had ze niet gezien dat het Marco was. Zo was het allemaal begonnen. Riemer wist niet op welke manieren hij allemaal gelijk had.

'En toen hij dat geld leende, dacht u er toen niet aan om dat vast te leggen, in een soort contract of zo?'

Ze haalde haar schouders op.

'U vermoedde niks... er was geen sprake van wantrouwen.' Stekelenbos zei het op een toon alsof hij het alleen maar zo vaststelde, maar tegelijk keek hij haar vragend aan.

'Ik was... eh, verliefd,' zei ze, 'tot over m'n oren.'

'Het klinkt niet erg origineel,' zei Stekelenbos, 'maar het zal wel kloppen.'

Riemer stond op en liep de kamer door. Hij keek naar de fotootjes op de schoorsteenmantel. Vooral de trouwfoto van Jenny en Marco had zijn belangstelling. Hij nam het lijstje in de hand en staarde aandachtig naar het portret dat ze zelf kon dromen: Marco met z'n gulle lach en Jenny enigszins bedrukt kijkend op een bruggetje in het Beatrixpark. Riemer bleef kijken, alsof de foto aanwijzingen zou kunnen geven voor de oplossing van het raadsel.

'U was dus zo in de bonen, dat u helemaal niet meer dacht aan dat soort alledaagse dingen als een garantie, een contract, een adres... U ging ervan uit dat Vermeulen zuiver op de graat was, betrouwbaar, eerlijk, oprecht.'

'Ik dacht er gewoon niet over na.'

Riemer liep nu door de kamer als een dier in een te kleine kooi. Hij stootte met zijn knie tegen de bank en zei: 'Sorry.'

'Was dat niet een beetje dom?' vroeg Stekelenbos.

Liesbeth dacht even dat de vraag aan Riemer was gericht.

'Dat u er niet over nadacht,' zei Stekelenbos.

'Ja, natuurlijk was het dom... oerstom.'

'En heeft u toen meer domme dingen gedaan?'

'Zoals wat?'

'Ik weet niet. U moet 't zelf zeggen. U weet 't het best.'

Ze zou het nu kunnen vertellen, maar dat leek te opzettelijk, te ongeloofwaardig. Ja, ik ben naar z'n huis gegaan en heb hem vermoord. Alleen, ik wist niet dat dat dom was. Het leek me de beste oplossing, een verstandige oplossing.

'Zouden we hier in huis 's een beetje mogen rondkijken?' vroeg Stekelenbos.

'Rondkijken? Waarom?'

'Gewoon, belangstelling. Vermeulen kwam hier nog wel eens, dus...' Stekelenbos maakte zijn zin niet af.

'Dus wat?'

'We weten nooit wat we vinden. Heeft u er bezwaar tegen? Nee? Gelukkig.'

24

Ze bleef zelf in de kamer zitten, terwijl Riemer en Stekelenbos verder in het huis rondliepen. Bleef het bij kijken of haalden ze dingen overhoop? Ze had den beloofd niets te beschadigen en 'alles in de oorspronkelijke toestand terug te zullen brengen'. 'Dit is geen huiszoeking, maar meer een oriëntatie,' had Stekelenbos gezegd. Ze had haar schouders opgehaald. 'Ik heb 't al eerder gezegd: Ik heb niks te verbergen. Jullie mogen overal zoeken.'

Stekelenbos kwam met de honkbalknuppel de kamer in. Hij had een brede glimlach op zijn gezicht als een kind dat een verloren gewaand stuk speelgoed terug heeft gevonden. 'Lag in de kamer van uw zoon. Timo, zo heet-ie toch?'

Ze knikte.

'Jammer dat-ie niet thuis is.' Hij zwaaide even met de knuppel, en sloeg bijna een schemerlampje om. 'Hier moet je geen tik mee op je hoofd krijgen. Mogen we hem meenemen?'

'Natuurlijk... maar zondag heeft-ie hem weer nodig. Dan gaat-ie trainen.'

Stekelenbos had een papieren zakdoekje om de knuppel gewikkeld waar hij hem vasthield. 'We moeten hem onderzoeken. Of er nog sporen op te vinden zijn van... eh...' Hij keek haar aan of zij de zin zou kunnen aanvullen, maar ze reageerde niet. Hij ging de gang weer op.

Ze pakte de *Panorama* en probeerde tevergeefs haar ogen op de letters gericht te houden. Misschien liep Riemer wel rond in haar slaapkamer. Hij sloeg haar dekbed terug, beproefde met zijn hand de vering van het matras. Misschien ging hij even liggen, zoals mensen in een meubelzaak wel deden. Zou Riemer getrouwd zijn? Zou er 's nachts een vrouw verlangend in bed op hem liggen te wachten? Ze probeerde haar gedachten te verplaatsen. Wat moest ze nog doen, wat moest ze nog regelen? Of kon dat later allemaal? Als Riemer z'n armen om je heen sloeg, dan zou dat voelen alsof... ja, alsof wat?

Haar handen trilden, Ze legde het blad neer, stond op en liep naar het raam. Aan de overkant een gelijke rij huizen. Daar stond ook een vrouw voor het raam. Waarom stond ze daar? De vrouw zwaaide.

Liesbeth wendde zich van het raam af. Waarom was ze die ene avond naar Van Drongelen gegaan, die avond dat ze Rob voor het eerst had ontmoet? Ze had toen ook haar oude vriendin Marianne kunnen bezoeken. Die had zelfs nog gebeld, omdat haar man een weekend naar een cursus was. Liesbeth kon het zich nog herinneren. 'Ik voel me dan altijd zo alleen,' had Marianne gezegd. 'Het is misschien allemaal onzin, maar ik weet dat er ook vrouwen op die cursus zitten. Het is in zo'n conferentieoord, dus ik ben altijd bang dat-ie dan vreemd gaat. Je hoort wel 's van die verhalen.' Maar Liesbeth had al aan Jenny beloofd om mee te gaan naar Van Drongelen. Marianne wilde niet naar een café. Ze voelde zich er niet thuis.

Wat duurde het lang. Liesbeth wilde bijna gaan kijken toen de deur openging. Riemer en Stekelenbos kwamen samen binnen. Op zijn open hand hield Riemer de foto van Rob en de zegelring met de R voor zich uit, alsof hij die aan Liesbeth wilde presenteren.

'Hoe komt u hieraan?' vroeg Riemer.

'Gewoon, gekregen.'

'Die foto en die zegelring?'

'Ja, die foto en die zegelring.' Om een onbekende reden moest ze bijna huilen. Ze vocht om de tranen terug te dringen. Die zegelring, die had ze al opgemerkt toen ze hem de eerste keer zag. Wat speelde Jenny op dat moment? Ze kon het zich niet meer voor de geest halen.

'Van wie?' vroeg Stekelenbos.

'Van Rob… eh, nee van Lottie. Ik bedoel…'

'Gaat uw maar weer zitten,' zei Stekelenbos, 'en denkt u eens rustig na.'

Ze verborg haar hoofd in haar handen. 'Ik weet 't niet meer,' mompelde ze.

'Zo kunnen we u niet verstaan.'

'Ik weet 't niet meer. 't Is allemaal zo verwarrend, zo onduidelijk.'

'Van wie heeft u die foto gekregen?'

'Van Lottie. De eerste keer dat ik er was.'

'O? De eerste keer. U was er dus nog een tweede keer?'

Ze was tevreden over de manier waarop het ging. Dit moesten ze geloven. Het was echt, het was waar. 'Nee, ik bedoel die keer dat ik er was.'

Ze hoorde Riemer snuiven, maar bleef haar blik op de grond gericht houden.

'En die ring?'

'Gekregen... van Rob.'

'Van Rob? Waarom?'

Ze haalde haar schouders op.

'Zomaar, een cadeautje. Dus hij gaf u wel 's cadeautjes. Dan was 't toch niet zo'n slecht mens, hè Riemer?'

Riemer snoof weer.

'Hij nam ook wel 's bloemen mee.'

'Wat zorgzaam, wat romantisch!' Stekelenbos' stem klonk sarcastisch. 'Had-ie ze misschien eerst bij de bloemenstal gejat, of ergens uit een tuin geplukt?'

'Gewoon een kleine investering,' zei Riemer,

'Toch lijkt het een beetje vreemd dat hij u die ring gaf. Ik begrijp 't niet. Zoiets doe je niet. Een ring geven met de eerste letter van je eigen voornaam, zeker niet als het een valse naam is.' Stekelenbos ademde diep in en uit. 'Niet een tweede keer op de flat geweest, en zelf die ring meegenomen?'

Ze schudde haar hoofd. Blijven ontkennen was voorlopig nog het beste.

'Ik ga hier gezellig bij mevrouw zitten,' zei Stekelenbos tegen Riemer. 'Zoek jij dan nog even door. Misschien kom je meer van die leuke dingen tegen.'

Stekelenbos begon over de stomerijwasserette te praten. Hij stelde allerlei vragen waaruit ze direct op kon maken dat hij niet echt geïnteresseerd was. Maar wie had er wel werkelijk belangstelling voor? Ze gaf minimale antwoorden.

'Wat bent u gespannen,' zei Stekelenbos.

Ze haalde haar schouders op. 'Ach, ik krijg niet elke dag politie over de vloer omdat ik verdacht wordt van...' Ze keek Stekelenbos vragend aan.

'Van moord. Voorlopig wordt u nog niet verdacht. Daar is het nog te vroeg voor.'

Na een minuut of vijf kwam Riemer de kamer binnen met een triomfantelijke blik in zijn ogen. Hij hield het rode lakjasje voor zich uit alsof het een met veel pijn en moeite veroverde jachttrofee was. Ze had er vijfentwintig gulden voor betaald op het Waterlooplein.

Het was heel snel gegaan. Huilend had ze bekend. En ze hadden haar geloofd. Ze moesten haar wel geloven.

Ja, ze was om een uur of zeven naar Rob z'n flat gegaan, en was zo lang gebleven om naar het geld te zoeken. Er moest nog wat van zijn. Rob had het vast niet op een bank gezet, daar was hij de man niet naar. Ze was trouwens ook helemaal in paniek geweest. Had langer dan een halfuur op een stoel gezeten, vlak bij het lichaam van Rob. Was verschrikkelijk geweest. Wist niet wat ze moest doen. Waar ze mee geslagen had? Een fles. Die was gek genoeg niet kapotgegaan. Waar die gebleven was? Ze wist het niet meer. Meegenomen, dacht ze, en ergens in een glasbak gegooid.

Ze waren niet meer over Timo begonnen. Die was blijkbaar achter de horizon van hun verdenking verdwenen. Zij had zelf voldoende motieven. Haar liefde was verraden. Met schaamrood op de kaken, haar blik op de grond gericht en met een haperende stem had ze verteld wat Rob over haar seksuele capaciteiten had gezegd. 'Niet zo'n geweldige wip,' mompelde Riemer haar na, en ze had het gevoel dat hij met zijn zweterige vingers aan haar zat te frunniken. Maar het maakte wel indruk, dat was duidelijk. En het geld natuurlijk, dat was een ander motief. Daarvoor had ze elke dag keihard gewerkt. Bij dat alles kwam de moord op Marco. Ze was ervan overtuigd dat Rob de dader was. Hij had er zelf op gezinspeeld, de schoft. 'Rob zei dat Marco ook niet zo lastig had moeten doen, op die manier kreeg je problemen,' had ze gezegd. Dat zogenaamde alibi van hem had ze nooit geloofd. En Jenny was net zwanger. Haar kind zou opgroeien zonder vader! De tranen waren vanzelf gekomen.

Timo was vrij. Ze fluisterde de woorden, terwijl ze op het bed lag. 'Timo is veilig. Timo is vrij. Timo is gered.' De ruwe wollen deken kriebelde tegen haar blote onderarmen, maar ze bleef zo liggen. Ze zou er niet bij kunnen zijn als hij zijn diploma kreeg. Hoe heette het ook alweer? O ja, z'n bul. Een vreemd woord uit een andere wereld.

's Middags kwam Timo op bezoek. Ze zaten onwennig tegenover elkaar in het karig gemeubileerde kamertje. Liesbeth had verwacht dat hij zou beginnen over haar valse bekentenis, dat hij het daar niet mee eens was, dat zij hem niet ten koste van haarzelf mocht beschermen. Ze had alle argumenten al gerepeteerd. Ik doe het voor jou, voor je studie. Je hebt nog een heel leven voor je. Stekelenbos heeft gezegd dat ik maar een paar jaar krijg. Ik ben de bedrogen vrouw, dat begrijpen de mensen, vooral tegenwoordig, daar hebben ze medelijden mee. Jij bent de kille moordenaar. Ze zullen denken dat je expres je knuppel meegenomen hebt naar zijn huis. De woorden lagen pasklaar in haar hoofd.

Maar Timo zei niets. Hij had het over zijn verblijf in het klooster, over het tentamen dat hij goed gemaakt had, over een brand in een huis drie straten verderop waarbij een man uit het raam was gesprongen en zijn beide benen had gebroken, en vooral over de zaak.

'We moeten die vijftigduizend gulden weer terugverdienen,' zei Timo, 'maar het zal moeilijk worden. Ilona is er nu elke dag, en Jenny helpt ook af en toe mee. Ik zal een jaartje langer over m'n studie doen, maar dat is geen probleem. Ik zit nog helemaal op schema. En dan verdienen we die vijftigduizend heus wel weer terug, maak je maar geen zorgen.'

Ze had al dagen niet meer nagedacht over dat geld. Het was volstrekt onbelangrijk.

'Je vindt 't misschien gek, maar ik denk erover om een paar gokkasten te laten installeren,' zei Timo met een vonk van enthousiasme in zijn stem. 'Je weet wel, van die fruitautomaten. Mensen die anders nooit komen wassen, doen dat dan misschien wel. En anderen die toch zitten te wachten, gooien wat guldens in die apparaten, om de tijd stuk te slaan.'

Ze kon nauwelijks luisteren naar wat Timo zei. Af en toe ving ze een paar woorden op. Fruitautomaten, de tijd stukslaan. De tijd doden. De kleverige hand om haar enkel. Ze rilde.

'Heb je het koud, mam?'

'Nee, dat niet, maar 't is hier zo gek. Ik voel me zo vreemd.' Ze kon het niet tegen hem zeggen. Hij praatte door over zijn plannen. Ook een stomerijwasserette moest met zijn tijd meegaan. Misschien zou een andere naam goed zijn. 'Van der Werf' stond er nu nog met grote letters op het raam. Duffer en saaier kon het niet.

'Wat vind je van "Vlekkeloos"? Ik zie het al voor me. Cleaning Center Vlekkeloos, chemisch reinigen en wasserette. Ja, dat klinkt goed. Ik breng even de was naar Vlekkeloos.' Timo knikte tevreden.

Liesbeth pakte met haar handen de rand van de houten tafel die tussen hen in stond. De tafel was nog geen meter breed, maar de afstand was niet te overbruggen. Over alles kon Timo praten, maar niet over wat zij gedaan had. Liesbeth kreeg het gevoel of een beest, een lintworm of iets dergelijks, een groot gat in haar binnenste groef. Ze werd helemaal hol. Een gapende leegte, waarin ze tevergeefs zocht naar beelden van Timo, naar woorden om uit te drukken wat ze voor hem voelde, voor hem gevoeld had. Timo op z'n driewielertje. Het had lang geduurd voor hij leerde fietsen. Zijn angst om te vallen was zo groot dat hij weigerde om met het fietsje te rijden dat hij gekregen had op z'n vijfde verjaardag. Of was dat een ander jongetje geweest, een andere Timo?

Timo had een halfuur de tijd, maar ze zag dat hij een paar keer op zijn horloge keek. Na twintig minuten stond hij op. 'Ik moet nu weg. Ik heb nog een afspraak met een vriendin.'

'Met Karlijn?' vroeg ze.

'Hoe weet jij dat?' Hij leek werkelijk gekwetst.

GERONNEN BLOED

1

De jongen was in een hoek van de kamer gekropen en huilde met een zacht kermend geluid dat diep uit zijn binnenste leek te komen. Af en toe veegde hij met de rug van zijn hand over zijn gezicht. Snot en slijm vermengden zich met tranen rond zijn mond en wangen. Donker, halflang haar hing voor zijn ogen. Hij droeg een spijkerbroek en een rood geblokt houthakkershemd. De grote tenen staken door zijn sokken. Ze deed een voorzichtige stap in zijn richting met een papieren zakdoekje in haar rechterhand, maar hij dook nog meer in elkaar, leek in de hoek te willen verdwijnen. 'Nee,' zei hij met een verwrongen stem, 'nee, niet doen.'

Ze ging zitten en nam het interieur in zich op. Vooral aan de kleine ronde raampjes kon je zien dat je op een boot zat: echte patrijspoorten. Toch leek het verder een gewone huiskamer. De vloer werd gevormd door zwart geschilderde planken. Er stond een eetkamertafel met vier stoelen, een oude bank met donkerbruin ribfluweel gestoffeerd, en twee lage stoelen. Ze zagen eruit alsof ze van de stoep waren gehaald voordat de vrachtauto voor het grofvuil langs was gekomen. Aan de wand hingen een paar prenten van geometrische figuren die heel precies waren ingekleurd. Verder zag ze een portretje van twee oudere mensen die verlegen lachend naar de fotograaf hadden gekeken. De ouders? Maar waar waren die? Waarom was die jongen hier alleen? Hij leek een jaar of twintig, maar het was moeilijk te beoordelen zoals hij daar in de hoek van de kamer zat, vlak naast het trapje dat naar de roef leidde.

Er kwam een schip langs dat een licht puffend geluid maakte, een tevreden geluid, en ze bewogen zachtjes op de golven. Als je in bed lag, werd je zo voorzichtig gewiegd. In bed... ja, heerlijk. Het was hier kil en vochtig. Ze rilde. De kachel brandde blijkbaar niet. Zou die jongen het niet koud hebben in zijn overhemd? Hij veegde weer met zijn hand over zijn gezicht. Even zag ze zijn ogen, maar toen dook hij weer in elkaar. Er hing een branderige houtgeur. Naast de kachel lag een stapel houtblokken. Op de wal had ze al een paar afdaken gezien waaronder de blokken hoog lagen opgetast. Fred was buiten nog bezig met Roel, Roland en Martijn. Ze ging voor het raampje staan en keek naar enkele schimmen in het licht van zaklantaarns.

'Kan ik wat voor je doen?' vroeg ze.

De jongen begon weer te snikken en te kermen. Roland had haar gevraagd of zij op de boot wilde gaan praten. Natuurlijk, dat was haar werk, vrouwenwerk. De zachte, meelevende benadering, dat was haar wel toevertrouwd.

'Zijn er verder nog mensen hier? Je vader en moeder misschien?'

Ze meende de jongen met z'n hoofd te zien schudden. Hij haalde zijn neus op, veegde met zijn hand door zijn haar, en keek haar even met een schichtige blik aan. Ze zou voorlopig niets uit hem krijgen, dat was wel duidelijk. Hij was naar de buren gelopen nadat hij haar buiten had gevonden. Die hadden gebeld. Dat was alles wat ze wist. De jongen zou niet veel meer vertellen vannacht. Maar kon ze hem alleen laten? Zou hij de hele tijd zo blijven zitten?

'Ik ga even naar buiten... Ben zo weer terug.'

Het was of de woorden afschampten op zijn ineengedoken gestalte.

De roef was als keuken ingericht. Haar kruintje raakte bijna het plafond. Er was vandaag niet afgewassen. Via een trapje kwam ze in de stuurhut. Ze legde haar handen op het stuurrad en draaide aan het grote wiel. 'Ahoy, schip in zicht, zeven graden bakboord,' fluisterde ze. Zeven graden bakboord, dat was natuurlijk onzin, maar het klonk wel mooi. Hoe lang was het geleden dat ze met haar oom Henk mee was geweest, het IJsselmeer op in zijn motorjacht? Een jaar of twaalf moest ze geweest zijn. Ze mocht ook sturen.

Aan de overkant kon je het Mirandapaviljoen zien liggen. Afgelopen zomer had ze daar nog met Theo gezeten toen ze een fietstochtje langs de Amstel waren gaan maken. Iets verderop, richting Ouderkerk, was Zorgvlied. Een tante van Theo lag er begraven. Maar Theo had meer aandacht gehad voor de huizen langs de Amstel, de oude buitenplaatsen. Bij elk had hij een verhaal te vertellen, tot ze er ongeduldig van werd.

Ze moest naar die andere boot, naar de buren, maar het was of de traagheid van de slaap nog in haar lichaam zat. Om twintig over vier had Roland, de coördinator van hun team, haar opgebeld. Dat zat er natuurlijk in als je piketdienst had, maar het kwam altijd op een ongelegen moment. Vannacht was ze pas na één uur naar bed gegaan, en eigenlijk had ze te veel gedronken. De alcohol leek nog niet helemaal uit haar lichaam verdwenen. Tegen haar gewoonte in had ze bier gedronken. Ze voelde nu de druk op haar blaas. Waar kon ze naar de wc?

Deze boot zou waarschijnlijk nooit verder varen dan naar de werf voor een onderhoudsbeurt. Over de loopplank ging ze de wal op. Langs een bocht in de Amstel waren hier enkele oude binnenvaartschepen of rijnaken afgemeerd, allemaal verbouwd tot woonboot. Tussen het water en de straat lag een stuk land van zo'n vijftig meter breed, voornamelijk begroeid met bomen en struikgewas. Vlak langs de wal waren wat optrekjes of schuurtjes neergezet. Er stonden ook een paar woonwagens, werkketen en een half vergane caravan. Daartussen een paar speeltoestellen. Ze ging even op een schommel zitten en liet zich heen en weer wiegen. Woonden er mensen in die schuurtjes? Ze zag nergens licht. Op een paar plaatsen was er wat land in cultuur gebracht. Bij de enkele lamp die langs het pad stond, was niet te zien wat er groeide, als er al iets groeide. Zelfs nu, vroeg in de ochtend, kon je het continue geruis van auto's op de ringweg horen.

Ze lag half onder een struik geschoven en zou er nooit meer op eigen kracht onder vandaan komen. De schouwarts vulde bij het schijnsel van een zaklantaarn enkele papieren in. Jongens van de uniformdienst waren bezig een gebied met een straal van zo'n tien meter rond het lichaam en een breed geschat pad naar de straat af te zetten met paaltjes en roodwit plastic lint dat vrolijk wapperde in de gure westenwind. Er was nu nog te weinig licht om goed te kunnen zoeken. Medewerkers van de Technische Dienst waren bezig een paar lampen aangesloten te krijgen.

Ze tikte Fred op zijn schouder. Hij schrok op.

'Een slecht geweten?'

'Wat doe je hier? Heb je hem alleen gelaten?'

'Er is niks met die jongen te beginnen. Helemaal van de kaart.'

'Dan wacht je tot-ie weer wat bijtrekt. Een beetje geduld, Jo.'

'Ik wacht al een halfuur,' zei ze, een geeuw onderdrukkend.

'Wil je naar je bed?'

Ze dacht aan de slaapwarmte van Theo, die met zijn knieën opgetrokken tussen de lakens lag. Hij zou wakker worden als ze weer bij hem in bed kroop, misschien de slaap niet meer kunnen vatten. 'Nee, natuurlijk niet. Maar ik wil wat doen.'

'Ga maar naar die buren. We moeten toch ergens beginnen.'
'Welke buren?'
'Die gebeld hebben, natuurlijk. Nog niet helemaal wakker, zeker.'
In het flitslicht van de fotograaf zag ze de scherpe lijnen van het gezicht van de jonge vrouw die daar zo weerloos lag, een lok haar voor haar rechteroog. Ze had een trek op haar gezicht alsof ze alleen maar was gevallen en ongelukkig was terechtgekomen. Straks zou ze opstaan en beschaamd om zich heen kijken of iemand haar ongelukkige valpartij had gezien. Josien betrapte zich op een stompzinnige gedachte. De vrouw zou verkracht moeten zijn. Dan was er tenminste een reden geweest. Ze bukte naast het lichaam, streek de haarlok weg voor de gesloten ogen. Even voelde ze de koude, strakke huid. Toen ze opkeek zag ze dat Martijn snel zijn blik afwendde.

Josien liep weg. Een zwarte woede welde in haar op. Buiten de lichtkring schopte ze machteloos tegen een boomstronk tot haar voet pijn deed.

Er was geen bel, en ze bleef op de deur bonken tot er iemand verscheen. Het haar van de man piekte alle kanten uit. Hij schoof zwijgend de deur van de stuurhut open en ging haar voor, eerst een trapje af naar de roef die blijkbaar als rommelhok dienst deed en daarna via een trapje naar een woonkamer waar een nog sterkere open-haardgeur hing. Door de patrijspoorten zag ze dat de schijnwerpers brandden. Het zoeken kon beginnen. Waarnaar? Dat wist niemand. Naar alles wat een aanwijzing zou kunnen opleveren. Een draadje stof, het profiel van een schoenzool. Een peukje. Een snippertje papier dat samen met een zakdoek uit een broekzak was getrokken. Tabaksdraadjes. Dan was het merk shag te achterhalen, zodat ze zeker wisten dat alle Drum- of Samson-rokers van Nederland verdacht waren. Maar wie hadden er vanavond allemaal nog meer over dat pad gelopen?

Ze stelde zich voor. De man gromde een naam die ze niet verstond. 'Veld,' verduidelijkte hij op haar vraag, 'Harm Veld.'

Veld pakte een sigaret. Hij droeg een overall met grote zwarte olievegen erop.

'Zeg maar wat u weten wil,' zei hij, nadat hij de sigaret had opgestoken. 'Misschien ook roken?' Hij hield haar het pakje voor.

Ze schudde haar hoofd.

Veld ging zuchtend zitten onder het mompelen van ''t Is me wat... 't is me wat.' Zonder dat ze hem iets vroeg, begon hij te vertellen. Broer en zus.

Hun ouders woonden hier vroeger ook, maar hij had ze nooit gekend, woonde hier zelf zo'n jaar of drie.

'Alleen?' vroeg ze.

'Ja, alleen,' zei Veld. Hij vertelde verder. De ouders waren ongeveer vijf jaar geleden overleden. De kachel werkte niet goed en ze waren gestikt. Koolmonoxide. Ja, een krankzinnig toeval, Bea en Gerard logeerden dat weekend bij hun opa en oma in Breukelen. De volgende ochtend kwamen ze weer terug en vonden hun vader en moeder. Bea was toen net achttien en Gerard zestien. Hij zou het ze afgeraden hebben, maar ze waren op de boot blijven wonen. Een prachtmeid was het, die Bea. Alles deed ze voor haar broer. Echt een vrouw om je petje voor af te nemen.

'Die jongen, die heeft ze niet allemaal op een rijtje,' zei Veld, en hij stak weer een sigaret op. Josien keek even op haar horloge. Vijf uur. 'Ik bedoel... zwakbegaafd. Hij gaat naar de Sociale Werkvoorziening, hier ergens in de Bijlmer. Daar zet-ie stekkers in elkaar of zo. Ik weet 't niet precies. Veel meer kan-ie niet. Ja, van dat soort dingen tekent-ie wel 's.' Veld maakte een gebaar naar de wand. Josien zag nu pas eenzelfde prent als in het andere woonschip. 'Heb ik een keer van hem gekregen. En zij doet alles voor hem... eh, deed alles voor hem. Leuke vrouw ook om te zien.' Veld keek naar zijn blote voeten en krulde zijn tenen even omhoog. Ze wendde haar blik af. De tv-gids lag nog opengeslagen op gisteravond. Er waren programma's aangekruist met een dikke, rode viltstift. Ze kon niet zien welke.

'Het is verder een goeie jongen. Zal geen vlieg kwaad doen, echt een doodgoeie jongen.' Veld zweeg, alsof hij besefte dat het woord 'dood' hier misschien niet zo goed gekozen was. Hij keek haar schuw aan. 'Wat moet-ie nou verder, denk je dan meteen. Waar moet zo'n jongen naartoe? Is er een soort tehuis voor dat soort mensen?'

'Ik weet niet,' zei ze, en ze had het gevoel tekort te schieten, haar eigen autoriteit te ondergraven. Als zelfs de politie dit soort dingen niet weet, wat moet een mens dan nog, waar kan hij dan nog op vertrouwen?

'Heeft u gisteravond nog iets bijzonders opgemerkt?' vroeg ze, overschakelend op de automatische piloot.

''k Zou het niet weten.' Veld keek een beetje glazig voor zich uit.

'Heeft u iets gehoord, misschien? Een vreemde stem... geschreeuw. Alles kan belangrijk zijn.'

Veld schudde zijn hoofd, stak weer een sigaret op en haalde een groot plat horloge uit de zak van zijn overall. ''t Is halfzes. Zin in koffie?'

Ze had de hoop op een klein stukje nachtrust nog niet helemaal opgegeven en bedankte.

'Kwamen er wel eens andere mensen op bezoek. Vrienden… familie?'

'Tsja, mensen gaan hier gewoon hun gang, weet je. Ze houden elkaar niet zo in de gaten. 't Is hier nog een beetje… wat zal ik zeggen, een vrijplaats of zo. De gemeente probeert het wel te controleren, of tegenwoordig de deelraad, maar dat lukt ze niet zo erg. Dan komen d'r van die ambtenaartjes die zeggen dat alles anders moet, met vergunningen en zo, en bouwplannen, maar niemand trekt zich daar ene moer van aan, en na een tijdje hoor je d'r niks meer van. Tot er weer 's een ambtenaar is die denkt van: hé, dat zootje ongeregeld, dat kan zo maar niet. En dan heb je weer een tijdje gesodemieter.' Bij de laatste woorden begon Veld zich plotseling heftig in zijn lies te krabben. Hij keek op en zag haar blik. 'Sorry… echt geen koffie? Zeker weten?'

Ze hield aan. 'U moet toch wel 's iets gezien hebben? U praatte toch wel 's met Bea en Gerard? Ze waren toch geen vreemden voor u?' Ze wees naar de tekening.

'Heb ik gekregen toen ik een keer hun kachel schoongemaakt heb. Ik zie ze af en toe, maar ik weet niet wie d'r over de vloer komen.'

Veld stond op en ging water opzetten in de ingebouwde keuken. Ze kwam overeind en keek door een patrijspoort naar wat er op het land gebeurde. Zoals gewoonlijk was er niet echt iets te zien. Een paar figuren die over de grond kropen. Het lichaam was waarschijnlijk al weggehaald. Kwart voor zes. Misschien zag ze Theo nog bij het ontbijt. Normaal was hij dan al niet zo praatgraag en nu zeker niet. In feite was er ook geen enkel belang mee gemoeid om hier meteen naartoe te gaan en mensen lastig te vallen met allerlei vragen. Maar het hoorde erbij, het was een onderdeel van het scenario, allemaal ter ere van het oude idee dat je op de plaats van het delict moest zijn 'als het spoor nog vers was'. Straks zou ze wel horen hoe lang de jonge vrouw daar al gelegen had voor ze werd gevonden door haar broer.

Veld zette toch een mok koffie voor haar neer. Er stond een ingekleurde tekening van de hond uit de Snoopy-strip op. Ze kon niet op z'n naam komen. 'Melk? Suiker?'

'Nee, helemaal zwart.' Ze dronk van de gloeiend hete, sterke koffie. 'Had ze misschien een vriendje?'

Veld nam een slok koffie en stak daarna een sigaret op. Hij hield vervolgens het pakje in haar richting.

'Nee, bedankt… ik rook zo wel mee.'

'Moet ik hem uitmaken?' vroeg Veld, zijn sigaret al boven de asbak.

'Nee, dat hoeft niet. Die Bea… had ze misschien een vriendje of zo?'

'Ik dacht van wel, maar zeker weten doe ik 't niet. Ik bedoel… er kwam af en toe een man.' Veld leek niet te beseffen dat hij zichzelf tegensprak. Hij wist dus wel iets over iemand die op bezoek kwam. 'Hij reed in een BMW, dat kan ik me nog herinneren. Toevallig zag ik ze een keer toen hij haar naar huis bracht. Ze stapten uit de wagen. Het was zo'n beetje, ja, wat zal ik zeggen… een wat patserig type, met van die kettinkjes om z'n armen, misschien ook wel een tatoeage, daar leek het me wel iemand voor.'

'En ze hadden iets met elkaar?'

'Dat zou ik wel denken, ja.'

'Hoezo?'

'Nou… eh, ja, hoe zal ik 't zeggen…'

'Gewoon in het Nederlands, lijkt me.'

Veld trok even zijn mondhoeken op. 'Ze stonden nogal stevig te zoenen, en hij… eh, hij legde z'n handen op d'r billen.' Veld keek Josien even aan met beschaamde ogen.

'Ik kan er tegen,' zei ze. 'M'n moeder heeft me voorgelicht.'

'Nou ja, u zou kunnen denken dat ik hier altijd maar een beetje sta te gluren, maar ik zag het toevallig, ik kwam net aanfietsen.'

'Natuurlijk, u kan moeilijk uw handen voor uw ogen gaan doen, zeker niet als u op de fiets zit. Daar kunnen behoorlijke ongelukken van komen.'

Veld keek haar een beetje sullig aan. Het rommelde in haar maag. Die koffie had ze niet moeten drinken. Ze werd er bepaald niet helderder van. Had Theo haar laatst niet eens uitgelegd dat koffie niet werkelijk hielp als je aangeschoten was, dat je er niet echt wakkerder of fitter van werd, dat mensen zich dat alleen maar hadden aangepraat?

'En hoe ging het verder?' vroeg ze.

''k Weet niet,' zei Veld. Zijn hand ging weer naar zijn kruis, maar hij trok hem terug. 'Ze stonden wat te vrijen, ja, je weet wel…'

Ze bleef hem aankijken. Ze herinnerde zich een langdurige, stroperige scène uit een televisiedocumentaire. De interviewer vroeg iets aan een oude, weinig spraakzame boer, die steeds in een paar woorden ontwijkend reageerde. De interviewer zweeg dan, totdat de stilte pijnlijk werd en je je als toeschouwer afvroeg of er nog wat van kwam, of er niet een andere vraag moest worden gesteld of desnoods het gesprek afgebroken. De camera bleef gericht op de oude boer, die zich zichtbaar ongemakkelijk begon te voelen. De beelden verschenen nu weer haarscherp voor haar geestesoog. De man wreef over zijn stoppelbaard, wendde zijn blik even af, keek weer in de camera, en zei toen wat hij waarschijnlijk voor altijd voor zich had willen houden, wat hij mee had willen nemen in het graf van zo'n klein overzichtelijk dorpskerkhof. Wat hij had gezegd, kon ze zich met geen mogelijkheid meer herinneren, maar dat was ook niet belangrijk.

Ze bleef Veld fixeren. Hij pakte zijn koffiemok, die leeg was, maar bracht hem toch naar zijn mond.

'Ja,' zei Veld, 'ik weet niet…' Hij verschoof op de stoel. 'Dat heeft er toch niks mee te maken dat ze dood is… dat ze vermoord is?'

'Alles heeft met alles te maken,' zei ze. Daar moest Veld het verder maar mee doen, met zo'n troebele opmerking.

'Ja, dan kan ik ook verder wel een verhaaltje vertellen over m'n dooie kanariepiet.' Veld lachte even zenuwachtig, pakte zijn koffiemok op en zette hem weer neer. 'Misschien dat dat er ook mee te maken heeft.'

'Wat gebeurde er verder?' vroeg ze. 'Wat heeft u nog meer gezien?'

'Nog koffie?'

'Nee, dank u, dit was genoeg voor zes uur 's ochtends. Wat heeft u verder gezien?' Veld zou makkelijk kunnen zeggen: 'Niks, helemaal niks', maar ze wist dat hij dat niet zou doen.

'Nou ja, ze stonden daar een beetje te vrijen. Hij gaat… eh, hij gaat met z'n handen onder haar truitje, of haar bloesje, weet ik veel. Ze stonden elkaar echt een beetje op te geilen. U kent dat wel…' Weer die schuwe blik.

'En u bleef kijken?'

'Nou ja, niet echt, maar het was in het openbaar, gewoon op klaarlichte dag… niet echt dag, maar 's avonds om een uur of tien. Het was nog licht.'

'Dus het was een soort openbare voorstelling? Kom dat zien! *Real live sex show!*' Ze voelde dat Veld niet los kon komen van het beeld dat hij zelf had opgeroepen, en dat zij nu probeerde te versterken. Zweetdruppeltjes prikkelden op haar rug. Ze wilde een glas water maar kon er op dit moment niet om vragen. 'Deden ze dat vaker?'

'Wat?'

'Zo in het openbaar staan te vozen.'

Veld haalde zijn schouders op. Ze zag de erectie onder zijn overall. 'Nee, niet dat ik weet.'

'Die man, heeft u die meer gezien?'

'Hij kwam haar wel 's halen, dacht ik.'

'Ze hadden dus verkering?'

'Waarschijnlijk wel, maar dat moet je niet aan mij vragen.'

'Aan wie dan?'

Veld stak een sigaret aan en probeerde tevergeefs rookkringetjes te blazen. 'Aan die jongen, denk ik, aan Gerard. Die weet er vast alles van. Ik moet even naar... eh, naar de wc.'

Toen Veld weg was, rommelde ze eerst wat in de papieren die op het tafeltje lagen en daarna deed ze bijna werktuiglijk het deurtje open van een kastje waar ze naast zat. Er lag een stapel tijdschriften in. Ze nam er een paar af. *Playboy*, *Penthouse*, maar ook hardere bladen, dat kon je aan de foto's voorop al zien. Ertussen lag een stapeltje flink uitvergrote foto's. Een meisje dat naakt aan het zonnen was op het dek van een woonboot; op haar rug, op haar buik, in een ligstoel, haar benen ongegeneerd wijd uit elkaar, zich kennelijk niet bewust van de fotograaf. Zowel de woonboot als het meisje meende ze te herkennen.

2

De kamer was leeg. Even was ze bang dat hij was weggelopen, misschien uit puur verdriet overboord gesprongen, het ijskoude water van de Amstel in. Een tweede lijk. Het hele gezin dood.

Ze ging terug naar de keuken. Alles zag er nog precies zo uit als ruim een uur geleden. Via de stuurhut kwam ze op het dek. Niets te zien. Daar, voor op het dak had Bea ergens gelegen en gezeten. 'Fotograferen is m'n hobby,' had Veld gezegd.

'Seks ook?' had ze gevraagd.

Daar ging hij niet op in. 'Ik mag fotograferen wat ik wil. Als ze daar zo gaat liggen… ik bedoel, het is in het openbaar.'

'Was ze ervan op de hoogte dat u haar fotografeerde?'

''k Weet niet.'

'U heeft zelf een donkere kamer?' De man wees naar een deur rechts voor in de boot. Daarnaast was een andere deur waardoor de man verdwenen was toen hij naar de wc ging. Hij had haar betrapt toen ze met de foto's in haar handen zat. Stom dat ze dat had laten gebeuren. Nooit zonder toestemming in de spullen van een getuige, en zeker niet in die van een verdachte rommelen. Je had er later niets meer aan als bewijsmateriaal.

Ze ging de stuurhut weer in. 'Zeven graden stuurboord.' Om de zaak weer in balans te brengen.

Net zoals in de andere boot waren hier ook in het verlengde van de woonruimte twee kamers ingebouwd. Ze probeerde eerst de linkerdeur. Een donkere ruimte met een tafel, een niet opgemaakt bed, een stoel, kleren op de grond, niemand te zien. Toen de rechter. Vaag zag ze de contouren van een man die op z'n buik op bed lag. Ze kuchte even. Er kwam geen reactie. Toch wist ze zeker dat hij wakker was. Ze schraapte nog eens haar keel.

'Ben jij dat, Bé? Je mag niet meer weggaan. Weet je dat? Je mag nooit meer weggaan.'

Ze hield haar adem in.

'Ik had je toch gezegd dat je niet weg mocht gaan, dat je bij me moest blijven?' Hij haalde zijn neus op. 'Waarom kom je niet hier? Waarom blijf je daar zo staan? Je moet bij me komen, je weet dat ik niet zonder je kan.'

Ze probeerde zich te herinneren wat ze in de cursus had geleerd. Hoe heette die ook alweer? 'Omgaan met nabestaanden' of zoiets. Prachtig videomateriaal met acteurs die de ouders of echtgenoten speelden van een slachtoffer van een misdrijf. De ene werd agressief, en de ander trok zich juist terug, zei helemaal niets meer. Daarna hadden ze een rollenspel gedaan. Om beurten politieman en nabestaande. Maar hier op deze boot, met een waarschijnlijk zwakbegaafde jongen was alles weer anders. Ze hadden nooit geoefend dat iemand haar voor het vermoorde familielid aanzag.

'Ik ben Bea niet,' zei ze bijna geluidloos.

'Wat zeg je?'

'Ik ben Bea niet.'

'Je mag niet liegen... je mag nooit liegen.' De jongen haalde zijn neus weer op. Hij ging nu overeind op het bed zitten.

'Ik lieg niet. Ik ben Josien... je mag wel "Jo" zeggen, dat doen bijna al m'n vrienden, en...'

'Ik ben je vriend niet. Waar is Bea?' Hij deed een lampje naast het bed aan.

'Dat zal ik je straks vertellen. Wil je koffie?'

Hij keek op zijn horloge. 'Het is al over zessen. Waar is ze? Ze mag niet zo lang wegblijven. Ik moet morgen weer naar m'n werk. Ik heb de hele nacht niet geslapen omdat Bea er nog niet is. Ik moet op 'r wachten.' De jongen stond op. Een streep licht uit de woonkamer bescheen hem. Hij was groot en sterk, maar zijn ogen leken die van een bang tienjarig jongetje. Hij droeg nog steeds alleen de spijkerbroek en het roodzwart geblokte houthakkersoverhemd. Ze zag de vuile vegen op het overhemd. Hadden ze hier een wasmachine op de boot? Onbelangrijke details; ze mocht zich niet laten afleiden.

'Weet je niet meer wat er gebeurd is?' vroeg ze.

De jongen knipperde hevig met zijn ogen. 'Is er dan wat gebeurd? Ben jij een vriendin van Bea? Ik heb je nog nooit gezien.'

Nu moest ze blijven vragen. Dat was het stramien. Hij moest het zelf weer ontdekken. Ze mocht hem niet in één klap met de harde, ontluisterende werkelijkheid confronteren. 'Weet je nog dat je vannacht de boot bent afgegaan?'

Hij keek haar aan alsof ze hem een onoplosbaar raadsel voorlegde.

'Vannacht, je zocht Bea, en...'

'Bea, waar is Bea? Waarom zeg je niet waar ze is? Ik vind dit geen leuk spelletje.'

Theo zat te ontbijten. Ze liep naar de keuken en schonk een glaasje Spa in, dat ze tegen het aanrecht geleund opdronk. De prik was eruit, het bruiste niet meer. Wat bruiste er eigenlijk nog wel? Ze voelde de huid van het meisje tegen haar hand. Onwillekeurig streek ze nu zelf een lok haar van haar voorhoofd. Waarom was het zo moeilijk om hierover te praten? Waarom konden ze dit niet als redelijke, volwassen mensen oplossen? Als ze piket had, werd ze op de meest ongelegen tijden weggeroepen. Ze kreeg bijna dagelijks een flinke portie ellende op haar bord. Natuurlijk, hij had het ook niet makkelijk. Die jongens van een jaar of veertien, vijftien. Ongelooflijk wat die allemaal durfden. Over een paar jaar zou zij die jongens misschien tegenkomen. Een bejaarde neergeslagen en beroofd. Met een oudere homoseksueel meegegaan naar huis en de man neergestoken. Buit: tweehonderd gulden, een videorecorder en een goedkoop horloge. Een uit de hand gelopen roofoverval op een snackbar.

Ze pakte een snee brood en belegde die ruim met kaas. Gerard had in de keuken vier dikke, bruine boterhammen met kaas klaargemaakt, zijn hoofd gebukt vanwege het lage plafond. Binnen een paar minuten had hij ze opgegeten, tussen de happen door drinkend uit een pak melk. Toen had hij weer gevraagd waar Bea was. 'Vannacht was Bea niet thuis,' had ze gezegd. 'Weet je dat nog?' Hij keek haar ernstig aan en knikte. 'En wat heb je toen gedaan?' Geen reactie. In zijn starende blik was van alles te lezen. 'Ben je haar toen gaan zoeken?'

'Misschien.' Een kleine doorbraak.

'Ben je toen van de boot af gegaan om haar te zoeken?' Een miniem knikje van zijn hoofd.

Theo ging naar de badkamer. Ze maakte nog een boterham klaar. 'Je bent dus de boot af gegaan. Was je bang dat er iets met haar gebeurd was?' Hij was naar één van de patrijspoorten gelopen en keek naar buiten. Ze had haar vraag herhaald.

'Ja,' zei hij ten slotte, 'soms is het buiten gevaarlijk.'
'Waarom gevaarlijk?' Hij reageerde niet. 'Waarom?'
'D'r wonen rare mensen. Vroeger niet, maar nou wel.'
'Waar wonen die dan?'
'In die woonwagens en zo, en in die caravan, daar verderop.' Hij maakte een vaag gebaar.
'Daarom ben je naar buiten gegaan, omdat je het niet vertrouwde?' Hij knikte. 'En heb je haar toen gevonden?'
Hij kwam naar haar toe, een groot, uit zijn krachten gegroeid, radeloos kind. 'Ja, maar waar is ze nu? Waar is ze naartoe gegaan? Waarom zeg je niet waar ze is? Ze is toch weer opgestaan, ze is toch weer beter?' Hij pakte haar hand. Moeiteloos zou hij die fijn kunnen knijpen. Haar armzalige judovaardigheden van de politieschool waren nutteloos. Maar hij kneep helemaal niet en liet haar hand in de zijne liggen.
'Was ze...' ze kon haar zin niet afmaken. 'Hoe zag ze eruit? Hoe zag ze eruit, Gerard?' De tranen welden op in zijn ogen. Hij sloeg zijn armen om haar heen en verborg zijn gezicht tegen haar schouder. Zijn haar rook naar open haard.
Theo kwam de keuken in. 'Ik ga... tot vanavond.' Hij zoende haar op haar voorhoofd. Ze wilde hem omarmen, maar voelde het zware lichaam van Gerard nog tegen zich aan drukken, de huid van Bea tegen haar hand.
'Wat ruik je gek,' zei Theo.
Ze vond dat ze nog recht had op slaap, maar eenmaal in bed lag ze met open ogen naar het plafond te kijken. Daarop waren alleen enkele grillige scheuren in het stucwerk te zien. Om twaalf uur zou ze met Fred op het bureau verder aan de zaak werken. De andere jongens van hun team, Martijn, Roel en Roland, zouden er dan ook zijn.

'Ik ga maar 's met een paar buren praten,' zei Fred. 'Probeer jij dan wat meer uit die jongen te krijgen.'
'Als-ie thuis is.'
Ze bonkte op de deur van de stuurhut. Er kwam niemand. Ze stapte de stuurhut in en klopte op de deurtjes van de roef. Weer geen reactie. Meer dan vannacht voelde ze zich een indringer. Ze stapte de roef in. Misschien was hij wel naar zijn werk, zijn manier om het verdriet om de dood van zijn zus te verwerken. De afwas stond nog steeds op nijvere handen, warm water

en zeep te wachten. Ze kuchte opzettelijk luid.

'Wie is daar?'

'Ik ben het,' zei ze, en ze stak haar hoofd de kamer binnen.

Gerard zat onderuitgezakt op een stoel. Het leek of zijn nog steeds roodbehuilde ogen even oplichtten toen hij haar zag.

'Heb je koffie?' vroeg ze.

Nee, dat had hij niet, maar hij kon het zetten.

'Doe geen moeite.'

'Het is geen moeite. Ik vind koffie zetten leuk. Voor Bea maak ik ook altijd koffie. Je moet het water langzaam opschenken. Ik hou niet van zo'n koffiezetapparaat. Ik doe 't liever zelf.'

'Je bent niet naar je werk?'

Hij schudde zijn hoofd.

'Heb je gebeld dat je niet kwam?'

'Nee.'

'Ik zal het wel doen,' zei ze. 'Ik zal alles uitleggen. Straks bel ik vanaf het bureau.'

'Wij hebben ook telefoon.' Hij wees naar het toestel voor hij het kleine, smalle trapje opliep naar de roef.

Ze keek toe hoe hij water opzette, en koffie in een filter deed met een maatschepje.

'Wat is het nummer van je werk?'

'Dat moet je aan Bea vragen.'

De geur van koffie begon te overheersen.

'Dat kan niet meer, dat weet je.'

Hij stond even doodstil, maar ging snel door met water opschenken.

'Waarom niet? Ik kan altijd alles aan Bea vragen.'

Nu geen omzichtige tactieken meer, dat schiep alleen verwarring. 'Bea is dood, dat weet je wel. Daarom ben je nu hier alleen, daarom ben ik hier.'

'Is Bea echt dood? Niet alleen maar gewond of zo?'

Vanochtend vroeg had hij die vraag al gesteld. Hoe lang zou hij dat nog blijven doen? 'Ja, Gerard, ik weet dat 't heel erg is, maar ze is echt dood.'

'Zomaar,' zei hij terwijl hij twee bekers koffie inschonk.

'Ze is vermoord. Dat heb ik je verteld. Je weet toch wel dat je haar gevonden hebt?'

Hij ging haar voor, het smalle trapje af naar de woonkamer. 'Iets erin?'

'Nee, niks.'

'Behalve koffie natuurlijk.' Hij lachte even om zijn eigen grapje, maar zijn gezicht verstrakte meteen weer.

'Wat dacht je toen je haar vond?'

Hij was een tijd stil, leek ver in zijn herinneringen te moeten graven. Plotseling zei hij: 'Soms is het leuk op mijn werk, kan je lachen. Met Tommie, die doet altijd gek... neemt andere mensen in de maling.'

'Is Tommie een vriend van je?'

Hij schudde zijn hoofd.

'Maar je vindt hem wel aardig?'

'Soms pest-ie me. Laatst had-ie zeep tussen m'n brood gedaan.' Gerard trok een vies gezicht. Als om de smaak weg te spoelen nam hij een slok koffie.

'Dat is niet zo leuk,' zei ze. Koortsachtig zocht ze naar een mogelijkheid om het gesprek weer op Bea te brengen. Ze werd op haar wenken bediend.

'Bea kan ook goed grapjes verzinnen. Ze maakt me altijd aan het lachen,' zei Gerard. Zijn gezicht bleef dof en effen.

Josien zuchtte diep. 'Maar nu niet meer, Gerard. Ze is dood... ze is vermoord.'

Hij leek minimaal met zijn hoofd te knikken.

'Jij hebt haar gevonden. Dat weet je toch nog wel?'

Opnieuw dat nauwelijks waarneembare knikje.

Ze nam een slokje van haar koffie. 'Lekker... Wat dacht je toen je haar vond?'

''k Weet niet. Ik dacht dat 't Bea niet was, dat het iemand anders was, een vreemde vrouw, zomaar iemand die hier verdwaald was of zo. Toen ben ik naar...' Hij maakte een vaag wijsgebaar, '...en die, die heb de politie gebeld, geloof ik.'

De koffie was sterk en bitter, maar ze durfde niet om een klein schepje suiker te vragen.

'Gisteravond was Bea toch niet thuis?'

Gerard schudde zijn hoofd.

'Waar was ze naartoe? Weet je dat ook?'

Hij reageerde niet.

'Weet je waar ze naartoe was?' hield ze aan.

Hij dronk van zijn koffie en staarde langs haar heen.

'Ging ze vaak 's avonds weg?'
'Ze mocht me niet alleen laten.'
'Deed ze dat dan?'
Hij knikte, met tegenzin leek het wel.
'Vaak?'
'Ja, veel te vaak.'
'Hoe vaak?'
Hij haalde zijn schouders op en keek van haar weg.
'Deed ze dat altijd al? Vroeger ook?'
Hij dronk zijn beker leeg en liep het klein, smalle trapje op naar de roef.
'Jij nog koffie?'
'Nee, dank je.'
'Was het niet lekker? Was het geen goeie koffie?'
'Ja, juist wel, maar anders krijg ik te veel, dan beginnen m'n knieën te trillen, daar kan ik niet tegen.'
Gerard ging zitten.
'Had ze een vriend?' vroeg Josien.
De grote kinderogen staarden haar weer aan.
'Ging ze daarom vaak weg? Ging ze naar hem toe?'
'Ja,' zei hij, plotseling zijn stem verheffend. 'Maar ze wilde hem niet meer. Ze wou het uitmaken, dat heeft ze zelf gezegd. Het werd toch niks. Hij wilde samenwonen, maar ze wou mij niet in de steek laten. Ze kon mij niet in de steek laten.' De tranen stonden in zijn ogen. 'Dat begrijp je toch wel?' Plotseling begon hij te schreeuwen. 'Ze kon mij toch niet alleen laten? Dat moest die klootzak toch ook begrijpen?' De tranen stroomden nu over zijn wangen.
Ze stond op, liep naar hem toe en legde een hand op zijn schouder. 'Dus die man wilde dat ze bij hem kwam wonen, maar zij wilde niet. Zij wilde bij jou blijven.'
'Dat had ze beloofd,' zei hij, nog half snikkend.
'En gisteravond, waar was ze toen?'
'Bij hem... dat denk ik tenminste. Ze zou het uitmaken, dat had ze me beloofd.'
'Hoe laat kwam ze meestal thuis als ze met die man, met die vriend meeging?'
'Hij was haar vriend niet meer.'

'Maar toen hij nog wel haar vriend was… hoe laat?'
''k Weet niet. Ze gingen uit, de stad in.'
'Bracht hij haar dan thuis?'
'Ik denk 't wel.' Er lichtte even iets op in zijn ogen.
'En wat deden ze dan?'
Hij haalde zijn neus op met een diep, rochelend geluid. 'Wat bedoel je?'
'Kwam hij dan ook de boot op? Gingen ze hier nog wat drinken of zo?' Waarom stelde ze die ene vraag niet? Bleef hij slapen, gingen ze hier met elkaar naar bed?
'Nee.' Het klonk afgebeten. Er was geen twijfel mogelijk. Nee. Onbestaanbaar.
'Hij kwam niet op de boot?'
'Nee, dat mocht niet.'
Ze herhaalde zijn woorden. 'Dat mocht niet? Van wie mocht dat niet?'
Hij stond op en ging voor een van de patrijspoorten aan de kant van de Amstel staan.
'Van wie mocht het niet?' vroeg ze nog eens.
'Van mij niet,' zei hij ten slotte. 'Bea is mijn zus. Dit is onze boot.'
'En gisteravond ook niet? Toen kwam hij ook niet op de boot?'
Hij schudde zijn hoofd.
Ze ging voor een andere patrijspoort staan, naast Gerard. 'Dat weet je zeker? Je sliep niet?' Er kwam een roeiboot voorbij: acht roeiers en een stuurman. Op de wal aan de overkant fietste iemand mee die een toeter voor zijn mond hield. Hij schreeuwde iets, maar hier kon je niet verstaan wat.
'Ik slaap nooit als Bea weg is. Ik moet toch op haar wachten?'
'En heb je gisteravond nog iets bijzonders gezien of gehoord?'
'Iets bijzonders?'
Ze ging dichter naast hem staan en legde vertrouwelijk een hand op zijn arm. 'Ja, een stem, een geluid… ik weet het niet. Alles kan belangrijk zijn.'
'Nee, niks. Het duurde zo lang voor Bea kwam, en toen ben ik naar buiten gegaan. Kijken waar ze bleef, en toen…' Zijn hoofd knakte naar voren, de kin op de borst.
Ze kneep even bemoedigend in zijn arm. Hoe moest dat verder met hem? Wist hij zich hier een beetje te redden? Zouden zijn buren op hem kunnen letten, voor hem kunnen zorgen? Die Veld leek niet zo'n zorgzaam type.

'Heb je nog familie?' vroeg ze.

'Oom Ton en tante Henriëtte.'

'Waar wonen die?'

'In Emmeloord.' Het was of hij doorhad waar ze op doelde. 'Daar wil ik niet naartoe. Ik wil op de boot blijven. De boot is van ons, van Bea en mij, en van niemand anders.'

'Natuurlijk mag je op de boot blijven. Je bent meerderjarig. Niemand kan je weghalen. Maar... eh, weet je waar hij woont, die vriend van Bea?'

'Ergens in de stad, in de Pijp geloof ik.'

'Maar je hebt geen adres? En zijn naam?'

'Steef.'

'Geen achternaam?'

'Nee, gewoon Steef, meer weet ik niet.'

'Vind je het goed als ik even rondkijk? Misschien ligt er wel een agenda of zo, waar z'n naam in staat.'

3

'Wat heb jij?' vroeg Fred.
 'Een zielige jongen die z'n zus kwijt is.'
 'Weet ik, maar dat is niet ons pakkie-an. Treurig maar waar. Dat is een karweitje voor de hulpverlening, een maatschappelijk werker of zo.' Ze stonden op een met stukken boomschors bestrooid pad dat evenwijdig aan de rivier liep. 'Kijk,' zei Fred, 'zie je daar die gele plek? Daar woonde een man, een soort kluizenaar, in een tentje. Je weet wel, zo'n iglomodel. Toen het een maandje geleden acht graden onder nul was, zat-ie er ook. Een paar dagen terug is-ie verdwenen. Wanneer is niet precies te zeggen. D'r is ook niemand die wat van hem weet, tenminste dat zeggen ze. Hoe-ie heet, wat of-ie doet? Niks... *nada*. Je denkt misschien dat het hier een kleine gemeenschap is, waar iedereen iedereen kent, en mensen elkaar allemaal helpen en zo, nou, *forget it*.'
 Fred had blijkbaar met veel mensen gesproken. Hij had zicht gekregen op het hele terrein, de boten en de bewoners. 'Daar, op die boten, dat is voor een gedeelte nog de ouwe hap, de pioniers, die hier het eerst lagen, maar verder zijn het allemaal nieuwkomers. Soms maatschappelijk wrakhout dat over de Amstel aan komt drijven.'
 Ze keek hem verbaasd aan.
 'Ja, dat zei een jongen die daar verderop hout staat te zagen. Het klonk wel mooi, vond ik. En daar, drie boten verder, daar woont een superkeurig echtpaar. Man werkt bij een bank, vrouw haakt en breit en houdt het huis schoon, vitrages en geraniums voor de ramen, alles even netjes. Het is hier trouwens allemaal semi-illegaal, of semi-legaal, net hoe je 't wil noemen. Er is wel elektriciteit en telefoon, maar geen gas. De gemeente, of tegenwoordig de deelraad heeft allerlei plannen met dit terrein... voor recreatie en zo.'
 Ze liepen langs een woonwagen. CIRCUS MARINO stond erop met vage, half weggesleten letters.

'Daar woont een drugsdealer met z'n vriendin,' zei Fred.

Josien had het gevoel of ze een rondleiding kreeg over een interessant wooncomplex.

'Tenminste... hij woonde daar,' ging Fred door. 'Ook alweer een paar dagen niet meer gesignaleerd. Die vriendin schijnt er met een andere kerel vandoor te wezen. Reist misschien het circus achterna. Alleen z'n hond is nog thuis. Wie 't beest uitlaat, weet niemand. Misschien schijt-ie de boel wel onder.'

Alsof het dier Freds woorden gehoord had, begon het woest te blaffen.

'Allemaal verdachten?' vroeg ze.

Fred haalde zijn schouders op. ''t Maakt het niet overzichtelijker. Maar misschien kenden ze die Bea niet eens. Sommige mensen komen en gaan, en niemand hoort meer wat van ze. 't Is gewoon een zootje ongeregeld.' Dat laatste had Josien al vaker gehoord. Het was of dat begrip was uitgevonden voor deze verzameling mensen. 'Maar daarom hoeft er nog geen moordenaar tussen te zitten.'

Hun auto was geparkeerd naast een op een paal gemonteerde brievenbus. '*Approved by the postmaster general*' stond erop. Ze stapten in de auto.

'En jij? Wat ben jij te weten gekomen?'

Ze vertelde over de vriend van Bea, Steef. Ja, ze had zijn adres gevonden, simpel in een notitieboekje. Bea wilde de relatie verbreken omdat ze Gerard niet alleen kon laten. Gisteravond was ze waarschijnlijk met Steef uit geweest. Hij had haar naar de boot gebracht. Nee, hij was niet op de boot geweest. Tenminste, dat zei Gerard. Steef als gefrustreerde minnaar. Bea zorgde liever voor haar zwakbegaafde broer dan dat ze verder ging met hem. Je hoefde niet veel fantasie te hebben om daarin een gaaf, afgerond motief te zien.

'Ga je niet een beetje snel?' vroeg Fred.

'Rij jij maar wat langzamer. We hebben geen haast.'

'O nee?' Hij schoot de trambaan op en drukte het gaspedaal iets dieper in.

Ze waren bij het huis van Steef geweest, maar hij was er niet. 's Middags hadden ze een paar keer tevergeefs opgebeld. Het was nu vijf uur.

'Ik bel hem vanavond wel,' zei Fred. 'Vraag ik of-ie morgen hier komt. Oké?'

Ze knikte. Het slaapgebrek en de confrontatie van vanmiddag met Gerard braken haar op.

'Niet zo treurig, Jo. *Life goes on.* Je moet eens lekker uitgaan. Eten, bioscoop, cafétje, je weet wel.'

'Uit is goed voor u.'

'Precies. Zullen we samen gaan?'

'Ik zou misschien met Theo…'

'Geintje.' Fred tikte haar even op haar schouder.

'Ik ben, geloof ik, niet zo in de stemming voor grapjes.'

Fred bekeek het tot nu toe nog schamel gevulde dossier. De foto's zaten erin en het rapport van de schouwarts. De onderzoeksresultaten van de patholoog-anatoom konden elk moment komen. 'O ja. Waar werkte ze eigenlijk? Of is daar al iemand naartoe?'

'Ik dacht het niet. Ze werkte trouwens bij zo'n afvalbedrijf. Je weet wel, die een puinbak voor je deur zetten als je gaat slopen. Ze halen ook afval weg, dat soort dingen. vsv heten ze. Dat staat geloof ik voor Veilig, Schoon, Voordelig.'

Fred vloekte.

'Wat is er?'

'Toch niet een milieuschandaaltje. Je kent dat wel. Ze weet iets van een illegale gifstort of verdwenen vaten met smerig chemisch spul, en als ze geen opslag krijgt, dan belt ze de krant. De directeur laat haar om zeep helpen. Klaar, uit… verschrikkelijk banaal.'

Roel en Martijn kwamen binnen. Een paar minuten later was Roland er ook. Hun team was compleet. Ze wisselden informatie uit. Er was weinig nieuws. Roland had het rapport van de patholoog-anatoom bij zich. Het slachtoffer was gewurgd, waarschijnlijk met blote handen. Er was vermoedelijk geen touw of ander hulpmiddel aan te pas gekomen. Er waren geen andere verwondingen op het lichaam behalve een kras over haar wang, maar dat kon van een tak of iets dergelijks zijn. Niets wees op een worsteling of een vechtpartij.

'Dus een vreemde, die haar onverwachts van achter grijpt,' zei Roel.

Roland keek nog eens in het rapport. 'De blauwe plekken in de hals van het slachtoffer duiden erop dat de dader frontaal voor het slachtoffer stond,' las hij voor. 'De beschadigingen aan de luchtpijp zijn vermoedelijk veroorzaakt doordat de dader de luchtpijp met zijn duimen heeft dichtgedrukt.'

Martijn hield zijn handen voor zich alsof ze om een nek geklemd zaten. 'Frontaal... dus een bekende. Iemand die ze vertrouwde, waar ze niet van schrok, waar ze niet voor wegliep.'

Er kwam een secretaresse binnen die Roland een paar blaadjes papier overhandigde. 'Het rapport van de Technische Dienst... even kijken.' Hij bladerde erin, en gaf het toen terug aan de secretaresse. 'Kan je hier vier kopieën van maken? Dan mogen jullie het gezellig mee naar huis nemen. Hebben jullie vanavond wat leukers te lezen dan de krant.'

Toen iedereen weg was, bleef Josien nog een paar minuten voor zich uit zitten staren. Verdomme, ze was vergeten naar de Sociale Werkvoorziening te bellen. Die jongen zat natuurlijk nog in z'n eentje op die boot. Hoe lang hield hij dat vol? Als het even kon, moest hij zo snel mogelijk weer onder de mensen. Anders zou het alleen maar slechter met hem gaan.

Ze ging naar buiten, stapte in haar R5 en reed naar de Amstel. Het was nu donker. Langs het pad brandde een lamp. Verderop zag ze nog wat lichtjes. De vrolijke roodwit plastic linten waren nog niet weggehaald. Waarom niet? Het sporenonderzoek had niet veel opgeleverd. Vlak bij het lijk in het gras een paar vage voetafdrukken, maar wie hadden er allemaal rondgelopen voor Bea daar gewurgd was? In boeken of films vonden ze vaak een knoop die van een jas was afgescheurd, een aansteker die uit een broekzak was gevallen of wat dan ook. Maar hier? Niks, helemaal niks.

Een paar kinderen deden een spelletje waarbij ze steeds gebukt onder het lint door moesten lopen. Over dit pad had Bea met Steef gelopen. Gisternacht om een uur of één. Ze had het uitgemaakt, de relatie verbroken of hoe je het ook wilde noemen. Hij was kwaad geworden. Wat had die buurman ook alweer gezegd? O ja, een patserig type.

In het vage licht dat uit de ramen van de boot scheen, was Gerard houtblokken aan het zagen. Hij hield onmiddellijk op toen hij haar zag, en keek haar afwachtend aan.

'Aan het zagen?' vroeg ze.

'Ja, dat zie je.'

'Natuurlijk... een stomme vraag. Zullen we naar binnen gaan? Ik wil je nog wat vragen.'

Hij liet de zaag in het hout staan en ging haar voor de boot op.

'Wil je wat drinken?' vroeg hij toen ze in de woonkamer stonden.

'Wat heb je?'

'Ik weet niet. Zullen we kijken? Hier is de drank.'

Ze zag een paar flessen likeur, een fles port, witte wijn demisec en sherry onder in de kast staan. Ze koos de sherry. Hij pakte een wijnglas, en schonk het bijna tot de rand toe vol. Zelf nam hij een glas frisdrank.

'Gaat 't een beetje?' vroeg ze.

'Ik ben aan het zagen.'

'Ja, dat zag ik. Waarom?'

'Het hout voor de kachel is bijna op.'

'En hoe gaat 't verder?'

'Wat bedoel je?'

'Lukt het, zo in je eentje?'

Hij keek naar de grond en schudde bijna onmerkbaar zijn hoofd.

'Heb je iets te eten voor vanavond?'

'Brood,' zei hij met schorre stem.

'En verder?'

'Verder heb ik niks nodig.'

Gedachteloos had ze het glas sherry in een paar teugen leeggedronken. 'Ik moet weer eens gaan.'

'Nou al?'

Ze keek op haar horloge. 'Bijna zes uur. Ik moet naar huis.'

'Waarom?'

Ja, waarom? Omdat Theo al zeker ruim een uur thuis zit, omdat ik eigenlijk doodmoe ben, omdat ik zou koken vanavond, omdat... 'Gewoon omdat het tijd is,' zei ze.

'Waarom kwam je dan?'

'Om te vragen hoe het gaat.' En om weer weg te gaan als het slecht blijkt te gaan. Verdomme. Ze stond op en liep naar de deur. Hij liep achter haar aan en trok even aan haar mouw.

Ze draaide zich om. 'Ga je morgen weer werken?'

Hij haalde zijn schouders op. Ze had de indruk dat haar woorden aan hem voorbijgingen.

'Ik ben vergeten naar je werk te bellen,' zei ze. 'Stom, maar het was ook zo druk.'

'Ze hebben zelf gebeld... Otto heeft gebeld.'

'Wie is Otto?'

'Die helpt wel 's mensen, die is daarvoor.'

'Goed... hou je taai.'

Ze wist niet waarom ze dat deed, maar ze rende in een snelle spurt over het pad naar haar auto. Hijgend ging ze achter het stuur zitten.

'Ik heb hem voor vanmiddag besteld,' zei Fred, terwijl hij scherp sturend de bocht om ging.

'Wie?'

'Die Steef natuurlijk. Hij kon vanochtend ook, maar het leek me handiger om hem nog een half dagje te laten broeden. De zenuwen een beetje aanjagen.'

'Je rijdt tachtig, weet je dat wel?'

'Ja juf.'

Ze reden door een vaag industriegebied. Er lag ook een complex sportvelden. Een man in een felrood trainingspak liep rondjes om een voetbalveld. Op het terrein van vsv stonden een paar grote vrachtwagens met containers erop. 'Met de hulp van vsv valt het afvalprobleem wel mee', stond er in grote letters op geschilderd, en 'De wagens van vsv komen eraan, het is met het afvalprobleem gedaan'.

'Optimisten,' zei Fred.

'Bedriegers.'

De receptioniste, een meisje in een fel lilakleurige trui met een grote paarse strik in haar haar, keek op noch om toen ze zich voor haar balie opstelden. Ze kuchten, maar er kwam geen reactie.

'Mevrouw,' zei Fred, 'we zouden graag...'

'Ik ben even bezig,' onderbrak ze hem. 'Ziet u dat niet?' Ze ging verder met het perforeren van vellen papier die ze daarna in een ordner deed. Josien zag dat ze onwaarschijnlijk lange nagels had, wat het tempo van perforeren niet bevorderde.

'We zouden graag je chef spreken,' zei Fred. 'Kan je hem even oproepen of zo? Dan mag je daarna weer gaatjes prikken.'

Het perforeren ging in een kalm tempo door. Ze nam steeds één blaadje papier in plaats van een heel stapeltje.

'Het gaat over Bea... Bea Lindeman.'

Het meisje hield op en keek hen geschrokken aan. Onder haar make-up trok ze wit weg. 'Bea... ja, we hebben het gehoord. Het staat in de krant.' Ze wees naar *De Telegraaf*, die op een stoel lag. 'Gewurgd,' kon ze nog net uitbrengen met een stem alsof er ook iemand haar keel dichtkneep.

'Wij zijn van de politie,' zei Josien, en ze probeerde het meisje vriendelijk aan te kijken.

'Ik zal meneer Beekman even bellen.' Het meisje pakte de telefoon. 'Hè, shit.' Een van haar nagels was afgebroken. De tranen stonden haar in de ogen.

'Waar is Beekman z'n kantoor?' vroeg Fred.

'Daar de gang in, eerste deur rechts.' Ze keek weer naar haar nagels. 'Shit, shit, shit.'

Beekman zat achter een bureau. Hij had 'binnen' geroepen nadat ze geklopt hadden, maar keek niet op van zijn werk. Zijn dunnende haar was glad achterovergekamd. Hij had een leesbril op. Fred en Josien bleven bij de deur staan. Beekman schonk hun nog steeds geen aandacht. Josien voelde een kriebelhoest opkomen en schraapte haar keel.

'Ja, wat is er nou weer?' vroeg Beekman. Hij keek op. 'O, wat moet u hier?'

'Politie,' zei Fred. 'Het gaat om Bea Lindeman.'

De man zuchtte diep, deed de leesbril af die aan een koordje om zijn nek bleef bungelen en stond op. Hij was minstens twintig kilo te zwaar. Dat soort afval ruimden ze blijkbaar niet op, bedacht Josien.

Hij liep om zijn bureau heen en gaf hen een vlezige, maar merkwaardig koele hand. 'Beekman... aangenaam. Ik had u liever onder plezieriger omstandigheden ontmoet. Maar gaat u zitten.' Hij leidde hen naar een tafeltje met drie lage stoelen waarin je ongemakkelijk onderuit bleek te schuiven. Josien rook een sterke aftershavegeur.

'Wat kan ik voor u doen?' vroeg Beekman. Hij haalde een grote, witte zakdoek te voorschijn en veegde zijn voorhoofd en zijn lippen droog.

Ze werkten de bekende serie af: hoe lang ze hier werkte, wat voor werk, wat waren haar directe collega's, andere bijzonderheden? Nee, Bea bleek Beekmans eigen secretaresse te zijn geweest. 'Daarom ben ik ook nogal van de kaart. Ik kende haar goed, ik zag haar elke dag, en als dan zoiets gebeurt...' Beekman pakte de zakdoek weer en snoot trompetterend zijn neus. 'Dat doet je wel wat, dat gaat je niet in je kouwe kleren zitten. Vermoord... gewurgd.' Hij rilde even. 'Iedereen is er kapot van. 't Was een leuke meid, een gezellige meid, dat vond iedereen hier op het bedrijf. Chauffeurs, de dames van de kantine, typistes, allemaal konden ze goed met haar opschieten.'

'U ook?' vroeg Josien met haar stralendste glimlach.

'Ik ook, natuurlijk. Kan ik u trouwens iets aanbieden? Koffie... iets sterkers misschien, een drankje?' Hij gebaarde naar het mini-ijskastje in een hoek van het kantoor.

'Koffie graag,' zeiden ze stereo. Fred knipoogde naar haar, maar ze begreep niet wat hij bedoelde.

Beekman liep naar de telefoon en bestelde koffie. Na een paar minuten kwam een meisje in een fel lichtturquoise schortjurk de koffie brengen. Beekman haalde een flesje cognac uit zijn bureaulade en deed een scheutje bij zijn koffie. 'Om een beetje van de schrik te bekomen. U niet? Nee? Nou ja, 't is jullie werk natuurlijk, moord en doodslag, maar ik ben er nog behoorlijk kapot van.'

Vanuit het raam kon je zien hoe zware vrachtauto's af en aan reden.

'Waar komt die naam eigenlijk vandaan?' vroeg Josien. 'vsv.'

'Ach, we zijn begonnen als schoonmaakbedrijfje. Heel klein allemaal. Het ging vlug, het werd schoon, en we waren voordelig. vsv dus. Er is ook een voetbalclub die zo heet, in Velsen. Velsense Sport Vereniging. Kijk maar.' Beekman liep naar de wand, lichtte een ingelijste foto van een haakje en overhandigde hem aan Josien: Beekman met een glimlach van oor tot oor staande voor een sportcomplex. Op het hek stond met manshoge letters vsv. 'En we haalden overal vuil weg, en dat moest weer ergens naartoe. Daar moest ik voor betalen. Nou ja, toen dacht ik van: dat kan ik net zo goed zelf doen, dacht ik, en zo is het begonnen.' Hij glimlachte even alsof hij zich moest verontschuldigen. 'We hebben de oude naam gehouden, maar aan kantoren schoonmaken en zo doen we niks meer. Voor het schoonmaken van dit kantoor huren we anderen in. Ja... 't kan raar lopen.' Hij pakte de thermoskan. 'Nog meer koffie?'

Ze bedankten beiden. Zo gingen ze te veel op elkaar lijken. 'Geeft u me toch maar een kopje,' zei Josien.

Beekmans hand trilde terwijl hij inschonk. 'Sorry, maar ik ben nog steeds een beetje...' Hij maakte zijn zin niet af.

Ze dronken zwijgend van hun koffie. Fred stond op en liep naar het raam. Het leek of hij gespannen keek naar iets wat buiten gebeurde. Beekman wierp af en toe een schichtige blik op hem.

'U kende haar dus goed,' zei Josien terwijl ze wat rechterop ging zitten. 'Ze was al een paar jaar uw secretaresse.'

Beekman knikte bijna onmerkbaar. Het zweet stond weer op zijn voorhoofd.

'U bent wel eens bij haar thuis geweest?'

'Op die boot bedoelt u? Nee, op die boot ben ik nooit geweest. Maar ik heb haar wel eens daar naartoe gebracht als het slecht weer was. Ze reed toen nog op een brommertje. Daarmee kwam ze hierheen, door weer en wind.' Beekman veegde met zijn hand over zijn haar. Hij pakte een doos die op het tafeltje stond, haalde er een sigaar uit en legde hem toen weer terug. 'Het was een rare toestand daar, vond ik. Dat heb ik ook wel 's tegen haar gezegd. Al die gekke mensen die er woonden... raar volk, van die halve zwervers en criminelen. En dan moest ze daar over zo'n paadje met maar een enkel lampje... Is ze verkracht?'

'Waarom denkt u dat?'

''k Weet niet. Dat kon je daar verwachten. Ik bedoel, een vrouw die daar 's nachts in haar eentje over dat pad loopt, die vraagt er eigenlijk om. Zo kan je het toch wel stellen?'

'Een vrouw vraagt er nooit om,' zei Josien.

Plotseling stond Fred naast haar. 'Nog problemen gehad de laatste tijd?'

'Problemen?' vroeg Beekman, 'wat voor problemen?'

'Afval, milieuvervuiling, chemische rotzooi, dat soort dingen. De kranten staan er tegenwoo...'

'Alles gaat hier legaal,' onderbrak Beekman hem. 'We doen alles met een vergunning, van de eerste tot de laatste stort. Ik zal Bea straks... o nee, sorry, ik bedoel, ik zal straks iemand vragen of ze u de boeken laat zien.' Beekman pakte het koffiekopje dat al leeg was, maar zette het toch aan zijn mond.

'We geloven u wel,' zei Fred, 'tenminste voorlopig.'

Beekman keek hem peinzend aan. 'Ah, ik begin het te begrijpen.' Hij lachte een gemaakt lachje. 'Ik wist niet dat jullie zo simpel in elkaar zaten.'

'Hoezo simpel?'

'Nou ja, dat ligt nogal voor de hand, hè. Bedrijf gaat in de fout. Werkneemster weet te veel. Wil geld zien. Moet uit de weg worden geruimd. Goed, we zijn tegenwoordig toch al het pispaaltje van de maatschappij met al die schandaaltjes, dus jullie denken ons makkelijk te kunnen pakken.' Beekman stond op. 'Is het onderhoud afgelopen? Ik moet weer eens aan het werk. Echt werk, waarbij je een beetje meer moet nadenken.'

'Waarom wordt u zo kwaad?' vroeg Josien. Moeizaam kwam ze omhoog uit haar bijna liggende houding.

Beekman haalde zijn schouders op.

'Waar was u eergisteravond?' vroeg Fred.

'Thuis, gewoon thuis bij moeder de vrouw. Maar waarom vraagt u dat?'

'Alleen maar routine, om het dossier compleet te krijgen.'

'Dan wens ik jullie verder veel succes.'

'We komen nog wel eens terug.'

'U bent altijd van harte welkom,' zei Beekman met zijn rug naar hen toe gekeerd.

Ze liepen naar de deur. 'O ja,' zei Josien, 'had ze hier nog een goede vriend of vriendin, iemand met wie ze veel omging?'

Josien kon de diepe zucht horen waarmee Beekman zich in zijn imposante, leren bureaustoel liet zakken. 'Nee... ze had dat achterlijke broertje voor wie ze moest zorgen. Verder ging ze eigenlijk met niemand om, tenminste niet dat ik weet. Ze was nogal op zichzelf. Misschien dat ze daarom ook daar woonde, in die negorij. O ja, hier heeft u mijn kaartje. M'n privénummer staat er ook op, maar ik heb liever dat u mijn vrouw hier niet mee lastigvalt.'

Josien pakte de twee kaartjes aan en gaf er één aan Fred.

'En?' vroeg Fred toen ze weer op de gang stonden.

Ze wist nooit of Fred zich al een idee had gevormd en haar alleen maar een soort testvraag voorlegde of dat hij het werkelijk niet wist en in haar mening was geïnteresseerd. 'En wat?'

'Wat denk je van die man... van die dikke paddepoef?'

'Een zweterige, bange man.'

'Waarom zou-ie bang zijn?'

'Iets te verbergen,' zei ze quasi-sinister tussen haar tanden door.

'Wat gek,' zei Fred, 'laat ik nou precies hetzelfde denken.'

De koffiejuffrouw kwam langs met een kar waarop ook snoep en koeken lagen uitgestald. Fred kocht voor twee kwartjes een gevulde koek.

'Maar ik zie er verschrikkelijk tegenop om al die dossiers met opdrachten, rekeningen en vergunningen na te gaan zitten pluizen,' zei hij met volle mond. 'Kunnen we dat niet iemand anders laten doen?'

'Vast wel, echt iets voor een van die nieuwe milieuteams.'

Ze stonden weer bij de balie van de receptioniste die nog steeds bezig was met het één voor één perforeren van vellen papier.

'Dag,' zei Josien, 'we gaan weer.'

Het meisje reageerde niet.

'Jammer van die nagel. Hoe lang duurt het nou voordat-ie weer op de goeie lengte is?'

De receptioniste keek Josien bijna dankbaar aan. 'Wel een halfjaar. Maar ik doe d'r eerst een kunstnagel op. Die heb ik thuis.'

Ze praatten nog even door over nagels, nagellak en kunstnagels. Toen vroeg Josien nog eens naar Bea. Of ze een vriendin hier op kantoor had gehad.

'Ja, natuurlijk, Inge. Ze ging altijd met Inge om. Het leek wel of ze getrouwd waren. Soms waren er wel 's chauffeurs die er grapjes over maakten.' Nu bloosde ze door haar make-up heen. 'Je weet wel, van op elk potje past een dekseltje en zo.'

'Maar ze waren niet lesbisch,' zei Josien.

'Nee, natuurlijk niet.'

'En waar is Inge nu?'

'Die is thuis. Ze is vanochtend naar huis gegaan, helemaal van de kaart toen ze hoorde dat Bea... dat Bea...' Er verschenen tranen in haar ogen.

Fred stond verderop bij een grote hal. Er was een oprit voor de zware vrachtwagens die af en aan reden. Vanaf hier kon ze al duizend openstaande vuilnisbakken ruiken. Waarom Fred juist dichterbij wilde gaan kijken, begreep ze niet. De hal was aan één kant open. Af en toe zag ze een glimp van een grote bulldozer die het vuil waarschijnlijk verplaatste. Plotseling kwam het grommende gevaarte met een flinke snelheid achteruitrijdend uit de hal te voorschijn. Fred liep een andere kant uit om niet verpletterd te worden.

Een waarschuwende schreeuw bleef in haar keel geklemd. Van opzij kwam een immense vrachtwagen met twee grote containers. Fred lette zo te zien alleen op de bulldozer. Had die vrachtwagenchauffeur niets in de gaten? Bij de ingang van de hal stond een man met een veiligheidshelm op. Die helm maakte nu een belachelijke indruk. Fred deed nog een paar passen opzij. Als hij over zijn schouder zou kijken, zag hij die vrachtwagen. Ze wilde naar hem toe rennen, maar de afstand was te groot. Hij hoorde de aanstormende vrachtwagen waarschijnlijk niet in het continue geraas van machines en auto's.

Ze zwaaide machteloos met haar arm. 'Fred! Achter je!'

De bulldozer reed de hal in. Fred bleef nog even staan, maar liep toen weer in de richting van de hal. De vrachtwagen stoof net een meter achter hem langs.

4

Verdwaasd keek hij voor zich uit. 'Dood,' stamelde hij, 'dood.' Hij wreef met zijn handen over zijn gezicht. Het polskettinkje rinkelde een beetje. De mouwen van zijn colbertje waren opgestroopt, zodat de brede, gespierde onderarmen zichtbaar werden. Hij ging staan. Fred had hem over de telefoon nog niets gezegd. Altijd beter om de reactie live te zien.

'Blijft u nog even zitten,' zei Fred. 'We wilden een paar dingen vragen... routine, natuurlijk.'

Steef ging weer zitten. Hij verborg zijn hoofd in zijn handen.

'U had verkering... eh, een vaste relatie met het slachtoffer?'

Steef knikte, zijn handen nog steeds voor zijn hoofd. Misschien niet om tranen te verbergen, maar om géén tranen te verbergen.

'Hoe lang?' vroeg Fred

'Bijna een jaar, denk ik,' zei Steef met verstikte stem.

'Wat deed u dinsdagavond? Eergisteren was dat.'

'Ik wou graag even bijkomen. Kan dit niet wachten?'

'Goed, tijd voor koffie. Wil jij wat halen, Jo? Melk, suiker?'

Ze dronken alledrie van hun koffie zonder iets te zeggen.

Na zijn laatste slok begon Fred met een bombardement van vragen. Waar hij haar had ontmoet, hoe vaak ze uitgingen, naar welke gelegenheden, tot hoe laat, met wie. Dit waren de neutrale vragen. Straks zou Fred er in deze reeks een paar minder onschuldige tussendoor gooien.

'Was het een goeie relatie?' vroeg Fred. 'Hadden jullie het goed met elkaar? Gelukkig en zo?'

Steef knikte.

'Plannen om te gaan samenwonen? Trouwen misschien? Dat is tenslotte weer in tegenwoordig.'

'Nee, dat niet direct.'

'Maar op de langere duur, pakweg over een jaar?'

'Misschien.'

'Ze had natuurlijk ook nog haar broer,' zei Fred.

Steef zuchtte diep.

'Wat was er met die broer?'

'Alles... d'r was altijd van alles met die broer van haar. Ik wilde bijvoorbeeld van de zomer met 'r naar Griekenland. Maar dat kon niet, of Gerard moest mee. D'r viel gewoon niet over te praten. Hij kon naar een oom en tante, maar... nee, hoor. Onmogelijk.'

'Dus u had een beetje de pest aan Gerard.'

'Nou ja, niet direct de pest, niet aan hem persoonlijk, maar het was verdomd lastig dat-ie d'r was, dat ze zich ook zoveel van hem aantrok.'

'Het vijfde wiel aan de wagen,' zei Josien.

Steef keek haar aan alsof hij zich nu pas van haar aanwezigheid bewust werd. 'Precies.'

'Waar zijn jullie eergisteravond geweest?'

'Naar de bioscoop, *Basic Instinct*. Ze vond 't doodeng. We zijn er eerder uitgelopen. Ze stond te trillen op haar benen. Daarna nog wat gedronken op het Leidseplein.'

'Tot hoe laat?'

'Een uur of één, denk ik. Ze moest de volgende dag weer werken. Ik...' Hij maakte zijn zin niet af. Plotseling was het of er een sluier voor zijn ogen werd getrokken. Het besef dat ze nooit meer zou werken? Dat ze misschien nog zou leven als hij zich niets van die verplichtingen voor de volgende dag had aangetrokken?

'En daarna heeft u haar naar de boot gebracht?' vroeg Josien.

'Ja, natuurlijk.'

'Bent u nog mee geweest de boot op, het huis in, of hoe noem je dat met zo'n schip?'

Steef reageerde niet.

Josien herhaalde haar vraag.

Steef verhief zijn stem. 'Nee, natuurlijk niet!'

Josien maakte een dempend gebaar. 'U hoeft niet te schreeuwen. Dat is nergens voor nodig.' Ze pauzeerde even. 'Waarom ging u niet met haar mee?'

Steef keek haar onwillig aan en richtte toen zijn blik op zijn handen alsof hij zijn zwartomrande nagels nader wilde inspecteren.

'Waarom niet?'

Steef staarde nog steeds naar zijn handen. 'Dat wou ze nooit 's nachts. "Gerard zit op me te wachten," zei ze altijd. Ze wou het gewoon niet hebben.'

'Dus als jullie wat wilden…' Fred keek even naar Josien. '…dan moest dat bij u thuis?'

'Ja, of op de boot, overdag, als hij naar die werkplaats was om ergens gaatjes in te stansen of zo en Bea een vrije dag had of zich ziek meldde.'

Josien probeerde het beeld te verdringen van Gerard die met een machine in een stuk ijzer gaatjes prikte en parallel daaraan Steef die op Bea lag.

'Dus u hebt haar bij de boot afgezet?' vroeg Fred.

'Ja, tot de loopplank kwam ik, en niet verder… ongelooflijk… gewoon ongelooflijk.'

'Wat is er ongelooflijk?'

'Dat ze dood is natuurlijk… vermoord. Wie zou haar nou willen vermoorden? 't Was een schat van een meid.' Hij verborg zijn hoofd weer in zijn handen.

Ze keek Fred even aan. Die knikte. 'Haar broer zei dat ze het uit wilde maken, dat ze er genoeg van had.'

Steef keek op. 'Wat?'

'Haar broer zei dat ze een eind aan jullie verhouding wilde maken.'

Steef lachte. 'En dat geloof je? Van die jongen? Die is toch niet goed bij z'n verstand! Wat weet die d'r nou van?'

'Hij was haar broer. Ze waren heel… eh, heel close.'

'Ja, vertel mij wat,' zei Steef.

'Ze woonden al jaren bij elkaar. Zij zorgde voor hem. Ze heeft hem verteld dat ze van plan was om… eh, de relatie met u te verbreken.'

'Lulkoek. Dat was ze helemaal niet van plan. Eerder het omgekeerde.'

'Het omgekeerde? Wou ze soms bij u komen wonen?'

'Zoiets, ja.'

'En haar broer dan?'

Steef haalde zijn schouders op.

'Dat hebben jullie niet besproken, wat er met hem moest gebeuren?'

'Natuurlijk wel. Maar het lag allemaal nogal moeilijk.' Steef stond op en liep naar het raam. 'Een klote-uitzicht hier.'

'We kijken nooit naar buiten,' zei Fred. 'Met al die leuke mensen hierbinnen is dat niet nodig.'

'Ik moet weer 's naar m'n werk,' zei Steef. 'Het is al kwart voor tien.'
'Oké, we bellen nog wel.'
'Waarvoor?'

Enkele druppels sperma gleden kietelend langs haar dijen, maar ze durfde zich niet te bewegen. Ze hadden gezellig gegeten, gepraat over alle kleine dingen van de dag. Nee, ze had het niet over Bea en Gerard gehad, niet over Fred, niet over Steef, niet over de woonboten, caravans, schuurtjes en woonwagens aan de Amstel, ook niet over de school, de collega's, de leerlingen. Daarna hadden ze wat naar de televisie gekeken en de krant gelezen. Samen anderhalve fles rode wijn leeggedronken. Ze had zin om met hem te vrijen, maar zodra hij in haar was, vervloog dat gevoel. Lag ze door dossiers te bladeren, met getuigen te praten, een paar strikvragen voor Steef te bedenken, hurkte ze naast het lichaam van Bea. Dat laatste keerde steeds terug, net als het beeld van de in elkaar gedoken Gerard in de hoek van de kamer. Haar tastende, troostend bedoelde woorden, die afschampten op zijn harde lichaam.

Theo ademde alsof hij sliep. Voorzichtig maakte ze zich los uit zijn armen. Hij snurkte heel even, en draaide zich toen op zijn zij. Gerard zou alleen op die boot zijn. Had hij voldoende benul van tijd? Misschien sliep hij overdag en was hij 's nachts wakker. Wist hij hoe laat hij naar zijn werk moest? Kon hij de wekker zetten? Vanmiddag had ze met de afdeling Personeelszaken van de Sociale Werkvoorziening gebeld. Een maatschappelijk werker met een opvallend zachte stem had haar te woord gestaan. Otto, zijn achternaam had ze niet verstaan. Ze moest Otto steeds vragen om te herhalen wat hij had gezegd. Ja, Gerard Lindeman, die was de afgelopen dagen niet op zijn werk verschenen. Hij was zelf van plan morgen bij hem langs te gaan om te kijken wat hij kon doen, of Gerard weer aan het werk te krijgen was. In een situatie als deze was het goed om in ieder geval een paar vaste punten in je leven te houden. Werk was toch een stabiliserende factor, zeker voor veel mensen in de Sociale Werkvoorziening. Het was hun houvast in het leven.

Vrijdagochtend voor ze naar het bureau ging, reed ze even naar de Amstel. Gerard was niet op de boot. Op haar kloppen verscheen er niemand, en de deur was op slot. Hij was natuurlijk naar zijn werk. Ze hoefde zich niet ongerust te maken.

Ze liep een stuk over het pad evenwijdig langs het water. Twee kinderen speelden op een roestige wip. Het iglotentje was verdwenen. Alleen aan het platgedrukte, gele gras kon je zien dat het er had gestaan. Ze hoorde een vrouw roepen, keek om en zag nog net hoe het meisje dat haar benen op de grond had van de wip stapte, zodat het jongetje met een klap naar beneden sloeg. Hij liet zich huilend op de grond vallen. De vrouw kwam aangelopen en probeerde hem op te tillen, maar hij trappelde en sloeg zo hevig dat het haar niet lukte.

Josien passeerde de boot van Veld. Ze bukte zich om door een patrijspoort naar binnen te kunnen kijken, maar kwam geschrokken overeind toen voor hetzelfde raampje plotseling het gezicht van Veld verscheen. Ze kon nu niet meer terug en stapte via de smalle loopplank de boot op. Veld stond al in de stuurhut. Hij droeg dezelfde overall als de vorige keer. Het kledingstuk leek nog vuiler te zijn geworden.

'Wat komt u doen?' vroeg hij.

'Even praten.'

'Waarover?'

Ze stond in de nauwe stuurhut bijna tegen hem aan. Zijn lichaamsgeur was goed te ruiken. 'Kunnen we niet even naar binnen gaan?'

Veld veegde met de mouw van zijn overall langs zijn neus. 'Nodigen jullie altijd jezelf uit?'

'Soms, als we niet uitgenodigd worden.'

Veld zei niets, maar ging haar voor naar de woonkamer. Op het tafeltje lagen een paar seksbladen. Ze pakte er een op, en begon erin te bladeren zonder iets anders te zien dan roze vlees, mensenvlees.

'Dat is toch niet verboden,' zei Veld, 'om zulke bladen in huis te hebben.'

'Zei ik dat dan?'

'Nee, maar...'

'Maar wat?' Ze probeerde hem aan te kijken met de meest open glimlach die ze in huis had.

'Niks. Wat komt u eigenlijk doen, behalve kijken of ik vieze blaadjes zit te lezen?'

'Hoe gaat het met Gerard?' vroeg ze, een ander blad van de tafel pakkend.

De man haalde zijn schouders op. 'Komt u zelf soms te kort?' Hij wees naar een foto van een vrouw die door twee mannen tot een acrobatisch standje gedwongen werd.

Ze wierp het blad op tafel en ging zitten. 'Hoe gaat het met Gerard?'
''k Weet niet.'
'Heeft u hem nog gezien de laatste dagen?'
'Ik dacht 't wel, ja. Af en toe staat-ie hout te zagen.'
'U werkt zelf niet?'
'WAO,' zei de man. 'M'n rug is helemaal kapot. De bouw... meer dan twintig jaar op de steigers gestaan.'
'Ik wou u nog wat vragen over dinsdagavond... dinsdagnacht.'
'Vraag maar. Ik weet toch niks.' Veld had een harde, onbuigzame klank in zijn stem. Wat viel er te verbergen? Waarom deed hij zo stroef?
'Goed, dan zullen we het over iets anders hebben. Wat vond u van Bea?'
Veld draaide een sigaret en stak hem aan. 'Dat heb ik al verteld,' zei hij ten slotte.
'Vond u haar een leuke meid?'
De man knikte. 'Natuurlijk.'
'U was wel in haar geïnteresseerd?'
'Hoe bedoelt u?'
'Nou, zo'n man alleen, zoals u.' Ze wees naar de tijdschriften. 'Seks... was u seksueel in haar geïnteresseerd?'
'Misschien... maar misschien ben ik in meer vrouwen seksueel geïnteresseerd, zoals u dat noemt. Is dat een misdaad of zo? Ik dacht dat 't juist gezond was.'
'Natuurlijk, heel gezond.' Weer verscheen dat vreemde beeld van die stansmachine. Daarna een man die bijna mechanisch op haar bewoog, zijn lid in en uit haar liet schuiven. 'Heeft u wel eens wat bij haar geprobeerd?'
'Ik weet wel welke kant je uit wil.' Veld drukte zijn sigaret met kracht uit.
'Wel eens wat geprobeerd? Of trok u zich alleen maar af bij die foto's van haar? Was dat genoeg?'
Veld stond plotseling op.
'Als u wel eens toenaderingspogingen heeft gedaan, kunt u het beter zeggen. Er zijn altijd mensen die het gezien hebben. Vriendinnen aan wie ze het verteld heeft. Het komt altijd uit.'
Zijn schichtige ogen kruisten even de hare. 'Ik? Zo'n ouwe, afgedraaide kerel? Ik woon hier wel in m'n eentje in zo'n uithoek, maar dat wil niet zeggen dat ik een beetje geschift ben. Die meid kon genoeg jongens van d'r eigen leeftijd krijgen. Zo'n ouwe lul als ik, die had ze nergens voor nodig.'

'Hoe wist u dat? Had u het dan wel eens geprobeerd?'

Een diepe zucht slakend ging Veld weer zitten. 'Natuurlijk niet. Ik ben niet achterlijk, zoals Gerard.'

'Ook dinsdagnacht niet?'

Veld begon weer een sigaret te draaien. Ze zag nu pas dat hij twee kootjes van de wijsvinger van zijn rechterhand miste. De zaagmachine? Het kleine stompje dat was overgebleven zag er bijna obsceen uit.

'Dinsdagnacht niet naar buiten gegaan om haar te ontmoeten? Misschien heeft u haar wel voorgesteld om mee te gaan naar uw boot. Bij haar thuis was het moeilijk. Gerard was thuis en die zou het toch een beetje gek hebben gevonden als u met zijn zus…' Ze pakte een sigaret uit haar tasje en stak hem aan. De rook beet in haar keel.

'Gelul,' zei de man.

Ze had roodbehuilde ogen en haalde haar neus op na elke twee of drie zinnen. Josien zat met een pakje papieren zakdoeken in haar hand, maar durfde er geen aan te reiken. Het meisje woonde nog bij haar ouders. De moeder had koffie gebracht in zeer ouderwets ogende kopjes, versierd met een rijk bloemetjesmotief. Josien vroeg zich af wat ook alweer de naam was van de harde, knapperige koekjes die ze erbij serveerde. De vrouw was weer in de keuken verdwenen nadat ze Inge even op haar schouder had geklopt.

'Ik kan het gewoon niet geloven. Ze was gewoon mijn beste vriendin. Altijd stond ze voor iedereen klaar… altijd even aardig.'

Misschien was ze tegen één persoon te aardig geweest. Maar het was beter om dat nu niet tegen Inge te zeggen.

Josien nam een slokje van haar koffie. De moeder had haar aangekeken of ze een buitenaards wezen was toen ze zei dat ze geen suiker en melk in de koffie wilde. 'Vertel eens wat je van haar weet.'

Het leek bijna of Inge schrok. 'Wat? Wat moet ik vertellen?'

'Maakt niet uit, alles wat je weet te bedenken. Dingen die jullie samen hebben gedaan, dingen die ze jou verteld heeft. Alles kan belangrijk zijn.'

Inge begon hortend en stotend te vertellen. Veel wisten ze al. Het ongeluk van de ouders, Bea met Gerard op de boot, hoe Bea zich opofferde, Steef, haar vriend.

'Zei ze wel eens iets over Steef?'

Inge haalde haar schouders op. 'Tsja.'

'Wat dan?'

'Ja, gewoon, ze was wel gek op hem en zo.'

'En zo?'

'Nou ja, ze ging met hem naar bed.'

'Vertelde ze daar wel eens iets over?'

Inge kreeg een kleur.

'Ja? Wat vertelde ze daarover?' Fred stond weer op en liep naar het raam, net of hij buiten iets interessants zag. Binnenkort zou hij toch eens een andere truc moeten verzinnen.

'Niks,' zei Inge. 'Gewoon, dat ze met elkaar vreeën.' Ze haalde haar neus weer op.

'Niet of het lekker was... of hoe ze met elkaar deden?'

'Wat doet dat er nou toe?' vroeg Inge.

Josien dronk van haar koffie en nam een hap van haar koekje. Kletskoppen, nu wist ze het weer.

'Nee, misschien niks,' zei Josien en ze probeerde de angst en de gêne uit Inges ogen weg te kijken.

'Heeft Bea het er wel eens over gehad dat ze het uit wilde maken met Steef, dat het niet meer ging?'

'Nou ja, ze was gewoon gek op hem. Maar tegelijk zat ze met Gerard. Dat ging niet zo goed samen. Ik ben er wel eens geweest, op die boot, toen bleef ik ook logeren, gewoon voor de gezelligheid, maar toen deed-ie al zo raar, zo stug. Hij zou zelf een vriendin moeten krijgen of zo. Dat heb je wel eens. Op dat bedrijf waar-ie werkt, daar werken ook veel vrouwen.' Snif. 'Ik heb wel eens gehoord dat ze dan soms toch heel intelligente kinderen kunnen krijgen. Maar hij had nooit een vriendin, dat was de ellende.'

'En wilde Bea het daarom uitmaken met Steef? Koos ze voor haar broer?'

'Misschien wel.'

'Hoezo misschien?'

'Soms zei ze van wel, en soms zei ze van niet.'

De moeder kwam opnieuw binnen met koffie. 'En helemaal zwart voor mevrouw. Dat u dat lust...'

'Kende je Steef?'

'Niet echt,' zei Inge.

'Heb je hem wel eens ontmoet?'

Ze knikte.

'Wat vond je van hem?'

''k Weet niet.'

'Was-ie aardig? Paste hij bij Bea?'

''k Weet niet.' Snif.

'Hier, een zakdoekje,' zei Josien.

'Heb ik zelf wel.' Ze viste een zakdoek tussen de kussens van haar stoel vandaan en begon toeterend haar neus te snuiten. Daarna bekeek ze het resultaat in haar zakdoek. Plotseling begon ze te vertellen over Steef, haar ogen op de grond gericht. Ze vond hem niet het type dat bij Bea paste, een beetje te patserig. Dat was eigenlijk niks voor Bea. Hij reed ook altijd veel te hard. Ze was bang geweest dat hij een ongeluk zou krijgen als Bea bij hem in de auto zat. En dan dat gedonder over een andere vriendin.

'Een andere vriendin?' vroeg Fred. 'Had hij dan ook nog een andere vriendin?'

'Nou ja, een ex-vriendin misschien, ik weet niet. Ze ging in ieder geval nog met hem om, heeft Bé wel eens verteld. Ze probeerde Steef gewoon weer terug te krijgen.' Inge keek schuw op, alsof ze hier zelf voor zou kunnen worden gestraft. 'Ze is ook wel 's op de boot geweest.'

'Waarom?'

Inge haalde haar neus op. 'Om te zeggen dat Bea Steef met rust moest laten, dat ze Steef van haar had afgepikt, van die dingen.'

'En trok Bea zich daar wat van aan?'

'Natuurlijk niet. Het was gewoon een jaloers kreng. Gerard heeft haar geloof ik nog van de boot gezet. Die is beresterk.'

'Dus Bea liet zich niet bang maken?'

'Bea? Nee, nooit niet, zelfs niet door Beekman.'

'Door Beekman?'

'Ja, terwijl die toch de baas is.'

'Maar waarom zou Beekman haar bang willen maken?'

Inge sloeg een hand voor haar mond. Ze leek nog meer dan zo straks op een verlegen schoolmeisje dat betrapt is bij het spieken.

Josien herhaalde haar vraag.

'Niks... er was niks aan de hand.'

'Echt niet? We kunnen het zo navragen op het kantoor van vsv.'

Inge schoof op haar stoel heen en weer. 'Nou ja, Beekman is gewoon af en toe een beetje lastig.'

'Hoezo lastig?'

'Je weet wel...' Ze keek even naar Fred, die onaangedaan terugkeek. 'Zoals mannen af en toe lastig kunnen zijn tegenover vrouwen.'

Josien moest denken aan de wat dikkige handen van Beekman. 'Dat-ie aan je zat, bedoel je? Dat-ie z'n handen niet thuis kon houden?'

Inge knikte.

5

's Middags hadden ze Steef weer ontboden. Nee, hij had geen ruzie gehad met Bea. Ze had het ook niet uitgemaakt. Juist niet, dat had hij al eerder gezegd, maar ze luisterden zeker niet. Ruzie? Gevochten? Hij vocht nooit met vrouwen. Misschien met mannen, maar dan alleen als het moest.

Fred haalde een oud dossier te voorschijn. 'Dus toen moest het?'

'O, je bedoelt dat geintje van een jaar of drie geleden?'

'Ja, toen je zomaar een man in elkaar hebt geslagen.' Fred was ook van 'u' op 'jij' overgeschakeld.

'Wat?' Steef kwam even overeind uit zijn stoel. Het leek of hij Fred wilde aanvallen.

Fred bleef koel en onaangedaan. 'Hoe ging het dan volgens jou?'

Steef vertelde wat er gebeurd was. Die kerel was begonnen, die had hem uitgedaagd, gesard, net zo lang getreiterd tot hij hem een paar flinke klappen had gegeven. Kon hij het helpen dat die man zo beroerd terechtgekomen was? Ja, op zo'n ijzeren rand beneden langs de bar. Een schedelbasisfractuur. Gelukkig niet dodelijk. Hij had er verdomme drie maanden voor in de lik gezeten, terwijl die klootzak er nota bene zelf om gevraagd had. Hij agressief? Onzin. Gelul.

'Dus je hebt Bea nooit geslagen?'

'Nee, nooit.'

'Nooit kwaad op haar geweest?'

'Natuurlijk wel. Ik bedoel... eh, je weet hoe dat gaat met een relatie. Dat is niet altijd rozengeur en maneschijn.'

'Maar dan werd je nooit agressief?'

Steef schudde zijn hoofd. 'Waar willen jullie nou toch steeds naartoe?'

'Je bent de laatste geweest die haar levend heeft gezien,' zei Fred.

'Hoe weten jullie dat?'

Josien deed of ze zijn vraag niet gehoord had. 'En je had een motief. Ze wilde het uitmaken, ze wilde niet met je samenwonen, ze had er genoeg van. En je bent al eens eerder veroordeeld wegens een geweldmisdrijf. Je handen schijnen nogal los te zitten.'

'Dus,' sloot Fred af, 'hoe lang gaat het eigenlijk duren voordat je bekent?'

Ze hadden ontbeten, koffie gedronken, samen de boodschappen gedaan, en nu strekte de lege, maagdelijke zaterdagmiddag zich voor hen uit. Theo bladerde door het nieuwe nummer van *Ons Amsterdam* dat vanmorgen bij de post zat. Hij vertelde iets over een aantal gevelstenen, maar ze hoorde alleen een paar fragmenten, alsof de gevels uit elkaar waren gevallen.

'Zullen we vanavond naar de film gaan?' vroeg ze nadat ze de planten water had gegeven.

'Misschien wel leuk, ja. Zoek jij iets uit?'

'Goed, maar ik moet nu nog even naar het bureau.'

'Je hebt toch een vrije dag vandaag?' Hij legde het blad weg.

Ze stond al bij de deur. 'Ik wil nog wat nakijken. Over die woonboot in de Amstel, dat meisje dat vermoord is. Je weet wel.'

Er was al dagen niet afgewassen. Op het aanrecht lagen een paar plastic zakken met brood. Eén brood was beschimmeld. Het kostte haar de grootste moeite om er niets van te zeggen, en nog meer moeite om zelf niet te gaan opruimen en schoonmaken.

'Je bent zeker al naar je werk geweest?'

Hij schudde zijn hoofd.

'Waarom niet?'

'Daarom niet.' Hij lachte kort en stotend. 'Daarom is geen reden. Als je van de trap af valt, dan ben je gauw beneden.'

'Heb je geen zin?' vroeg ze.

'Nee.'

'Waar was je gisteren dan?'

''k Weet niet.' Ze zag de achterdocht in zijn ogen. Ging zij zijn gangen na? Waarom?

'Je kan hier toch ook niet elke dag alleen thuis zitten? Dat is niet goed voor je.'

Hij haalde zijn schouders op.

'Is er iemand van je werk geweest?'
'Ze hebben opgebeld.'
'En toen?'
'Ik heb gezegd dat ik ziek was, dat ik niet kon werken.'
'Maar je bent toch niet ziek?'
'Gister wel.'
'En maandag, wat ga je maandag doen?'
Hij deed of hij haar vraag niet had gehoord.
Het leek redelijk schoon in de kamer. Er slingerden alleen een paar kledingstukken over de vloer. Gerard droeg nog steeds hetzelfde overhemd. Ze meende hem op meters afstand te kunnen ruiken, dwars door de geur van de houtkachel heen.
'Wil je koffie?' vroeg Gerard. 'Of sherry? Ik heb nog een fles sherry gekocht. Ik was bang dat er niet meer genoeg was.'
'Ik hoef niks,' zei ze. 'Ik kwam alleen maar even kijken hoe het met je ging.'
'Waarom ga je niet zitten?' vroeg hij.
'Ik ga zo weer weg.'
Hij keek haar aan met grote, angstige ogen. 'Het is zo stil. Er is helemaal niemand.'
Ze maakte een gebaar naar het televisietoestel.
'Ik hou niet van tv,' zei hij. 'Er zijn zoveel van die moeilijke programma's, met letters eronder, en die kan ik niet lezen. Ik kan wel lezen hoor… heb ik gehad op school, maar op de televisie gaat 't veel te vlug. Bea legde me altijd uit wat er gebeurde, dan kon ik het tenminste begrijpen. Of van die spelletjes, dan moeten mensen antwoord geven op van die moeilijke vragen.'
Ze liep naar hem toe en legde een hand op zijn schouder. 'Je moet sterk zijn, Gerard. Je moet je echt alleen redden.' Ze streek even met haar hand over zijn wang. 'Je moet je best doen. Ik weet dat je het kan.'
'Maar… maar ik ben zo alleen,' fluisterde hij. 'Het is hartstikke stil.'
'Wil je dan naar je oom en tante, of naar een tehuis?'
Hij duwde haar ruw van zich af en deed een paar passen naar achteren. 'Nee… dat niet, nee. Niet bij oom Ton en tante Henriëtte. Die zijn verschrikkelijk. Die hebben een huis met mooie gordijntjes voor de ramen, en tante Henriëtte gaat drie keer op een dag de kamer stofzuigen. En in een

tehuis kom ik tussen allemaal halve gekken. Ik ben niet gek! Als je dat maar weet!'

'Natuurlijk ben je niet gek. Dat weet ik heus wel.'

Hij knikte. Om zijn mondhoeken zag ze het begin van een lach, maar de rest van zijn gezicht wilde nog niet meedoen.

'En maandag moet je weer eens naar je werk, Gerard.'

Hij knikte nog steeds.

'Beloofd?' vroeg ze.

'Ja... ik denk 't wel.'

'Goed, dan ga ik maar 's.' Ze liep naar het trapje dat naar de roef leidde.

'Nu al?'

'Ja, m'n vriend zit op me te wachten.'

'Heb je een vriend?'

'Ja.'

'Is-ie aardig voor je?'

'Meestal wel.'

Gerard ging op de bank zitten, zijn hoofd naar voren gebogen. Ze liep naar hem toe en liet haar hand even door zijn haar gaan.

'Ik ben bang,' fluisterde hij. 'Ik ben zo bang.'

'Dat hoeft toch niet. Er is toch niks om bang voor te zijn.'

'Kan je niet bij me blijven?'

Ze schrok even. 'Eh... nee, dat gaat echt niet.'

'Eventjes maar.'

Ze ging naast hem zitten. Hij verroerde zich niet, maar ze zag hoe hij uit een ooghoek naar haar keek. De klok tikte traag de tijd weg. Ze rook hem nu nog sterker, maar de geur was vreemd genoeg niet onaangenaam. Langzaam helde hij naar haar over. Ze voelde zijn zware lichaam tegen haar zij rusten.

'Je mist Bea heel erg, hè?'

Hij knikte.

Na een paar minuten stond ze plotseling op. Gerard zakte bijna op zijn zij. 'Ik moet nu echt weg. Het kan niet anders.'

Er werd een raam opengeschoven op de eerste verdieping. 'Wie is daar?'

'We zouden graag even binnenkomen.'

'Waar is het voor?' De vrouw zag eruit alsof ze net uit bed kwam.
'Het heeft met Steef te maken.'
'Is er wat met Steef?'
'We zouden liever boven komen.' Ze hadden een kwartiertje geleden Steef gebeld om haar adres te vragen en hem bezworen haar niet te waarschuwen voor hun komst. Het leek erop dat hij zich daaraan had gehouden.

De vrouw droeg een ochtendjas. Haar haar was duidelijk niet gekamd. Ze rookte een extra lange filtersigaret. Haar nagels moesten nodig worden bijgewerkt. 'Wat is er met Steef?' vroeg ze opnieuw, terwijl ze wat pieken haar uit haar gezicht veegde.

'Met Steef zelf is er niks.' Ze stonden nog steeds ongemakkelijk dicht op elkaar in het halletje. Er hing een zware slaapgeur gemengd met oude alcohol en rook. 'Zouden we misschien even binnen mogen komen?' vroeg Josien, bijna naar adem happend. 'Dat praat wat makkelijker.'

'Maar wie zijn jullie dan, wat hebben jullie met Steef te maken?'
'Politie,' zei Fred terwijl hij zijn identiteitsbewijs liet zien.
De vrouw vloekte. 'Hij heb toch niks geflikt, hè?'
'Dat weten we nog niet.'

De vrouw ging hen voor, een kamer in die vrijwel leeg was. Er stond alleen een groot, omwoeld bed, een rechte keukenstoel en een kast. Op de grond lag goedkoop zeil, dat een ouderwetse indruk maakte. 'Ik woon hier nog niet zo lang.' De vrouw begon te hoesten. 'Nog geen tijd gehad om het in te richten.' Haar ochtendjas viel half open. Josien zag een deel van een grote, bleke borst en de schaduw van een tepel. De vrouw was zeker midden dertig, misschien wel ouder. Dus Bea was minstens tien jaar jonger. Oneerlijke concurrentie.

'Koffie?' vroeg de vrouw, terwijl ze haar ochtendjas opnieuw dichtknoopte.

'Nee, dank u, we hebben net gehad.'

De vrouw ging op bed zitten met een asbakje op haar schoot. 'Wat is er aan de hand met Steef? Ik heb niks meer met hem te maken, als jullie dat maar weten. Als-ie wat geflikt heb, dan gaat 't buiten mij om.'

Josien ging op de stoel zitten. 'U had een relatie met hem.'

De vrouw zoog gretig de rook naar binnen, en blies die langzaam naar buiten, alsof ze ergens lang over na moest denken. Josien keek om zich heen. Er hing niets aan de muren, zelfs geen oude gebarsten spiegel of een kalender van het Chinese restaurant om de hoek. Het was of de vrouw hier gisteren ingetrokken was.

'Zeg maar "je", hoor, van dat ge-u word ik altijd een beetje iebel, dan begin ik me zo oud te voelen. Anja heet ik.'

Dat had Steef hun al verteld.

'Je had dus een relatie met Steef,' zei Fred nog eens.

'Hád, ja, dat klopt. Hij heb me belazerd, die rotzak, met een of ander jong grietje.' De vrouw begon weer te hoesten. Ze legde de sigaret op een schoteltje dat naast het bed stond en liep de kamer uit. In een andere kamer hoorden ze haar om beurten hoesten en vloeken. Na een paar minuten kwam ze terug met een glas water.

'Ik moet 's ophouden met roken,' zei ze, 'maar ja, wat houdt een mens nog over als-ie ophoudt met alles wat lekker is? Zeg nou zelf.'

Anja keek Josien aan. Die haalde haar schouders op.

'Hij had dus een andere vriendin,' zei Fred.

'Ja, ze kwam een keer bij hem in de garage, met haar auto. Tenminste, dat heb-ie me later verteld, en het was meteen raak... bingo!' Ze stak weer een sigaret op.

'En hij zette jou aan de kant,' zei Fred.

'Zo kan je het wel stellen, ja. Niet meteen natuurlijk. Eerst woonde hij nog bij mij en toen...'

'Hier?'

'Ja, hier, en toen was-ie af en toe een avond pleite. Later kreeg ik pas in de gaten dat-ie buiten de deur neukte, die schoft. Ja, ik bedoel... eh, ik zeg maar waar het op staat.'

'En daarna?' Josien keek haar vriendelijk glimlachend aan. Ze vroeg zich af waar Steef en Bea het toen gedaan hadden. Een hotelkamer? Op de achterbank van de auto? Tussen de houtblokken en het overbodige kinderspeelgoed in een van de schuurtjes die langs de Amstel stonden?

'Ja, ik pikte het natuurlijk niet. Zou jij het goed vinden als jouw kerel met een andere vrouw van wippenstein ging?'

Josien schudde haar hoofd.

'Dus ik heb tegen hem gezegd dat-ie dat wijf moest opgeven of dat-ie anders op kon rotten.'

'En wat deed-ie?'

'Eerst bleef-ie, maar ik kwam er al gauw achter dat-ie nog steeds naar d'r toe ging. Toen heb ik zijn spullen op straat geflikkerd.'

'Zomaar? Hier uit het raam?'

Anja knikte. Ze leek er trots op te zijn. 'Kijk, ik ben een makkelijk iemand, maar ze moeten me niet belazeren, dan hebben ze aan Anja een hele kwaaie.'

Fred wisselde even een blik met Josien. 'Je bent ook wel eens op die boot geweest van die nieuwe vriendin,' zei ze. 'Waarom?'

'Waarom? Omdat ik haar wel 's recht in d'r gezicht wilde zeggen dat ze een gore trut was die mijn kerel had afgepikt.' Ze dronk uit het glas water, dat ze daarna naast zich op het bed zette.

'Heb je haar gezegd dat ze van Steef moest afblijven?'

'Zoiets ja. Dat is toch niet verboden?'

'Dat ze hem met rust moet laten?' ging Josien door. 'Of dat ze het uit moest maken omdat je anders wel 's maatregelen zou nemen.'

'Ja, ik weet 't niet precies. Het was geen vriendelijk gesprek. Ik kwam er niet om mooi weer te spelen.'

'En d'r broer,' vroeg Josien, 'heb je die nog gezien?'

Anja begon te hoesten. Het lukte haar zelfs om daarin een hatelijke klank te leggen. Ze ging verzitten en het glas water viel om.

'Ik heb weinig tijd,' zei Beekman, 'en ik begrijp trouwens ook niet wat ik u nog zou moeten vertellen. We hadden alles de vorige keer al afgehandeld, dacht ik. En er zijn mensen geweest voor de boeken. Ze hebben allemaal papieren, offertes, opdrachten, afrekeningen, de hele zwik gekopieerd. De machines sprongen finaal op tilt.' Beekman keek hen aan over de rand van zijn leesbril. 'Maar wij niet. Wij werken hier volgens de regels.'

'U zei de vorige keer dat we altijd welkom waren,' zei Fred.

'O, zei ik dat? Nou ja, gaat u dan maar zitten.'

Josien zette haar voeten schrap zodat ze niet onderuitging op de lage stoelen. Ze meende hier nog een vleugje van de stank van rottend afval te kunnen ruiken. Op het tafeltje stonden drie modellen van vrachtwagens met containers in de kleuren en met het beeldmerk van vsv.

'Dat worden onze nieuwste aanwinsten.' Beekman wees naar de modellen. 'In ons bedrijf gaan de wagens niet zo lang mee. Ze hebben veel te lijden. Het is een hele inves...'

'Vond u Bea aardig?' onderbrak Fred hem.

'Of ik haar aardig vond?' Beekman leek even te aarzelen. Hij zette zijn leesbril af. 'Ze was een leuke, gezellige meid. Goed voor haar werk. Maar dat heb ik de vorige keer al verteld, dacht ik. Ik begrijp niet waarom we dat nog 's moeten herhalen. Ik kan m'n tijd wel beter...'

'We bedoelen meer dan aardig of leuk,' zei Josien. 'Aantrekkelijk, sexy, dat soort dingen.'

Beekman keek haar aan alsof hij het nog steeds niet begreep. Hij pakte het model van een vrachtwagen en zette het weer neer. 'Gewoon, een leuke meid, aardig om te zien. Ik bedoel, eh... ik ben niet blind tenslotte.'

'En ze was uw privé-secretaresse?'

Beekman slaakte een diepe zucht. 'Ik word zo verdomde moe van die vragen waarop jullie het antwoord al weten.'

'U vond haar aardig om te zien,' zei Josien. Ze probeerde Beekmans blik in de hare te vangen. 'U was vaak met haar samen. In één ruimte. Werd u nooit 's opgewonden of zo?'

'Opgewonden?'

'Ja, opgewonden. U spreekt toch wel Nederlands.' Fred kon altijd ontzettend goed doen alsof hij kwaad werd. Hij boog naar voren, en zei fel: 'Ik zal het nog 's anders zeggen: werd u wel 's geil van haar? Zat u wel 's aan haar te frunniken, een hand om haar heupen, met uw arm langs haar borsten strijken, over haar heen buigen terwijl ze aan het werk is, dat soort dingen?' Hij liet zich weer naar achteren vallen en gleed bijna op de grond.

Beekman pakte de doos met sigaren en stak er een op. 'Er is nooit wat gebeurd. Dat zweer ik.'

'Hoezo nooit wat gebeurd? Geen seks gehad of nooit aan haar gezeten.'

Beekman mompelde iets.

'Sorry, we kunnen u niet verstaan.'

Beekman blies zo'n grote rookwolk uit dat hij bijna aan het zicht werd onttrokken. 'Geen seks gehad.'

'Dus wel aan haar zitten frunniken en zo?'

Beekman haalde zijn schouders op. 'Ach, zoiets wordt tegenwoordig zo gauw overdreven. Alles wat vroeger gewoon was, heet nu ongewenste intimiteit. Je mag helemaal niks meer. En als ze dan met zo'n kort rokje op kantoor komen...' Hij legde zijn hand dwars op zijn dij, bijna bij zijn kruis. '...Of ze hebben zo'n strak truitje aan zonder beha, zodat je...'

'Zodat je wat?' vroeg Fred.

'En je raakt ze dan effe aan of je zegt 's wat, dan is het meteen foute boel, dan is het net of je ze verkracht heb.'

'Dus dat gebeurde ook tussen u en Bea?' vroeg Josien. 'U voelde zich uitgedaagd?'

'Nou ja, uitgedaagd. Het was een leuke meid en ik ben ook maar een man, moet u denken. Meer dan dertig jaar getrouwd, en als u m'n vrouw zou zien...' Beekman maakte zijn zin niet af.

'Wat is er als ik uw vrouw zou zien?'

Beekman lachte even. 'Nou ja, dan zou u het ook wel begrijpen.'

'Ik hoef het niet te begrijpen,' zei Josien.

Fred nam het weer over. 'U zocht dus toenadering tot haar. U wilde wel 's wat, met zo'n leuke jonge meid die in minirok en strakke truitjes... ook een decolleté, zo'n bloesje dat openstond tot aan haar navel?'

Beekman schudde zijn hoofd.

'...die in strakke truitjes op kantoor kwam.'

'Dat is toch niet verboden,' zei Beekman.

'Nee, dat is niet verboden. Maar was ze gediend van uw attenties? Vond ze het leuk dat u wel wat met haar wilde?'

Beekman drukte zijn sigaar uit. 'Ik dacht 't niet.'

'U heeft haar wel 's met de auto naar huis gebracht? Gaat dat niet een beetje ver? Een directeur van zo'n groot bedrijf die een gewoon personeelslid naar huis brengt, terwijl er hier zo veel mensen met een auto zijn? Wij konden er tenminste nauwelijks bij op het parkeerterrein.'

'Ach, ze was tenslotte m'n eigen secretaresse. Het was een paar keer nadat we hadden overgewerkt en anders moest ze naar huis op een bromfietsje. Het regende ook nog. D'r was verder niemand meer op de zaak. Dus... eh...' Beekman maakte een verontschuldigend gebaar.

'En heeft u toen wat geprobeerd in de auto?'

'In de auto?' Beekman keek hen aan of hij het werkelijk niet begreep.

Fred slaakte een diepe zucht. 'Ja, een hand op haar knie, onder haar truitje, dat soort dingen.'

Beekman keek hen om beurten aan, maar zei niets.

'Ze had hier een goede vriendin, Inge. Aan haar heeft ze het een en ander verteld. We kunnen het dus gewoon navragen. Maar we horen het natuurlijk liever van u.'

Beekman pakte een nieuwe sigaar, keek ernaar en legde hem toen weer terug in het kistje. 'Maar geen woord tegen m'n vrouw,' zei Beekman, 'want die vermoordt me.' Pas toen ze hem zwijgend bleven aankijken, leek hij zich bewust te worden van zijn woordkeus.

'Dat zou dan een tweede moord zijn,' zei Josien ten slotte.

6

'Helemaal kapot,' zei John. 'Ze konden z'n ingewanden van de weg krabben. Die vrachtwagen was er in één keer overheen gegaan. Ook nog een Fransoos, in die vrachtwagen. Z'n auto staat er nog. Hij durft niet meer te rijden, die chauffeur, geen meter. D'r moet nog iemand komen om hem weg te zetten.'

Josien en Fred waren net binnengekomen, en hadden zich bij het groepje gevoegd dat rond het bureau van John stond te praten. 'Wat is er gebeurd?' vroeg Fred.

'Gisternacht,' zei John. 'Een vrouw rijdt op de fiets over de Diepenbrockstraat, je weet wel, daar langs het Beatrixpark. Komt er een man naast haar fietsen, tenminste, dat is haar verhaal, en die zegt tegen d'r: "Ik heb wat lekkers voor je. Daar wil je vast wel van snoepen." En hij slaat z'n jas open. Hij heb blijkbaar z'n gulp open want z'n snikkel steekt uit z'n broek.' Er werd gelachen. Josien probeerde zich in de positie van de vrouw te verplaatsen. Zou Beekman ook zo'n directe benadering hebben toegepast? Nee, vast en zeker niet. 'En zij doet haar tas open, pakt een busje traangas, en spuit het in z'n gezicht. Nou, die man slaat z'n handen voor z'n ogen, maakt een slinger met z'n fiets en stort zo voor de wielen van die Franse vrachtauto... een twaalftonner, zo'n loeizwaar ding. Hartstikke kapot, die kerel.'

'En die vrouw vertelde dat het zo gegaan was?'

'Ja, natuurlijk, 't is haar verhaal.'

'Maar of-ie z'n gereedschap al buiten de deur had hangen, dat is toch nog wel na te gaan? Was dat niet te zien?' vroeg Roland.

''k Weet niet,' zei John. 'Voorzover ik het kon bekijken was het allemaal tot pulp gereden, maar misschien dat de patholoog-anatoom er nog wat van kan maken.'

'En waar is die vrouw?' vroeg Josien.

'Thuis, denk ik. Die was helemaal van de kaart. Ze kreeg een stoot valium waar een olifant nog van onder zeil gaat. Ze was zo'n handgeknoopt type. Je kent ze wel. Niet iemand van wie je denkt dat ze meteen met traangas gaat spuiten.'

'Getuigen?'

'Nee, niemand.'

'Dus jullie hebben alleen die vrouw?'

'Ja.'

Voor de Utrechtsebrug stond een file. Als dit nog langer duurde, was de Sociale Werkvoorziening dicht voor ze daar was. Op het bureau hadden ze wat telefoontjes gepleegd en alles nog eens doorgenomen met Roland, Roel en Martijn. Mevrouw Beekman had bevestigd dat haar man vorige week dinsdagavond thuis was geweest. Hoe laat was ze naar bed gegaan? Een uur of elf. Tegelijk met haar man? Nee, die ging meestal later, omdat hij wat gewerkt had en zich nog een beetje moest ontspannen met een borreltje voor de televisie. Hoe laat was hij die dinsdag naar bed gegaan? Ze zou het niet kunnen zeggen: aparte slaapkamers.

Er kwam langzaam beweging in de file. Beekman. Ze zag hem met Bea in de auto zitten, met de linkerhand sturend, en de andere hand over haar schouder of op haar knie. Ach, je vindt het best lekker. Kom op nou. Je hoeft niks tegen je vriendje te vertellen. Volgende maand krijg je misschien opslag. Kan je een leuk flatje huren. Hoef je niet meer op die boot in die primitieve toestand.

Josien botste bijna op haar voorganger. Achter in die auto zat een meisje dat haar met grote, geschrokken ogen aankeek. Josien knipoogde. Langzaam brak er een lach door op het gezicht van het meisje. Ze probeerde ook te knipogen, en deed haar beide ogen tegelijk open en dicht.

Beekman had zelf volgehouden dat hij die dinsdagavond en -nacht thuis was geweest. Ze hadden doorgevraagd, gesuggereerd, verondersteld, geïnsinueerd, aangenomen, regelrecht gedreigd, onder druk gezet, maar Beekman had geen krimp gegeven. Ja, hij had haar wel eens naar huis gebracht en hij had ook wel eens wat met haar geprobeerd, maar ze zou hem niet aanklagen wegens ongewenste intimiteiten, nee, zo was ze niet. Als het haar niet meer zinde, zou ze gewoon wegblijven, zo was Bea. Hij had dus geen enkele reden gehad om haar... om haar... Zoals zovelen had Beekman het woord niet durven uitspreken. 'Om haar van het leven te beroven,' had Fred aangevuld.

En of ze alsjeblieft zijn vrouw niet wilden lastig vallen. Hij zou voor honderd procent meewerken. 'Maar hoe weten we dat nou?' had Fred gevraagd. 'De vorige keer zei u ook dat u wilde meewerken, en toen heeft u ook niet alles verteld.'

'Omdat ik toen nog een beetje in de war was.'

Waar moest ze nou verdomme de weg af? Hier, bij de afslag Diemen? Of moest ze nog verder doorrijden? Op het laatste moment nam ze de afslag Diemen. Ze hoorde een gierende rem, en zag nog net een andere automobilist zijn middelvinger naar haar opsteken. '*Up yours too*,' fluisterde ze.

Fred had opnieuw gebeld met Inge en Steef. Alleen maar om dezelfde vragen opnieuw te stellen. Tegen Steef had hij gezegd dat hij binnenkort wel weer op het bureau zou moeten komen, maar niet wanneer.

Ze kon hier verdomme nog de weg niet vinden, terwijl ze ongeveer een halfjaar geleden veel in deze buurt was geweest, vanwege een moord in de flat Fleerde. Mensen die beneden in de lift wilden stappen, waren bijna over een lijk gestruikeld. Een jonge vrouw, lerares Frans op een scholengemeenschap in Amsterdam-Noord. Ze was doodgestoken, 's ochtends om een uur of acht, en kennelijk als verrassing voor anderen in de lift gedeponeerd. Er was geen enkel aanknopingspunt geweest. De man met wie ze samenwoonde was zoals gewoonlijk om kwart voor acht vertrokken naar zijn werk. Een buurman was toevalligerwijs gelijk met hem de deur uitgegaan en ze waren ook samen de lift in gestapt. Hij was op tijd op zijn werk, iets voor halfnegen. Acht uur was ongeveer de tijd waarop ze zelf deur uit moest om voor de eerste les op school te zijn. Maar ze had naar de conciërge gebeld om te zeggen dat ze ziek was. Haar vriend had daar 's ochtends nog niets van gemerkt. Raadsels, niets dan raadsels, nu nog steeds. Ze waren geen millimeter verder gekomen. Voor die vriend was het een enorme klap geweest. Hij was volledig ingestort. Na drie weken was ze nog eens met Fred naar hem toe gegaan. Er was bijna niet meer met hem te praten. De man mompelde maar wat. 'Corine komt terug, morgen zien we elkaar weer... Corine komt terug.' Een paar weken later zochten ze tevergeefs opnieuw contact. De man was dood. Zelfmoord. Van de flat gesprongen.

Josien zette de auto langs de kant en keek weer op de kaart. Hier de tweede naar rechts, dan doorrijden tot een rotonde, daarop naar links, en dan de eerste rechts, daar moest het zijn. Ze prentte het zich in als een kind dat een kilo suiker en een half pond koffie in de buurtwinkel moet halen.

'Mensen hebben vaak nog een heel ouderwets beeld van een bedrijf als het onze,' zei de man. Hij had zich wel voorgesteld, maar ze had zijn naam niet verstaan. 'Ze denken dat er alleen maar zwakbegaafden werken, of debielen zoals ze hen noemen, en dat die jarenlang niks anders doen dan stekkers in elkaar schroeven. Kijk, dit is de montagehal voor buitenreclames.'

Een aantal mannen monteerde grote stukken plastic in metalen vormen. Het moesten grote verlichte reclameborden voor Oranjeboom Bier worden. Andere werknemers schroefden lichtarmaturen in elkaar, en weer andere waren bezig met grote buitenlantarns, ook voor reclame.

De man legde haar alles uit. 'Hier heeft Gerard ook een tijdje gewerkt. Maar een paar maanden geleden is-ie naar de metaal gegaan. Dat is de volgende hal.'

Een man ponste gaatjes in metalen plaatjes. 'Voor sleutelhangers,' zei haar gids. 'Dit is het simpele werk, voor de mensen die echt niet veel kunnen. Ziet u die man daar, met die bril? Die had hier al een paar maanden aan die machine gezeten, en we lieten hem wat anders doen, daar met die machine.'

Josien zag een apparaat waar een stalen buis in gezet werd. De medewerker drukte op een knop en de buis werd in een grillige vorm gebogen. De gebogen buis werd eruit gehaald, het apparaat ging terug naar zijn oorspronkelijke stand, en de bewerking begon opnieuw.

'Nou, dat vond-ie te ingewikkeld, daar werd-ie zenuwachtig van. Hij wou weer terug naar de ponsmachine. En dat kan dan ook. Kijk, ziet u daar de lasafdeling? Daar wordt hoogwaardig gelast, dat zijn echte vakmensen die dat doen. Maar ze kunnen niet meer in een gewoon bedrijf werken. Psychische of fysieke problemen. We hebben ook een afdeling voor glasblazen. Daar werken dove mensen die verder moeilijk aan de bak komen.'

Ze liepen langs een machine waar nu niemand aan werkte. Er was een grote poster op geplakt van een chimpansee op een wc. 'Henk op zijn vrije dag' stond er met hoekige viltstiftletters op de rand geschreven.

'En Gerard?' vroeg ze 'Gerard Lindeman?'

'O, die doet van alles, maar niet het moeilijkste werk, omdat-ie geen vakman is. Hij heeft nog een tijd op de verpakkingsafdeling gewerkt. Dat is gewoon dertig dezelfde dingen in een plastic zak doen, en dan twintig van die zakken in een doos.'

'Maar hij is dus sinds vorige week dinsdag niet meer geweest?'

'Nee, kijk, hier worden plastic displays gemaakt voor allerlei bedrijven, bijvoorbeeld voor…'

Ze was al doorgelopen. Enkele mensen keken haar vragend aan, maar ze reageerde niet. Hier werkten veel vrouwen. Bijna allemaal hadden ze een trainingspak aan. Achter een machine waarmee stukken hard plastic in de juiste stand werden gebogen, zat een intens bleke Nederlandse vrouw met eenzelfde hoofddoek om als islamitische vrouwen wel droegen. Ze rookte fanatiek en keek naar een punt heel ver weg, terwijl ze het plastic in een mal legde.

'Hé, Jasper, daar komt je verloofde,' zei een vrouw tegen een jongen met een vreemd groot, scheef hoofd.

Een klaterende lach klonk door de hal. Jaspers hoofd kleurde vuurrood en leek nog groter te worden.

'Zie je wel, hij begint helemaal te blozen. Ga je d'r nou een kusje geven, Jasper?' vroeg een dikke vrouw met een kanariegeel trainingspak waar met grote letters COSMIC EXPERIENCE op stond.

'Zo is 't wel weer genoeg, Annie.'

'Of ga je andere vieze dingen doen?' vroeg Annie. Ze sloeg zelf dubbel van het lachen. 'Straks in het magazijn, net zoals Joop en Tinie?'

'Ga je weer 's aan het werk, Annie. En jullie ook. Het is nog geen vijf uur.'

'Nee, ik ben nog niet bij hem langs geweest,' zei Otto, die om vijf voor vijf hijgend binnen was gekomen. 'Morgen misschien of overmorgen. We hebben nog een paar andere probleemgevallen, en ik wist niet dat het zo erg was met hem.'

'Kunnen jullie hem hier een beetje opvangen?' vroeg Josien.

'Net wat je zegt, een beetje. Ik ben hier de enige maatschappelijk werker, en je moet nagaan dat we meer dan honderd medewerkers hebben. Meestal mensen met een problematisch arbeidsverleden. Nogal wat kneusjes en zo. Glaasje fris misschien? Nee?' Hij pakte zelf een blikje cola uit de ijskast.

'Maar eigenlijk kan-ie niet alleen blijven wonen,' zei Josien. 'Hij kan niet echt voor zichzelf zorgen volgens mij. Wat denk jij?'

Otto haalde zijn schouders op. 'Daar kunnen wij ook niks aan doen.'

'Wie dan wel?'

'De gewone hulpverlening, maar die staat misschien ook wel machteloos. Waar moet zo'n jongen naartoe? Hij is niet zwakzinnig of zo, dus een inrichting is niks voor hem.'

Tussen de wal en het schip, dacht Josien. 'En hoe heeft-ie 't hier?' vroeg ze. 'Heeft-ie 't hier een beetje naar z'n zin?'

'Dacht ik wel, ja. 't Is een beetje een stille jongen... Hij gaat wel veel met Hans om, ook zo'n rustig type die nog geen vlieg kwaad zou doen. Als ze allemaal zo waren dan zouden we nooit problemen hebben, ook niet met Gerard.'

'Problemen? Met Gerard?'

'Nou ja, er lopen hier een paar mensen tussen die wel 's een beetje gek doen, die soms rare geintjes uithalen, en zo iemand als Gerard kan daar helemaal niet tegen.' Otto dronk de laatste slokken uit zijn blikje, kneep het met een hand in elkaar en gooide het in de prullenbak. 'Die gaat echt over de rooie als-ie gepest wordt. Hij heeft Tonnie toch een keer te grazen genomen... Nou, 't was maar goed dat er een paar anderen bij waren. Met z'n vieren konden ze hem net in bedwang houden. Dat heb je soms met zo'n jongen, hè. Aan de oppervlakte heel rustig, maar daaronder kan het koken.'

Gerard stond hout te zagen. Gelukkig, hij had een ander overhemd aan. Toen ze plotseling voor hem stond, keek hij geschrokken op. 'Waar kom je vandaan?' vroeg hij.

'Gewoon, over het pad natuurlijk.'

Hij boog zijn hoofd en knikte. 'Ja, over het pad.'

Ze stonden zwijgend tegenover elkaar. Hij hijgde, waarschijnlijk vanwege het zagen. Zou hij nog iets anders doen dan zagen?

'Zullen we even naar binnen gaan?' vroeg ze.

Hij knikte bijna onmerkbaar.

In de keuken was de chaos nog groter geworden. Een stank die aan het bedrijfsterrein van vsv deed denken, drong haar neusgaten binnen. In de huiskamer was kennelijk ook niets opgeruimd. Het was er koud.

'Ik zal de kachel even aanmaken.' Gerard pakte aanmaakhout, deed het in de kachel, spoot er wat spiritus overheen en stak het in brand met een aansteker die hij uit zijn achterzak haalde. Toen de vlammen goed door het hout schoten, legde hij er wat grote blokken op.

'De kachel is aan,' zei hij.

'Dan zal het wel gauw warm worden.'

Plotseling begon hij hevig met zijn ogen te knipperen. 'Je moet hier gaan zitten, dan voel je het 't eerst.'

Ze ging in de stoel naast de kachel zitten. Hij zat op zijn hurken vlak bij haar met een grote pook. Ze had de indruk dat zijn huid grauw zag. Zou hij zich nog wassen? In ieder geval waren zijn handen donker van het vuil.

'Verzorg je jezelf wel een beetje, Gerard?'

Hij bleef gebogen zitten en reageerde niet.

Ze herhaalde haar vraag.

Hij haalde zijn schouders op. 'Moet dat dan?'

'Ja, natuurlijk. Je wilt toch niet helemaal vies en vuil worden. Je bent toch geen zwerver.'

Hij haalde een zakdoek te voorschijn en snoot zijn neus. Op de zakdoek zaten grote roodbruine vlekken.

'Je moet je wel wassen hoor, Gerard. Jullie hebben hier toch gewoon water en zo. Hebben jullie een douchecel?'

Hij mompelde iets wat ze niet kon verstaan.

'Wat zeg je?'

'Daar is een wc en een douche. Heb papa nog gemaakt. Die had twee rechterhanden, zei Bea altijd. Bea vertelde vaak over wat papa allemaal maakte... vroeger, toen-ie nog leefde.' Gerard keek haar aan, maar ze had de indruk dat hij niet haar zag, maar dat een heel ander beeld voor zijn ogen verscheen. 'Hij heb dit hele schip ingericht. Er was niks, het was helemaal kaal. Alles heb-ie zelf gedaan. Timmeren, waterleiding, elektrisch, het licht... alles. Zie je die tafel? Heb papa gemaakt. Die kastjes? Heb papa gemaakt. Alles. Onze bedden? Papa gemaakt. Zal ik het 's laten zien?'

Hij gaf haar een rondleiding over het schip. Vertelde overal iets bij, met een trage, slepende stem. 'De motor zit in het achteronder. Hij doet 't nog steeds. Laatst heb de buurman hem nog gerepareerd. We kunnen zo wegvaren. Zullen we 't doen?' Hij keek haar lachend aan.

'Nou, dat hoeft niet.'

'Maar hij doet 't echt, hoor! Zal ik hem aanzetten? Dan kan je het zelf horen.'

Ze keek toe hoe Gerard de noodzakelijke handelingen verrichtte. Eerst klonk er alleen een geluid van onder de stuurhut alsof er een reus lag te hoesten, maar plotseling begon de motor regelmatig te draaien. Gerard glunderde. Hij zou waarschijnlijk het liefst zo wegvaren. Dan kon hij op de boot blijven en toch deze plek verlaten.

Gerard zette de motor uit. 'Vorige zomer is-ie op eigen kracht naar de werf gevaren. Knap hè?'

'Ontzettend knap.'

'O ja, nou moet ik je onze geheime kamer nog laten zien.'

Hij liet haar voorgaan over het dek. Met een krachtige hand greep hij haar vast toen ze dreigde te struikelen over een bos touw op de voorplecht. Hij hield zijn hand nog zorgzaam om haar middel toen het al niet meer nodig was. 'Je moet nou niet in het water vallen. Het is ijskoud.' Spiedend keek hij om zich heen voor hij onder de uitstekende betimmering van het ruim een sleutel pakte. Hij opende het luik op de voorplecht dat was afgesloten met een hangslot, en daalde een trap af. 'Kom je ook?'

'Is het daar donker?'

Als antwoord ging er een licht aan. Ze daalde de trap af en kwam in een kleine, benauwde ruimte. Er stond niets bijzonders in het driehoekige kamertje dat ook niet betimmerd was. Er zat een deur in die waarschijnlijk toegang gaf tot het eigenlijke woongedeelte.

Gerard draaide de sleutel om die in de deur stak en deed hem open. 'Kijk, we hebben een rondje gemaakt.' Ze stonden in Bea's slaapkamer. Ze voelde en rook Gerards muffe lichaamswarmte toen hij langs haar liep.

'Hebben je vader en moeder hier altijd gewoond?' vroeg Josien toen ze weer in de kamer zaten.

'Nee, eerst niet, eerst in een gewoon huis, en later hier. Ze wilden niet in een gewoon huis. Ik wil ook niet in een gewoon huis.'

'Maar als je hier alleen blijft wonen, dan zal je toch…'

'Bea moet weer terugkomen.' Het klonk bijna dromerig, zoals hij het zei. 'Bea moet weer terugkomen.'

'Bea is dood, Gerard. Bea komt nooit meer terug. Je moet het allemaal zelf doen.'

Plotseling liet hij zich op de grond vallen en begon met schreeuwende uithalen te huilen. Ze ging naast hem zitten en legde een hand op zijn schokkende schouder. Langzaam werd het huilen minder. Op zijn bovenlip zat snot en slijm. De tranen hadden schone sporen over zijn wangen getrokken.

Hij kwam overeind en pakte haar vast bij haar bovenarmen. Ze schrok even van de kracht van zijn greep. 'Bea… waarom is Bea dood?'

Ze legde het nog eens geduldig uit. Er was een man geweest, een boze man. Die had ruzie met Bea, heel erge, verschrikkelijke ruzie. En ze hadden gevochten, en die man had Bea doodgemaakt. En zijzelf was van de politie.

Zij probeerde de man te vinden die het gedaan had. Die moest dan naar de gevangenis.

'De Bijlmerbajes,' zei Gerard.

'Ja, bijvoorbeeld de Bijlmerbajes.'

Hij pakte haar hand, onverwachts teder.

'Hier,' zei ze, en ze gaf hem een papieren zakdoekje.

'Had je niet even kunnen bellen?'

'Vergeten,' zei ze.

'Het is al over zessen, en je moet nog met het eten beginnen.'

'Heb je soms haast?'

Theo dronk een paar slokken bier rechtstreeks uit het flesje. 'Nee, dat niet, maar wel honger.'

Ze gaf hem een vluchtige zoen.

Hij trok haar tegen zich aan. 'Je ruikt weer naar open haard. Op die boot geweest?'

Ze maakte zich los uit Theo's omhelzing. 'Ja, ik moest er nog een keer naartoe. Die jongen die zit daar maar in z'n eentje.'

'Wat is er eigenlijk met je aan de hand?' vroeg Theo. ''t Is af en toe net of je d'r niet helemaal meer bij bent met je gedachten, of je een beetje afwezig bent. Zo heb ik je nog nooit meegemaakt.'

'Nou, dat is dan weer 's wat anders. Leve de variatie.' Ze liep langs hem heen naar de keuken, schonk voor zichzelf een glas wijn in en zette een oude cassette van Whitney Houston in de radiocassetterecorder die tussen de kookboeken stond. *Clock strikes upon the hour and the sun begins to fade. Still enough time to find out how to chase my blues away. I've done alright, up 'til now. It's the light of the day that shows me how and when the night falls, loneliness calls.* Ze probeerde nergens anders aan te denken terwijl ze het eten klaarmaakte. Ze zette de rijst op, haalde varkensvlees uit de ijskast, sneed het in blokjes, braadde het aan, deed er twee theelepels gemberpoeder bij, en daarna een kopje ketjap. 'Kaki Tiga' stond er op de fles. 'Drie benen,' wist ze nu. Het logo bestond uit drie benen die aan elkaar vastzaten als de 'benen' van het Mercedes-logo. 'Kaki, dat is been of voet,' had Theo haar wel eens uitgelegd. 'Een van de weinige woorden uit het Maleis die in het Nederlands terechtgekomen zijn. Vroeger tenminste, tegenwoordig wordt het niet meer gebruikt. "Vuile kakkies," zeiden ze dan. Dat betekende vieze voeten.' Hoe wist Theo dat soort dingen? 'O, in de Indische winkel hebben ze 't me verteld.' Ze zong het refrein mee: '*O, wanna dance with somebody, I wanna feel the heat with somebody…*'

Toen de rijst bijna gaar was, schudde ze een pakje diepvriesperziebonen leeg in een pan.

Aan tafel begon Theo aan een lang verhaal over een jongen op school die verdacht werd van diefstal, de manier waarop het ontdekt was, de achtergronden van die jongen.

'Wat zou de politie in zo'n geval doen?'

'Hè?'

De telefoon ging. Theo nam op. Hij stak de hoorn in haar richting. 'Voor jou, Fred.'

'We zitten net te eten,' zei ze.

''t Is maar kort,' zei Fred. 'Ik ben nog even bij die Anja langs geweest, je weet wel, de ex van Steef. Ze zei dat ze dinsdagavond in een café geweest was, Frontaal, zo heet 't, ergens in de buurt van de oude RAI. Ik ben er even naartoe gegaan, maar niemand kon het bevestigen. En het was dezelfde barkeeper, vorige week dinsdagavond en vandaag.'

Josien peuterde een stukje varkensvlees tussen haar tanden vandaan.

'Hallo, ben je daar nog?' vroeg Fred.

'Natuurlijk. Ze kenden haar wel in dat café?'

'Als de bonte hond, een soort stamgast.'

'Dus?' vroeg ze.

'Dus we moesten haar ook maar naar het bureau laten komen.'

7

'Oké, je vond haar een leuke meid. Dat weten we. En verder? Wat heb je allemaal geprobeerd?'
'Niks. Dat heb ik al verteld.'
'Heb je je alleen een beetje zitten afrukken bij die foto's van haar? Daar geloof ik niks van. Zo'n lekkere meid, dicht bij je in de buurt, vaak alleen. Je komt 's een kopje suiker lenen... je komt 's een kopje suiker terugbrengen, net terwijl ze toevallig onder de douche staat...' Ze herkende de scherpe klank in Freds stem. Hij speelde nu zijn blufspelletje. Uitdagende, harde vragen: we weten het allemaal al, kijk, dit zijn de feiten, je ontkomt er niet aan. Maar tegelijk hoorde ze een lichte twijfel in zijn stem. Ze keek decent de andere kant uit als het over seks ging. Fred bleef erover doorgaan, alsof dat onderwerp van gesprek niet voor haar was bedoeld. Veld vond het kennelijk een gênant onderwerp terwijl zij erbij was. Hij hakkelde en werd onzeker.
'Nooit getrouwd geweest?' vroeg Fred.
Veld schudde zijn hoofd.
'Samengewoond?'
'Nee.'
'Een vriendin of zo?'
'Dat gaat je niks aan.'
'Oh...' Fred leek werkelijk verbaasd. 'Hoor je dat, Jo, dat gaat ons niks aan, zegt meneer. Nou, meneer Veld, laat ik u dit zeggen, we bepalen zelf wel of ons iets aangaat. Daar hebben we uw toestemming niet voor nodig. Dus... eh, een vriendin?'
'Soms... af en toe, je weet hoe dat gaat.'
'Dat weet ik niet,' zei Fred. 'Dat is nou juist de pest. We weten nooit iets. Daarom moeten we het altijd vragen. Wanneer voor 't laatst, zo'n vriendin?'
Veld keek van hen weg en begon een sigaret te draaien. 'Ik... eh, het is

een beetje vervelend. Nou ja, goed, het was een getrouwde vrouw. Ergens in de Rivierenbuurt, in de Uiterwaardenstraat. 's Ochtends ging ik naar haar toe, als haar man naar z'n werk was. Bij de parkeerpolitie zat-ie.' Veld lachte even.

'En zodra dat-ie bezig was met die wielklemmen,' zei Fred, 'dan parkeerde u bij zijn vrouw?'

'Precies.' Er straalde trots uit zijn anders zo bleke ogen. 'Maar dat is alweer een halfjaartje geleden of zo, en ik wil niet dat ze d'r last mee krijgt. Die man, die heb nooit wat in de gaten gehad, en zo wil ik het houden.' Veld stak zijn sigaret aan en zoog de rook bijna wellustig naar binnen.

'Zij wilde niet meer?' vroeg Josien.

'Zij? Ik. Ik had geen zin meer in dat stiekeme gedoe. 't Heb een paar maanden geduurd, toen vond ik het wel mooi geweest. De buren begonnen 't in de smiezen te krijgen. Ik zei nog tegen d'r dat ze dan maar hier moest komen, maar dat wou ze niet. Ze had geen zin om zich 's ochtends aan te kleden. En ze vond de boot trouwens ook te primitief.'

'Waar leeft u van?' vroeg Fred.

'Een uitkering.'

'Is dat genoeg?'

'Meestal wel.'

'En als 't niet genoeg is?'

'Dan klus ik er een beetje bij.'

'Gaat dat wel, met die kapotte rug?'

'Ik ben voorzichtig.' Veld leunde achterover. Hij leek te denken dat het ergste nu voorbij was.

'Met die rug?' vroeg Josien.

Veld keek haar aan alsof hij haar nog niet eerder had opgemerkt. 'Overal mee.'

'Al 's eerder met de politie in aanraking geweest?' vroeg ze.

'Ik?'

'Ja, wie anders?'

Even zag ze de aarzeling, de onzekerheid, de hapering. Veld probeerde as van zijn sigaret te tippen terwijl hij dat net gedaan had. Hij nam een trekje van de sigaret en deed het nog eens. 'Nee, nooit... nou ja, een enkele bekeuring of zo, maar dat bedoelen jullie waarschijnlijk niet.'

Gerard zat met een lege blik voor zich uit te staren. Het was duidelijk dat hij niet wilde praten zolang Fred erbij was. Met de zware, ijzeren pook porde hij het vuur op. Hij had zich een paar dagen niet geschoren.

'Je moet je scheren,' zei Josien.

Hij ging met zijn hand over zijn kin en knikte bijna onmerkbaar.

'Wanneer ga je weer naar je werk?'

Hij haalde zijn schouders op.

'Je kan toch niet de hele tijd hier in je eentje blijven zitten?'

Hij reageerde niet.

'Morgen is de begrafenis van Bea. Je oom Ton en tante Henriëtte komen je hier ophalen. Dat weet je toch, hè? Ze hebben toch gebeld?'

Opnieuw een licht knikje.

'Scheer je je dan wel, en trek je dan wel schone kleren aan?'

'Je bent een carrière misgelopen in de verpleging of de verzorging of zo.'

'Ja, en jij in de seksbusiness. Zoals je die Veld uithoorde... Het leek wel of je er zelf een kick van kreeg.'

Ze stonden op het pad dat parallel aan het water liep. Het was zachtjes gaan regenen.

'Er is wat mis met die man,' zei Fred. 'Het begint al met z'n naam. Op een boot wonen, en dan Veld heten, dat kan gewoon niet.'

'En hij loog, toen ik vroeg over zijn contacten met ons.'

'Natuurlijk loog-ie,' zei Fred.

'Waarom natuurlijk?'

Fred haalde zijn schouders op. Het begon harder te regenen.

'Laten we in de wagen gaan zitten,' stelde Josien voor.

Fred deed of hij haar niet had gehoord. 'Dat we niks over hem hebben, dat klopt toch? Dat heb je goed nagezocht?'

'Natuurlijk. Laten we gauw teruggaan naar de Marnixstraat, dan kan je 't zelf aan de computer vragen.'

'Niet boos worden, Jo.'

'Kom op, we gaan naar de auto.'

'D'r is wat met die man. We moeten die vrouw 's opzoeken in de Uiterwaardenstraat. Misschien dat zij wat meer weet.' Fred liep heen en weer over het pad. 'Die man van dat tentje is ook nog niet gevonden?'

'Nee.' Josien huiverde in haar te dunne jas. In de woonwagen die zo'n tien meter verderop stond werd een lamp ontstoken. 'Zullen we daar 's gaan vragen?'

'Martijn en Roel zijn overal geweest. In het Westelijk Havengebied, op Zeeburg... overal, maar hij is nergens te vinden. Z'n tentje ook niet. Spoorloos. 't Is een puinhoop, deze hele zaak. Weet je nog, toen in de Bijlmer, in Fleerde? Toen hadden we niemand. Niks. En nou? 't Zijn er gewoon te veel... Beekman, Veld, Steef, Anja, die Eskimo...'

'Eskimo?'

'Die man uit dat iglotentje. Niemand schijnt z'n naam te weten. Maar je haalt hem er zo uit: een kaal hoofd en een lange, witte baard. Makkelijk genoeg.'

De vrouw keek stug voor zich uit.

'Maar hij zegt dat hij met u een relatie heeft gehad,' zei Josien.

De vrouw snoof verachtelijk. 'Een relatie? Zei-die dat?'

'Hij kwam hier 's ochtends, als uw man weg was. U ging dan niet een spelletje klaverjassen, mag ik aannemen?'

'Misschien was-ie daar wel beter in.'

Ze vroegen door, maar de vrouw wist niets meer of wilde niets meer loslaten. Veld was een paar keer bij haar geweest, ja, dat zou ze niet ontkennen. Het stelde eigenlijk niks voor. Ze wist verder niets over hem, behalve dat-ie op zo'n boot woonde langs de Amstel, half illegaal. Meer kon ze niet vertellen.

Toen ze bij de deur stonden, pakte de vrouw Josien bij haar arm. 'Alstublieft, niks tegen m'n man zeggen. Die slaat me in elkaar wanneer-ie 't merkt. Die is verschrikkelijk jaloers. Als een andere man naar me kijkt, springt-ie al op tilt. En echt, het was een vergissing. Ik ben hier hele dagen alleen. Sjors komt 's avonds moe thuis van zijn werk, die zit alleen maar tv te kijken en biertjes te drinken.' Ze keek even naar Fred alsof die hier ook schuldig aan was. 'En dan rolt-ie z'n bed in. En die man... Harm dus, die kwam hier langs de deur om scharen te slijpen. Hij bracht ze netjes weer boven.' Ze kneep even in Josiens arm. 'En toen heb ik hem een koppie koffie gegeven. Zo is het begonnen.'

'Dat heeft-ie ons al verteld,' zei Fred.

'Als u maar niks tegen Sjors zegt,' ging de vrouw door. 'Anders ben ik m'n leven niet zeker.'

Ze waren teruggegaan naar het bureau. Fred had 'Harm Veld' nog eens ingetikt in de computer, maar geen reactie gekregen.

'Ideetje,' zei Josien.

'Wat?'

'Dat merk je nog wel.' Aan haar eigen bureau had ze een paar telefoontjes gepleegd. Onder anderen met Otto. Die was vanochtend bij Gerard langs geweest. Er viel niets met hem te beginnen. Otto stond machteloos. Josien vroeg nog eens naar die vriend van Gerard, Hans. Otto gaf zijn telefoonnummer.

Nu zaten ze tegenover elkaar. Josien met een broodje gezond en een bekertje karnemelk, Fred met drie bruine bolletjes met kaas en koffie. Met zijn ene hand hield hij zijn brood vast, waar hij grote, gretige happen van nam, en met zijn andere hand schreef hij nog eens alle namen op een groot vel papier. Bij elke naam kwam een aantal karakteristieken te staan, soms vergezeld van een uitroepteken of een vraagteken. Enkele namen werden door lijnen met elkaar verbonden.

Tevergeefs probeerde ze Anja te bereiken.

'Waarom verdwijnen al die mensen? De Eskimo, Anja... We raken ze allemaal kwijt.'

'Lekker makkelijk. Hebben we straks niks meer te doen. Kunnen we naar huis.'

'Ja, gezellig.' Ze dacht aan Theo.

'Er zit nog wat ei op je bovenlip,' zei Fred.

De telefoon ging. Josien nam op.

'Wat goed dat je zo snel terugbelt... Wanneer?... Twee jaar geleden?'

Ze zag de vragende blik in de ogen van Fred.

'En jullie hebben er niks meer mee gedaan?... Waarom niet?... En wat dacht je zelf?'

Fred sprak geluidloos een vraag uit. 'Wat is er aan de hand?' las ze van zijn lippen, maar ze reageerde niet. Het verhaal van Van der Leeuw wilde ze even voor zichzelf houden.

'Hij redt het niet in z'n eentje,' zei Josien. 'Het wordt van kwaad tot erger. Op z'n werk...'

'Daar hebben ze toch ook een maatschappelijk werker in dienst? Heeft die al wat gedaan?'

'Dat levert niks op. Ik moet weten wat de mogelijkheden zijn.'

De coördinator keek haar vriendelijk aan. 'Als de cliënt zelf niks wil, dan wordt het moeilijk. Wanneer iemand niet om hulp vraagt, dan staan wij in feite buiten spel.' Aan z'n rechteroor bungelde een kruisje. Dat was het enige alternatieve aan zijn uiterlijk. Verder kon hij zo doorgaan voor bankemployé. 'Een keer op bezoek samen met de huisarts, dat wil nog wel eens helpen. Dat is vaak toch een soort vertrouwenspersoon. Weet je wie zijn huisarts is?'

'Nee, ik zal het vragen.'

'Waarom doe je dit allemaal? Ik bedoel... dit is toch jouw werk niet?' Weer die vriendelijke glimlach. Hoorde waarschijnlijk bij zijn beroep.

'Iemand moet het toch doen?'

'En de buren dan? Buren kunnen soms inspringen als er geen familie is.'

Ja, de buren. Ze zag Veld weer voor zich. Anderhalf jaar geleden was hij nog vrijuit gegaan. Het was zijn woord tegenover dat van het meisje. Ze had in de berm van het weggetje langs de Amstel gelegen op een mooie zomeravond, en was in slaap gevallen. Ze werd wakker toen ze zijn hand onder haar rok voelde. Het was al donker. Met zijn andere hand had hij haar schreeuw verstikt. Verder was er niet veel gebeurd, want er was een bromfietser langsgekomen. Hij was niet veroordeeld; daarom stond hij ook niet in de computer. Het was het woord van het meisje tegenover dat van hem. Hij had haar alleen wakker willen maken. Het was gevaarlijk, zo 's avonds om elf uur in het donker. En wat moest ze zo laat in haar eentje langs zo'n verlaten weg? Altijd dezelfde stomme vraag. Nee, van zijn buren moest Gerard het niet hebben.

'Ik geloof niet dat dat een oplossing is,' zei ze. 'Wat gebeurt er eigenlijk als iemand niet meer voor zichzelf kan zorgen, zoals Gerard?'

'Dat wisselt. Er kunnen maaltijden worden thuisbezorgd. Dat loopt via de GG en GD. De Unie van Vrijwilligers doet boodschappen als mensen dat zelf niet meer kunnen.'

'Hij kan het wel, maar ik weet niet of-ie 't nog wil.'

'En even kijken, wat hebben we nog meer? O ja... mensen van de Stichting Humanitas, die doen aan huisbezoek.' Hij overhandigde haar een foldertje waar met grote letters 'Vriendschappelijk huisbezoek' op stond. 'Er kan ook professionele huishoudelijke hulp komen. Een gezinsvervangend tehuis is ook mogelijk. Maar als die jongen zelf weigerachtig is, dan houdt alles op. Als-ie de deur op slot doet, bij wijze van spreken, dan…' Hij hief zijn handen in een machteloos gebaar.

In de auto, voor het kantoor van het Algemeen Maatschappelijk Werk las ze het foldertje door. 'Als ik maar eens gezellig een uurtje met iemand zou kunnen praten… Als er maar eens iemand was, die begreep hoe moeilijk het is om alleen te zijn… Die mensen zijn er. Ook als u zelf geen vrienden of kennissen hebt, die af en toe eens langs kunnen komen om samen iets te gaan doen of iets voor u te doen. Vriendschappelijk Huisbezoek Humanitas afdeling Amsterdam.'

Dit was niets voor Gerard. Zou ze nu nog even naar hem toe gaan? Kijken of hij iets te eten had voor vanavond? Of hij schone kleren had om morgen aan te trekken?

Ze reed naar de Amstel, maar bleef in de auto zitten. Misschien stond hij weer hout te zagen. Dat leek zijn enige bezigheid tegenwoordig. Ze trommelde zachtjes met haar vuisten op het stuur. Nog geen vijftig meter hier vandaan, daar had ze gelegen. Wat had ze gedacht, wat had ze gevoeld, die laatste seconden? Had ze geschreeuwd? Niemand had iets gehoord. Er waren geen sporen van een worsteling. Dit waren de bekende feiten, de vervloekte bekende feiten. En Veld? Zou die het gedaan kunnen hebben? 'Iedereen kan het gedaan hebben,' had Fred voor de zoveelste keer gezegd.

Nog geen vijftig meter hier vandaan. Jaren gewerkt bij een bedrijf dat zich specialiseert in de verwerking van vuil en afval, en dan zelf als menselijk afval hier gedumpt. Josien wreef de tranen uit haar ooghoeken. Ze stapte uit de auto en liep het pad naar de boot op. Halverwege keerde ze terug. Wat had ze Gerard te bieden, behalve moederlijke raadgevingen?

"'Een eigenaardige serie misdrijven kwam op rekening van Bartholomeus Rijser, die uit Denzeroot (Zwitserland) afkomstig was. Deze veertigjarige 'jeneveroly'-verkoper sneed bij 's-Gravenhage twee paardenstaarten af en bood ze bij een Smous…" ja, dat staat er echt, "…bij een Smous in Amsterdam te koop aan. Dit 'grapje' herhaalde hij vijfmaal in de Watergraafsmeer, waar hij op heterdaad betrapt werd. Men veroordeelde hem op 14 mei 1791 tot 'op het schavot staan met een strop om de hals en een paardenstaart boven zijn hoofd'. Daarna werd hij gegeseld en gebrandmerkt en ten slotte voor acht jaar in het Rasphuis opgeborgen." Acht jaar! Voor het afsnijden van een paar paardenstaarten!'

'Wat is dat voor een boek?' vroeg ze.

Theo hield het omhoog. 'Driehonderdvijftig jaar Watergraafsmeer. Vanmiddag gekocht. Moet je horen. "Toen Coenraad de Winter op tienjarige leeftijd op aandrang van zijn vader kippen stal en betrapt werd, werd niet zijn vader maar hijzelf op 10 mei 1756 op 't schavot in het openbaar gegeseld." Er staat nog veel meer in, allemaal prachtige verhalen.'

Theo zat te lezen en zij hield de krant op haar schoot.

Om halfelf zei ze dat ze nog even wegging.

'Waar naartoe?'

''k Weet niet.'

Hij keek haar bevreemd aan.

'Lees maar lekker verder,' zei ze.

Het was een kleine stoet, ruim tien mensen. Ze was alleen gekomen. Fred wilde nu juist de boten, schuurtjes, woonwagens en caravans langs de Amstel nog een keer bezoeken. Op zo'n dramatische dag, de dag van de begrafenis, wilden de enkele mensen die niet naar de begrafenis waren gegaan, misschien meer vertellen dan ze anders zouden doen. 'Op dit moment wordt waarschijnlijk de kist in de groeve gelaten,' zou Fred zeggen. 'Zo'n jong meisje nog, ze had een heel leven voor zich. Nooit had ze iemand kwaad gedaan. Waarom dan toch vermoord?' En dan zou hij de mensen aankijken met zijn heldere blauwe ogen waar soms een lichtje achter leek te branden.

Gerard liep voorop met zijn oom en tante. Hij had zich geschoren en droeg een redelijk nette jas. Daaronder waren de pijpen van een vervuilde spijkerbroek zichtbaar. Het leek verder een kleine reünie van mogelijk verdachten: Beekman, Steef en Veld. De Eskimo en Anja ontbraken. Vanochtend hadden ze Anja uit haar bed gebeld. Straks moest ze op het bureau komen. Inge was er ook, met roodbehuilde ogen, een rode neus en een grote zakdoek in haar hand geklemd. Ze was vergezeld van een paar andere meisjes, waarschijnlijk ook van het kantoor van vsv.

Beekman hield een korte toespraak bij het geopende graf. Ze hield haar ogen op Gerard gericht. Er was niets aan hem te zien. Het was of hij keek naar een kuil die kinderen op het strand hadden gegraven. Zijn oom sloeg een arm om zijn schouder, en probeerde hem tegen zich aan te drukken.

'...zo wreed uit ons midden weggerukt door een onmenselijke, barbaarse misdaad...'

Een grote, streng kijkende vrouw liet haar ogen keurend langs iedereen gaan die naast de groeve stond. Toen ze bij Josien aankwam, keek die met open, harde ogen terug. De vrouw wendde haar blik snel af.

'...geliefd bij iedereen in het bedrijf vanwege haar behulpzame en open karakter. Ze had altijd...'

Gisteravond was ze zomaar de stad ingelopen, zonder doel, zonder richting. In een café waar één man op een barkruk had gezeten met een hond naast zich op de andere kruk, had ze wat gedronken. Buiten hadden enkele Italiaanse jeugdtoeristen haar de weg naar de *Milky Way* gevraagd. '*Perhaps you can go with us,*' had een van hen voorgesteld toen het moeilijk bleek om vanaf het Van der Helstplein de route duidelijk te maken.

'...en wij hebben natuurlijk een wat vreemd bedrijf, want wat andere mensen niet meer nodig hebben dat halen wij...'

Tegen één uur 's nachts was ze thuisgekomen. Theo lag al in bed. Dat had hij ook op een briefje geschreven. De kou had zich in haar botten genesteld, maar toch kon ze zich niet warmen aan zijn slaapwarme lijf. Een harde wind joeg nu over de begraafplaats, maar het was godzijdank droog. Beekman bleef maar uitweiden over zijn bedrijf en de centrale plaats die Bea daarin had gehad. Gerards oom schraapte een paar keer nadrukkelijk zijn keel. Beekman leek de hint te hebben begrepen, want hij rondde af.

Ze keek naar Steef en Veld. Steef stond daar met gebalde vuisten. Er ging een enorme kracht van hem uit. In z'n eentje zou hij de kist in de groeve kunnen tillen. Rimpels trokken zijn voorhoofd scheef, alsof hij ergens diep over na moest denken. Hij droeg alleen een donker pak, geen jas. Veld zag ze voor het eerst in andere kleding dan een overall. Hij stond met zijn hoofd gebogen, zijn handen slap langs zijn lichaam hangend, alsof hij wachtte tot er een vonnis over hem zou worden uitgesproken. Josien stopte haar handen diep in haar jaszakken en voelde een kaartje. Ze haalde het te voorschijn: Beekmans visitekaartje.

De kist verdween in het graf. Nog steeds toonde Gerard geen spoortje emotie. Hij stond te kijken als bij de begrafenis van een wildvreemde, en zelfs de gevoelens van de anderen leken geen enkel effect op hem te hebben. Verschillende meisjes huilden. De gierende uithalen van Inge klonken boven alles uit. Gerard was een toeschouwer achter glas. Zelfs Steef leek hij niet op te merken.

Josien voelde de band om haar keel strakker worden. Dit waren de laatste seconden van Bea's verspilde leven. De oom en tante pakten een kluit aarde en gooiden die op de kist. Ze beduidden Gerard dat hij hun voorbeeld moest volgen, maar hij schudde zijn hoofd. De oom probeerde een kluit aarde in Gerards hand te stoppen, maar hij werkte niet mee.

Josien stapte naar voren en pakte Gerard bij zijn arm. Ze leidde hem bij het graf vandaan.

'Het is Bea helemaal niet,' zei Gerard toen ze op een bankje waren gaan zitten. 'Ze denken dat het Bea is, maar er zit niks in die kist. Of er ligt iemand anders in.'

Verderop liep de stoet naar het zalencomplex. Er was koffie na de dood, en cake natuurlijk. De oom en tante kwamen hun richting uit, maar Josien gebaarde dat ze weg moesten blijven.

'Waar is Bea dan?' vroeg ze.

Hij zei niets, maar klemde haar hand stevig vast.

8

'Tien over tien,' zei Fred, 'ik ben benieuwd of ze nog komt. Anders gaan we zo meteen naar Veld.'

Ze wachtten een kwartier, maar Anja verscheen niet. Telefoontjes leverden ook niets op.

Fred stond op. 'Die is helemaal losgeslagen. Kom, we gaan.'

Josien bleef zitten.

'Wat is er?'

'Ze heeft 't niet gedaan,' zei Josien.

'Nee, natuurlijk niet.'

'Waarom niet?'

'Dat weet jij net zo goed als ik.' Er verscheen een lachje op Freds gezicht.

'Nou zie ik 't pas,' zei ze. 'Je laat je snor staan. Ik dacht eerst al dat er een donkere veeg op je bovenlip zat, dat je je niet goed had gewassen. Wat vindt Anne d'rvan?'

Fred haalde z'n schouders op.

Ze dronk het laatste restje koffie uit haar bekertje. Theo had vroeger zelfs een baard gehad. Het stond hem niet en het prikte. Niet alleen egeltjes vrijen voorzichtig, maar ook vrouwen die een man met een baard hebben. Hij had hem afgeschoren en zag er meteen vijf jaar jonger uit. Theo. Ze probeerde het beeld van ruim vijf jaar geleden op te roepen. Ja, hij had zijn baard afgeschoren vlak voor ze met vakantie naar Griekenland gingen. Kalymnos. Ze waren er alleen maar voor elkaar. Andere mensen moesten het aan hen kunnen zien of ruiken. Als ze dacht aan die keer op het strand, 's avonds om een uur of elf nadat ze te veel retsina hadden gedronken bij het eten, kreeg ze bijna nog een kleur. Er kwam geen einde aan. Gisteravond was zij vroeg naar bed gegaan. Een uur later kwam hij tussen de lakens geschoven. Ze was nog klaarwakker. Ze voelde zijn hand. 'Hé, je hebt je slipje nog aan. Waarom?'

''k Weet niet,' had ze gemompeld met een stem die slaperig moest klinken, 'vergeten uit te doen.' Theo had zijn hand teruggetrokken.

Ze stonden stil in de Rijnstraat.
'Waarom heeft Anja het niet gedaan?' vroeg Fred.
'Is dit soms een verhoor? Of moet ik toelatingsexamen doen? Een test? Ik kan het net zo goed aan jou vragen.'
'Tsjeses, wat doe je chagrijnig. Er is toch niks?'
'Wat zou er zijn?'
Fred nam een kauwgompje. 'Jij ook?'
Ze schudde haar hoofd. 'Ze is gewoon niet sterk genoeg. Heb je die handen van haar gezien?'
Fred knikte. Hij stuurde langs de rij auto's de trambaan op, maar stuitte vijftig meter verderop op een tram die ook al stil stond.
'Kleine handen… kleine, smalle handen.'
'Precies.'
'Dus ze is gewoon niet sterk genoeg.'
'Maar waarom dan al die leugentjes?'
Fred reed links naast de tram. Van de andere kant kwam ook net een tram aan. Ze sloot haar ogen. Hoe vaak had ze hem niet gevraagd om wat rustiger te rijden? Het maakte niet uit als ze een paar minuten later kwamen. Ze hadden geen haast. Ze zaten niet in een of andere achtervolging. Tussen twee trams zouden ze worden verpletterd. Het gele gevaarte gierde zijn waarschuwing. De auto schoot vooruit en maakte een scherpe bocht naar rechts. Pas toen ze weer stilstonden, deed ze haar ogen open, en stompte Fred op zijn arm.
'Verdomme, klootzak die je bent. Moest dat nou?'
Ze voelde haar hart nog in haar keel kloppen, toen ze langs de Amstel stonden. Met een onhandig gebaar legde Fred zijn armen om haar heen.
'We zijn geen *Miami Vice* of zo, als je dat maar weet. Vergeleken daarmee zijn we gewone veldwachters. En jij bent Bromsnor.' Ze maakte zich los uit zijn halve omhelzing. 'En het staat je helemaal niet. Ik hoop dat Anne dat ook vindt.'
Langs de weg stond een auto met openstaande motorkap waaronder Veld aan het sleutelen was. Fred legde zijn rechterwijsvinger tegen zijn lippen en liep met snelle, stille passen naar de auto toe. Hij sloeg kort en hard

met zijn vuist tegen een portier. Veld stootte zijn hoofd tegen de motorkap.

'Geen contacten met de politie, hè?' zei Fred.

Veld wreef met zijn hand die zwart zag van de olie en de smeer over zijn haar en keek Fred kwaadaardig aan.

'Ben je doof?' En Fred herhaalde zijn vraag bijna schreeuwend.

Veld keek om zich heen. 'Laten we naar de boot gaan.'

Op het tafeltje in de woonkamer lagen een paar opengeslagen blootbladen naast een asbak die bijna overstroomde van de peuken.

'Geen last meer van je rug?' vroeg Fred.

''t Gaat wel.'

'De laatste tijd nog leuke meiden gezien hier langs de Amstel?'

Veld begon een sigaret te draaien. Het vloeitje werd vettig zwart. 'Wat bedoel je?'

Fred kwam plotseling overeind en ging vlak voor Veld staan. 'Dat weet je verdomd goed. Dat geintje met dat meisje, zo'n anderhalf jaar geleden, toen je…'

'Maar dat was niks,' onderbrak Veld hem. 'Ik heb 'r alleen maar wakker gemaakt. Zo'n meisje dat daar 's nachts ligt te slapen op het gras, dat is levensgevaarlijk. Wie weet wie d'r langskomt.'

'Ja, jij bijvoorbeeld,' zei Josien.

'Maar ik heb helemaal niks gedaan.' Veld keek hen beurtelings aan.

'Dat meisje zei heel wat anders.'

'Die schrok, die was helemaal in paniek.' Veld stak zijn sigaret aan. 'Ze hebben niks kunnen bewijzen.'

'Waarom heb je d'r niks over gezegd tegen ons?'

'Nou, nogal logisch, omdat er niks aan de hand was.'

'Dat noem jij niks aan de hand? Verhoord door de politie, beschuldigd van verkrachting…'

'Aanranding,' zei Veld, 'maar ik ging vrijuit. Ze konden me niks maken, en dat kunnen jullie ook niet, helemaal niks. Als je dat maar weet.' Hij leunde tevreden achterover.

Fred liep naar de deur. 'Je mag je haar wel 's wassen.'

Ze stonden voor de boot van Gerard. Pas nu zag ze de naam. Vreemd dat ze er niet eerder op gelet had. JOHANNA JACOBA II stond er op de boeg geschilderd. De letters waren slecht leesbaar.

'Ik zie niemand,' zei Fred.

'Hij zit meestal in z'n eentje binnen.'

'Hoe weet jij dat?'

Ze voelde dat ze een kleur kreeg. 'O, ik ben een paar keer langs geweest, om wat te vragen.'

Fred keek haar peinzend aan en zweeg even. 'Zullen we kijken of hij er is?' vroeg hij ten slotte.

'Als we met z'n tweeën zijn, zegt hij toch niks. Dan slaat-ie dicht. Dat heb je de vorige keer wel gemerkt.'

'En als jij alleen gaat?'

'Dan is-ie meer op z'n gemak.'

'Dat zou ik ook zijn,' zei Fred.

Ze wilde weten wat hij daarmee bedoelde, maar slikte haar vraag in.

Hij wees op de woonwagen. 'Er brandt licht. Laten we daar nog 's gaan kijken. Misschien is die dealer terug met of zonder z'n vriendin.'

De deur werd opengedaan door een vrouw die hen met wantrouwende ogen aankeek.

Fred toonde zijn identificatie en vroeg of ze binnen mochten komen. Er was geen hond te zien of te horen.

'*Polska*,' zei de vrouw.

Achter haar verscheen nu een andere vrouw, eigenlijk nog maar een meisje, misschien zo'n zestien jaar oud. Door haar zware make-up leek ze ouder. '*Nicht verstehen*,' zei ze.

Josien vroeg in haar beste Duits hoe lang ze hier woonden.

Het meisje stak vier vingers op. '*Cztery*.'

Alweer een woord in een vreemde taal geleerd, *cztery*.

Fred vroeg naar hun paspoort.

De vrouwen keken elkaar aan met angst in hun ogen. De oudere vrouw begon in hoog tempo tegen de jongere te praten, die een paar keer met haar hoofd schudde.

'Paspoort?' vroeg Fred nog eens.

'*Nicht... boss...* paspoort.'

Ze waren weer vertrokken.

'Ga je d'r nog iets mee doen?' vroeg ze toen ze weer bij de auto stonden.

'Wat moet je doen? Naar die pooier gaan, hun paspoorten ophalen en ze over de grens laten zetten? Het is zielig, maar...' Hij haalde zijn schouders op en kroop achter het stuur. Verbeeldde ze het zich of reed hij werkelijk extra voorzichtig terug naar de Marnixstraat?

Steef zat stuurs voor zich uit te kijken en gaf minimale antwoorden. Als ze hem uit zijn tent probeerden te lokken met suggestieve vragen, keek hij in de richting van het raam. De ergernis bleek alleen uit de manier waarop hij ritmisch met zijn voet op de vloer bleef tikken, alsof hij de maat moest aangeven voor een orkestje.

'Begon ze misschien te schreeuwen, en was je bang dat haar broer naar buiten zou komen?'

'Ze schreeuwde niet. D'r was helemaal geen reden om te schreeuwen. We hebben nog een tijdje staan praten over hoe het verder moest en toen is ze…'

'En toen heb je je handen om haar nek gelegd,' onderbrak Fred hem.

'Het ging zomaar.' Het getik tegen de vloer werd iets luider. 'Je kon er eigenlijk niks aan doen. Je deed het niet zelf, het was iemand anders.'

'Sprookjes, allemaal sprookjes,' zei Steef.

'Soms geloven we in sprookjes,' antwoordde Fred. 'Ik haal even koffie. Jij ook, Jo?'

Ze bleef alleen met Steef achter. Hij droeg hetzelfde donkere pak als gisteren op de begrafenis, maar nu waren de mouwen van zijn colbertje weer opgerold, waardoor de sterke, brede onderarmen met de tatoeage zichtbaar werden. Ze keek naar zijn handen, en wist het zeker. De woede trok door haar heen. Ze omklemde de zitting van haar stoel tot haar vingers pijn deden. Steef had het niet kunnen verdragen dat hij had verloren van Gerard, dat Bea haar broer voorrang had gegeven. Daarom zat Gerard nu alleen op die boot. Wat Steef met Bea had gedaan was al verschrikkelijk, maar hij had in één moeite door twee slachtoffers gemaakt.

'Koffie,' zei Fred. 'Heerlijk, uit de automaat.' Hij zette de drie bekertjes neer.

'Ik hoef geen koffie,' zei Steef. 'Ik stap maar weer 's op. Er valt niks meer te zeggen.'

'Dat maken wij wel uit,' zei Josien.

'Ik kom hier toch op vrijwillige basis?'

'Min of meer. We kunnen ook zorgen voor een arrestatiebevel.'

'Vandaag?'

'Vandaag gaat een beetje moeilijk, maar morgen zeker. Je kan je pyjama en je tandenborstel alvast klaarleggen, hè Jo?'

'Hahaha.' Steef lachte gemaakt. 'Jullie hebben niks, helemaal niks. Alleen maar een vermoeden. Er is niks waar jullie me op kunnen pakken. Geen enkel bewijs.'

'O, dus er is wel wat,' zei Josien. 'Alleen wij hebben het nog niet gevonden.'

'Dat zei ik niet. Jullie lullen zoveel, maar jullie moeten 's beter leren luisteren.'

'We beginnen bij het begin,' zei Fred. 'Jullie gingen naar *Basic Instinct*... ik wist trouwens niet dat die nog draaide.'

Rond zes uur reed ze naar de Amstel. Gerard zat naar *Sesamstraat* te kijken. Ze ging naar de keuken en begon op te ruimen. Ze zocht een vuilniszak om het beschimmelde brood weg te kunnen gooien. Onder in een keukenkastje trof ze een bak met tot stinkende moes vergane witlof, uitgelopen aardappelen en rotte appels. Nergens waren vuilniszakken te vinden. Dan eerst maar de afwas. Er stonden stapels bordjes, schoteltjes en kopjes op het aanrecht. Ze draaide de warmwaterkraan open, maar zelfs na minuten wachten bleef het water koud.

Ze stak haar hoofd door de deurtjes naar de woonkamer. 'Heb je geen warm water meer?'

'Ssstt, Bert en Ernie.'

Ze wachtte tot het onderdeel was afgelopen. 'Er is geen warm water meer.'

'De gasfles is leeg.'

'Heb je dan geen volle gehaald?'

'Stil nou... ik zit te kijken.'

Ze ging terug naar het keukentje en zette een ketel water op het gas. Pas nadat ze de kraan van het gasstel had opengedraaid besefte ze dat daar natuurlijk ook niks uitkwam. Ze ging zuchtend op een krukje zitten. Hoe moest dit in godsnaam verder? Ze kon die jongen hier toch niet naar de verdommenis laten gaan? Opnieuw begon ze naar vuilniszakken te zoeken. Ten slotte vond ze een paar grote plastic boodschappentassen waar ze zoveel mogelijk van het vuil in liet verdwijnen. Moest zij een gasfles voor hem gaan kopen? Nee, maar wie dan? Ze hoorde Gerard lachen.

Door het smalle raampje van de roef kon ze de woonwagen zien. Er brandde nu geen licht meer.

Ze hoorde de eindtune van *Sesamstraat*, en ging het trapje af naar de huiskamer.

'Zo gaat het niet langer, Gerard,' zei ze toen hij het toestel uit had gedaan.

Gerard deed of hij haar niet gehoord had. 'Ik heb wat voor je, een cadeautje.'

Hij ging de slaapkamer in, en kwam even later terug met een opgerold papier. 'Voor jou.'

'Waarom? Ik ben toch helemaal niet jarig of zo? Waar heb ik dat aan verdiend?'

'Voor jou,' herhaalde Gerard. 'Zomaar.'

Ze rolde het papier uit. Er stonden ingekleurde geometrische figuren op. Er vonkte iets in Gerards ogen. 'Ik heb er de hele dag aan gewerkt.'

Ze gaf hem een zoen op zijn beide wangen. Even voelde ze zijn handen op haar schouder. Ze deed een kleine pas achteruit.

'Waar teken je dan?' vroeg ze.

'Daar, in m'n slaapkamer, daar staat m'n tekentafel en daar liggen m'n spullen. Wil je ze zien?'

Ze liep met hem mee naar de slaapkamer. Even had ze het idee dat er iets mis was. Er klopte iets niet. Een ander beeld schoof voor haar netvlies, een oud beeld. Maar het was te vaag om te herkennen. Het bed was een omgewoelde massa van dekens en lakens. De muffe geur benam haar bijna de adem. Hoe lang geleden had hier een raam opengestaan? Maar de tekentafel was een toonbeeld van netheid. Er lag een maagdelijk leeg vel papier. Daarnaast aan de ene kant gradenbogen, driehoeken en passers en aan de andere kant een stel potloden en een tekenpen. Een puntenslijper, die haar aan haar lagereschooltijd deed denken, was aan de tafel gemonteerd. Tegen de achterkant van de tafel stond een rij met potjes ecoline.

'Mooi,' zei ze, 'maar je moet 's een raam openzetten. Dit is niet gezond meer.'

Hij deed meteen een raam open.

'Ik wist dat je zou komen,' zei hij. 'Je moest vandaag komen. Niet met die andere man. Ik heb hem wel gezien toen jullie hier vanmiddag rondliepen. Maar ik vind hem niet aardig.'

'Fred is wel aardig.'

Hij schudde zijn hoofd. 'Wil je iets drinken?'

'Wat heb je?'

'Sherry... ik heb sherry gekocht in de supermarkt. En pinda's. Wil je ook pinda's?'

Nee, ze wilde alleen sherry. Ze gingen weer terug naar de kamer. Even probeerde ze met hem te praten over de begrafenis, maar hij ontweek haar vragen. Of zijn oom en tante nog met hem op de boot waren geweest? Nee, dat wilde hij niet. Dan gingen ze zich overal mee bemoeien. Gisterochtend had hij ze opgewacht bij de straat. Dat hadden ze niet leuk gevonden. Hij lachte bij het idee. Hadden ze nog iets gedaan samen? Ja, ze waren naar een Chinees restaurant geweest. Hij had bami gegeten, dat vond hij het lekkerst. En cola gedronken.

'Bea is er niet meer,' zei hij plotseling. 'Ze komt nooit meer terug. Ze ligt onder de grond. Helemaal dood.'

'Nee, ze komt nooit meer terug.'

'Ze is al een hele tijd weg,' zei Gerard en hij keek haar met neutrale ogen aan.

'Ja, al meer dan een week.' Ze moest nu doorvragen, maar tegelijk durfde ze niet. 'Die dinsdagavond of dinsdagnacht, toen Bea... eh, vermoord is... heb je die nacht nog iets bijzonders gehoord? Geschreeuw, stemmen?'

'Dat heb je al 's gevraagd.' Hij pakte een handje pinda's.

'Weet ik. Maar het kan zijn dat 't je nu plotseling te binnen schiet. Dat gebeurt wel vaker.'

Hij keek peinzend voor zich uit en schudde na een tijdje zijn hoofd.

'Sliep je?'

'Nee, dat weet je wel, ik was wakker. Ik blijf altijd wakker als Bea weg is. Ik wacht tot ze thuiskomt.'

'En je hebt echt niets gehoord?'

'Nee, ik dacht 't niet... ja, soms hoor je 's nachts auto's die langskomen, die remmen als ze te hard de bocht doorgaan, en een enkele keer wel 's een boot, maar niet vaak.'

'Heb je geen stemmen gehoord, van Bea en Steef misschien?'

Plotseling wendde hij zijn blik af. 'Ik weet niet meer.'

Ze had haar glas bijna leeg.

'Nog een beetje?'

'Nee, ik moet weg.'

'Nu al?'

Ze keek voor de vorm op haar horloge. Deed het er nog iets toe hoe laat ze thuiskwam? Zat Theo op haar te wachten? Vaag herinnerde ze zich een afspraak. Het was iets met zijn school. Zo'n half verplichte sociale gebeurtenis waar je spontaan, uit eigen vrije wil naartoe ging. Of was dat morgenavond?

'Nou goed, schenk nog maar een beetje bij.'

Zorgvuldig schonk hij het glas tot de rand toe vol.

'Ben je vandaag nog ergens heen geweest?'

'Nee, waar moet ik naartoe?'

'Was je de hele dag alleen?'

'Dat ben ik gewend,' zei hij. 'Dat is helemaal niet erg. D'r kwam nog iemand langs die ik niet kende. Hij klopte aan, maar ik heb niet opengedaan.'

'Waarom niet?'

'Ik kende hem niet. Ik wist niet wat-ie moest.'

'Jou helpen misschien.'

'Dat hoeft niet.'

'En je werk? Ga je alweer naar je werk?'

'Otto heeft gezegd dat ik moet komen als ik het weer aankan.'

Ze boog zich voorover en slurpte een beetje sherry uit het glas, zoals ze oude mannetjes wel eens in het café met hun kelkje jenever had zien doen.

'En verder niks?'

'Hans, die heb naar me gevraagd. Die hoopt dat ik weer gauw kom.' Hij stak weer een handje pinda's in zijn mond.

'Dat is je vriend, hè?'

Hij knikte.

'Ik moet even naar de wc,' zei ze. 'Dat kan toch wel hier?'

Hij lachte. 'Dacht je soms dat je het over boord moest doen of zo?'

Hij wees haar de wc. Ze voelde zich ongemakkelijk terwijl ze haar spijkerbroek en slipje naar beneden trok en op de koude, beslagen bril ging zitten. Hij bleef misschien wel voor de deur staan. Ze hield haar adem in en probeerde zo geluidloos mogelijk te plassen. Dit was natuurlijk waanzin. Die jongen was gewend met een vrouw te leven die een paar jaar ouder was dan hijzelf. Wat haalde ze zich voor stommiteiten in haar hoofd. Er hing een foto van Bea op de deur. Ze zat op het strand, in een bikini, en keek lachend in de lens. Josien kneep haar ogen tot spleetjes. Daar zat ze zelf op het strand in Kalymnos. Aan de overkant van de baai lag Telendos. Soms gingen ze met de boot over om daar te zonnen, te zwemmen en te eten. Ze bekeek de verjaardagskalender. Verdomme, over vier dagen zou Bea jarig zijn geweest, aanstaande zondag.

'Is het lekker?' vroeg hij, terwijl hij naast haar op de bank ging zitten.

'Ja.' Ze nam een slokje als om het te bewijzen.

'Eén keer heb ik wat gedronken met alcohol,' zei hij. 'Bier... hier op de boot. Ik ben toen bijna verdronken. Ik sprong zo overboord. Gelukkig was Bea erbij. Die heeft me d'r uit gehaald. Daarna mocht ik niet meer drinken.'

'Dat was verstandig van haar. Dronk ze zelf wel?'

'Ja, soms een beetje veel. Daar werd ze vrolijk van. "Dan kan 't me allemaal niks meer schelen," zei ze, "dan doe ik alles wat niet mag." Heb jij dat ook?' Hij legde een hand op haar arm.

'Een beetje. Het is gewoon een lekker gevoel.'

Er kwam een schip langs, en ze werden zacht op de golven gewiegd. Josien sloot haar ogen. De sherry maakte haar loom en warm. Ze nam nog een slok. Straks naar huis, naar Theo.

Gerard legde zijn hoofd op haar schouder. 'Ik mis je zo.'

Ze veegde een lok haar uit haar gezicht. 'Wat zeg je?'

'Bea, ik mis haar zo... ik ben zo alleen.'

Ze sloeg een arm om hem heen, streelde zijn haar. 'Het komt wel goed. Het komt echt wel goed. Over een paar dagen ga je weer naar je werk, dan zie je weer allerlei mensen. Dan vinden we heus wel een oplossing.' Een oplossing, dacht ze, welke oplossing en waarvoor?

'Je mag niet weggaan... Bea mag niet weggaan.'

'Ik ben Bea niet, dat weet je. Ik ben Josien. Ik wil je helpen, maar ik ben Bea niet.'

9

Theo had nadrukkelijk de geur opgesnoven en 'open haard' gezegd. Meteen ging ze zich wassen. Ze stond al ruim een kwartier onder de douche. Het beeld van de slaapkamer bleef voor haar ogen verschijnen. De deur die openging, de linkerdeur. Daarachter de ordeloze kamer. Het niet opgemaakte bed. Maar ook het keurige tafeltje met de tekenspullen. Ze had de tekening in de auto laten liggen. Misschien kon ze hem ergens op het bureau ophangen.

Ze schrok toen Theo onverwachts in de badkamer stond. Hij ging op de wasmachine zitten. Ze zag zijn contouren door de halftransparante doucheschuifdeur. Verwoed zeepte ze haar haar voor de tweede keer in.

Theo praatte luid om boven het geluid van het stromende, spetterende water uit te komen. 'Ik begrijp je niet meer de laatste tijd.'

Ze spoelde de shampoo uit.

'Heb je iemand anders?'

'Doe niet zo gek, natuurlijk niet... hè getverdemme.'

'Wat is er?'

'Allemaal zeep in m'n mond.'

'Ben je weer op die boot geweest?'

Ze draaide de kranen dicht, pakte haar handdoek en begon zich af te drogen.

'Ik vroeg of je weer op die boot geweest was,' zei Theo met zijn harde, gebiedende leraarsstem.

'Ja,' zei ze. Ze voelde zich onaangenaam begluurd terwijl ze zich bukte en haar benen afdroogde. Ze wilde dat hij naar de kamer ging, maar durfde het niet te vragen. Straks zou hij meelopen naar de slaapkamer, en haar aankleedritueel volgen, elke beweging bekijkend, elke houding keurend.

'Waarom?'

Ze liep naar de slaapkamer. 'Ik heb je al eens over die jongen verteld. Die zit daar in z'n eentje, die vervuilt en verslonst helemaal. Dat loopt helemaal uit de hand.'

'Maar daar kan jij toch niks aan doen?'

Ze pakte een slipje en deed er een inlegkruisje in. Ze voelde zo hevig zijn ogen op haar lichaam terwijl ze het slipje aantrok, dat ze bijna viel.

Hij liep op haar af en trok haar tegen zich aan. 'Ik heb zin om met je te vrijen.'

'Maar ik ben net onder de douche geweest.'

Steef kroop onder een auto vandaan. 'Wat komen jullie doen?'

''s Kijken waar je werkt,' zei Fred.

'Bedankt voor de belangstelling.'

'Is het hier eigenlijk een officiële garage?'

'Min of meer.' Steef stak een sigaret op.

'Eerder min dan meer, dacht ik.'

Het was donker in de kleine ruimte. Het meeste licht kwam van een looplamp die onder de auto lag. Langs de muren was gereedschap in klemmen aangebracht. Er hingen enkele posters van vrouwen op de motorkap van een sportauto. Ze liep erop af, zogenaamd om ze wat beter te bekijken.

'Geen ander personeel?' vroeg Fred.

'Momenteel niet, nee.'

De vrouwen barstten bijna uit hun minimale lingerie. De pront vooruitgestoken borsten werden nauwelijks in bedwang gehouden. Hier raakten mannen dus opgewonden van. Theo had zijn armen om haar heen geslagen. Zijn geslacht voelde ze tegen haar maag. Hij had haar naar het bed geleid, langzaam en lief haar slipje naar beneden gedaan. 'Ik zal je straks weer schoonspoelen,' had hij gezegd. Ze lag op bed, zoals Bea op de grond had gelegen. Haar ogen had ze dichtgedaan om alles te kunnen bezweren. Na afloop had Theo haar in zijn armen genomen. 'Was het lekker?' had hij gevraagd. 'Je bent lief,' waren de enige woorden die van haar lippen kwamen. Haar huid was overgevoelig toen hij haar streelde, maar ze durfde er niets van te zeggen.

'Waarom werd je nou zo kwaad toen ze zei dat ze het wilde uitmaken?' Bijna achteloos gooide Fred de vraag er nog een keer tussendoor. Josien bleef naar de vrouwen kijken, naar de wulpse, veelbelovende, roodgestifte monden, de gladde dijen, de slanke benen met de stilettohakken aan de voeten.

Messen die iemands lichaam moeiteloos konden doorboren.

Een stuk gereedschap ging kletterend tegen de grond. Josien draaide zich om.

'Krijg toch de tering achter je hart,' schreeuwde Steef. 'Wanneer is 't eindelijk 's een keertje afgelopen?'

Fred bleef onverstoorbaar. 'Omdat zij er een eind aan wilde maken, moest er daarom ook een eind aan haar leven komen? Vond je dat een goeie deal?'

Steef pakte de zware Engelse sleutel van de grond. Hij stond tegenover Fred. De aderen in zijn hals zwollen op. Fred had hem bijna waar hij hem wilde hebben.

'Nou?' vroeg Fred.

Steef gooide de sleutel op een werkbank, liep naar de muur van de garage en scheurde de posters met de pin-ups op de auto's eraf. Hij verfrommelde ze en mikte de proppen onder de werkbank.

'Nou?' vroeg Fred weer.

Steef hield met twee handen de werkbank vast. Ze zag de kracht in zijn handen. Hij keek hen niet aan, en sprak bijna geluidloos. 'Ik heb 't nou al zo vaak gezegd, maar jullie willen niet luisteren. Ik zeg 't nog één keer, en daarna verdom ik 't. Hebben jullie 't goed begrepen? Nog één keer. En anders dan arresteren jullie me maar. Het kan me allemaal geen fuck meer schelen. Ik bracht Bea naar huis. In de auto hadden we 't erover dat we zo niet door konden gaan. Tenminste dat wilde ik niet, en zij ook niet. Er moest wat veranderen. Zij zou bij mij komen wonen.'

'Dat weet je zeker?' vroeg Fred.

Steef deed of hij Fred niet gehoord had. 'Misschien niet meteen, maar wel op den duur. We moesten nog wat vinden voor d'r broer, voor... Gerard.' Het was of het uitspreken van die naam hem moeite kostte. 'Een tehuis of zo, ik weet 't niet. Ze kon niet haar hele leven opofferen voor die jongen. Dat kon niemand van haar vragen. We zouden wel wat bedenken.' De greep van zijn handen leek iets te verslappen. 'En nou is ze dood, zomaar... weg, kapot, onder de grond, verdwenen. Ik weet niet hoe of 't komt, maar ik blijf altijd aan de verkeerde vrouwen hangen.' Er klonk geen zelfmedelijden in zijn stem, eerder zelfverwijt.

'Verkeerde vrouwen?' vroeg Josien.

'Ja, eerst Madelon, die kennen jullie niet, maar dat was ook zo'n wanhoopsgeval. Die loopt nou, geloof ik, achter het CS. Voor een geeltje doet ze alles, als ze nog leeft tenminste. Toen Anja, en daarna Bea. Een mooie serie. Madelon kennen jullie zeker niet? Maakt niks uit. Missen jullie niks aan.'

Plotseling liep hij in enkele snelle, krachtige passen op Fred af. Ze stonden vlak tegenover elkaar, nog geen decimeter tussen hun gezichten. Josien hield haar adem in tot het pijn deed in haar borst.

'En, smeris,' fluisterde Steef, 'denk je nou nog steeds dat ik 't gedaan heb?'

'We zullen even bij de Kamer van Koophandel navragen,' zei Fred met een stem alsof hij bij de bakker om een half gesneden volkoren vroeg, 'hoe het zit met de inschrijving van dit prachtige garagebedrijf.'

Ze rookte nerveus, en keek schichtig om beurten naar Fred en Josien. In haar mondhoeken was de kersenkleurige lippenstift een beetje uitgelopen. Het maakte haar ouder. De filter van haar sigaret werd donkerrood.

'Waarom heb je ons voorgelogen?' vroeg Josien.

'Voorgelogen?'

'Ja, je bent vorige week dinsdagavond helemaal niet in dat café Frontaal geweest. Niemand heeft je gezien. Dus waarom heb je...'

'Vorige week dinsdagavond? Ja, hoe kan ik dat nou weten. Ik hou dat allemaal niet zo precies bij. Wat is het vandaag eigenlijk voor dag?'

'Wat dacht je?' vroeg Josien.

'Woensdag?'

'Donderdag.'

'Nou, zie je wel.' De aanzet tot een triomfantelijk lachje verscheen op haar gezicht.

'Maar de vorige keer wist je het zeker. Toen twijfelde je niet over dinsdag of woensdag.'

'De vorige keer was anders.' Weer een voorzichtig lachje. 'Dat kan toch, een mens kan zich toch wel 's vergissen?'

'En je geheugen is niet meer wat het was,' zei Fred.

'Precies. Het is gewoon net een... een kast of zo, waar je allemaal dingen in gooit, en dan aan het eind, dan kan je niks meer terugvinden, weet je wel.'

'En je ruimt die kast niet op?'

'Is geen beginnen aan.' Haar blik flitste weer even heen en weer tussen Fred en Josien.

'Maar dan hebben we nog een probleem,' zei Josien.
'Een probleem?' vroeg Anja. 'Ik begrijp niet wat...' Ze begon verschrikkelijk te hoesten.
'Hier, neem een slokje water.'
Josien reikte haar het bekertje aan, maar ze weerde het af.
'Waar was je dan die dinsdagavond?' Fred klonk kort aangebonden. 'Dat is natuurlijk het probleem, wat dacht je anders?'
Anja keek hem bangig aan. Ze haalde haar schouders op.
'Goed, vorige week dinsdagavond?'
''k Weet niet meer.' Anja's stem piepte een beetje.
'Ben je naar je werk geweest?'
Ze knikte.
'En daarna? Gewoon voor jezelf nagaan wat je daarna heb gedaan. Of is meneer Korsakow al zo lang op bezoek dat je het niet meer weet?'
'Hè?'
'Laat maar. Wat heb je daarna gedaan op die dinsdagavond? Je ging eerst eten. Waar ging je eten?'
'Broodje shoarma in de Pyramide.'
Josien dacht plotseling aan Theo en zijn boeken. Vijfentwintig jaar geleden zou niemand in Amsterdam dat hebben begrepen: broodje shoarma in de Pyramide.
'Vragen we na,' zei Fred. Hij maakte een aantekening. 'En verder?'
'Even naar het café... Het Vergulde Paard. Tot een uur of acht, negen. Ik weet niet meer precies. O ja, Mira was er ook, een vriendin van vroeger. Heb ik nog mee op school gezeten. Kan je navragen.'
'En toen?'
'Naar huis. Wat moest ik anders? Steef was er toch niet.'
'Hoe wist je dat?'
'Gebeld natuurlijk, en langs geweest, voor de zekerheid.'
'En daarna ben je thuisgebleven?'
Ze knikte nauwelijks waarneembaar.

Ze hadden Beekman gevraagd om naar de Marnixstraat te komen, en dat had hij niet leuk gevonden. 'Moet ik soms een advocaat meenemen?' had hij gevraagd.
'Als u dat zelf nodig vindt, moet u dat zeker doen.'

'Hoe bedoelt u?'
'Gewoon, wat ik zeg, als u 't zelf nodig vindt, dan moet u zeker nu al voor juridische bijstand zorgen.'
Beekman verscheen alleen, zo te zien in een uitstekend humeur. Hij keek het kantoor rond. 'Beetje armoedig zootje hier.'
'Kan zo met vsv mee, die inboedel, naar de stortplaats,' zei Josien.
Beekman lachte even. 'Dat bedoelde ik niet.'
'Daarom zei ik het maar.'
Ze gingen naar een verhoorkamertje. Plotseling leek Beekman zich minder op zijn gemak te voelen. Hij bette met een smetteloos witte zakdoek zijn voorhoofd af.
'Wat is er nou weer?' vroeg hij nadat het ritueel van het koffieaanbod was afgewerkt.
Fred haalde een foto uit het dossier en legde hem zwijgend voor Beekman neer. Die trok wit weg. Zijn ademhaling klonk zwaar en moeizaam. Hij probeerde kennelijk van de foto weg te kijken, maar zijn blik werd er weer naartoe getrokken. Beekman was niet anders dan de toeschouwers bij een bloederig ongeluk. Josien hoefde zelf niet meer naar de foto te kijken. Elk detail was in haar geheugen afgedrukt.
Beekman schraapte zijn keel. Ze keek hem verwachtingsvol aan, maar hij zei niets.

'Niks,' zei Fred, 'helemaal niks. Die man is van de aardbodem verdwenen.'
'En z'n tentje? Dat moet toch in deze tijd opvallen?'
'Nergens gezien.'
'Dus twee mogelijkheden,' zei Josien. 'A. Hij heeft 't gedaan en is op de vlucht of ondergedoken. Misschien heeft-ie dat tentje ergens in een puinbak gegooid, misschien zit het in een bagagekluis op het CS. Hij kan zijn baard hebben afgeschoren en bij Hulp voor Onbehuisden zitten of in een opvanghuis in... in Gouda, Alkmaar, Tilburg... noem maar op. We weten z'n naam niet eens.' Ze keek om zich heen. Zoals altijd voelde ze zich een beetje opgelaten tijdens deze seances. Iedereen kreeg een of twee betrokkenen toegewezen en moest iets over die mensen vertellen. Een theorie, een idee, een hypothese, een op het oog wilde associatie. Alles mocht. Dan probeerde Roland later alles aan elkaar vast te plakken. Josien ging door met de volgende mogelijkheid. 'B. Hij heeft 't gezien. De dader weet dat en heeft hem

koud gemaakt. Stel dat Beekman het heeft gedaan. Die kan hem makkelijk gedumpt hebben tussen al dat vuil.'

Roland keek de kring rond. 'Wie heeft Beekman ook alweer? Jij toch Fred?'

'Er is natuurlijk nog een derde mogelijkheid,' zei Josien, 'en dat is dat-ie er niks mee te maken heeft. Hij is gewoon verdwenen, zoals zoveel van dit soort mensen verdwijnen.' Ze nam een slokje koffie. 'Het is dan alleen stom toevallig dat het net nu is gebeurd.' Ze keek Fred aan. 'Heeft de taxicentrale trouwens al teruggebeld?'

'De taxicentrale?' vroeg Roland.

'Ja, een ritje naar die plek bij de Amstel, vorige week dinsdagavond, dat is niet zo gewoon.'

'Goed idee. Hadden we eerder moeten doen. En Fred?'

Fred keek de kring rond. De rotzak, dacht Josien. Hij weet het al een tijdje en laat ons in onzekerheid.

'Nou?' Martijn trommelde met zijn vingers op tafel. 'Komt er nog wat?'

'Tegen elf uur,' zei Fred ten slotte. 'Vanaf de taxistandplaats op de Gerard Dou *Boulevard*...'

'Wat?'

'De Gerard Doustraat, je weet wel, daar bij de Albert Cuyp. Een ritje naar de Johan Muyskenweg, tegenover de volkstuintjes, Amstelglorie. Dat is het goeie nieuws.' Fred keek opnieuw de kring rond. 'Maar nu het slechte nieuws. De chauffeur is er niet. Met wintersport, en ze weten niet waar. Is ook niet achter te komen. Hij is weg tot volgende week zaterdag. Twee weken wintersport! Waar doet zo iemand het van?'

Roland sloeg met zijn vuist op tafel. 'Verdomme.'

'Ja,' zei Fred, 'en je zal zien, twee weken met wintersport, en van de zomer nog 's vier weken naar Thailand of naar Aruba. En maar klagen dat je met zo'n taxi tegenwoordig niks meer verdient.'

'Hans is niet zo'n prater,' zei de vrouw. 'Nooit geweest ook. Net als z'n vader. Er waren dagen dat er geen woord over z'n lippen kwam. Net of ik met een doofstomme getrouwd was.'

Hans zat op de bank. Hij dronk kleine slokjes uit een glas cola, steeds maar weer minieme slokjes.

'Vertelde Gerard wel eens over zijn zus, over Bea?'

'Soms,' zei Hans. Hij streek met zijn hand door zijn dunne, sluike haar. Ze had begrepen dat hij zesentwintig was, maar hij zag er veel ouder uit. Zijn huid leek schilferachtig. Over een paar jaar zou hij door een bejaardentehuis kunnen schuifelen.

'Toch verschrikkelijk van dat meisje, hè,' zei de vrouw nu al voor de derde keer. 'Zo jong nog, en dan zo aan je eind komen.' Ze trok rillend haar schouders op, zoals Josien haar dat al eerder had zien doen.

'Wat zei hij dan?' vroeg Josien.

Hans haalde zijn schouders op. ''k Weet niet. Gewoon…'

'Gewoon wat?'

'Gewoon dat ze samen waren, en dat-ie…'

'En dan zo'n jongen alleen,' onderbrak de vrouw. Josien omknelde de leuning van de stoel. 'Hij kan misschien helemaal niet voor zichzelf zorgen,' ging de vrouw door. 'Stel dat Hans alleen kwam te staan, ik moet er gewoon niet aan denken. Die kan geen eten koken. Niet dat-ie dom is, hoor.' De vrouw sprak alsof ze het over iemand had die niet aanwezig was. 'Sommige dingen kan-ie heel goed, bijvoorbeeld kruiswoordpuzzels oplossen. Ik koop altijd van die boekjes voor hem… nou, woorden waar ik zelfs nog nooit van gehoord heb, die kan-ie zo invullen. Hij heeft natuurlijk wel zo'n puzzelwoordenboek, maar toch…'

Josien maakte een afwerend gebaar naar de vrouw. 'Vertel 's Hans, wat zei Gerard dan over Bea?'

'Ja, gewoon,' zei Hans weer.

Josien voelde een moeilijk te bedwingen agressie in zich opkomen. 'Gewoon wat?' vroeg ze, met haar tanden bijna op elkaar geklemd.

Hans nam een slokje cola. 'Dat-ie altijd bij Bea zou blijven en zo, dat Bea de liefste was, en…'

'En wat nog meer?'

Hans schudde zijn hoofd. Hij keek Josien aan alsof ze een docent was die tegen beter weten in een antwoord uit een leerling probeerde te trekken. 'Ik weet 't niet.'

'Heb je hem wel eens opgebeld om te vragen wanneer-ie weer op z'n werk komt?'

'Kijk, dit is zo'n puzzelboekje. Nou, dat zijn best moeilijke woorden die ze moeten opschrijven. Hier bijvoorbeeld…' De moeder hield het boekje zo ver mogelijk bij zich vandaan.

'Nee, ik heb hem nooit gebeld. Dat deden we nooit.' De woorden van Hans klonken mat en monotoon.

'Ik heb m'n leesbril niet op. Ja, dit bijvoorbeeld. Iemand die op het land werkt... Agra... Agrarier.' De vrouw legde de klemtoon op de laatste lettergreep.

'Agrariër,' verbeterde Hans.

'Zou je hem niet eens op kunnen bellen om te vragen of-ie weer naar 't werk komt? Dan kan je misschien zeggen dat je het leuk vindt als-ie weer komt.'

Hans knikte.

'Of dit... dit is ook een hele moeilijke. Afrikaans land... Even kijken.' De moeder kneep haar ogen tot spleetjes samen. 'Ethiopië. Ja, dat weet ik nog wel van vroeger. Keizer Haile Selassie. Je had ook een liedje. Haile Selassie die deed een plassie... Verder weet ik het niet meer.'

Josien voelde dat ze de vrouw zou kunnen aanvliegen, slaan, stompen, krabben. Ze moest blijven zitten, anders zou ze zich niet kunnen beheersen. In haar notitieboekje zocht ze het telefoonnummer van Gerard. Ze schreef het op een apart blaadje, scheurde dat eruit. 'Hier,' zei ze tegen Hans, 'z'n telefoonnummer. Kan je nu bellen? Het is belangrijk.'

Met zichtbare tegenzin kwam Hans overeind. Hij pakte het blaadje en liep naar de telefoon. Zijn moeder bladerde nog in het puzzelboekje.

Hans draaide het nummer. 'Ja, met Hans... nee, dat weet ik niet. Wanneer kom je weer?... O, ja... ja... Ik vind 't leuk als je weer komt... ja, dat begrijp ik... nee... ja, tot ziens.'

'En?' vroeg Josien.

'Hij wist 't nog niet,' zei Hans.

'Hier,' zei de moeder, 'combinatie, ook weer zo'n moeilijk woord. Kan-ie allemaal.'

'Zie je die lantaarnpaal? Dat type staat hier verderop ook. En hier dit transformatorhuisje. Kijk, dat vind ik mooi.'

'Ik heb honger,' zei Josien. 'Hoe lang geleden heb je eigenlijk gebeld?'

'Er zijn vijf types, allevijf van Kok.' Hij bladerde heen en terug in het boekje. 'Deze vind ik toch de mooiste. Moet je nagaan. Toen bouwden ze vijf basistypes. Vijf verschillende. Dat was nergens voor nodig. Ze deden dat gewoon omdat ze het mooi vonden, omdat de stad er mooier van werd.'

'Hoe laat heb je die pizza's besteld?'
'En hier heb je een tramwachtershuisje, dat…'
Ze trok het boek uit zijn handen. 'Hoe laat heb je verdomme die pizza's besteld, Theo? Ik sterf van de honger.'
'Een halfuur geleden. Mag ik m'n boek terug?'
Ze legde het boek op het tafeltje en ging voor het raam staan, haar rug naar hem toe. 'Misschien zijn ze het wel vergeten.'
'Natuurlijk niet… en als je op tijd wil eten, dan moet je zelf koken.'
'Of jij,' zei ze.
'Het was vandaag mijn beurt niet.'
'Je hebt alweer gelijk. Vind je dat niet vermoeiend om altijd gelijk te krijgen?' Het was nog maar een klein knopje, die behoefte om ruzie te maken, om te schelden en te schreeuwen, met de deuren te slaan, misschien iets stuk te gooien en jankend het huis uit te lopen, maar het zou groeien, het zou oncontroleerbaar groeien, tot ze absoluut niet meer wist wat ze deed.
'Hoe jij reageert, dat is pas vermoeiend,' zei Theo.
'Dus zo krijg ik toch weer de schuld.' Ze draaide zich om. Hij zat nog steeds onderuitgezakt op de bank door het boek te bladeren. Dat was belangrijker dan zij. Alles wat zij te berde bracht, was geruis dat de simpele eenvoud en harmonie van zijn boekje over stadsmeubilair verstoorde.
'Ik geef je helemaal nergens de schuld van. Jij begint zelf over gelijk hebben, en je knoopt daar…'
De telefoon ging over. Ze keken elkaar aan.
'Zal wel weer voor jou zijn,' zei Theo.
Ze pakte de hoorn in de verwachting Fred aan de lijn te krijgen. Misschien had hij die taxichauffeur toch op kunnen sporen. Maar er klonk een zenuwachtige stem van iemand die moeizaam Nederlands sprak. Ze hoorde hem aan zonder zelf iets te zeggen. Het bloed trok weg uit haar gezicht. De man hakkelde en stotterde. De hoorn gleed bijna uit haar bezwete hand. Of ze haar ogen opendeed of sloot, maakte niets uit: het beeld verscheen op haar netvlies. 'Nee, dat hoeft niet meer,' zei ze. 'Heel vriendelijk dat u dat vraagt, maar het hoeft echt niet meer…'
Ze legde de hoorn neer. Theo was opgestaan en kwam op haar toe lopen. Ze wilde zijn armen om zich heen voelen en tegelijkertijd wilde ze het niet, zou ze zijn aanraking geen seconde kunnen verdragen. 'Kan je een glaasje wijn voor me inschenken?' fluisterde ze.

Hij vroeg niets, haalde de wijn en een flesje bier voor zichzelf, en ging weer op de bank zitten.

Ze nam een paar slokken. 'De man van de pizzatent,' zei ze ten slotte. 'De bezorger is met z'n brommer geslipt, over de tramrails. Er kwam net een tram van de andere kant...' Ze zuchtte diep en nam nog een slokje wijn. 'Hij is er zo onder geschoven. Hartstikke dood.' Ze begon te huilen. Door haar tranen heen zag ze hoe Theo op de bank bleef zitten, recht voor zich uit kijkend.

10

'Misschien heb ik vanmiddag om drie uur even tijd, maar het kan zijn dat er een visite tussen komt.' De dokter wierp schijnbaar toevallig een blik op zijn horloge.

'U heeft het druk, begrijp ik?'

'Heel druk, nu met die griepepidemie is het allemaal nog erger. Mensen denken dat we daar wat tegen kunnen doen. Ze hebben soms een onbegrensd vertrouwen in de medische stand. Het enige wat we kunnen zeggen, is dat ze het maar moeten uitzieken, gewoon in bed blijven liggen tot het over is. Maar... eh, we hebben afgesproken om drie uur? Tegenover die volkstuintjes. Misschien moet u even wachten, maar dan ben ik elders mijn zegenrijk werk aan het verrichten. U kent dat waarschijnlijk wel... plotseling weggeroepen worden, een noodsituatie, dat soort dingen.'

Josien knikte. Een noodsituatie, die kende ze inderdaad heel goed. Vele noodsituaties. Omdat je trek hebt in een pizza, nee, anders, omdat je geen tijd hebt gehad om boodschappen te doen, nee, weer anders, omdat je zo nodig na vijf uur 's middags nog met een zwakbegaafde kruiswoordpuzzeloplosser moest praten en dus geen boodschappen kon doen. Daarom, en alleen daarom...

De arts stond op en gaf haar een hand. 'Ik betwijfel of ik kan helpen. Ik ken ze nauwelijks, die jongen en zijn zus. Zij kwam hier nog wel eens voor de periodieke pilcontrole, maar verder waren ze zo gezond als ik weet niet hoe. Ik ben één keer op die boot geweest, een paar jaar geleden.'

'Wil jij nog koffie?' vroeg Fred.

'Nee, dank je. Je hebt je snor of wat daarvoor door moest gaan weer afgeschoren.'

Fred wreef met twee vingers over zijn bovenlip.

'Vond Anne het niet mooi?'

'Het prikte bij het zoenen.'
'Kan ik me voorstellen,' zei ze. 'Ik zou het ook niet lekker vinden.'
'Jullie zouden nog 's bij ons komen eten,' zei Fred. 'Anne kan heel lekker koken. Vindt 't ook leuk om te doen.'
'Jij niet?'
'Nee, ik kan eigenlijk nog geen ei bakken, echt waar niet. Ik doe wel de meeste boodschappen, en ik was af. Nou ja, ik ruim de afwasmachine in, en ik ruim hem weer uit. Eigenlijk ben ik een heel huishoudelijk type.' Fred dronk van zijn koffie. 'Binnenkort moeten we echt 's afspreken dat jij met Theo komt eten. Zal Anne ook leuk vinden.'
'Ja, moeten we doen.'
'Je klinkt niet erg enthousiast.'
'Ach.' Ze haalde haar schouders op.
'Wat is er?'
'Niks... helemaal niks. Wat zou er zijn?'
Fred legde een hand op haar arm. 'Wat er zou zijn? Dat moet jij nou juist aan mij vertellen.'

Vijf over drie. Dokter Veenstra was er nog niet. Waarom hadden ze ook hier afgesproken? Het begon zachtjes te regenen en ze ging weer in haar auto zitten. Af en toe kwam er een auto of een fietser langs. Verder was er geen mens te zien. Even overwoog ze om weer weg te gaan. Dit was een zinloze onderneming. Wat zou die dokter kunnen doen? Waarom zou Gerard naar hem luisteren? Wat voor oplossing had hij te bieden?
Ze nam een dropje van het rolletje dat Theo laatst in haar auto had gelegd. Ze kon zich nu al niet meer precies herinneren wat ze Fred had verteld. Hij had in ieder geval geluisterd. Ze waren naar Américain gegaan om ongestoord te kunnen praten. Langer dan een uur hadden ze er gezeten. Wat had ze allemaal verteld over Theo? 'En de seks?' had Fred op een gegeven moment gevraagd. 'Hoe werkt het daar op door?'
Ze wist niet eens zeker of Gerard wel thuis was. Vanochtend was hij in ieder geval niet op zijn werk verschenen. Tien over drie. Het was weer droog. Ze liep het pad een stukje op, en hoorde verderop iemand hout hakken. Gerard? Vaag kon ze de schimmen van twee kinderen zien die steeds weer van een glijbaantje gleden. Ze had ook nog aan Fred gevraagd hoe het tussen hem en Anne was, of ze wel eens van dit soort problemen hadden, maar

dat was vooral een beleefdheidsvraag. Nieuwsgierig was ze wel, maar tegelijkertijd was het moeilijk om erover te praten omdat het zo anders was. Of was dat een vooroordeel? Ze ging terug naar de plek waar haar auto stond. Na een paar minuten arriveerde Veenstra.

Ze liepen langs het glijbaantje. Een jongen en een meisje van een jaar of zes roetsjten op een plastic zak over de natte glijbaan. Waarom waren die kinderen niet naar school? Gerard stond inderdaad hout te hakken. Op haar voorstel gingen ze de boot op. Van haar opruimwerk in de keuken was bijna niets meer te zien. In de kamer lagen her en der wat kleren verspreid, er stonden een paar lege bordjes en gebruikte glazen.

'Zo, Gerard, zorg je wel goed voor jezelf?' vroeg Veenstra.

Gerard staarde haar vertwijfeld aan.

Hij bleef maar kijken naar de aapjes die elkaar achternazaten. Af en toe als er een aap gilde, leek hij even op te schrikken.

'Zullen we weer 's verder gaan?' vroeg ze. 'Er is nog zoveel te zien.'

Gerard schudde zijn hoofd. 'Nog even kijken. Ik vind ze zo lief. Moet je die 's zien, dat kleintje... die oogjes.'

Een voordeel van het apenhuis was dat je hier lekker kon doorwarmen. De stank moest je dan maar op de koop toe nemen. Na een minuut of vijf gingen ze verder naar de hokken van de grote roofdieren. Gerard wilde voor elk hok blijven staan. Als ze dit tempo aanhielden, liepen ze hier vanavond om tien uur nog. Ze keek op haar horloge: bijna halfvier. Gelukkig dat ze vanochtend al vroeg boodschappen had gedaan. Theo had stroef gereageerd toen ze vertelde dat ze met Gerard naar Artis zou gaan. 'Die jongen heeft helemaal niks. Niemand zorgt voor hem, niemand doet iets met hem, terwijl hij eigenlijk nog maar een kind is, een kind in een grote-mensenlichaam. Naar Artis, dat wilde-n-ie het liefst. Hij heeft zelfs beloofd dat-ie de keuken op gaat ruimen.'

De keuken was vanochtend inderdaad opgeruimd. Gisteren had ze al met de auto twee nieuwe gasflessen gehaald. Hij had koffie klaar en zei trots dat hij onder de douche was geweest. 'Twee keer. Gisteravond en vanochtend.'

'Je moet nou ook weer niet overdrijven.' Hij had haar niet-begrijpend aangekeken. 'Let maar niet op mij,' had ze gezegd. 'Ik zeg wel 's meer domme dingen.' Daar moest hij erg om lachen.

Gerard keek naar de Siberische tijger en de Siberische tijger keek naar hem. 'Wat is-ie mooi, hè?' fluisterde Gerard.

Er kwamen een paar tienjarige jongetjes naast hen staan die steentjes begonnen te gooien. Gerard pakte het ene jongetje bij zijn pols, en zei: 'Niet doen!' Pas toen het jongetje hevig begon te huilen liet Gerard los. De jongetjes renden bang achterom kijkend weg, de ene voelde nog aan zijn pols waar de bankschroef van Gerards hand had gezeten.

Ook wanneer er bijna niets te zien was, zoals bij de nijlpaarden, die vrijwel volledig onder water de dood lagen te imiteren, bleef Gerard minutenlang staan. Toen ze wegliepen pakte hij haar hand. Zo stonden ze nog bij de zeeleeuwen, hand in hand, toen die dieren gevoerd werden. De oppasser liet hen allemaal kunstjes doen. Het publiek lachte. Gerard ging volledig op in de kleine voorstelling. Zijn mond hing een beetje open in sprakeloze aandacht. Josien keek opzij naar de weke, vochtige lippen. Op een gegeven moment dook een zeeleeuw vlak bij hen in het water en een grote golf schoot over de rand van het bassin. Hun jassen waren nat.

'Ik wil naar huis,' zei Gerard.

'Maar dat is toch helemaal niet erg. Dat droogt vanzelf wel weer. We hebben nog zo veel dieren niet gezien. We kunnen nog naar de pinguïns, naar de zebra's, het aquarium...'

'Ik wil naar huis.'

'Laten we eerst wat gaan drinken. Wil je cola? Of misschien iets lekkers. Ik denk dat ze wel patat hebben. Wil je patat? Nee? Iets anders dan, een broodje kroket?'

Ze had verschrikkelijk haar best gedaan met koken, en alles was gelukt. De aardappelschotel uit de oven was perfect: de aardappels goed gaar en de korst mooi bruin. De rollade was lekker, niet te droog, en de kappertjessaus smaakte uitstekend. Theo zei het wel drie keer. Ze had een dure witte wijn gekocht. Theo vertelde over een andere leerkracht, Peter, ze had hem wel eens ontmoet. Die gaf algemene vakken, zoals Nederlandse taal, en daar hadden de leerlingen toch al geen belangstelling voor. Een ramp was het. Laatst hadden alle leerlingen hun mond dichtgehouden. Echt, ze hadden niks meer gezegd. Helemaal niks meer, ook niet als Peter iets vroeg. 'Nou, later bleek dat-ie ze al verschillende keren had gewaarschuwd, zo van: ik wil jullie niet meer horen, anders dan... Dus toen hadden ze een weddenschap afgesloten. Wie het eerst z'n mond opendeed, moest de rest van de klas trakteren op een Magnum. Dat is zo'n veertig, vijftig gulden, dus ze hielden allemaal hun mond, tot-ie d'r gek van werd. Gillend is-ie de klas uitgelopen, naar de directeur.'

'En toen?'

'Nou, die is naar die klas toegegaan. Hij heeft met ze gepraat, en hij hoorde dat dus van die weddenschap.' Theo nam een slokje wijn. Hij raakte even haar hand nadat hij het glas terug had gezet. Bijna achteloos, per ongeluk. 'En toen kreeg-ie een fantastisch idee. Hij heeft Peter een doos met Magnums laten kopen, en die heeft ze uitgedeeld in de klas. Sindsdien kan-ie bij die jongens... 't is nou bijna twee weken geleden... geen kwaad meer doen.'

'En dat vertel je nou pas?'

'Ik hoorde het verhaal eergisteren.'

'Ik haal het toetje,' zei ze.

'Wat is 't?'

'Een verrassing... zelf gemaakt.'

Zondagochtend waren ze naar Hoevelaken gereden waar Theo's ouders woonden. Vroeger had ze gedacht dat Hoevelaken alleen een kruispunt was van grote wegen, een verkeersknooppunt, maar een jaar of zeven geleden bleek het ook een echt dorpje vlak bij Amersfoort te zijn. Ze dronken koffie, en de conversatie kabbelde langs haar heen. Koffie en een moorkop, het kon niet missen. Die moorkop mocht ze niet weigeren, hoewel ze na het eten van gisteravond en het ontbijt vanochtend weinig trek had. Ooit, de eerste keer dat ze hier was, had ze uit beleefdheid gezegd dat de gepresenteerde moorkop zo lekker was. Sindsdien was het strijk en zet een moorkop bij de koffie.

Theo keek haar verontschuldigend aan toen zijn vader een tirade begon af te steken over buitenlanders, profiteurs en criminelen. Ze glimlachte hem toe. Het was niet erg, zolang zij het met z'n tweeën maar goed hadden.

'En al die kinderbijslag, die daar naartoe gaat? Wie controleert eigenlijk of het wel echt hun kinderen zijn?'

Ze hadden gisteravond nog lang aan tafel gezeten, bijna alsof ze bang waren voor wat erna zou kunnen komen. Wie moest het initiatief nemen? En hoe?

'Als zo'n dorp dan plotseling wordt overspoeld door al die asielzoekers omdat er toevallig een leeg klooster staat, dat kan toch helemaal niet, dat kan je de mensen toch niet aandoen.'

Ze was achter Theo gaan staan, en had zijn nek gezoend, zijn overhemd open geknoopt en zijn borst gestreeld.

'Nou zit jij bij de politie, Josien, dus jij ziet het gewoon met eigen ogen, die criminaliteit die maar toeneemt, al die mensen uit andere landen die hier niks te zoeken hebben...'

Theo was opgestaan. Ze voelde nu zijn handen weer over haar lichaam.

'Josien,' zei Theo's vader nadrukkelijk. 'Wat vind jij d'r nou van? Jij werkt tenslotte bij de politie.'

Dit was de zoveelste opvoering van hetzelfde toneelstukje. Wegens enorm succes geprolongeerd. Zou Theo's vader echt niet in de gaten hebben dat hij elke keer hetzelfde verhaal afstak, en dat hij haar elke keer weer dezelfde vraag stelde? Waarop zij steeds weer hetzelfde omzichtige antwoord gaf, dat hem nooit helemaal tevreden stelde, maar dat ook niet leidde tot een al te groot meningsverschil dat immers de stemmige zondagochtend zou bederven. Natuurlijk, het was niet makkelijk allemaal, maar enerzijds anderzijds, en de sociale omstandigheden, en de politie kon toch ook niet, en als je nu naar sommige Nederlanders keek, die waren ook niet brandschoon, en de migratie die ging door, dat gebeurde overal, mensen bleven niet meer op hun plek. Ze hoorde zichzelf praten en raakte verstrikt in haar eigen woorden, die afketsten tegen het bloemetjesbehang en vreemd vervormd weer door haar oren werden opgevangen.

Toen de discussie toch scherpe kantjes kreeg, begon Theo's moeder onmiddellijk over de baby van Theo's zus Evelien. 'Zo'n schat van een kind, die Kimberly... ja, een rare naam, ik moet er nog altijd aan wennen. Vorige week waren ze hier. We hebben buiten met haar gewandeld.'

Theo's vader stak een sigaar op. 'Even een sigaartje. Ik rook niet veel hoor; zo'n drie sigaartjes per dag. Niet meer.'

Na een volgend kopje koffie zaten ze zwijgend naar buiten te kijken. Er kwamen wat mensen langs die eruitzagen alsof ze naar de kerk waren geweest. Een jongetje van een jaar of zes stond op straat dromerig voor zich uit te kijken. Zijn blonde haar wapperde in de wind. Plotseling begon hij in kleine cirkeltjes te lopen, steeds sneller. Daarna stond hij weer stil. Zijn hand ging op en neer zoals van een politieagent die het verkeer regelt. Vijf minuten lang keken ze naar de overbuurman, die tevergeefs probeerde in te parkeren op een plek die enkele centimeters te klein bleek. 'Twintig meter verderop is veel meer ruimte, maar hier staat-ie voor z'n eigen deur,' zei Theo's vader.

Toen ze aankondigden dat ze maar eens wilden gaan, protesteerde Theo's moeder heftig. Waarom bleven ze niet een boterhammetje eten? Het was zo gezellig dat ze er weer eens waren. 'Zo vaak zien we jullie niet.'

'Ik moet nog wat werken,' zei Theo. 'Voorbereiden voor school.'

Ze reden naar het voormalige KNSM-eiland, en dwaalden langer dan een uur tussen de nieuwbouw, de pas afgebouwde panden, de geraamtes van nieuwe flats. Ze liepen over de kades waarlangs woonschepen waren afgemeerd. Op de kades lag van alles: oude ijskasten, wasmachines, een paar autowrakken, en onduidelijke, roestige, ijzeren constructies. Op een van de boten stond een vrouw met opmerkelijk lang haar, dat misschien nog langer leek doordat het opwaaide in de wind. Ze had een grote militaire winterjas aan, en droeg een klein pluizig hondje in haar armen. Naast haar stond een meisje van een jaar of tien. De vrouw keek hen met grote ogen aan; ze stond stil als een standbeeld. Plotseling boog ze zich voorover en drukte een zoen op de kop van het beestje in haar armen. Daarna keek ze hen weer bijna demonstratief aan, en legde een hand op de schouder van het meisje dat glimlachend naar haar opkeek.

Ze waren nu bestempeld als indringers en liepen snel door. Het was hier veel onherbergzamer dan langs de Amstel. Ze kon zich Gerard op deze plek niet voorstellen.

'Zou jij hier willen wonen?' vroeg Theo.

'Op zo'n boot?'

Theo haalde zijn schouders op. 'Ziet het er bij de Amstel net zo uit als hier? Net zo veel troep?'

''t Is mooier,' zei Josien, 'intiemer, landelijker, ik weet niet hoe je 't moet noemen. Dat komt misschien omdat er een hele strook land naast ligt met allemaal bomen en struikgewas en zo. Fantastisch voor kinderen om in te spelen. Ben je d'r nog nooit geweest? Wil je het 's zien?'

Het was nu negen uur. Ze voelde de vermoeidheid in haar voeten, de drank van gisteravond in haar lichaam. Rond een uur of twee hadden ze in een café een broodje gegeten en een paar glazen witte wijn gedronken. Die hadden haar lichaam slaperig gemaakt, maar tegelijkertijd was het of haar geest juist extra wakker, alert en gespannen was.

Na Hoevelaken was de dag op een plezierige manier tussen hun vingers door geglipt. Ze waren nog naar de Amstel gegaan. Met Theo had ze over het met stukken boomschors bestrooide pad gelopen. Ze wees hem de Johanna Jacoba II, en de plaats waar Bea had gelegen. Daar hadden ze elkaar omhelsd en de tranen waren in haar ogen geschoten.

Maar nu was er nog een avond. Ze zette de televisie aan, en zapte langs vijftien kanalen. Het langst bleef ze hangen bij een Italiaanse zender: een quiz, waarvan ze de vragen en antwoorden natuurlijk niet begreep. Het ging om miljarden lires. Speelgoedgeld. Daarna nam ze de terugweg naar Nederland 1. Ze keek op haar horloge en zette het toestel uit. Tien over negen. Alleen vanmiddag, bij de boten langs de kade van het KNSM-eiland had hij even door haar hoofd gespeeld, maar nu zag ze hem steeds voor zich. Vandaag zou Bea vijfentwintig zijn geworden. Gerard had beloofd een nieuwe tekening voor haar te maken. Gelukkig had ze eraan gedacht om de vorige, die nog steeds op de hoedenplank van de auto lag, in de achterbak te doen.

'Kom je gauw weer?' had hij gevraagd.

'Dat kan niet, Gerard. Ik heb mijn werk, mijn eigen leven, mijn vriend... Ik moet ook boodschappen doen en zo, eten koken, al die dingen. Dat moet jij ook doen, anders gaat 't echt niet in je eentje. Dat je laatst die man niet hebt binnengelaten, die maatschappelijk werker, dat was echt heel dom van je.'

'Die stuurt me naar een tehuis, of naar oom Ton en tante Henriëtte.'

'Helemaal niet. Dat denk jij, maar het is echt niet zo. Die mensen willen je helpen.' Hij had zijn hoofd geschud.

Theo zat te lezen. Ze deed de televisie opnieuw aan.

'Wat wil je nou?' vroeg hij. 'Kijken of niet kijken? Als je hem aanzet, ga ik wel op bed lezen.'

'Ik weet niet...'

'Wat is er?'

'Niks, gewoon...' Ze haalde haar schouders op.

Theo knikte even, maar ze vroeg zich af of hij het wel begreep. 'Onrust?'

Ze zei weer dat ze het niet wist en ging voor het raam staan. 'Ik ga d'r nog even uit,' zei ze ten slotte, 'een stukje wandelen.'

'Lang?'

'Een halfuurtje... nou ja, een uur. Absoluut niet langer. Gewoon een frisse neus halen.'

Ze moest niet langer blijven, en ze moest hem ook duidelijk maken dat haar geduld op was. Morgen begon een nieuwe week. Dan moest Gerard weer naar zijn werk. Dan moest hij opnieuw in een vast ritme zien te komen. Regelmaat, ritme, reinheid. Wie zei dat ook alweer? Zoals het nu ging, kon het niet langer. Aan haar verantwoordelijkheid kwam ook een keer een eind.

'Mag ik gaan zitten?' vroeg ze.

'Ja, natuurlijk. Wil je iets drinken? Koffie? Sherry?'

Ze schudde haar hoofd.

Hij maakte een zenuwachtige indruk. 'Iets anders?'

'Nee, ik hoef niets. Ik ga trouwens zo weer weg. Ik heb een afspraak om...' Ze keek op haar horloge. 'Om halftien, dat is het al bijna.'

'Met je vriend?'

'Nee, met een vriendin.' Ze wist dat ze een kleur kreeg. Zou Gerard dat ook in de gaten hebben? Zou hij daaruit ook afleiden dat ze loog? Of liepen zijn gedachten heel anders?

Ze zaten zwijgend tegenover elkaar. Gerard bestudeerde zijn sokken. Ze was blij dat hij niet over Bea's verjaardag begon. Misschien was hij het wel vergeten. De chaos in de kamer leek opnieuw groter geworden. Op verschillende plekken lagen stapels hout. In de keuken stonk het naar rot fruit. Ze had er niets van gezegd. Voor het eerst had ze zich machteloos gevoeld. Haar lichaam was doodmoe. Wat had ze hier in godsnaam te zoeken? Lag ze maar thuis in bed, kon ze maar tegen Theo aankruipen, zoals de afgelopen nacht.

'Zit Steef al in de gevangenis?' vroeg Gerard plotseling.

'Nee... we weten helemaal niet of hij het wel gedaan heeft. We hebben geen enkel bewijs.'

'Maar als ik nou zeg dat 't zo is?'

'Dat kan je niet zomaar doen. Eerder zei je dat je niets gezien en gehoord had.' Ze keek weer op haar horloge.

'Maar nu weet ik het weer.' Hij sprak vlug, alsof hij een uit zijn hoofd geleerd lesje opzegde. 'Ik hoorde Bea schreeuwen, en toen ging ik kijken. Ik zag hem weglopen en daarna in zijn auto wegrijden.'

'Je moet niet van die gekke dingen zeggen, Gerard, dat kan je hiervandaan helemaal niet zien.'

Hij knipperde even heel hevig met zijn ogen. 'Ik... eh, ik bedoel... je kon horen dat-ie z'n auto startte en wegreed.'

'Hoe weet je dat het zijn auto was?'

'Ik heb hem al zo vaak gehoord, een BMW. Dat geluid, dat ken ik precies.'

'Weet je wel zeker dat het zo gegaan is? Heb je dat niet bedacht?'

Gerard schudde bijna onmerkbaar zijn hoofd. Hij stond op en schonk een glas cola in. 'Jij ook?'

'Nee, dank je, ik vind cola niet lekker.'

Ze zaten een tijdje zwijgend bij elkaar. Af en toe keek hij haar aan. Als hun blikken elkaar kruisten, sloeg hij zijn ogen neer.

'Waarom blijf je niet hier?' vroeg Gerard.

Ze schrok. 'Hè? Blijven? Wat bedoel je?'

'Gewoon, wat ik zeg. Ik kan 't niet alleen.' Hij gebaarde naar alle rommel in de kamer. 'Jij moet me helpen, net zoals Bea altijd deed.'

Ze liep naar de kast, pakte de fles sherry en schonk flink wat in een kopje dat nog op tafel stond. Gerard wees naar het kopje en lachte.

'Ik kan je niet meer helpen, Gerard. Dat is mijn werk niet. Ik ben bij de politie, dat weet je wel. Ik ben geen maatschappelijk werker.'

Hij sloeg onverwachts hard met zijn vuist op tafel. Het glas cola viel om. Hij leek het niet te merken. 'Dat weet ik wel. Ik ben niet stom, als je dat soms dacht.'

'Ik heb je al vaker gezegd dat ik dat helemaal niet denk.'

'Goed.' Hij knipperde weer even heel erg met zijn ogen. 'Ik bedoel dat je hier komt wonen, net zoals Bea.'

Ze dacht dat ze hem niet goed had verstaan en vroeg hem om zijn woorden te herhalen.

'Dat je hier komt wonen, net als Bea. Dan maken we het helemaal gezellig samen en zo, met allemaal leuke dingen. Dan knappen we het helemaal op, dan ga ik weer naar m'n werk, en jij kan ook gewoon naar je werk.' Zijn ogen lichtten op. 'En dan kook jij voor ons tweeën, en...'

'Gerard,' onderbrak ze hem. 'Je zit te dromen. Dat kan helemaal niet wat je zegt.'

'Waarom niet? Alles kan, als je maar wilt.' Hij klemde zich nu met zijn ogen aan haar vast. 'Wil je soms niet? Ben ik te dom omdat ik naar de Sociale Werkvoorziening ga?'

Ze nam een forse slok sherry. 'Je begrijpt 't niet. Daar kan jij ook niks aan doen, maar je begrijpt het gewoon niet.'

Hij dronk ook van de sherry. Ze zag dat het hem moeite kostte om de scherpe vloeistof door te slikken. Hij hapte even naar adem. 'Ik... ik begrijp het heel goed. Ik ben gewoon niet goed genoeg voor je.' Hij schonk het kopje tot de rand toe vol, en nam een paar forse slokken.

'Dat is 't niet, Gerard.'

'Dat is 't wel. Ik ben niet goed genoeg voor je. Daarom ga je straks weer naar je vriend. Het is precies hetzelfde. Bea zei het ook.'

'Wat zei Bea ook?'

Hij stond op en was plotseling een groot, boos kind. 'Dat gaat je niks aan.' Abrupt keerde hij haar zijn rug toe en verdween in de linkerslaapkamer. Ze keek even naar de twee deuren. Zowel rechts als links een slaapkamer. Vorige week dinsdagnacht, woensdagochtend. Al weer bijna twee weken geleden. Ze deed haar ogen dicht en probeerde te bedenken achter welke deur Gerard op bed had gelegen. Ja, de rechter. Ze wist het zeker. De rechterslaapkamer. Die was van Bea. Daar had ze het notitieboekje met het telefoonnummer van Steef ook gevonden. Toen had ze er geen enkele conclusie aan verbonden.

Alles werd nu duidelijk. Ze kneep haar handen tot vuisten. Bea had misschien dezelfde woorden gebruikt als zij net had gedaan. Waarschijnlijk met hetzelfde doel. Achter haar gesloten oogleden zag ze plotseling de lijnen helder oplichten. Alsof een slecht ingestelde microscoop scherp werd gedraaid.

11

Nu zou ze weg moeten gaan. Fred waarschuwen, Roland bellen. Gerard had de deur van de slaapkamer half achter zich dichtgedaan. Geruisloos zou ze moeten vertrekken, maar ze bleef zitten, nog steeds met haar ogen dicht. Dit was de enige en meteen ook de laatste mogelijkheid die ze had. Ze zou het alleen op kunnen lossen, de hele zaak als een keurig cadeautje met een strik eromheen aan Roland kunnen overhandigen. Nu zou Gerard alles vertellen, als zij de juiste vragen had, en hem voldoende geruststelde. Dit was dat beroemde moment, vlak voor de waarheid, als de verdachte het juiste duwtje in de rug nodig had om te kunnen vertellen wat er werkelijk was gebeurd. Ze probeerde te bedenken hoe Fred dit zou aanpakken. Nee, dit lag heel anders. Aan Fred zou hij nooit hebben gevraagd om de plaats van Bea in te nemen.

Ze hoorde een gerucht, opende haar ogen en zag Gerard voor zich staan. 'Je moet blijven,' zei hij met een schorre fluisterstem. 'Je mag niet weggaan. Dat wil ik niet hebben.'

'Ik ga ook nog niet weg,' zei ze. 'Ik wil eerst met je praten.' Hij stond zo dicht bij haar dat zijn kruis bijna in haar gezicht drukte. Zelfs nu dacht ze er nog aan dat die spijkerbroek nodig moest worden gewassen. 'Waarom ga je niet zitten?'

Hij schudde hevig met zijn hoofd.

'Hoe is het begonnen met Bea?' vroeg ze.

'Wat?' vroeg hij.

Ze moest de gok nemen. 'Je weet wel wat ik bedoel. Dat je met haar naar bed ging.'

'Ik wil niet over Bea praten. Bea is dood. Jij bent er nu.'

'Maar ik moet weten hoe het gegaan is. Anders kan ik je niet begrijpen, en dat wil ik juist.' Haar spieren werkten tegen terwijl ze haar mond in de stand van een begripvolle glimlach probeerde te brengen. 'Toe nou, ga nou zitten, we hebben alle tijd.'

Met kleine, voorzichtige, bijna stijve pasjes liep hij naar de bank en nam plaats. Hij pakte het kopje met de drank, nam een slokje en proestte het weer uit. 'Bah... smerig.'

Ze lachte even. In haar eigen oren klonk het gemaakt. Ze herhaalde haar vraag. 'Hoe begon het met Bea?'

'Wat met Bea?'

'Je weet wel, dat je met haar naar bed ging.'

Hij keek haar wantrouwend aan. 'Waarom moet ik dat vertellen?'

'Ik wil je begrijpen, Gerard. Echt waar, ik wil je begrijpen. Dat kan ik alleen als je me vertelt wat er gebeurd is.'

Terwijl hij naar de grond bleef kijken, vertelde hij toonloos het verhaal van de broer-zus relatie. Gewoon op een avond dat hij een nachtmerrie had gehad, was hij naar haar slaapkamer gegaan. Nu wist hij nog precies waar die droom over ging. Hij was op een boot met andere mensen, midden op een groot meer. Ze hadden zijn handen en voeten vastgebonden, zodat hij zich niet meer kon bewegen. Voor hun was het een spelletje. Ze hadden hem overboord gegooid aan een touw, en vlak voordat hij stikte haalden ze hem weer omhoog op de boot. Oh ja, Veld was er ook bij geweest, en Tommie, die er altijd op uit was om anderen in de maling te nemen, te treiteren, te pesten. Hij was al drie keer onder water geweest toen ze het touw losknoopten waarmee hij steeds op de boot werd getrokken. Het was duidelijk: als ze hem er nu in gooiden, konden ze hem niet meer ophalen. Hans was ook op de boot. Die protesteerde, maar hij werd vastgehouden door Tommie. 'Jij komt straks aan de beurt,' had die gezegd. Vlak voordat ze hem in het water wilden gooien, was hij wakker geworden.

Hij had bij Bea mogen liggen tot hij zich weer beter voelde. Het was zo lekker, zo warm. Ze hadden elkaar toen voorzichtig gezoend. Lang geleden? Ongeveer twee jaar. En toen? Het ging verder helemaal vanzelf. Ze praatten er nooit over. Bea was de enige die hem begreep, die lief voor hem was. Andere mensen begrepen hem niet. Ze dachten dat hij stom was, maar ze waren zelf juist stom omdat ze hem niet begrepen. Hans wel, die begreep hem wel. Maar Hans had geen zus. Dat was jammer voor hem.

Josien vroeg niets meer. Af en toe zei ze: 'O ja?' of: 'Natuurlijk.'

Zijn gezicht lichtte helemaal op, tot hij Steef noemde. Alles was goed gegaan, ze waren gelukkig geweest totdat hij kwam. Eerst waren ze doorgegaan, Bea en hij, maar na een paar maanden wilde ze niet meer. Zij had hem

gezegd dat het verkeerd was, dat het niet hoorde, broer en zus samen. Maar waarom hoorde het niet? Ze deden toch niemand kwaad? Het was natuurlijk de schuld van Steef. Als ze 's avonds weg was, lag hij altijd in haar kamer op haar te wachten. Vroeger mocht dat, maar nu wilde ze het niet meer hebben. Steef had dat natuurlijk gezegd. Die had haar van alles wijsgemaakt, die klootzak. Als ze thuiskwam, stuurde ze hem naar zijn eigen kamer. Ze werd kwaad als hij niet meteen ging, kwaad op hem, haar eigen broer, die altijd zo lief voor haar was. Daar kon hij niet tegen. Dat was verschrikkelijk. Ze was zijn zus, ze mocht niet boos worden. Anders had hij niemand meer over, dat begreep Josien toch wel?
 'Natuurlijk.' Ze keek op haar horloge. Halfelf. Wat zou Theo denken? Ze zou hooguit een uurtje wegblijven.
 'Jij gaat niet weg, hè, jij gaat toch niet weg?' Het klonk meer als een bevel dan als een vraag.
 Ze wist dat ze nu op moest staan. Dit was het moment. Hij was nu nog met zijn gedachten bij Bea. Van deze gelegenheid moest ze gebruik maken.
 Maar ze was overrompeld door haar eigen behoefte om achter de waarheid te komen. Ze moest het weten. Nu. Ze moest het uit zijn mond horen. Als hij het eenmaal aan haar had verteld, was de barrière gebroken. 'En dinsdagnacht lag je ook op haar te wachten... in haar kamer?'
 Hij knikte.
 'Ze kwam binnen en ze werd kwaad... omdat je in haar slaapkamer was, omdat ze niet meer met je wilde vrijen. Is dat zo?'
 Hij reageerde niet.
 'Jij wilde niet dat ze kwaad werd.'
 'Nee,' zei hij, 'dat wilde ik niet.'
 'En jullie kregen ruzie... verschrikkelijke ruzie. Ze zei dat ze niet meer met je naar bed wilde... nooit meer.'
 'Nee... nooit meer. En ik mocht ook nooit meer praten over wat we gedaan hadden. Dat was verkeerd. Dat moest ik vergeten.'
 'En dat je nooit meer in haar slaapkamer mocht komen. En ze zei ook...' Ze had de vragende toon van de leerkracht te pakken, die met haar stem te kennen gaf dat de leerling verder moest invullen.
 'Ja,' ging hij door. 'Dat ze hier niet meer tegen kon... dat ze bij Steef ging wonen, bij die hufter van een Steef.' Hij strekte zijn vingers uit en kneep ze dan weer samen tot vuisten. 'Ze pakte een koffer en deed er allemaal kleren

in. Ik zei dat ze niet weg mocht gaan, maar ze lachte me uit. Dat was gemeen. Niemand mag me uitlachen. Ik kan er toch zelf niks aan doen dat ik zo ben?'

'Nee, daar kan je niks aan doen.' Ze kreeg een bijna onbedwingbare behoefte aan een sigaret, maar er was nergens rookwaar te bekennen. Ze schonk nog wat sherry in het kopje. 'En toen probeerde je haar tegen te houden?'

'Ja, natuurlijk. Ze mocht niet zomaar weggaan.'

'Nee, en zeker niet midden in de nacht,' suggereerde Josien.

Hij knikte. 'Ze duwde me weg. Ik pakte haar vast en ze zei dat ze vies van me was, dat ik haar niet meer aan mocht raken… m'n eigen zus!' Er klonk nu nog oprechte verbazing en verontwaardiging door in zijn stem. 'En toen…'

'En toen wat?' vroeg ze bijna fluisterend.

Hij stond op en kwam naar haar toe. Zijn ogen keken wanhopig naar iets wat heel ver lag, onbereikbaar ver. 'Ik weet het niet meer. Ik heb haar vastgepakt… heel stevig vastgepakt. Ze moest goed weten dat ze niet weg mocht.' Hij deed een stap naar voren. 'Jij mag ook niet weg… nooit meer. Anders kom je iemand anders tegen, ook een Steef, en dan wil je niet meer met me vrijen.' Hij pakte plotseling haar handen, trok haar omhoog uit de stoel, en sloeg zijn armen om haar heen in een wilde omhelzing. 'Nooit meer… nooit meer.'

De zurige stank van ongewassen, met oud zweet doordrenkte kleren benam haar bijna de adem. Even overwoog ze het knietje. Maar zou ze hem zo hard raken dat hij lang genoeg was uitgeschakeld en zij op tijd de boot af kon zijn? Eerst het smalle trapje naar het roefje, de klapdeurtjes, dan de keuken door waar zo veel rommel lag. Was het licht er eigenlijk aan? Dan weer een smal trapje op, opnieuw klapdeurtjes, de stuurhut, een stroeve schuifdeur, die ze maar moeilijk open zou kunnen krijgen. Hij had alle kans om haar in te halen. Met een paar grote stappen zou hij bij haar zijn, ondanks de pijn in zijn kruis. Ze voelde zijn hand al om haar enkel knellen en van een van de trapjes af naar beneden trekken, haar knieën bonkend over de traptreden. Het was een gok, een gok die ze niet durfde te wagen. Misschien kon ze het nog met praten redden en zouden haar woorden alles wegmasseren.

'Rustig maar,' zei ze, 'laten we er rustig over praten, Gerard.'

Hij zocht met zijn lippen haar mond, maar ze wendde haar gezicht af.

Met zijn handen hield hij haar hoofd vast. Even keek ze in zijn ogen waar niets aan af te lezen viel. Geen begeerte, geen angst, niets. Ze voelde de kracht van zijn spieren. Zijn mond raakte haar gesloten lippen. Hij probeerde met zijn tong naar binnen te dringen, maar ze hield haar tanden op elkaar geklemd. Ze proefde de sherry. Bijna moest ze kokhalzen. Over zijn schouder zag ze de fles op tafel staan. Als ze die kon pakken. Als… als. Zijn handen gingen van achteren haar spijkerbroek binnen. Hij omvatte haar billen. Ze voelde de eeltige handen over haar huid. Haar hoofd wendde ze af. Hij haalde zijn handen te voorschijn, en ruwer dan de eerste keer drukte hij haar gezicht tegen het zijne. Hij hield zijn ogen gesloten. Hij was nu geen jongetje meer.

Met een korte, felle en zo krachtig mogelijke stoot schoot haar knie omhoog in zijn lies. Schreeuwend sloeg hij dubbel, zijn handen in zijn kruis gedrukt. Met haar rechtervoet probeerde ze hem vol in zijn gezicht te raken, maar ze schampte half af tegen zijn schouder, en raakte alleen zijn wang. Het flitste door haar heen dat ze de mogelijkheid om weg te rennen had laten schieten. Hij greep haar voet beet, en trok haar op de grond. Ze stootte haar hoofd tegen een blok hout. Nog steeds jankend van pijn kwam hij half over haar heen hangen, terwijl het bloed van zijn wang droop. Ze wilde onder hem wegdraaien, maar hij had haar stevig vast. Koortsachtig probeerde ze zich de lessen van de cursus zelfverdediging te herinneren, maar ze voelde vooral de harde, onuitputtelijke kracht van Gerard.

Nog half naar adem happend zei hij: 'Dat mocht je niet doen, dat weet je wel.' Ze had nog nooit de blik gezien die nu uit zijn ogen straalde.

Op zijn knieën zat hij naast haar, met haar handen in een ijzeren greep. Hij kwam overeind en trok haar mee omhoog. 'Nu moet je hier blijven, voor altijd.'

Hij sleurde haar mee naar de slaapkamer. Zijn warme bloed druppelde op haar armen. Haar voeten sleepten over de grond. Hij gooide haar op het bed, waar ze in elkaar kroop.

'Niet doen, Gerard,' zei ze, 'niet doen.'

Hij antwoordde niet, keek haar alleen maar aan. Ze dacht weer aan de lessen, aan alle goede raad van de ervaren instructeurs. Maar in zo'n mooie gymzaal met allemaal aardige mensen was het heel anders dan hier. Ze moest in ieder geval niet meer tegenwerken. Misschien zou zijn aandacht verslappen. Hij zag er gruwelijk uit met het bloed dat over zijn gezicht stroomde.

'Trek je kleren uit.' Hij wachtte even. 'Anders doe ik het.' Hij zette een stap naar voren.

'Nee, ik doe het zelf wel,' zei ze.

Met trage bewegingen, alsof ze nog moest leren hoe het moest, trok ze het sweatshirt uit. Ze wachtte even. 'Dit mag je niet doen, Gerard, dit is niet goed.'

'Dat maak ik zelf wel uit. Iedereen zegt altijd wat goed voor me is, maar nu bepaal ik het zelf. Verder, je andere kleren.' Hij liep op haar af en pakte haar rechterarm dwingend beet. Ze voelde het kleverige bloed.

Ze ging staan en deed haar laarzen uit, moeizaam, alsof ze heel erg strak zaten. Terwijl ze met zenuwachtige vingers zocht naar het knoopje en het lipje van de rits van haar spijkerbroek keek ze om zich heen. Nergens was een scherp of hard voorwerp te bekennen, hoogstens de liniaal op de tekentafel, maar die was natuurlijk niet krachtig genoeg. Ze probeerde verder te denken. Wat er nu eerst ging komen, was afschuwelijk, maar misschien was het snel voorbij. En daarna? Ze moest zich op het moment vlak daarna richten. Hij zou bevredigd, uitgeput van haar af rollen. De herinnering aan gisteravond, gisternacht flitste door haar heen. Het was bijna zo geweest als vroeger, als een aantal jaren geleden. De handen van Theo, zijn lichaam, het vanzelfsprekende, diepe genot, de warme, zachte geilheid.

Ze stond nu in haar slipje en beha. Gerard keek haar aan, veegde met de mouw van zijn overhemd wat bloed weg van zijn gezicht.

'De rest,' zei hij met schorre stem.

Ze hield zich stil. Hij deed een stap dichterbij. Ze sloeg haar ogen neer, maakte achter haar rug de beha los en liet hem op de grond vallen, haar handen beschermend als kuipjes om haar borsten. Gerard ademde zwaar in en uit.

'Je moet 't niet doen, Gerard,' zei ze met haperende stem. Plotseling werd ze verschrikkelijk bang. Alle overwegingen waren in één keer weggeduwd door een mateloze angst. Ze voelde nu door haar hele lichaam de pijn, de scheurende, stekende pijn. Er kwam een puffende motorboot voorbij. Het schip schommelde licht.

'Je broekje uit,' zei Gerard. Hij deed een pas in haar richting, zijn ene hand naar voren gestoken. Het bloed druppelde van zijn gezicht op zijn overhemd. Hij leek het zelf niet te merken. 'Je moet je broekje uitdoen. Als... als jij 't niet doet, dan doe ik 't.'

Achter Gerard zag ze een silhouet. Ze had bijna geschreeuwd, maar sloeg net op tijd een hand voor haar mond. Ze herkende het hoofd.

'Je broekje uit,' zei Gerard opnieuw, en hij deed weer een stap naar voren.

Toen sloeg Theo toe. Ze zag niet waarmee, maar hoorde iets door de lucht zwiepen dat Gerard keihard op zijn hoofd moest hebben geraakt. Half vallend, schreeuwend van pijn, draaide Gerard zich om. Hij probeerde Theo aan te vallen, maar die sloeg wild van zich af. Nu zag ze dat hij de zware pook als wapen gebruikte. Ze was zelf versteend. Uit alle macht wilde ze roepen dat hij op moest houden, maar haar keel was dichtgeslibd van angst. De kreten van pijn van Gerard werden minder, en gingen over in kokhalzende, rochelende geluiden. Theo sloeg nog twee keer, zo te zien met alle kracht die in hem was. Waarom, vroeg ze zich toen al af, waarom?

Theo keek toe terwijl ze haar kleren aantrok. Hij wilde haar in zijn armen nemen, maar ze duwde hem van zich af. De pook had hij nog in zijn handen. Even meende ze een gerucht te horen.
 'Leeft-ie nog?' vroeg ze.
 Theo reageerde niet.
 'Voel z'n pols 's.'
 Theo knielde naast het lichaam van Gerard en voelde zijn rechterpols. Het leek minuten te duren voor hij zei: 'Nee, niets, ik voel niets.'
 Ze sloot haar ogen en zag hen allemaal hier op de boot, in de slaapkamer, de woonkamer, de keuken. Fred, Roland, Roel, Martijn, de fotograaf, mannen van de TD voor de vingerafdrukken en andere sporen, de schouwarts. Theo en zijzelf waren er ook nog steeds; Theo met de pook in zijn hand. En ze hadden niets in de gaten! Ongelooflijk. Niemand leek hen op te merken. Ze waren er, maar bestonden toch niet. Er welde een schreeuw op in haar keel. Ze voelde het en kon er niets aan doen. Eigenlijk kwam het van binnenuit, uit haar maag, haar ingewanden, en het werd steeds heviger. Iedereen kon haar zien, iedereen zou haar kunnen horen, maar niemand schonk aandacht aan haar. Ze deed haar mond open om het stuwmeer van geluid te ontladen. Het deed een fractie van een seconde zelfs pijn in haar eigen oren. Toen voelde ze de hand van Theo over haar mond. Ze beet erin, proefde zijn bloed, maar hij bleef haar mond afklemmen.

'Ben je nou helemaal gek geworden?' fluisterde hij in haar oor.

Ze probeerde zich aan zijn greep te ontworstelen, maar hij hield zijn armen zo krachtig om haar heen geslagen dat het pijn deed.

'Wat wil je nou weer?' vroeg hij. 'Wil je soms iedereen vertellen wat er gebeurd is?'

Ze schudde haar hoofd.

'Kan ik je loslaten?'

Josien knikte.

Ze stonden nu tegenover elkaar. Theo had de pook blijkbaar op de grond laten vallen.

'We... we moeten weg,' zei ze, en toen barstte ze in huilen uit. Theo wilde haar omhelzen, maar ze weerde hem af. Haar lichaam schokte zo hevig dat ze bijna omviel. Ze ging zitten en sloot haar ogen. Van de eerste tot de laatste seconde beleefde ze het opnieuw, vanaf het moment dat ze de boot opkwam tot Theo die laatste, vernietigende klap gaf. En daarna weer een keer. Theo zei dat ze moesten gaan.

'Waarom? Er komt hier toch niemand.'

'We moeten weg,' zei Theo. 'We kunnen hier niet blijven, dat weet je wel. Dan kunnen we maar beter meteen gaan.'

Ze stond op. Werktuiglijk, als een robot, ging ze alle plekken langs waar ze was geweest. Het kopje veegde ze schoon, de deurknop. Systematisch speelde ze de film nog eens af om niets te vergeten wat ze had aangeraakt. Theo bleef erbij staan. Ze was zich ervan bewust dat hij al haar bewegingen volgde. De pook lag nog steeds naast het lichaam van Gerard. Dat ding durfde ze niet op te pakken. Ze wees ernaar.

'Jij,' zei ze, en het was of er een prop tussen haar stembanden zat. 'Straks in het water.'

Ze trok haar jas aan, en knielde naast het lichaam van Gerard. Met haar hand ging ze even door zijn haar. Dit was een krankzinnig misverstand. Dit was niet werkelijk gebeurd. Hij stond straks op en dronk nog een glas cola. Maar er was te veel bloed. Ze voelde het aan haar hand. Zijn hoofd lag in een grote plas dieprood bloed. Gek genoeg zag hij er vreedzaam en bijna gelukkig uit.

Theo tikte op haar schouder.

Voor ze opstond fluisterde ze zacht: 'Ik kon er niks aan doen, Gerard. Echt niet... ik kon er niks aan doen.'

'Zullen we de lichten uitdoen?' vroeg Theo.
Ze haalde haar schouders op.
'Ik bedoel, maakt 't wat uit voor de politie, voor jullie, of het licht aan of uit is.'
'Ik weet niet,' zei ze. Haar stem schoot de hoogte in. 'Ik weet er helemaal niks van. Je moet niet denken dat ik een deskundige ben of zo.' De tranen stroomden uit haar ogen zonder dat ze huilde. 'Als ik dat was, dan was dit allemaal niet gebeurd.'
'We doen de lichten uit,' zei Theo. Hij ging het trapje op naar de roef. In de stuurhut bleven ze even staan. Het leek of haar onderbenen met elastiekjes provisorisch aan haar bovenbenen waren vastgemaakt. Theo had nog steeds de pook in zijn hand. Buiten, op de wal, was geen levende ziel te bekennen. Toen ze over de loopplank liep, keek ze even naar het donkere, glimmende water beneden haar en ging bijna onderuit. Ze greep zich vast aan Theo, die met moeite zijn evenwicht kon bewaren. Hij moest de pook loslaten, die met een vreemde boog net op de wal terechtkwam.

'Godverdomme,' fluisterde Theo. Op handen en voeten zocht hij tussen het hoge gras naar de pook.

Josien probeerde haar adem onder controle te krijgen. Hoe lang zou het duren voor iemand het ontdekte? Zou ze zelf degene zijn die het lichaam van Gerard zogenaamd zou vinden? Nee, dat kon ze nooit opbrengen. Maar hoe lang moest ze dan wachten? Kon ze dat aan?

Eindelijk had Theo de pook gevonden. Met een enorme zwaai slingerde hij het ding over de boot heen, de Amstel in.

Toen ze naar de auto liepen, keek ze om. Ze meende verderop, tussen de struiken iemand te zien staan. Of was het een boompje, bijna in de vorm van een mens? Ze keek nog eens goed. Stond Veld hen daar na te kijken? Of was het iemand anders? Was de Eskimo misschien teruggekeerd? Haastig liep ze door.

Theo was op de fiets gekomen, en moest dus ook weer terug fietsen. Hij vroeg of ze auto kon rijden. Ja, ze dacht van wel. Ze zou voorzichtig doen.

Uiterst traag en behoedzaam, als iemand tijdens het rijexamen, reed ze naar huis. Theo arriveerde gelijktijdig. Hij hijgde nog van de geleverde inspanning. Het kostte Josien de grootste moeite om de trap op te komen.

'Ik ga onder de douche,' fluisterde ze.

In de badkamer lukte het nauwelijks om haar kleren uit te trekken. Eindelijk was ze ontkleed. Ze bleef een tijd zo staan, verwonderd over haar eigen naaktheid. Op haar rechterarm zaten roodbruine vlekken, geronnen bloed. Ze likte er even aan voor ze onder de warme stroom water stapte.

12

'Schieten jullie al een beetje op?' vroeg Hein.
Josien keek hem verbaasd aan. 'Opschieten, hoe bedoel je?'
'Nog niet helemaal uitgeslapen, zeker. Met dat meisje daar aan de Amstel, tegenover die volkstuintjes. M'n buren hebben zo'n tuintje. Die zitten daar de hele zomer. Spreken altijd schande van dat geteisem op die woonboten. Je kent dat wel, op die tuintjes is het allemaal picobello, keurig netjes, met een keuringscommissie en zo. Als er een grassprietje scheef staat, krijg je een boete. Verdomd als 't niet waar is. En daar tegenover is het een zootje. Die mensen doen maar, die leven maar raak.'

'Ja, die leven maar raak.' Josien nam een slokje koffie. Vanmorgen had ze even overwogen om zich ziek te melden. Maar naderhand zou dat misschien te denken geven.

'Dus nog geen licht aan het eind van de tunnel?' vroeg Hein.
'Nee. En jullie? Jullie hadden gisteren toch een cadeautje uit de gracht?'
'Alleen een romp.' Hein lachte. 'Bij de Jacob van Lennepkade. Jongetjes die waren aan het voetballen op straat. Marokkaanse jochies. De bal komt in 't water en ze willen hem eruit vissen. Prikken ze met een stok in dat lijk.' Hein lachte weer. 'Maar hij heeft een mooie tatoeage van een man en een vrouw die een nummertje maken. Een heel bijzonder standje. Op z'n rug. Ik bedoel, die tatoeage, die zat op die man z'n rug. Je vraagt je af wat voor zin 't heeft om die benen, die armen en dat hoofd eraf te halen, als die man z'n handtekening bij wijze van spreken op z'n lichaam heeft staan.'

Fred kwam binnen. Met een kop koffie voegde hij zich bij Hein en Josien. 'Wat zie jij d'r slecht uit,' zei hij tegen Josien.
'Maandagochtend.'
'Die koffie, die is ook typisch voor maandagochtend. Getverdemme, wat bitter.'
'Hier, heb je nog een suikerklontje.'

'Wat heb je daar op je voorhoofd?'

Josien tastte even naar de bult en de schaafplek. 'O, niks, gister met m'n duffe kop tegen een deur op gelopen.'

Fred keek haar een tijdje aan zonder iets te zeggen.

'Kan toch gebeuren?' zei ze.

'Tuurlijk.' Hij dronk weer van zijn koffie en kreeg een bijna gekwelde uitdrukking op zijn gezicht. 'We moesten Beekman nog maar 's opzoeken,' zei Fred. 'Die man is mij te glad. Die weet meer dan-ie zegt.'

'Denk je?' vroeg Josien.

'Wat ben jij weer enthousiast. Verschrikkelijk gewoon. Wat voor zaak hebben jullie, Hein? Die zwemmer zonder armen en benen?'

'Ja, regelrecht van de Olympische Spelen voor Gehandicapten. Maar wel met een mooie tatoeage. Kijk maar.' Hij haalde uit het dossier een foto, die hij aan Fred liet zien.

'Dacht je soms dat ik er niet tegen kon?' vroeg Josien.

Hein kleurde. 'Ach…'

Beekman liet de receptioniste vertellen dat zijn agenda vol zat met afspraken. Josien zag negen lange nagels en één korte. Als ze een avondje uitging, zou ze er vast en zeker een kunstnagel op plakken.

'Zeg hem dan maar dat we anders vanavond bij hem thuis langskomen.'

De receptioniste bracht de boodschap over. Josien hoorde vaag het geluid van een opgewonden stem aan de andere kant van de lijn. Het meisje keek alsof ze pijn leed. 'Meneer Beekman kan u ontvangen,' zei ze ten slotte.

Rood van woede stond Beekman hen bij de deur op te wachten. Zijn boord leek nog minder om zijn dikke nek te passen dan anders. Hij wurgde zichzelf bijna met zijn stropdas. Wurgen, nee, dat had hij niet gedaan. Het waren de handen van Gerard geweest. 'Wat is dat voor stijl? Jullie zijn toch geen stelletje criminelen! Pure chantage, verdomme.'

Fred keek tevreden. 'Zullen we even gaan zitten?' stelde hij voor.

'Ik heb vijf minuten de tijd voor jullie. Met een smoes heb ik net iemand weggestuurd. We onderhandelen over een hele mooie opdracht met een stadsdeel, nee ik zeg niet welk, om de vuilafvoer te reorganiseren. Die ambtenaren kunnen het natuurlijk zelf niet aan. Ze willen het voor een deel privatiseren. Dat is goedkoper… en nou komen jullie er verdomme tussen-

door. Dat kan me honderdduizenden guldens gaan kosten. Miljoenen misschien. Begrijpen jullie dat eigenlijk wel? Ik ben niet zo'n politieagentje die een beetje heen en weer kan wandelen van de een naar de ander, en die denkt dat de hele wereld om hem draait, en die...'
'Een mensenleven is veel meer waard,' onderbrak Fred. 'Een mensenleven is onbetaalbaar.'
'D'r zijn mensen die daar anders over denken,' zei Beekman.
'Hoe bedoelt u?'
'Gewoon, als je in de kranten leest wie d'r allemaal overhoop worden geschoten en zo.'
'Daar hebben we het nu niet over,' zei Fred. 'Het gaat om Bea Lindeman. U welbekend.'
Ze draaiden opnieuw het hele verhaal af, Fred en Beekman. Josien zweeg. Beekman keek om de minuut op zijn horloge. Toen hij zei dat hij nu echt een eind aan het onderhoud moest maken omdat het toch niets nieuws op zou leveren, zei Fred dat ze dan vanavond bij hem thuis zouden komen. Ze gingen zeker tien minuten door. Fred suggereerde en insinueerde, maar Beekman ontweek elke val, elke strikvraag, elke doodlopende straat met gemak.
'Het is zinloos,' zei Josien toen ze weer in de auto zaten op het parkeerterrein van vsv.
'Waarom zinloos?'
'D'r komt niks nieuws uit die man. We kunnen hem niks maken. Hij houdt vast aan z'n eigen verhaal. Elke keer vertelt-ie precies hetzelfde, net zoals Steef en Veld. Het levert allemaal niks op. We zitten gewoon helemaal klem.'
'Ik weet dat het maandagochtend is, maar je moet niet zo fatalistisch doen. We moeten duwen en wrikken,' zei Fred terwijl hij de motor startte, 'wrikken tot we los komen. Anders kunnen we geen kant op. We proberen het nog een week, oké? Tenminste als...' Hij reed harder achteruit dan hij waarschijnlijk zelf bedoeld had. Er klonk een klap en ze hoorden rinkelend glas. 'Shit... ook dat nog.'

Om drie uur was ze naar huis gegaan omdat ze zich niet lekker voelde. Haar ogen zaten bijna dicht van de slaap, maar ze wist dat ze nu ook niet zou kunnen slapen. Net zomin als vannacht. Een paar keer was ze voor korte tijd in slaap gevallen, maar dan schrok ze weer wakker uit een droom die ze zich zelfs niet bij benadering kon herinneren. Theo had rustig ademend naast haar gelegen.

Ze hadden gisteravond weinig tegen elkaar gezegd. Wat moesten ze verder doen, wat konden ze doen? De meeste tijd hadden ze zwijgend tegenover elkaar gezeten, ieder met een glas wijn voor zich. Theo sloeg een keer zo hard met zijn vuist op de tafel dat de glazen bijna omvielen. Ze had haar halfvolle glas op tafel laten staan en was naar bed gegaan. Een halfuur later kwam Theo. Hij had haar een zoen op haar voorhoofd gegeven en 'welterusten' gezegd.

Theo zat in de kamer, een dichtgeslagen boek op zijn schoot. Het ging over de Jordaan in de negentiende eeuw. Een paar dagen geleden had hij er al iets over verteld. Gezinnen met vijf kinderen in een half bovenhuis, dat soort ellende.

'Waarom ben je niet op school?' vroeg ze. 'Op maandag heb je toch altijd tot vier uur les?'

'De eerste twee uur heb ik het geprobeerd, maar het ging niet. Ik wist gewoon niet wat ik moest zeggen. Ik stond te trillen op m'n benen. Steeds maar weer zag ik die jongen voor me, zoals-ie daar lag, en al dat bloed... tsjeses...' Hij wreef met zijn handen in zijn ogen. 'Toen heb ik me maar ziek gemeld, ben naar huis gegaan. En jij? Ging het een beetje?'

Ze haalde haar schouders op. 'Het is zo nutteloos. 't Slaat helemaal nergens op. We hebben weer met de vroegere baas van Bea gepraat. Die heeft haar wel 's naar huis gebracht... heeft een paar keer geprobeerd haar te versieren. Een beetje een kleffe man, maar het is zo volstrekt zinloos om nog met hem te gaan praten.'

'Waarom zinloos?' vroeg Theo.

Toen besefte ze pas dat Theo eigenlijk nog niets wist. Gisteravond had ze hem niets verteld over Gerard en Bea. Vanochtend was hun ontbijt ook bijna zwijgend verlopen. Moest ze het nu zeggen? En Theo daarmee een rechtvaardiging geven voor wat hij had gedaan? Daar was geen rechtvaardiging voor. Hij had zoveel andere dingen kunnen doen dan slaan. En die laatste klappen, die had hij nooit moeten geven. Dat was alleen maar wraak geweest. Pure, stompzinnige wraak, omdat een andere man haar vernederd had, omdat die...

Theo herhaalde zijn vraag.

'Gewoon, het doet er allemaal niet meer toe. Gerard is... Gerard is toch dood. Wat maakt het nou nog uit?'
Ze liep naar de keuken en dronk daar een glas water. Ze stond nog over het aanrecht geleund toen Theo binnenkwam. 'Voor de politie is het toch nooit zinloos zolang ze de dader nog niet hebben?'
'Maar ik weet zeker dat die Beekman het niet gedaan heeft,' zei Josien.
'Beekman?'
'Ja, zo heet-ie.'
'Hoe weet je dat zo zeker, dat-ie het niet gedaan heeft?'
Ze zei niets, schoof een leeg bierglas heen en weer over het aanrecht in felle, korte bewegingen.
Theo legde zijn hand op de hare. 'Laat dat glas eens staan. Hoe weet je dat zo zeker?'
Ze vertelde het, toonloos en fluisterend, simpel en direct. Gerard had een relatie met Bea, met zijn eigen zus. Hij was jaloers vanwege Steef. Bea wilde niet meer met Gerard. Ze wilde misschien wel met Steef samenwonen. Ze zette haar broer aan de kant. Dat kon die niet accepteren. Hij had haar vermoord. 'Dat heeft-ie me zelf verteld, vlak voordat-ie... vlak voordat-ie...'
De tranen schoten weer in haar ogen. Ze kneep zo hard in het bierglas dat het brak. Er stak een scherf uit de muis van haar hand, maar ze voelde niets.

Ze schrok wakker uit een droom toen Theo naast haar op bed kwam zitten. 'Nee,' schreeuwde ze, en ze greep naar haar nek. Ze lag nog volledig aangekleed op bed.
Theo legde een hand op haar schouder. 'Het is nu negen uur.'
Ze wist niet hoe ze moest reageren. Ja, negen uur. Gisteravond was ze rond deze tijd de deur uitgegaan. Misschien bedoelde Theo er niets bijzonders mee.
'Ik heb het nog niet gevraagd, maar was er al een melding binnengekomen?'
'Een melding?'
'Ja.' Theo schraapte zijn keel. 'Dat ze hem gevonden hadden natuurlijk.'
'Nee, niks. Alleen een lijk in de gracht, maar dat was gistermiddag al.'
'Dus we moeten gewoon afwachten.'
'Ja.' Eén ding was nu zeker. Veld had de politie nog niet gewaarschuwd. Maar misschien had hij daar wel gestaan gisteravond en had hij gezien hoe

ze samen weggingen na een bezoek aan Gerard te hebben gebracht. Er was voor hem geen enkele reden om te gaan kijken of Gerard nog leefde. Zo dik bevriend waren ze niet.

'Hoe lang kan het duren?'

'Weet ik niet.'

'En als we het nou 's zelf zouden aangeven,' zei Theo, 'en zeggen dat het noodweer was, dat hij jou aanviel, dat ik wel moest, dat ik gewoon gedwongen was om hem...'

'Daar hebben we het vannacht al over gehad. Het was noodweerexces. Je weet toch wat dat is, een exces?'

Hij knikte.

'Je had helemaal niet door hoeven slaan, dat was nergens voor nodig. We hadden...'

Hij legde een hand op haar mond. 'Ik weet 't, ik weet 't.'

'Moet je luisteren,' zei Martijn, '"Blinde vrouw in Utrecht verkracht. Een 23-jarige blinde vrouw uit België is dinsdagavond in het Utrechtse winkelcentrum Hoog Catharijne verkracht. De vrouw was op weg naar het blindeninstituut Barto... eh, Bartimeus in Zeist en vroeg omstreeks halfacht op het perron een voorbijganger haar naar de streekbus te brengen. De man voerde de vrouw naar een afgelegen plek, waar hij haar overmeesterde. Daarna heeft hij het slachtoffer op haar verzoek teruggebracht naar de stationshal." Tsjeses, nog behoorlijk galant zeg, keurig teruggebracht: pas op voor dit afstapje, hier naar rechts, nu de trap op. "Na aankomst op het blindeninstituut in Zeist deed de vrouw aangifte." Je houdt het toch niet voor mogelijk. Zou zo'n man de hele tijd daar rondlopen om te kijken of-ie iemand op kan pikken of was het voor hem een toevalstreffer? Wat denk jij, Josien?'

Ze haalde haar schouders op.

'Hij dacht misschien: blind, kan me nooit herkennen. Laat ik haar maar 's nemen,' zei Fred.

Martijn begon een sigaret te draaien. 'Misschien iemand die er speciaal op geilt, een nummertje maken met een blinde vrouw. Ik heb nog een paar jaar bij de Zeden gewerkt, nou, daar kwam je wel gekkere dingen tegen, hè Josien? Jij zat daar toch ook een tijdje?'

'Ja, anderhalf jaar.' Waarom las Martijn dit voor? Wat was zijn bedoeling?

Zij was zelf ook blind geweest, blind voor wat zich tussen Bea en Gerard had afgespeeld. Die eerste avond, die dinsdagavond had ze het al kunnen weten, toen hij in Bea's slaapkamer lag te wachten. Hij was niet zomaar afhankelijk geweest van zijn zus. Er was meer aan de hand. Als ze dat toen al had doorzien, was dit nooit gebeurd. Dan zat Gerard in een inrichting, waar hij keurig werd behandeld, waar hij naar arbeidstherapie ging om hetzelfde te doen als wat hij bij de Sociale Werkvoorziening deed. Daar zouden mensen zijn die voor hem zorgden.

'Wat zit je te dromen?' vroeg Fred. 'Spannende dingen?'
'Nee, niks, gewoon onzin.'
'Wat heb je aan je hand?'
'Gesneden... een bierglas dat brak.'
'Op wie wachten we nog?' vroeg Roland.
'Roel, die heeft gebeld, die zou wat later komen.'
'Goed, dan beginnen we.'

Ze namen de hele zaak nog eens door, van de melding door Veld twee weken geleden tot het laatste verhoor van Beekman. Josien verlangde er hevig naar om te ontsnappen. Alle boterzachte theorieën en halfbakken hypotheses zou ze in een keer van tafel kunnen blazen, maar ze zei zo weinig mogelijk. Het ergste was als Roland haar iets vroeg, en iedereen haar aankeek. Waarom zagen ze het niet? Waarom voerden ze dit spelletje op? Was dit alleen maar om haar schuldgevoel zo te vergroten dat ze er zelf door vermorzeld werd? In ieder geval was er nog geen melding binnengekomen over Gerard. Hoe lang zou het duren voor ze hem vonden?

'Wat heb jij, Josien?' vroeg Roland. 'Is er wat? Je doet zo vreemd.'
'Niks, we komen niet verder. De zaak zit gewoon muurvast.'
'Jullie moeten nog 's met die vriendin van Steef praten, die... eh...'
'Anja,' vulde Fred aan.
'Ja, want die taxichauffeur, die is de eerste anderhalve week niet terug, en het is de vraag of-ie 't na al die tijd nog weet.'
'Die Anja, daar krijgen we toch niks meer uit,' zei Josien.
'We gaan wel met haar praten,' zei Fred.
'Dan maak ik Roel en Martijn vrij voor de Jacob van Lennepkade. Het heeft geen zin dat jullie allemaal met die...' Hij keek even in het dossier. '...met die Bea Lindeman aan de gang blijven. O ja, die dealer is terug in die woonwagen. Nou zijn die Poolse vrouwen weer verdwenen. 't Is daar ge-

woon een duiventil. Misschien moeten jullie ook nog 's met hem gaan praten.'

'Hij zat toch in het buitenland, twee weken geleden?' vroeg Josien.

'Ja, dat wisten we al. Martijn heeft het nog eens nagetrokken op Gatwick. Het klopt. Die zaterdag voor de moord is-ie geland op Gatwick en door de douane gegaan.'

'Met een tas vol coke,' zei Martijn.

'Hebben ze hem gepakt?' vroeg Fred.

'Nee, geintje. Zo'n man gaat niet zelf voor koerier spelen, daar is-ie veel te link voor.'

Josien liep weer met Theo op het pad en keek achterom. Een man of een klein boompje? Welke man? Veld? Of misschien die dealer die weer terug was? Zou hij haar herkennen? Misschien was ze wel vlak langs hem gelopen. De lamp had op het pad geschenen. Ze hadden in de schijnwerpers gestaan. Had ze nog iets tegen Theo gezegd toen ze daar liepen? Nee, hij kon haar stem niet hebben gehoord. Het zweet brak haar uit. Ze schoof langs de rugleuning van haar stoel om het jeuken te bezweren. Kleine speldenprikjes, die meer irriteerden dan dat ze pijn deden, trokken van haar ene naar haar andere schouderblad en weer terug.

De winkel liep door over het trottoir tot in een marktstal. Allemaal rekken vol met kleren. 'Laten we eerst even rondkijken,' had Fred gezegd. 'Daarna praten we wel met haar.' Anja had hen al opgemerkt. Josien zag hoe ze met korte felle halen een sigaret rookte, af en toe hun richting uit keek, en dan ondertussen verder praatte met een collega.

'We doen net of we iets voor jou zoeken,' zei Fred. 'Hier, wat vind je hiervan?' Hij hield een jurkje omhoog. De stof had een tijgermotief.

'Staat me niet,' zei Josien. 'Trouwens ook te bloot.'

'Dat lijkt me nou juist zo aardig.'

'Dat moet jij zeggen.'

Fred hing het jurkje weer terug. 'Ja, ik heb er verstand van.'

'Hoezo?'

'Mijn ouders hadden vroeger een damesmodezaak. Zo heette dat, een damesmodezaak. Net als Lampe of Maison De Vries destijds in de Kalverstraat, weet je wel, maar dan in Apeldoorn.' Fred pakte een ander jurkje: donkerblauw met grote ogen erop. 'Nee, dat is niks.' Hij hing het weer in

het rek. 'Maar goed, in die winkel, daar kwam ik vaak, ook als-ie dicht was en er dus geen klanten waren. Dan moesten m'n ouders wat opruimen of weet ik veel, en dan paste ik wel 's van die vrouwenkleren. Vond ik leuk.'
'Toen is 't dus begonnen?' vroeg Josien.
Fred ging er niet op in. 'Kijk dit... dit vind ik mooi. Simpel, rechttoe, rechtaan.' Hij hield een zwart jurkje omhoog voor Josien. 'Staat je perfect.'
Ze keek naar de volgende stal. Er stond een jongen van een jaar of achttien achter grote bakken met gerookte makrelen. 'Dit is een familiebedrijf,' riep de jongen met een volle, zware stem die ver over de markt schalde. 'Mijn vader die vangt ze, mijn moeder die hangt ze, mijn zus die rook ze, en ik verkoop ze!'
'Nou, wat vind je ervan?' vroeg Fred.
'Zochten jullie iets?' vroeg de collega van Anja.
'Nee, niks bijzonders,' zei Fred. 'We keken alleen een beetje rond.'
'Mijn vader die vangt ze, mijn moeder die hangt ze, mijn zus die rook ze, en ik verkoop ze.'
Het rijmt niet, dacht Josien, rook ze-verkoop ze.
Het meisje bleef bij hen in de buurt alsof ze bang was dat ze iets zouden stelen. Fred haalde nog wat jurkjes uit het rek, maar Josien schudde steeds haar hoofd.
'Ze is heel kritisch,' zei Fred tegen de verkoopster. 'Altijd al geweest trouwens, hè Jo?'
Ze liepen de winkel binnen. Anja was nergens te zien.
'Waar is je collega?' vroeg Fred.
Het meisje keek plotseling nerveus om zich heen. 'Die is even een boodschap doen.'
'Wanneer is ze weer terug?'
'Dat weet ik niet, dat kan je met Anja nooit zeggen.'

13

Fred bleef heel netjes, met zijn hoofd afgewend, een paar meter van haar af staan. 'Wat is er met jou? Iets verkeerds gegeten?'
 Ze hield zich vast aan de tak van een boom, terwijl ze voorover boog. Er kwam weer een golf die haar keel leek open te scheuren. De zure stank zat in haar neusgaten. Maar ze kon het niet tegenhouden. Zo rustig mogelijk ademend was ze met Fred hier naartoe gelopen. Anja was ook niet thuis geweest, en Fred had voorgesteld meteen naar de man in de woonwagen te gaan. Ze greep met haar vrije hand naar haar maag, die zich als een vreemde, zware zak, gevuld met rommel, in haar lichaam had genesteld. Ze stonden zo'n dertig meter van de Johanna Jacoba II. Niets wees erop dat daarbinnen een jongen lag van begin twintig, zijn hoofd in een plas inmiddels opgedroogd bloed. Het was een normale woonboot. Geen teken van leven, maar dat hoefde ook niet. Gerard zou naar zijn werk kunnen zijn.
 Ze richtte zich kreunend op.
 'Wat zie jij d'r slecht uit,' zei Fred. 'Helemaal grijs.'
 Ze probeerde draderig slijm uit te spugen. 'Bedankt voor het compliment.'
 'Ben je ziek? Moet je naar huis?'
 ''t Gaat wel weer over,' zei ze moeizaam.
 'Voor je een jongetje wordt.'
 'Leuk.' Ze probeerde haar keel schoon te hoesten.
 'Kom, ze hebben daar misschien wel een glaasje water voor je.' Hij pakte haar bij haar arm. 'Gaat 't?'
 'Tuurlijk,' zei ze met een schrille uithaal van haar stem.
 Waarom voelde Fred het niet? Het hing immers in de lucht. Die boot daar, een lijk, een moord. Het kon niet anders. En Fred liep hier alsof er niets aan de hand was. Ze kneep hem even in zijn arm.
 'Wat doe je nou?'

'O... sorry.'

Fred klopte op de deur van de woonwagen. 'Pipo had ook zo'n kar, weet je nog wel? Met Mamaloe.' Er kwam niemand. Fred klopte nog eens, nu wat harder. 'En wie was er nog meer bij? Even denken, de Dikkedeur, dat was toch de directeur van het circus en die indiaan, die zogenaamd van dat indianennederlands praatte. Jij geloof ik niet helemaal van de gezonde zijn, hè Jo?'

De deur van de woonwagen ging een kiertje open. 'Wat komen jullie doen?' klonk een slaapdronken stem. Er was nog geen bijbehorend gezicht te zien.

'Politie... we willen graag even binnenkomen.'

'Nou, dat moet dan maar. Ik heb niks te...' De deur ging open en er stond een man voor hen in zijn volle naaktheid. 'O, pardon, ik wist niet dat er een dame bij was.' De man liep de woonwagen weer in en kwam terug met een knalrode kamerjas aan. Hij was bijna kaal, maar droeg van achteren het overblijvende haar in een lange staart, als om die kaalheid te compenseren. Hij miste een paar tanden. 'Komen jullie binnen. Het is, geloof ik, een beetje een troep, maar jullie mogen overal zoeken. Ik heb niks te verbergen.'

'Zoeken? Waarom zouden we willen zoeken?' vroeg Fred.

'O, dat dacht ik zomaar.' De man stak een sigaret op.

'Heeft u misschien voor haar een glaasje water?' vroeg Fred.

De man haalde een fles mineraalwater. 'Dat is hier makkelijker te krijgen dan gewoon water, weet je wel.' Hij schonk twee bierglazen vol, overhandigde er een aan Josien, en dronk het andere in een paar slokken leeg.

Ze stonden in een ruimte die tegelijkertijd keuken, woon- en slaapkamer was. Pas nu zag Josien tussen de kussens, dekens en kleren op het bed het hoofd van een vrouw. Haar blonde haar lag gespreid over het kussen. Het was of ze nog sliep. De man zag Josien blijkbaar kijken. 'Vannacht een beetje laat geworden, een beetje veel feest gevierd.'

'Wat was er te vieren?' vroeg Fred.

'O, d'r is altijd wel wat te vieren,' zei de man. 'Je moet je fantasie een beetje gebruiken, *that's all*.' Hij keek Josien aan alsof hij het speciaal tegen haar had. Ze probeerde zijn blik te ontwijken.

'En met wat lekkers d'rbij is het gauw feest,' zei Fred.

'Mijn idee, maar... eh, waar komen jullie eigenlijk voor?'

'Mogen we gaan zitten?' vroeg Fred. 'Dit is rechercheur Fransen, mijn naam is Vermeer.'

'Aangenaam,' zei de man alsof hij het nog meende ook. 'De meeste mensen noemen mij Deppo, maar... eh, ga zitten.' De man maakte drie stoelen vrij van kleren. Hij gooide achteloos een overhemd en een broek half over de vrouw heen. Ze kreunde even, wierp de kleren in een nijdig gebaar van zich af en draaide zich om in bed, waardoor haar bovenlichaam half bloot kwam. ''t Lijkt hier verdomme wel een peepshow,' zei Deppo. 'Eerst ik en nou zij weer. Nou ja, jullie zullen d'r wel tegen kunnen, hè?'

'We zijn niet anders gewend,' zei Fred. Ze zetten zich rond de tafel die vol stond met glazen, asbakken tot de rand gevuld met peukjes, een paar bordjes besmeurd met ketchup en vet, plastic patatbakjes waar nog wat staafjes frites en een klodder mayonaise in zaten, verfrommelde sigarettenpakjes, twee pakjes shag, vloei, aanstekers, een doosje lucifers, messen, lepels en een paar velletjes aluminiumfolie. Fred wees naar de folie. 'Goed spul?' vroeg hij.

'Ik heb niks in huis,' zei Deppo. 'Geen bruin, geen wit, niks. Zelfs geen stuff, geen wiet, niks.'

'Alles opgemaakt bij het feestje,' zei Fred.

Deppo haalde zijn schouders op en drukte zijn sigaret sissend uit in de mayonaise in een van de patatbakjes en stak er meteen weer een aan. Hij schonk nog een glas mineraalwater in voor zichzelf en hield de fles uitnodigend op voor Josien. Ze schudde haar hoofd.

'Nou,' zei Deppo, 'genoeg bullshit. Waar komen jullie voor?'

Fred begon te vertellen over de dinsdagnacht twee weken geleden. De moord op Bea. Ondertussen had Josien de indruk dat Deppo haar bleef aankijken. Zelf hield ze haar ogen gericht op de grote stapel houtblokken onder het afdak een meter of twintig verderop. Daar had ze Gerard verschillende keren aangetroffen, druk aan het hakken of zagen, bezweet, zijn haar half voor zijn ogen hangend. Ze voelde de blik van Deppo. Nooit had ze hier moeten komen. Nu zocht ze het zelf op. Dit was te klassiek om waar te zijn: terug naar de plaats van het misdrijf. Maar ze kon er niets aan doen. Roland had hen gestuurd. Als ze had geweigerd, dan was het pas echt opvallend geweest. Ze voelde even aan de pijnlijke plek op haar hoofd, drukte er tegen aan, zoals ze wel eens extra hard op een kies beet waarin de pijn al een beetje zeurde.

'Maar toen was ik er helemaal niet,' zei Deppo. 'Ik zat in Engeland.'

'Waarom?'

'Vakantie, een mens heeft toch ook wel 's recht op vakantie?'
'Natuurlijk... waar werk je als ik vragen mag?'
'Bijstand,' zei Deppo. Josien keek naar hem, en draaide haar gezicht weg toen hun ogen elkaar ontmoetten. 'Maar dat is ook niet alles. Jullie denken zeker dat de bijstand eeuwige vakantie is... nou, mooi niet.'
'Natuurlijk,' zei Fred. 'Naar de giro gaan om je geld op te halen en af en toe een formulier invullen, dat gaat je niet in je kouwe kleren zitten.'
'Maar ik...'
Fred onderbrak Deppo. 'En wanneer was je terug?'
'Even denken... zaterdag. Ja, afgelopen zaterdag.'
'En waar zijn die twee vrouwen, die hier een tijdje zaten? Pools waren ze, dacht ik?'
Deppo haalde rochelend zijn neus op. Josien voelde hoe de misselijkheid zich weer vanuit haar maag verspreidde.
'Ja, zoiets,' zei Deppo. Hij krabde zich hevig over zijn borst.
'Waar zijn ze naartoe?' vroeg Fred.
''k Weet niet. Een boerderij, geloof ik, ergens in de buurt van Tiel.'
'Een boerderij?' vroeg Fred.
'Nou ja... vroeger. Tegenwoordig zitten er allemaal vrouwtjes.'
'Een seksclub,' zei Fred.
Deppo stak een sigaret op. '*You got it, man.*'
'Kende je dat meisje?' Fred wees naar de Johanna Jacoba II.
'Ik ken hier niemand,' zei Deppo. 'Ik bemoei me met niemand, dan bemoeien ze zich ook niet met mij. Wel zo makkelijk.'
'Maar je heb haar toch wel 's gezien? Ze zag er leuk uit.'
'Zal wel.'
Josien kreeg het plotseling benauwd. De stilhangende lucht in de woonwagen was oververzadigd van verschillende geuren: drank, rook, etenswaren, zweet, seks, ongewassen mensenlijven, slaap. 'Ik ga even naar buiten,' zei ze, het laatste restje zuurstof uit haar longen gebruikend.
Toen ze opstond, keek Deppo haar onderzoekend aan. 'Ik heb jou al 's eerder gezien.'
'Kan kloppen,' zei Fred. 'Ze zat een paar jaar terug ook bij de Zedenpolitie.'
'Nee, dat bedoel ik niet.'
'Wat bedoel je dan wel?'

Josien deed zonder iets te zeggen de deur achter zich dicht en ging op de treden van het trapje zitten. Ze kon het niet meer aanhoren. Een jongen en een meisje waren met een bal aan het spelen. Het was nu bijna elf uur. Moesten ze niet naar school? Met een schuin oog keek Josien naar de boot van Gerard. Even meende ze te zien dat er rook uit de schoorsteen kringelde. Nee, natuurlijk niet. Ze keek weer naar de twee kinderen. Vanuit de woonwagen klonk het vage geluid van stemmen. Het verkeer op de ringweg zoemde onafgebroken door. Verderop was iemand hout aan het zagen. Ze probeerde te ademen op het ritme van de zaag. Deppo had haar dus eerder gezien. Niet zo lang leden. Zondagavond misschien wel. Ze zou hier vanavond terug moeten komen om te kijken of dat wat ze zondagavond gezien had er nog steeds was. Misschien was het alleen maar een klein boompje geweest, en liet ze zich nu gek maken om niets. Het was gevaarlijk om terug te gaan, maar ze moest het weten. Ze hoorde Deppo praten zonder te kunnen verstaan wat hij zei. Misschien vertelde hij het nu al aan Fred. Maar dan zou Fred alleen denken dat ze even bij Gerard was langs geweest, dat ze haar verantwoordelijkheidsgevoel weer te ver had doorgevoerd. Zelfs op een eenzame zondagavond moest ze weer de rol van maatschappelijk werker spelen. Ze verborg haar hoofd in haar handen. Als ze zich gewoon afzijdig had gehouden, simpel haar werk had gedaan, dan was er niets gebeurd. Dan kwam er nu wel rook uit de schoorsteen of zat Gerard bij de Sociale Werkvoorziening. Dan was hij bezig gaatjes te ponsen of doosjes in te pakken. Achter haar ging de deur open. Ze keek verschrikt op.

'Gaat 't weer een beetje?' vroeg Fred.

Ze knikte.

'Laten we nog 's met die jongen gaan praten.'

'Wè... welke jongen?'

'Gerard, natuurlijk. Als-ie thuis is tenminste. Krijgt-ie ook nog 's bezoek.'

'Maar moeten we niet naar...' Haar stem zakte weg, als het geluid van een radio die langzaam uit wordt gedraaid.

'We moeten niks, we hebben alle tijd.' Fred liep al in de richting van de boot. 'Wat is er? Kom je niet mee?'

Ze probeerde op te staan en deed voorzichtig een paar passen in de richting van Fred. Dit was haar eigen lichaam niet meer. Het behoorde toe aan iemand anders, en zij moest uit zien te vinden hoe het precies werkte. De spieren reageerden anders dan die van haarzelf. Lopen moest ze opnieuw leren. Ze voelde een paar takjes onder de voetzolen. Fred stond al op de loopplank. Hij klopte op de deur. Die deur was open. Natuurlijk hadden ze hem zondagavond niet op slot gedraaid. Fred zou zo naar binnen kunnen stappen. Waarom mocht dat niet? Ooit zouden ze Gerard ontdekken. Maar niet nu, niet als zij erbij was, niet op dit moment. Ze zou in een keer alles vertellen tegen Fred, dat wist ze zeker. Er was maar een klein duwtje nodig. Alleen de aanblik van het lichaam van Gerard zou al genoeg zijn. Even proefde ze weer de smaak van bloed. Onwillekeurig krabde ze op haar rechterarm. Fred klopte harder.

'Niet thuis zeker.'

Hij voelde aan de deur en schoof hem een stukje open. 'We zullen maar niet naar binnen gaan, hè?'

Ze slikte iets weg. 'Nee, niet zo netjes.'

Fred keek in het water onder de loopplank. Wat zag hij daar nu weer? De pook? Nee, dat was onmogelijk.

'Een kinderfietsje,' zei Fred, 'daar ligt een kinderfietsje.'

'Ik kan er niet meer tegen.' Ze stak een sigaret op en drukte hem na een haaltje weer uit.

'Wat wil je dan?'

'Weet ik niet, maar zo gaat 't niet langer.'

'Deze eerste dagen zijn het ergste. Je bent nog van de kaart. Maar langzamerhand zakt 't weg, echt waar.'

'Daar geloof ik niks van.' Ze stak opnieuw een sigaret op, en liet hem brandend in de asbak liggen. Hoe kon Theo in godsnaam zo koel, zo rustig, zo berekenend zijn? Ze begreep er niets van. ''t Wordt alleen maar erger. Vannacht heb ik van hem gedroomd.'

'Wat dan?'

Ze vertelde. Het was een variant op de droom van Gerard; hierin was ze zelf opgetreden. Zij had hem over de rand van de boot gegooid en steeds weer opgehaald. Tot ze het touw had afgesneden, en hem voorgoed in het water had laten verdwijnen. 'En ik zag die luchtbelletjes. Dat ging minuten lang door, steeds maar luchtbelletjes. Ik kreeg spijt en wilde hem weer naar boven halen, maar dat kon natuurlijk niet meer.' Ze begon te snikken.

'Steeds maar luchtbelletjes. Dus hij bleef nog heel lang leven, maar hij wist dat hij dood zou gaan.'

Theo kwam naast haar stoel staan en legde een hand op haar schouder. Het deed bijna pijn.

'En ik dan?' vroeg hij. 'Was ik er niet bij?'

Ze wilde zijn hand afschudden, maar durfde niet. 'Nee, jij was er niet bij. Ik deed het helemaal alleen.' Ze veegde met haar handpalm snot en tranen weg.

'Hier heb je een zakdoek,' zei Theo.

Ze negeerde zijn aanbod. 'Jij weet niet wat 't is.' Ze veegde weer met haar hand langs haar neus en daarna over haar broek. 'Om daar te staan met je collega, daar vlak bij die boot. Fred stond nota bene op de loopplank. Hij had de deur al open. En ik moest doen of er niks aan de hand was, of ik nergens van wist. Terwijl Gerard daar binnen lag!' Ze begon steeds luider te praten. 'Hij lag daar binnen, en wij stonden daar. We hadden net nog met iemand gepraat over de moord op Bea.'

'Met wie?'

Nu schudde ze zijn hand pas af. 'Wat doet dat er nou toe? Dat maakt toch allemaal niks meer uit?'

'Stil nou maar,' zei Theo. 'Je hoeft niet zo te schreeuwen.'

'Dat maak ik verdomme zelf wel uit. Als ik wil schreeuwen, dan schreeuw ik. Daar heb jij niks over te zeggen. Ik zit tenslotte niet bij jou in de klas, meester Theo.'

Ze stak weer een sigaret op.

'Er ligt er nog een in de asbak,' zei Theo.

De sigaret was voor de helft opgebrand. De grijze staaf was nog smetteloos en ongebroken.

'Ik hou dit niet langer vol,' zei ze. 'Ik belazer iedereen waar-ie bij staat. M'n collega's, mensen die we verhoren... iedereen. Dat kan ik niet meer opbrengen.'

'Wat wil je dan?'

Ze nam een trekje van de sigaret. De rook sneed in haar longen; de pijn deed haar goed. Morgen zou ze Gauloises of zoiets kopen. 'Als ze eerst Gerard maar zouden vinden. Dan is één leugen in ieder geval overbodig geworden. Dan hoef ik niet meer net te doen of-ie nog leeft.'

'Maar je hebt zelf gezegd dat het beter is als het zo lang mogelijk duurt voor ze hem vinden. Dat ze dan de tijd van... van zijn overlijden minder makkelijk kunnen bepalen.'

Ze reageerde niet.

'Dat is toch zo?' vroeg Theo nog eens.

'Ja, dat is zo,' zei ze, elk woord nadrukkelijk articulerend.

'Nou, dan moeten we gewoon afwachten, dat is het beste.'

Ze verborg haar hoofd in haar handen. 'Het is verdomme net of 't jou niks doet, of je gewoon verder leeft.'

Theo bleef even stil. Vanuit een ooghoek zag ze dat hij voor het raam bleef staan, zijn voorhoofd tegen het koele glas gedrukt. 'Gewoon verder leven... gewoon verder leven,' zei hij met een toonloze stem, 'was dat maar waar. Ik denk er de hele dag aan, elk uur, maar...' Hij hief zijn handen in een hulpeloos gebaar. 'Maar dat lost niks op. We moeten ons niet over de kop laten jagen, geen gekke dingen doen. Dat is onze enige kans. Begrijp je dat dan niet?'

Ze had de auto een stuk verderop geparkeerd, bijna bij de brug van de ringweg over de Amstel. 'Waar ga je naartoe?' had Theo gevraagd.

'Naar buiten.'

'Ja, dat zie ik, maar waar naartoe?'

'Zomaar, even naar buiten. Ik hou 't niet langer uit in huis.'

'Zal ik meegaan?'

'Nee, ik ga liever alleen.' Ze had hem zelfs geen zoen gegeven voor ze de deur achter zich dichttrok.

'Doe je geen gekke dingen?' had ze hem nog horen vragen.

Er kwam een eenzame fietser langs. Ze verborg haar hoofd half in een sjaal. Ze liep naar de boten. Daar verderop links was de woonwagen, hier bijna recht tegenover de Johanna Jacoba II. Had ze hier omgekeken? Of was ze toen nog dichter bij het water? Op verschillende plekken bleef ze staan. Nergens ontwaarde ze een boompje dat je van een afstand voor een mens zou kunnen aanzien. Hoe zou dat ook kunnen in deze tijd waarin er nog geen bladeren aan de bomen zaten? Uit de woonwagen klonk plotseling knalharde muziek die na een paar seconden weer zachter werd gezet. Dat op de boot van Gerard geen licht brandde, moest andere mensen ook opvallen, Veld bijvoorbeeld. Wanneer zou die gaan kijken? Misschien vanavond al.

De deur van de woonwagen ging open, en een vrouw stapte naar buiten. 'Nou, dan sodemieter je maar op,' hoorde Josien de man vanuit de woonwagen schreeuwen, 'dan ga je maar ergens anders de hoer spelen.'

De vrouw zei niets terug. Ze bleef in de geopende deur staan.

Josien draaide zich om, maar van de kant van de straat kwam ook iemand het pad aflopen. Haar hart klopte wild in haar keel. Ze schoot van het pad af het struikgewas in tot ze bijna tegen een tentje aanliep, een iglotentje. Met ingehouden adem keek ze ernaar. Van het pad af hoorde ze een stem. 'Is daar iemand?'

14

De jongen liep dicht achter een andere voetganger aan; er zat misschien twintig centimeter tussen de twee lichamen. De voorste man liep met stoere passen, zijn voeten enigszins naar buiten draaiend. De straatartiest imiteerde hem perfect. Alle mensen op de terrassen en de toeschouwers aan de overkant lachten. Van de tegenovergestelde richting kwam nu een man met een hoed op. De jongen ging naast hem lopen, en verwisselde de hoed van de man met het kleine dophoedje van hemzelf. De man keek verschrikt op. Hij glimlachte geforceerd en probeerde zijn hoed weer terug te krijgen. De jongen sprong dansend om hem heen, maar gaf snel de hoed terug toen er een fietser aankwam. Hij blies op zijn fluitje, en maakte een stopgebaar. De fietser zwenkte langs hem, maar de jongen sprong achterop. Van de andere kant verscheen een gearmd stel. De straatartiest liep er onmiddellijk op af, en ging aan de andere kant van het meisje lopen. Hij sloeg zijn arm om haar heen, en duwde zijn hoofd tegen het hare. Je kon zien hoe de jongen zijn jaloerse agressie slechts kon beheersen omdat er zo veel lachende en applaudisserende toeschouwers waren. Plotseling liet de artiest het meisje los. Er kwam een keurige kantoorheer aanwandelen met in zijn rechterhand een diplomatenkoffertje. De straatartiest ging naast hem lopen, en pakte ook het hengsel van het koffertje vast. Op de hoek van het Rembrandtplein en de Halvemaansteeg draaide de jongen zich om. Hij probeerde het koffertje uit de hand van de man te rukken, die echter stevig vasthield.

Josien stond op. Ze had nu ongeveer alle acts van de jongen wel gezien. Een halfuur geleden was ze op het terras gaan zitten. Vandaag was het onverwachts bijna lenteachtig geweest. De terrassen stroomden meteen vol. Ze stonden hier waarschijnlijk illegaal, want het was nog lang geen 1 april, maar dat was haar zorg niet. Gelukkig dat ze net vandaag een vrije dag had. Dat had ze pas gemerkt toen ze vanochtend op het bureau kwam. 'Je hoort hier helemaal niet te wezen,' had Roland gezegd. 'Ik waardeer je inzet, je enthousiasme, je plichtsbetrachting en meer van dat moois, maar je mag echt naar huis.'

Plotseling schrok ze. Daar kwam Gerard aan, van de kant van de Amstelstraat. De vervuilde spijkerbroek, het geblokte overhemd, het donkere, wat vettige haar.

'Gaat u weg of blijft u staan?' vroeg een man die het op haar stoel had voorzien.

Ze bleef staan kijken. Gerard... maar dat was onmogelijk.

'Nou, wat gaat u doen?'

De jongen met het geblokte overhemd was haar tot op zo'n tien meter genaderd. Natuurlijk was het Gerard niet. Deze jongen was ook kleiner en zijn haar was korter. Het publiek lachte om de straatartiest, die bezig was mensen in een tram te duwen.

'Nou, als je voor standbeeld oefent, dan ga ik maar zitten,' zei de man. Hij duwde haar een stukje opzij en nam plaats.

'Verdomme, wat is dat, lul?' schreeuwde Josien. 'Ik zat hier.'

'Precies, je zát hier.'

Ze stond voor de spiegel en liet haar handen door de onbekende, vreemde krullen gaan. Was dit nog wel haar eigen hoofd of had ze tijdelijk een hoofd van iemand geleend? Ze trok even aan het haar. Vanaf de middelbare school had ze haar haar al los, halflang gedragen. In een onberedeneerde opwelling was ze vanmiddag bij een kapper binnengegaan. 'Hoe wilt u het hebben?' Het meisje had zelf betrekkelijk kort, krullend haar.

'Zoals jij,' had Josien gezegd, 'zoiets ongeveer.'

Ze zat nu al langer dan een uur naast de telefoon. Vandaag moest het telefoontje komen. Het kon niet anders. Vandaag hadden ze hem gevonden. Vanaf het hoofdbureau zouden ze haar zeker opbellen. Toen het toestel overging, durfde ze eerst niet op te nemen. Ten slotte pakte ze de hoorn en drukte hem zo hard tegen haar oor dat het pijn deed. Het was haar moeder. Die had zonder werkelijke noodzaak naar het hoofdbureau gebeld en gehoord dat ze waarschijnlijk thuis was. Josien luisterde nauwelijks en gaf de gebruikelijke reacties. Ja, alles ging goed. Met Theo ging het ook goed op school. Met haar op haar werk ook. Hoe vaak had haar moeder wel niet gevraagd of het niet gevaarlijk was. Al die zware criminelen met wie ze te maken kreeg. Dat had ze altijd ontkend. Gevaarlijk? Helemaal niet.

'Maar wanneer dan?' vroeg haar moeder.

'Wanneer wat?'

'Wanneer kom je dan 's langs?'

Josien zuchtte. 'Dat weet ik nog niet.'

'Maar je hebt vandaag toch vrij! Waarom ben je dan vandaag niet gekomen?'

'Ik... eh, ik moest hier nogal wat doen in huis. Opruimen en schoonmaken en zo, boodschappen doen. Gewoon het huishouden, je weet wel.'

'Ja, ik begrijp het.'

'Volgende week, dan kom ik wel weer 's langs,' zei Josien. Als ik dan tenminste nog niet ergens vastzit, had ze er bijna aan toegevoegd.

'Goed, tot volgende week dan. Doe je wel voorzichtig?'

'Natuurlijk mam, dat doe ik altijd.'

Een halfuur later, ze zat nog in een verkrampte houding naast het toestel, ging de telefoon opnieuw. Het was Roland. Vertel het maar, vertel het maar, wilde ze zeggen. Ik weet het allang. Ik was de eerste die het wist.

'Hallo, ben je d'r nog?' vroeg Roland.

'Ja, natuurlijk.'

'De Eskimo is terug. Fred ging vanochtend nog 's naar die woonwagen en toen...'

'De Eskimo?' onderbrak Josien.

'Ja, die man in dat iglootje, je weet wel. Ik dacht dat je dat wel interessant zou vinden. Dus daarom bel ik maar even.'

Josien zweeg.

'Morgen komt-ie hier op het bureau. Nou ja, komen, we zullen hem wel moeten ophalen. Uit zichzelf gaat-ie niet naar de Marnixstraat.'

'En verder?' vroeg Josien. Was Fred niet bij de Johanna Jacoba II geweest? Was hij de boot niet opgegaan? Of hielden ze dat voor haar achter? Wilden ze haar daar morgen mee verrassen?

'Verder niks,' zei Roland. 'Jij praat morgen met hem, samen met Fred.'

De cijfers op de wekkerradio logen niet: tien voor drie, en ze was klaarwakker. Toen Theo vanmiddag thuiskwam had hij haar een tijdje aangekeken zonder iets te zeggen. Daarna had hij in kennelijk ongeloof zijn

hoofd geschud. 'Vind je 't niet mooi?' had ze gevraagd.
'Ik moet er aan wennen.'
Vanavond had Theo gelezen, en zij had geprobeerd naar de televisie te kijken. Ze voelde nu de warmte van zijn lichaam. Als ze zich even bewoog, raakte ze hem aan. Ze verschoof naar de rand van het bed, maar kon geen goede houding vinden. Haar rechterknie deed pijn. Ze boog en strekte het been, en stootte daarbij tegen Theo's voet. Hij kreunde in zijn slaap en draaide zich om, waardoor hij nog dichter tegen haar aan kwam liggen. Ze moest denken aan haar zwager. Toen die met haar zus trouwde, kon hij niet loskomen van het idee nooit met een ander in één bed te kunnen slapen. Ze hadden een lits-jumeaux gekocht, dat maar net paste in het slaapkamertje van hun nieuwbouwwoninkje. Aan de beide zijkanten en aan het voeteneind was nog ongeveer dertig centimeter loopruimte.
Ze stond op, ging in de woonkamer zitten en zette de televisie aan. Ze keek eerst een tijdje naar het testbeeld, en zapte toen door naar RTL 4. Dit was kennelijk een deel uit een Amerikaanse serie. Een als Nancy Reagan ogende vrouw praatte met een man die zeker een jaar of twintig jonger was. De man was van het type dat je tegenwoordig altijd in advertenties zag: een wilskrachtige kin, twee dagen niet geschoren, achterovergekamd, licht krullend, donker haar. De vrouw probeerde hem te omhelzen, maar hij weerde haar af. In de volgende scène zaten twee vrouwen van een jaar of dertig aan een keukentafel. De ene had problemen in haar huwelijk en de andere gaf haar goede raad. Josien zapte terug naar een testbeeld.
Misschien zou ze Fred moeten bellen en gewoon alles eruit gooien. Hij zou het begrijpen. Maar daarna? Dan had ze wel haar hart gelucht, maar hoe moest het verder? Ze kon Fred moeilijk vragen om het geheim te houden.
Theo stak zijn hoofd om de hoek van de deur. 'Wat doe jij nou?'
'Dat zie je toch. Ik zit hier.'
'Maar waarom?'
Ze haalde haar schouders op. Plotseling had ze het koud in haar oversized T-shirt. ''k Weet niet. Ik kon niet slapen.'
Theo ging naast haar zitten. Ze voelde de bedompte warmte van zijn lichaam dat net tussen de lakens vandaan kwam. Hij schoof nog dichter naar haar toe en sloeg een arm om haar heen. Zijn rechterarm, dacht ze, dezelfde arm.

'We moeten elkaar helpen,' zei Theo. 'Juist nu. Nu hebben we elkaar nodig. Als we dat doen, dan slaan we ons er wel doorheen. Echt waar, dan lukt het heus wel. Ik weet 't zeker, Josien.'
Ze reageerde niet. We slaan ons er wel doorheen. Wist hij wel wat hij gezegd had?
'Samen zijn we veel sterker. Als we elkaar helpen, dan redden we het. Absoluut.'
Ze nam een Gauloise uit het pakje op tafel, maar stak de sigaret niet op. Hoezo redden? Wat bedoelde Theo? Wat viel er nog te redden? Wat was dit trouwens voor afschuwelijke taal, samen zijn we sterker? Het leek wel een advertentietekst voor de vakbond. Zijn hand kneep nu in haar bovenarm.
'Jij hebt hem vermoord,' mompelde ze.
'Wat zeg je?'
'Jij hebt Gerard vermoord,' schreeuwde ze nu bijna.
Hij legde een hand op haar mond. 'Je hoeft niet zo te schreeuwen.'
'Sorry.'
'Het was een ongeluk,' zei Theo. 'Dat weet je net zo goed als ik. Denk maar 's aan wat er gebeurd was als ik niet was binnengekomen? Hè, wat dan?' Hij schudde haar even heen en weer. 'Je hebt gewoon geluk gehad dat ik ongerust werd en bedacht dat je wel eens op die boot kon zijn, op die rotboot, waar je eigenlijk niks te zoeken had. En nou zit je mij de schuld van alles te geven. Als jij niet steeds naar die jongen was toe gegaan, dan was er niks gebeurd. Dan...'
'Goed,' onderbrak ze hem. 'Jij kon er niks aan doen. Het is allemaal mijn fout.'
'Dat bedoel ik niet.'
'Wat bedoel je dan wel?'
Hij zuchtte diep. 'Laten we nou niet zo met elkaar praten. We zitten elkaar een beetje vliegen af te vangen, terwijl we...'
'Terwijl we wat?' Ze stak de sigaret aan die ze nog steeds in haar hand hield, en inhaleerde diep. Het maakte haar aangenaam duizelig.
'Ach, dat weet je wel. Ik heb 't nou al een paar keer gezegd. We zitten in de problemen. Als die collega's van jou uitvinden wat er gebeurd is of als we het zelf vertellen, dan ga ik achter de tralies en ben jij je baan kwijt en misschien nog wel meer dan dat. Verder dan stadswacht kom je niet meer. Medeplichtigheid, achterhouden van informatie, tegenwerking van het

politieonderzoek, weet ik veel. Zo simpel is het. Of niet soms?'

Ze knikte.

'Nou dan.' Ze dacht iets triomfantelijks in zijn stem te horen.

'Het enige wat we dus kunnen doen, is elkaar helpen, Josien. Je doet net of ik een vijand van je ben, of ik je godverdomme naar het leven sta.' Hij drukte zich steviger tegen haar aan. 'We moeten hier samen uit zien te komen.'

Ze knikte.

'Dus dat vind jij ook?' Er klonk hoop in Theo's stem.

'Jij zegt 't, dus zal het wel waar wezen.'

Theo stond plotseling op en ging voor het raam staan.

'Weet je hoe dat morgen is?' zei ze tegen zijn rug. 'Als ik daar binnenkom op kantoor, en we beginnen over Bea. Dat het allemaal nog een raadsel is, dat we zo veel verdachten hebben… mogelijke verdachten, maar dat er geen enkele aanwijzing is, laat staan een bewijs. En dat we dus moeten blijven zoeken, met mensen praten, steeds maar opnieuw. Met die Steef hebben we al vier of vijf keer gepraat, en d'r komt niks uit, helemaal niks. Toch gaan we ermee door, omdat het altijd mogelijk is dat iemand een keer z'n mond voorbij praat, meer zegt dan-ie van plan was omdat-ie geïrriteerd raakt door steeds dezelfde vragen. En dat kan Fred goed, dat kan-ie ontzettend goed, die mensen een beetje treiteren. Dus dat gaat maar door, en ik weet dat 't allemaal nergens op slaat, ik weet dat geen van die mensen het gedaan heeft. Ik zit dus eigenlijk permanent m'n collega's te belazeren, weet je dat wel?'

Theo reageerde niet. Ze drukte haar sigaret uit en stak een nieuwe aan.

'En dat wordt straks alleen nog maar erger,' ging ze door. 'Vandaag of morgen wordt Gerard gevonden. Daar kan je donder op zeggen, en dan begint het van voren af aan, het hele toneelstuk. En dan is het nog moeilijker, begrijp je dat? Nog veel moeilijker.' Ze rookte met driftige halen.

'Hij had z'n zus vermoord,' zei Theo, alsof hij haar woorden niet had gehoord. 'Besef je dat wel? Je zit mij de hele tijd de schuld van alles te geven, maar hij had zijn zus vermoord. En jij was de volgende die aan de beurt was.'

Ze draaide zich om en keek Theo vertwijfeld aan. 'Dus 't was… 't was zijn eigen schuld, zijn straf… zoiets.'

'Dat heb ik niet gezegd.'

'Leuk,' zei Fred, 'staat je goed, dat kortere haar, en die krullen ook. Anne heeft ook een keer een permanentje laten zetten, maar 't zag er niet uit.' Fred stond op de loopplank. Hij had een paar keer op de bel gedrukt en met zijn vuist op de deur van de stuurhut geroffeld. 'Zou die jongen weer naar z'n werk zijn?'

Zij bleef naar de woonwagen kijken en zei niets. Natuurlijk, ze zou zich anders moeten gedragen, maar dat was onmogelijk. De gordijnen voor de ramen van de woonwagen waren dicht.

'Ben je eigenlijk nog bij hem langs geweest de laatste tijd?'

Ze schudde haar hoofd.

'Wat heb je? Ongesteld?'

'Zoiets ja. Waarom halen we die man niet uit z'n tentje?'

'Dat heeft geen haast,' zei Fred. 'Die blijft daar nog wel een tijdje zitten.'

Ze hadden hem horen zingen terwijl ze voor zijn tentje hadden gestaan. Het was een soort klagelijk zoemend geluid. Fred had voorgesteld om hem nog maar even met rust te laten. 'Zo te horen is-ie helemaal in trance.'

'De deur is open,' zei Fred. Hij had de deur een stukje open geschoven, maar stapte niet de stuurhut binnen. 'Heeft die maatschappelijk werker van de Sociale Werkvoorziening je nog gebeld?'

'Nee, niks van gehoord.'

Ze keek vlug op naar Fred. Hij stond al half in de stuurhut. Natuurlijk, eens zou Gerard worden gevonden.

'Nou ja, ik zal maar niet naar binnen gaan. Nergens voor nodig. Laten we eerst Veld nog 's met een bezoekje vereren. Kan nooit kwaad.'

Veld was niet op zijn boot. 'Waarom is er niemand thuis?' vroeg Fred. 'Nou ja, dan moeten we die Eskimo maar ophalen. Trouwens, iets heel anders, jullie komen zaterdag toch bij ons eten? Anne rekent er helemaal op.'

Er klonk nog steeds een zoemend zanggeluid uit het tentje. Fred schraapte nadrukkelijk zijn keel, maar er kwam geen reactie.

'Er is geen deur om op te kloppen,' zei Fred. 'Hallo, is daar iemand?' Het monotone gezang ging gewoon door. 'Hallo, meneer, hier is visite. Kunt u even opendoen?' Nog steeds geen reactie uit de tent. 'Anders doen we van buitenaf de rits open. We kunnen niet blijven wachten tot we een ons wegen.'

'Als u dat maar uit uw hoofd laat.' Ze schrokken even van de beschaafd klinkende, maar keiharde stem. 'U dient te wachten tot de cyclus is doorlopen. Nu heeft u mij uit mijn concentratie gehaald, en zal het nog langer duren voor ik weer contact heb.'

Ze stonden onwennig voor de tent terwijl het zingen weer een aanvang nam. Fred keek Josien aan terwijl hij met zijn rechter wijsvinger tegen zijn voorhoofd tikte. Ze wachtten al een minuut of vijf toen Fred een gebaar maakte naar Josien en naar de woonwagen liep. Hij probeerde naar binnen te gluren daar waar de gordijnen enige ruimte openlieten.

'Donker,' fluisterde hij, toen hij weer naast Josien stond. 'Niks te zien.'

De man in de tent begon nu steeds hoger te zingen.

'Het eind van de cyclus,' zei Fred. 'De climax... ook een manier om klaar te komen.'

Eindelijk werd de tent open geritst. Josien wist hoe de man eruit zou zien, maar was toch verbaasd over zijn uiterlijk. De man keek helder uit de diepblauwe ogen, waarboven borstelige witte wenkbrauwen groeiden. Zijn gezicht had bijna statige, aristocratische trekken, maar zijn kleding was even smerig en rafelig als van veel andere zwervers. De lange baard was daarentegen weer helder wit en het kale hoofd glimmend schoon.

'Wie bent u?' vroeg de man.

'Politie.' Ze haalden beiden hun identificatie te voorschijn.

'Ik kampeer hier niet. Ik woon hier.'

'Dat weten we,' zei Fred. 'Van ons mag u hier wonen.'

'Dat vind ik bijzonder vriendelijk van u.' De man trok zich weer terug in het duister van de tent en wilde het doek dichtritsen.

'We willen even met u van gedachten wisselen,' zei Fred.

'Maar ik niet met u. U verstoort het evenwicht dat ik zo moeizaam heb opgebouwd.'

'U mag hier van ons blijven wonen als u met ons wilt praten,' zei Fred.

'We willen alleen maar praten,' zei Josien, 'echt niks anders.'

De man keek haar aan. Zijn ogen hechtten zich vast aan de hare, en ze voelde zich ongemakkelijk. 'In dat geval... komt u binnen?' De man maakte een uitnodigend gebaar.

'Nee,' zei Fred, 'we willen graag dat u met ons meegaat, naar het bureau. Dat praat wat makkelijker.'

De man zat tegenover hen. Hij had geen van zijn drie jassen uit willen doen. Koffie en thee had hij geweigerd. 'Slechte stoffen. Die verwoesten de harmonie in het lichaam.' Hij had Josien bijna beschuldigend aangekeken terwijl ze van haar koffie dronk.

Het gesprek leek niets op te leveren. Hij zei niemand op het terrein langs de Amstel te kennen. Bea niet, Gerard niet, Veld niet, de man in de woonwagen niet. 'Ik hoef de mensen niet te kennen. Eerst moeten de mensen mij hérkennen. Dan zullen ze naar mij toe komen, en ik zal hen inwijden in de geheimen van de zevende ring, want ik heb de stem gehoord.'

'Welke stem?' vroeg Fred.

'De stem,' zei de man, het woord 'de' benadrukkend. Hij streek door zijn baard en keek Josien aan. Ze sloeg haar ogen neer.

'Waarom bent u zo'n twee weken geleden weggegaan van die plek bij de Amstel?'

'Ook als mijn lichaam weg is, blijft mijn geest aanwezig.'

'Maar waarom is uw lichaam weggegaan?' vroeg Fred.

'Verplaatsing in de ruimte is onbetekenend zolang de grenzen van de zevende ring niet worden overschreden.'

'Op die manier heb je altijd een alibi,' mompelde Fred bijna onverstaanbaar. 'Je bent er wel en je bent er niet. *Now you see him, now you don't.*'

Josien moest denken aan een opschrift achter op een rugzak, dat ze gister op straat had gezien. Er stond een olifant op afgebeeld met de tekst *Now you see me, soon you won't.* Ze keek op en zag hoe de man haar observeerde.

'Goed,' zei Fred na eerst een zucht te hebben geslaakt die diep vanuit zijn binnenste leek te komen. 'Als uw geest daar nog steeds was, daar langs de Amstel, wat heeft die geest daar dan ervaren?'

De man keek hen om beurten aan. 'Veel slechte dingen. Mensen die het evenwicht kwijt zijn, die zich ver buiten de uiterste ring hebben begeven, en daar in verwarring rondwaren, in een mist van niet-weten, in een nevel van boosheid, in een moeras van wreedheid.'

'Wreedheid?' vroeg Fred. 'Hoezo wreedheid?'

'De mens is de mens een raadsel.'

Josien voelde hoe de man haar weer aanstaarde.

'Er zijn mensen,' ging de man door, 'die hun hart hebben dichtgemetseld om het kwaad niet naar buiten te laten sijpelen. Maar wie tot in het centrum van de ringen is doorgedrongen, kan de muur verbrijzelen.'

Josien keek op.

'Waarom ziet u zo bleek, mevrouw?' vroeg de man. 'Kan ik u misschien helpen?'

15

Ze vond het moeilijk om te praten. De klanken, de woorden plakten tegen haar verhemelte en haar tanden als oude kauwgom. Ze nam nog een slokje wijn. 'Zoals die man keek... z'n ogen.'
'Wat was er met z'n ogen?'
'Hij keek helemaal in... ik bedoel, helemaal door me heen.'
'Door je heen?' vroeg Theo.
'Ja, zo'n man die alles ziet. 't Leek net of-ie wist wat ik gedaan had. Of-ie het hele vertel... het hele verhaal zo kon vertellen.'
'Maar 't is dus een beetje een rare man, een soort zwerver.'
'Ja, maar niet zomaar een of andere gek. Je had hem moeten zien. Die man had gestudeerd of zo, ik weet 't zeker. Zo iemand als die zwerver die Wim de Bie een tijd gedaan heeft, je weet wel, die Walter de Couchemar of zo.'
'Couchemar is nachtmerrie, dacht ik, maar hij heette Walter de Rochebrune,' zei Theo. 'Wel gek trouwens. Zomaar verdwijnen ten tijde van de moord op die Bea, en dan weer terugkomen, zo'n beetje op het moment dat haar broer ook koud gemaakt is. Ik bedoel...' Hij liet de zin onafgemaakt in de lucht hangen.
Ze wilde eigenlijk niet weten wat hij bedoelde, begreep het ook al, maar vroeg toch: 'Wat bedoel je?'
'Nou, zo'n man, die is verdacht... een zwerver in een tentje, een rare vogel. Die kan het toch gedaan hebben?'
Ze stond op en liep naar hem toe. 'Wat zeg je?'
Hij draaide zich om, zodat ze vlak tegenover elkaar stonden. 'Die kan het toch gedaan hebben. Misschien had een geest het hem ingefluisterd, waren ze volgens hem door de duivel bezeten, weet ik veel. Jij kan toch altijd wel wat vinden waardoor die man...'
Achter haar rug kneep ze haar handen samen. Ze ademde met horten en stoten. 'Nee,' zei ze ten slotte.

'Maar ik probeer alleen maar wat te bedenken... voor ons tweeën, Josien. Dan moet je niet zo kwaad worden.' Hij streelde met zijn hand langs haar wang.

Ze duwde zijn hand weg. 'Als je die man gezien had, dan wist je dat 't nergens op slaat wat je zegt. Hij gedraagt zich als een soort geestelijke, een heilige, die van die diepe, onbegrijpelijke dingen zegt over een zevende ring en zo.'

'Nou, daaróm juist. Zo'n man weet misschien helemaal niet wat-ie doet. Die is pas echt ontoerekeningsvatbaar. In zo'n tentje midden in de winter langs de Amstel, dat is toch helemaal mesjogge!' Theo dronk zijn glas bier in een paar gulzige slokken leeg. Er zat een randje schuim op zijn bovenlip.

Ze ging weer op de bank zitten, haar benen onder zich getrokken, haar handen om zich heen geslagen.

'Nou, wat vind je d'rvan?' vroeg Theo.

'Ik wil d'r niet meer over praten.'

'Waarom niet?'

Ze zweeg. Als ze haar ogen dichtdeed, zat ze weer in het verhoorkamertje. Fred en de Eskimo werkten samen, en zij was binnengeroepen om te worden ondervraagd. Fred zei bijna niets; hij liet zijn partner het woord doen. Maar die hoefde eigenlijk ook niet veel te zeggen. Kijken was voldoende. Waarom ontwijkt u mijn blik? Ik doe u toch geen kwaad? Het witte struikgewas van zijn wenkbrauwen vragend omhoog gebracht. Ze hoorde Theo naar de keuken gaan. Hij zou vandaag koken. Niet vergeten: voor zaterdag uitgenodigd bij Fred en Anne. Hoe moest ze zo'n avond doorkomen? Anne kende ze nauwelijks. Zou die veel vragen stellen over de zaak waar ze mee bezig waren? Praatten Fred en Anne veel over Freds werk?

Theo kwam de kamer weer binnen en ging zitten. Het geluid van een flesje bier dat werd leeggeschonken in een glas. Zij was de blinde hier in huis. Ze had niets gezien, wist nergens van. De Eskimo zou haar blik niet kunnen lezen. Niemand kon weten welke beelden er achter haar gesloten oogleden werden vertoond.

'Speel je blindemannetje?' vroeg Theo.

Ze tastte naar haar sigaretten, schoof met haar handen over tafel in een poging de aansteker te vinden.

'Wou je ezeltjeprik doen?'

'Hoe laat gaan we eten?' vroeg ze, nadat ze haar sigaret had aangestoken.

'O ja... eten. Wie zou er ook alweer koken?'

Ze zweeg.

'Ja, ik natuurlijk,' zei Theo. 'Vergeten, stomweg vergeten. Ik moest wat langer op school blijven... een jongen die een ander bijna knock-out had geslagen, om een meisje of zo, zijn zus, geloof ik. Daar ben ik mee naar Van Eemeren geweest, die wou de politie er eerst bij roepen. Maar nu is het gelukkig in der minne geschikt.' Hij sprak de woorden 'in der minne' nadrukkelijk articulerend uit. Ze wist welke blik hij daarbij trok. 'Maar goed, door al dat gedonder ben ik vergeten om boodschappen te doen. Sorry.'

Ze deed haar ogen open. Het licht deed pijn. Ze zag Theo door een waas van zwarte vlekken.

'Weer wakker?' vroeg Theo. 'Ik zal twee pizza's bestellen.'

'Bestellen?' vroeg ze. 'Pizza's?'

'Ja, natuurlijk.'

'Maar dat kan toch helemaal niet, na wat er de vorige keer is gebeurd?'

'Hoezo kan dat niet?'

Theo leek het werkelijk niet te begrijpen. Ze sloeg haar handen weer voor haar ogen. 'Die jongen natuurlijk, die bezorger, die verongelukt is met z'n brommer. Dacht je echt dat ik een pizza kon bestellen en nog opeten ook?'

'Maar daar konden wij toch niks aan doen?'

Ze stond op. 'Daar gaat het niet om, klootzak.'

'Ik wist helemaal niet dat je daarvan overstuur zou raken. Dan had ik wel wat anders bedacht. Had ik een paar broodjes shoarma gehaald of zo. Mag dat wel? Of kwets ik je daar ook mee? Je bent zo overgevoelig tegenwoordig. Ik kan niks doen of je hakt erop in. Als ik wat zeg, ga je meteen over de rooie.'

Hij probeerde haar naar zich toe te trekken, maar ze weerde hem af. 'Echt Josien, het is al moeilijk genoeg zoals 't is, laten we nou geen ruzie maken.'

Hij sloeg een arm om haar schouder, maar ze duwde hem hardhandig weg.

Ze nam een slokje rode wijn uit het glas dat naast het bed stond. Hoeveel had ze al gedronken? Zeker acht of negen glazen, misschien wel tien. Als ze haar ogen sloot begon het bed te zweven. Hij zat op zijn knieën naast haar en streelde haar heupen, de glooiende lijn van haar taille, haar buik. Zijn vingers cirkelden rond haar navel. Ze probeerde andere beelden de baas te blijven, en zich over te geven aan zijn strelende handen.

'Je bent gespannen,' zei hij. 'Probeer je te ontspannen.'

Ze kwam overeind op haar rechterelleboog om nog een slokje wijn te nemen. Hij was haar voor, en liet via een kus de wijn van zijn mond in de hare lopen. Ze verslikte zich bijna. Hij ging boven op haar liggen. Ze voelde zijn magere lichaam, dat bottiger en knokiger was dan dat van Theo. Hoe laat was het geweest toen ze het huis uit was gerend? Halfacht misschien. Zonder erbij na te denken was ze straat in en straat uit gelopen. Soms had ze de indruk gehad dat mensen haar bevreemd aankeken.

'Vind je het lekker, zo?'

Ze mumde wat. Gek was dat, zo'n intieme handeling, en ze voelde vrijwel niets, het ging bijna buiten haar om. Ze keek ernaar van een afstand. Een vrouw die met een man in bed lag. Hij deed zijn best, ontroerend zijn best. Haar handen lagen op zijn rug.

'Heb ik soms wat van je aan?' had ze aan een vrouw gevraagd die naast haar voor het rode voetgangerslicht had staan wachten. De vrouw was zo geschrokken dat ze bijna de straat op was gelopen, terwijl er een lint auto's aan kwam rijden.

Hij steunde op zijn handen en keek naar haar. 'Je bent mooi.'

'Jij ook,' zei ze. Bijna had ze eraan toegevoegd: ga nu maar door; hoe eerder het afgelopen is, des te beter, dan hoeven we geen spelletjes meer te spelen. Zijn ogen tastten haar lichaam af. Hij begon weer ritmisch te bewegen.

Er was bijna niemand in het café geweest toen ze er binnenkwam. Aan de bar stond een man met verwaaid haar en een lange, vuilige regenjas aan. Af en toe mompelde hij in zichzelf, en zwaaide met zijn vuist in de lucht. Een keer stompte hij tegen een lampenkapje dat boven de bar hing. Het licht waaide door het café. Zo te horen was hij met iemand in een felle discussie gewikkeld, maar zijn woorden waren onverstaanbaar. De klanken werden half opgevreten door zijn woede.

Aan een tafeltje bij het raam zaten een jongen en een meisje innig verstrengeld, met twee glaasjes cola voor zich die ze niet aanraakten. Josien was aan een ander tafeltje gaan zitten. Langzaam werd het drukker in het café. Ze werd opgenomen in een roes van drinken, praten, roken. Veel mensen kenden elkaar. Mannen zoenden vrouwen, vrouwen zoenden vrouwen, mannen sloegen ter begroeting armen om de schouders van andere mannen. Er werden twee tafeltjes aan elkaar geschoven en Josien zat plotseling tussen de leden van een grote vriendenfamilie. De een dacht van de ander dat hij of zij Josien had meegenomen naar het café. Als er rondjes werden besteld, was er ook een glas rode wijn voor haar bij. Ze zat tussen een vrouw met peenkleurig geverfd haar en een lange, magere man met scherpe trekken op zijn gezicht, die later Arno bleek te heten. Ze had al jaren niet meer zo'n gesprek gevoerd als met Arno. Ik heb je hier nog nooit gezien. Kom je hier wel vaker? Leuk café, vind je niet? Nog een glaasje wijn? O, heb je nog niet gegeten? Ja, wat hebben ze, tosti's, portie olijven, kleine stokbroodjes gezond, dacht ik.

Arno kwam schokkend klaar. Even deed het haar pijn, maar het schelle gevoel in haar onderbuik dreef snel weg. Zie je wel, het had weinig tot niets te betekenen. Even je adem inhouden, aan iets anders denken, en het was voorbij. Waarom had ze zo moeilijk gedaan tegen Gerard?

Arno liet zich van haar af rollen. Ze voelde zijn vingers tussen haar dijen. 'Nee, liever niet,' zei ze met een schorre stem. 'Zo is het goed.' Hij klemde zich aan haar vast.

Op een gegeven moment had ze in het café gemerkt dat zijn linkerhand op haar rechterschouder lag. Ze zag de lange pianovingers. Een vrouw tegenover haar, met een grote bos zwart krulletjeshaar, gaf haar een knipoog. Arno vertelde over zijn werk bij de Gemeentelijke Dienst Voorlichting en Externe Betrekkingen. 'Een heleboel van die stomme folders die je in de brievenbus krijgt, daar ben ik verantwoordelijk voor... Ga je nou meteen weg?'

Ze had haar hoofd geschud. 'Niet meteen.'

Hij gaf haar een lichte zoen die nauwelijks merkbaar langs haar wang veegde. 'Dat is lief van je. En wat doe jij?'

Ze had ontwijkend geantwoord. 'Iets op een kantoor.' Hij moest wel denken dat ze zich ervoor schaamde, wat niet ver bezijden de waarheid was. Om één uur ging het café dicht. Vanzelfsprekend ging zij met hem mee. 'Doe je dat vaak, vrouwen versieren in het café?' had ze gevraagd. 'Alleen als ze aardig zijn.'

Hij was nu in slaap gevallen met zijn armen om haar heen, alsof hij haar gevangen wilde houden. Ze bleef met wijdopen ogen op haar rug liggen. Vanuit haar ooghoek kon ze de wekkerradio zien. Kwart voor drie was het. Nog bijna vijf uur. Of kon ze uit bed stappen zonder Arno wakker te maken? Het was allicht beter om midden in de nacht thuis te komen dan morgenochtend vroeg. Of nog erger: direct hiervandaan naar de Marnixstraat en dan morgenmiddag pas tegen zes uur thuiskomen. Theo zou stijf staan van de zenuwen, verkrampt zijn van de angst. Zoals die keer dat ze opgepiept was op een zaterdagmiddag, terwijl Theo de stad in was, en zij meteen met Fred naar een loods in het Westelijk havengebied was gereden. Ze had geen briefje achtergelaten. Theo had niemand op het hoofdbureau kunnen bereiken. Zondagochtend om zeven uur kwam ze thuis. Grauw van ellende zat hij op de bank.

Josien probeerde het dode gewicht van Arno's arm van zich af te schuiven. Hij maakte vreemde geluidjes. Toen zij haar voeten naast het bed zette, draaide hij zich met zo'n onverwachts felle beweging om dat haar hart snel kloppend naar boven schoot, alsof het door haar keel naar buiten wilde. Ze wachtte even. Hij sliep door. Volgens de wekkerradio was het nu halfvier, dus misschien had ze toch een tijdje geslapen. Ze trok haar kleren aan, die ze keurig opgevouwen op een stoel had gelegd. Thuis kon ze wel onder de douche. Arno slaakte een diepe zucht. Ze hield haar adem in. Toen hij weer stil was, liep ze op haar tenen, met haar schoenen in de hand, de gang op. In de keuken dronk ze een glas water, maar het droge gevoel in haar mond en keel werd er niet door weggenomen.

Ze keek even in de huiskamer. Er stond inderdaad een piano, de klep boven de toetsen dicht. Ze liep er naartoe. Op de piano stond een fotolijstje: Arno met op schoot een meisje van een jaar of vier. Zijn dochtertje? Gescheiden?

Josien stond nu midden in de kamer. Ze kon nog terug naar bed. Maar waarom zou ze dat doen? Om morgenochtend aan Arno te vragen wie dat meisje was? Waarom hij en zijn vrouw uit elkaar waren gegaan? Dan zou hij ook allerlei vragen stellen. O, je woont samen. En je man of je vriend, weet die dat je vreemdgaat? Nee? Waarom heb je het gedaan? Wil je daar niet over praten? Het lukte Josien minutenlang niet om zich te verplaatsen. Pas toen er een autosirene begon te loeien, kon ze de kamer verlaten. Voor ze de deur uitging, stak ze het fotolijstje in de zak van haar jas.

Van de straat af zag ze dat het licht in de woonkamer aan was. Ze deed de benedendeur open, en besteeg zo stil mogelijk de trap. Op de overloop bleef ze staan. Geen geluid van boven. Ze liep nog een trap op tot ze op hun eigen etage kwam. De sleutel in het slot. De deur waarvan de scharnieren nodig eens moesten worden gesmeerd. Nog steeds geen enkel geluid. Ze deed haar schoenen uit en liep op kousenvoeten naar de woonkamer. Theo was er niet. De slaapkamer. Licht kierde onder de deur door. Zou hij met een andere vrouw in bed liggen? Ze pakte het koele metaal van de deurklink beet, en drukte hem naar beneden. Niemand. Het bed was onbeslapen.

Op het aanrecht stonden zes flesjes bier op een rijtje. Ze dronk een glas water, en daarna nog een. Er was nergens een briefje te bekennen. Theo's leren jack hing niet aan de kapstok. Ze ging in de kamer op de bank liggen. Haar lichaam voelde zo zwaar aan dat ze bang was door de bank heen te zakken. Plotseling wilde ze Theo bij zich hebben, zijn armen om zich heen voelen. Met het verlangen probeerde ze de slaap weg te drukken. Als het tussen Theo en haar fout ging, dan ging alles fout. Natuurlijk had hij gelijk. Ze moesten elkaar helpen, ondersteunen, vasthouden. De pianovingers van Arno streken weer over haar huid en ze rilde. Haar ogen vielen dicht en ze stond in de huiskamer van Arno. Ze was nog wakker en wilde niet slapen. Theo riep haar, maar ze kon werkelijk niet van haar plaats komen. Het meisje dat ze op de foto had gezien, zat achter de piano te spelen. Gerard sloeg het muziekblad om, maar hij deed het op de verkeerde momenten. 'Je maakt alles vies,' zei het meisje, en ze wees op de bloedvlekken op het muziekblad.

Ze werd wakker van een hand op haar schouder. Theo zat naast haar. Ze rook een groezelige dranklucht.

'Je bent er dus weer,' zei Theo. Zijn stem was breekbaar, alsof hij elk moment in huilen uit kon barsten.

'Ja, en jij ook.'

'Ja, ik ook.'

Ze pakte zijn hand en drukte er een zoen op.

Pas toen ze in zijn armen in bed lag, realiseerde ze zich dat ze nog niet onder de douche was geweest.

'Ja, dat heb ik nou,' zei de man. Hij wees naar de grote gipsen laars om zijn been. Er stonden al een stuk of twintig dikke viltstiften handtekeningen op. 'Voor het eerst in twee jaar met vakantie, voor 't eerst van m'n leven naar de wintersport omdat iedereen zegt dat 't zo tof is, en zo lekker en zo gezellig, nou, ik ben mooi twee maanden zoet met een gebroken poot.' Hij klopte met zijn knokkels op het gips alsof hij wilde aantonen dat het echt was. Toen ze vanochtend om tien uur op het bureau kwam, had er een notitie gelegen. De taxicentrale had gebeld. De chauffeur die ze zochten was gisteren met een gipsvlucht teruggekomen. Hij had zich ziek gemeld. Ze was onmiddellijk met Fred naar de man toe gegaan.

'Ik weet nóg niet hoe 't gegaan is. Ik zat in zo'n klasje, weet je wel, met allemaal beginners, gewoon, heel simpel glijen. En plotseling maak ik een rare zwieper, ik vlieg door de lucht, en ik kom ongelukkig terecht. Knak... op twee plaatsen gebroken. Bij m'n kuit stak het bot er doorheen. Iemand anders uit dat klasje, een vrouw, die ging van d'r stokkie toen ze 't zag. Ik heb, geloof ik, liggen janken als een klein kind, godsammeliefhebbe, wat deed dat zeer. Jij was er niet bij, hè Mar?' De man richtte zich tot zijn vriendin die het nog steeds niet leek te kunnen verkroppen dat ook haar skivakantie vroegtijdig was afgebroken.

'Nee.'

'Ze heb al 's vaker geskied. Ze zat bij de gevorderden. Maar daar komen jullie natuurlijk niet voor, om al die ongein te horen over dat stomme skien...'

'Dat skiën is niet stom,' mompelde Marja, 'alleen jij ben stom, dat je in een beginnersklasje nog je poot breekt.'

De man deed of hij haar niet had gehoord. 'Wat willen jullie horen? Ik heb een schoon geweten, dus vraag maar raak.'

Fred begon over het ritje naar de Amstel. Ja, de man kon het zich herinneren. Een vrouw, zo'n jaar of dertig, vijfendertig, had wat gedronken, had misschien wat veel gedronken. Die wilde daar naartoe. Maar hij moest blijven wachten, want ze wilde ook weer terug. Hij had gezegd dat het een smak geld zou kosten, maar dat was niet erg. Ze zag er een beetje verlopen uit, die vrouw. Vreemde toestand trouwens, daar bij de Amstel. Een raar uit de hand gelopen zootje. Nou ja, die vrouw deed ook een beetje leip, met haar was het misschien ook een beetje uit de hand gelopen. Zo'n vijf minuten had-ie gewacht en toen was ze weer terug. Jankend. Ze had hem van alles verteld, dat deden klanten wel meer, je was als taxichauffeur soms net een psychiater, je hoorde de gekste verhalen. Allemaal mensen die behoorlijk tussen de deur hadden gezeten. Goed, ze reden weer weg, en die vrouw die zei: 'Stop.' Weer vijf minuten wachten. Natuurlijk was hijzelf nieuwsgierig geweest, maar als taxichauffeur leerde je om je overal buiten te houden. Zo was het toch? Of hij verder nog iets had gehoord, een schreeuw of zo? Nee, niet dat hij het zich kon herinneren. Ja, om ongeveer halftwaalf had hij haar teruggebracht. Niet naar een café. Geen dubbeltje fooi, vreemd genoeg, terwijl dat soort figuren soms op een te gekke manier met geld wapperde. Wat ze had gezegd? Ja, ze had het over een andere vrouw gehad, een klerewijf, een kutwijf, een gore hoer, een vuile slet die d'r kerel had afgepikt. Ze kon d'r wel vermoorden.

'Ik heb toen tegen d'r gezegd dat ze daar niks mee opschoot. Daar kreeg ze die kerel niet mee terug.' De chauffeur probeerde met z'n hand binnen het gips te komen, waarschijnlijk om te krabben. Zijn vriendin gaf een tik tegen zijn hand. Hij keek verontschuldigend naar Fred en Josien. 'En dat moet er dus nog bijna acht weken om zitten. Ben ik mooi klaar mee.'

'En ik dan?' zei Marja.

16

Josien pakte het boek op dat op het tafeltje lag. '*De Marathonloper*... spannend?'

'Gruwelijk spannend,' zei Fred. 'Anne kan er niet tegen, vooral niet die scène als ze in z'n kies gaan boren, in de zenuw, zonder verdoving.'

'Get... hou op,' zei Anne. 'Ik heb toch al zo'n tandartsfobie. Ze moeten me bijna vastbinden in die stoel, ook al snoep ik van tevoren drie valiumpjes.'

'Heb je 't gelezen?'

Theo en Josien schudden allebei hun hoofd.

'De film ook niet gezien?' vroeg Fred. 'Met Dustin Hofmann.'

'Nee, nooit gezien.'

Ze zaten een tijdje zwijgend bij elkaar. Waar moesten ze het over hebben? De nieuwe bank hadden ze al uitvoerig bewonderd. Het weer was besproken, de parkeerplaats die ze na veel moeite hadden gevonden, de stank op de trap waar Fred en Anne natuurlijk niets aan konden doen. Hun buurman was een soort verzamelaar. Zijn huis was volgestouwd met allerlei troep die hij van de straat afhaalde. Maar zelfs als politieman stond Fred machteloos.

'Zo,' zei Theo na een tijdje.

De anderen keken hem vragend aan, maar hij zweeg verder.

'Wanneer hebben we elkaar ook alweer voor 't laatst gezien?' vroeg Fred. 'Was dat niet op Josiens verjaardag? Was jij toen eigenlijk mee, Anne?'

Anne was bezig toostjes te beleggen met Franse kaas. 'Nee, ik kon niet, schat, ik moest toen werken. Jij bent niet de enige met onregelmatige tijden.' Hij stootte een kort giechelend lachje uit, alsof hij met die onregelmatige tijden nog iets anders bedoelde.

Anne reikte de schaal met toostjes aan. Daarna ging hij naast Fred op de bank zitten, een hand op zijn knie. Nog sterker dan anders vroeg Josien zich af hoe bijvoorbeeld iemand als Steef zou reageren als hij Fred zo zag, als hij wist dat Fred homoseksueel was. Zou dat iets uitmaken? De collega's zeiden er nooit iets van. Ze maakten de gewone mannengrappen, ook als Fred erbij was. Het was anderhalf jaar geleden eigenlijk vanzelfsprekend geweest dat zij met Fred zou samenwerken, een mooie onschuldige, ongevaarlijke combinatie. Geen gelazer over ongewenst of intimiderend gedrag. Laatst had ze nog met een onderzoekster gepraat die een studie deed naar de positie van vrouwen bij de politie. 'Je directe collega?' had de vrouw gevraagd, 'en zelfs nooit een suggestieve opmerking, een hand op je knie of een arm om je schouder?'

'Nog spannende dingen beleefd de laatste tijd?' vroeg Anne, zijn ogen op Josien gericht. 'Je hebt trouwens een schattige bloes aan. Staat je fantastisch.'

'Dank je,' zei Josien. 'Tsja, spannende dingen... wat denk jij, Fred? Maken we überhaupt wel eens spannende dingen mee?'

Fred haalde zijn schouders op en maakte een gebaar alsof hij iets van zich af wilde gooien. Hij zag er nu plotseling vrouwelijker uit dan anders. Of verbeeldde ze zich dat?

'Waar zijn jullie eigenlijk mee bezig?' vroeg Anne, terwijl hij nog eens de schaal met toostjes aanreikte.

Josien keek Theo even aan. Met een neutrale blik staarde hij voor zich uit. 'O, een oude zaak, alweer een paar weken geleden. We komen geen millimeter verder.'

'Je bedoelt van dat meisje, daar langs de Amstel?' vroeg Anne. Hij zette grote ogen op. 'Eng... spannend...'

'Stel je niet zo aan,' zei Fred. 'Voor ons is het gewoon werk, zo is het toch, Josien?'

Ze knikte. Waarom begon Anne hierover tegen haar, terwijl hij er elke dag met Fred over kon praten, en dat misschien ook wel deed.

'Maar de moordenaar is nog steeds niet gevonden, hè? Hier, neem nog een toostje. Ik maak zo nieuwe. Wil je nog wat drinken? Wat zijn jullie matig, zeg. Je moet van alle dingen in het leven genieten, vooral van de slechte, zeg ik altijd maar.' Hij schonk zijn eigen glas nog eens bij. 'Dus die moordenaar loopt nog steeds vrij rond, die kan elk ogenblik weer toeslaan, een nieuw slachtoffer maken. Misschien is het wel een seriemoordenaar. Daar hoor je de laatste tijd steeds meer over. Zo is het toch? Wat denk jij, Theo?'

'Ik lust nog wel een pilsje,' zei Theo.

Fred haalde een flesje bier uit de keuken. 'Moet ik iets aan 't eten doen?'

Anne lachte. 'Doe niet zo mal. Jij bent in staat om in twee minuten te verknoeien waar ik een hele middag mee bezig ben geweest. Culinair is alles onder controle. Straks even een paar schalen in de magnetron, en we kunnen aan tafel.' Hij nam een slokje wijn en stak een sigaret op. 'Maar jullie hebben de moordenaar dus nog niet. Toch wel een verdachte?'

'Tsja,' zei Josien.

'Je mag natuurlijk niks vertellen, dat weet ik wel. Beroepsgeheim en zo, maar soms, als ik Fred lief aankijk, dan wil hij wel 's wat loslaten, hè Fredje?'

Fred zette het flesje bier voor Theo neer. 'Goed, ik zeg misschien wel eens meer dan ik eigenlijk zou mogen, maar ja, zo gaat dat in een goed huwelijk. Dat zullen jullie ook wel hebben. Als je in één bed slaapt, heb je geen geheimen voor elkaar. Tenminste...'

'Dat laatste heb ik niet gehoord,' zei Anne. Hij stond op en deed een paar passen in de richting van de keuken. Josien hoopte vurig dat Anne op zou houden over de moord op Bea. Theo zat als versteend naast haar.

Anne ging weer zitten. 'Weet je, eerst dacht ik dat die Steef het had gedaan. Wat Fred over hem vertelde... ik vertrouwde die man helemaal niet, zo'n patser, zo'n Rambo-achtige figuur. Wat dacht jij?'

'Wie?' vroeg Josien. 'Ik?'

'Ja, jij.'

'We hebben alleen aanwijzingen,' zei Josien. 'Verder niks.'

'Misschien moesten we hem ook een tandartsboor op z'n kies zetten,' zei Fred. 'Zonder verdoving. Wie weet hoe graag-ie dan zou bekennen.'

Anne rilde alsof hij het koud had. 'En die Beekman, daar had ik het ook niet erg op. Een enge man... zo iemand die de kat in het donker knijpt, en daar een kick van krijgt. Die Bea was vast een kat die terugkrabde, geen katje om zonder handschoenen aan te pakken, zogezegd.' Anne lachte even. 'Maar...' Hij had een dreigende bijklank in zijn stem gelegd bij het laatste woord, 'ik heb nu een heel andere theorie. Die Steef en Beekman hebben 't niet gedaan. Dat voel ik gewoon.'

'Vrouwelijke intuïtie,' zei Fred.

Anne gaf hem een zoen in de lucht. 'Altijd een complimentje van m'n politieagentje. Ik heb dus een theorie. Fred gelooft er niet in, die zegt dat 't onzin is, maar ik heb 't idee...' Hij pauzeerde weer even als om de spanning op te voeren. 'Ik heb 't idee dat die broer, dat die er meer van afweet.'

Josien keek niet op maar voelde hoe Annes blik op haar gericht was. Ze nam een slokje wijn, en sloeg haar ogen op. Anne keek haar vriendelijk lachend aan.

'Die broer,' zei Anne weer. 'Daar is iets mee aan de hand. Wat denk jij?'

'Die... eh, die is helemaal van de kaart,' zei Josien.

'Ja, natuurlijk, maar dat bedoel ik niet. Waarom is-ie zo van de kaart?' Josien pakte Theo's hand, en dreef haar nagels in de muis van zijn hand. 'Die jongen, die is zwakbegaafd, die kan niet voor zichzelf zorgen. En z'n zus is dood, daar had-ie een hele goeie relatie mee. Dus ik kan me wel voorstellen dat-ie, dat-ie gewoon... eh helemaal van slag is, dat-ie niet voor zichzelf kan zorgen en zo.'

Anne knikte even. 'Ja, dat zei Fredje al. Ook al zo'n logische verklaring, maar ik denk dat 't anders zit...'

'Dat kan je nauwelijks "denken" noemen,' zei Fred.

'Zo schattig doet-ie nou altijd,' zei Anne met een stralende glimlach. 'Wat ben ik toch een geluksvogel, hè? Dat ik met zo'n lieve man m'n leven mag delen. Maar om nog even op m'n theorie terug te komen...'

Fred stond op. 'We hebben gasten, Anne, die hebben misschien wel honger. Die zijn misschien helemaal niet geïnteresseerd in jouw theorietjes, in jouw bedenkseltjes.'

'Jij wel, hè Josien?'

Josien knikte nauwelijks merkbaar.

'Als die jongen nou eens zo van de kaart is omdat-ie...' Anne keek de anderen om beurten aan. Hij nam een toostje en at het tergend langzaam op. '...omdat-ie zelf z'n zus heeft vermoord. Wat zou je daarvan denken?'

Josien stak een Gauloise op. Ze rookte alleen maar, ze had niets gehoord. Dit was helemaal niet gezegd. Ze hield Theo's hand nog steeds vast.

''t Is natuurlijk verschrikkelijk, maar het zou toch kunnen?' ging Anne door.

Josien schraapte haar keel. 'Ja, het zou kunnen.'

'Precies,' zei Anne triomfantelijk. 'Jij bent tenminste niet zo eigenwijs als Fred. Kijk, ik heb de volgende theorie. Die jongen woont met z'n zus samen. Hij is helemaal van haar afhankelijk.' Fred ging zitten en hief zijn handen in een soort wanhoopsgebaar op. 'Ze hebben een hele hechte relatie met elkaar, misschien wel meer dan een broer-zusrelatie, misschien kwam er wel seks bij te pas, weet jij veel. In deze tijd schijnt alles mogelijk te zijn.' Anne nam een slokje wijn. 'Maar dat doet er niet zoveel toe. Het maakt alles natuurlijk wel spannender, sappiger, sensationeler maar echt belangrijk is het niet. Hier, neem nog een toostje. Goed, die jongen, die ziet dat ze een vriend heeft, die krijgt verlatingsangst of zo, die is bang dat-ie z'n zus kwijtraakt...'

'Maar als-ie d'r koud maakt, is-ie d'r zeker kwijt,' zei Fred.

'Hou jij nou 's even je mond met je zogenaamd nuchtere opmerkingen. Ze krijgen ruzie, zij vertelt hem bijvoorbeeld dat ze weg wil, met die vriend samenwonen of zo, of dat die vriend op de boot komt wonen, dat hij, haar broer dus, misschien naar een tehuis moet, en hij wordt kwaad, woedend, agressief, kortsluiting, de stoppen slaan door... Dat kan toch?' Anne keek Josien vragend aan. De woorden bleven in de lucht hangen. Ze zouden straks samenklonteren en haar met geweld treffen.

'Ja, dat kan.'

'Dat je doodmaakt wat je het meest dierbaar is,' zei Anne, 'dat is toch heel goed mogelijk?'

Fred ging naar de kast met de geluidsapparatuur. 'Ja, maar dat is alleen maar goedkope psychologie, dat heb je uit die boekjes die je altijd zit te lezen...'

'Gewoon gezond verstand,' onderbrak Anne.

'...goedkope psychologie. Wat wij moeten hebben, dat zijn feiten... pure, harde feiten.' Fred pakte een paar cd-doosjes, bekeek ze, zette ze terug, en ging weer zitten.

Anne deed of hij Fred niet had gehoord. 'Hij wordt dus agressief, die broer. Hij grijpt haar vast. Ze probeert zich los te rukken. Hij grijpt steviger... z'n handen om haar keel... nou ja, de rest weten jullie.'

Fred applaudisseerde.

'Wat denk jij, Josien?'

Ze voelde hoe het bloed haar wangen kleurde. Nog harder kneep ze in Theo's hand. 'Het zou kunnen... ik weet niet.'

Anne knikte tevreden. 'Zie je wel, Fred, 't zou kunnen. Josien heeft tenminste oog voor dat soort mogelijkheden. Die is niet zo bekrompen als jij.'

'Als ik bekrompen was, dan zou ik niet met jou samenwonen, schat.'

Anne stond op. 'Ik ga nu echt naar de keuken. Hebben jullie honger?'

Ze knikten alledrie. 'Ja, lekker,' zei Fred.

'Of het lekker is, moet je nog maar afwachten.'

Toen Anne in de keuken was, zei Fred verontschuldigend dat Anne nu eenmaal zo was. Dodelijk nieuwsgierig, de waanzinnigste ideeën, niet voor rede vatbaar. 'Misschien ben ik daarom wel op hem gevallen, wie weet.' Fred liep weer naar de cd-speler. 'Whitney Houston?' vroeg hij aan Josien. 'Dat is toch jouw favoriet? Daar moeten we ook nog wat van hebben. Even kijken... verdomme, heb ik die cd's allemaal alfabetisch neergezet en dan gooit Anne alles weer door elkaar. Of wacht 's misschien heeft-ie 'm bij de w van Whitney in plaats van bij de H neergezet... ja, hier heb ik hem. 't Is al een ouwe geloof ik.'

Ze gingen alvast aan tafel. Fred schonk witte wijn in. Josien prees met stijve, stugge woorden het tafeldamast en het bestek. Ze zag hoe Theo de muis van zijn rechterhand bekeek.

'Bespreek jij wel eens een zaak met Theo?' vroeg Fred.

'Een enkele keer,' zei Josien.

'En die moord waar Anne net zo over zat door te zagen?' vroeg Fred aan Theo.

Theo schudde zijn hoofd.

'En je bent niet nieuwsgierig?' vroeg Fred.

'Ach, nieuwsgierig...' Theo veegde zweetdruppeltjes van zijn voorhoofd.

Anne kwam met een dampende soepterrine binnen.

'Koriandersoep.' Hij schepte op.

Ze proostten. Net toen ze begonnen waren met de soep en Josien en Theo de fijne, bijzondere smaak uitbundig hadden geprezen, ging de telefoon. Fred nam op. Hij zei bijna niets. Alleen 'ja', 'ik begrijp 't', 'natuurlijk'.

'Wie was 't?' vroeg Anne.

Fred pakte zijn glas wijn, nam een slok en zette het glas weer neer. Zijn hand trilde licht. Het glas tikte tegen zijn bord alsof hij om stilte verzocht om een speech te kunnen houden. 'Werk, Josien.'

'Werk? Hoezo? We hebben een vrij weekend, dacht ik. Kunnen Roel en Martijn niet gaan?'

Fred bleef staan. ''t Is die jongen.'

'Heeft-ie bekend?' vroeg Anne. 'Zie je wel, ik zei toch al dat-ie...'

'Hou jij nou 's je grote kwek,' zei Fred. Zijn stem klonk eerder vermoeid dan kwaad. 'Hij is dood... vermoord. Die buurman van hem, die Veld, die heeft hem een halfuurtje geleden gevonden.'

Ze reden over de Utrechtsebrug. 'Wel lullig voor Anne,' zei Fred. 'Heeft-ie zo z'n best gedaan op het eten, de hele middag in de keuken, en dan hebben we dit.' Hij timmerde zachtjes met zijn vuist op het stuur. 'Nou ja, 't valt natuurlijk onder de afdeling "Klein verdriet" als je 't vergelijkt met wat er met die jongen is gebeurd. Godverdegloeiendegodver. Je houdt 't gewoon niet voor mogelijk.' Ze kwamen langs het clubgebouw van een roeivereniging. Er brandde nog licht en zelfs in de auto kon je de beukende decibellen van een rockband horen. Waarschijnlijk een feest. Josien probeerde een reactie te bedenken. Het hele stuk in de auto had ze nog niets gezegd.

'Ik weet dat voor jou de klap ook behoorlijk hard aankomt. Jij had tenslotte het meest met die jongen te maken.' Hij klopte met zijn hand op haar knie. Ze wilde dat hij de auto langs de kant zette en haar vasthield, haar zo hevig omhelsde dat alle delen van haar lichaam, die nu uit elkaar leken te gaan vallen, bijeen zouden worden gehouden. 'Maar niet jezelf de schuld geven, hè? Geen zelfverwijt, daar schiet je niks mee op.' Ze moesten iets verder doorrijden vanwege alle geparkeerde auto's. Vanaf hier was het felle licht van de extra lampen al te zien.

Fred stapte uit, maar het lukte haar niet om het portier open te doen. Waarom mocht ze hier niet gewoon blijven zitten? Waarom moest ze een scène bezoeken die ze direct op haar netvlies kon afbeelden? Fred deed aan haar kant het portier open. Ze stond naast de auto, zocht steun op Freds arm.

'Jij was niet verantwoordelijk voor die jongen,' zei Fred, elk woord benadrukkend. 'Jij was niet z'n oppasser, z'n schildwacht, z'n beschermer. Je hebt hem proberen te helpen, dat was alles...'

'Maar...'

'Maar wat?'

'Nee, niks.'

Ze liepen in de richting van de Johanna Jacoba II. 'Je hebt al meer gedaan dan nodig was, meer dan iemand kon verwachten.' Hij hield haar staande, en draaide zich naar haar om. 'Kijk me aan, Josien.'

Ze keek hem aan, maar richtte haar ogen op een oneindig ver gelegen punt, een punt waar niets meer was, waar ze zelf vrij en gelukkig rond kon lopen, waar Gerard nog leefde.

'Jij kon ook niet weten dat die moordenaar terug zou komen. Die Gerard moet iets gezien hebben, die moet iets geweten hebben...'

'Hoe bedoel je?' vroeg ze.

'Van die moord op Bea, natuurlijk. Hij heeft tegen ons niet alles gezegd

wat-ie wist. Ook niet tegen jou. Hij heeft wat achtergehouden, en ik weet niet waarom. Maar die man of die vrouw is teruggekomen... nou ja, 't zal wel een man zijn geweest, en toen heeft-ie verteld wat-ie wist. Natuurlijk, zo moet 't gebeurd zijn.'
Freds stem klonk overtuigend. Ze kon bijna geloven wat hij zei, maar tegelijk wilde ze hem de waarheid toeschreeuwen. Ze sloeg haar ogen neer.
'Gerard is zo stom geweest om te zeggen wat-ie wist,' zei Fred. 'Misschien heeft-ie wel gedreigd om naar ons te gaan, om het tegen jou te zeggen. En wat is er toen gebeurd? Precies, de enige getuige is uitgeschakeld.'
'Je hebt misschien wel gelijk,' fluisterde ze.
De deur van de woonwagen, die zo'n tien meter van het pad stond, ging open. Ze zag een silhouet van een man in het licht dat uit de wagen kwam.
'Wat is hier allemaal aan de hand?' Ze herkende de stem van de dealer.
'Routinecontrole,' zei Fred. 'In uw woonwagen blijven. Straks komen we wel langs.'
'Controle waarvan?'
'Van alles,' zei Fred, 'maar vooral van de Dienst Omroepbijdragen. Of je geen zwartkijker bent.'
'Shit,' zei de man, en hij trok zich weer terug in de woonwagen.
'Kom,' zei Fred, 'laten we naar de boot gaan.'
Roland, Roel en Martijn waren er al. Het was vol in de boot. De stank was verschrikkelijk. Waarom zette niemand een raam open? Alsof ze straks een monster van de lucht voor analyse mee wilden nemen. De jongens van de Technische Dienst waren bezig met vingerafdrukken. De fotograaf ging net weg. Ze hoorde hem vloeken toen hij zijn hoofd stootte tegen het dak van de roef. Onwillekeurig bracht ze haar hand naar de plek op haar voorhoofd waar het blok hout haar had geraakt. De bult was al verdwenen, het deed geen pijn meer.
'Zijn hersens ingeslagen,' zei Roland. 'Met een hard, niet al te dik voorwerp, een knuppel of zo, maar dan smaller, misschien een looien pijp of een stalen buis. We hebben nog niks gevonden. Buiten zijn er al een paar mensen aan het zoeken, maar het water is dichtbij.'
Tussen de mensen door zag Josien zijn benen uitgestrekt op de grond. Hij zag er nu extra weerloos uit met die grote voeten in geitenwollen sokken. Toen Martijn onverwachts een stap opzij deed, zag ze zijn hoofd, de roodbruine plakken op zijn gezicht. Ze proefde weer de smaak en moest kokhal-

zen. Tevergeefs probeerde ze haar blik af te wenden, maar er was een onbestemde kracht die haar dwong om naar zijn gezicht te kijken. Ze keerde zich om, duwde Fred ruw opzij en stommelde half struikelend het trapje op. Net op tijd was ze in de keuken om in de gootsteen te kunnen overgeven.

Veld had weer zijn overall aan. Zenuwachtig draaide hij een sigaret. De helft van de tabak viel op zijn schoot. Hij veegde de draden op de grond. De sigaret die hij in z'n mond stak, was spijkerdun. Hij inhaleerde alsof hij een stickie rookte. Eerst had hij Josien bevreemd aangekeken. Daarna had hij 'krullen' gemompeld.

'Waarom ben je gaan kijken?' vroeg Fred. Josien was blij dat hij met haar mee was gegaan.

''k Weet niet. Ik had hem al een paar dagen niet meer gezien…'

'Hoe lang niet?'

'Een dag of vijf, zes… misschien langer. Ik hou dat nooit zo bij wanneer ik iemand zie.' Veld wreef bijna liefkozend over het stompje van zijn rechterwijsvinger.

'En toen?' vroeg Fred.

'Toen ben ik maar 's gaan kijken. Ik bedoel… er brandde nooit licht 's avonds, niks, niemand. Dus ik dacht dat er misschien wat aan de hand was, dat-ie misschien ziek was of zo.'

'Hij kon ook weg zijn,' zei Fred.

'Ja,' zei Veld, 'hij kon ook weg zijn.' Hij liet zijn ogen van Fred naar Josien en weer naar Fred gaan. 'Maar waarom vraag je dat allemaal?'

'Routine,' zei Fred.

'Dat zeggen jullie altijd.' Veld drukte zijn sigaret uit en begon een nieuwe te draaien.

'Dus je bent gaan kijken,' zei Fred. 'En wat zag je?'

'Ja…' Veld stak zijn sigaret aan. Hij tuurde ingespannen in het vlammetje van de aansteker die hij nog lang liet branden.

'Nou,' zei Fred, 'wat zag je?'

Het duurde even voordat Veld reageerde. 'Niks, eerst zag ik niks. Het was tenslotte donker. Ik keek door de raampjes, maar ik zag niks. Toen ben ik naar binnen gegaan. De deur was niet op slot. Dat vond ik wel gek. Ik bedoel, d'r staan hier wel meer deuren open, maar als mensen weggaan, doen ze de zaak normaal toch wel op slot. Maar ja, die jongen was ook niet hele-

maal normaal. En toen… eh, toen ben ik dus naar binnen gegaan, en daar lag-ie.' Veld maakte weer vuur met zijn aansteker en staarde in het vlammetje. 'Ik wist meteen dat-ie dood was.'
'Waarom?' vroeg Fred.
'Gewoon, ik zag 't.'
'Heb je hem aangeraakt?'
Veld schudde zijn hoofd. 'Nee, dat was niet nodig.'
'En toen?'
'Toen heb ik de politie gebeld, als een brave burger.'
'Verstandig,' zei Fred.
Veld doofde het vlammetje tussen duim en wijsvinger van zijn linkerhand.

17

'We zijn op herhaling,' zei Fred.

'Op herhaling?' vroeg Beekman.

'Helaas weer iemand die op een onnatuurlijke manier... nou ja, een moord,' zei Fred. 'Mogen we even binnenkomen?'

Beekman stond breeduit in de deuropening van zijn huis alsof hij hun de weg wilde versperren. 'Wat heb ik daar mee te maken?'

'Dat vertellen we nog wel.'

'Het is zondagochtend elf uur. Wat is dat voor een tijd om mensen lastig te vallen?'

''t Spijt me verschrikkelijk,' zei Fred, 'maar 't kan niet anders.'

'En dat u bij me thuis komt! Mijn vrouw is er ook. Wat moet ik tegen haar zeggen?'

'Gewoon een van die smoezen die u anders ook wel 's gebruikt.'

'Ik hou niet van die toon,' zei Beekman.

'Dat hoeft ook niet,' zei Fred, die al een voet op de drempel zette.

'Goed, komt u dan maar binnen. Maar ik zou het op prijs stellen als mijn vrouw niks te horen kreeg van die affaire met Bea.'

'Discretie is ons handelsmerk.'

Beekman wilde hen zijn werkkamer binnenloodsen toen mevrouw Beekman in de gang verscheen. Zij vulde bijna de halve ruimte. Haar hoofd leek onwezenlijk klein op haar grote, schommelende lijf. 'Wat is er aan de hand, Kees?' vroeg ze met een stem die veel te hoog was voor haar lichaam.

'O, niks, ik moet even wat met deze mensen bespreken... zaken.'

'Op zondagochtend? Wat voor zaken?'

Fred deed een pas naar voren, en vatte de hand van mevrouw Beekman in de zijne. 'Antoine Teunissen,' zei hij, 'aangenaam kennis te maken, dit is mijn collega, Mireille van der Meer...' Josien knikte mevrouw Beekman toe. 'Wij zijn journalisten, en we doen een rapportage over mensen die het op eigen kracht gemaakt hebben in de zakenwereld.' Fred haalde zijn notitieboekje te voorschijn alsof hij daarmee zijn woorden wilde onderstrepen.

'Wat interessant,' zei mevrouw Beekman met een nog hogere uithaal van haar stem. 'Maar waarom komt u dan op zondagochtend?'

'Ja,' zei Fred, 'ik weet 't. Het is misschien niet het toppunt van beleefdheid, maar uw man is zo druk, op de zaak kunnen we hem eigenlijk niet te spreken krijgen, en nu kwamen we hier toevallig langs... prachtig woont u hier trouwens; mooi huis, leuk uitzicht, fantastische tuin... en toen dachten we van kom, laten we 't proberen. Nee heb je en ja kan je krijgen.'

'Maar waarom komt u dan niet in de woonkamer praten in plaats van in dat ongezellige hok?'

'We willen uw man graag spreken in zijn eigen domein, dus zijn eigen werkkamer. Naar onze ervaring krijgen we dan de mooiste verhalen te horen, dan zijn de mensen het eerlijkst.'

'Nou goed,' kirde mevrouw Beekman, 'als u dan straks maar een kopje koffie komt drinken in de suite.'

Ze gingen Beekmans werkkamer binnen, een somber hol met donkere meubelen. Beekman wees hun een stoel. Zelf nam hij plaats achter een goedkoop, wrak bureautje. 'Was m'n eerste bureau, altijd bewaard. Ans vindt dat ik 't weg moet doen, maar dat verdom ik.' Hij sloeg met zijn vlakke hand op het blad van het bureau. 'Een moord dus. Weer iemand van mijn bedrijf?'

'Nee,' zei Fred.
'Wie dan?'
'Bea's broer.'
'Wat? Is hoe heet-ie ook alweer...'
'Gerard.'

'Is Gerard vermoord?' Beekman tastte in zijn binnenzak, maar kon klaarblijkelijk niet vinden wat hij zocht.

'Ja.'
'Maar dat kan toch niet?'
'Het onmogelijke is toch mogelijk,' zei Fred. 'Dat merken we elke dag weer.'
'Maar...'
'Maar wat?'
'Nee, niks,' zei Beekman, die met een bruuske beweging opstond en de

kamer uitliep. Een halve minuut later kwam hij terug met een brandende sigaar. 'Mijn vrouw vraagt of u iets wenst te gebruiken. Ze gebruikt zelf de hele dag door, eten, drinken, noem maar op, en ze denkt dat andere mensen dat ook moeten doen. Dat noemt ze gastvrijheid.'

'Nee, dank u, we hoeven niets. Jij toch ook niet, Josien?'

Zuchtend liet Beekman zich in de stoel achter het bureau vallen. Snel na elkaar nam hij korte trekjes van zijn sigaar. 'Waarom komt u hier? Met die Gerard had ik niks te maken.'

'Wie wel?' vroeg Fred.

Beekman blies weer achter elkaar wolkjes rook uit als een klein puffend bootje. Josien probeerde zich het geluid voor te stellen dat hierbij hoorde. Soms voer er zo'n bootje op de Amstel. Ze begreep niets van de energie van Fred. Zelf voelde ze zich doodmoe. Gisteravond waren ze tot een uur of twaalf bij de woonboten gebleven. Ze hadden nog met een paar mensen gepraat, maar niemand had iets gezien, niemand had iets gehoord. Alleen de dealer was er niet meer toen ze aanklopten bij de woonwagen. 'Die is zeker bezig z'n omroepbijdrage te betalen,' had Fred gezegd. 'Nou ja, we gaan er morgen wel naartoe.'

'Wat wilt u van me?' vroeg Beekman ten slotte. 'Ik kende die jongen niet, ik had niks met hem te maken. Waarom valt u me toch steeds lastig? Ik begrijp er niks van. Heeft de politie niks beters te doen? Al die junks oppakken bijvoorbeeld.'

Mevrouw Beekman stak haar hoofdje om de hoek van de deur. 'Echt geen koffie? Of een glaasje fris?'

'Nee, dank u.'

'Je vergeet toch niet te vertellen van die keer toen we zelf in dat bedrijf schoonmaakten,' zei mevrouw Beekman. 'Helemaal in het begin was dat, toen wij samen vsv waren. We hadden nog geen personeel. Toen zijn we een keer 's nachts ingesloten in het magazijn, en we konden er niet meer uit. Er was geen telefoon, want het kantoortje zat ook op slot. Weet je nog, Kees?'

'Ja, ik weet 't nog.'

'De hele nacht samen in dat magazijn.' Ze giechelde even. 'En weet u waar dat magazijn vol mee lag? Allemaal matrassen… d'r lagen allemaal matrassen.' Mevrouw Beekman sloeg haar hand voor haar mond, alsof ze zelf schrok van het gewaagde karakter van deze anekdote.

Beekman knikte. 'We moeten weer verder, Ans.'

Mevrouw Beekman sloot de deur.

'Dat vertelt ze altijd, tegen iedereen, overal. 't Is verschrikkelijk.' Beekman drukte zijn sigaar uit en keek Josien aan. 'Waarom komen jullie hier?'

'Routine,' zei ze. 'We moeten alle mogelijkheden nagaan.' Ze voelde met haar hand in haar jaszak. Een kaartje en een fotolijstje.

'Ja,' zei Fred. 'We zijn er het meest in geïnteresseerd waar u 't vorig weekend was. Hij is zeer waarschijnlijk op zondag om het leven gebracht.'

'Thuis,' zei Beekman, 'ik was thuis.'

'Alleen met uw vrouw?'

'Ja, helaas wel. Of, wacht 's... Zondag was Dick hier, m'n zoon met z'n vrouw. Ja, ze hebben hier gegeten, en ze zijn om... even kijken... om een uur of elf 's avonds weggegaan. Nee, nog later, tegen twaalven, want ik weet nog dat m'n schoondochter klaagde dat 't al zo laat was.'

Josien maakte aantekeningen.

'Jullie kunnen 't navragen.' Beekman gaf drie telefoonnummers: thuis, op de zaak en in de auto.

'We weten voorlopig genoeg,' zei Fred. Hij legde een zwaar accent op 'voorlopig'. 'Helaas hebben we geen tijd meer voor koffie in de suite. Het haastige, turbulente leven van de journalist, u kent het wel.'

'Dat stel ik op prijs,' zei Beekman.

'Waarom moeten we die boot op?' vroeg Josien.

Fred antwoordde niet. Hij haalde het zegel van de deur.

Josien herhaalde haar vraag.

'Wat is dat nou voor stomme vraag. De plaats van de misdaad, *the scene of the crime*, de PD. Je kent je klassieken toch wel? Gisteravond waren hier te veel mensen. We moeten het rustig, op ons eigen gemak kunnen zien. Misschien vinden we iets. Jij bent hier vaker geweest. Jij kan dingen zien die hier nog niet eerder waren. Als we achter ons bureau blijven zitten of met klotenklappers als Beekman blijven praten, komen we nooit verder. Hier, op deze boot moet de oplossing liggen.'

Ze stapten de stuurhut binnen. Fred legde zijn handen op het stuurwiel, en keek voor zich uit, richting Utrechtsebrug. 'Het moet een bekende zijn geweest. Hij heeft hem gewoon binnengelaten...'

'De deur was bijna nooit op slot,' zei Josien.

Fred ging het trapje af naar de roef. 'Wat een stank! 't Lijkt m'n buurman wel.' Hij bleef staan. 'Zie jij iets bijzonders?'

Josien keek rond. 'Nee.'

'Kijk nog 's goed.'

Ze liet haar ogen weer door de keuken gaan. Iets bijzonders? Nee. Iets bijzonders? Ja, alles was bijzonder. Het rottende, beschimmelde fruit. De drie uitgelopen aardappels op het aanrecht. De ongewassen kopjes, glazen en bordjes. De houtblokken in de hoek. Alles ooit een teken van de aanwezigheid van Gerard, en nu een teken van zijn afwezigheid. 'Nee,' zei ze. 'Niks bijzonders.'

Fred daalde af naar de woonkamer. Josien volgde hem. Ze hield haar ogen op zijn achterhoofd gericht. Zijn kruintje schemerde door het dunner wordende haar. Midden in de kamer bleef Fred staan. Vlak bij de deur naar zijn slaapkamer was met krijt de omtrek van Gerards lichaam getekend. Hij leek zo nog groter geweest te zijn dan hij in werkelijkheid was: de omtrek van een gevelde reus.

'Was hier iets te halen?' vroeg Fred.

'Iets te halen?'

'Ja, geld of zo, sieraden, weet ik veel.' Freds stem klonk kort aangebonden. Hoe lang zou hij haar onnozelheid nog kunnen verdragen?

'Ik dacht het niet.' Ze stak een sigaret op. De rook brandde haar keel open. Toen zag ze het. Wat ongelooflijk stom dat ze het niet eerder had gemerkt, dat ze hem niet eerder had gemist! Fred liep met korte, afgemeten passen de kamer rond. Hij keek zorgvuldig, nam alles in zich op. Een week geleden, en ze had niets in de gaten gehad! Onwillekeurig ging ze met haar hand naar haar hals.

Fred bleef bij de kachel staan. 'Hout, hij stookte met hout.' Hij pakte een blok hout, en woog het op zijn hand. 'Als je hier iemand een klap mee geeft, dan kan dat hard aankomen.'

Ze ging op de bank zitten en drukte haar sigaret uit in een kopje.

'Welja,' zei Fred. 'Het is toch al een troep, dat kan er ook nog wel bij.'

De sjaal lag nog geen meter bij haar vandaan. Hoe was het mogelijk dat Theo en zijzelf niets hadden gemerkt. Waar haalde ze eigenlijk de moed vandaan om bij de politie te gaan als ze zelf zulke stomme dingen deed? Haar eigen sjaal achterlaten. Ze had net zo goed haar handtekening kunnen zetten. Ze schoof een stukje op in de richting van de sjaal. Als Fred niet keek, zou ze hem misschien in haar jaszak kunnen proppen. Achteloos legde ze haar hand op de sjaal.

Fred kwam naast haar zitten. Hij sloeg zijn arm om haar heen. 'Kom op, Jo. Laat je niet kennen.' Hij pakte de sjaal en keek er even nadenkend naar. Ze verborg haar gezicht in haar handen.

Fred zuchtte diep. Hij stond op. 'Ik kijk nog wat rond. Blijf jij maar rustig zitten.'

Ze zocht in de zakken van haar jas naar een zakdoek, maar kon er geen vinden. Plotseling had ze het fotolijstje en het kaartje in haar hand. Fred keek door een patrijspoort naar buiten. Ze zette het lijstje op het tafeltje en legde het kaartje ernaast. Fred tuurde nog steeds naar het water van de Amstel. Misschien zag hij daar de oplossing van het raadsel. Schuin aan de overkant was het Miranda-paviljoen. Als je de andere richting uit keek, kon je de begraafplaats zien waar het lichaam van Gerard straks zou worden verenigd met de rest van zijn familie. Ze zou ook naar die begrafenis moeten.

Ze pakte het lijstje en het kaartje weer en stopte ze in haar jaszak. Toen ze opkeek stond Fred voor haar. Ze probeerde in zijn ogen te lezen of hij haar manipulaties had gezien, maar als dat al zo was, liet hij niets merken.

'Gaat 't weer een beetje?'

Ze knikte.

'Jij had toch ook zo'n ding?' Hij pakte de sjaal weer van de bank. 'Precies zó een volgens mij.'

Ze haalde haar schouders op. Razendsnel probeerde ze haar hoofd een beetje op orde te brengen. Ontkennen had geen zin. Als de sjaal naar het lab ging, wisten ze binnen een dag dat hij van haar was.

'Is-ie soms van jou?'

''t Zou kunnen,' bracht ze moeizaam uit.

'En die heb je hier laten liggen? En daar heb je gister niks van gezegd? Dat is behoorlijk stom. Wanneer heb je hem hier laten liggen?'

''k Weet niet... ik heb hem niet eens gemist.'

Fred keek haar nadenkend aan. Het was of zijn ogen haar geest afzochten, of hij met zijn blik haar hoofd binnen kon dringen. Ze was bang voor hem, maar tegelijk wilde ze hem tegen zich aandrukken en hem alles vertellen. Maar dat kon niet, dat was onmogelijk. Het ging niet alleen om haar, maar ook om Theo. Dat ze zelf haar baan zou moeten inleveren, was het minste, maar Theo zou ook worden gepakt, veroordeeld en opgeborgen. Noodweerexces, dan was drie, vier jaar wel het minste. Kon hij daarna nog in het onderwijs terecht?

'Dus misschien veel eerder dan vorige week zondag?' vroeg Fred.

'Zou best kunnen, ja.'

Fred herhaalde haar woorden en zei toen dat ze de sjaal maar mee moest nemen. 'We hebben er verder toch niks aan.' Hij trok haar aan een arm omhoog. 'Kom, lopen we hier nog wat rond. We moeten de slaapkamers nog bekijken.' Hij duwde haar voort alsof ze een stuurs, weerbarstig kind was. Eerst de rechterdeur. 'De slaapkamer van Bea, denk ik.' Fred ging op de rand van het bed zitten en keek om zich heen. Er gingen een paar minuten voorbij. Hij keek haar aan. Het leek of hij iets ging zeggen, maar er kwam geen woord over zijn lippen.

'Wat is er?' vroeg ze.

'Niks.'

Hij stond op en liep naar de tafel waar wat make-upspullen op lagen. Schijnbaar doelloos pakte hij wat flesjes, tubes en potjes en zette ze weer neer. 'Laten we naar hiernaast gaan, zijn slaapkamer. Of is hierachter nog wat?' Hij voelde aan de afgesloten deur naar het vooronder.

'Ik dacht 't niet,' zei Josien, 'een loze ruimte of zo.'

Het bed in Gerards kamer was een warboel van dekens en lakens. Josien was bijna verbaasd dat de afdruk van haar eigen lichaam niet op het bed terug te vinden was. Als ze haar ogen sloot, was ze weer bezig haar kleren uit te trekken, oneindig langzaam. Het sweatshirt over haar hoofd. Trillende vingers die het lipje van de rits van haar spijkerbroek probeerden te vinden.

Fred stond voor de tafel waarop Gerards tekenattributen lagen. 'Deed hij dat, tekenen?'

'Ja, ik dacht 't wel.'

'Dus die in de kamer zijn ook van hem.'

Tegen de wand stond een map. Fred maakte hem open en haalde er een paar werkstukken van Gerard uit. 'Gek, dit soort dingen. Je zou niet denken dat zo'n zwakbegaafde jongen dat kon.'

'We onderschatten hen vaak,' zei Josien, en ze vond zelf dat het klonk alsof ze het voorlas uit een boekje.

'Hé, hier is er een die nog niet af is. "Voor Josien" staat erop, kijk maar.'

Fred hield de tekening voor haar op. De lijnen waren al getrokken, de meeste vlakken ingevuld. Veel varianten van paars, met rood en geel. Inderdaad, er stond 'voor Josien', in het handschrift van een kind dat pas heeft leren schrijven.

'Jij had wel een... eh, speciale relatie met hem, hè?'
''k Weet niet.'
'Doe niet zo naïef. Je weet wat ik bedoel.'
'Misschien wel.'
'Je had toch niet... eh...'
'Ik had toch niet wát?' vroeg ze.
'Nee, niks, onzin. M'n fantasie ging een beetje met me op de loop.' Fred stopte de tekening weer in de map.
'Waar naartoe?' vroeg ze.
Fred pakte haar bij haar bovenarmen en keek haar aan. 'Goed, ik vraag het je toch. Als je het stom vindt, moet je 't zeggen. Ik draai er niet omheen. Niet kwaad worden, oké?'
'Oké.' Waarom moest dit allemaal zo lang duren? Waarom vertelde Fred niet meteen wat hij blijkbaar voelde, wat hij ondertussen had bedacht?
'Had jij iets met die jongen?'
Ze dacht dat ze hem niet goed had verstaan. 'Wat?' Ze had haar stem slechts voor een deel onder controle en met een vreemde hoge uithaal zei ze nog een keer: 'Wat?'
'Nou word je toch kwaad.' Fred liep de slaapkamer uit, stapte om de plek heen waar Gerard had gelegen, en ging op de bank zitten. Ze kon hem zien vanuit de slaapkamer.
'Natuurlijk had ik niks met die jongen. Tenminste geen seks of zo, als je dat soms bedoelt. Bedoelde je dat?'
Hij knikte.
'Hoe kom je op 't idee?'
'Ach... ik telde alles bij elkaar op. Hoe vaak je hier kwam, dat 't niet zo goed ging tussen jou en Theo, die sjaal die hier lag, die tekening voor jou, de inzinking die je kreeg toen je hoorde dat-ie dood was... alles. Het was zomaar een idee.'
'Zomaar?' vroeg ze.

Hij had intensief hun identificaties bestudeerd, alsof hij hen voor het eerst zag. 'O ja, Vermeer en Fransen, dat is waar ook. Hij houdt toch wel z'n handen thuis, hè?' vroeg Deppo aan Josien. 'Daar hoor je de laatste tijd zoveel over, dat die kerels van de politie hun handen niet thuis kunnen houden.'
'We komen hier niet voor dit soort flauwekul,' zei Fred.

'Waarvoor dan wel?'
'Het wordt eentonig, maar er is hier alweer iemand om het leven gebracht.'
'Daar was ik al bang voor. Al die drukte gisteravond, dat was geen gewone verjaardagsvisite, al die *cops* die hier rondliepen.'
Ze stonden op het trapje naar de deur van de woonwagen ongemakkelijk dicht tegen elkaar aan. Deppo, die in de deuropening bleef staan, had een wildgekleurd trainingspak aan. Zijn haar hing nog los.
'Kunnen we misschien even binnenkomen?' vroeg Fred.
'Dat is een beetje lastig. Ik heb bezoek, weet je wel.'
'U mag ook mee naar het bureau,' zei Fred. 'Dan gaan we nu meteen. Gratis vervoer.'
Deppo deed een stap naar achteren en maakte een uitnodigend gebaar. 'Komt u binnen.'
Het kamertje was nog even vol, rommelig en smerig als de vorige keer. In een stoel in de hoek, een beetje in het donker verscholen, zat een jongen in een keurig donkergrijs streepjespak waaronder hij een geelgroen T-shirt droeg. Hij keek hen met brandende ogen aan.
Fred vroeg de man naar afgelopen zondag. Nee, hij had niets gezien. Was hij thuis geweest? Fred bedoelde hier, in de woonwagen. Ja, hij was hier geweest. Iets opvallends gezien of gehoord? Nee, niet dat hij zich kon herinneren.
Josien had de indruk dat de man speciaal haar aanstaarde terwijl hij dat zei. Zijn ogen lieten haar niet meer los.
Fred vroeg hem om nog eens goed na te denken. Wat had hij die zondag allemaal gedaan? De man pakte een elastiekje en maakte een paardenstaart in zijn haar. Niet veel, hij had niet veel gedaan. Lang in bed gelegen, daar was het tenslotte zondag voor. Een borreltje gedronken, een jointje gerookt, alles normaal. En 's avonds? Nog even de stad in geweest, maar om een uur of negen weer terug. Iets bijzonders gezien aan de Johanna Jacoba II? Nee, hij kon zich niks voor de geest halen. Het was een gewone zondag geweest. Had hij misschien iemand gezien die hem niet bekend voor kwam, een vreemde, een bezoeker voor de Johanna Jacoba II?
De man draaide op z'n gemak een kanjer van een joint, stak hem aan en offreerde de sigaret ook aan Josien en Fred. Ze bedankten. 'Jij, Ruben?'
De jongen kwam razendsnel uit de stoel, en nam achter elkaar vier diepe halen van de sigaret.

'*Hey man,* je rookt hem toch niet op?'
De jongen nam nog een diepe trek, overhandigde de joint aan Deppo en ging weer terug naar zijn stoel.
'Niemand gezien?' vroeg Fred nog eens.
'Nee,' zei de man, Josien opnieuw aankijkend, 'ik dacht 't niet.'

18

Langer dan een halfuur las ze al in *De Echo*. Dit moest een record zijn, in ieder geval voor haarzelf. Elk bericht nam ze door, elk artikel, alsof daar de oplossing te vinden was, de uitweg uit het mistige labyrint van haar gedachten. 'Nikki Paalman is net een jaar oud,' las ze in de rubriek 'Moeders mooiste', 'en het was een jaar vol vrolijkheid. Haar moeder Marianne vertelt: "Ze lacht altijd en naar iedereen. Het is echt een poep. Ik ga vaak naar de Dappermarkt. Daar koop ik de kleertjes voor haar. Ze zijn daar ook gek met d'r. Het is zo'n lekker wijffie!" Nikki houdt van muziek, een swingende baby in haar kinderstoeltje. Marianne: "Op dit moment houdt ze vooral van boekjes lezen. 'Kijk,' roept ze dan. En haar grote vriend is een beertje. Nikki trekt graag rare bekkies. Daar lacht ze zelf nog het hardst om!"' Onder de tekst was een foto afgedrukt van een meisje dat met grote ogen de camera inkeek. Bovenop haar hoofd werd waarschijnlijk een plukje haar bijeengehouden door een strik, maar die zag er vooral uit als een prop papier.

Josien las verder over drie vriendinnen die in het bed boven in het uitbouwtje van Sanders Meubelstad aan de Overtoom waren gekropen. Ze hadden zich tegen sluitingstijd in een grote kast verstopt en toen alles stil was, waren ze met een fles wijn en een paar glazen in het bed gaan liggen. De bedrijfsleider, die zich nog in het gebouw bevond, werd gealarmeerd door stilstaande auto's en roepende mensen op straat. Een van de drie vrouwen werd geciteerd. 'Hij was heel boos. We hadden het eerst moeten vragen, zei hij. Maar dan is er niets meer aan! Toch was het een belevenis. Je ligt er heel mooi, zo met uitzicht over de Overtoom!'

De Johanna Jacoba II kwam haar hoofd weer binnen varen. Ze zag alles: de omtrek van Gerards lichaam, de tekening, haar sjaal, en vooral ook de man in de woonwagen, Deppo. Die moest haar gezien hebben. Maar had hij haar herkend? Was dat mogelijk? Ze waren onder de lantaarn door gelopen. Hij stond vlakbij. Maar waarom had hij niets gezegd? Ze schudde haar hoofd, en pakte *Het Amsterdams Stadsblad*. Alles zou ze lezen. Tot haar hoofd zo barstensvol zat met onzinnige informatie, dat er niets meer bij kon. Als het moest, begon ze straks aan het telefoonboek of de Gouden Gids.

Ze las een artikel over een 'meiden-doe-dag' in een streekschool, over het functioneren van de deelraden en over een versleverancier die in de toekomst levensmiddelen over het water bij klanten in de binnenstad zou willen afleveren. Konden ze meteen doorvaren naar de Amstel. Josien gooide de kranten in een hoek.

'Wat is er?' vroeg Theo.

'Niks,' zei ze. 'Ik voel me gewoon... nou ja, je weet wel.'

Hij had zijn boek weggelegd, maar pakte het weer op. Ze keek hoe hij zocht waar hij gebleven was. Hoe was het mogelijk dat hij door kon lezen alsof er niets aan de hand was, alsof hun leven niet op instorten stond? Eén stutbalkje hoefde er maar te worden weggetrokken, en alles klapte in elkaar, alles was verloren. En hij las verdomme gewoon door! Ze greep de leuningen van haar stoel stevig vast. Zo had Gerard Bea ook in zijn verstikkende greep gehouden. Als Theo niet de boot op was gekomen, was dat misschien ook haar lot geweest. Moest ze hem dankbaar zijn? Na vrijdagochtend leek het weer iets beter te gaan. Ze hadden nog niet gevreeën, maar wel dicht tegen elkaar aan in bed gelegen. Het was of er een soort verbond was. Alletwee hadden ze iets gedaan wat niet mocht, en wat maar beter verborgen kon blijven. Hoe heette hij ook alweer? O ja, Arno. En waar was Theo geweest? Deed het er iets toe?

Ze keek naar Theo. Hij las met een ernstige uitdrukking op zijn gezicht. Hij dreef verder weg, hij werd steeds kleiner. Of werd de kamer groter? Ze wist het niet meer. Ze wilde zijn naam zeggen, maar er kwam geen klank over haar lippen. Die oogopslag van Fred, ze wist niet of ze die nog langer kon verdragen. Terug in de auto had hij niets gezegd. Als ze stil stonden voor een stoplicht en zij naar links keek ontmoetten hun blikken elkaar. 'Een rare zaak,' had Fred gezegd voor hij haar bij haar huis afzette. 'Ik begrijp er geen flikker van. Er is één schakel die ik niet ken. Eén aanwijzing, en dan zijn we over het dooie punt heen. Weet jij het? Heb jij een idee?' Ze had haar hoofd geschud. 'Nee... tot morgen.'

Morgen, dan begon alles opnieuw, met iedereen erbij. Met zijn allen rond de grote tafel. Veel koffiebekertjes, suikerklontjes, een half lacherige maandagochtendsfeer, Martijn en Roel die over Ajax zouden beginnen, en daarna zou iedereen aan de beurt komen om zijn ideeën te ontvouwen. 'Maar misschien is het niet meer nodig,' had Roland gezegd. 'Misschien is alles al opgelost.' Vandaag had Fred haar onderzoekend aangekeken toen hij zei het vreemd te vinden dat Gerard daar zo lang had gelegen. Josien had hem immers vaak bezocht, bijna dagelijks. Het was wel toevallig, dat ze na de moord op Gerard een week lang geen bezoekje aan de boot had gebracht. 'Verdomd toevallig, vind je ook niet?' Alleen met een uiterste krachtsinspanning was het haar gelukt om hem aan te blijven kijken, om haar ogen niet neer te slaan. Morgen zou Fred hier weer over beginnen, of overmorgen, of misschien volgende week. De anderen zouden het ook een opmerkelijk feit vinden. Wanneer zouden ze gaan vragen waar ze die zondagavond was geweest? Pure routine natuurlijk, Josien, je moet er niks achter zoeken.

Ze zou naar de telefoon kunnen lopen en het hele verhaal vertellen, dan hoefde ze dit soort martelingen ook niet te doorstaan. Nu, meteen. Kleine moeite. Maar dan? Dat was duidelijk. Het aantal jaren gevangenisstraf voor Theo moest nog worden ingevuld. Zou ze zelf ook worden opgesloten? Als ze haar ogen dicht deed, zag ze ouderwetse tralies voor zich, een muur met daarop turfjes: nog 279 dagen. En vervolgens? Wat kon ze dan nog?

De gedachte alleen al verstikte haar: de bekentenis, het verhoor, het proces. Maar hoe lang hield ze het zo uit? Zou het langzamerhand beter gaan, zoals Theo veronderstelde? Het slijt, het zakt weg, het wordt bedekt door andere dingen. Op alle mogelijke manieren had hij geprobeerd haar gerust te stellen. Maar had ze juist daardoor gedacht dat het alleen maar erger zou worden? Ze had zich iets voorgesteld dat inderdaad werd overwoekerd door planten, onkruid, wat dan ook. Maar onder die laag begon het te broeien, te gisten en te rotten. Dat gebeurde als iets werd toegedekt, dat was onvermijdelijk. Ze keek naar Theo en probeerde zijn beeld dichterbij te halen. Bijna leek hij boos, zoals hij las, met die fronsende wenkbrauwen. Hij sloeg een bladzijde om. Niets leek hem te storen, niets leek zijn leesplezier te kunnen vergallen.

'Ik houd het niet meer uit,' riep ze plotseling.

Theo keek op vanuit zijn boek. 'Wat heb je nou weer?'

'Moet je dat nog vragen?'

Hij las kennelijk nog een paar regels en legde het boek toen weg. 'De situatie is zoals-ie is. Daar kunnen we verder niks aan doen. We hebben afgesproken dat we ons gedeisd houden, dat we niks zeggen.'

'Afgesproken? Jij hebt gezegd dat dat moest, dat het beter was... zoals jij altijd alles zo goed weet, zoals jij altijd alles bedenkt wat we zogenaamd samen afspreken.'
Theo pakte zijn boek weer.
'En jij leest gewoon door!' Ze stond op en liep met wankele passen naar hem toe. Ze had alleen voor het eten twee glazen wijn gedronken, maar de kamer golfde om haar heen.
'Ja, wat moet ik anders? Er valt met jou toch niet redelijk te praten.'
'O, het ligt zeker weer aan mij. Leg dat boek verdomme weg als ik met je praat.'
Hij sloot het boek, maar liet het op zijn schoot liggen. 'Je praat niet, maar je schreeuwt, je scheldt... wat moet ik dan?'
'Zie je wel, ik doe het weer verkeerd, ik doe altijd alles verkeerd, omdat ik een dom meisje ben dat natuurlijk alleen maar bij de recherche is terechtgekomen omdat er zo nodig...'
'Dat heb ik helemaal niet gezegd,' onderbrak Theo haar.
'...omdat er ook zo nodig vrouwen moeten worden aangenomen, hè? Positieve discriminatie, dus domme vrouwtjes komen ook op verantwoordelijke posities...'
'Je haalt er dingen bij die er niks...'
Ze overstemde hem. 'Maar wie heeft die jongen z'n hersens ingeslagen, welke stomme kerel heeft dat gedaan? Was dat niet ene Theo Arendshoek, was jij dat niet?' Ze liep een hellende weg af. Nu kon ze nog stoppen, en net doen of wat er gezegd was op een vergissing berustte, en weer naar boven klauteren. Ze had zich alleen maar vergist. Zenuwen, dan moest je je wel eens ontladen. Maar nee, ze wilde die weg verder afdenderen, tot het diepste dal, tot het zoveel mogelijk pijn deed.
'Dat was nooit gebeurd als jij je niet op zo'n stomme manier met die jongen had ingelaten. Dat heb ik je al 's verteld.'
Het beeld van Theo vervaagde en werd weer scherper. Ze probeerde zich op zijn gezicht te concentreren, een gezicht dat haar plotseling vreemd voorkwam alsof het was verwrongen in een onnatuurlijke mimiek. 'O ja, natuurlijk, ik zou het bijna vergeten. Als jij een stomme streek uithaalt, dan is het toch weer mijn schuld. Dan was het niet gebeurd als ik me wat verstandiger had gedragen of wat beter naar jou had geluisterd, naar de verstandige leerkracht die het allemaal zo goed kan uitleggen, die het allemaal zo goed

kan vertellen. Luister maar naar meester Theo en alles zal goed komen. We zullen allemaal gelukkig worden, al het leed en alle ellende verdwijnt als sneeuw voor de zon.'

'Je hoeft niet zo te schreeuwen. De hele buurt hoeft het niet te horen.'

'Ik schreeuw net zo hard als ik zelf wil. Ik ben geen leerling van je, die je kan commanderen, als je dat maar weet.'

'Wees nou 's een beetje redelijk, Josien. We lossen dit probleem niet op als we…'

'O, redelijk… ik ben weer niet redelijk en verstandig, ik weet me weer niet te gedragen. Nou, dat wist jij ook niet toen je op die boot kwam, toen je als een agressieve gek op die jongen inbeukte. Waarom deed je dat, waarom sloeg je zo door terwijl dat nergens voor nodig was?'

Theo zuchtte. 'Dat heb ik je al een paar keer verteld. Het heeft geen zin om dat steeds weer op te rakelen. Daar schieten we geen ene moer mee op.'

'O nee? Schieten we daar geen ene moer mee op? Bepaal jij dat ook al, waar we wel of niet wat mee opschieten?' Ze stond nog steeds voor hem, geen meter van hem af. Met een priemende vinger wees ze naar zijn hoofd. 'Nou, toevallig wil ik daar wel over praten. Ik wil weten waarom je dat deed, ik wil begrijpen wat er gebeurd is.'

'Ik heb geen zin om erover te praten.' Hij pakte het boek, stond op en liep naar de slaapkamer.

Diep ademhalend om haar woede onder controle te krijgen, wachtte ze een paar minuten voor ze hem achterna ging. Hij lag op bed te lezen.

'Je moet naar me luisteren,' zei ze.

'Alleen wanneer je als een normaal, redelijk mens kan praten, anders heeft het geen zin. En als we niet elke keer al die dingen ophalen die toch al achter de rug zijn, waar we toch niks meer…'

'En wie bepaalt wat redelijk en normaal is? Jij zeker?'

'Zie je wel, daar begin je alweer.' Hij sloeg een bladzijde om en las verder.

Josien deed een stap naar voren en trok het boek uit zijn handen. Zonder iets te zeggen scheurde ze er een paar pagina's uit. Daarna gooide ze het gemolesteerde boek op bed. 'Hier,' zei ze met trillende stem, 'kan je lekker verder lezen, klootzak.'

Ze had een glaasje wijn besteld maar raakte het niet aan. Nog geen honderd meter verderop woonde Fred. Het was zo makkelijk. In een paar minuten zou ze het kunnen vertellen. Fred zou niet het gevoel hebben dat ze hem had bedrogen. Hij zou het begrijpen. Maar daarna? Acht jaar was ze geweest toen ze uit de spaarpot van haar zus Wilma tien gulden had gestolen, omdat ze had gezien waar Wilma het sleuteltje verstopte: in een leeg vaasje op de klerenkast in hun gezamenlijke slaapkamer. Er stond een afbeelding van een paard op dat vaasje, een bruin paard met lange manen en een lange staart. Omdat het lek was, werden er nooit bloemen in het vaasje gedaan. Wilma zat toen op rijles. Ze spaarde alles wat met paarden te maken had. Josien stak een sigaret aan maar drukte hem meteen weer uit.

Tien gulden, dat was een kapitaal. Ze wist niet wat ze met het blauwe briefje moest doen. Ze was nog aan het overwegen om het terug te stoppen, toen Wilma het verlies merkte. Het was onmogelijk om de diefstal te bekennen of ongedaan te maken.

Er stond een man voor haar. 'Is deze plaats vrij?'

Ze schudde haar hoofd.

'Zit daar iemand?'

'Ze is even naar de wc... Komt zo terug.'

De man bleef nog even staan dralen en liep toen naar de bar.

Ze repeteerde de eerste zinnen. Fred, sorry dat ik je nu nog stoor, ja, ik weet dat het zondagavond is, maar ik moet je iets vertellen. Nee, ik moet je iets bekennen. Je moet beloven dat je niet kwaad op me wordt. Of klonk dat te truttig? Deed het er nog iets toe of Fred kwaad op haar werd? Ze hadden hierna niets meer met elkaar te maken. Zij zou oneervol worden ontslagen, misschien een korte gevangenisstraf krijgen. Medeplichtigheid, obstructie, belemmering van een ambtenaar in functie, en daarna? Op een kantoor? In een winkel? Eén keer in de twee weken Theo bezoeken in de Bijlmerbajes? Was dat vol te houden, elke twee weken? Ze nam een slokje wijn, maar die smaakte wrang. Fles zeker te lang opengestaan.

Ik moet je iets bekennen. Of gewoon: ik moet iets bekennen. Het gaat over Gerard. Het draait om Gerard. We hebben de hele tijd op een verkeerd spoor gezeten, en misschien voelde ik dat wel aan, misschien dat ik me daarom zoveel met Gerard bezighield. O, zou Fred misschien wel zeggen, je zevende zintuig? En hij zou een vrouwelijk gebaartje maken, zo'n gebaartje dat hij in aanwezigheid van mannelijke collega's achterwege liet, en er ironisch bij kijken. Maar ze zou doorgaan: Gerard heeft z'n zus vermoord. Hoe ik dat weet? Aanwijzingen, eerst aanwijzingen, en op basis daarvan heb ik het gereconstrueerd.

Maar zou dat lukken, om alles keurig, als een onontkoombaar logisch verhaal te vertellen? Terwijl ze nu de woorden probeerde te zoeken, voelde ze de tranen al opkomen. Ze zou in haar eerste zinnen stranden.

Ze ging met haar wijn naar de bar en vroeg een nieuw glas. 'Deze is zuur.' 'Dat zijn we allemaal wel 's,' zei de jongen achter de bar. Hij nam een slokje van haar wijn en spuugde het uit in de spoelbak. 'Azijn.' Hij ontkurkte een fles en schonk een nieuw glas in. 'Van de zaak en met onze oprechte verontschuldigingen.'

Ze ging terug naar haar tafeltje. Fred. Honderd meter verder. Wat zou Theo nu doen? Morgen. Met z'n allen rond de tafel. Ogen die haar zouden aanstaren alsof ze het allemaal al wisten en alleen nog maar wachtten op haar bekentenis. Een spelletje. Hoe lang moest ze meedoen? Nee, het bleef ondoorgrondelijk. Niemand begreep hoe het in elkaar zat. Een puzzel, een raadsel, een mysterie, misschien wel tot in alle eeuwigheid. Wat was erger? Moest ze het nu vertellen en alles wat er volgde zo goed mogelijk verdragen en verwerken? Of ermee rond blijven lopen als een gevangene van haar eigen gedachten? Maar het ging niet alleen om haarzelf, ook om Theo. Zij zou er betrekkelijk makkelijk van afkomen, maar hij zou worden opgeborgen. En dat alleen omdat hij haar had gered. Wie weet wat er gebeurd was als Theo niet op de boot was verschenen, als hij niet die pook had gegrepen. Waar zou Gerard zijn gestopt?

Ze haalde nog een glas wijn bij de bar.

'Deze is beter, hè?' zei de barman zonder de sigaret uit zijn mondhoek te halen.

Dat deed Theo vroeger ook wel, toen hij nog rookte, de sigaret in zijn mondhoek laten bungelen. Zijn ene oog moest hij dan een beetje dichtknijpen vanwege de rook. Vroeger, de eerste jaren. Hoe lang was dat nu geleden? Vijf, zes jaar. Ze woonden nog maar pas samen. Allebei hadden ze een week vrij genomen om hun huis in te richten, te schilderen, te timmeren, elektriciteit aan te leggen, maar ze hadden bijna alleen in bed gelegen, in het nieuwe, supergrote bed dat Theo had getimmerd. Toen had het onmogelijk geleken dat het ooit zou veranderen. Het was zelfs niet eens een gedachte op afstand. Dit was voor eeuwig. Zijn streling, zijn huid, de manier waarop hij naar haar keek, hoe hij haar in zijn armen nam nadat ze was klaargekomen, lieve woordjes toefluisterend alsof ze een klein kind was dat na een schokkende ervaring moest worden gerustgesteld, dat zou ze altijd bij zich dragen, dat zou altijd belangrijker zijn dan wat er verder ook gebeurde, daar zou geen enkele andere man tegenop kunnen. Natuurlijk, bij anderen liep het stuk, overal zag ze het om zich heen. Er gingen zo veel mensen uit elkaar, maar dat zou hun niet gebeuren.

Ze stak een sigaret op en keek om zich heen. Bij een ander tafeltje zaten een man en een vrouw in een ongemakkelijke omhelzing naast elkaar. Ze zoenden elkaar hevig. De man had een arm om de vrouw heen geslagen, en zijn andere arm verdween onder haar rok die een stukje opgeschoven was. Josien wilde niet kijken, maar kon toch haar ogen niet van de man en de vrouw afwenden, en vooral niet van die hand die steeds verder leek te gaan.

Theo en zij hadden een keer 's avonds laat gevreeën op een Grieks strand dat helemaal verlaten was. Tenminste, dat dachten ze. Toen ze opstonden, zagen ze hoe een man zich snel uit de voeten maakte. Daarna had ze een paar keer gedroomd dat Theo en zij het deden terwijl er een hele menigte stond toe te kijken, op een stadsplein, in een voetbalstadion, op een grasveld in het Vondelpark. En het lukte Theo maar niet om een orgasme te bereiken. Ze moesten doorgaan. Hij bleef op haar beuken als een perpetuum mobile, een eeuwige neukmachine.

De toeschouwers werden ongeduldig. Een keer had een man zich uit het publiek losgemaakt die Theo ruw van haar had weggetrokken. Het was duidelijk wat zijn bedoeling was. Voordat er verder iets had kunnen gebeuren, was ze wakker geworden. Jarenlang had ze niet aan die droom gedacht, en nu verscheen hij plotseling haarscherp voor haar. Ze zag zelfs het uiterlijk van de man, de hongerig geile uitdrukking in zijn felle ogen. Schreeuwend was ze wakker geworden. Ze waren net een paar dagen terug in Amsterdam. Theo had haar in zijn armen genomen. Het was midden in de nacht. Alsof het de laatste keer van hun leven zou zijn, zo hadden ze de liefde bedreven. Als ze er nu aan dacht voelde ze een zachte, weldadige pijn in haar onderbuik.

En wanneer was het allemaal minder geworden? Ze kon het moment niet meer uit haar geheugen opdiepen, niet eens meer de periode. Aan de ene kant was het sluipend gegaan, maar aan de andere kant was het besef juist plotseling doorgedrongen, van de ene op de andere dag. En toen dat besef er eenmaal was, kon ze terugredenerend alle tekenen en signalen vaststellen, die ze eerder niet had opgemerkt. Een paar keer hadden ze erover gepraat, en Theo had gezegd dat ze zich geen onzin in haar hoofd moest halen. Het was logisch dat je die eerste fase van hevige, diepe verliefdheid niet eeuwig kon voortzetten. Theo altijd met zijn logisch, logisch, logisch. En bovendien had je in elke verhouding wel eens mindere periodes. Het was een kwestie van pieken en dalen. Als ze nu in een mindere periode zaten, dan zouden ze heus wel weer opklimmen. Hij wist het zeker.

En ze wilde het graag samen met hem zeker weten. Die zomer waren ze zo stom geweest om weer naar Griekenland te gaan. Opnieuw naar Kalymnos. Het was flink wat drukker dan vijf jaar daarvoor, en de betonnen staketsels van nieuwe, nog af te bouwen appartementen, hotels en vakantieoorden waren krakende vloeken in het landschap. Ze waren 's avonds naar het strand gelopen, en zij had geprobeerd hem te verleiden, maar hij weerde haar voorzichtig af: 'Misschien staan er weer mensen te kijken.'

'Nou en?' had ze gezegd. Ze zaten vlak bij de waterlijn in de fijne kiezelstenen. Ze had haar T-shirt uitgetrokken.

Hij keek van haar weg. 'Je moet dingen niet proberen te herhalen. Herinneringen zijn herinneringen.' Ze had zich verder uitgekleed, en was naakt voor hem gaan staan. 'Straks, op de kamer,' had hij gezegd. Naakt was ze weggelopen, haar kleren achterlatend.

'Heb je een vuurtje voor me?'

Ze keek de man niet-begrijpend aan. Hij wees naar haar aansteker.

'O, natuurlijk,' zei ze met een onbeholpen glimlachje, en ze overhandigde de man de aansteker.

Hij raakte haar hand even aan. Zijn nagels waren zo ver afgebeten dat het vlees van zijn vingertoppen eroverheen krulde. Hij bleef bij haar tafeltje staan. 'Heb ik je niet 's eerder gezien?'

'Nee, ik dacht 't niet.'

'Volgens mij wel.' De man ging tegenover haar zitten. 'Ja, ik heb je al 's eerder gezien.'

'Ik jou niet,' zei ze.

'Hoe weet je dat zo zeker?'

Ze herinnerde zich plotseling wat ze Wilma een keer had horen zeggen tegen een jongen die zich op dezelfde manier aan haar opdrong. 'Weet je waarom? Zo'n rotkop als die van jou vergeet je nooit.'

Het was zachtjes beginnen te regenen. Dit was misschien de eerste keer in haar leven dat ze regen verwelkomde. Ze hield haar gezicht op naar boven, stroopte haar mouwen een stukje omhoog en liet haar polsen natregenen. Toen ze in het café was opgestaan, de man verbouwereerd achterlatend, wist ze nog zeker dat ze naar Fred zou gaan, maar eenmaal bij hem voor de deur was dat voornemen gedoofd. Toen ze haar handen weer in de zakken van haar jas stak, en daar iets voelde, wist ze waar ze naartoe zou gaan.

19

Ze staarde de donkere kamer in. Verderop klonk het geluid van een zaag. Wie zaagde er 's nachts om een uur of twee? Ze keek op de wekker. Alweer halfdrie, en ze was nog klaarwakker. Er reed een bromfiets met open knalpijp voor het huis langs. Het leek of haar spieren zich autonoom gingen gedragen; ze had er geen controle meer over en moest zich wel bewegen. Haar rechterbeen schoot uit. Met haar arm raakte ze Arno's schouder. Hij leek het niet te merken. Voor hem was er niets aan de hand, hij kon gewoon doorslapen. 'Ik moet je iets vertellen,' had ze gezegd nadat ze zich had losgemaakt uit zijn omhelzing.

'Straks, daar is straks nog wel tijd voor.' Toen ze eenmaal in bed lagen, was het onmogelijk om iets te zeggen.

'Wat heb je op je lever?' had hij nog gevraagd toen in ze zijn armen lag.

'Niets... het is niet belangrijk.'

'Waarom ben je teruggekomen?' vroeg hij.

'Zomaar, omdat ik er zin in had.'

'Vond je het lekker?' Ze humde iets. Hij had haar aangekeken. 'Wat is er met je aan de hand?'

'Niks.'

'Weet je 't zeker?'

'Natuurlijk.'

Ze stapte uit bed, deed haar T-shirt en slipje aan en ging naar de woonkamer. Het lijstje met de foto van Arno en zijn dochter stond weer op de piano. Marylou heette ze. Vannacht sliep ze hier. Arno moest haar morgenochtend naar school brengen.

Josien had het lijstje teruggezet zonder dat Arno er iets van had gemerkt. Ze ging nu achter de piano zitten en drukte voorzichtig een paar toetsen naar beneden. Er klonk een dof pianogeluid. Marylou lag in de andere slaapkamer, aan de achterkant van het huis. Op haar tenen liep Josien er naartoe. Ze opende de deur en sloop naar het bed. Het meisje lag schuin op het bed, met naast zich een kluwen knuffeldieren. Ze had een duim in haar mond. Zo was niet te zien of ze leek op het portretje. Josien ging op de stoel naast het bed zitten, terwijl haar ogen op het meisje gericht bleven. Ze kon maar net de neiging onderdrukken om het meisje wakker te maken. Haar ogen begonnen aan het donker te wennen. Tegenover haar hing een poster met een aapje in voetbaltenue en met een bal onder zijn arm, aan de andere muur een grote foto van een gapend nijlpaard. In de hoek van de kamer stond een giraffe van wel anderhalve meter hoog.

Josien stond op en liep naar de giraffe. Ze voelde even aan de nek van het dier. Die moest met ijzerdraad zijn verstevigd. Ze zette hem in een kromme stand.

'Wat doe je met Tikkie?' klonk er plotseling vanuit het bed.

Josien verstijfde. 'Ik… eh, ik wou hem even aaien.'

Marylou sprong uit bed en stond in een paar grote stappen tegenover haar.

'Wat doe je met Tikkie?' vroeg het meisje nog eens.

'Ik aaide hem.'

Marylou keek haar aan alsof ze het niet geloofde. Ze hield een hand op de rug van het dier.

'Wat een leuke naam, Tikkie. Hoe kom je daaraan?'

'Gewoon, zo heet-ie. Omdat-ie zelf altijd "Tikkie" zegt.'

'Ah… natuurlijk,' zei Josien. 'Je lijkt op die foto van je.'

Het meisje keek haar wantrouwend aan. 'Welke foto?'

'Die op de piano staat.'

'Die is weg… verdwenen. Spoorloos verdwenen. Een of ander gek mens heeft hem meegenomen. Tenminste, dat denkt papa.' Marylou boog de nek van de giraffe weer in de goede stand. 'Wie ben je?'

Josien stak haar hand uit. 'Josien… aangenaam.'

Marylou keek naar de hand alsof het een vreemd, bedreigend object was. 'En jij bent toch Marylou?' vroeg Josien.

Het meisje reageerde niet. Schijnbaar gedachteloos streelde ze de wollige huid van de giraffe. Op het grote T-shirt dat ze droeg, stond een papegaai.

'Jij houdt geloof ik veel van dieren, hè?'

'Heb je bij papa geslapen?'

'Ja.' Ze wees naar het bed. 'Wat heb je daar veel knuffels. Slapen die altijd bij jou?'

'Hebben jullie geneukt?'

'Nee,' zei Josien. 'We hebben gewoon geslapen. Arno... je vader tenminste. Ik kon niet slapen, daarom ben ik uit bed gegaan.'

'Als ik niet kan slapen, moet ik altijd in m'n bed blijven... van mama. Maar als ik bij papa ben, dan mag ik langer opblijven.' Ze stak een duim in haar mond waar ze fanatiek aan begon te zuigen.

'Duim je nog? Hoe oud ben je?'

'Zeven,' zei Marylou slissend, met de duim in haar mond.

'Misschien moet je nu weer gaan slapen.'

'En jij, wat ga jij doen? Ga jij weer bij papa in bed liggen?'

'Misschien.'

'Ik mag alleen bij papa in bed als ik ziek ben, en 's ochtends, dan gaan we croissants eten in bed. Die kan ik zelf al maken in de oven.'

'Knap zeg.'

'Maar ga jij straks weer bij papa in bed?'

'Misschien wel.'

Josien leidde Marylou naar haar bed, maakte een plekje vrij van beren, aapjes, hondjes en lammetjes en stopte haar onder het dekbed.

'Je moet me nog een verhaaltje vertellen,' zei Marylou.

'Ik ken geen verhaaltjes.'

'Helemaal niet?'

'Ik ken alleen dingen die echt gebeurd zijn.'

'Dan moet je die maar vertellen.'

'Maar die zijn te eng, dan kan je niet meer slapen.'

'Heus wel. Ik zie ook wel 's wat op televisie dat eng is, zoals laatst dat jongetje die bij een bom stond die ontploft was, en die allemaal stukken in zijn ogen had gekregen. Dat was in... eh, in iets met bos of zo. Niet in het bos natuurlijk.'

'In Bosnië, bedoel je?'

'Ja, in Bosnië. Het was voor het jeugdjournaal. Hartstikke eng, joh. Hij had nog allemaal verband voor z'n ogen. En toen kon ik toch slapen.'

Josien probeerde tijd te winnen. 'Goed, ik zal wat vertellen. Maar jij moet eerst, dan kan ik wat bedenken.'

'Ik weet een mop.' Zelfs in het halfdonker was goed te zien hoe Marylou glunderde. 'Weet jij het verschil tussen een tandarts en een juf?'

'Eh, even denken... de tandarts die boort en de juf niet.'

'Nee, de tandarts zegt: doe je mond open, en de juf zegt: doe je mond dicht.'

Marylou dook lachend onder het dekbed. Toen ze er weer onder vandaan kwam, zei ze: 'Nou jij.'

'Waar?' vroeg Fred.

'De oprit van de ringweg, bij de Gooiseweg,' zei Hein. 'Ze moeten hem de vluchtstrook opgereden hebben. En daarna tsjak... tsjak... tsjak...' Hij was gaan staan en hield zijn armen alsof hij een geweer vasthield. 'Een FAL waarschijnlijk, semi-automatisch. Helemaal geperforeerd, die kerel, je kon de aardappels erin afgieten.'

Deze nieuwe moord hield even iedereen bezig. Straks zouden alle teams zich weer op hun eigen zaak richten. Uitstel van executie, dacht Josien.

'Weet je zeker dat er niet iemand bij hem in de wagen zat, die hem heeft laten stoppen?'

'Met een FAL?'

'Misschien in een vioolkist of zo, dat zie je wel 's in een film,' zei Martijn. '*But this is real, man.*'

'En het slachtoffer?' vroeg Roland.

'Directeur van een of ander computerbedrijf. Voorzover we weten helemaal clean.'

'Waar zoeken jullie?'

'Overal natuurlijk. John en Erik zitten al bij die man op de zaak. Praten met mensen daar. Zoeken in de administratie. Je weet wel, verbindingen met de grote jongens.' Hein keek naar Fred, en daarna naar Josien. 'Ik wou dat jullie 's klaar waren daar aan de Amstel. Dat suddert ook maar door. We komen mensen te kort.'

'Stel dat ik nou een verhouding met een getrouwde vrouw zou hebben,' zei Fred. 'Ja, even niet lachen... stel, zeg ik. En die vrouw wil wel scheiden, maar die man wil niet. En stel dat ik op het idee zou komen die man uit de weg te ruimen. Weet je wat ik dan deed?' Fred keek de kring rond. 'Dan zou ik zo iemand neerknallen bij de oprit van een grote weg. Vaste prik. Onderlinge afrekening in de onderwereld... criminele organisaties, misdaadsyndicaten. Doet het ook goed in de kranten.'

'Je enige probleem is het vinden van een FAL of een uzi of een M16.'

'België...' zong Fred op de wijs van een liedje dat een aantal jaren geleden een hit was.

'Nou jongens, genoeg geluld,' zei Roland. 'Laten we maar 's beginnen met het echte werk.'

Verschillende mensen stonden op. Roel, Martijn, Fred, Roland en zijzelf bleven zitten.

'Tijd voor de *brainstorm*,' zei Roland. 'Maar daarvoor heb ik wat nieuws bedacht. Heb ik van een vriend van me die dat laatst ook gedaan heeft op een of andere cursus van z'n bedrijf. Kijk, het werkt zo. Ik heb hier een grote stapel papiertjes. Iedereen krijgt er een stuk of twintig. Als je d'r niet genoeg hebt, dan zijn er nog meer.' Roland deelde uit. 'O ja, Josien, d'r is nog voor je gebeld, een of andere Deppo. Klinkt als de naam van een aansteker. Hij zei dat-ie meer wist over een moord. Wou tegen mij niet vertellen wat. Moest speciaal jou hebben. Hij zal terugbellen.'

'Mag ik van de kerken de Sint-Janskerk van 's-Hertogenbosch van jou?' vroeg Martijn aan Fred terwijl hij een stel papiertjes als speelkaarten in zijn hand hield.

'Die heb ik niet,' zei Fred. 'Mag ik dan van de kerken van jou de Nieuwe Kerk van Amsterdam, en van Roel de Sint-Janskerk? Ja, geef maar op... kijk, een kwartet.'

Roland deed of hij het niet gehoord had. 'En op elk van die papiertjes schrijven jullie iets. Een naam, een kenmerk, een plaats, het doet er niet toe wat. Alles is goed. Dat is de eerste ronde. Daarna lezen jullie voor wat je opgeschreven hebt, en dan krijgen jullie nog een keer een kans. Aan het eind gaan we proberen alle papiertjes te sorteren... kijken wat er bij elkaar hoort. Je mag dus alles opschrijven. In principe is alles goed.'

'Dus ook "schoonmoeder" of "Ajax"?' vroeg Roel.

'Ja, tenminste als je serieus denkt dat die d'r mee te maken hebben. Geintjes maak je maar in je vrije tijd. Jullie hebben vijf minuten. De tijd gaat... nu in.'

Josien zag iedereen schrijven. Fred had al snel extra papiertjes nodig. Zelf kon ze niets bedenken, niets anders dan de waarheid. Ze keek naar de bewegende pennen van de anderen. Marylou had haar met grote ogen aangekeken. Het was belachelijk en onverantwoord geweest om het aan een kind te vertellen, maar ze wist geen ander verhaal. Er was geen ander verhaal. Marylou had haar duim weer in haar mond gedaan. Josien kon zelfs de spieren in haar tengere hals zien bewegen op het zuigritme.

'Is het nou afgelopen?' vroeg Marylou nadat Josien was opgehouden bij

de politie die allerlei mensen ondervroeg over de moord op Gerard.
'Nee.'
'Waarom vertel je dan niet verder?'
'Ik weet niet hoe het verder gaat.' Marylou had zich met een abrupte beweging omgedraaid in bed. 'Ben je kwaad?' had Josien gevraagd, maar toen zag ze de schouders van Marylou schokken en hoorde ze een onderdrukte snik. Ze ging op haar knieën bij het hoofdeind zitten en legde haar hand op Marylou's hoofd. 'Je moet niet huilen. Het is maar een verhaal.'
'Maar...' Marylou haalde haar neus op. 'Je zei dat 't echt gebeurd was, en ik vind 't zo zielig.'
''t Is niet echt gebeurd,' zei Josien.
'Ik heb 't maar verzonnen.'

'Een ernstig geval van maandagochtend, Josien?' vroeg Roland nadat hij zijn pen zuchtend had neergelegd.
'Ik kan niks bedenken,' zei ze, 'tenminste niks nieuws.'
'Nou goed, dan zal het van ons moeten komen. Begin jij maar voor te lezen, Martijn.'
Martijn las de woorden voor die hij had opgeschreven. Josien keek op toen ze dacht dat Martijn haar aansprak, maar hij bleek haar naam voor te lezen van een van zijn papiertjes. Josien ging met haar ogen de groep langs, maar niemand lette op haar.
'Ik moet even naar de wc,' zei ze.
'Straks,' zei Roland. 'Jouw beurt, Fred.'
Josien luisterde aandachtig. Alle vermoedens en verdenkingen die ze Fred al zo vaak had horen uiten, passeerden de revue. En toen weer die naam, haar eigen naam. Ze draaide op haar stoel als een kind dat nodig moet plassen. Roel las nu de woorden van zijn papiertjes voor. Haar naam ontbrak. Daarna Roland. Geen Josien.
'Oké, nu de tweede ronde. Je hebt misschien iets gehoord dat je inspiratie geeft, dat je aan het denken zet. Nieuwe associaties of zo.'
'Ik moet echt eerst naar de wc.' Josien zat te wippen op haar stoel. 'Ik knap gewoon.'
'Oké,' zei Roland, 'even een plaspauze.'
Vlak buiten de kamer bleef ze even staan. Ze keek om en zag de vier mannen om de tafel zitten. Bijna keerde ze op haar schreden terug. Ze zouden

haar niet geloven als ze het zou vertellen. Goeie grap, Josien, leuk bedacht, maar nou moeten we weer verder. Ze bleef minutenlang op de wc zitten. Er hing een verjaardagskalender die ze maand na maand bekeek. Nog ruim een maand, dan was ze zelf jarig. Hoe vierden ze verjaardagen in de gevangenis? Werd er getrakteerd?

Ze ging terug naar de kamer, terug naar haar vier collega's, terug naar de stapel met papiertjes, terug naar de twee papiertjes met haar naam. Of waren het er inmiddels meer geworden?

'Jij nog steeds geen inspiratie, Josien?' vroeg Roland. 'Je bent toch niet ziek of zo?'

Ze schudde haar hoofd.

'Je ziet eruit als een lijk.'

Ze schoof naast Fred aan de tafel. Hij tikte even geruststellend met zijn hand op haar bovenbeen.

'We hebben de meeste al gesorteerd,' zei Roland. 'D'r blijven er een paar over waar we geen raad mee weten. Hier: twee keer "Josien".' Roland keek haar vragend aan. 'Kan jij daar chocola van maken?'

'Ik… eh, ik zou… ik had jullie namen op kunnen schrijven.'

'Had je kunnen doen, ja.' Roland keek peinzend voor zich uit. 'Maar je hebt 't niet gedaan.'

'Ik haal nog even koffie,' zei Martijn. 'Jij toch ook, Josien?'

'Nee.' Ze zei het feller dan ze bedoelde.

''t Is anders net of je het hard nodig hebt.'

'Dat maak ik zelf wel uit, wat ik nodig heb.'

'Oké, oké.'

Roland, Roel, Fred en Martijn bleven praten over de stapels papiertjes, over de namen, de plaatsen, de relaties, de onduidelijkheden, de aanwijzingen. Josien hoorde het allemaal, maar verstond het niet. Toen het een tijdje stil was, keek ze op, en zag vier mannen haar aanstaren.

'Waarom huil je?' vroeg Fred. 'Is er wat?' Ze zocht in haar broekzak tevergeefs naar een papieren zakdoekje.

'Hier,' zei Fred.

'Als je je niet lekker voelt, moet je naar huis gaan,' zei Roland. 'Zo hebben we ook niks aan je. Dan kan je beter een paar dagen uitzieken.'

Ze keek naar de apart gelegde papiertjes. Zelfs tussen haar tranen door kon ze haar naam lezen.

De telefoon ging. Martijn nam hem aan. 'Voor jou, Josien. Kan je hem nog hebben?' Ze knikte.

'Ik zet hem wel over naar je bureau.'

Ze meende aan de andere kant van de lijn iemand zwaar te horen ademen, maar voor een hijger hield hij zich weer erg rustig. 'Met Josien,' zei ze ten slotte.

'Ah... die charmante rechercheur?'

'Met wie spreek ik?' vroeg ze, papieren op haar bureau verleggend.

'Met Deppo, weet je wel. Ik bewoon het riante onderkomen op wielen schuin tegenover de Johanna Jacoba 11. Je bent een paar keer bij me geweest met zo'n lastig mannetje.'

'Waarom bel je?' vroeg Josien.

'Ik wou met je praten.'

'Waarover?'

'Over verleden week zondagavond.'

'Verleden week zondagavond? Wat was er dan?'

'Wie luistert er mee?'

Josien keek om zich heen. Haar collega's zaten nog om de grote tafel. Roland hield een papiertje omhoog. 'Niemand.'

'Ik zou dit graag wat persoonlijker afhandelen,' zei Deppo. 'Je weet waar ik woon. Ondertussen moet je die plek wel uit je hoofd kennen. Zo is 't toch?'

Ze reageerde niet. Roland keek haar kant uit. Toen zijn ogen de hare raakten, wendde hij betrapt zijn blik af. 'Dit is een zaak,' zei Deppo, 'waarover ik graag persoonlijk met je wil praten. En geen geintjes met een collega die buiten staat te wachten of zo. Daar heb ik geen zin in.'

'Waar wil je dan over praten?' vroeg Josien nog eens.

'Ik heb informatie,' zei Deppo, 'belangrijke informatie, informatie die heel wat waard is.'

'Dan geef ik je door aan mijn chef,' zei Josien. 'Dat kan je beter met hem afhandelen.'

'Maar voor jou is het veel meer waard,' zei Deppo. 'Wat zullen we zeggen? Vanavond om acht uur hier?'

'Wat voor informatie?' vroeg Josien.

'Acht uur hier. Jij alleen en niemand anders. Is dat duidelijk?'

'Maar...'

Hij had de hoorn al neergelegd.

Theo stond met zijn rug naar haar toe op het aanrecht brood te beleggen. Hij sneed de boterhammen door. Toen hij zich plotseling omdraaide, schrok ze.

'Waar was je vannacht?' Hij had het mes nog in zijn hand.
'Weg.'
'Dat heb ik gemerkt. Waar was je?'
'Bij Heleen.'
'Ik heb Heleen gesproken. Daar was je niet.'
'Dat moest ze tegen jou zeggen. Ik was bang dat je anders zou komen.'
Hij deed een stap dichterbij, en zij week een stap terug.
'Waarom was je daar bang voor?' Hij deed weer een stap naar voren.
Ze liep de woonkamer in en ging op de bank zitten. Theo torende boven haar uit.
'Ik was gewoon bang,' zei ze, 'bang dat je me...'
'Bang dat ik wat?'
Ze haalde haar schouders op.
Hij ging naast haar zitten, het mes nog steeds in zijn hand.
'Doe dat mes weg.'
Hij gooide het op het tafeltje. Het gleed door en viel op de grond. Ze hield haar ogen op het mes gericht.
'Je was niet bij Heleen, en ook niet bij Beppie, en ook niet bij Jane, en ook niet...'
'Heb je die allemaal gebeld?'
'Ik ben bij ze langs geweest. Je was nergens. Waar was je? Wat heb je gedaan?'
'In een café gezeten.'
'Dronken geworden?'
'Nee, niet dronken geworden.'
'Wat dan?' Hij pakte haar schouder.
'Ik kom hier niet om me te laten ondervragen, en haal die hand van m'n schouder.'
'Waarom kom je hier dan?'
'Ja, dat vraag ik mezelf ook af.'

20

Deppo had een strakke, zwarte broek aan waarvan de pijpen wijd uitliepen. Ze was een jaar of tien geweest toen dat voor het laatst mode was. Je kon nog maar net zijn wit-paars gestreepte gymschoenen zien. Hij droeg een wijd hawaï-overhemd waar zijn dunne armen onnatuurlijk bleek uitstaken. Een baard van zo'n drie dagen schemerde over zijn gezicht. Hij hield de fles rode port omhoog. 'Echt geen glaasje?'

Josien schudde haar hoofd.

Deppo schonk het bierglas dat voor hem op tafel stond half vol, en nam een paar forse slokken. Josien zag zijn opvallend grote adamsappel op en neer gaan.

'Die krullen heb je nog niet zo lang, hè?' vroeg Deppo.

Ze ging even met haar rechterhand door haar haar. 'Nee, nog maar een paar dagen.'

'Toch herken ik je makkelijk. *No problem.*'

'*No problem,*' herhaalde Josien. Ze keek om zich heen. 'Deze keer geen bezoekers?'

Deppo lachte de ruïne van zijn gebit bloot. 'Dat heb je goed gezien. Ik ben helemaal alleen. Zielig, hè?'

'Ach...'

'Je bent niet erg spraakzaam,' zei Deppo. Hij zette het glas weer aan zijn mond en keek haar over de rand aan.

'Waarom zou ik? Jij wilde me toch spreken.'

Deppo schonk opnieuw port in zijn glas, en begon een sigaret te rollen, langzaam en zorgvuldig. Af en toe sloeg hij zijn ogen op en keek haar aan. Hij likte langs de rand van het vloeitje met dat vieze, natte, roze beest dat ver uit zijn mond kwam en stak de sigaret aan. Zichtbaar genietend inhaleerde hij en blies hij de rook weer uit. 'Ook draaien?'

'Nee, dank je.'

Deppo nam weer een slok van zijn port. Hij spoelde het vocht in zijn mond heen en weer voor hij het doorslikte. De wind joeg een fijne motregen tegen het raam dat uitzicht bood op de Johanna Jacoba II. Achter in het vertrek stond een emmer, en af en toe hoorde Josien het geluid van een druppel.

'Ja, ik herken je nog makkelijk,' zei Deppo weer.

'En dat wou je me vertellen? Daarvoor moest ik komen?'

'Kijk, de krant van afgelopen maandag. Zal ik 't voorlezen?'

'Wat?' vroeg Josien.

'Luister maar.' Deppo nam een slokje port en liet de peuk van zijn sigaret in een leeg bierflesje vallen dat op tafel stond. '... even kijken... ik hoef niet alles te lezen... eh, dit moeten we hebben, ja... "De politie staat nog voor een raadsel. Voorlopig gaat zij ervan uit dat de man vorige week zondagavond is omgebracht op de boot waar hij alleen woonde na de brute moord op zijn vijfentwintigjarige zus ongeveer twee weken daarvoor. Omdat hij al geruime tijd niet naar zijn werk op de Sociale Werkvoorziening was geweest en verder ook weinig contacten had, is er niet eerder alarm geslagen." Nou ja, dan hebben ze het er verder nog over hoe erg het is, broer en zus binnen twee weken, allemaal dat soort dingen. Dat de dader iemand kan zijn met een speciale haat of wrok tegen die familie, dat achteraf gezien de dood van die ouders misschien ook geen ongeluk was. Nou ja, je kent 't wel.'

Josien knikte.

'Maar... eh, vorige week zondagavond... vorige week zondagavond. Mijn geheugen is misschien niet meer helemaal picobello, maar ik dacht... of nee, ik weet bijna zeker, dat op die zondag, 's avonds om een uur of elf, dat er toen twee mensen van die boot kwamen.'

Josien wendde haar hoofd af, en staarde naar een batterij lege flessen in de hoek van het vertrek. Langs de straat, aan het begin van het pad stond een glasbak, maar Deppo dacht er misschien niet aan om de lege flessen daar naartoe te brengen. Of het was hem te veel moeite.

'Ik stond daar toen net effe te pissen, en ik zie twee mensen van die boot af komen. Nou... dat is nogal opvallend, zo vaak gebeurt dat niet, dus ik denk van: hé, wat gek. Twee mensen...'

Deppo schonk zijn glas weer bij. De fles was bijna leeg. 'Een man en een vrouw. Die vrouw wankelt helemaal, net of ze lazarus is, en die kerel die zoekt wat, vlak bij de loopplank, en gooit het daarna in het water. Ik kon 't horen. Goed, ze komen langs, en toen dacht ik al dat ik die vrouw vaker gezien had.'

Hij keek haar aan. Zijn troebele ogen stonden naar drank. 'Ja, ze kwam me bekend voor.'

Josien staarde langs hem heen door het raam naar buiten. De Johanna Jacoba II dreef in een vage mist van regenspatten.

Deppo ging staan en deed dat zo wild dat zijn stoel op de grond kletterde. 'Ze kwam me verdomd bekend voor.' Hij liep om de tafel heen en ging naast haar staan. Met een plotselinge greep pakte hij haar kin en draaide haar gezicht naar hem toe. Zijn vingers knepen pijnlijk in haar kaak. Hij bracht zijn hoofd dicht bij het hare. In zijn adem streed de geur van zoete port met de stank van zware shag en ontstoken tandvlees. 'Nou zie ik 't weer. Fuck... jij was 't. Ik weet 't zeker. Maar dat andere politieagentje was er niet bij.'

'Laat me los.' Het kostte haar moeite om te praten.

Als reactie kneep hij nog iets harder. 'Wist je dat, dat ik je gezien had?'

'Nee.'

'Wat ga je nou doen? Ga je mij nou ook koud maken?' Hij schudde haar hoofd even heen en weer.

Ze reageerde niet.

Aan haar kin trok hij haar omhoog uit de stoel. Ze stonden nu vlak tegenover elkaar. 'Ga je mij nou ook koud maken?'

'Laat me los,' zei ze. 'Je doet me pijn.'

Deppo lachte. 'En wou je me aangeven? Lichamelijk letsel toebrengen bij een politieambtenaar in functie... of hoe noemen jullie dat ook alweer?'

'Laat me los,' herhaalde ze. 'Zo kan ik niet met je praten.'

'Je hoeft ook niet te praten. Ik zal je alleen wat vertellen. Als je niet doet wat ik zeg, dan ben je d'r geweest. Dan kom je binnen vier muren, en die andere kerel die erbij was ook... zeker je vriendje. En dat is niet leuk, in de bajes, dat kan ik je wel vertellen, dat is helemaal niet leuk. Weet je, je mag straks naar huis, en morgen bel ik je op, en dan vertel ik wat ik wil. 't Moet nog even een verrassing blijven, weet je wel.' Deppo lachte. '*Surprise, surprise.*' Hij bracht haar hoofd naar het zijne. 'Maar nou wil ik alvast een kusje, *just a little kiss.*'

'Je stinkt uit je bek,' zei ze.

Tanden poetsen, onder de douche staan, glazen water drinken, nog eens tanden poetsen, flossen, niets hielp. Ze bleef het gevoel houden dat haar lichaam besmet was, haar mond vervuild. Het was nu vier uur. Straks zou Theo thuiskomen. Wat moest ze tegen hem zeggen? Als ze het verhaal van Deppo vertelde, ging hij met een stuk hout of een zware tang naar die woonwagen, dat wist ze zeker. Ze schonk een glas wijn in, maar het smaakte niet. Met een half aangesnoerd koord van angst om haar hals wachtte ze op het geluid van de sleutel in het slot. Ze liep heen en weer in de kamer, pakte de krant en legde hem weer neer, zette de televisie aan, zapte van het ene naar het andere net, en deed het toestel uit.

Door een onhandige beweging gooide ze de fles wijn om. Het vocht stroomde over het tapijt. Ze haalde een dweil uit de keuken en probeerde te deppen. Deppen... Deppo. Wat een naam. Ze voelde zijn handen nog op haar lichaam, door haar kleren heen. Nee, hij was niet verder gegaan dan die ene zoen, en een hand op haar rechterborst. Als verstijfd had ze daar gestaan. 'Dat went wel,' had hij gezegd, nadat ze die opmerking over zijn slechte adem had gemaakt. 'Dat went vanzelf; op een gegeven moment weet je niet beter.' En hij had zijn mond tegen de hare gedrukt. Ze spuugde nu nog eens op het vloerkleed. 'Een volgende keer graag wat meer enthousiasme,' had hij gezegd, 'een beetje heter graag, een beetje geiler. Laat je maar 's wat gaan. Zal je zien hoe lekker het is.' Hij had haar een klap op haar billen gegeven. 'Lekker kontje.'

Theo's sleutel hoorde ze in het slot. Ze wilde opstaan, maar het lukte niet.

'Wat doe jij nou?'

'Ongelukje gebeurd... fles is omgevallen.'

'Maar zit je 's middags om... even kijken, halfvijf al te drinken?'

Ze kwam moeizaam overeind. 'Sinds wanneer mag dat niet meer?'

Theo antwoordde niet. 'Is er nog post? Nee?'

Hij liep naar de keuken. Ze hoorde de kraan stromen. Waarom vroeg hij verdomme niets over Gerard, over het politiewerk? Waarom moest ze zelf weer die moeizame eerste zinnen proberen te bedenken? Hij kwam terug met een glas water, ging op de bank zitten, pakte de krant en begon te lezen.

'Is er vandaag nog iets gebeurd, Josien?' vroeg ze met een zo diep mogelijke stem. 'Iets belangrijks, iets dat met Gerard te maken heeft, met de moord op Gerard.'

Theo keek op van de krant. 'Ik ben niet in de stemming voor spelletjes.'
'Dit is geen spelletje. Was het maar waar.'
Theo legde de krant weg en keek haar aan met afwerende ogen. Voor hem was zij ook al besmet. Ze voelde het, ze wist het. Hij zou haar niet meer aanraken. Ze werd gedoogd als huisgenoot. Plotseling stelde ze de vraag die ze nu al zo lang niet meer gesteld had: 'Hou je eigenlijk nog wel van me?'
'Natuurlijk.'
'Hoezo natuurlijk?'
'Gewoon. Tussen ons is er niks veranderd. Er is iets gebeurd... iets ergs, maar tussen ons is het nog hetzelfde.'
Ze begreep niet hoe hij zichzelf zo voor de gek kon houden. 'Jij bent veranderd,' zei ze, 'en ik ook. We worden nooit meer hetzelfde.'
'Het drijft allemaal over, Josien, geloof me nou maar. Kom hier 's naast me zitten.' Hij tikte even met zijn vlakke hand op de bank, zoals mensen wel doen als ze een huisdier duidelijk willen maken dat het op die plaats mag gaan zitten of liggen. Met weifelende benen liep ze naar hem toe en ging op de aangegeven plaats zitten. 'Ze hebben niets, ze weten niets, het komt nooit uit. Later zullen we denken dat het een boze droom is geweest, wat mij betreft een nachtmerrie, echt waar, ook voor mij. Maar het gaat over, het slijt.' Hij trok haar tegen zich aan.
Haar spieren waren gespannen, maar Theo leek het niet te merken. Zijn arm lag om haar schouder. Zomaar een arm. Ze keek naar de hand. Hij probeerde haar nog vaster tegen zich aan te drukken, maar haar lichaam werkte tegen. Zelf wilde ze wel, ze deed haar best, maar het lukte gewoon niet.
'Hoe was je werk vandaag?' vroeg Theo.
'Ik... eh, ik weet niet. Ik ben vroeger naar huis gegaan.'
'Wat is er dan gebeurd?'
Ze vertelde over de brainstormsessie. Dat haar naam door twee mensen was opgeschreven. Dat ze zich alleen daardoor al verdacht gemaakt voelde.
'Maar je bent met die zaak bezig,' zei Theo, terwijl hij lichte klapjes op haar schouder gaf. Die waren waarschijnlijk bemoedigend en liefdevol bedoeld, maar ze kon er nu niet tegen. 'Dus nogal logisch dat ze je naam opschrijven.'
'Niemand had Fred z'n naam opgeschreven.'
'Maar jij had een speciale relatie met die jongen, dat wisten ze.'
'Daarom juist.'

Hij tikte weer met zijn hand op haar schouder.
'Hou daarmee op,' zei ze.
'Waarmee?'
'Met dat getik.'
Hij liet haar los, en schoof een stukje bij haar vandaan. 'Je bent ook zo verdomd snel geprikkeld tegenwoordig.'
Het was onmogelijk geworden om nog iets over Deppo te vertellen, en als ze het nu niet deed, zou het nooit meer kunnen. Maar hoe zou Theo ook kunnen begrijpen wat ze had gevoeld, wat ze nu nog steeds voelde? Ze liep naar de keuken.
Terwijl ze een fles wijn open trok, kwam hij in de deuropening naar de keuken staan. 'Drinken lost niks op.'
'Dat maak ik zelf wel uit.'
Hij liep op haar toe en wilde haar omhelzen. Ze voelde de handen van Deppo weer. 'Blijf van me af.'
'Josien...'
'Blijf van me, zei ik.'
Hij deed een stap achteruit. 'Laten we hier nou als redelijke mensen over praten, laten we...'
Ze schonk met bevende hand wijn in. Het vocht gutste over de rand van het glas op het witte aanrechtblad. Ze verstarde bij de aanblik van de rode vlek.

Ze zat in een koffieshop die Nogal Wiedes heette. De klanten waren voornamelijk jongens en meisjes van een jaar of achttien. Zelf had ze alleen een kop koffie genomen. Van de dampen die er in de lucht hingen werd ze al bijna stoned. Haar tas stond naast haar voeten. Ze had er wat kleren in gegooid en een extra paar schoenen. In de supermarkt twee straten verder had ze brood, een groot stuk kaas en appels gekocht. Vlak voor haar in de rij bij de kassa stond een man met een meisje van een jaar of drie. 'Ik kom haar brengen voor de crèche,' had de man gezegd. 'De crèche?' vroeg de caissière. 'Ja, jullie letten toch op de kleintjes.' De caissière had hem niet begrepen.
Theo had er zonder iets te zeggen bij gestaan toen ze de kleren in haar tas deed. Alsof hij dacht dat het niet serieus bedoeld was, dat alles glad te strijken, te sussen, te repareren was. Pas toen ze haar jas aantrok, begon hij te praten. 'Wat ga je doen, Josien?'

'Weg, dat zie je.'
'Waar naartoe?'
'Dat gaat je niks aan. Ga 's opzij.'
Theo hield haar bij een arm vast. 'Ga je je aangeven?' Ze had zo hatelijk mogelijk gelachen.
'Ben je soms bang?' Hij liet haar arm los. Zonder hem aan te kijken, zonder nog iets te zeggen was ze de deur uitgegaan.
Bij de bar haalde ze nog een kop koffie en ze vroeg iets te eten. Meergranen appeltaart was er en cake, gewone of hasjcake. Ze nam een stuk appeltaart, waaraan een muffe smaak bleek te zitten. Er kwamen een paar Spaanssprekende jeugdtoeristen binnen die voor vijftig gulden hasj kochten. Josien bleef bij het raam naar buiten kijken. Even meende ze Hein langs te zien komen, maar de man had alleen hetzelfde soort leren jasje aan. Ze belde naar Freds huis. Anne nam op.
'Zeg maar tegen Fred dat ik morgen niet kom. Ik ben ziek.'
'Toch niks ernstigs?'
'Nee, niks ernstigs. 't Gaat wel weer over.'
Toen het zeven uur was, en flink donker, liep ze naar de tram. Met lijn vijfentwintig ging ze naar de Utrechtsebrug. Ze wandelde over de brug, en daarna langs de Johan Muyskenweg tot ze bij de ingang van het volkstuintjescomplex was. Er was niemand te zien. Alleen het geluid van de auto's op de ringweg klonk door de stille, koude avondlucht. Ze liep het terrein op tussen de weg en de Amstel, maar vermeed het pad. De woonwagen van Deppo schemerde tussen een paar bomen door. Er brandde geen licht. Via een kleine omweg kwam ze bij de Johanna Jacoba II. Het schip was haar vertrouwd. Ze had het gevoel dat ze het ten onrechte een tijdje in de steek had gelaten. Het lag daar zo vredig op haar te wachten, uitnodigend bijna. Ze liep naar de voorplecht en voelde onder de overhangende betimmering van het ruim naar de sleutel. Even tastte ze mis. Iemand anders... iemand anders had de sleutel, schoot het door haar heen. Maar toen raakten haar vingers het koude metaal.
Ze keek om zich heen of niemand haar zag, ontsloot het hangslot, deed het luik open en verdween zo snel mogelijk naar binnen. In het donker van het vooronder bemerkte ze dat ze haar tas op het dek had laten staan. Ze ging terug, opende het luik en haalde de tas naar binnen. De sleutel stak nog in het slot van de deur die naar het woongedeelte van het schip leidde.

Ze lag op bed en staarde naar het plafond. Sinds dagen had ze weer eens lekker diep geslapen. Misschien omdat de boot haar zachtjes gewiegd had. Ze lag in de kamer van Bea. Die kwam haar het meeste toe. Dat wist ze. Bea zou het ermee eens zijn. Ze keek op haar horloge: kwart over negen. Ze deed haar ogen weer dicht, en schrok wakker van stemmen. Bekende stemmen. Ze stapte uit bed. Gelukkig stonden al haar spullen hier. Vlug, alles in haar tas. Ze waren al in de roef. 'Au,' hoorde ze Martijn zeggen, die kennelijk zijn hoofd stootte.

Ze draaide de deur naar het vooronder net achter zich op slot toen Fred en Martijn de woonkamer binnenkwamen. Vaag kon ze hun stemmen horen. Af en toe ving ze flarden op van hun gesprek. 'Maar hier moet-ie...', '...verhouding met zijn zus...', '...die familie die heb....' Een keer noemde Fred haar naam in verband met Gerard, maar wat hij daarover zei was onverstaanbaar. Het leek of hij het deed om haar te tarten, uit haar tent te lokken. Als ze een hand op het bed van Bea legden, konden ze voelen dat het nog warm was. Josien ging zitten met haar benen opgetrokken, haar hoofd tussen haar knieën. Plotseling had ze hevige honger. Ze nam een droge boterham uit haar tas en propte die in haar mond tot ze er bijna in stikte.

Haar hart schoot naar haar keel toen er plotseling aan de deur naar het vooronder werd gerommeld. Ze sloot haar ogen.

'Wat zit hier achter?' vroeg Martijn. Hij was nu helder verstaanbaar, alsof hij in dezelfde ruimte vlak naast haar stond.

'Niks,' zei Fred, 'ik weet niet; die deur is altijd op slot geweest, een loze ruimte volgens mij.'

'Nou, dan kunnen we wel weer 's gaan, dacht ik. Misschien moeten we nog even voor op de boot kijken.'

Hun stemmen verwijderden zich. Josien bleef in het vooronder. Ze hoorde nu stappen op het dek. Stappen en stemmen, die in de richting van de voorplecht kwamen. Snel deed ze de deur open, pakte haar tas, en schoot Bea's slaapkamer in. Ze bleef aan de deur luisteren. Eén van de twee had blijkbaar het luik opengedaan.

'Een donker hol,' zei Martijn. Ze kon hem nu weer goed verstaan. 'Zullen we een kijkje nemen?'

'We moeten nog naar die Beekman,' zei Fred. 'Elf uur hadden we afgesproken.'

Ze wachtte tot twee uur 's nachts voor ze naar de stuurhut ging. Het zou moeilijk zijn in haar eentje, maar ze wist dat ze het voor elkaar zou krijgen. Het was gelukkig volledig windstil, dus van golfslag zou ze geen last hebben. In het maanlicht lag de Amstel erbij als een ideale ijsbaan. Om een uur of elf was ze al een keer de wal op geweest om te kijken hoe de boot vast lag. Uit de wagen van Deppo scheen weer licht. Wat houtblokken onder die wagen, een flinke scheut benzine erover, en de vlam erin. Ze schrok van haar eigen gedachten, probeerde zich te herstellen, maar bleef een knetterende vlammenzee zien, waar Deppo gillend uit vandaan kwam rennen. Ze glimlachte even: zijn paardenstaart stond in brand, zodat het vuur hem bleef achtervolgen.

Nergens anders zag ze nog licht. Bij Veld waren ruim een uur geleden de lampen uitgegaan. Vanmiddag had hij even over het dek van de Johanna Jacoba II gelopen. Hij praatte in zichzelf, maar ze had er niets van kunnen verstaan.

Ze moest nu de gok nemen. Deppo zou waarschijnlijk niets horen. Misschien kwam het geluid van de motor niet eens boven het geruis van het verkeer uit. De eerste pogingen om de motor aan te krijgen, faalden. Ze deed haar ogen dicht en zag de handelingen weer voor zich die Gerard had uitgevoerd. Zo moest het goed zijn. De derde keer sloeg de motor aan. Even trok ze de gashendel open, maar ze schrok zelf van het bulderende geluid. Gelukkig, de motor bleef rustig stationair lopen. Ze deed de schuifdeur open en stapte naar buiten. Aan de wal was alles rustig. Even overwoog ze om bij de woonwagen van Deppo te gaan kijken, maar dat was geen goed idee.

Met een tang draaide ze de bouten los waarmee de loopplank aan de boot was bevestigd. Ze ging de wal op, maakte de touwen los, en gooide ze op het schip. Ze rende de loopplank over. Hijgend stond ze in de stuurhut. De loopplank zou in het water vallen, daar was niets aan te doen. Ze zette de hendel uit de vrijstand in zijn vooruit, en gaf voorzichtig gas. Met een klein schokje schoof de boot naar voren in de richting van de boot van Veld. Ze draaide aan het stuur. Verdomme, wat ging dat langzaam, straks zou ze nog tegen die andere boot aanknallen. Het zweet prikte gaten in haar rug. Tranen brandden achter haar ogen. Zo meteen was alles nog voor niks geweest: een vaartochtje van zo'n vijf meter, eindigend met een aanvaring tegen een stilliggend schip. Kon het stommer? Ze draaide en draaide. Rakelings gleed de Johanna Jacoba II langs de drijvende woning van Veld.

Josien lachte, terwijl de tranen over haar gezicht stroomden. Ze neuriede een nummer van Whitney. *I remember the way that we touch. I wish I didn't like it so much. I get so emotional, baby. Every time I think of you I get so emotional, baby. Ain't it shocking what love can do. Ain't it shocking what love can do.* Er was verder niemand op het water. Op vrijwel alle woonboten, aan beide kanten van de Amstel, was het licht uit. Vanmiddag was ze het achteronder binnengegaan om naar de motor te kijken. Voorlopig had ze nog voldoende benzine. Kwart over twee was het nu, maar ze was klaarwakker, net of ze een nacht gezonde slaap achter de rug had. Het was zoals bij oom Henk op zijn motorjacht, maar dit was haar boot. Zij kon ermee varen zo ver als ze wilde. Niemand zou haar tegen kunnen houden. Daar verderop was de Utrechtsebrug al. Ze zag de lichten van de auto's die richting Utrecht reden.

Ze was nu zo'n meter of vijftig van de brug. Precies op het midden stond een man gebogen over de brugleuning. Hij keek naar het water, hij keek naar haar boot. Even kneep de paniek Josiens keel dicht. Ze kwam dichterbij. De man stond er nog steeds. Het was Fred. Nu zag ze het. Het moest Fred zijn. Of toch niet? Het was zo moeilijk te zien in het donker. De man zwaaide. Het zag er een beetje koket uit; hij hield zijn arm dicht langs zijn lichaam en zijn bovenarm maakte korte, felle bewegingen. Ze beet op haar onderlip, en begon ook haar rechterarm heen en weer te bewegen. Ze liet het stuur los en zwaaide nu met twee armen tot ze onder de brug verdween.

Inhoud

Persoonlijke omstandigheden   5

Vlekkeloos   279

Geronnen bloed   503